L'OISEAU BLEU D'ERZEROUM

Grand voyageur, Ian Manook est journaliste, éditeur, publicitaire et romancier. Son premier roman, *Yeruldelgger*, a reçu seize prix littéraires dont le prix Quais du polar/*20 Minutes*, le prix SNCF et le Grand Prix des lectrices de *Elle*. Il est traduit en une dizaine de langues.

Paru au Livre de Poche :

ASKJA
HEIMAEY
MATO GROSSO
LA MORT NOMADE
LES TEMPS SAUVAGES
YERULDELGGER

IAN MANOOK

L'Oiseau bleu d'Erzeroum

ROMAN

ALBIN MICHEL

ISBN : 978-2-253-10770-5 – 1re publication LGF

Aux enfants de toutes les diasporas,
qui enrichissent de leur culture
celle qui les accueille.
Que leurs différences s'ajoutent,
plutôt que de s'exclure.

À tous les personnages de ce roman,
qui, d'une façon ou d'une autre,
ont existé dans ma vie. Et à tous ceux qui,
dans la vraie vie, sont mes personnages préférés :
Françoise, Julien, Dorothée,
Zoé, Sasha, Léon, Rafaël…

À moi !

Ceci est l'histoire romancée de mes grands-parents, à partir du récit que ma grand-mère n'a jamais pu achever, tant l'horreur de ce qu'elle avait vécu finissait par l'étrangler de sanglots. Pour sa mémoire, et celle de toutes les autres victimes, je n'ai pas voulu occulter la violence du génocide dans le temps. La déportation d'Araxie a duré plus de six mois, et je lui ai accordé le nombre de pages qui me semblait juste pour en témoigner.

À la demande de mon éditeur, j'ai accepté de supprimer les deux scènes de massacre les plus violentes qui auraient pu paraître, au lecteur non averti, comme une surenchère. Même si ces massacres sont avérés. Je pense que ce qu'il reste du récit porte un juste témoignage de ce que les chrétiens d'Orient ont subi à cette époque.

Sur ce récit biographique du début, j'ai construit un roman inspiré de la vie de plusieurs Arméniennes et Arméniens que j'ai connus dans mon enfance. Ce roman n'a pas vocation à faire ou refaire l'Histoire. Simplement à raconter leurs histoires.

Il existe plusieurs façons de transcrire une langue étrangère. Selon la phonétique et la région où elle est parlée, et le peuple ou les individus qui la parlent. J'ai choisi la transcription phonétique la plus proche des mots et des sons qu'utilisait ma grand-mère pour me raconter son histoire. D'autre part, j'ai gardé ses propres termes, même s'il est fort probable qu'à travers sa terrible expérience de petite fille de dix ans elle ait pu confondre quelques formules, noms de lieux ou grades militaires. D'une façon générale, par respect pour ce qu'elle a vécu, j'ai choisi de garder les mots, les sons et la musique de sa voix dont elle a bercé mon enfance. Que les puristes me le pardonnent. Que les autres aillent au diable.

1

1915 – Aux environs d'Erzeroum, Arménie turque

Les enfants ne comprennent rien à la guerre. Ils préfèrent taquiner des scarabées mordorés, à l'ombre bleue des eucalyptus. L'insecte monte le long de la badine que tient Araxie, et Haïganouch, sa petite sœur, n'ose pas le toucher. Elles jouent à en avoir peur et s'en amusent en panique. Le rire d'Haïganouch, tout innocente de ses six petites années, tinte comme une clochette dans l'air cristallin du printemps.

Gaïanée suspend son geste. Par-dessus la corde où elle étend leur linge, elle regarde ses filles. C'est l'éclat du sabre dans le soleil qui l'alerte. Au sud du verger, au sommet de la colline, trois cavaliers font chavirer son cœur. Vartan ? Huit mois déjà qu'il est parti à la guerre, deux mois qu'il n'écrit plus. Et toutes ces rumeurs de soldats arméniens désarmés par l'état-major turc et affectés à des tâches subalternes, à l'intendance ou au génie. Humiliés. À charrier du grain ou à creuser des chemins. Des officiers convoqués derrière une colline ou à l'abri d'un bosquet, et que personne, plus jamais, ne revoit. Mais cette fois peut-être, grâce à Dieu, Vartan est-il vraiment de retour. Pour la prendre contre lui et la serrer sur sa poitrine essoufflée par un long galop impatient. Pour lancer à bout de bras contre le ciel bleu d'Arménie Haïganouch, sa pie bavarde, et la faire rire en cascade. Et poser contre sa hanche la tête aux cheveux noirs de la sage Araxie, silencieuse et pensive du haut de ses dix ans…

Mais sur la colline un cheval se cabre et Gaïanée reconnaît le fez d'un *tchété*. Déjà les trois pillards dévalent la pente au galop, sabre au clair. Elle hurle aux filles de se cacher dans les blés et se saisit d'une fourche, mais le premier cavalier est déjà sur la petite Haïganouch. *Cours, Haïganouch, cours!* Le cheval fond sur l'enfant comme un dragon. Elle ne voit pas l'homme au torse bardé de cartouchières sous lesquelles sont glissés deux poignards. Elle ne voit que les yeux fous de sa monture, l'écume au mors, ses dents jaunes comme des pierres, et les naseaux morveux dilatés par la course. La lame dessine dans le ciel un grand soleil rond que l'enfant regarde, pétrifiée, et l'homme l'abat sur la tête d'Haïganouch au moment même où la fourche de Gaïanée se fiche dans ses côtes. Les dents de bois ripent sur le métal des balles et des poignards. Plus furieux que blessé de ce coup porté par une infidèle, l'homme se dresse sur ses étriers. Le cheval hennit et se cabre. Araxie en profite pour se ruer entre ses sabots et protéger le corps de sa petite sœur. Elle gît dans la poussière que le cheval martèle et Araxie cherche à la tirer à l'abri. Elle se protège du sabre en restant sous la panse de la bête. Gaïanée lui hurle encore de fuir. *Dans les blés, Araxie, dans les blés!* Les deux autres pillards déboulent à leur tour. Le martèlement des sabots résonne dans le corps d'Araxie. Elle panique de ne pouvoir sauver Haïganouch. *Dans les blés !* crie Gaïanée. Elle a arraché sa fourche ensanglantée du corps du Kurde. Cette fois il beugle autant de douleur que de rage. Araxie profite de l'affolement du cheval pour fuir et disparaître dans les épis.

Le deuxième cavalier surgit derrière Gaïanée et l'assomme sur sa lancée d'un coup d'étrier. Le troisième se déhanche sur sa selle, la saisit au passage par les cheveux, et la tire au grand galop, les pieds traînant dans la poussière, le corps écrasé entre les flancs en sueur des chevaux. Face au mur de la maison, ils lâchent l'infidèle pour maîtriser leurs montures. Gaïanée tombe, chiffe désarticulée, et feint la mort, puis elle roule de côté sur le sol, se relève, et court vers la maison, à l'opposé des blés, pour laisser à Araxie le temps de se cacher. Un des tchété saute de selle et la poursuit à l'intérieur. Il en ressort le visage et les yeux ébouillantés. Gaïanée le suit, un chaudron brûlant entre ses mains nues, et jette l'eau sur les chevaux qui se cabrent. Mais les deux autres pillards restent en selle et la coincent entre leurs montures. Les chevaux s'affolent et la piétinent. Un sabot lui brise une jambe. Elle trébuche. Un autre l'étourdit d'une ruade dans le visage. Elle s'affaisse dans la poussière, la bouche pleine de sa terre et de son sang. Puis un cavalier se penche et empoigne sa cheville. Il la soulève, tête en bas, et relance sa monture au galop, rattrapé par son complice qui se saisit de l'autre pied de Gaïanée. Le galop l'écartèle. Ses articulations se déchirent. Dans sa bouche coulent le sang de ses blessures et l'urine de sa peur. Elle a vu Haïganouch mourir et se sait perdue, mais il reste à sauver Araxie. Alors elle s'agite pour tenter de désarçonner les pillards. Le troisième tchété, visage écarlate, remonte à cheval et rattrape les deux autres, le sabre au clair. Ce n'est même pas une douleur. Ce n'est qu'un choc. Un coup de hache à travers un tronc sec. Un tranchoir dans ses os, qui ne lui fait même pas perdre la tête. Ils la lâchent et elle roule dans la boue de son sang. Ils ont gagné. Ils sont turcs. Ils sont tchété. Ils sont musulmans et elle n'est qu'une chrétienne. Une femme. Une impure. Ils calment leurs chevaux qui trépignent et l'un d'eux met pied à terre. Elle sourit presque dans sa tête de ce qu'il ne pourra pas lui faire. Entre ses cuisses, elle n'est qu'une plaie béante. Il n'osera pas, et pourtant elle souhaite presque qu'il le fasse pour laisser à Araxie le temps de disparaître plus loin encore. Alors elle attend qu'ils s'amusent avant de l'égorger. Elle ferme les yeux. Elle refuse de regarder le visage de l'homme à l'haleine puante à travers ses dents défaites. Il bave sur elle quand il la traite d'infidèle. Il déchire ses vêtements pour dénuder ses seins qu'il empaume de ses mains crasseuses. Il les écrase, les écorche de ses ongles noirs, vomissant de sa gorge nauséabonde un rire grumeleux qui s'étrangle. Puis il lui pince un mamelon entre ses doigts et, d'un poignard en croissant de lune, tranche la pointe du téton en hurlant sa victoire à son Dieu miséricordieux. Quand il a tranché le second, il se relève, enjambe le corps ensanglanté de Gaïanée, et brandit ses trophées vers les deux autres. Puis il range les bouts de chair dans une poche de sa veste, attrape Gaïanée par un pied, et la traîne vers la maison.

Son crâne cogne et se blesse contre les cailloux, mais elle s'étonne de n'en ressentir aucune douleur. Elle ne voit défiler dans sa tête cotonneuse, à l'envers, que les images heureuses de sa vie qui va finir. Les frondaisons mouchetées de lumière où vient d'habitude chanter un merle bleu. Les grosses pierres jaunes du tour de porte auxquelles Vartan aimait s'adosser pour fumer des cigarettes parfumées achetées dans le port de Stamboul. Sur une corde, le petit linge blanc de ses filles chéries. Araxie. Sa belle et sage Araxie, aux yeux noirs et attentifs, qui travaille si bien à l'école de l'église arménienne. Et Haïganouch, le petit abricot des neiges de Vartan. Son enfant adorée. Son blé. Son vin. Sa vie, disait-il. L'ange auquel il aimait tant inventer des histoires et qui gît aujourd'hui dans la poussière de la cour…

Un coup de pied lui lacère le ventre et la pousse dans le *tonir*. Gaïanée se sent basculer dans le four profond où, ce matin encore, cuisaient les *lavach* gourmands, le pain de ses petites filles. Dans ce tonir que Vartan a creusé de ses mains et tapissé de pierres plates et au fond duquel couvent en permanence des braises, son visage s'écrase contre les tisons ardents. Ce qui reste de sa vie s'y brûle, mais elle ne hurle pas. Elle meurt sans un cri, parce qu'elle est déjà morte à l'intérieur.

Les tchété ne sont que des pillards. Des paysans turcs à qui le comité Union et Progrès a donné un fez et des bottes pour tout uniforme. Des auxiliaires. Des supplétifs qui ont pouvoir de mort sur ces infidèles de *giavour*. Dans les cafés, chez le barbier, sur la place des villages, dans les mosquées, ils se vantent des hommes qu'ils égorgent et des femmes qu'ils éventrent. Ils montrent fièrement leurs colliers de tétons. Les montres et les bijoux volés sur les cadavres. Ils sont rustres et frustes. Sauvages. Cruels. Mais ils ont l'œil fier de la peur qu'ils inspirent. Parce que ceux qui les écoutent et les craignent, nourris de haine et abreuvés de mensonges, ne rêvent que d'une chose : devenir comme eux. Émasculer les chrétiens et violer leurs femmes. Mais le Comité, à travers sa sinistre Organisation spéciale, a choisi de n'armer que les pires. Alors il faut encore aux pauvres bougres envieux des villages et des campagnes faire leurs preuves pour mériter de massacrer leurs voisins de toujours. Le cordonnier qui rapiéçait leurs bottes. L'épicier qui leur faisait crédit. Tous ces chrétiens dont leur République et leur Dieu miséricordieux réunis clament aujourd'hui au monde entier qu'ils sont à l'origine de toutes les misères de l'Empire qui s'effondre.

Un des hommes ressort de la maison une torche à la main et se dirige vers les blés. Un autre le suit à cheval. Le troisième, toujours en selle, inspecte son flanc blessé. Ils veulent la petite qu'ils ont vue s'enfuir. La violer à tour de rôle et la revendre après, peut-être, s'il en reste quelque chose. L'homme à la torche observe le vent et met le feu au blé vert qui a du mal à prendre. Les épis s'assèchent et se tordent en diffusant des fumées grises, puis soudain se rabougrissent et crépitent en flammes.

Yangin var ! Yangin var ! *Au feu !* Araxie ne bouge pas, tapie dans les blés, le cœur en détresse. Ils se moquent d'elle en turc. Ils racontent à voix haute leurs sexes fiers de bons croyants dans son petit trou d'infidèle impubère. Ils lui promettent d'y éjaculer la vengeance de leur Dieu tout-puissant. Dans ses petits poings serrés à blanc, Araxie tient le pieu qu'elle a arraché du potager au passage. Ils se trompent. Ils la cherchent des yeux bien plus loin qu'elle n'est. L'homme le plus proche n'est qu'à quelques mètres. Debout sur ses étriers, il regarde du mauvais côté, mais bientôt le cheval va sentir sa présence et la trahir. Alors elle se jette sous l'animal et se redresse pour planter à deux mains le pieu dans sa panse. Le cheval se cabre, un flot chaud de sang noir jaillissant de son ventre, et désarçonne le tchété. Il tombe en hurlant des injures contre tous les chrétiens du monde. Araxie brandit le bois pour le frapper à la tête, mais l'homme, les yeux rouges de haine, évite le coup. Le pieu fauche quelques épis et brise une jambe du cheval qui se cabre à nouveau. Quand il retombe, son membre cassé se dérobe et il s'affaisse sur son cavalier encore à terre. L'homme beugle de peur maintenant, prisonnier sous la bête. Son complice veut venir à son secours, mais il est de l'autre côté du feu qu'il a allumé.

Comitadji ! Comitadji ! hurle alors le troisième. Il montre du doigt quatre cavaliers sur la colline. Des *fédaï*. Des volontaires de la milice arménienne. Des vengeurs. Les seuls hommes qu'ils craignent. L'homme à la torche court rejoindre son cheval et s'enfuit, suivi de son compagnon blessé. Ils abandonnent celui qui hurle, coincé sous son cheval, dans la fumée âcre des flammes qui l'encerclent.

Araxie tuerait le cheval pour abréger ses souffrances si elle le pouvait. Mais pas le tchété. Lui, elle le regarde sans bouger, les cheveux et les cils poissés du sang de l'animal. Et la noirceur de ce regard de petite fille sans peur, à travers les flammes, panique le cœur veule de l'assassin. Ces yeux qui le regardent mourir, sans la moindre lueur de cette charité chrétienne qu'il supplie à présent de ses mains tordues par le feu. Quand les flammes brûlent le gras de ses joues mafflues, quand à la puanteur de ses cris se mêle celle de sa peau qui crépite, Araxie lui crache au visage de loin et s'enfuit.

Trois des fédaï passent au grand galop, lancés à la poursuite des tchété. Le quatrième saute de sa monture et se précipite à l'intérieur. Il sait ce que font les pillards aux chrétiennes sans défense. C'est le panache de fumée au-dessus de la maison qui les a attirés. L'odeur du corps supplicié. Cette puanteur suffocante. Il n'y a pas assez d'eau pour éteindre autant de braises et il prie pour que la jeune femme soit déjà morte. Tout seul, il ne peut rien pour elle. Quand il ressort dans la cour, il devine l'autre odeur et la même fumée noire qui roule sur les blés. Puis il perçoit les mouvements paniqués du cheval et court à travers les flammes abattre la bête d'un coup de pistolet. Le tchété gémit de ses brûlures et implore la même pitié. Mais le fédaï observe sans bouger son visage qui fond dans le brasier.

Quand Araxie sort des blés, le feu est passé. Elle aperçoit le fédaï qui regarde mourir le pillard, la peau noire comme les épis calcinés. Puis elle entrevoit

Haïganouch, assise dans la cour, immobile. Son cœur bondit de soulagement. Elle court la retrouver et va se jeter dans ses bras quand elle remarque son regard fixe.

— Ça va, Haïganouch ?

Araxie croit à un jeu. Elle se cache dans le dos de sa petite sœur et lui masque les yeux de ses deux mains.

— Qui c'est ?

— Araxie, pourquoi c'est déjà la nuit ?

Araxie revient s'agenouiller face à sa petite sœur. Elle scrute le visage et les yeux écarquillés d'Haïganouch. Fait de grands gestes. Grimace. Tire la langue. Puis se rend à l'évidence : Haïganouch ne la voit pas.

— Tu vois quelque chose, Araxie ?

— Non, ment aussitôt la petite fille, les larmes aux yeux. Je ne sais pas ce qui se passe, ce doit être la nuit.

— Pourquoi maman ne vient pas avec une bougie ?

— Elle va venir.

— D'habitude on voit quand même avec la lune.

— Je sais, mais peut-être que les nuages sont trop noirs. Ou peut-être que c'est une éclipse.

Haïganouch ne répond pas. Elle cherche autour d'elle, de son regard étonné qui ne devine plus rien.

— C'est quoi une éclipse ?

Araxie la prend dans ses bras et lui explique des histoires de lune et de soleil qui jouent à cache-cache. Mais sa petite sœur devine ses sanglots et se blottit contre elle.

— J'ai peur des éclipses, Araxie.

2

1915 – Erzeroum

Les fédaï ont confié Haïganouch et Araxie à des fermiers arméniens qui se réfugiaient en ville. Depuis trois jours, elles sont hébergées chez des cousines dont la famille habite Erzeroum. Une maison sur deux étages avec de grandes fenêtres et un jardin intérieur. Celui qu'elles appellent «oncle Krikor» répète avec fierté qu'elle est à lui. Que c'est un ancien *han*, où faisaient étape les caravanes qui venaient de Chine. Que son toit en terrasse, couvert de terre et planté d'herbe, sert de basse-cour à huit poules et de pâturage à deux moutons.

Mais Erzeroum bruit de rumeurs et de peurs. Le quartier arménien est hors des murs de la citadelle. Au-dessus, les triples murailles de la forteresse promettent la protection de tous, même si son accès est interdit aux chrétiens la nuit. Ils n'y jettent désormais que des coups d'œil inquiets. Même Krikor, quand il prépare le *tezek* avec les siens. Araxie a promis à Haïganouch de surveiller le retour du soleil. Elle l'a installée à l'écart, et aide la famille à porter toute la bouse des étables sur la terrasse, où le père de Krikor, un vieillard sans âge, mesure la juste quantité d'eau et de paille à y ajouter. Toute la famille, appuyée sur des bâtons pour ne pas glisser, piétine alors le malodorant mélange pour le transformer en une boue épaisse. Araxie court chercher Haïganouch et lui donne un bâton pour qu'elle s'amuse aussi à marcher dans la bouse et oublie sa nuit terrifiante.

Seul Krikor est d'humeur sombre. Le regard moqueur des Turcs qui déambulent dans le quartier l'inquiète. Ils devraient être sur leurs terrasses, eux aussi, à préparer le tezek qui les réchauffera l'hiver venu. Il connaît les rumeurs. Le massacre d'Aykestan à Van, par exemple. On parle de tellement de morts. Tellement ! Cinquante-cinq mille âmes suppliciées et égorgées sur ordre du *vali*, agissant selon un plan établi par le comité Union et Progrès. Les rares survivants racontent que se sont déchaînés contre eux des bataillons de volontaires circassiens et turcs épaulés par des gendarmes, un bataillon de cavalerie, des militaires et plus de mille tchété. Et tout le pays bruit d'autres horreurs semblables.

Depuis sa terrasse où rient ses filles avec leurs pauvres petites cousines, Krikor surveille la rue étroite entre les lourdes maisons de pierre trapues. Tous les Arméniens travaillent à la préparation du tezek dans les cours ou sur les terrasses, et pourtant les rues sont encombrées de Turcs et de Kurdes oisifs qu'il n'a jamais vus. Ils se promènent, observent les habitations les unes après les autres, comme si le quartier était à vendre. Même sa propre maison, celle où des membres du Dachnak, le Parti révolutionnaire arménien, ont conçu et créé dans la fierté le quotidien arménien *Haratch.* Surtout sa maison…

Toute la matinée, Krikor travaille l'esprit ailleurs, le cœur serré par une sourde inquiétude. À table, il touche à peine à son pilaf d'agneau malgré les heures d'efforts fournis. Et par deux fois il se lève pour chasser des Turcs qui passent la tête par sa fenêtre pour regarder à l'intérieur.

C'est pendant le *kef*, la courte sieste de l'après-midi, que Krikor a la réponse à son inquiétude. Quand le *davoul* du crieur public réveille le quartier, en écho au muezzin qui appelle depuis le minaret de la mosquée, tous se précipitent aux fenêtres de l'étage, où sont les chambres. Dehors, autour du tambour, quatre gendarmes aux ordres d'un *muhafiz* qui lit à haute voix l'ordonnance de déportation. Sur décision de Son Excellence le ministre de l'Intérieur Talaat pacha, toutes les populations arméniennes devront obéir à l'injonction de déplacement qui leur sera présentée dans le but de les éloigner des zones de guerre du front oriental.

La nouvelle fait trébucher le cœur encore assoupi de Krikor. Une autre lui fait venir à la bouche le goût amer de la peur. Faisant taire le muhafiz, une autre voix convoque Dikran Karakozian. Sur-le-champ.

Krikor retient son vieux père par la manche et se penche à la fenêtre à sa place. En contrebas, un civil élégant, habillé d'une veste en tweed et chaussé de bottines en cuir souple d'agneau, attend en inspectant les ongles précieusement manucurés d'une de ses mains. Une cravache dans l'autre.

— Mon père est trop vieux pour te répondre, explique Krikor depuis sa fenêtre, mais je suis Krikor Karakozian, son fils, et moi je le peux.

Il se cramponne à la rambarde de la fenêtre pour masquer le tremblement de ses épaules.

— On m'a pourtant rapporté que ce matin encore ton père était assez fort pour fouler le tezek.

— C'est vrai, mais il en paye le prix à cette heure et s'est assommé de sommeil.

— Très bien, qu'il en soit ainsi alors, je suis le *mudir* et c'est à toi que je vais dire ce qu'il va advenir.

— Alors permettez-moi, mudir *effendi*, de vous recevoir dans ma maison pour vous garder du soleil.

— Soit, dit le mudir en arrêtant d'un geste le muhafiz et les quatre *zaptié* qui s'apprêtaient à le suivre.

À l'intérieur, Krikor dévale les escaliers pour ouvrir au mudir qui s'installe sans y être invité sur un sofa, prenant bien garde de ne porter aucune attention ni aux gens ni aux meubles de cette misérable masure.

Krikor l'observe avec inquiétude tout le temps que dure le silence hautain qu'il impose. Petit et fluet, précieux, de toute évidence très fier de lui et du pouvoir qu'il représente, ce n'est pas un militaire. Encore moins un gendarme. Il hume sans l'apprécier le thé qu'on lui sert, aspire avec bruit une courte gorgée, et tend aussitôt sa tasse pour qu'on vienne la lui reprendre.

— Ton père sera tenu pour responsable du bon déroulement de cette mesure d'éloignement, finit-il par dire.

— Si vous m'autorisez cet étonnement, mudir effendi, pourquoi lui ? Il est âgé et n'est qu'un simple artisan dans notre communauté.

— Parce que c'est dans ce gourbi sordide qu'a été conçu le torchon révolutionnaire qui appelle à la rébellion contre l'Empire, répond d'une voix de salon le mudir qui, de nouveau, reporte toute son attention sur ses ongles impeccables.

— Mais, mudir effendi, mon père n'en était pas encore propriétaire à l'époque.

— Qu'importe. Il l'est aujourd'hui.

— Et si *Haratch* est le journal du Dachnak, ce parti arménien n'a-t-il pas aidé le gouvernement actuel à prendre le pouvoir ?

— Il l'a fait, puis il nous a trahis pour entrer en dissidence. Donc ton père sera tenu pour responsable.

— Mais les Arméniens n'ont jamais trahi l'Empire, mudir effendi, ils se sont même enrôlés en masse pour le défendre.

— Ils l'ont trahi ou ils le trahiront, peu importe quand ils le feront. C'est donc le devoir de la République de s'y préparer et de les en empêcher.

— C'est pour cette raison que vous nous déportez ?

— Ce n'est pas une déportation, c'est un déplacement. Le gouvernement tient à vous mettre à l'abri des dommages et des vicissitudes de la guerre.

— Pourquoi seulement la population arménienne, dans ce cas ?

— Les autres suivront, sois-en sûr.

— Même les populations turques ?

— Nous appliquons la politique du Comité. Ce que le Comité décide ou décidera pour ses citoyens turcs ne vous regarde pas. Vous devez partir.

— Et en quoi consistera exactement ce déplacement ?

— Toutes les populations arméniennes doivent quitter les six vilayets de l'Est pour rejoindre les provinces du Sud autour de la ville d'Alep. D'autres maisons vous seront fournies sur place. Chaque famille ne pourra emporter que l'équivalent d'une charrette de moins de deux cents kilos. Je vous conseille de regrouper ce qui a le plus de valeur et d'abandonner le reste. Les gendarmes assureront votre protection tout au long du chemin.

— Mais nos vieux et nos enfants ? Et nos malades ? s'insurge Krikor.

— C'est à vous qu'il revient de vous en occuper. N'est-ce pas là une des grandeurs de votre fameuse charité chrétienne ?

Krikor est effondré et le mudir s'en réjouit d'un léger sourire. Dans la pénombre de la maison, chacun essaye de déchiffrer la menace exacte que recèlent ces annonces. Haïganouch devine la méchanceté dans la voix de l'homme, et la peur dans le silence des autres. Elle se blottit contre le cœur d'Araxie.

— Mudir effendi, non seulement je n'ose comprendre les vraies raisons de cette déportation, mais je ne vois pas comment il va être possible de déplacer tous les Arméniens de notre vilayet. Nous sommes près de deux cent mille, dont plus de la moitié ici, dans cette ville.

— C'est justement ce dont ton père sera tenu pour responsable, Krikor Karakozian.

— Mais c'est impossible…

La cravache du mudir siffle dans l'air et cingle le sofa dont le tissu se déchire.

— Rien de ce qui est bon pour la grande Turquie et de ce que décide le Comité n'est impossible.

Krikor se raidit. Il n'arrive plus à coordonner ses pensées. Il cherche la force de résister, mais ne parvient qu'à psalmodier une misérable supplique :

— Du temps alors, il va falloir nous donner du temps, mudir effendi…

Mais l'autre se lève déjà, tire sur ses effets pour les défroisser, fait briller ses ongles contre le revers de sa veste, et passe sa cravache sous son bras.

— Tu en auras, Krikor Karakozian, tu en auras. Jusqu'à demain matin. Le premier convoi partira une heure après le lever du soleil. Je te veux en tête avec ta famille. Ton père vous rejoindra avec le dernier. Si tout s'est bien passé.

Et il sort dans un silence de mort qui laisse Krikor paralysé d'effroi.

— Une dernière chose : n'oublie pas de passer à la gendarmerie pour remplir les formalités et payer les taxes.

Des taxes, toujours des taxes… Dans ce pays où les Arméniens, comme les Grecs et les Yézidis, payent déjà une taxe pour le seul fait de n'être pas musulmans, il va encore falloir débourser pour être déportés cette fois.

Dehors, toute une foule de Turcs, de Kurdes et de tchété, accroupis à même le pavé, les mains entre les jambes, regardent la maison. Quand il sort de chez Krikor, le mudir adresse à son escorte un geste hautain de la main pour signifier qu'il en a terminé, et s'en va sans un regard pour la foule qui reste immobile. Quand Krikor apparaît à sa porte, d'autres se sont amassés, hirsutes, dépenaillés, le regard torve. Ceux-là sont de l'armée des pauvres, des glaneurs de malheurs, qui suivent les troupes pour se repaître des restes des razzias, des carnages et des viols.

— Quoi ? leur hurle Krikor. Que voulez-vous ? Qu'est-ce que vous faites là ? Rentrez donc chez vous !

Il joue les bravaches pour donner le change, mais la peur lui tord le ventre. Il y a deux semaines à peine, le muhafiz a confisqué les armes de tous les Arméniens du vilayet. Celles-là mêmes que les Jeunes-Turcs leur avaient confiées à l'époque pour qu'ils les aident dans leur révolution contre le sultan sanguinaire. Et aujourd'hui ces mêmes Jeunes-Turcs les redistribuent aux tchété et en arment les tribus kurdes.

Krikor rentre dans la maison.

— Nous allons devoir partir, dit-il, tête basse.

Araxie serre Haïganouch un peu plus fort contre elle.

— Pour où ? demande la voix anxieuse de tante Maridza.

— Je ne sais pas exactement. Alep, je pense.

— Alep ? Nous ne pourrons jamais marcher jusqu'à Alep. Il nous faudrait des mois…

— Ils mettront des trains à notre disposition, je suppose. Là où ils existent. Pour quelques étapes au moins.

Krikor se ment à lui-même autant qu'il cherche à rassurer les siens. Mais personne n'est dupe. La peur glace les visages et les cœurs.

— Nos anciens ne tiendront pas.

— Ils voyageront dans les charrettes, avec les plus petits. Préparez les bagages. N'emportez que ce qui a de la valeur et le minimum pour vivre. Nous rachèterons ce qu'il faut en arrivant à Alep. J'ai un cousin là-bas, il nous aidera. Je vais à la gendarmerie m'informer et payer ce qu'il faut.

Il leur recommande de verrouiller porte et fenêtres derrière lui. Dans la rue, personne ne bouge sur son passage. Il doit contourner un à un les hommes assis qui le suivent des yeux. Et chaque regard est un poignard.

Quand Krikor revient chez lui, son âme est sombre et son corps meurtri. Il ne veut rien raconter de ce qu'il a subi, mais les images et la douleur le hantent encore.

Comme le flot des hommes arméniens grossit et qu'ils se révoltent contre l'organisation et le coût de leur déportation, les zaptié prennent peur et le muhafiz, le premier, se sert de son bâton. C'est une pluie de coups qui ramène le calme et Krikor enrage vite de leur trop preste soumission. Plus tard, sur le point de mourir, il regrettera de ne pas avoir eu, ce jour-là, le courage de rendre les coups. Ils sont mille peut-être face aux cinquante zaptié qui les battent. Ils auraient pu. Même si des cavaliers kurdes les surveillent de loin, accroupis à l'ombre de leurs chevaux. Ils auraient pu. Même si la forteresse au-dessus d'eux grouille de l'état-major et du commandement de toute l'armée de l'Est, ils auraient pu. Ils auraient dû. Car de toute façon ils sont déjà morts. Mais ce jour-là, Krikor et les autres ne veulent pas encore le croire, et baissent la tête sous les coups pour attendre d'être reçus par l'*umbachi*, une sorte de sous-officier chargé des comptes. Krikor inscrit toute sa famille et les personnes qu'il héberge sur une liste qui porte le numéro et la date d'un convoi. Puis il doit signer l'abandon de ses biens non transportables, mobiliers et immobiliers, devant le représentant de la commission de la protection des biens abandonnés.

— Mais mes biens ne sont pas abandonnés ! s'insurge un maraîcher que Krikor connaît bien.

— Ils le seront quand tu seras parti, répond sèchement l'umbachi, que la présence d'un civil, surveillant ses comptes par-dessus son épaule, exaspère.

— Ne croise pas le regard de celui-là, murmure un homme dans le dos de Krikor.

— Pourquoi dis-tu ça ?

— Celui-là est un homme de l'Organisation spéciale, le cœur sombre de l'Ittihad, le comité Union et Progrès. Son âme damnée. Vois comment il choisit ce qui lui reviendra dans ce qui n'appartient déjà plus à ce pauvre maraîcher.

— L'umbachi m'a assuré que nos biens seraient garantis par la commission de la protection des biens abandonnés, chuchote Krikor.

— Stupide paysan arménien borné des montagnes ! siffle l'autre à travers sa moustache. Nos biens ne sont pas abandonnés, ils sont confisqués. Tu ne reverras plus rien de ce qui était à toi. C'est à eux maintenant. Un tiers à ceux du gouvernement, un tiers aux dirigeants du parti, et un tiers à l'Organisation spéciale.

Krikor n'ose plus rien dire. Il veut en finir. Rejoindre les siens sain et sauf et trouver un moyen de mettre sa famille à l'abri du malheur qui s'annonce.

Quand son tour arrive, l'umbachi réclame la liste des biens que Krikor a dû établir. Ceux qu'il emporte et ceux qu'il abandonne. Puis le comptable fait signe à un gendarme de pousser Krikor à l'intérieur d'une petite pièce. Le *moukhtar*, le chef du conseil de quartier, que Krikor connaît bien et qu'il a souvent invité à sa table, l'attend derrière un bureau. Dessus, des registres et une bourse pleine. Un de ses voisins turcs est là aussi, que Krikor n'aime pas. Un homme paresseux, qui a toujours louché sur les femmes et les terrasses de sa maison. Le moukhtar lit à voix haute un acte de vente et Krikor met quelques instants à comprendre que c'est celui de sa maison.

— Mais ma maison n'est pas à vendre ! s'offusque-t-il.

— Tais-toi, hurle l'umbachi en le giflant, ce n'est pas à toi de décider ce qui est à vendre ou ne l'est pas !

Le moukhtar reprend sa lecture : Krikor vend, pour mille piastres, sa maison et tout ce qui y reste à son voisin, qui en sourit d'aise.

— Ne te plains pas, c'est un bon prix pour le trou à rat souillé d'un infidèle.

Krikor est sonné par la nouvelle, mais au moins aura-t-il tiré quelque chose de ce qu'on lui vole. Le moukhtar pousse la bourse vers lui.

— Recompte à voix haute. Je ne veux pas que tu puisses prétendre, plus tard, que nous t'avons volé.

Krikor recompte et approuve de la tête en silence. Le moukhtar et l'umbachi échangent un regard qui ne le rassure pas et signent quelques papiers. Puis l'umbachi sort du bureau et le voisin signe à son tour le contrat d'achat que Krikor contresigne.

— Qu'est-ce que tu attends ? grogne alors le moukhtar. Prends ton argent et disparais !

Le gendarme attrape Krikor par le bras et le pousse hors du bureau. Là, l'homme de l'Ittihad et l'umbachi l'attendent.

— Qu'est-ce que tu as dans cette bourse ? demande le premier.

— Tu le sais très bien, c'est le prix de ma maison que tu viens de me forcer à vendre, rétorque Krikor en colère.

L'homme de l'Ittihad se retourne vers son acolyte, qui vérifie sur une liste.

— Cette somme ne figure pas sur ce que tu as déclaré emporter avec toi dans ton déplacement.

— Évidemment, puisque ma maison n'était pas encore vendue quand je l'ai établie !

— Tu ne peux emporter que ce que tu as toi-même déclaré. C'est la loi. Cet argent fait partie des biens que tu as abandonnés et revient donc à l'État.

Il arrache la bourse des mains tremblantes de rage de Krikor et la jette sur le bureau du moukhtar, qui s'en amuse. Puis l'homme de l'Ittihad pousse dehors Krikor qui hurle sa colère. Des hommes l'aident à se relever et lui ordonnent de se taire pour ne pas leur attirer d'ennuis.

Une heure plus tard, en échange d'une taxe d'enregistrement de cinq piastres sans récépissé, on lui promet un hébergement pour sa famille une fois à destination. Et pour quelques piastres de plus, la garantie de subsides pour lui et les siens pendant toute la durée du voyage. On lui demande aussi de payer pour une charrette.

— J'ai la mienne, elle fera très bien l'affaire, grogne Krikor.

— Mais c'est pour elle que tu payes, idiot d'impur.

— Et pourquoi paierais-je pour ma propre charrette ?

— Parce que tous les moyens de transport sont réquisitionnés pour l'armée et que désormais elle n'est plus à toi, imbécile.

Et tous d'éclater de rire, zaptié et officiers, brigands kurdes, supplétifs tchété et maraudeurs de misère. Derrière Krikor, l'homme à la moustache s'emporte alors et brandit le poing contre cette République de voleurs. Le gourdin d'un zaptié lui fracasse le crâne et son corps n'a pas touché le sol que l'umbachi l'achève d'un coup de pistolet en pleine poitrine. La foule panique aussitôt. Des hommes cherchent à fuir en débandade. D'autres se figent en levant les mains. Le coup de feu de l'umbachi est le signal attendu par les gendarmes et les mercenaires. Ils s'abattent de toute leur haine sur les Arméniens désarmés. Les sabres s'engluent de sang et les fusils crachent leur mitraille. Quinze minutes plus tard, vingt-deux hommes gisent au sol, morts, et une cinquantaine d'autres gémissent de leurs corps estropiés. Les survivants se redressent, sidérés par une si brusque explosion de violence, trop abasourdis pour porter secours aux blessés. Les cavaliers kurdes se sont regroupés et les encerclent. L'homme de l'Ittihad, son pistolet à la main, s'avance pour inspecter la scène du drame. Il ordonne aux blessés qui le peuvent de se relever pour reprendre leur place dans la file et achève ceux qui ne le peuvent pas.

Toute la nuit, les Turcs sont restés dans la rue, accroupis autour de braseros de fortune, à surveiller la maison. À l'intérieur, Krikor et sa famille ont regroupé dans le salon ce qu'ils allaient emporter. Si peu en fait. Krikor se dit que ce qui fait une vie, c'est ce qu'on ne peut pas emporter, justement. Le chant d'un merle bleu dans la cour. L'odeur chaude des galettes de lavach dans le tonir. Le parfum frais des murs blanchis. Les après-midi engourdis sur la terrasse. Le reste n'a pas grande importance. S'il ne fallait prévoir des matelas et des couvertures pour dormir, de la vaisselle pour manger, un banc et quelques tabourets pour les enfants et les anciens, et de l'or pour acheter de quoi manger, il partirait sans rien prendre du tout. Les mains vides, le plus loin possible de toute cette folie. Mais il est là, avec sa femme et ses trois enfants, les deux petites sauvées par les fédaï, et son vieux père, dans sa maison sombre encerclée par les maraudeurs, à regarder sa vie qui se résume à trois ballots et quelques baluchons.

Assise par terre à l'écart contre un mur, Araxie les regarde faire en berçant Haïganouch qui s'est endormie sur ses genoux. Quand elles ont fini d'aider leurs parents, Mélinée et Siroune, leurs deux cousines, fatiguées, viennent s'asseoir en silence à côté d'elles. Boghos, qui n'a que trois ans, continue à s'amuser de tout ce chambardement. Puis tous finissent par s'endormir, sauf Krikor qui résiste jusqu'à l'aube.

Le soleil se lève à peine quand les gendarmes frappent à la porte et ordonnent le départ. Dès que Krikor leur ouvre, ils se précipitent à l'intérieur, poussent tout le monde dehors, et jettent les bagages à la rue. Araxie serre Haïganouch contre elle et lui demande de ne pas lâcher sa robe. La foule des Turcs s'est levée. Certains portent des brassards verts. D'autres sont en famille, avec des enfants de l'âge de Boghos, qui le regardent d'un air méchant et lui montrent le poing. Krikor a sorti la charrette et la manœuvre pour la conduire jusqu'à la porte. Dans toute la rue, les familles arméniennes entassent ce qu'elles peuvent dans des tombereaux ou des carrioles. Les voisins de Krikor n'ont rien pour transporter leurs biens. Quand il a fini de charger ses sacs et ses baluchons, Krikor leur offre de charger les leurs dans sa charrette. Un zaptié fend aussitôt la foule et le frappe de son bâton. Ceux qui ont cru bon d'économiser sur la location d'une charrette ne peuvent emporter que ce qu'ils pourront porter sur leur dos, crie-t-il. Baluchons ou parents. Vieillards ou enfants. Krikor propose de payer pour qu'on apporte au moins une charrette à bras au pauvre homme qui n'est qu'ouvrier chaudronnier. D'autres coups pleuvent. Il est trop tard pour louer ne serait-ce qu'une carriole. Haïganouch se blottit contre Araxie qui surveille la foule. Elle comprend qu'on les force à partir, mais pas pourquoi. Ni ce qu'est une déportation. Dès qu'il a tout chargé, Krikor assied sa femme et ses trois enfants qui pleurent dans la charrette, et trouve une place pour Haïganouch et Araxie. Puis il se tourne vers son vieux père que des zaptié rigolards encadrent.

— Tu nous rejoins bientôt, papa.

— J'ai bien peur que nous ne nous revoyions qu'au ciel, mon garçon, pas avant !

— Ne dis pas ça, papa, je t'en prie.

— Ce n'est pas moi qu'il faut prier, Krikor, c'est celui qui a décidé de tout ça et dont le glorieux message m'échappe aujourd'hui.

— Prends bien soin de toi, papa.

— Prends bien soin de tous les autres, mon fils.

Ils veulent s'étreindre une dernière fois, mais les gendarmes les arrachent l'un à l'autre. Krikor, en pleurs, grimpe sur la charrette et pousse son cheval. D'où il est, il aperçoit le chaos de la rue étroite et mal pavée où la caravane des déportés se met en branle, sous les cris de haine des Turcs qui bientôt s'empoigneront pour piller leurs maisons. C'est une vision terrible que ce peuple hier encore si fertile et productif, et ce matin au bord d'un exil si misérable. La foule, envieuse et frustrée, se repaît de leur déchéance et les accompagne de ses injures jusqu'aux portes de la ville. L'abattement de leurs victimes donne aux hystériques le courage des lâches. Ils hurlent maintenant. En appellent à la mort. Des enfants avec qui Mélinée et Siroune jouaient il y a quelques jours encore leur jettent au visage les pierres que tendent leurs mères. Les cailloux pleuvent soudain. Les gendarmes, moqueurs, ne font rien. Les Arméniennes qui protègent contre elles leurs enfants sont les premières blessées. Par chance, la rue devient plus étroite et le convoi bringuebalant s'y engorge. Les gendarmes doivent le laisser passer, formant malgré eux, hauts sur leurs chevaux, un rempart contre la furie des Turcs.

3

1915 – Sur les chemins de la déportation, Arménie turque

Une heure plus tard, les déportés des différents quartiers convergent pour former un long serpent de misère à la sortie de la ville. L'homme de l'Ittihad et l'umbachi remontent la colonne à contresens, une liste à la main, pour s'assurer que tout le monde est là. Famille par famille. Nom par nom. Nouveau-né par nouveau-né. Quelque part à Istamboul, dans les palais dorés de la nouvelle République, des hommes attendent ces listes pour vérifier leurs calculs : dans aucune province de la grande Turquie il ne doit rester plus de cinq pour cent d'Arméniens. La grandeur de l'Empire est à ce prix, que les giavour doivent payer pour avoir eu l'insolence d'être là plus de deux mille ans avant eux. D'avoir été un empire avant leur Empire. Le premier royaume chrétien au monde. Et d'avoir été, jusqu'au massacre des notables du 24 avril, l'élite intellectuelle et économique de ce pays.

Quand les gendarmes ont tout vérifié, y compris les sacs, baluchons, matelas et couvertures dans les charrettes, une voix aboie le signal du départ. La colonne s'ébranle en silence, sous la clameur lointaine de la populace qui crie à la libération au nom de son Prophète miséricordieux. Aussitôt, deux groupes de cavaliers rattrapent le convoi et le dépassent dans un nuage de poussière. Une soixantaine de tchété d'un côté, une trentaine de Kurdes de l'autre. Le martèlement des sabots sur la terre sèche résonne encore dans le corps des déportés quand ils disparaissent loin devant, là où la route se faufile entre des collines. Puis un calme silencieux revient sur le convoi qui n'est plus encadré que par des gendarmes, sous les ordres d'un muhafiz. Peu à peu, les hommes se reparlent d'une charrette à l'autre. Les femmes rassurent leurs enfants et leur chantent des comptines pour dissiper leur peur. Et des gosses recommencent à jouer et à courir entre les chevaux. Sauf Araxie, qui garde Haïganouch contre elle. Krikor, lui, surveille du coin de l'œil le muhafiz qui s'énerve de ce début de désordre. L'homme de l'Ittihad le rejoint au galop et lui glisse quelques mots à l'oreille. Krikor devine que l'officier des gendarmes se calme à contrecœur. Et il n'aime pas le sourire qu'ils échangent avant que l'homme de l'Ittihad parte rejoindre l'arrière du convoi.

Trois heures plus tard, la colonne est arrêtée en rase campagne par la troupe de tchété à cheval qui barre la route. L'homme de l'Ittihad dépasse la colonne au galop pour les rejoindre et gesticule des ordres de mauvais augure. Aussitôt les cavaliers se dispersent et fondent sur le convoi, ordonnant aux déportés de descendre de leurs chariots. Quand un homme se dresse pour s'offusquer de leur violence, il est abattu et s'affaisse sur ses enfants qui s'écorchent la gorge de terreur. Les moyens de transport sont réquisitionnés. La déportation continuera à pied. Tout le monde descend en panique, se chargeant de sacs et de baluchons, mais un autre coup de feu claque et une femme s'effondre. Rien de ce qui a été chargé ne doit être déchargé. Les gendarmes poussent leurs chevaux énervés dans la foule et l'éloignent des charrettes. Deux pères de famille sont abattus en essayant de sauver leur femme et leurs enfants que les chevaux piétinent. Les déportés sont triés. Devant, les hommes et les garçons de plus de douze ans, et derrière, séparés par un groupe de zaptié, les plus jeunes, les femmes et les vieillards. De l'autre côté de la route, les gendarmes tirent les charrettes sur une aire pierreuse sous le contrôle de l'homme de l'Ittihad et de l'umbachi. Une liste à la main, les deux hommes commandent le regroupement de leur butin sur trois emplacements différents. Krikor, la rage au ventre, repense à l'homme qui l'avait prévenu : un tiers pour le gouvernement, un tiers pour le Comité, un tiers pour l'Organisation.

Derrière eux, ce sont encore les contreforts arides des montagnes brunes et enneigées du plateau d'Erzeroum, mais au loin, devant, une jolie plaine d'herbe tendre descend en pente douce vers le sud. Et à l'ouest, sur la droite, un paysage bosselé de collines verdoyantes. Krikor pleure. C'est son pays depuis deux mille ans. Ses plaines à lui, ses montagnes aimées. Ses collines. Son herbe. Son ciel. Sous la protection de sa Sainte Vierge. Il se souvient d'un poème :

Elle avançait, tranquille, ondulant des épaules.
Rouge brillait la rose à son sein lumineux,
À ses poignets de feu des bouquets de violettes.

Après qu'ils ont assisté au partage des choses de leur vie, que l'homme de l'Ittihad est reparti avec son dû au nom du Comité, et que l'umbachi a pris la tête du convoi du gouvernement, après que les tchété se sont déchiré le reste, les zaptié, frustrés de n'avoir rien pu piller, intiment l'ordre aux déportés de se tenir prêts à repartir. La rumeur remonte alors la colonne des femmes que les hommes, devant, ont été entravés pendant la halte. Par groupes de dix. Par groupes d'âge. Des cordes aux pieds leur donnent maintenant une démarche de forçats qui ralentit le convoi.

— Que se passe-t-il, Araxie ? s'inquiète Haïganouch.

— Rien, Haïganouch, nous repartons, ne lâche jamais ma main, d'accord ?

— D'accord. C'est encore loin où on va ?

— Je n'en sais rien, je pense que nous nous arrêterons au coucher du soleil.

— Pourquoi, il s'est déjà levé ?

— Non, Haïganouch, c'est une façon de parler, il fait noir pour tout le monde, se reprend Araxie.

— Alors comment on fait pour savoir où on va ?

— Il y a oncle Krikor qui nous guide. Il sait marcher dans la nuit.

— Comment il sait ?

— Il a appris quand il était petit.

— Moi aussi j'apprendrai, Araxie ?

— C'est ce que tu fais en ce moment, Haïganouch, et tu le fais très bien. Tout le monde est fier de toi.

Ils marchent depuis une heure quand un frisson de panique parcourt la cohorte des femmes. En tête du convoi, les hommes prennent un autre chemin qui s'enfonce entre les collines. Au-dessus de leurs têtes, leurs mains se lèvent et s'agitent pour envoyer des au revoir et des *batchig*. Des *hrazhesht*. Des adieux désespérés. Les femmes, à leur tour, brandissent à bout de bras leurs bébés, et les enfants assez grands pour le faire sautent sur place pour apercevoir une dernière fois leur papa, leur oncle, leur grand-père ou leur frère.

— Où vont-ils ? Où les emmenez-vous ? hurle une vieille à l'officier qui passe.

— Ils prennent un autre chemin, répond-il sèchement, vous vous retrouverez plus loin !

Maintenant les femmes les ont dépassés, et les hommes disparaissent derrière une colline.

C'est un trou de verdure au creux des collines bleues, brodé de mûriers et d'aubépines. Au fond chante un ruisseau limpide. Il court dans l'herbe verte qui bruit sur ses berges du silence léger des fleurs de pavot sauvage. Leurs corolles rouges sont des papillons écarlates. Krikor est le premier à rouler dans l'herbe, sa chemise blanche mouchetée de trois taches de sang. Comme des coquelicots. Les autres tombent à leur tour, entraînés par la corde ou fauchés par la mitraille. De l'autre côté du ruisseau, les Kurdes, coiffés de leur toque noire, les tirent comme à l'exercice. Les gendarmes ne participent pas au massacre. Ils se contentent de pousser les déportés dans le vallon où ils sont abattus.

Les trois balles n'ont pas eu raison de Krikor. Il gît sur le dos, dans les coquelicots, paralysé de la tête aux pieds mais conscient, le regard tourné vers le haut de la colline. Aucune douleur, le corps anesthésié par les blessures. Il n'entend plus rien non plus. Il voit tous ces braves pères de famille, ses vieux camarades, ses compagnons des champs, ses voisins serviables, ses frères, et tous ces pauvres garçons, ces gamins paniqués, dont les corps tressautent en silence sous les balles qui les criblent et les transpercent. Et ils tombent au ralenti, et ils roulent comme ils s'amusaient à rouler en bas des collines quand ils étaient gosses. Jusqu'à buter mollement contre lui, en grappes, la bouche déchirée d'une muette terreur. Ils meurent par dizaines, à chaque salve. Par centaines, jusqu'au dernier. Un millier, dira un jour un historien. Tous, des plus vieux aux gamins de douze ans, tombent, roulent et s'empilent sur Krikor. Et leur sang écarlate ruisselle jusqu'à rougir le ruisseau qui s'engorge des tripes qui s'échappent de leurs ventres, vipères fuyantes et fumantes. Un nuage âcre de poudre et de fumée flotte au-dessus d'eux, dans le joli ciel bleu du printemps.

Alors les Kurdes assassins se lèvent en riant, enjambent le ruisseau ensanglanté, et égorgent un à un morts et survivants pour fouiller leurs cadavres et se partager leurs quelques biens. Quand ils ne trouvent qu'une piastre, une bague ou une dent en or, ils crachent au visage du mort dont la gorge gargouille encore, et maudissent sa pingrerie au nom de leur Prophète.

4

1915 – Erzeroum

— Mais elle n'a pas de portes ! s'écrie Hilde von Blitsch.

Christopher Patterson saute de la Peugeot Type 150. Hilde est la fille du consul d'Allemagne à Erzeroum, lui le fils du fondateur de la James Patterson Children Foundation.

— On dirait un canot en teck sur des roues !

Elle tourne autour de l'automobile et laisse glisser ses doigts sur le bois couleur de miel et le gris-bleu de l'acier. Autour d'eux, à distance respectable, une foule sombre de regards noirs contemple l'automobile. Ces pauvres gens n'ont jamais rien vu de pareil.

— C'est bien mieux qu'un canot, explique Christopher, c'est un skiff ! C'est ce bateau que le chevalier René de Knyff a donné comme modèle au carrossier français Henri Labourdette pour concevoir ce bijou d'élégance.

— Mais elle n'a pas de portes ! répète Hilde.

— « La coque d'un skiff n'est solide que parce qu'elle n'a pas d'ouverture », a dit Labourdette.

« Qu'à Dieu ne plaise, a répondu le chevalier, vous la concevrez donc sans portes ! – Mais comment feront conducteurs et passagers pour s'y installer ? – Ils lèveront la jambe, tout simplement ! – Mais les passagères ? – Elles la lèveront aussi, aurait répondu le chevalier, et ça nous donnera l'occasion de voir si elles l'ont longue et belle ! »

Christopher tend la main à Hilde et l'invite à enjamber le bastingage du skiff pour prendre place sur la banquette en cuir capitonné bleu marine.

Quand Heinrich von Blitsch sort du consulat, la foule, par réflexe, élargit son cercle d'un bon pas prudent. Même s'il ne veut rien en laisser paraître, le vieil officier à la retraite reçoit l'élégance de cette automobile française comme une offense à toute la rationnelle puissance de l'industrie allemande.

— Ce n'est donc que ça, lâche-t-il, désabusé. Ça me rappelle un peu les *motoscafi* de Venise quand j'y étais en poste.

— Excusez-moi, Votre Honneur, mais il ne s'agit pas ici de simple bois verni. La coque de l'habitacle est faite de trois couches d'acajou croisées sur une ossature en cœur de frêne et le tout est solidarisé par dix mille rivets en cuivre.

Von Blitsch raidit sa nuque pour marquer son indifférence. Plus encore que les voitures françaises, il méprise l'arrogance infantile et matérialiste des Américains. Pourtant, malgré ses avertissements, Hilde semble bien décidée à s'amouracher de ce jeune et riche rouquin, et sa chancellerie lui a suggéré de ne pas s'y opposer. L'office des Affaires étrangères de la Wilhelmstrasse semble y voir une opportunité de tenir à l'œil la fondation humanitaire Patterson. Nul ne sait combien de temps encore les États-Unis d'Amérique se tiendront hors du conflit qui déchire l'Europe, et toutes les chancelleries cherchent à s'en informer. Et il ne fait de doute pour personne qu'une institution comme la Patterson, dont le fondateur fréquente la famille et la maison du président Woodrow Wilson, sera discrètement prévenue en temps voulu dans l'hypothèse d'une entrée en guerre.

Autour d'eux, les gens sont si sales et si loqueteux que von Blitsch ne saurait dire s'ils sont artisans, gueux, mendiants ou paysans. Il n'a jamais compris pourquoi le Reich s'encombrait de ce peuple arriéré. Sinon peut-être pour son élite arrogante qui prétend vouloir recréer le grand Empire panturc à une époque où, justement, tous les empires se font la guerre pour oublier qu'ils vacillent sur leurs pieds d'argile.

— N'allez pas trop loin, la région est un peu agitée avec tous ces transferts de population, et soumettez-vous de bonne grâce à tous les contrôles.

— Bien entendu, Votre Honneur. J'ai toujours un fanion aux couleurs des États-Unis d'Amérique pour bien m'identifier de loin.

— Dans ce cas, placez sur l'autre aile un fanion du Reich impérial que je vais vous faire porter. Notre aigle sera certainement plus efficace et plus convaincant auprès des autorités locales que vos étoiles. Vous avez bien vos *tezkere* sur vous, n'est-ce pas ?

— Rassurez-vous, Votre Honneur, je ne me sépare jamais de mon laissez-passer et je connais toutes ces routes par cœur depuis que la fondation a construit un nouvel orphelinat dans cette région.

Von Blitsch ne répond pas à ce jeune idiot qui lui donne du « Votre Honneur », lui rappelant à chaque flatterie sa disgrâce, lui qui avait espéré terminer sa carrière diplomatique comme « Son Excellence ».

Quand Christopher lance le moteur de la Peugeot, la moitié de la foule prend peur et s'écarte.

— Soyez rentrés dans quatre heures au plus tard, et envoyez un messager si vous avez le moindre problème, ordonne von Blitsch en haussant la voix pour couvrir la pétarade du moteur.

— C'est un quatre-cylindres de quarante chevaux-vapeur, Votre Honneur, avec une boîte de vitesses de quatre rapports qui peut nous propulser à soixante kilomètres à l'heure !

— Ce n'est surtout qu'une mécanique, jeune homme. Un prétentieux assemblage de cliquets, de pistons et de ressorts qui ne demande qu'à se déglinguer au premier cahot. Ou pire encore, un moteur à explosion qui peut prendre feu à tout instant.

L'Américain préfère couper court et relâche le frein. La foule se fend aussitôt et hurle de joie et de peur à la fois quand l'automobile s'engage dans les ruelles qui dévalent vers la plaine au-delà des portes de la ville.

Hilde se retourne pour admirer la ligne harmonieuse qui termine l'habitacle.

— C'est comme un bateau à l'envers, s'enthousiasme-t-elle.

— Les Français ont compris bien avant tout le monde qu'en matière de vitesse et d'aérodynamisme, la façon de sortir de l'air importe autant que celle d'y pénétrer. D'où la proue à l'arrière !

Mais Hilde n'écoute plus. D'abord elle se grise du vent qui glisse dans ses cheveux et son corsage. Elle se perd en rêveries, dans ce paysage de haute plaine qui reverdit sous la ligne lointaine des sommets enneigés. Puis son cœur se serre à la vue de ce qui reste des grands mouvements de population dont elle n'a pas été témoin. Tout ce qu'elle aperçoit le long de la route trouble ses certitudes. Ces hommes en armes, affairés autour de toutes ces charrettes. Et cette odeur quelquefois. De charogne. Comme si des bêtes pourrissaient au creux des fossés. Ou dans les vallons derrière les collines. Puis la vitesse l'enivre à nouveau.

— Où m'emmenez-vous alors ? demande-t-elle soudain, tirant Christopher du plaisir silencieux de pousser sa Peugeot à ses limites.

— Jusqu'au caprice d'une rivière qui n'est encore qu'un simple torrent. Nous allons contourner la montagne et nous serons hors du monde, je vous le promets. Un éden secret.

— Très tentant comme aventure. Aurons-nous l'occasion de nous baigner ?

— Si vous avez emporté votre tenue de bain, pourquoi pas ? dit-il en lui souriant.

— Et pourquoi en aurais-je besoin ? répond-elle en soutenant son regard.

Il préfère ne pas se convaincre de ce que sous-entend cette franchise toute germanique. De bonnes âmes l'ont mis en garde, avant son départ, contre les pouvoirs tentateurs des pécheresses européennes. La fougue tauromachique des Espagnoles, les dévergondages sacrilèges des belles Italiennes, l'inventivité audacieuse des Françaises en matière d'amour, et les ébats naturistes et décomplexés des Allemandes et des Nordiques.

Ils passent deux contrôles où tous les gendarmes se regroupent pour admirer l'automobile et la femme européenne à la peau blanche. Ils roulent encore une heure. Le paysage se plisse de montagnes arides qu'une route pierreuse escalade en corniche. En contrebas, la rivière creuse la terre blanche d'un sillon tortueux et verdoyant. Puis le chemin redescend vers la berge et soudain la rivière enroule un méandre autour d'une large grève de sable blanc. Christopher arrête la Peugeot à l'ombre d'un bouquet d'eucalyptus.

— C'est magnifique, murmure Hilde, à court de mots.

Un bassin naturel d'eau lisse et limpide, sur un fond de cailloux ronds et roux dans le soleil. De part et d'autre chante le torrent qui gambade ses écumes blanches entre les rochers. Sur la rive opposée, le méandre a échancré une falaise en éboulis d'où dégringole un maigre ruisseau. Hilde est subjuguée, mais Christopher semble déçu.

— D'habitude c'est une joyeuse et puissante cascade qui dévale de là-haut.

— C'est déjà merveilleux comme ça, dit-elle en sautant de la voiture, vous aviez raison, c'est un jardin d'Éden.

Son mouvement soulève sa robe et dévoile ses jolies jambes jusqu'aux cuisses.

— Un jardin d'Éden, répète-t-elle en dénouant déjà les rubans de sa robe.

En une seconde elle est nue dans l'ombre mouchetée de bleu des eucalyptus. Il est saisi par la beauté somptueuse de ce corps qui ajoute à celle du paysage, et la regarde entrer dans le soleil et l'onde qui se plisse. Quand l'eau cristalline atteint le haut de ses cuisses, le froid lui arrache un petit cri de surprise. Puis elle avance dans l'eau jusqu'aux fesses et se tourne vivement vers lui. Elle tend les bras au ciel pour l'inviter à la rejoindre, et la vue de ses seins suspendus par le mouvement le fait tressaillir. Alors elle se laisse tomber en arrière dans l'onde qui éclabousse la lumière, et elle nage sur le dos jusqu'à la maigre cascade. De la berge, dans la rivière que le soleil illumine de reflets, il aperçoit à chacun de ses mouvements ses tétons effrontés tendus contre le ciel bleu et la touffe blonde de son sexe perlée de lumière. Quand elle s'approche de l'éboulis, elle reprend pied et se tourne vers lui, les seins à fleur d'eau.

— Christopher ?

— Oui, Hilde.

— Me feriez-vous l'amour sur ces rochers chauffés par le soleil ?

Il se tait, le temps d'y croire et de trouver une réponse.

— Je n'osais l'espérer, bredouille-t-il enfin d'une voix troublée. M'autorisez-vous à vous photographier ?

Il prend dans sa voiture un appareil à pellicule Kodak dont il déplie le soufflet et cherche Hilde dans le viseur.

— Me le permettez-vous ?

Elle lui a tourné le dos et il s'étonne que ce puisse être par pudeur.

— Me le permettez-vous ? répète-t-il.

Mais elle ne l'écoute pas. Elle s'est retournée vers le sommet de l'éboulis où le ruisseau grossit par à-coups. Là-haut, le torrent s'agite de sanglots. Ses eaux débordent et basculent par-dessus les rochers. Par spasmes. Des flots d'eau giclés à travers la pierraille. Puis des convulsions plus troubles forcent le passage. Une eau lourde et sombre jaillit alors d'entre les roches qui tremblent mais résistent, puis quelque chose cède quelque part et la cascade vomit sur Hilde, pétrifiée, des centaines de corps mutilés dans un jus noir pestilentiel.

Hilde hurle, hystérique, dans le bassin bientôt encombré de cadavres flottants qui l'encerclent et l'enserrent. Elle s'époumone d'horreur. Un cri continu, strident, qui la paralyse.

Par réflexe, Christopher photographie la scène macabre jusqu'au bout de son rouleau de pellicule. Puis, réalisant que Hilde est restée tétanisée au milieu du charnier, il se précipite dans l'eau pour la faire sortir. Il se force à ne regarder qu'elle – à ne pas voir les corps au milieu desquels il se fraye un passage, sans quitter du regard le dos crispé de Hilde qui hurle toujours. Puis la rivière, surprise par l'horreur, reprend de sa force et de son courant. Emportant lentement vers l'aval le flot de cadavres. Christopher plaque Hilde contre lui, cachant ses yeux de sa main, et l'entraîne à contre-courant. Quand il rejoint enfin l'eau vive et claire de la rivière en amont, il force Hilde à tourner le dos à la cascade.

— Voilà, c'est fini. Ne vous retournez pas.

Mais Hilde ne répond pas. Elle ne crie plus. Elle reste dans ses bras sans réagir, et il la raccompagne doucement vers la berge, jusqu'à la voiture.

— Venez, vous allez prendre froid.

Il enlève sa chemise pour couvrir ce corps qu'il s'apprêtait, quelques minutes plus tôt, à aimer. Maintenant, il l'essuie juste pour qu'elle ne prenne pas froid et que cesse ce tremblement incontrôlé qui l'agite de plus en plus. Il l'habille en prenant soin qu'elle reste dos à la rivière. Il lui parle, mais ne reçoit en retour de la jeune femme qu'un regard vide.

Derrière elle, la rivière charrie les derniers corps dans son courant redevenu indifférent. De toute cette horreur, il ne reste bientôt plus rien. La petite plage dans le méandre est à nouveau un éden inattendu. Rien ne semble avoir changé, sauf Hilde qui s'affaisse contre Christopher, épuisée, vidée par son cri d'épouvante. Il la prend dans ses bras et la dépose sur la banquette de la Peugeot. Il sait qu'elle ne dort pas. Qu'elle s'est murée dans un silence éveillé. Qu'elle s'est coupée du monde et de lui. Il remet sa chemise et observe une dernière fois ce paysage pur comme un premier matin du monde. Une beauté éternelle, à faire douter de ce cauchemar éphémère. Mais il sait bien ce qu'ils ont vécu. Cette abomination qui donne raison à toutes ces rumeurs.

5

1915 – Sur les chemins des abattoirs, Turquie

Les tueries commencent dès le premier jour, quelques heures à peine après la disparition des hommes, quand ils changent de *sandjak*. Les gendarmes n'ont pas de compétences d'un district à l'autre et une nouvelle escorte attend les déportés. Malgré leur semblant d'uniforme, ceux-là ne sont pas des zaptié et ne s'en cachent pas. Ce sont des Kurdes mal fagotés en faux gendarmes. Avant de rebrousser chemin, les vrais, furieux d'être privés du butin final, poussent leurs montures dans la foule et enlèvent par les cheveux quelques jeunes filles qui supplient leurs mères de les sauver. Certains se disputent la même enfant qu'ils écartèlent entre leurs chevaux qui trépignent. Les mères glapissent et s'accrochent aux bottes des cavaliers ou à la crinière de leurs montures, et quand les gendarmes repartent au galop, ils traînent les pauvres femmes dans la terre.

Ce sont les seuls malheurs, ou presque, de ce jour dont les lendemains seront de braise. Araxie et Haïganouch marchent en silence, main dans la main, avec leurs cousines Mélinée et Siroune et d'autres enfants au regard creusé par la peur. D'instinct, les mères se sont regroupées autour de leurs petits. De temps à autre, la troupe se tétanise et se contracte sous l'aiguillon d'un cri d'horreur, sans jamais savoir qui a hurlé ni pourquoi. Au soir tombant, ils arrivent près d'un bourg et les Kurdes ordonnent la halte. Celles qui demandent où sont les abris et les tentes pour les enfants sont battues à coups de bâton. D'autres sont traînées jusqu'au bivouac de l'escorte, sous les rires gras et salaces des faux soldats. Elles hurlent des suppliques à leurs tortionnaires. Des adieux déchirés à leur famille. Puis, résignées, elles pleurent des recommandations de prudence à leurs enfants en larmes qui ne les reverront plus.

Quand le campement s'installe dans la pénombre de la nuit et que chacun s'effondre de fatigue, Araxie devine l'ampleur du drame. À perte de vue, les corps épuisés jonchent le sol. Des femmes ronflent déjà, d'autres murmurent. Des enfants qui n'ont plus la force de pleurer hoquettent. Araxie se convainc que le malheur qui a frappé Haïganouch est un bienfait. Au moins ne voit-elle pas ça.

Du côté du bourg, Araxie entrevoit la masse silencieuse des paysans turcs. Une femme s'en approche, à genoux, et demande à acheter de quoi manger pour ses enfants. Une main lui tend quelques fruits. Une autre du pain. Une troisième l'assomme d'un coup de bâton. Le bois se casse et la femme, étourdie, le ramasse.

— Qu'est-ce que tu fais, giavour ?

— Pour faire du feu, s'il te plaît, la nuit est froide. J'ai deux bébés.

— Brûles-en un pour réchauffer l'autre !

— Il fallait dire à ton diable de ne pas t'engrosser, chienne d'infidèle !

— Moi j'ai du bois, dit une autre voix dans l'ombre.

— Oh merci, merci, Dieu te le rendra…

— Je me fous que ton Dieu me le rende ou pas, du moment que tu me le payes. C'est une piastre la brassée.

La foule anonyme rit dans la nuit. Un pied repousse la femme dans la masse avachie des déportés et elle ne se relève pas, brisée par cette journée de cauchemar. Un peu plus tard, les Kurdes en réveillent d'autres à coups de bottes et les obligent à rassembler leur maigre bétail, quelques chèvres ou brebis, à l'écart du campement.

Au matin, quand le camp se réveille sous le fouet et les hurlements des Kurdes, la panique secoue les déportés glacés par la rosée. Pendant la nuit, tous les animaux que les soldats avaient regroupés à l'écart ont disparu. Les Kurdes les ont vendus aux paysans turcs du bourg qui ne s'en cachent pas. Ils se pavanent avec devant les mères résignées qui leur quémandent un peu de lait pour leurs enfants. Le lait des animaux qu'on leur a volés est à vendre maintenant, et les femmes sont désemparées. Les hommes avaient gardé sur eux l'or et l'argent pour acheter de quoi nourrir leur famille. Aujourd'hui ils ne sont plus là et ceux qui restent n'ont plus rien. Quand la cohorte reprend la route, entre deux murs de paysans agglutinés, certains jettent un quignon de pain ou un fruit blet. Pour mieux rire de voir ces chiennes infidèles se battre pour en arracher un morceau.

Ce jour-là, un premier enfant meurt d'insolation une heure à peine après le départ, mais sa mère le garde dans ses bras pour ne pas l'abandonner dans le fossé. Il ne faut pas que les Kurdes devinent sa mort. Elle sait comment ils les attrapent par un pied et les lancent en l'air pour les trancher d'un coup de sabre. Ou comment ils les jettent au milieu de leurs chevaux en furie pour en faire la chèvre humaine de leur *bouzkachi*. Elle les a bien vus faire avec des bébés vivants, alors avec un nourrisson mort !

Ce jour est terrible. Le soleil fait de la terre blanche une fournaise. Elles ont marché cinquante kilomètres hier et en marcheront autant aujourd'hui. Sans eau. Sans presque rien à manger. Des femmes abandonnent. Elles titubent et trébuchent, puis se laissent choir sur le côté de la route. Des bras épuisés se tendent pour les aider, mais les cavaliers se précipitent. Ils cabrent leur cheval et se déhanchent sur leur selle pour regarder la femme qui les implore de l'achever. La plupart du temps, ils se contentent de lui percer le ventre de la pointe de leur sabre et repartent au galop vers une autre silhouette qui s'affaisse à son tour dans la poussière.

Bientôt le chef des Kurdes s'énerve. Ils sont en retard. Il faut marcher plus vite. Il place quatre cavaliers sabre au clair à l'arrière de la colonne avec ordre de tuer ceux qui traînent. Les premiers à tomber sous leurs lames sont les enfants des femmes mortes qui ne savent plus qui suivre. Ensuite, ce sont des vieilles. Le Kurde promet de trancher lui-même la tête de tous les enfants seuls qui retardent la marche. Les mères rameutent leurs petits qui se cramponnent entre eux et s'accrochent aux vêtements des grands. Araxie croise alors le regard haineux de l'officier. Il les a vues, Haïganouch et elle, et éperonne son cheval aux yeux fous. Haïganouch devine la charge elle aussi. Son petit corps se raidit, comme s'il attendait le coup invisible qui va les tuer toutes les deux.

La gifle est si forte que la petite aveugle en trébuche. Araxie se retourne pour voir qui a osé s'en prendre à sa petite sœur, et une même gifle lui brûle la joue. C'est une vieille femme qui vient de les frapper et les attrape maintenant toutes les deux par les cheveux pour les tirer contre elle.

— Vous préférez mourir plutôt que de vous occuper de moi ? hurle-t-elle. Petites-filles indignes ! J'étais la mère de votre père. Que son âme vous maudisse si vous m'abandonnez !

Le Kurde fait tournoyer son cheval énervé autour d'elles, son sabre à la main.

— Ces filles sont à toi, vieille sorcière ? aboie-t-il. Alors tiens-les bien, sinon je leur tranche la tête et je la jette aux chiens.

— Ne te donne pas cette peine, effendi, répond en turc la femme d'une voix rouge de colère. Si elles traînent et m'abandonnent, je leur briserai le crâne à coups de pierre avant de mourir sous ton sabre.

L'homme cabre sa monture plusieurs fois, son regard noir planté dans celui de la vieille qui tient les deux petites contre elle. Puis son attention est attirée ailleurs, et il lance son cheval vers un gamin arrêté qui pleure et hurle d'être tout seul.

— Maintenant je suis votre grand-mère, compris, votre *medz mama* Chakée. Et vous ne me quittez plus !

C'est au soir de leur rencontre que Chakée apprend aux filles à récolter de quoi manger dans le crottin. Pas les crottins de leur convoi, ceux de la veille. Les crottins déjà séchés au soleil qui s'effritent mieux et puent moins. Les réduire en poudre entre les doigts pour y récupérer les graines mal digérées par les chevaux. Chakée a fait un baluchon d'un vêtement abandonné et elles récupèrent les crottes de cheval pendant la marche. Quand il s'en aperçoit, un cavalier fond sur Chakée et lui demande ce qu'elle ose faire en s'écartant de la horde.

— Je ramasse du crottin pour nourrir mes filles, répond-elle.

L'homme la regarde, interdit, puis explose d'un rire qui fait tressauter ses joues sales d'une mauvaise barbe.

— Vous êtes bien les enfants du peuple souillé et impur des porcs ! vocifère-t-il. Quelle mère d'Islam nourrirait ses enfants de la merde d'un cheval. Montre-moi tes filles, que je ne baise pas leur ventre plein de bouse !

Chakée lui désigne Araxie et Haïganouch d'un mouvement de la tête. Avant de pousser son cheval au galop, l'homme lui crache son dégoût au visage.

— C'est dégoûtant…, murmure Araxie.

— Tu y arrives ? demande Chakée à Haïganouch.

— C'est facile, répond la petite fille, regarde.

Elle tend la main, et Chakée la félicite pour la poignée de graines dans sa paume.

— Nous en mâcherons une poignée trois fois par jour, explique-t-elle, mais sans le montrer aux autres.

Si tout le monde ramasse le crottin, il n'y aura pas assez de graines. Le reste du temps, gardez ceci dans votre bouche.

Elle tend à Araxie un petit caillou rond, et pose le même dans la main d'Haïganouch.

— Mais c'est un caillou ! s'étonne la petite aveugle.

— Il trompera ta faim. Quand ta bouche salive, ton ventre croit que tu manges, alors il en oublie qu'il a faim et te laisse tranquille. Gardez-les pour demain, et dormez maintenant.

Chakée s'allonge et les deux gamines se collent à elle pour la réchauffer. Mais la grand-mère ronfle un mauvais rêve.

Plus tard dans la nuit Haïganouch se réveille, les épaules serrées par le froid, les yeux au ciel et le nez plissé.

— Qu'y a-t-il, mon ange ? demande Chakée qui ne dormait qu'à moitié.

— Ça sent le sang.

— Le sang ? s'inquiète medz mama. Mais tout le monde ici saigne ou est souillé de sang, *tsakeuss*.

Haïganouch froisse à nouveau son nez d'enfant et hume l'air froid autour d'elle.

— Oui, mais ça sent le sang chaud.

— C'est moi, sanglote Araxie, je saigne. Je crois qu'ils m'ont blessée au ventre dans la nuit.

Chakée se redresse et s'agenouille. Haïganouch se rapproche.

— Comment t'ont-ils blessée ? Où as-tu mal ?

— Je ne sais pas, pleure Araxie, je n'ai rien entendu. Je rêvais qu'ils nous plantaient leurs couteaux dans le ventre, et je me suis réveillée en saignant.

Chakée calme la peur de la fillette et soulève ses haillons, mais ne remarque aucune blessure sur son petit ventre sale et creux.

— D'où saignes-tu, mon ange ?

— Là, dit Araxie, entre mes cuisses.

Chakée comprend alors et la serre dans ses bras.

— Tu n'es pas blessée, mon ange, c'est juste ton corps qui se prépare pour que tu puisses devenir maman un jour.

— Araxie va avoir un bébé ? se réjouit Haïganouch.

— Non, mais à partir de maintenant, elle est prête si elle veut en avoir.

Et Chakée explique aux deux petites filles comment le corps d'Araxie fera chaque mois un lit douillet de sang bien chaud pour accueillir la graine qui deviendra un enfant.

— Ce n'est pas grave, alors, medz mama ?

— Non, tsakeuss, ce n'est pas grave. Et à partir d'aujourd'hui, ça t'arrivera une fois par mois.

— Alors il faut bien mâcher tes graines, conseille Haïganouch, sentencieuse, sinon tu vas avoir un arbre dans le ventre au lieu d'un bébé.

— Ce n'est pas le même genre de graine, Haïganouch, sourit Chakée. Je vous expliquerai tout ça plus tard. Essuie le sang comme tu peux, Araxie, demain je troquerai quelque chose contre un tissu propre et un peu d'eau et je te laverai.

Araxie, rassurée, s'endort dans les bras d'Haïganouch, mais Chakée a plus de mal à retrouver le sommeil. Comment parler d'enfantement dans ce cortège de mort ? Qui voudrait faire naître une âme innocente dans cet enfer ?

Le même enfer qui dure plusieurs jours, avant qu'un autre matin se lève sur un autre cauchemar. C'est le silence qui réveille Araxie. Pas le silence de ceux qui dorment encore, mais de ceux qui regardent, debout parmi les morts, ce qui les attend. La veille, sous les cravaches de ses gardiens, la horde est arrivée en retard, à la nuit tombée. Ce matin, sous le soleil encore frisquet, elle découvre ce qu'elle croyait être une colline et qui n'est qu'un amoncellement de cadavres haut comme deux maisons. Des corps obscènes dans leur abandon, enchevêtrés, à moitié nus, désarticulés.

Pas un mot, ce matin-là, quand les cavaliers kurdes reforment en riant le convoi qu'ils encadrent de toutes parts. Ils donnent l'ordre de marche, fouettant au hasard parmi les malheureuses en guenilles, et les premières s'engagent sur la droite pour contourner la macabre colline. Vingt cavaliers surgissent aussitôt au galop et les sabrent pour les rabattre sur la gauche. De l'autre côté du convoi, vingt autres Kurdes surgissent aussi et leur odieux dessein devient clair : même si la plaine est immense de chaque côté de l'amoncellement de cadavres, ils veulent, par jeu, forcer ces chiennes impures et leur progéniture puante à l'escalader. Les premières qui hésitent sont abattues. Les autres trébuchent sur les chairs molles et leurs pieds s'enfoncent dans les blessures. Elles se redressent, écrasant des visages sans regard, et à leur suite la colonne famélique grimpe sur l'amas répugnant. Mille morts-vivants sur mille morts déjà suppliciés. Ceux qui ne seront bientôt plus sur ceux qui ont été. Vivants ou morts, la même horreur.

Quand elles arrivent à leur tour au pied du sinistre monticule, Araxie murmure à Haïganouch de ne s'occuper de rien, de ne rien chercher à savoir, de grimper à quatre pattes jusqu'en haut et de ne s'arrêter que quand elle le lui criera. Puis elle se tourne vers Chakée qui pleure en silence, et prend sa main.

— Ne t'en fais pas, medz mama, ne lâche pas ma main et suis-moi.

Et elles montent toutes les trois sur les corps, sans s'arrêter, encouragées par Araxie qui guide Haïganouch de la voix et Chakée de la main. Elles grimpent sans regarder sur quoi elles marchent, dans le nuage vrombissant des mouches hystériques. Derrière elles grimpent Mélinée, Siroune et Maridza, leur maman, qui ne peut vomir qu'un maigre et aigre filet de bile. Il y a deux jours déjà, son petit Boghos s'est assis sur le bas-côté, épuisé, profitant d'un moment d'inattention hébétée de sa mère. Un cavalier qui n'attendait que ça a déboulé au grand galop pour le frapper de son sabre. Depuis la pauvre femme n'est plus que le fantôme de son âme défaite, que ses deux petites filles aident à survivre.

Par deux fois Araxie retient Chakée et l'empêche de tomber, lui évitant de mourir piétinée par celles que les cavaliers forcent à grimper plus vite.

— Tiens bon, medz mama, tiens bon. Nous y sommes presque.

Mais le temps qu'elle se retourne, Haïganouch est arrivée en haut et Araxie l'alerte trop tard. La petite aveugle pose une main dans le vide et bascule de l'autre côté du charnier.

— Medz mama, je t'en supplie, fais les derniers mètres toute seule. Reste à quatre pattes.

— Va, va, tsakeuss, va, mon ange, laisse-moi et va t'occuper de ta petite sœur.

— À quatre pattes, tu m'entends, medz mama, à quatre pattes et à reculons en descendant pour surveiller celles qui tombent !

Puis elle se hisse comme un chien fou jusqu'au sommet et cherche Haïganouch des yeux. Elle l'aperçoit qui attend, immobile, épargnée par miracle par l'éboulement des corps qui finissent par faire glisser toute la macabre colline.

Araxie s'inquiète de Chakée qu'elle ne voit pas. Déjà les cavaliers kurdes, fiers d'eux, contournent le monticule pour encadrer celles qui l'ont passé. Mais leurs ordres sont contradictoires et Araxie comprend que tout cela n'était qu'un amusement pour eux. Le convoi va se reformer pour une nouvelle étape. Elle décide alors de s'éloigner pour attendre Chakée à l'abri, quand Maridza fond sur elles.

— Où sont-elles, où sont mes filles ? Où sont Siroune et Mélinée ? Vous les avez vues ? Où sont mes enfants ?

La peur déchire sa gorge. Au moment de basculer ensemble pour redescendre, une femme s'est affaissée sur elle et les mains de ses filles ont glissé des siennes. Dans sa folle inquiétude, Maridza court vers un des cavaliers pour le supplier de l'aider à retrouver ses enfants. Il l'égorge d'un seul coup de sabre et sa supplique se perd dans un borborygme.

— C'était ta mère ? hurle le cavalier à Araxie.

— Non, maman c'est elle, là-bas, ment-elle par réflexe en pointant son doigt vers une inconnue au loin.

— Alors rejoignez-la et regroupez-vous avec les autres, nous allons repartir.

Araxie prend Haïganouch par la main et s'éloigne en courant.

Dans sa tête, la petite aveugle imagine le chaos autour d'elle et se demande où est Chakée. Elle est heureuse qu'Araxie soit toujours là, mais elle aimerait que medz mama le soit aussi. Elle devine les Kurdes autour d'elles, au piétinement de leurs chevaux et à leurs voix. Ce sont les seuls qui rient et parlent fort.

— Araxie, pourquoi ils ont fait ça ?

— Parce qu'ils ne nous aiment pas.

— Ils vont nous tuer nous aussi ?

— Peut-être qu'ils vont essayer, Haïganouch, mais je ne les laisserai pas faire.

— Et Chakée, ils l'ont tuée ?

— Non. Elle a dû s'égarer dans la bousculade, je vais la retrouver.

— Je l'aime bien, Chakée…

Après l'horreur de l'escalade, les Kurdes laissent les survivantes errer dans la plaine. La plupart sont tombées, épuisées, incapables de faire un pas de plus, dispersées dans la poussière et l'herbe rare. D'autres titubent à la recherche d'êtres aimés. Glaneuses d'âmes après la moisson des morts. Araxie et Haïganouch retrouvent d'abord Siroune, qui pleure après sa maman. Araxie préfère lui mentir. Les Kurdes ont forcé Maridza à avancer, lui dit-elle. Elle a dû partir devant, mais elles vont la rattraper.

— Mélinée est avec maman ?

— Oui, ment encore Araxie. Nous les rejoindrons avant ce soir. Elles nous attendent sûrement au prochain campement.

C'est un peu plus loin qu'elles découvrent Mélinée dans les bras d'une femme accroupie, les yeux aux cieux, le regard hébété. Mais quand Siroune se précipite pour embrasser sa sœur, la tête de la petite roule et pend sur le côté.

— Elle s'est brisé la nuque dans la chute. Elle s'est brisé la nuque dans la chute, répète la femme dans un souffle effaré. Elle s'est brisé la nuque… J'ai essayé de la protéger, mais je n'ai pas pu. Je le jure, j'ai essayé. C'est vrai, j'ai essayé. J'ai essayé, j'ai essayé…

Et la pauvre femme meurt à son tour. D'épuisement et de tristesse. Araxie insiste, mais Siroune ne veut pas lâcher sa sœur.

— Va voir maman et dis-lui qu'elle revienne nous chercher. Je l'attends ici avec Mélinée.

— Ta maman ne peut pas revenir, Siroune. Les Turcs la tueraient si elle revenait en arrière. C'est à nous de la rejoindre.

— Non, se fâche la petite, je ne veux pas laisser Mélinée ici. Maman va revenir.

C'est Haïganouch qui s'agenouille devant elle et cherche de ses petites mains son visage. De ses pouces qui les devinent, elle sèche les larmes sous les yeux de Siroune, puis pose son petit front contre celui de sa cousine.

— Siroune, je suis désolée de te dire ça, mais ta maman n'est pas partie devant. Ta maman est morte,

Siroune, comme Mélinée. Tu es toute seule maintenant, et il faut que tu viennes avec nous.

— Maman est morte ?

— Oui, Siroune.

— Tu es sûre ?

— Oui, Siroune.

— Alors je n'ai plus personne ? Je suis toute seule ?

— Tu n'as plus personne de ta famille, Siroune, mais tu nous as, nous, Araxie et moi. Et medz mama Chakée.

La petite fille, sidérée, fixe la plaine jonchée de corps dont personne ne peut dire s'ils sont morts ou pas, puis ce ciel sans oiseaux qui ne ressemble plus à rien.

— Non, je vais retrouver maman et rester avec elle et Mélinée, dit-elle d'un ton soudain plus sûr. Je vais prendre Mélinée dans mes bras et nous allons chercher maman, et après je vais mourir à côté d'elles, comme ça nous irons toutes les trois au ciel ensemble.

Elle se lève, prend sa petite sœur dans ses bras, et Araxie n'a pas le courage de la retenir. Elle la regarde partir parmi les corps avachis de fatigue et de malheur. C'est l'image qu'elles garderont de leur cousine toute leur vie, Araxie qui la voit, et Haïganouch qui l'imagine.

Elles retrouvent medz mama Chakée un peu plus loin, sans honte de leurs cris de joie au milieu d'autant de pleurs silencieux. La vieille femme s'est foulé le poignet en roulant sur les cadavres et tente de se confectionner une attelle. Elle a récupéré un bout de bois et déchiré des lanières de tissu dans la robe d'une morte.

— Laisse-moi faire, dit Araxie tandis qu'Haïganouch se colle contre le dos de la grand-mère, ses bras autour de son cou.

— Tu n'as pas d'autre blessure ? lui demande la petite aveugle.

— Non, à part mon cœur qui saigne de ce que j'ai vu.

— Qu'as-tu fait pendant que nous te cherchions ? la gronde pour rire Haïganouch.

— Ça ! répond Chakée en ouvrant un mouchoir noué par les quatre coins.

Des graines de crottin, des quignons de pain, des miettes de fromage rance, des trognons de fruits blets, et quelques bouts de gras de viande.

— Où as-tu trouvé ça, medz mama ?

— Dans les poubelles des Turcs. Ceux du convoi précédent ont dû bivouaquer par là-bas, dit-elle en montrant un bosquet d'arbres maigres, et le sol était jonché de détritus.

— Si tu as réussi à aller jusque là-bas, réfléchit Araxie, pourquoi tu ne t'es pas enfuie avec tes provisions ?

— Parce que j'avais besoin que quelqu'un me fasse une attelle et que j'étais sûre que tu faisais ça très bien, répond Chakée. Allez, retournons au milieu des survivants. Quand les Turcs le décideront, ils nous regrouperont avec violence et ceux qui seront restés sur les côtés prendront tous les coups.

Mais Chakée a tort. Ce jour-là, les Turcs regroupent bien les survivants et les blessés avec sauvagerie, mais le convoi ne va pas plus loin. Un cavalier kurde ordonne à la cohorte de lui faire face. Ce maréchal d'opérette qui a fait coudre de faux galons et des fourragères sur une veste de gendarme s'adresse à toutes ces femmes avilies à qui il a fait perdre leur arrogance de chrétiennes. À ces femelles qu'il a réduites au rang de truies. À cette sous-humanité dont l'existence même est une insulte à son Dieu miséricordieux.

— Je sais que vous êtes fatiguées, le voyage a été long, alors nous resterons là ce soir. Ceux qui doivent vous accueillir au prochain campement ne sont pas prêts. Vous allez pouvoir vous reposer jusqu'à demain.

Derrière lui, des cavaliers se sont regroupés, armés d'un court javelot en bois. Jailli de nulle part résonne alors le roulement d'un tambour et Araxie sent les épaules d'Haïganouch tressaillir dans ses bras. C'est le même davoul à deux faces en peau de chèvre qu'elles ont entendu à Erzeroum, quand le crieur public a annoncé la déportation. Mais aussitôt le son joyeux d'une *zourna* vient s'entortiller autour du rythme obsédant du tambour.

— Qu'est-ce qu'ils font, Araxie ?

— On dirait qu'ils préparent une fête. Il y a beaucoup de chevaux. Je ne sais pas…

— Ils se préparent pour un *djirit*, explique Chakée, les cavaliers vont se poursuivre à tour de rôle et se lancer leurs javelots.

— Ils vont se tuer ?

— Non, leurs javelots ne sont pas pointus.

— C'est un jeu de guerre ? demande Haïganouch.

— Non, ils disent même que c'est un jeu de paix, un jeu de pardon : celui qui échappe au javelot est pardonné.

— Alors pourquoi ils nous tuent, nous, au lieu de nous pardonner comme ils le font entre eux ?

— Parce que nous n'avons rien à nous faire pardonner, Haïganouch, répond Araxie d'une voix dure.

Des hommes ont tracé deux lignes espacées d'une centaine de mètres dans la terre sèche. Les équipes se sont réparties derrière chaque ligne. Soudain, un cavalier sort du rang et se précipite au galop vers le camp d'en face. Il lance son javelot sur un de ses adversaires, qui l'évite. Aussitôt l'homme fait demi-tour, poursuivi par celui qu'il a défié et qui brandit son javelot à son tour. Apparaissent alors des villageois et des paysans attirés par les clameurs des cavaliers kurdes. Les hommes choisissent aussitôt leur équipe et bientôt éructent des cris sauvages pour l'encourager. Les femmes, silencieuses, admirent les fringants cavaliers et retiennent leurs enfants qui sautent de joie à la vue du spectacle. Quand un javelot frappe un des cavaliers et rapporte quatre points à son lanceur, un hourvari fait trembler le ciel. Qu'un homme se saisisse au passage du bois qui lui était destiné, et la foule rugit de plaisir. Qu'un autre perde son javelot, et ce sont des huées que la foule enragée déverse sur lui.

Seules les déportées, assises dans la poussière, restent muettes. Les yeux creux, le regard vide, elles fixent sans le voir le ballet viril des chevaux au galop et attendent. Dans leur dos, la foule se moque et s'énerve. Une pierre fuse et frappe à la tête une femme, qui chancelle en silence puis tombe de côté. Enfin morte. Des hommes au rire graveleux envoient des enfants qui marchent à peine donner des coups de pied dans les reins des plus vieilles. Et les enfants de la haine recommencent, encore et encore, vexés de ce que les vieilles n'aient même plus la force de se plaindre. Chakée se retourne et aperçoit une petite fille dans la foule. Elle ne quitte pas Araxie et Haïganouch de ses yeux perçants d'ébonite. La vieille femme prend ses deux protégées dans ses bras sans lâcher la petite fille du regard.

Sur le terrain, un cavalier marque quatre points et les paysans se désintéressent aussitôt de ces pouilleuses qui meurent.

Chakée sait qu'il n'y a rien à attendre de ces hommes. Aucune pitié. Aucune clémence. Elle serre contre elle les deux petites sœurs pour les protéger des pierres que de temps en temps des enfants continuent de leur jeter quand un de leurs champions fait un mauvais lancer. Alors, pour les distraire, elle entonne la comptine des doigts de la main en posant tour à tour ses doigts sur le bout du nez des deux petites.

Pouce crie : « Ils arrivent, ils arrivent ! »
Index demande : « Qui arrive ? Qui arrive ? »
Majeur répond : « Les loups arrivent, les loups arrivent. »
Annulaire s'écrie : « Fuyons vite, fuyons vite ! »
Mais Petit Doigt pleure et dit : « Je suis bien trop petit,
Je n'ai ni pied ni aile,
Je ne peux ni marcher ni m'envoler pour fuir ! »

Puis, posant un baiser dans les cheveux des deux petites, elle se penche à leur oreille pour murmurer la fin de la comptine :

Alors Pouce, de sa grosse voix, dit :
« Puisque c'est comme ça, nous ne fuirons pas,
Devant les loups nous ne reculerons pas,
Épaule contre épaule nous nous tiendrons,
Et tous ensemble un poing nous deviendrons
pour assommer les loups. »

Les chevaux ont à présent disparu. Les cavaliers se sont éloignés au pas vers des feux de camp dans le lointain. Certains viendront, dans l'ombre de la nuit, une torche à la main, choisir une femme encore bonne à violer que le dernier égorgera avant d'aller dormir, quand il pensera l'avoir assez souillée.

Sous le ciel immense les Kurdes n'ont laissé aucune sentinelle. Chakée se lève pour aller ramasser du crottin quand quelque chose frappe sa tête et tombe dans son dos. Ni une pierre ni un bâton. Quelque chose de plus gros et de moins dur. Elle se retourne et devine, dans la pénombre, une jeune femme avec la petite fille aux yeux d'ébonite cramponnée à ses jupes. Lorsque son regard croise celui de Chakée, la femme tire aussitôt son enfant par la main et disparaît dans la masse sombre du village. Chakée cherche à tâtons ce qu'elle lui a lancé. Quelque chose en toile. Un petit baluchon. Quand elle dénoue le tissu, elle sent aussitôt l'odeur des *keufté* et des *dolma.* Elle le referme aussitôt et va réveiller les filles.

— Suivez-moi !

— On se sauve ? demande Araxie.

— Non, on va manger, répond Haïganouch.

— Comment tu le sais ?

— J'ai senti les boulettes de viande et les feuilles de vigne farcies, répond sa petite sœur en fouillant l'obscurité de ses narines dilatées.

— Haïganouch a raison, murmure Chakée, mais allons les manger à l'abri des regards.

Elles enjambent des femmes et des enfants au regard implorant, que Chakée se force à ne pas regarder.

— On ne pourrait pas partager avec eux ? murmure Araxie.

— Non, répond Chakée, il n'y a pas de quoi sauver tout le monde. Juste vous.

Une fois à l'écart, medz mama fait l'inventaire de leur trésor. La petite Turque l'a comptée elle aussi dans ce qu'elle a demandé à sa mère de préparer, et les larmes montent aux yeux de la vieille femme. Trois keufté à l'agneau, trois dolma de riz aux pignons de pin, et trois lavach.

— Ne prenons qu'un demi-dolma et un peu de pain pour ce soir. Demain matin, nous mangerons la moitié du keufté pour avoir la force de reprendre la marche.

La feuille de vigne fond dans la bouche d'Araxie. On la croirait beurrée. Le riz rond, un peu ferme, roule entre sa langue et son palais. Le dolma est bon, mais ceux de sa maman étaient bien meilleurs. Chakée leur donne aussi les restes qu'elle a récupérés dans les poubelles des Turcs. Elle leur conseille de s'en nourrir d'abord, et de garder une bouchée de dolma pour terminer sur un bon goût. Puis elle cache les keufté et le reste du pain dans ses vêtements et elles retournent se mettre à l'abri au milieu du groupe qui s'est endormi, la mort au ventre. Comme toujours, la nuit est fraîche, sans feu ni couverture. Les petites se serrent contre la vieille femme. Au loin, des chiens se disputent des os. Chakée prie en silence que ce ne soit pas ceux du cadavre d'une pauvre chrétienne. D'une enfant. De Siroune ou de Mélinée dont les filles lui ont parlé. Mon Dieu, faites que ce ne soit pas Siroune ou Mélinée ! Au-dessus d'elles, le ciel est immense. La lune presque ronde. Des chiens indécents sont parmi elles, maintenant. Ils trottent en silence en reniflant la mort. Au loin une femme, emportée par plusieurs mains, hurle une terreur feutrée par la distance. Araxie s'allonge sur le dos et se perd dans la nuit étoilée qui les enveloppe, hantée par le monceau de cadavres à cent mètres de là.

La lueur la réveille bien avant le jour. Les Turcs ont mis le feu à la colline de cadavres. Ils jettent dans des charrettes à bras les corps qu'ils trouvent et qu'ils vont déverser près du bûcher après les avoir détroussés du peu qu'il leur restait. Quand ils passent parmi les femmes et les enfants endormis, ils les réveillent à coups de pied pour vérifier qu'ils sont encore un peu vivants. Ceux qui sont trop épuisés pour protester finissent dans le bûcher. Araxie se redresse et s'assied, les bras croisés et l'œil farouche, pour les empêcher de toucher aux corps assoupis d'Haïganouch et de Chakée.

— Ne lâche pas ma main, Araxie, ni celle d'Haïganouch.

Le soldat est comme ivre, les yeux luisants d'une folie qui le consume. Il remonte la sente à flanc de ravin dans laquelle la colonne s'est engagée. Au fond de la gorge, sous les arbres, elles entendent gronder un torrent. Elles vont sûrement franchir un pont pour passer la rivière, mais Chakée s'inquiète de ne voir personne sur le sentier qui remonte de l'autre côté. Quand elle voit le sabre du Kurde poisseux de sang de la pointe jusqu'à la garde, elle comprend. Et l'homme le devine quand leurs regards se croisent. L'arrogance de cette vieille chrétienne immonde qui l'accuse du regard le rend fou. Il n'y peut rien, lui, si ceux de l'Organisation spéciale ont vu trop petit pour cet abattoir dont les cadavres engorgent la rivière. Trop de chrétiennes à achever. Leurs corps ont obstrué le cours d'eau. Il a ordre d'avertir l'arrière-garde. De faire que ces chiennes rebroussent chemin. Et de prévenir les prochains convois de se détourner vers les autres lieux d'abattage prévus. C'est sa mission. Et voilà que cette grand-mère empuantie de sa propre urine et de sa merde ose lever les yeux sur lui pour lui dire, d'un regard, la brute sanguinaire qu'il est ! Il se précipite sur Chakée, sa lame brandie à deux mains, mais un silex éclate son front et lui déchire un œil, brisant net son élan. La brute titube sous le choc. Refuse de croire au sang qui brouille sa vue et le fait chanceler. Ses jambes se dérobent. Araxie s'est saisie d'une deuxième pierre. L'homme recule par réflexe. Un pas de trop. Il se cambre, mouline des bras, lâche son sabre, et bascule à la renverse dans le ravin.

Au même moment, les gardes se préviennent par cris qu'il faut faire demi-tour et un gradé remonte la colonne à cheval. Chakée plaque Araxie et Haïganouch contre la paroi rocheuse et laisse passer le macabre convoi des survivantes. Tant qu'elle n'aperçoit pas de garde, elle préfère reprendre ses forces et ses esprits. Quand elle pousse Araxie et Haïganouch à se glisser à nouveau parmi les déportées, une jeune femme leur laisse une place à ses côtés.

— Il y a tellement de cadavres dans la rivière qu'ils font barrage. L'eau monte, murmure-t-elle, c'est pour ça.

— Depuis combien de temps es-tu là ? s'étonne Chakée.

— Notre convoi est arrivé hier matin. Les gardes nous ont expliqué que les hommes de l'Organisation avaient choisi ce pont comme abattoir et que nous étions venus jusqu'ici rien que pour ça.

— Mon Dieu…, murmure Chakée. Combien étiez-vous ?

— Comme vous. Trois mille au départ. Un tiers en moins quand ils ont exécuté les hommes.

— Ils les ont exécutés, tu en es sûre ?

— Deux blessés ont réussi à s'échapper et à nous rejoindre de nuit au campement suivant.

— Et combien sont morts dans cette gorge ?

— Tous ceux des convois qui nous ont précédés. Des deux mille que nous étions après le massacre des hommes, moins les centaines de femmes et d'enfants qui sont morts sur la route, nous devions être mille cinq cents. Il ne reste pas plus de deux cents rescapés de notre convoi. Ils ont tué tous les autres, au sabre et au poignard, un par un…

Elles continuent à marcher en silence. Haïganouch a tout entendu et ne lâche pas la main de sa sœur.

— Ils vont nous tuer nous aussi, Araxie ?

— Jamais de la vie ! répond-elle avec colère, une pierre toujours à la main.

— Mais s'ils m'attachent quand même avec toi et d'autres enfants pour nous jeter d'un pont dans la rivière, tu m'aideras à nager ?

— Personne ne nous attachera, Haïganouch. Medz mama et moi, nous ne laisserons personne te faire du mal.

— Même pas les organisateurs ?

— Même pas eux !

Mais quand elles arrivent en haut du sentier, quand elles débouchent sur la plaine, un autre convoi est déjà là, et des hommes à cheval aussi. Les mêmes qu'au pont…

6

1915 – Erzeroum

La Peugeot grimpe les ruelles mal pavées d'Erzeroum, vers la citadelle et le quartier des diplomates. Christopher conduit comme un possédé. Il a déjà renversé deux étals et une foule hargneuse court après la voiture. Mais la rumeur a circulé plus vite que la Peugeot Type 150 et, sous le drapeau allemand du consulat, Heinrich von Blitsch l'attend déjà, l'air martial et furieux. Quand Christopher se penche sur Hilde, couchée en chien de fusil, et la prend dans ses bras, le baron comprend qu'il est arrivé quelque chose et hurle après ses gens pour qu'ils aillent aider le jeune homme.

— Que s'est-il passé ? crie von Blitsch.

— Pas ici, répond Christopher en le bousculant, pas ici, entrons.

Von Blitsch, inquiet, le précède à l'intérieur du consulat jusqu'à un salon.

— Un serpent ? s'inquiète le diplomate. Un accident ?

— Pas ici, je vous en prie, implore Christopher. Faites appeler un médecin et sortir tout le monde.

— Le médecin est en route. Pourquoi voulez-vous faire sortir tout le monde ?

— Faites ce que je vous dis ! s'emporte Christopher.

Le consul, qui n'avait d'yeux que pour sa fille, remarque soudain l'état du jeune Américain. Ce n'est pas de l'inquiétude qu'il perçoit en lui, ni même de l'angoisse. C'est de la terreur.

— Tout le monde dehors ! hurle-t-il alors à la cantonade. *Raus ! Schnell !* Allez-vous enfin me dire ce qui s'est passé ? ordonne-t-il une fois qu'ils se retrouvent seuls.

— Il ne s'est rien passé..., commence Christopher, que le contrecoup assomme soudain.

— Comment ça, il ne s'est rien passé ? Regardez dans quel état est ma fille, il est forcément arrivé quelque chose !

— Je veux dire que nous n'avons rien fait, rien subi, c'est juste que...

— Mais quoi, bon Dieu ?

— ... que nous avons vu quelque chose d'horrible !

— Quoi ? Mais qu'avez-vous donc vu pour que... ?

— Hilde était dans l'eau...

— Dans l'eau ?

— ... et soudain tous ces cadavres !

— Des cadavres ? Où ça, où étiez-vous ? Où avez-vous donc emmené ma pauvre fille ?

Christopher n'a pas le temps de répondre. Un serviteur turc, l'échine courbée, introduit un homme replet et barbichu.

— Qui êtes-vous ? demande von Blitsch, hors de lui.

— Je suis le médecin personnel du commandant de la troisième armée, consul effendi. Le commandant m'envoie en urgence au chevet de votre fille.

— Je me fous de votre troisième armée, je veux mon médecin personnel, je veux le docteur Engelmann. Où est Engelmann ?

— On le cherche, consul effendi, répond le docteur obséquieux, mais en attendant, laissez-moi ausculter Mlle von Blitsch, au cas où des soins immédiats lui seraient nécessaires.

— Des soins immédiats ? Mais cela fait déjà deux heures que cet imbécile d'Américain traîne ma pauvre fille dans son automobile !

— Il a raison, intervient Christopher, en attendant l'avis de votre médecin personnel, il vaut peut-être mieux pour Hilde…

— Ne me dites pas ce qui est bon ou pas pour Hilde ! siffle von Blitsch entre ses dents en venant se coller au jeune homme, face contre face.

Le médecin turc en profite pour s'approcher de la banquette où est allongée Hilde. Il examine ses yeux, teste ses réflexes, évalue la réactivité de ses muscles.

— Que s'est-il passé ?

— Elle a vu quelque chose qui l'a littéralement sidérée et depuis elle est dans cet état, explique Christopher.

— Qu'a-t-elle donc bien pu voir de si effrayant ?

— Je préfère réserver ce témoignage à M. le consul.

Le docteur se redresse, piqué au vif, et prend à témoin von Blitsch :

— Comment voulez-vous que j'établisse un diagnostic si vous me cachez des faits ?

L'Américain se tourne vers le diplomate.

— Votre Honneur, c'est l'état de Hilde qu'il faut apprécier. Peu importe ce qui a provoqué le choc, c'est sa gravité qui est du ressort de la médecine, pas sa cause.

Mais Heinrich von Blitsch réplique, le doigt pointé comme une baïonnette :

— Écoutez-moi bien, espèce de petit con prétentieux d'Américain, vous allez dire à ce médecin tout ce dont il a besoin pour soigner ma fille, vous m'avez bien compris ?

— Sauf votre respect, Votre Honneur, je ne parlerai de ce que nous avons vu à personne d'autre que vous en privé, ou à mes propres autorités consulaires.

— Espèce de…, braille von Blitsch en levant le poing au moment où la porte s'entrouvre.

En voyant la haute silhouette dégingandée du docteur Engelmann, le consul abandonne l'Américain et se précipite à sa rencontre.

— C'est Hilde, dit-il, elle est dans un état inquiétant et cet imbécile ne veut pas nous dire pourquoi.

— Peu importe le pourquoi, lâche le médecin allemand. L'essentiel est de savoir comment et à quel point.

— Je veux bien le dire au docteur Engelmann, mais…

L'Américain plante son regard dans celui, noir d'orgueil, du médecin turc et suspend sa phrase.

— On va vous reconduire, docteur, merci d'être venu, dit sèchement le consul en appelant le majordome.

Le docteur du commandant de la troisième armée sort en claquant les talons, l'air pincé, comme si l'affront giflait à travers lui l'Empire turc tout entier. Christopher s'assure qu'il n'est pas resté à les écouter derrière la porte, puis rejoint von Blitsch et Engelmann. Il les prend par le bras pour les entraîner à l'autre bout de la pièce.

— Évitons à Hilde d'entendre le récit de ce qui l'a traumatisée, souffle-t-il à voix basse.

Il leur raconte très exactement ce qu'a vécu la jeune femme et, mot après mot, le visage des deux Allemands se décompose. Le consul doit s'asseoir dans un fauteuil, accablé d'horreur, tandis que le docteur va rejoindre Hilde, toujours allongée sur le sofa.

— Mon Dieu, soupire von Blitsch, tout ça est donc vrai ?

— Tout ça quoi ? s'étonne Christopher.

— Tous ces massacres, toutes ces déportations, toutes ces rumeurs… On dit que tous ces convois de déplacés n'ont d'autre destination que la mort. Et que ceux qui survivent sont déportés et abandonnés à leur sort au cœur du désert de Deir-ez-Zor pour y mourir de soif et de faim…

Christopher se laisse tomber dans un fauteuil à son tour.

— Vous n'avez donc jamais entendu parler du massacre des notables et des intellectuels arméniens d'Istamboul en avril dernier ? intervient le docteur Engelmann d'un ton de reproche.

— Si, bien sûr, tout le monde a entendu parler de cet incident.

— Un incident ? Deux cent cinquante-six morts et deux mille trois cent quarante-sept déportations ! Ce n'était pas un incident, monsieur le consul, c'était un signal.

— Un signal, allons donc ! Et le signal de quoi, je vous prie ?

— Celui du déclenchement du plan de Talaat pacha, le ministre de l'Intérieur, pour la purification ethnique et confessionnelle de l'Empire. Le comité Union et Progrès veut la mort de tous les Arméniens et, après eux, de tous les chrétiens de l'Empire !

— Tous ? Mais que dites-vous là, docteur Engelmann, on ne massacre pas deux millions et demi de pauvres gens sans que le concert des nations s'en offusque ! Ce n'est pas possible !

— Et que faites-vous des massacres hamidiens de 1894, il y a vingt ans à peine ? Deux cent mille morts. Vingt-cinq mille rien qu'à Diarbekir. Et le pogrom d'Adana, en 1909, trente mille morts ! Ouvrez les yeux, monsieur le consul, l'Empire a décidé de se débarrasser de ses chrétiens et l'extermination programmée des Arméniens est en marche.

— Mais je me moque des Arméniens et de leur complot contre l'Empire ! hurle soudain le consul. Occupez-vous plutôt de ma fille au lieu de défendre ces renégats ! Savez-vous au moins de quoi elle souffre ?

Le docteur Engelmann reprend le pouls de la jeune femme.

— Ces marbrures aux genoux…

— Ce ne sont pas des ecchymoses ?

— Non. Avec ses doigts et ses oreilles cyanosés et son pouls irrégulier, elle présente tous les signes d'un état de choc.

— Elle va donc se reprendre dès qu'elle se remettra de sa frayeur, c'est ça ? tente de se rassurer von Blitsch.

Le docteur hésite, se relève, et entraîne à son tour le consul à l'autre bout de la pièce. Christopher reste aux côtés de Hilde en lui tenant la main, mais elle le regarde sans le voir.

— C'est plus compliqué que ça, chuchote le docteur Engelmann. L'état de choc est en fait une insuffisance de perfusion tissulaire qui entraîne une anoxie cellulaire avec déviation anaérobie du métabolisme.

— Qu'est-ce que c'est que ce charabia, docteur ? Employez des mots que je puisse comprendre.

— C'est une défaillance circulatoire périphérique aiguë. Le sang riche en oxygène n'afflue plus de façon suffisante vers les cellules du corps dont il entraîne la mort et par conséquent la désorganisation des tissus et des organes.

— Pour une simple frayeur ? panique le consul.

— Ce que votre fille a vu a provoqué plus qu'une frayeur. Dans des cas comme le sien, on parle de « sidération ». Un traumatisme psychologique qui bloque le psychisme. Une sorte de réflexe émotionnel qui met en échec les mécanismes habituels de défense.

— Quoi, dites-vous que ma fille est folle ? Ces horreurs l'auraient fait basculer dans la démence ?

— Pas du tout. Le cerveau de Hilde a déclenché un blocage immédiat pour lui permettre de ne plus jamais revivre ce qu'elle a vu.

— Mais elle ne souffre pas, n'est-ce pas ?

— Pas à proprement parler. Cela dit, l'état de choc, selon son intensité et sa durée, peut s'attaquer aux cellules de certains organes vitaux.

— Mais vous allez la guérir, Engelmann !

— Hélas, je n'y peux pas grand-chose. Il lui faut un hôpital, avec des spécialistes compétents. Il faut au plus vite procéder à un certain nombre d'examens. Bref, il vous faut quitter Erzeroum et la ramener en Allemagne, de préférence à Berlin, de toute urgence. Je vous donnerai des lettres de recommandation pour des confrères de grande renommée.

— Et en attendant son départ ? demande Christopher sans lâcher la main de la jeune femme.

Le docteur Engelmann revient vers le sofa où Hilde, pâle, demeure hagarde, totalement étrangère à ce qui se dit autour d'elle.

— Il faut l'installer de façon confortable, dégrafer tout ce qui peut gêner sa respiration. Veillez aussi à ce qu'elle n'ait ni trop chaud ni trop froid, et gardez ses jambes posées sur un oreiller pour favoriser l'apport de sang aux organes vitaux et…

Des éclats de voix et des bruits de pas interrompent le docteur Engelmann. Avant que le consul ait pu s'en inquiéter, la porte s'ouvre brutalement et un colonel allemand entre, suivi de plusieurs officiers et de deux soldats portant un brancard.

— Qu'est-ce que… ?

— Taisez-vous, von Blitsch ! ordonne le colonel. Votre fille est en danger et nous venons la sauver.

— Mais je vous interdis…

— Pauvre civil de merde, grogne le colonel, pensez-vous vraiment que votre médecin de ville va la sauver ? Savez-vous seulement ce qu'est un état de choc ? Ce mondain libéral qui soigne en secret les ennemis de l'Empire vous a-t-il expliqué comment les conséquences du traumatisme s'aggravaient avec le temps ?

— Que voulez-vous dire ? s'alarme aussitôt le consul.

— Si les organes vitaux ne sont pas irrigués de sang neuf dans les six heures qui suivent le choc, leur dégradation est irréversible et la mort certaine à terme. Vous l'a-t-il dit, votre bon petit docteur ?

— Engelmann ? interroge le consul.

— Rien n'est certain sans examen, tente le médecin. L'état de choc…

— L'état de choc relève de la médecine de guerre, pauvre imbécile ! glapit le colonel. Nos hôpitaux de campagne sont pleins de ces garçons foudroyés sur place par l'horreur de ce qu'ils ont vécu. Pour être franc, votre fille n'a plus qu'une heure ou deux avant que son état ne se dégrade de façon irréversible !

Le consul s'appuie à un guéridon, et le colonel fait signe à ses soldats d'emporter sa fille sur la civière. Von Blitsch émerge de son vertige et s'élance pour suivre les militaires, mais le colonel l'arrête.

— Non, ne l'accompagnez pas, vous ne lui seriez d'aucun secours. Nous allons lui donner du sang pour irriguer son corps à nouveau. Je vous tiendrai personnellement au courant de son état. Préparez par contre dès à présent votre retour à Berlin. Je recommanderai votre fille auprès du service psychiatrique du Beelitz-Heilstätten à Potsdam.

— Psychiatrique ?

— Nous allons guérir votre fille, monsieur le consul, mais la sortir de sa sidération nécessite des soins que nous, militaires, ne maîtrisons pas. En revanche, ils savent très bien faire ça au Beelitz-Heilstätten.

Von Blitsch s'avance vers le colonel et lui serre chaleureusement la main pour le remercier, mais le militaire se dégage et le prend par le bras.

— Nous n'en avons pas fini, monsieur le consul, vous allez maintenant me raconter en détail ce qui a pu plonger votre aimable fille dans un tel état.

— Je ne saurais vous le dire, colonel, je n'y étais pas. C'est ce garçon, de la James Patterson Children Foundation, qui l'accompagnait quand c'est arrivé, à ce qu'il m'a dit.

— À ce qu'il vous a dit ? Eh bien, voyons ce qu'il nous dira, à nous. Soldats, arrêtez cet homme.

7

1915 – Istamboul, Turquie

Ce sont trois de leurs pires bourreaux qui sauvent Araxie, Haïganouch et medz mama Chakée de la mort. Grâce à la froide colère d'un homme qu'elles ne connaissent pas et ne connaîtront jamais.

L'homme est assis sur un simple banc de bois, dans un grand et haut couloir de ce qui fut un palais. Bien mis, dans un costume gris de bonne coupe, le col serré par un nœud papillon, il patiente, les jambes croisées avec élégance, son chapeau à la main.

Derrière une lourde porte en bois se cache depuis une heure l'homme arrogant et prétentieux qui prend un malin plaisir à le faire patienter. Il est le petit maître, par la taille, de ce qui reste de la grande Turquie. Celui qui hier l'a poussée à la guerre, qui l'entraîne dans la défaite aujourd'hui et qui demain laissera dans cette région du monde une terre de désolation. Mais pour l'instant il est encore le maître puissant et redouté du pays. Il laisse courir la rumeur selon laquelle, au cours de l'assaut pour prendre le pouvoir, il a lui-même assassiné celui dont il allait prendre le poste de ministre de la Guerre.

L'homme qui attend dans le couloir le sait. Tout comme il sait que celui qui se fait appeler le « conquérant d'Edirné » et se rêve en Bonaparte turc pour avoir étudié à Paris est un piètre stratège. Quatre-vingt-dix mille de ses hommes sont morts à la bataille de Sarikamis, contre les Russes. Trente mille fauchés sur le champ de bataille, les soixante mille autres morts gelés avant même d'avoir combattu. Par sa faute. Par sa prétention suicidaire et l'impréparation irresponsable de son commandement. On raconte que lui-même a été sauvé dans la débandade par un soldat arménien qui l'a porté sur son dos pendant des heures, dans la neige et le froid, pour le ramener à l'abri de ses lignes. L'homme dans le couloir sait tout ça, et bien plus encore, parce qu'il s'appelle Henry Morgenthau et qu'il est l'ambassadeur des États-Unis auprès de la Sublime Porte.

— M. le ministre de la Guerre va vous recevoir !

Morgenthau se lève sans cacher son mécontentement et entre dans un grand bureau en contre-jour. À sa table de travail, Enver pacha a pris la pose, légèrement cambré, une main sur la hanche et l'autre bien à plat sur la table. Presque fluet, sanglé dans une vareuse militaire à col dur décoré de fourragères, de médailles et d'épaulettes à galons dorés, il porte sur la tête une toque en karakul noir.

— Monsieur l'ambassadeur, asseyez-vous, je vous en prie. Décidément, nous ne nous quittons plus !

— C'est que, monsieur le ministre, les événements se précipitent dans l'Empire, je suppose que vous n'êtes pas sans le savoir.

— Tout dépend de quels événements vous parlez, monsieur l'ambassadeur, soyez donc plus explicite.

— Je parle des massacres de civils chrétiens organisés par l'armée et perpétrés par l'Organisation spéciale de votre parti, quelques tribus kurdes affidées et des bandes de condamnés de droit commun relâchés pour la circonstance.

Enver pacha s'applique à signer quelques documents sans importance avant de répondre.

— Monsieur Morgenthau, voilà un langage fort peu diplomatique pour un ambassadeur. D'autres que moi pourraient s'en sentir offensés au nom de la grande Turquie.

— Je ne crois pas, monsieur le ministre, que la diplomatie ait sa place dans ce genre de situation.

— Monsieur l'ambassadeur, la diplomatie a sa place partout où le représentant légal d'un peuple souverain reçoit l'ambassadeur officiel d'un pays ami.

— Dans ce cas, monsieur le ministre, étant donné le rapport étayé de témoignages photographiques que je m'apprête à faire suivre à ma chancellerie, je crains que nos pays ne restent pas amis très longtemps.

— Si vous parlez du déplacement des personnes connues…

— Je parle en effet de la déportation et du massacre des Arméniens.

— … du déplacement des personnes connues donc, comme je viens de le dire, vous devez savoir, monsieur l'ambassadeur, qu'il a été décidé d'éloigner ces personnes du front de l'Est pour deux raisons : les protéger des vicissitudes de la guerre d'une part et éviter la fraternisation avec les régiments arméniens de l'armée russe d'autre part.

— Moi je vous parle, monsieur le ministre, de la déportation de ce qui reste de la communauté arménienne civile après le désarmement et l'exécution de tous les hommes sous l'uniforme de l'Empire. Il n'y a, sur les routes de la déportation, que des cadavres de femmes, d'enfants et de vieillards.

— Les aléas d'un déplacement de masse en temps de guerre, monsieur l'ambassadeur… Et aucune preuve n'est jamais remontée jusqu'au gouvernement de ce que vous prétendez.

Morgenthau sort alors de la poche intérieure de sa veste une liasse de photos qu'il jette sur le bureau.

— D'où tenez-vous ça ? s'insurge Enver pacha qui se raidit sur son siège.

— D'un de mes compatriotes qui était, lors de cette macabre découverte, en compagnie de la fille du consul d'Allemagne à Erzeroum, Heinrich von Blitsch, monsieur le ministre. Laquelle fille a été si traumatisée face à tant d'horreurs qu'elle a dû être rapatriée à Berlin, en état de choc. Accompagnée de son père qui, bien entendu, va en référer directement à sa chancellerie, lui aussi.

Enver pacha regarde encore les photos avant de les ranger dans un tiroir de sa table de travail.

— Comme vous le savez, monsieur l'ambassadeur, je suis ministre de la Guerre et ce dont vous prétendez m'alerter concerne des civils et n'entre pas dans mes prérogatives. Je vous renvoie donc à notre ministre de l'Intérieur, Talaat pacha, en charge du déplacement des personnes connues.

Il se saisit d'un téléphone, et demande à parler à son collègue du gouvernement.

— Monsieur le ministre de l'Intérieur, j'ai là dans mon bureau M. Morgenthau qui m'entretient de problèmes consécutifs au déplacement des personnes connues… Pardon ? Oui, encore ! Comme cela est de votre ressort, je vais le faire conduire jusqu'à vous par un huissier.

Morgenthau s'est déjà levé.

— Épargnez votre huissier, je connais le chemin qui mène au bureau du ministre de l'Intérieur.

— Il semblerait, en effet, se moque Enver pacha.

Morgenthau se dirige vers la porte qu'un chambellan ouvre déjà, mais il s'arrête et se retourne vers l'officiel turc qui ne l'a pas raccompagné.

— Chacun sait que c'est vous qui dirigez ce pays, monsieur le ministre, et vous serez tenu pour responsable de ces crimes autant que les autres. L'Histoire vous jugera.

— L'Histoire, monsieur l'ambassadeur, ce sont les vainqueurs qui l'écrivent, et les crimes, dans l'Histoire, sont toujours ceux des vaincus. Ceux des vainqueurs s'appellent des victoires.

— Dans ce cas, monsieur le ministre, je vous recommande vivement de gagner cette guerre, sinon je me ferai un plaisir de témoigner à votre procès.

À peine la porte refermée derrière Morgenthau, on entend le bruit d'un encrier qui se fracasse contre un mur, faisant sursauter les deux gardes.

Quelques minutes plus tard, Morgenthau est dans le bureau de Talaat pacha. Un ogre. Un géant.

Mains de pierre et cou de taureau. Il porte sans élégance une redingote ouverte sur un gilet tendu par sa bedaine et boutonné comme une guêtre. Lui aussi est coiffé du karakul traditionnel, et ses épaisses moustaches ressemblent à des cornes de bœuf. Ministre de l'Intérieur, il est le chef de la police, des milices, des bandes kurdes et des tchété. Mais Morgenthau sait qu'il est surtout le grand théoricien de l'épuration et l'ordonnateur de l'extermination des chrétiens.

— Mais pourquoi vous entêtez-vous à vous préoccuper du sort de ces personnes connues ? soupire aussitôt le sanguin ministre. Ces gens ne sont pourtant ni juifs ni américains, que je sache !

Contrairement au mince et fluet Enver pacha qui doit compenser son physique peu flatteur par une sournoise intelligence, le massif Talaat est tout en violence, dans son attitude comme dans ses propos.

— Parce que ce sont des êtres humains et qu'ils doivent être traités comme tels, répond l'ambassadeur.

— Ce sont des traîtres et des conspirateurs, qui ne cherchent qu'à poignarder dans le dos le pays qui les héberge.

— Qui les héberge ? s'emporte Morgenthau. Les dynasties seldjoukide puis ottomane ne se sont installées en Anatolie qu'à partir du XIe siècle, alors que la présence des Arméniens sur ces terres est attestée depuis 2492 avant Jésus-Christ. Leur premier royaume s'est établi dans le Caucase dès le VIe siècle avant notre ère. Comment pouvez-vous dire que l'Empire les héberge !

— Parce que votre lecture de l'Histoire est faussée par leur propagande, monsieur Morgenthau. Les personnes connues d'aujourd'hui ne sont pas les descendants des Haï dont ils se réclament. C'est un peuple opportuniste et parasite qui s'est approprié l'histoire des Haï pour justifier l'existence de royaumes antérieurs. L'Arménie n'a jamais existé.

— Qui sont donc ces millions de gens, alors ? se moque Morgenthau.

Talaat lève sa carcasse de Goliath. Le gilet, sous sa redingote, est prêt à craquer et déjà la colère qu'il retient mal gorge de sang les veines de son cou.

— Eh bien, des gens, justement. Une population errante et vagabonde, dispersée sur plusieurs États et qui n'a, en tant que nation, jamais construit de pays. Des gens qui n'ont historiquement aucune légitimité sur aucun territoire, et par conséquent aucune légitimité à exister en tant qu'État. Comme les Kurdes, les Yézidis ou les Juifs. Vous êtes bien placé pour reconnaître, monsieur Morgenthau, qu'il n'existe pas d'État juif, n'est-ce pas ?

L'ambassadeur est effondré par une telle manipulation de l'Histoire, mais les digressions brutales et la mauvaise foi de Talaat lui sont coutumières.

— Je ne comprends pas l'acharnement de l'Empire contre cette population, monsieur le ministre. Comment un pays comme la Turquie peut-il envisager de se passer de la communauté la plus productive et la plus industrieuse de sa population ? Avez-vous seulement idée de ce que cela coûtera à votre économie ?

Talaat regarde alors l'ambassadeur dans les yeux, un sourire satisfait aux lèvres. Puis il prend le temps de contourner son bureau et de s'asseoir dessus, avant de répondre.

— Oui, nous savons ce que cela nous coûtera de régler définitivement la question des personnes connues. Il nous en coûtera très exactement cinq millions de livres, monsieur l'ambassadeur, nous l'avons calculé.

— Cinq millions de livres ? Et comment espérez-vous... ?

— Les biens des personnes connues disparues reviendront à l'État et compenseront ce coût.

— Mais même en acceptant ce cynique calcul, cela ne compensera que la perte immédiate ! Qu'en sera-t-il de l'économie de la Turquie dans les années qui suivront ?

— Les Turcs sont des citoyens tout aussi industrieux et ingénieux que les personnes connues. Quand les moyens de production et de commerce qu'avait confisqués à son profit la minorité chrétienne leur reviendront, ils produiront tout autant de richesses qui enrichiront l'Empire plutôt que de financer des séditions.

— Alors tout ce qu'on dit de ces confiscations à travers la commission des biens abandonnés est donc vrai !

— Bien sûr que c'est vrai, monsieur l'ambassadeur. C'est la réaction d'un État de droit en défense de ses intérêts face à une faction subversive de sa population, de surcroît soupçonnée de liens avec l'ennemi russe, et qui attaque la nation qui pourtant la nourrit et la protège.

— Comment pouvez-vous... ?

Cette fois, Talaat ne peut retenir sa colère et frappe si fort du plat de sa main d'équarrisseur sa table de travail que Morgenthau en sursaute. La porte s'entrouvre et laisse passer la tête inquiète d'un garde que Talaat congédie aussitôt d'un geste méprisant.

— Il suffit, monsieur Morgenthau, nous parlons ici de choses d'État qu'en tant que juif vous ne pouvez comprendre.

— Je suis américain, monsieur le ministre, citoyen et ambassadeur américain.

— Oui, mais vous vous comportez ici comme un Juif avant tout, monsieur Morgenthau. Ce n'est pas la première fois et nous en avons déjà averti votre gouvernement. Les États sont éternels, monsieur Morgenthau, pas les ambassadeurs.

— Ni les gouvernements ! réplique le diplomate.

Talaat se lève à nouveau, les mains bien à plat sur son bureau, la tête dans ses épaules de taureau, et à travers son épaisse moustache martèle son discours sans quitter des yeux son interlocuteur :

— Le pays que vous prétendez représenter n'est pas partie prenante dans ce conflit, monsieur Morgenthau, et j'en conclus encore une fois que vous agissez donc dans cette affaire plus en tant que juif qu'en tant qu'américain. Alors laissez-moi vous expliquer ceci : personne ne nous fera changer nos plans en ce qui concerne les personnes connues. Nous ne voulons plus voir d'Arméniens en Anatolie et c'est pourquoi nous les déplaçons vers le sud. Ils peuvent y vivre dans le désert si ça leur chante, mais ils ne reviendront jamais en Anatolie.

— L'arrogance avec laquelle vous me mentez, monsieur le ministre, n'a d'égale que la cruauté avec laquelle vous exterminez ce peuple. J'ai remis à votre ministre de la Guerre des témoignages photographiques des tortures et des exécutions de masse que subissent ces soi-disant déplacés qui ne sont rien de moins que des déportés. Le monde entier en sera bientôt informé et vous en serez tenu pour responsable devant l'Histoire.

— Monsieur Morgenthau, l'Histoire, c'est nous qui l'écrivons aujourd'hui.

— Je sais, M. le ministre de la Guerre me l'a déjà dit, mais vous vous trompez tous les deux. Ce que vous écrivez, ce n'est que votre petite et laborieuse histoire personnelle. L'Histoire, la vraie, s'écrira à partir de ce que vous laisserez derrière vous, quand elle vous aura rattrapés. Vous venez d'entraîner votre Empire dans la guerre et la défaite, et voilà maintenant que vous le plongez dans la honte et l'ignominie.

— Sortez ! hurle Talaat pacha, le visage écarlate d'un sang mauvais.

L'homme contre lequel tonne le colossal Talaat pacha, sous l'œil froid du raide et sévère Enver pacha, est un individu grossier, sans tenue, la bouche et la moustache tombantes en signe d'éternel mépris. Il est à la tête de l'Organisation spéciale. Il est l'homme qui a voué sa vie à l'extermination des Arméniens. Celui qui a déterminé les chemins de la déportation. Le nombre d'hommes, de femmes et d'enfants à tuer en cours de route. Les meilleurs sites d'abattoir. Et les pistes sans issue qui perdront les survivants dans les déserts. Il est le docteur Nazim dont on mesurera, vingt ans plus tard, à quel point, à une lettre près, il portait bien son nom.

— Je ne comprends pas ta colère, se renfrogne-t-il, tout se déroule comme prévu. Regarde les cartes. Regarde les listes. En quatre mois à peine nous avons déjà nettoyé les six vilayets concernés de cette vermine arménienne.

— Les cartes te donnent raison, admet Talaat, et tes listes sont bien tenues, mais les massacres deviennent trop voyants, comprends-tu ? Même nos alliés allemands commencent à s'alarmer.

— Et comment croient-ils qu'on extermine une population par dizaines de milliers d'individus chaque jour ? Sans faire de cadavres peut-être ?

— Nazim, on parle de collines de cadavres. On parle de rivières engorgées par les corps. On parle d'abattoirs si encombrés de charognes que les convois suivants ne peuvent même plus s'y arrêter.

— C'est la preuve que l'Organisation fait bien son travail, s'entête le docteur Nazim.

— Tais-toi, le coupe sèchement Enver pacha de sa voix aigrelette, et écoute-moi. Je ne veux plus qu'on retrouve un seul cadavre, tu m'as bien compris ? Enterre-les. Et dis à tes hommes que c'est un plan qu'ils appliquent, pas un jeu.

— Qu'est-ce que ça veut dire ?

— J'ai entendu dire qu'ils se sont amusés à brûler mille enfants dans les cavernes de Suvar, où nos compatriotes se pressent pour aller contempler les corps calcinés. Je veux que cela cesse.

— Tu veux épargner leurs enfants ? s'étrangle Nazim.

— Bien sûr que non, mais je veux que tous disparaissent. Pas seulement qu'ils meurent, mais qu'ils disparaissent, c'est clair ? Fais-leur creuser leur propre tombe s'il le faut, organise des charniers, mais on ne doit plus les voir. C'est tout. Tu peux y aller.

Nazim se fend d'un au revoir servile, et disparaît en se glissant dans l'entrebâillement de la porte.

Les deux autres regardent en silence la carte affichée au mur. On y voit les provinces à épurer. Les villes de concentration. Le trajet des convois, avec leur numéro et le nombre de déportés au départ. Les zones d'abattage aussi, avec le nombre d'exécutés. Puis, beaucoup plus au sud, les camps de concentration avec le nombre d'arrivants.

— Il faut accélérer les déportations, explique Enver pacha. Rendre les exécutions plus discrètes, enterrer les cadavres, et concentrer les survivants ici.

Il pointe sur la carte le grand désert de Deir-ez-Zor. Talaat pacha l'observe en silence, puis regarde la carte à nouveau.

— Et après ?

— Et après, rien. Qu'ils crèvent là. Tous. De faim ou de soif, de chaleur, peu importe, du moment qu'on ne puisse pas dire qu'ils sont morts de notre main.

— Crois-tu que Nazim l'a compris ?

— Nazim ne comprend rien. Lui s'acharne à détruire une race, alors que nous, nous construisons un empire. Envoie des messages codés à tous les représentants de l'Ittihad dans le pays. Qu'ils appliquent mes consignes à la lettre !

8

1915 – Vers Alep, Turquie

Un homme arrive au grand galop et brandit un ordre écrit : on ne tue plus les chrétiens, il faut aller les perdre dans le sud au plus vite, vers Deir-ez-Zor. Les Kurdes ne sont pas d'accord. Qu'on les laisse exterminer au moins ce dernier convoi, en reconnaissance du travail accompli jusqu'ici. Mais le messager lâche le nom du docteur Nazim, qui claque comme un coup de fouet. À contrecœur, les cavaliers kurdes s'éloignent pour décider de ce qu'ils vont faire, puis disparaissent en cavalcade.

Chakée prend Araxie et Haïganouch par la main et les tire à l'écart. Discrètement, elle leur donne le peu de nourriture qui lui reste. Quand elle croise le regard du messager, elle comprend qu'il l'a vue nourrir les petites et son cœur tremble.

— Que se passe-t-il, medz mama ? demande Haïganouch.

— Ils n'ont plus le droit de nous tuer, explique Chakée, et nous allons bientôt repartir vers le sud.

— Loin vers le sud ? s'inquiète Araxie.

— Oui, tsakeuss. Très loin. La route va être longue.

— Si tu es fatiguée, propose Haïganouch de sa petite voix, tu pourras t'appuyer sur mon épaule, medz mama.

Chakée les serre toutes les deux dans ses bras, pose un baiser dans leurs cheveux pouilleux, puis elle se lève et s'approche de l'homme à cheval qu'elle n'a pas quitté des yeux. C'est un officier gendarme. Un vrai.

— Est-ce que tu vas nous accompagner ?

— Pourquoi le ferais-je ?

— Pour qu'ils respectent l'ordre que tu viens de leur donner.

Le cavalier est gêné par la franchise de la vieille femme. Il cherche une réponse, et son hésitation énerve son cheval qui piaffe.

— Est-ce que tu leur donneras l'ordre de nous laisser boire et de nous laver si notre route croise une rivière ou un point d'eau ?

— Tu sais bien que je ne peux pas dépasser la frontière de mon district.

— Mais tu t'assureras qu'un gendarme du district suivant fera respecter l'ordre que tu as porté, n'est-ce pas ?

— Je m'étonne qu'ils ne t'aient pas déjà coupé la langue, vieille vipère insolente.

— Ils ont déjà tranché la gorge de toute ma famille, répond Chakée, alors je profite de ce qu'il me reste de vie et de langue pour poser les bonnes questions.

— Les ordres viennent du ministre de la Guerre lui-même. Tout soldat de l'Empire doit les appliquer.

— Même les assassins de l'Organisation ?

— Ils sont contresignés par le ministre de l'Intérieur. Tout le monde obéira.

— Et pour l'eau ? insiste Chakée.

— Quoi, l'eau ?

— Tu nous laisseras boire et nous laver ?

— S'il y a de l'eau avant la sortie de mon district, tu pourras toujours essayer de t'y tremper. Tu verras bien, à ce moment-là, si je te tranche la tête ou pas.

— Merci, répond Chakée en retournant vers les filles.

— Ne me remercie pas. Tu ne pourras jamais boire assez d'eau pour tenir jusqu'au bout du chemin !

— Nous tiendrons, mes filles et moi, ne serait-ce que pour prouver à tous ces assassins de ton gouvernement que nous leur survivrons. Et pour te prouver aussi que ton geste a un sens.

— Tu ne sais pas ce qui vous attend !

— Deir-ez-Zor. Le terrible désert. Je sais. Je l'ai déjà traversé quand j'étais enfant. Ah, une dernière question…

— Quoi encore ?

— Tu n'aurais pas quelque chose à manger pour nous ?

— Ne pousse pas ta chance trop loin, vieille folle.

Son cheval s'énerve de plus belle. Le cavalier le cabre pour le reprendre en main, puis s'éloigne au galop. Quand la poussière se disperse, Chakée aperçoit un sac en tissu par terre. Après s'être assurée que personne ne la regarde, elle s'en approche et dénoue les lacets de cuir. Quatre figues et cinq abricots. Le cavalier est déjà loin. Chakée remercie quand même d'une courte prière sa silhouette qui s'évanouit.

Le lendemain, les Kurdes ont disparu et d'autres gendarmes sont arrivés. Le convoi se reforme. L'escorte est brutale, mais moins violente. Chakée découvre que le messager de la veille en a pris le commandement. Quand ils se croisent, il fait mine de ne pas la reconnaître. La colonne se met en marche et, quatre heures plus tard, parvient à un pont qui enjambe une rivière. Chakée prend Haïganouch et Araxie par la main et cherche des yeux l'officier qui chevauche vingt mètres derrière. Quand elle accroche son regard, elle sort de la colonne et se dirige vers la berge. Un soldat se précipite au galop, sabre au clair, mais l'officier l'arrête d'un ordre sec. Le convoi fait halte et les déportées peuvent boire et se laver. Mais aucune des pauvresses, aucun de leurs enfants n'ose bouger. Même quand Chakée et les filles entrent dans l'eau. Alors l'officier se dresse sur ses étriers, sabre à la main, et hurle aux autres d'en faire autant.

Du haut de son cheval, l'homme regarde ces survivantes aux seins flasques et aux fesses osseuses reprendre un peu de vie dans l'eau fraîche. Des femmes toujours. Malgré tout. Qui s'occupent d'abord des enfants et des grands-mères aux pieds blessés. Qui lavent les plaies. Épouillent les cheveux. Baignent les visages. Qui frottent les corps avec de la terre, pour mieux les rincer ensuite. Et qui retrouvent le réflexe de se faire un peu belles en se tressant les cheveux, puis peignent et coiffent de leurs doigts leurs enfants qui vont mourir bientôt. Lui ne comprend pas pourquoi son pays a besoin de faire ça pour être grand.

— Hé, toi ! crie-t-il à Chakée.

La vieille femme se retourne et il lui lance un morceau de savon d'Alep. Surprise, Chakée ne l'attrape pas à temps et le savon s'éloigne dans le courant en flottant sur l'eau claire. C'est Araxie qui fait semblant de nager en riant pour le récupérer et le rapporter à Chakée. La vieille femme porte le petit bloc à son nez. L'olive et le beurre de laurier. L'eau fraîche. Une heure de repos au soleil. Elle astique les petites de la tête aux pieds en leur racontant que son grand-père à elle fabriquait le même savon à Alep, comme des générations avant lui. Depuis trois mille cinq cents ans.

— Comment tu sais ça, toi ?

Chakée se retourne. L'officier est là, sur la berge, à laisser son cheval boire tout près d'elle, vieille et nue dans l'eau.

— Mon père était professeur à l'université de Stamboul. Il a même enseigné à Paris et j'y ai vécu enfant. Moi j'enseignais au collège d'Erzeroum. Tu comprends l'arménien, alors ?

— Et que disais-tu d'autre à tes élèves, à propos d'Alep ? demande-t-il sans répondre.

— Que cette ville existe depuis huit mille ans, depuis bien avant les Turcs. Que c'est une des plus vieilles villes du monde à toujours avoir été habitées.

— Sais-tu ce que signifie son nom ?

— Bien sûr : « la blanche », *halab* en arabe, dérivé de l'amorrite *halaba*. Pour la pureté du marbre qu'on y trouve.

— Elle est à nous depuis 637.

— Non. Elle n'a été annexée à l'Empire qu'en 1516. Avant elle était arabe.

— Tu sais bien trop de choses pour vivre vieille, dit l'officier en tirant sur le mors de son cheval.

— Je suis déjà vieille, répond Chakée.

— Alors tu devrais déjà être morte. Pourquoi t'entêtes-tu à vivre ?

— Pour aller jusqu'à Alep avec les filles et leur montrer l'église arménienne des Quarante-Martyrs.

— Les quarante de Sébaste ? Ceux de la chanson ?

— Ceux du martyre. Les quarante soldats arméniens qui ont préféré mourir nus, en plein hiver, sur un lac gelé, plutôt que de renier leur foi. Pourquoi me parles-tu de chanson ?

— Quoi, toi si cultivée, toi qui as vécu à Paris, tu ne connais pas Guillaume Apollinaire, le poète français qui a composé *La Chanson du mal-aimé* ?

J'ai hiverné dans mon passé
Revienne le soleil de Pâques
Pour chauffer un cœur plus glacé
Que les quarante de Sébaste
Moins que ma vie martyrisée.

— Quand a-t-il écrit ces vers ?

— Il y a deux ans à peine, dans son recueil *Alcool.*

— Eh bien, belle équipée ! soupire Chakée. Une giavour de déportée qui connaît le nom amorrite d'Alep et son garde-chiourme qui cite l'auteur des *Onze Mille Verges* !

Comme si ces mots l'avaient choqué, l'officier tord l'encolure de sa monture pour faire demi-tour.

— Ton insolence finira par te perdre, vieille pie ! lâche-t-il en éperonnant son cheval.

— Je garde le savon ! lui crie Chakée.

— Si j'avais voulu te le reprendre je t'aurais déjà tranché la main.

Chakée le regarde partir au galop, puis se retourne vers la rivière. Les femmes et les enfants ont fini de se laver et attendent, droits dans l'eau comme des pieux, face à la berge et au rempart des cavaliers alignés. Alors elle rappelle ses filles, cache les restes du savon dans ses haillons, et sort de l'eau en tenant Araxie et Haïganouch par la main. Elles passent entre deux chevaux impatients de boire et baissent la tête pour ne pas provoquer la colère des cavaliers. Voyant Chakée survivre à cette audace, les autres femmes sortent de l'eau à leur tour avec leurs petits, armée de spectres sans couleur, et se remettent en colonne sans attendre les ordres. Les gendarmes, décontenancés, hésitent à laisser boire leurs chevaux, puis reviennent encadrer les déportées qui, d'elles-mêmes, se remettent en marche.

Celles qui meurent dans les jours qui suivent succombent à l'épuisement ou à la maladie. Aucune ne meurt sous les coups. Les corps s'abandonnent le long des routes pierreuses. Les enfants ne voient même plus tomber leur mère. Les femmes, elles, portent leur enfant mort dans leurs bras jusqu'à ce qu'elles s'affaissent à leur tour.

— Medz mama, c'était quoi ce qu'a récité le cavalier, l'autre jour ? demande Haïganouch.

— De la poésie, tsakeuss.

C'est un soir sans numéro. Juste un autre soir. La fin provisoire d'une autre souffrance. Mais pour Chakée et les filles, c'est comme un tout petit bout de vie de famille arraché au destin.

— Mais c'est quoi la poésie ?

— C'est une façon d'écrire les choses, explique Chakée. Faire des phrases de la même longueur et les terminer par les mêmes sons. En faire comme une musique, pour évoquer des émotions.

La vieille femme donne quelques exemples. Récite des poèmes arméniens, toujours emphatiques et patriotiques. Des poèmes turcs aussi. Français même.

Haïganouch écoute avec attention, son petit cou tendu vers le ciel étoilé. Poèmes, rimes, vers, pieds, césures… elle boit les paroles de Chakée. Longtemps. Puis le silence s'installe, froissé de temps en temps par le râle d'une femme ou le gémissement de son enfant.

— Ça y est, j'en ai un ! dit soudain Haïganouch.

— Un quoi ? s'inquiète Chakée.

— Un poème !

Araxie, qui s'est assoupie, se réveille et se redresse pour écouter, blottie contre Chakée. Haïganouch se campe devant elles, et récite en comptant sur ses doigts :

Malgré le soleil
Pour moi tout est noir
Le jour c'est pareil
Que le noir du soir.

— C'est joli, Haïganouch, murmure sa sœur, les larmes aux yeux, mais le soleil ne s'est pas encore montré.

— Araxie, ce n'est pas la peine de continuer à me mentir, je sais bien que je suis aveugle maintenant.

9

1915 – Diarbekir, Arménie turque

D'abord les femmes croient à un mirage. Une vision de l'Éden. Des terrasses verdoyantes, débordant en cascades de potagers et de vergers. Un large méandre du Tigre est lové en contrebas et pourtant l'eau semble courir depuis le haut des jardins. Elle dégringole dans des rigoles de pierre qui la distribuent à la terre qu'on devine lourde et généreuse. Puis elles découvrent la sombre forteresse. Des remparts de roche noire. Des murailles de basalte. Chakée a passé cette enceinte de Diarbekir avec ses parents, il y a longtemps. Elle sait derrière la ville sombre et dure des haines attisées contre les Arméniens. Une ville dont Tigrane avait fait la capitale d'un royaume arménien huit siècles déjà avant que n'existe l'islam adopté par les Turcs. Ce qu'ils ne peuvent leur pardonner.

La colonne famélique contourne les vergers et les champs fertiles par l'est, depuis l'autre rive du fleuve, puis l'officier ordonne la halte pour la nuit. Les déportées camperont à portée de vue des arbres croulant sous les fruits, le ventre tordu par la faim et la vermine. Déjà, par un long pont de pierre qui enjambe le fleuve, une petite foule curieuse sort de la ville et s'avance.

L'officier a rapproché son cheval de Chakée et des petites.

— Combien d'Arméniens habitaient cette ville, tu le sais ? demande-t-elle.

— Trente-cinq mille, dit-on.

— Et combien en reste-t-il aujourd'hui ?

Cette fois, il ne répond pas.

Chakée désigne la foule d'un mouvement de la tête.

— Promets-moi une chose, officier : si ces gens viennent pour nous lapider, tue-nous vivement et proprement avant.

— Je te promets de te trancher la tête si tu te montres aussi insolente encore une fois. Je suis officier de l'Empire, je n'ai rien à promettre à une de ses ennemies, répond-il sans pour autant esquisser la moindre menace.

Puis il pousse son cheval au pas pour aller au-devant de ceux qui se rapprochent.

La plupart sont des hommes. Ils s'avancent vers les femmes et les petites filles qu'ils examinent sans vergogne. Quelques-uns ont apporté une contrepartie dérisoire. Trois fruits. Un bouquet de dattes. Certains repartent déjà avec une petite fille qui les suit sans comprendre que sa mère vient de la sauver d'une mort annoncée. Puis les Turcs s'enhardissent, encouragés par leurs femmes qui viennent les aider à choisir. Ils déambulent parmi les déportées. Se disputent une enfant. Giflent sa mère. Et finissent par emporter la petite sans rien payer, sous les récriminations de leurs femmes, mécontentes de leur butin.

Chakée prend ses filles par les épaules et les entraîne de l'autre côté du campement, à l'opposé de la ville. Au passage, elle ramasse des crottins.

— Ils sont trop frais pour les graines ceux-là, medz mama, s'inquiète Araxie.

— Ceux-là ne sont pas pour les graines, tsakeuss, répond la vieille.

Quand elles sont assez loin du regard visqueux des maquignons turcs, elle fait asseoir devant elle Araxie et Haïganouch et défait les belles nattes qu'elle leur avait tressées après le bain dans la rivière. Puis elle prend une poignée de terre, crache dedans, et frotte ses mains pour en faire de la boue.

— Pourquoi tu fais ça, medz mama ? s'étonne Araxie.

— Qu'est-ce qu'elle fait ? demande Haïganouch.

Sans répondre, Chakée prend la petite aveugle par le menton et lui barbouille de terre le visage et les cheveux.

— Fais la même chose sur toi, tsakeuss, dit-elle à Araxie.

— Pourquoi ?

— Pour que vous soyez laides et sales et qu'aucun de ces porcs n'ait envie de vous.

Chakée enduit de boue jusqu'aux loques qui leur servent de vêtements et qu'elle avait lavées dans la rivière. Elle ébouriffe et emmêle leurs cheveux, écrase le crottin de cheval encore chaud et leur en dépose un peu dans les mains.

— Tenez, amusez-vous à vous en mettre partout. Les cheveux, la peau, les vêtements. Partout !

— Ça pue ! s'amuse Haïganouch. Je peux en mettre là aussi ? demande-t-elle en posant un doigt sur le bout de son nez.

— Bien sûr, tsakeuss. Je veux que tu pues de partout !

Pour la première fois, Chakée entend le rire cristallin de la petite Haïganouch, et ce bonheur innocent lui éclate le cœur. Quand le rire retombe, comme du verre sur un carrelage, Chakée devine que la petite a senti une autre présence. Elle se retourne et découvre l'officier, sur son cheval, qui les observe, les mains sur le pommeau de sa selle.

— Tu devrais t'en mettre, toi aussi, dit-il.

— C'est flatteur, répond Chakée, mais qui voudrait d'un vieux sac d'os impurs comme moi ?

— Ne sous-estime jamais la bassesse des hommes, vieille femme. Empuantis-toi. Je viendrai te chercher si l'occasion se présente.

— Quelle occasion ? s'inquiète aussitôt Chakée.

Mais le cavalier a déjà fait demi-tour et lancé son cheval.

La nuit qui suit, des brutes emportent de force de pauvres filles qu'ils ont repérées dans la journée. Certains reviennent plusieurs fois, comme des glaneurs de malheur. Les mères sont trop faibles pour résister. À peine gémissent-elles pour que le Dieu qui les a abandonnées se souvienne quand même de l'enfant qu'on leur vole. Le marché des Turcs dure deux jours et deux nuits, et au matin du troisième jour, c'est le souffle du cheval de l'officier qui réveille Chakée.

— Déshabille la plus grande et lave-la de la tête aux pieds. Utilise le savon pour faire disparaître cette puanteur. Coiffe-la aussi. Avec des nattes comme l'autre jour. Et décrasse ses ongles. Ceux des pieds aussi.

Chakée le regarde droit dans les yeux jusqu'à être sûre de ce qu'elle y voit. Puis elle réveille les filles et invente un jeu pour qu'Araxie se fasse belle et propre devant l'officier qui ne bouge pas.

— Ce sera ton tour demain, explique-t-elle à Haïganouch qui veut sentir bon elle aussi.

Quand Araxie est prête, l'officier sort d'une sacoche une tunique de coton et la tend à Chakée. Araxie, plus vive, l'attrape au vol et la déplie.

— Il n'y en a que pour moi, medz mama ? s'étonne-t-elle.

— Haïganouch aura la sienne demain, et moi, je n'en ai pas besoin. Rien ne peut rendre belle une vieille peau fripée comme moi, plaisante-t-elle malgré les larmes qui brillent dans ses yeux.

— C'est bien comme ça, s'impatiente l'officier. Venez avec moi, maintenant.

Il met son cheval au pas et se dirige vers la ville. Chakée et les filles attendent pour suivre le cheval, mais l'officier se retourne sur sa selle et hurle à la vieille femme :

— Crois-tu avoir fait tout ça pour que mon cheval lui chie dessus ? Marchez à mes côtés et fais en sorte qu'elle reste propre.

Quand ils arrivent de l'autre côté du camp, là d'où elle avait vu les maquignons monter de la ville, Chakée comprend qu'ils se dirigent vers un homme accompagné d'une jeune fille. Le Turc examine une femme nue et décharnée qu'il fait tourner sur elle-même. L'officier s'approche, le regard sombre.

— Je t'avais dit d'attendre !

— Celle-ci me convient, lâche l'homme pour toute réponse.

— Celle-ci n'est pas à vendre.

— Je ne l'achète pas. Je la prends.

— Si tu veux, mais je ne vois pas à quoi elle te servirait en prison.

— Pourquoi irais-je en prison ?

— Parce que ces femmes ont été confiées à ma garde sur ordre personnel du ministre de l'Intérieur et du ministre de la Guerre. Elles sont la propriété de la République. Tu veux les voler à la République ?

L'homme se renfrogne, grommelle quelques protestations que l'officier fait mine de ne pas entendre, puis renonce à la pauvre femme qu'il s'apprêtait à prendre comme esclave.

— De toute façon, si celle que tu me proposes est cette gamine en tunique de coton, tu te trompes, elle est bien trop jeune. Viens, Assina, nous rentrons.

Chakée observe la scène sans chercher à comprendre le manège de l'officier. Seul l'autre homme l'intéresse. Lui et la toute jeune fille au regard baissé qui l'accompagne. Il est beaucoup moins sûr de lui que le laisse supposer l'arrogance qu'il se force à afficher. On devine même qu'il est mal à l'aise. Honteux de ce qu'il fait.

— Permets-moi une question, effendi, le retient Chakée de la voix, l'esclave que tu cherches n'est pas pour toi, n'est-ce pas ?

L'homme s'arrête et se retourne, étonné d'entendre la vieille parler un si bon turc.

— Je vais marier Assina bientôt et je veux qu'elle ait son esclave personnelle quand elle ira vivre chez son mari.

— Puis-je me permettre de te demander quel âge a ta fille, effendi ?

— Elle va avoir quinze ans, mais je ne vois pas en quoi ça pourrait intéresser une vieille giavour comme toi.

— Parce que la vieille giavour que je suis a déjà beaucoup vécu, effendi, et qu'elle a déjà été esclave dans un harem. Elle sait ce qui se passe hors du regard des hommes et comment vivent les femmes entre elles.

— Que veux-tu dire ?

— Des règles très précises organisent la vie du harem. Est-ce que ta fille sera la première femme de son mari ?

— Non. C'est un riche notable d'Alep qui me fait l'honneur de l'accepter comme seconde épouse.

— Dans ce cas, tu ne dois pas donner à ta fille une esclave trop âgée, parce qu'elle se heurtera au pouvoir des autres esclaves déjà dans la place. Elle devra se soumettre à la première esclave du harem qui sera toute dévouée à sa propre maîtresse plutôt qu'à ta fille.

L'homme, cette fois, revient sur ses pas et écoute Chakée avec attention.

— Et que devrais-je faire selon toi ?

Son ton la provoque pour sauver la face, mais ses mots demandent conseil.

— Offre à ta fille une esclave de son âge. Plus jeune même. Quelqu'un à son service dont personne ne se méfiera. Une confidente. Une amie même, qui jouera avec elle. Les heures sont longues dans le gynécée, quand la seconde femme est si jeune.

Chakée devine qu'elle a ébranlé les certitudes de l'homme.

— Le harem est une affaire de femmes. L'homme de la maison en est le maître, mais il n'a aucune idée des règles de vie entre ses femmes et leurs esclaves. Ne fais pas de ta fille la plus jeune du harem. Achète-lui une esclave plus jeune qu'elle. Regarde, prends ma fille. Elle a bientôt onze ans. Elles s'entendront comme des sœurs.

En parlant, Chakée s'efforce de ne pas laisser les sanglots briser sa voix. Elle n'a pas un regard pour Araxie dont elle imagine la panique et le vertige à entendre ces mots. Elle ne regarde pas l'homme non plus. Elle n'a d'yeux que pour sa fille qui, doucement, relève la tête et ose un regard sur Araxie. C'est une enfant douce et obéissante, terrorisée par ce mariage que d'autres ont arrangé pour elle mais incapable de s'y soustraire. Un mariage qui n'est autre qu'un marché : son père, en fait, l'a vendue à un autre homme. Comme Chakée vient de vendre Araxie. Quand les yeux d'Assina croisent le regard de la fillette, la lueur fugace qu'y perçoit Chakée la rassure. L'officier a compris, lui aussi.

— Écoute cette vieille sorcière. Malgré sa langue d'infidèle, ses mots sont justes. Cette fille est saine et propre. Je m'en suis assuré moi-même et je la réservais pour un acheteur éclairé comme toi.

Araxie, tétanisée, ne quitte plus des yeux Chakée qui se force à ne pas la regarder. Dans sa main, elle écrase les doigts d'Haïganouch qui n'ose rien dire.

— C'est bon, concède l'homme, mais comme elle est plus jeune, elle vaut moins cher.

— Il n'en est pas question, réplique l'officier, un prix est un prix. Mais elle est jeune, tu as raison, alors pour son prix, je te donne l'autre petite avec.

— Quoi ? L'aveugle ? s'écrie l'homme. Cette souillon qui pue la merde et la pisse de cheval ?

— La vieille va la laver et te la préparer en quelques minutes. Elle sera belle et propre comme sa sœur.

— Mais elle est aveugle ! Que veux-tu que je fasse d'une aveugle ? À quoi pourrait-elle bien servir ?

— À rien pour toi, intervient Chakée, le cœur tout à coup gonflé d'espoir par l'offre de l'officier, mais elle sera précieuse pour ta fille. Sais-tu que les aveugles font les meilleures masseuses ? Au hammam de son mari, tout le monde enviera ta fille d'être soignée par des mains aussi fines et dévouées.

— Et le reste du temps, à quoi sera-t-elle bonne, vieille sorcière ? À rien ! Il faudra même qu'on s'occupe d'elle pour qu'elle ne se cogne pas aux murs ou ne tombe dans un puits.

— Rassure-toi, sa grande sœur s'occupera d'elle. Et pour ta fille, que tout le monde tiendra à l'écart à cause de son jeune âge, elle sera un atout précieux.

— Ah oui ? J'aimerais bien savoir lequel !

— Elle sera son oreille attentive. Les aveugles ont l'ouïe fine, tu sais. Le moindre murmure, la plus secrète confidence, elle les lui rapportera. Elle entendra à travers les portes, à travers les murs. Ta fille sera prévenue de tout grâce à elle.

— Pense à ça, enchaîne l'officier, ta fille sera loin de toi, dans la maison d'un autre homme qui sera devenu son maître et la partagera avec une autre femme. Si j'avais une fille à marier loin de moi, je lui offrirais ces deux enfants, crois-moi.

L'homme hésite encore, les yeux noirs d'être contredit et sermonné par une vieille infidèle et un officier maquignon. Mais il devine qu'ils ont raison. Il regarde sa fille et soudain se rend.

— C'est bon, dit-il en sortant de sous son gilet une bourse qu'il jette à l'officier.

Le soldat ouvre la bourse, compte les pièces, et brusquement dégaine son sabre.

— Tu oses me tromper ? Tu oses quand même tricher sur le prix ? Je veux la somme sur laquelle nous nous sommes mis d'accord hier. Tout de suite, sinon je te tranche la gorge devant ta fille !

— Désolé, effendi, désolé ! se défend l'homme en fouillant sous son gilet à nouveau. Je me suis trompé de bourse. Voici celle que j'avais préparée avec le juste prix.

Il tend l'autre bourse à l'officier qui s'empresse de vérifier.

— Cette fois c'est la bonne somme, mais je garde les deux. Ça t'apprendra à vouloir voler l'Empire. Maintenant suis-nous jusqu'au fleuve, la vieille va te préparer l'autre petite.

Ils descendent jusqu'à la rive. L'officier devant, d'un côté Chakée serrant fort Haïganouch et Araxie contre ses hanches, de l'autre le père en colère et sa fille qui regarde les deux fillettes à la dérobée.

— Tu as cinq minutes pour la laver, la rendre présentable, et leur faire tes adieux, lance l'officier avant de s'éloigner.

Chakée entraîne Haïganouch dans l'eau, la déshabille et la lave tendrement.

— Écoutez-moi bien, mes anges. Ne pleurez pas et écoutez-moi. Je suis vieille et je vais mourir sur la route d'Alep ou dans le désert de Deir-ez-Zor, et vous mourrez avec moi si vous me suivez. C'est la meilleure solution, mes anges. Ce soir, vous aurez un toit au-dessus de vos têtes, un vrai lit pour dormir, trois repas par jour et de beaux vêtements. Et puis vous resterez toutes les deux ensemble. Votre jeune maîtresse a l'air gentille. Je ne supporterais pas que votre vie se termine comme celle de Siroune et Mélinée. Dans tout ce malheur, Dieu m'a fait le cadeau de vous rencontrer. Maintenant il vous fait celui de quitter cette funeste colonne pour commencer une nouvelle vie.

— J'ai peur d'être esclave, medz mama, je ne sais pas ce que ça veut dire, mais j'ai peur ! s'inquiète Haïganouch.

— Ça veut juste dire que tu dois t'occuper de ta jeune maîtresse et faire tout ce qu'elle demande, c'est tout. Tu sais, moi aussi j'ai été esclave quand j'étais petite et regarde, je suis encore vivante.

Elle rince Haïganouch en la chatouillant pour la faire rire, et du coin de l'œil voit que la petite Assina en sourit timidement. Puis elle la sèche, natte ses cheveux, et l'officier, qui s'est rapproché sur son cheval, lui jette une de ses chemises. En voyant sa sœur dans le vêtement trop grand, Araxie ne peut se retenir de rire et Assina avec elle. Haïganouch aussi quand on lui explique pourquoi.

— Il faut y aller maintenant. Dis-leur au revoir, qu'on en finisse.

Chakée tend la main à Araxie pour qu'elle vienne se blottir contre elle, et embrasse ses deux petites.

— Vous allez vivre, mes petits anges, survivre à tout ce malheur et moi je vivrai tant que vous vous souviendrez de moi. Ne soyez pas tristes, ce soir vous dormirez dans un lit, le ventre plein.

Elle pince avec tendresse le menton de la petite Haïganouch et ajoute :

— Et toi, petite princesse de la nuit, récite tes poèmes à la lune, où que je sois, sur terre comme au ciel, je les entendrai et ils me réchaufferont le cœur. Allez, ouste, allez-y maintenant.

Chakée se relève et les pousse doucement vers leur nouvelle maîtresse.

— Elles sont à toi maintenant, Assina, aime-les comme je les ai aimées et elles te le rendront au centuple.

Puis l'homme s'en retourne vers la ville, suivi de sa fille encadrée par ses deux petites esclaves.

— Et surtout ne vous retournez pas, votre vie est devant vous maintenant !

Sans regarder l'officier, l'âme défaite, Chakée fait demi-tour pour rejoindre le campement de mourantes et d'enfants qui n'auront pas eu la chance de ses deux anges.

Quand elle devine le souffle du cheval dans son dos, elle se retourne.

— Je sais que je devrais te remercier, murmure-t-elle, mais je n'en ai pas le cœur. Maintenant qu'elles sont parties, je n'ai plus qu'à me laisser mourir.

— Je peux t'y aider, répond l'officier.

Chakée s'arrête et le regarde droit dans les yeux.

— Tu ferais ça pour moi ?

— Donne tes mains, dit-il.

Chakée tend ses deux bras décharnés et l'officier se penche sur sa selle pour lui attacher les poignets avec une corde. Il en noue l'extrémité au pommeau de sa selle et pousse son cheval au pas à travers tout le campement, sa prisonnière à ses côtés.

— Essaye au moins de me trouver un bel endroit, lâche-t-elle après un long silence.

Ils descendent la rive gauche du Tigre pendant une demi-heure, puis l'officier s'éloigne du fleuve. Ils traversent une étendue de terre rouge encombrée de buissons, jusqu'à un petit bois touffu derrière lequel Chakée entend le chahut d'un torrent. C'est un bras étroit et vagabond du Tigre qui s'étrangle entre des rochers avant de rejoindre à nouveau le fleuve.

— Un torrent à l'abri des regards, j'aurais dû y penser, chuchote-t-elle.

L'endroit est paisible, loin à l'écart de la ville et du campement. C'est un trou de verdure où elle veut bien rendre son dernier souffle. Ses anges sont à l'abri d'une mort douloureuse, que lui importe la sienne. C'est elle qui s'arrête et retient le cheval de l'officier.

— Je te remercie pour tout ce que tu as fait pour nous, et pour ce que tu vas faire pour moi. Mais, s'il te plaît, assure-toi que ton bras est sûr et ta lame tranchante.

L'officier la regarde un long moment, puis dégaine son sabre.

La lame brille dans le soleil. Chakée capte une dernière image de ce petit coin bucolique loin du monde en chaos. Puis elle ferme les yeux, le cœur soudain apaisé, et murmure une prière que l'officier s'étonne de comprendre : c'est le « Notre Père » en français.

La voix de l'officier lui répond avec des mots d'Apollinaire :

Vienne la nuit, sonne l'heure
Les jours s'en vont, je demeure.

Chakée ouvre les yeux au moment même où le sabre s'abat. D'un seul coup, la lame tranche la corde qui la retenait prisonnière.

— Tu es une vieille infidèle insolente et rusée. Je t'ai vue te battre pour ta vie et celle de ces filles qui n'étaient pas les tiennes. Tu parles turc. Tu t'en sortiras. J'ai caché des vêtements derrière cet arbre, là-bas. Ils sont turcs et propres. Je ne veux plus te voir dans le campement, sinon je te tranche les pieds et je te laisse pourrir sur place. Ne croise jamais plus mon chemin. Un dernier conseil : ne cherche pas à revoir les filles. Ne va pas leur compliquer l'avenir. Je me suis renseigné sur l'homme qui les a achetées. Malgré les airs qu'il se donne, c'est un brave homme. Un médecin. Peut-être même bien un de ces esprits libéraux que la tradition contraint à se trahir. Tes filles seront mieux chez lui sans toi.

Il tire sur le mors de son cheval et s'apprête à faire demi-tour, avant de se retourner une dernière fois vers Chakée.

— Tiens, prends ça, dit-il en lui jetant les deux bourses. Et fais-en bon usage. En souvenir d'elles.

La vieille femme tire alors de sous ses hardes un petit médaillon bleu en pâte de verre et le lance à l'officier.

— Alors prends ça, et que l'œil bleu veille sur toi.

— Un *nazar* ? Tu crois à ces superstitions ?

— C'est un *mati* arménien, et il protège bien puisque tu m'épargnes.

L'officier regarde le porte-bonheur et relève la tête.

— Il est rayé, ton mati, vieille folle.

— La lame d'un de tes gendarmes a glissé dessus. Puissent les balles de la guerre faire de même pour toi si tu le portes.

L'officier la fixe un long moment puis empoche le mati et s'en va.

10

1916 – Potsdam, Allemagne

Le Beelitz-Heilstätten est comme un village dans la forêt de Potsdam, au sud de Berlin.

— C'est un bien étrange endroit pour une bien étrange pensionnaire, dit l'homme derrière eux, appuyé sur des béquilles, adossé à une colonne de la terrasse.

Hilde von Blitsch ne l'entend pas. Seul le baron se retourne. C'est un jeune homme au visage pâle qui les regarde, un peu maigre, l'air taciturne, la moustache noire et fournie. Blessé à la jambe gauche, sans doute. Von Blitsch devine à sa casquette qu'il est de petit grade. *Gefreiter*, caporal peut-être.

— Pardon ?

— Je m'étonnais de la présence de mademoiselle dans un hôpital militaire, explique le caporal.

— Ma fille reçoit ici des soins suite à un état de choc que seule la médecine militaire saurait guérir, paraît-il.

— A-t-elle subi des faits de guerre ? s'inquiète le caporal.

— En quelque sorte. Nous vivions en Turquie, où j'étais consul à Erzeroum, en Anatolie orientale, quand elle a été témoin d'une scène de massacre qui a emporté sa raison.

Et von Blitsch de raconter la cascade de cadavres qui s'est abattue sur Hilde, les corps mutilés par centaines, les cadavres dépecés qui se sont déversés sur elle. Mais une infirmière en uniforme arrive au pas de charge depuis l'autre bout du parc et, essoufflée, les joues empourprées, vient interrompre leur conversation.

— Monsieur Hitler, vous savez que vous n'avez pas accès à ce pavillon, je vous prie de regagner le vôtre immédiatement.

L'enthousiasme du jeune caporal s'éteint soudain. Il baisse la tête et, calé sur ses béquilles, quitte la terrasse penaud en murmurant à von Blitsch un timide au revoir.

— Au revoir, mon garçon. Je viens tous les dimanches, alors nous continuerons cette discussion dimanche prochain si vous le voulez bien. Entretemps j'obtiendrai pour vous l'autorisation de nous rejoindre dans ce pavillon.

11

1915-1916 – De Diarbekir à Mardin, Arménie turque

Haïganouch ne lâche pas la main d'Araxie. Elle lève son visage vers un soleil doux comme du miel sur sa peau. Elle entend le babil des oiseaux. Le frisson d'une fontaine. Le silence de femmes autour d'elle.

— Ça sent bon, dit-elle.

— C'est un jasmin, sur ta gauche, explique Araxie.

— Et je sens des oranges !

— Il y a un oranger dans la cour.

— Nous sommes dans une cour ? Quelque chose brûle aussi…

Elles sont nues, toutes les deux, dans le patio. On leur a enlevé leurs oripeaux qu'un serviteur jette du bout des doigts dans un brasero, de l'autre côté d'un mur. Haïganouch rit.

— Je sens le soleil sur ma tête, ça fait tout drôle !

On leur a rasé les cheveux pour les épouiller.

— Ils vont repousser, dit Araxie qui renifle d'avoir perdu les siens.

— Faut pas pleurer pour ça, je suis là, la rassure Haïganouch en serrant plus fort sa main.

Puis elle devine des pas. Des voiles qui la frôlent. Quelque chose tintinnabule dans une bassine. De l'eau éclabousse ses pieds et elle sursaute en riant. La voix douce d'une femme lui demande de rester tranquille.

Haïganouch pointe à nouveau son nez mutin vers le ciel et hume l'air.

— Ça sent le savon. Celui que papa achetait au Juif qui passait avec sa carriole. Ça sent même l'eau chaude qui mousse !

La plus ancienne des esclaves de la maison mouille les deux petites filles au crâne rasé, et lave avec douceur leurs corps efflanqués. L'eau qui ruisselle est un délice. L'éponge chatouille Haïganouch qui ne sait jamais où elle va se poser sur elle. Alors elle rit aux éclats et toute la maisonnée s'en amuse, même la vieille esclave qui sourit, mais la rappelle à l'ordre.

— Dans la maison des maîtres, les esclaves ne rient pas et ne parlent qu'à voix basse, traduit Araxie.

— Mais c'est trop chatouille ! proteste Haïganouch en haussant les épaules.

La vieille femme nettoie ensuite chaque plaie, chaque croûte, chaque blessure et les oint d'onguents et de baumes parfumés. Une autre esclave apporte des vêtements et habille les deux fillettes. Un pantalon bouffant bleu resserré aux chevilles, une tunique bleue aussi, brodée de fils argentés, et sur la tête un voile tenu par une couronne de piécettes.

— Je suis belle ? demande Haïganouch en trépignant de joie.

— Une princesse ! répond Araxie.

— *Prences !* sourit la vieille femme qui glisse à leurs pieds des babouches décorées de fausses perles.

Puis elle laisse à une plus jeune le soin de montrer aux fillettes la chambre où elles dormiront. À peine sont-elles installées qu'une autre jeune femme leur apporte de quoi manger. Du boulghour au goût rehaussé de vermicelles grillés, accompagné de boulettes d'agneau. Et des dattes en dessert.

— Mangez doucement et reposez-vous bien, murmure en arménien la jeune femme penchée à leur oreille. Vous n'aurez pas à travailler jusqu'à votre départ pour Alep. Et ne dites à personne que je parle arménien.

Araxie et Haïganouch dévorent ce repas, le premier depuis des mois de malheur, puis s'allongent ensemble sur un des matelas en chahutant un peu, à voix basse, et s'endorment dans les bras l'une de l'autre. Peu après Haïganouch se redresse et s'agenouille pour une prière.

— Mon Dieu, protégez medz mama où qu'elle soit !

Et elle se rendort aussitôt, sans même avoir réveillé Araxie.

— Ça pique, se plaint Haïganouch.

Elle fronce le nez et cherche à retirer sa main.

— Ça ne sera pas long, chuchote Araxie à son oreille, il me l'a fait à moi aussi et je n'ai même pas pleuré.

— Oui, mais toi tu es grande et tu vois ce qu'il fait, tu peux t'y préparer !

— Si tu veux, je serre ta main juste avant qu'il te pique, pour te prévenir.

— D'accord. Mais qu'est-ce qu'il fait exactement ? s'inquiète Haïganouch.

Une aiguille perce sa peau à intervalles réguliers, entre son pouce et son index. L'homme qui officie est précis et appliqué. Après chaque piqûre, il essuie la peau avec un tissu doux.

— C'est de quelle couleur ?

— Bleu. Tu te rappelles le bleu, comme le ciel ?

— Hé, je suis aveugle, pas idiote, tu sais, je me souviens de tout. Mais ça représente quoi ?

Araxie regarde le tatouage sur sa main. C'est plus un signe qu'un dessin.

— C'est un oiseau. Tu te souviens du merle bleu dans l'eucalyptus, chez nous, du côté d'Erzeroum ? Eh bien, c'est ça : c'est l'oiseau bleu d'Erzeroum.

L'homme a fini. Il essuie la main de la petite avec application, la lave à l'eau froide, l'essuie à nouveau, et enduit la jointure de ses deux doigts d'un baume apaisant.

— Ça sent le girofle ! se réjouit Haïganouch en portant la main à son nez.

Le tatouage est désormais la marque de leur appartenance à Assina, leur petite maîtresse. Mais pour Araxie et Haïganouch, c'est l'oiseau moqueur qui les regardait taquiner les scarabées qu'il convoitait. Quand elles rentraient chez elles, il piquait d'un trait bleu depuis sa branche pour clouer leur jouet de son bec et lui picorer les entrailles.

Deux jours après le tatouage, Araxie et Haïganouch sont officiellement présentées à l'ensemble de la maisonnée comme les servantes dévouées d'Assina. C'est elle qui a choisi leurs nouveaux noms, en prenant garde qu'ils commencent par la même initiale que leurs prénoms arméniens.

— Toi, Araxie, tu es Alija, qui signifie « protégée de Dieu ».

— Et moi ? Et moi ? s'impatiente Haïganouch.

— Toi, tu es Helin. Ça veut dire « nid d'oiseau ».

Désormais elles sont Araxie et Haïganouch à l'intérieur, Alija et Helin à l'extérieur, et l'esclavage n'est qu'un jeu. Assina et Araxie deviennent vite complices et Haïganouch, qui le devine, en est heureuse. Assina apprend la maison à Haïganouch. Combien de pas jusqu'à la porte, combien de marches pour descendre au jardin, combien pour monter sur la terrasse, combien pour faire le tour de la cour. La petite aveugle apprend vite et, en remerciement, invente des poèmes.

De ma nuit sombre à la cour
Suivre des rayons le soleil
Comme butine l'abeille
Sur chaque fleur tour à tour.

— Mais ça ne veut rien dire, s'indigne la cuisinière.

— C'est de la poésie, éclatent de rire les trois petites, tu ne peux pas comprendre !

Madame la cuisinière
Fait cuire à manger dans son pot
Mais moi à ma manière
Je cuisine avec les mots.

Et leurs rires ricochent contre les murs blancs de la cour comme une volée de moineaux. Plusieurs fois la mère d'Assina, préoccupée par le mariage, leur rappelle que les jeunes filles de bonne famille ne courent pas et que les esclaves ne rient pas. Alors les trois fillettes se figent la tête basse, et se retiennent de pouffer en se regardant en coin.

Ce sont des jours heureux, mais à mesure que le mariage approche, l'angoisse germe dans l'esprit d'Assina. Cet homme qu'elle ne connaît pas, on dit qu'il est aussi vieux que son père.

— Comment fait-on pour être une femme ? murmure-t-elle un jour à l'oreille d'Araxie.

— Je n'en sais rien, Assina.

— Il paraît qu'il faut faire des choses dans un lit. Tu sais ce que font les hommes aux femmes ?

Ce qu'Araxie a vu de ce que font les hommes est si bestial, si violent qu'elle n'ose le raconter à sa petite maîtresse. Elle préfère lui mentir :

— Le mariage, je crois que c'est juste dormir dans le même lit, c'est tout.

Et elles repartent jouer dans la chambre d'Assina pendant qu'Haïganouch s'essaye à d'autres rimes.

De son ventre comme un sabre
Il perce le sien jusqu'au sang
Puis repu comme un sultan
La laisse morte sans palabre.

Puis vient le jour du départ. Cinq chameaux d'Arabie forment la caravane qui part rejoindre la voie de chemin de fer à Mardin. Le docteur Saad Aydin et sa femme, les parents d'Assina, ont chacun leur monture dont la selle est rembourrée et ornée de pompons. Celle de la future mariée est encore plus richement décorée. Suit le chameau sur lequel voyagent Araxie et Haïganouch. La selle est simple mais elles y tiennent à deux, et le chemin résonne du rire et des cris de bonheur de la petite aveugle qui font sourire les chameliers et froncer les sourcils de Saad. Derrière elles, un dernier animal chargé de vêtements et de présents. Deux serviteurs de la maison marchent devant avec les chameliers. Les deux nuits en bivouac, avant d'arriver à Mardin, sont un délice pour les filles. Les chameliers ont planté de grandes tentes, préparé du thé et fait cuire de la viande. Haïganouch, le nez au ciel, hume et écoute tout. La sueur aigre des chameaux. La fraîcheur cristalline du ciel étoilé. La chaleur granuleuse du sable. Un chameau qui blatère. Un gobelet qu'on cogne à une cruche. Le frottement soyeux d'un pan de tente soudain rabattu par le vent. Le crépitement du feu. La fumée comme un voile bleuté et chaud sur son visage.

La nuit est l'ombre des jours
Où tout se mélange et se fond
Et où les enfants sages font
Le rêve de ce qu'ils seront un jour.

— Qu'est-ce que c'est ? demande Saad Aydin.

— Helin compose des poèmes dans sa tête, répond fièrement sa fille. C'est en arménien, mais Alija me les traduit.

— Est-ce que ces poèmes chantent les louanges de notre Dieu miséricordieux ?

— Non, ils parlent de tout et de rien. C'est de la poésie.

— La poésie est une perversion de l'âme, réplique le père, sentencieux. Nul ne doit prétendre se comparer à Dieu. Lui seul peut créer le beau. Comment pourrions-nous avoir l'outrecuidance de nous comparer à lui dans la création ?

— Tu ne veux pas savoir ce que dit le poème ? propose Assina.

— Non, je ne veux rien entendre et j'interdis désormais à Helin de composer la moindre rime.

— Comment peux-tu prétendre lui interdire quoi que ce soit ! s'emporte Assina. Helin est à moi, pas à toi, tu me l'as donnée devant toute la maisonnée l'autre jour.

— Assina, intervient sa mère, ne manque pas de respect à ton père, et obéis-lui !

Le reste du repas se passe en silence. Assina boude, et Araxie s'occupe d'Haïganouch. Puis leurs regards se croisent à nouveau et les sourires reviennent. Plus tard dans la nuit, Assina rampe hors de la tente de ses parents endormis et se glisse dans celle des filles. Elles rient et bavardent à voix basse, étouffant de petits cris qui gardent les chameliers éveillés.

Au troisième jour, Mardin est en vue, ville ocre agrippée à son promontoire rocheux qui enchâsse à son sommet une citadelle invisible. Empilement de maisons et de balcons, où chaque toit plat devient la terrasse d'une autre maison. Mais malgré cette vision lumineuse, le visage des chameliers se ferme et celui des parents d'Assina se rembrunit. Les nouvelles sont mauvaises. Ici aussi *ölüm* et *kiliç* ont frappé. La mort et le sabre. Le gouverneur Bedri bey et son chef de la police, Memduh, ont arrêté, torturé et enchaîné les uns aux autres quatre cents chrétiens qu'ils ont traînés, depuis la citadelle jusqu'à la porte ouest de la ville, par les ruelles étroites où leurs voisins d'hier, soudain haineux, les ont lapidés au passage. Puis, sous la conduite de quelques gendarmes, les malheureux ont erré jusqu'aux portes du désert où ils ont été abandonnés, encore enchaînés, sans eau ni nourriture. Et leurs cadavres, un à un, se sont d'abord vidés, puis desséchés au soleil.

— Et maintenant, crache entre ses dents un des chameliers, le Dieu de ces impurs se venge. Un mal maudit frappe la ville. Tous ceux qui ont escorté les quatre cents sont déjà morts. Leur corps est devenu livide, leur bouche et leurs mains ont noirci, leurs dents sont tombées de leurs gencives pourries, leur poitrine et leur ventre se sont marbrés de bleu, et ils sont morts après deux jours de délire en hurlant de douleur.

— Sans doute une épidémie de typhus ou de choléra, qui se propagent par les poux ou l'eau croupie, coupe le docteur Aydin. Aucune malédiction divine là-dedans.

— Permets-moi de te contredire, effendi, des savants ont bien évoqué le typhus gangréneux ou le choléra fulminant, mais en reconnaissant aussitôt que les symptômes n'y ressemblaient pas tout à fait. Eux-mêmes d'ailleurs parlent d'une « maladie extraordinaire », mais nous savons tous qu'il s'agit d'un fléau vengeur.

— Une maladie est une maladie, et une épidémie ne choisit pas ses victimes.

— Elle les choisit, effendi. À l'est de Mardin il y avait ce village. Douze familles arméniennes et quinze familles kurdes. Les Kurdes ont massacré tous les Arméniens et aujourd'hui le fléau vengeur extermine les quinze familles kurdes dont il ne reste qu'un enfant mourant. N'est-ce pas là une preuve ?

— La preuve de quoi, imbécile ? se moque le docteur Aydin. La maladie n'a tué que des Kurdes parce qu'il n'y avait plus d'Arméniens à tuer. Les Kurdes s'en étaient déjà occupés.

— Non, non, non, effendi, c'est une malédiction et elle s'étend. Trois quarts des paysans du district de Mardin sont déjà morts.

— Ça suffit ! tranche le docteur. Que l'un de vous m'accompagne en ville. Je vais m'enquérir de la situation. Les autres, plantez une tente pour abriter ma famille et attendez-moi.

Il ne revient que trois heures plus tard, épuisé et livide. Il commande aux chameliers de préparer un bivouac pour la nuit, puis il rejoint la tente, demande à Assina et ses petites esclaves de sortir, et s'agenouille devant sa femme.

— Que se passe-t-il ? s'inquiète-t-elle. Qu'as-tu vu qui creuse ainsi ton regard ?

— J'ai vu la mort, Nazli, la mort et son cortège. Depuis les terrasses de Mardin on domine la plaine sur plus de vingt kilomètres et je les ai vus. Ils étaient des milliers. Dix mille peut-être. Les gens là-bas les regardent avec des lunettes et un homme m'a prêté sa longue-vue. Mon Dieu, Nazli, ce que j'ai vu ! Ils étaient là comme un troupeau errant, avec pour vachers des gendarmes qui les battaient. Que des femmes et des enfants, et quelques vieillards. J'ai vu des gendarmes tuer des retardataires à coups de sabre. Tu te rends compte, Nazli ? Mais que sommes-nous devenus ?

Nazli n'avait encore jamais vu son Saad pleurer.

— Allons, dit-elle en serrant sa tête contre son épaule, tu le savais bien, pourtant. Nous le savons tous. Toi-même tu es allé acheter ces enfants à Diarbekir.

— Mais elles étaient vivantes, Nazli. Maigres, décharnées, malades, mais vivantes.

— Survivantes, Saad, seulement survivantes, et je n'ose même pas imaginer à quoi Alija et Helin ont survécu. Prenons ce train demain, allons marier Assina et essayons de nous préserver de tout ça.

— Mais je les ai marchandées, Nazli, je les ai marchandées, sanglote Saad, je les ai achetées comme des marchandises ! Je ne suis pas meilleur que ces bourreaux qui les traitent comme des choses et je m'en veux, je m'en veux tellement !

— Saad, tu as sauvé ces enfants, sans toi leurs petits corps pourriraient dans le désert aujourd'hui. Tu n'as rien à te reprocher. Elles sont en vie grâce à toi.

— Ce n'est pas assez, Nazli, désormais je veux faire quelque chose pour ces pauvres hères. Les gens de Mardin disent que c'est déjà la neuvième colonne qui passe aux portes de la ville. Six ont continué à pied, et trois ont embarqué à bord d'un train de marchandises pour Alep, mais leur destination est la même : le désert brûlant de Deir-ez-Zor.

— Je t'en prie, Saad, ne t'en mêle pas. Il y a ces ordres aux vali de mettre à mort sans jugement ceux qui aident les déportés. Je t'en supplie, ne fais rien qui nous mette en danger de telles représailles. Prenons le train au plus vite pour Alep. Que t'a-t-on dit en ville ?

— Nous pourrons embarquer demain matin. Je me suis assuré d'un compartiment pour nous.

— Alors, entre-temps, ne tente aucune folie, je t'en prie.

Au campement, chacun préfère, à voir sa mine sombre, ne pas le questionner. Le docteur dit juste qu'ils gagneront le lendemain de bonne heure Mardin où ils prendront le train pour Alep. Puis il se réfugie à nouveau dans sa tente avec sa femme.

— Ils boudent ?

— Non, Haïganouch, ils sont préoccupés, répond sa sœur.

— J'ai une autre poésie, tu veux l'entendre ?

Deux enfants sur un chameau
Regardent passer le train
Mille enfants dans le train
Rêvent de manger le chameau.

— C'est nous sur le chameau ? s'amuse Araxie.

— Oui, et c'est nous aussi dans le train.

12

1916 – Région de Diarbekir

— Tue-le ! dit Agop.

Haïgaz ne répond pas. Il tient l'officier turc en respect, la pointe de son sabre contre sa gorge. Ils l'ont surpris dans son sommeil, au pied d'un arbre, en pleine journée.

— Vide tes poches ! ordonne Haïgaz.

— Tue-le ! répète Agop.

L'officier, la tête appuyée contre le tronc, les regarde. Ce sont des enfants. Pas quinze ans pour celui qui veut sa mort. À peine plus pour celui qui le menace de son sabre.

— Qu'est-ce que tu attends, tue-le, on lui fera les poches après !

— Vide tes poches, répète Haïgaz.

L'officier s'assied et vide ses poches une à une. Dès qu'il aperçoit le paquet de cigarettes et le briquet à amadou, Agop s'en empare.

— Allez, tue-le maintenant qu'on a ses cigarettes.

— Tu as de l'argent ? demande Haïgaz en écartant son compagnon du bras.

L'officier tire d'une autre poche quelques billets et un papier plié.

— C'est quoi, ça ?

— Une liste.

— Une liste de quoi ?

— Des convois des déplacés d'Erzeroum.

— Des Arméniens déportés, tu veux dire. Que fais-tu avec cette liste ? Tu es responsable de leur déportation ?

— Non, je la portais au vali d'Alep pour qu'il vérifie les noms et le nombre de ceux qui sont arrivés jusque là-bas.

— Tu veux parler des déportés qui ont survécu aux massacres organisés et que vous envoyez mourir dans le désert ?

— Après ce que j'ai vu sur mon chemin, je dois reconnaître que tu as peut-être raison.

— Tue-le, grogne Agop.

— Je garde cette liste.

— Si on la trouve sur toi, tu es mort, l'avertit l'officier.

— Nous sommes déjà morts. Toi comme nous. Tu n'as pas encore compris ça ? Vide le reste de tes poches.

L'officier s'exécute, et un objet attire l'attention d'Haïgaz.

— Qu'est-ce que c'est que ça, un nazar ? Si tu croyais que ce porte-chance éloignerait de toi le malheur, tu t'es trompé, officier : ton malheur, c'est nous, ricane le garçon en ramassant la petite pâte de verre ronde et aplatie représentant un œil bleu.

— Ce n'est pas un nazar, répond l'officier, c'est un mati.

Haïgaz dévisage le militaire, qui ne semble pas avoir peur de mourir.

— C'est la même chose ! finit-il par dire.

— Non. Celui-ci, c'est une Arménienne qui me l'a donné. C'est un mati grec, pas un nazar turc.

— Elle te l'a donné ou tu le lui as volé ? Je sais comment vous dépouillez les nôtres avant de les égorger.

— Tu es arménien ? s'étonne l'officier.

— Ça ne se voit pas ? se vexe Haïgaz en pointant son sabre.

— Vas-y, tue-le ! l'encourage Agop entre deux étincelles trop froides pour allumer le tabac.

— Tu parles turc, dit l'officier comme une évidence.

— Je parle la langue qu'on m'a forcé à parler après que les tiens m'ont arraché à ma famille pendant les massacres de 1905, répond Haïgaz. À qui as-tu volé ce talisman ?

— Je ne l'ai pas volé. Une vieille Arménienne me l'a donné, je te l'ai dit. Crois-tu vraiment qu'un mati volé porterait chance ?

— C'est peut-être pour ça qu'il te porte malheur aujourd'hui, rétorque le garçon avec insolence.

Agop s'approche et prend le porte-bonheur qu'il observe dans le soleil.

— Ce chien l'a rayé. Si ça se trouve, ce mati ne sert plus à rien ! Il l'a volé, c'est sûr.

— Elle me l'a donné, je te le jure.

— Et en échange de quoi une Arménienne donnerait son porte-bonheur à un officier turc ?

— Je lui ai sauvé la vie. Elle me l'a donné en remerciement, mais je n'avais rien exigé d'elle.

— C'est un Turc, s'impatiente Agop qui ne parvient pas à allumer sa cigarette, il ment. Tue-le !

Haïgaz ne bouge pas. Il regarde l'officier, puis, sans le quitter des yeux, s'adresse à son compagnon :

— Donne-moi les cigarettes et le briquet.

Agop les lui remet de mauvaise grâce et Haïgaz les jette à l'officier qui les attrape de justesse.

— Allume trois cigarettes !

L'officier s'exécute et tend la première à Haïgaz qui la passe à Agop. Puis Haïgaz prend la sienne.

— La dernière est pour toi, dit-il à l'officier.

— La cigarette du condamné, sourit le soldat.

Ils profitent tous les trois d'une longue et profonde bouffée, puis les deux gamins viennent s'accroupir près du soldat.

— Raconte.

— Quoi ?

— La vieille Arménienne.

— Elle était dans une colonne de rescapés. En route pour Alep. Après, c'était la déportation et la mort certaine dans le désert de Deir-ez-Zor. Je l'ai fait sortir de la colonne et je lui ai donné un peu d'argent et des vêtements neufs. Elle parle turc, elle s'en sortira.

Haïgaz observe l'officier. Il ne parle pas comme quelqu'un qui plaide pour sa vie. Il parle comme on raconte un voyage à des amis, un après-midi de canicule, à l'ombre d'un eucalyptus.

— Pourquoi elle ? demande Haïgaz.

— Parce que je ne pouvais en sauver qu'une.

— Oui, mais pourquoi elle ?

— Parce qu'elle était insolente et rusée, prête à tout pour sauver deux gamines.

— Ses enfants ?

— Non. Elle voulait faire croire que c'étaient ses petites-filles, mais j'ai vite compris que ce n'étaient que deux orphelines qu'elle avait prises sous son aile.

— Elles sont devenues quoi, ces filles ? demande Agop en regardant pétiller la braise du mauvais tabac de sa cigarette.

— …

— Elles sont devenues quoi ? insiste Haïgaz.

— J'ai convaincu la vieille femme de les laisser au service d'une bonne famille de Diarbekir. Ces petites étaient épuisées et affamées. Elles n'auraient pas survécu à deux autres jours de marche, et encore moins à ce qui les attendait à Alep ou Deir-ez-Zor.

L'officier redoutait la colère des deux garçons. Il s'attendait à ce qu'ils bondissent sur leurs pieds et le percent d'un coup de sabre. À sa grande surprise, c'est le plus jeune, le plus pressé d'en finir avec lui, qui reprend la parole :

— C'est donc vrai ce qu'on raconte, que vous les poussez jusque là-bas pour les abandonner dans le désert où ils meurent de soif ?

— Tout est vrai, malheureusement. Je ne sais pas quelle folie s'est emparée de ce pays.

— Ne sont fous que ceux qui tiennent le sabre, répond Haïgaz, car pour ceux qui donnent les ordres, c'est un plan froidement réfléchi.

Ils restent encore un long moment silencieux, à regarder leur cigarette.

— Vous êtes des fédaï, alors, dit l'officier.

— Oui, répond Agop avec fierté.

— Non, lâche Haïgaz, nous sommes des Arméniens turcs. Enlevés aux Arméniens pour être élevés par des Turcs. Il y a un an encore, je m'appelais Memeth et je me croyais quelqu'un d'autre. Aujourd'hui je suis Haïgaz l'Arménien, le fils fantôme d'un peuple décimé.

— Comment survivez-vous ? s'intéresse l'officier.

— Ça ne va pas te plaire, répond Agop.

— Dis toujours, au point où j'en suis.

— Le jour nous sommes des enfants turcs trop jeunes pour la guerre. Nous volons pour manger en évitant les soldats. Nous sommes des voyous, des bons à rien, des orphelins de la guerre.

— Et la nuit, nous redevenons des Arméniens, enchaîne Haïgaz. Des fédaï. Des guerriers de la liberté. Et nous égorgeons des soldats isolés. Nous vous faisons la guerre.

— À vous deux ? sourit l'officier.

— Tu plaisantes ! Nous sommes des milliers, par petits groupes, dispersés, invisibles. Nous vous tombons dessus par surprise, dans les bivouacs, en bordure des campements.

— C'est bien ma chance ! soupire l'officier. Tomber sur vous en plein jour !

— C'est vrai que ton mati ne t'aura pas servi à grand-chose, constate Agop. Désolé.

— Dis-moi, reprend Haïgaz, ces filles, les protégées de la vieille femme, c'est toi qui les as vendues, n'est-ce pas ?

— Oui, reconnaît sans hésiter l'officier. Quand nous sommes arrivés au pied des remparts de Diarbekir et que j'ai vu la foule sortir de la ville pour rejoindre le campement des déportées, j'ai vite compris ce qui se préparait. Le premier homme venu aurait volé ces deux filles à la grand-mère. En négociant moi-même leur vente avec un notable, j'ai pu choisir celui qui les achèterait et payerait pour elles un juste prix.

— Un juste prix ! s'étrangle Agop en bondissant sur ses pieds, sabre à la main.

Mais Haïgaz le retient.

— Dis-moi, officier, tu as des enfants ?

— Oui, répond l'homme. Deux filles moi aussi.

— Serais-tu capable de les vendre ?

L'officier ne répond pas tout de suite. Il prend la dernière cigarette dans le paquet et l'allume, la proposant tour à tour aux deux garçons qui refusent.

— Si j'étais sûr de mourir, si leur mère était déjà morte, et leurs sœurs, leurs frères, leurs oncles et leurs tantes aussi, si leurs grands-parents étaient morts, et si c'était la seule façon de leur épargner une fin atroce et certaine, à s'écorcher les os en suçant des cailloux pour survivre une minute de plus, la langue sèche comme un bout de corde au fond de la gorge, alors oui, je vendrais mes petites filles pour les sauver.

— Et devenir les esclaves d'un maître infidèle qui leur fera oublier jusqu'à leur nom ?

— Si c'est pour qu'elles survivent…

— À quoi bon survivre si c'est pour oublier ce qu'on était, et n'être plus que l'esclave d'un autre ?

— L'esclavage n'est pas ce que tu imagines, mon garçon, et les esclaves de ce pays sont bien plus heureux et protégés que les pauvres des villes et les paysans des champs…

— Mais qui sont libres, eux !

— Oui. Libres de mourir de faim, d'épuisement, de maladie. Dans une famille turque digne de ce nom, les esclaves sont à l'abri de tout ça. Les maîtres n'ont pas droit de vie ou de mort sur leurs esclaves. Ces deux fillettes ne mourront pas du typhus dans un sordide camp de concentration du côté d'Alep, ni en suffoquant, la langue noire, dans le désert de Deir-ez-Zor. Et la vieille femme l'a bien compris. Tu les aurais peut-être préférées libres et décharnées, errant vers la mort parmi des milliers de cadavres pourrissants ?

— On devrait le tuer quand même, conclut Agop après un long silence.

— Tu as des esclaves, toi ?

L'officier sourit avant de répondre.

— Moi ? Non, je ne suis pas assez riche pour ça. Et puis je suis contre cette tradition.

— Pourtant tu la défends.

— Je ne la défends pas, je te l'explique. Ça ne veut pas dire que j'y souscrive. Je préférerais que toute personne soit libre, mais seulement si la République lui donne les moyens de vivre dignement sa liberté. Et comme c'est loin d'être le cas, je dois reconnaître que l'esclavage, que je condamne, permet d'assurer à quelques-unes de ces personnes ce que la République n'est pas en mesure de leur apporter.

— Ça devient compliqué, grogne Agop, tue-le, qu'on en finisse.

Haïgaz se lève, le sabre à la main, autant pour se dégourdir les jambes que pour réfléchir à ce qu'il va faire, quand il aperçoit les soldats. Quatre hommes à cheval, à quelques dizaines de mètres à peine, qui le repèrent aussitôt.

— Hé, toi là-bas !

Le cœur du garçon trébuche dans sa poitrine. Trop tard pour fuir. Ils sont quatre cavaliers armés, et eux ont laissé loin leurs chevaux pour approcher l'officier sans l'alerter.

— Assieds-toi ! murmure celui-ci.

Haïgaz ne bouge pas et Agop se prépare à bondir pour défendre sa vie.

— Ne tentez rien. Asseyez-vous sans leur répondre, ne bougez surtout pas et laissez-moi faire.

Haïgaz fixe l'officier droit dans les yeux sans réussir à se décider.

— Fais-moi confiance, assieds-toi et ne dis rien.

Haïgaz finit par lui obéir mais garde la main crispée sur la poignée de son sabre. Alors l'officier se lève et apostrophe les cavaliers qui s'approchent :

— Qui va là, soldats ?

Aussitôt les quatre hommes retiennent leurs chevaux et se redressent sur leur selle.

— Pardon, officier, nous ne vous avions pas vu. Nous avons aperçu un gamin et…

— Un de mes guides, coupe l'officier. Ils sont deux. Et vous, que faites-vous par ici ?

— Nous accompagnons ces chiens de giavour jusqu'à Alep où j'espère que notre Dieu miséricordieux, gloire lui soit rendue, laissera leurs dépouilles pourrir au soleil. La colonne fait halte face aux remparts de Diarbekir, mais nous patrouillons pour donner le sourire à ceux qui cherchent à s'évader.

— Donner le sourire ? s'étonne l'officier.

Le soldat tire un poignard de sa large ceinture et fait mine de se trancher la gorge. L'officier retient le bras d'Haïgaz qui tremble de rage.

— Et toi, s'étonne l'homme en oubliant toute politesse envers un gradé, où vas-tu tout seul ? Je te reconnais, tu commandais le détachement qui accompagnait la colonne !

— J'étais venu transmettre des ordres de l'Ittihad concernant les giavour.

— À qui ?

— À qui de droit, réplique sèchement l'officier. Des ordres reçus directement de Talaat pacha et du docteur Nazim. Et maintenant je retourne à Erzeroum rendre compte au commandement de la troisième armée avant de rentrer à Istamboul faire mon rapport sur le déplacement des personnes connues.

— Dans ce cas, dis bien à Talaat pacha que ses soldats obéissent à ses ordres, et que le peu de ces chiens d'infidèles qui réussiront à atteindre Alep ne survivront jamais au désert de Deir-ez-Zor.

— Je le lui dirai. Et vous, jusqu'où poussez-vous votre patrouille ?

— Jusqu'au village d'Erimli, répond un des soldats. Ma sœur y a une cousine à qui je dois transmettre des nouvelles de son mari.

— Il est militaire ?

— Il l'était.

— Mort au combat ?

— Égorgé dans son sommeil par des fédaï.

— Ah, je vois. Dans ce cas, je vais vous accompagner jusqu'à Erimli. J'achèterai quelques provisions à ta cousine avant de continuer ma route.

Puis il sort quelques billets d'une poche intérieure cachée dans sa doublure et se retourne vers Haïgaz.

— Memeth, prends ça pour toi et ton frère, et retournez chez vous à Diarbekir. Je n'ai plus besoin de vous, ces hommes vont me mettre sur la bonne route.

Comme Haïgaz hésite à prendre les billets, l'officier s'empresse d'ajouter pour ne pas laisser le trouble s'installer :

— C'est moins que prévu, je le sais, mais je ne toucherai ma solde qu'à Erzeroum.

Après quoi il se tourne vers les cavaliers.

— Soldats, donnez-leur un paquet de cigarettes à chacun, ordonne-t-il, je vous en ferai rendre le double par votre supérieur.

Les soldats s'exécutent de mauvaise grâce, puis l'officier récupère son cheval et monte en selle.

— Rentrez avant la nuit, lance-t-il à l'adresse des deux garçons, que vos parents ne s'inquiètent pas.

Son cheval n'a fait que quelques pas qu'il l'arrête.

— Memeth, j'allais oublier. Si tu as fini de corriger la liste que je t'ai donné à vérifier, rends-la-moi s'il te plaît.

— Je n'ai pas encore fini, tente Haïgaz.

— Rends-la-moi quand même. Par contre, tu peux garder le nazar. Qui sait, vous pourriez avoir besoin d'un peu de chance !

13

1916 – Alep

Saad Aydin a dépensé une fortune pour louer une belle demeure à proximité de la maison de Soleiman Yildiz, son futur gendre. Le respect des traditions était à ce prix. Le mariage a été négocié par les anciens. Saad Aydin n'ayant que des sœurs, et s'étant dévoué au métier sans noblesse de la médecine selon son père, celui-ci, armateur à Istamboul, a tenu à faire entrer un homme raisonnable et commerçant dans la famille. Du côté des Yildiz, après une première union avec l'héritière d'un grand négociant en soie, ce second mariage offrira aux négoces en tout genre de la famille une flotte pour l'exportation.

Dès qu'elles arrivent dans la maison, les femmes s'empressent d'en prendre possession. Le père de Saad a alloué une somme conséquente à Nazli pour qu'elle la décore comme leur propre demeure. Araxie et Haïganouch, malgré la fatigue du voyage, se laissent emporter par le vent des préparatifs. De leur courte vie, elles n'ont jamais vécu dans un tel tourbillon de luxe. Haïganouch, son petit nez pointé en l'air, s'amuse à reconnaître les oranges plantées de clous de girofle, le jus de sureau, la poudre de sucre des *rahat loukoum*, le lait à la cannelle, le fromage de brebis aux graines de sésame. Elle s'étonne de tout.

— Qu'est-ce que c'est, Araxie, qu'est-ce que c'est ? demande-t-elle en trépignant.

— Je n'ai pas le temps, Haïganouch, il y a tant à faire, tu sais !

— Oui, je sais, je sais, mais qu'est-ce que c'est ?

Pour l'occuper, Araxie lui apporte une corbeille en osier et une brassée de roses.

— Détaches-en les pétales sans te piquer, c'est pour la nuit du henné d'Assina.

— Est-ce que son fiancé sera là ?

— Bien sûr, il faut toujours que le futur mari soit là pour le henné. Et après on doit le pousser dans l'eau !

— Quoi ? On va le pousser dans l'eau ?

— Pas nous, Haïganouch, les autres invités. C'est la tradition, il ne pourra pas y échapper.

Nazli se démène pour tout préparer, mais une belle-sœur, envoyée par la famille du promis, usurpe vite son rôle. Dresser des tables, déplacer des sofas et des divans, dérouler des tapis, disposer des lanternes, parsemer la grande pièce de coussins multicolores rehaussés de brocart et de fils d'or. Araxie cherche soudain Assina des yeux et ne la trouve pas. Prise par l'euphorie des préparatifs, elle a délaissé sa petite maîtresse. Elle court poser un baiser sur le front d'Haïganouch et lui recommande de continuer à effeuiller les roses pendant qu'elle monte à l'étage retrouver Assina.

Elle est dans une chambre, debout, presque nue, dans la pénombre des moucharabiehs qui dessinent sur son corps d'enfant une mosaïque de lumière. Elle est en petite culotte, les bras croisés pour cacher la poitrine qu'elle n'a pas vraiment. Une robe blanche brodée de vert est posée sur le lit.

— Où étais-tu ? se plaint-elle.

— En bas, s'excuse Araxie, j'aidais aux préparatifs.

— Je veux que tu restes avec moi. Tu dois rester avec moi. J'ai trop peur, Araxie. Que va-t-il me faire ?

— Je n'en sais rien, avoue-t-elle. Il va s'amuser avec toi, comme tous les invités. Vous allez danser, vous allez manger. Boire aussi. Il va t'envoyer un cheval, je crois, t'offrir des cadeaux. Je n'en sais rien, Assina, je n'ai jamais été mariée, moi, tu sais !

Araxie plaisante, mais Assina reste inquiète.

— Oui, mais après, quand tout le monde sera parti, quand je serai toute seule avec lui dans sa maison ?

— Il sera gentil, la rassure Araxie en la poussant d'un geste tendre à s'asseoir avec elle sur le lit. Je crois qu'il te caressera. Je crois que c'est ce que font les maris. J'ai vu mon père le faire à maman. C'est très doux. Et puis peut-être qu'il t'embrassera aussi. C'est sûr même qu'il t'embrassera. Les maris le font toujours. Sur la bouche…

— Pouah !

— Tu sais ce que j'ai entendu maman dire un jour ? Que la moustache, ça chatouille.

— Beurk !

Elles explosent de rire et Assina propose à Araxie d'essayer sa robe. Celle-ci hésite, n'ose pas, trépigne d'excitation, puis se laisse faire et Assina saute de joie à son tour. Quand la porte s'ouvre, elles se figent, prises en faute, mais ce n'est que la frimousse d'Haïganouch qui se glisse entre les battants en les cherchant du bout de son petit nez.

— Vous êtes là ?

— Haïganouch, mais comment tu as fait pour monter jusqu'ici ?

— J'ai suivi les murs, et un vieil homme m'a aidée.

— Quel vieil homme ?

— Je n'en sais rien. Quand il a pris ma main, la sienne était vieille et froide. Il m'a fait penser à une étoile noire.

Les deux fillettes la regardent, étonnées, avant d'éclater de rire. Puis Araxie attire sa sœur et la serre contre elle.

— Touche la robe, c'est moi la mariée !

Mais cette fois la porte s'ouvre en grand et Nazli entre dans la chambre, en colère. Ça ne se fait pas. La robe ne doit être portée que pour le mariage. Le faire avant, surtout par une autre, ça porte malheur. Est-ce qu'Alija et Helin veulent le malheur d'Assina ? Les esclaves sont là pour veiller sur leur maîtresse, pas pour la distraire de ses devoirs !

— Nous nous excusons, madame, murmure Araxie en baissant la tête.

— Et les esclaves ne répondent pas ! aboie Nazli. Ce n'est pas à toi de t'excuser, ni même de demander pardon. Les esclaves se taisent et obéissent. Enlève cette robe et remets-la sur le lit, et aidez plutôt Assina à se préparer pour ce soir !

Elle sort en claquant la porte et les trois filles restent immobiles, sans oser relever la tête, ni même se regarder entre elles. Puis elles explosent d'un rire silencieux qu'elles ravalent d'une main sur la bouche en haussant les épaules.

La soirée qui suit est étrange. Encore une fois, la belle-sœur prend les choses en main et relègue Nazli à des tâches subalternes. Les préparatifs de la journée ne concernaient que la soirée du henné. C'est un adieu de la jeune fille à sa vie d'avant avec ses amies. Mais les temps incertains ont découragé tout le monde de venir jusqu'à Alep. Assina reste là, habillée en princesse des temps anciens, le front ceint d'une couronne de piécettes en or, assise sur une estrade couverte de coussins épais, encadrée de ses deux petites esclaves en retrait, à regarder s'amuser des gens qu'elle ne connaît pas.

— Tu vois l'étoile noire ? demande soudain Haïganouch.

— Non, se moque gentiment Araxie, il n'y a pas de vieil homme ici, que des femmes.

Haïganouch balaye la pièce d'un lent mouvement de tête, comme si elle pouvait reconnaître chaque visage, et le vieux derviche, qui pourtant la sait aveugle, recule dans l'ombre d'un escalier pour échapper à son regard mort. C'est le moment que la mère de Soleiman choisit pour s'approcher d'Assina.

— Viens, suis-moi, dit-elle en la prenant sans ménagement par le poignet.

Mais Nazli bondit et la retient.

— Ce n'est pas nécessaire.

— C'est la tradition chez nous, réplique la belle-mère, je dois m'assurer de sa virginité.

— Elle n'a pas encore quinze ans. La soupçonner de ne plus être vierge, c'est nous insulter.

— Comme tu veux, mais si son drap n'est pas taché de son sang au petit matin, Soleiman la renverra sur l'heure et vous rembourserez tous les frais et les cadeaux.

— Pourquoi je vais saigner, maman ? s'inquiète Assina.

Nazli ne répond pas. Les deux femmes se mesurent du regard et Nazli attend que l'autre lâche le poignet de sa fille pour lâcher le sien à son tour. Les invitées n'ont rien perdu de l'affront et un murmure désapprouve l'insolence de Nazli, mais par chance le barde s'installe avec son *baglama* à long manche. Quand il pince les cordes pour donner le rythme du premier *türküs* traditionnel, les femmes se rassemblent aussitôt pour l'écouter. Puis les doigts se délient sur les cordes du luth. La mélodie ondule et se déroule, serpent hypnotique hors de son panier, et le rythme devient obsédant. La voix nasillarde du barde entonne le *kirik hava*, le chant rythmé qui invite à la danse. Alors les femmes se regroupent en demi-cercle et, de leurs pieds légers, d'un mouvement de hanches contraire à celui de leurs épaules, de leur tête droite au menton relevé, elles invitent Assina à venir danser au milieu.

— Elle danse bien ? demande Haïganouch.

— Oui, sourit Araxie, émue, on croirait une fée au milieu des princesses.

— Est-ce que nous pouvons danser avec elle ?

— Non, Haïganouch. Nous sommes ses esclaves, pas ses amies.

— Assina n'est plus notre amie ?

— Si, bien sûr, murmure Araxie, mais les autres ne doivent pas le savoir. Tais-toi maintenant et ne danse pas comme ça avec tes épaules. Les esclaves doivent rester silencieuses et immobiles.

— J'ai horreur d'être esclave ! boude aussitôt Haïganouch.

D'autres troubadours se succèdent. La danse enivre les invitées puis, fatiguées, elles s'alanguissent sur les sofas et les coussins, rient et parlent entre elles. Beaucoup se sont déchaussées. La soirée perd de sa joie, comme si toutes ne faisaient plus qu'attendre quelque chose qui ne vient pas. Et tout à coup, vers minuit, le promis arrive.

— Que se passe-t-il ? demande Haïganouch quand la musique s'arrête en pleine ascension d'une spirale d'arpèges.

— C'est lui. C'est le fiancé.

Botté de cuir souple et noir, coiffé d'un fez de feutre rouge, il est vêtu d'un ample caftan en taffetas de Bursa bleu de Chine sur un sarouel, et d'une chemise blanche rehaussée d'un gilet de satin jaune. Les femmes retiennent un soupir d'admiration et s'écartent, laissant Nazli, vite devancée par la belle-sœur, aller à sa rencontre et l'accueillir de plusieurs marques de respect. Il n'y répond que d'un léger hochement de tête et se dirige droit vers la petite Assina, dont on couvre aussitôt la tête d'un voile rouge et qui se raidit sur ses coussins. Araxie prend Haïganouch par la main et elles se reculent pour laisser le promis s'asseoir à côté de sa future épouse. Pour qui il n'a pas un seul regard. Une vieille tatoueuse dessine alors sur leurs mains et dans leurs paumes les arabesques du bonheur et de la fidélité.

Quand, en retournant leurs paumes vers le sol, la vieille femme leur fait comprendre qu'elle a terminé,

Soleiman montre ses mains à l'assistance et Nazli fait signe à Assina de l'imiter. Ils restent ainsi quelques instants, sous les vivats et les youyous des femmes, puis le promis repart comme il était venu, d'un pas martial, suivi de sa maisonnée.

— Il est parti ? s'étonne Haïganouch à voix basse.

— Oui, murmure Araxie.

— Mais on ne devait pas le pousser dans l'eau ? Ça ne devait pas porter bonheur à Assina ?

Araxie ne répond pas et regarde les yeux de sa petite maîtresse s'embuer de larmes.

— N'empêche qu'il est vraiment beau, murmure-t-elle à son oreille pour la consoler.

Sans un mot, Assina se lève et fait signe à Araxie de prévenir sa sœur de les suivre. Sa mère veut la retenir.

— La tradition veut que tu t'amuses avec tes invités jusqu'au petit matin, Assina.

— Je n'ai pas d'amies ici, maman, je n'ai qu'Alija et Helin.

Et elle monte d'un pas fier se réfugier dans sa chambre. Cette nuit-là, Araxie et Haïganouch tirent leurs matelas près d'elle et s'endorment de chaque côté de son lit. Dans la nuit, quand Nazli se glisse dans la chambre à son tour, elle découvre les trois filles endormies dans les bras les unes des autres. Elle réveille les deux petites esclaves et, d'un signe de la tête, leur ordonne de regagner leur chambre. Puis elle se glisse à son tour dans le lit. Assina, devinant sa présence, se blottit contre elle. Alors Nazli pleure en silence sur cette dernière nuit avec sa petite fille chérie. Se souvenant du jour où elle aussi a été offerte par ses parents à Saad, qu'elle a fini par aimer. Parce qu'il lui a donné Assina. Qu'il offre aujourd'hui à ce Soleiman. Et autant que le bonheur incertain de sa petite fille, c'est la certitude de ce bonheur qu'on lui arrache, à elle, qui mouille son cœur et son visage.

Soleiman est assis au soleil, sur un tabouret, torse nu, une serviette blanche autour du cou. Deux de ses garçons d'honneur s'affairent autour de lui. Le premier tient une cuvette émaillée et l'autre un long rasoir qui crisse sur la barbe noire du promis. Les invités assistent à la séance traditionnelle à bonne distance. Seul Saad est assis à côté de Soleiman.

— On m'a dit que vous aviez la confiance du gouverneur.

— Il m'en honore en effet. C'est Mustafa Abdülhalik, le propre beau-frère de notre ministre de l'Intérieur Talaat pacha.

— Quoi ? Celui que l'on surnomme le « boucher de Bitlis » ? Il a été nommé à Alep ?

— Ne prononcez plus jamais ces mots devant moi, menace Soleiman, seuls les traîtres arméniens parlent ainsi de Mustafa Abdülhalik.

— Ah oui ? Et comment doit-on appeler le vali responsable de la déportation des habitants de plus de cent quatre-vingts villages, laquelle a déjà causé deux cent mille morts ? C'est ce qu'Abdülhalik est venu faire à Alep ?

— Le vali est venu à Alep faire appliquer les consignes de son honorable parent le ministre de l'Intérieur. Le gouvernement veut faire d'Alep le centre le plus important du pays pour la gestion des personnes connues déplacées. Nous avons désormais une sous-direction pour l'installation des tribus et des migrants en charge de la question des personnes connues déplacées. Et Nazim bey en personne, le chef de l'Organisation spéciale, est venu rencontrer le vali pour mettre au point la logistique.

— Alors si le vali Abdülhalik est en charge des camps de concentration, obtenez-moi une audience.

— Et de quoi donc prétendriez-vous l'entretenir ?

— De tous ces réfugiés. Il y a aux portes de la ville plus de cent mille de ces pauvres gens !

Dans un mouvement de colère, Soleiman suspend brusquement le geste de l'apprenti barbier.

— Pauvres gens ? Vous osez plaindre toutes ces personnes connues qui ont trahi la République ? Prenez garde, il y a des mots que même de la bouche de mon futur beau-père je ne peux tolérer dans ma maison.

— Ces gens ne sont pas des traîtres, Soleiman. Souvenez-vous qu'ils ont combattu aux côtés des révolutionnaires du comité Union et Progrès pour destituer le sultan. Est-ce là leur récompense ? Comment espérez-vous que la République survive à leur massacre ?

— La République survivra justement parce qu'ils ne seront plus là. Ces personnes connues se sont accrues en richesses et en nombre jusqu'à devenir une menace pour la race turque. Mon ami le gouverneur a reçu de Talaat pacha lui-même des ordres très clairs. Le droit des Arméniens à vivre et à travailler sur le territoire de la Turquie est aboli. Sans égard pour les femmes, les enfants et les infirmes, quelque tragiques que puissent être les moyens de l'extermination, sans écouter les sentiments de la conscience, il faut mettre fin à leur existence.

— Mais ceux que nous déportons ne sont responsables de rien. Ces innocents ne représentent aucun danger pour notre pays, plaide Saad.

— Seriez-vous donc si naïf que ça ? Les innocents d'aujourd'hui ne sont que les coupables de demain. Ceux qui restent ne nous trahissent peut-être pas dans l'action, mais ils nous trahissent par la pensée, et c'est cette pensée que nous devons éradiquer autant que leurs actes.

— Mais ne pourrions-nous pas, par simple humanité au moins, les traiter avec décence, plutôt que de les laisser mourir de faim et de soif dans le désert ?

— Talaat pacha a donné les ordres nécessaires dans ce domaine également. Dans une période où les veuves de nos soldats et nos milliers de réfugiés et martyrs musulmans ont besoin de nourriture et de protection, il n'est pas approprié d'engager des dépenses pour nourrir les enfants que les Arméniens ont laissés derrière eux.

— Laissés derrière eux ! s'offusque Saad en bondissant sur ses pieds.

Soleiman se dresse aussitôt lui aussi, bousculant ses garçons d'honneur qui renversent l'eau de la cuvette et le savon à barbe.

— Ça suffit ! aboie-t-il en pointant un index menaçant sur Saad. Ne comprenez-vous pas qu'il y va de la survie de la Turquie ? Seriez-vous traître au pays vous aussi ?

— Comment osez-vous ? hurle Saad. Oubliez-vous qu'il existe une morale universelle supérieure à la politique des hommes ?

Les garçons d'honneur s'interposent entre les deux hommes, mais contre toute attente, Soleiman explose d'un rire tonitruant.

— Une morale ? Mais quelle morale ? La morale n'existe pas en politique, mon pauvre Saad. La morale, c'est pour les faibles. La politique, c'est justement la victoire de l'efficacité sur la morale. Comment croyez-vous que votre père a agrandi ses entrepôts, et à qui croyez-vous qu'il a racheté ses trois nouveaux navires ? À qui croyez-vous que le mien a racheté les commerces en gros de laine et de soie ? Comment croyez-vous que je vais assurer à votre fille, quand elle sera ma femme, le luxe et l'opulence qu'elle n'aura jamais connus dans sa propre maison ? Par cette industrie que les Arméniens avaient accaparée et que nous leur reprenons aujourd'hui. La mort de ces enfants arméniens, Saad effendi, c'est la survie des enfants turcs. C'est la survie de votre fille.

L'arrogance et la cruauté de cet homme sonnent le docteur Saad Aydin. Il titube presque sous la violence assumée de ces propos.

— Dans ce cas, murmure-t-il en regardant Soleiman droit dans les yeux, j'annule ce mariage. S'il en est ainsi, je ne veux plus rien avoir à faire avec vous et votre famille. Ni même avec la mienne.

La colère de Soleiman a la froideur d'une lame d'acier.

— Non, vous n'annulerez rien de ce que vous n'avez même pas négocié. Ce mariage n'est pas de votre fait. Il est celui voulu par mon père et le vôtre. Et il sera célébré aujourd'hui, comme prévu, ou je vais moi-même vous dénoncer auprès de Son Excellence mon ami le gouverneur. Votre femme et votre fille auront-elles la même résistance que ces infidèles faméliques qui survivent à tout depuis des semaines, sans autre espoir que d'aller mourir de soif du côté de Deir-ez-Zor ? Est-ce vraiment ce que vous voulez pour vous et les vôtres ?

Saad ne sait quoi répondre. Le dilemme dans lequel l'enferme Soleiman fait de lui un être immonde quoi qu'il réponde. Alors Soleiman redresse le tabouret qu'il a renversé, se rassoit et fait signe à ses garçons d'honneur de terminer leur tâche.

— Saad, reprend-il d'une voix plus calme, il ne faut pas vous en vouloir. Il y a des choix que l'Histoire impose.

Tôt le matin, aussitôt la première prière, une bande d'hommes et de garçons prennent d'assaut la maison et y hissent un drapeau aux couleurs de la famille du marié, symbole viril de la conquête de sa promise. Puis un gamin accroche à la hampe une pomme, signe d'abondance, et un miroir pour assurer aux mariés un avenir lumineux. Les porteurs de nouvelles ont convié les invités en distribuant des cadeaux de la part de Soleiman et la rue s'anime et bruit de mille rumeurs sur la splendeur de la fête à venir.

Le reste va trop vite pour Assina. En fin d'après-midi, sa belle-sœur l'habille de sa robe de mariée, sans permettre à Araxie et Haïganouch de l'aider. Puis elle noue une ceinture rouge à sa taille et des rubans de même couleur à ses poignets, avant de couvrir sa tête et son visage d'un voile transparent, écarlate lui aussi.

Deux heures plus tard, deux garçons d'honneur de Soleiman arrivent, tenant par la bride un cheval noir à la selle décorée de tissu et de pompons rouges. On fait descendre Assina, suivie d'Araxie et Haïganouch, jusqu'à la porte où les nouveaux venus nouent à sa taille une autre ceinture de soie rouge avant d'offrir avec grandiloquence et ostentation des cadeaux aux parents de la future mariée. Le paiement symbolique de ma lâcheté, pense Saad. Le prix de ma petite fille, songe de son côté Nazli que la tradition force à sourire. Puis les garçons d'honneur aident Assina à monter en selle, tendent la bride à Saad, et le cortège s'en retourne vers la maison de Soleiman, pavanant la petite promise aux yeux de la foule qui se regroupe sur son passage et suit le cheval. Le rythme d'un davoul et la mélodie d'une zourna font aussitôt de ce cortège une fête joyeuse où seule Assina pleure derrière son voile rouge.

Quand Araxie et Haïganouch veulent suivre les invités, une main les retient.

— Pas les esclaves, ordonne un homme qu'elles ne connaissent pas.

Mais Araxie prend Haïganouch par la main et échappe à l'inconnu pour se fondre dans la foule. Quand il veut les rejoindre, une main l'arrête à son tour. Il se retourne, furieux et prêt à se battre, mais le regard de pierre du derviche pulvérise sa colère et son arrogance.

Devant la maison du promis, Assina aperçoit Araxie et Haïganouch dans la foule et sèche ses larmes. Soleiman l'attend, drapé dans un caftan brodé du même vert émeraude que les motifs de sa robe. Avant que les garçons d'honneur aident Assina à descendre de cheval, un autre marchandage symbolique anime des représentants des deux maisons : c'est le prix de la porte, sans lequel la famille d'Assina refusera qu'elle descende. Puis, sans que personne comprenne vraiment l'issue de la négociation, un des garçons d'honneur saisit la promise par la taille, la soulève sous les vivats, et la pose à terre. Le davoul et la zourna retentissent pour célébrer la venue de la femme jusqu'à la maison de l'homme. Soleiman s'abandonne à quelques pas de danse, et la belle-sœur, d'un œil sévère, ordonne à Assina de danser elle aussi. Mais Soleiman semble pressé d'en finir. Il prend Assina par le bras et l'entraîne vers la porte. Là ils se retournent pour faire face à la foule et donner le signal du rituel du *tarki*. Chaque invité s'approche alors pour accrocher aux vêtements des futurs époux des billets ou des pièces d'or. Assina a honte de se sentir comme une marchandise mise à prix. Elle cherche des yeux ses parents et ne rencontre, dans le regard de Saad, qu'une profonde tristesse. Elle devine aussi que Nazli se force à être plus joyeuse encore que les autres pour oublier son propre chagrin. Seule, dans toute la foule, Araxie lui sourit avec sincérité, tout en décrivant à l'oreille d'Haïganouch l'extravagance de la cérémonie.

Quand les garçons d'honneur ont collecté l'argent et les cadeaux, l'orchestre tente encore de faire danser les promis, mais Soleiman fait signe qu'on lui apporte la coupe de miel dans laquelle il trempe le pouce d'Assina. Après quoi, en passant la porte de sa maison, il lui fait essuyer son doigt sur le chambranle. Pour que dans cette maison leur union ne soit que douceur, dit la tradition.

Comme le couple entre enfin, suivi des invités, un homme de la famille de Soleiman fait barrage à Araxie et Haïganouch. Mais une main vieille et osseuse se pose sur son épaule, et le derviche se glisse entre lui et les filles.

— Elles sont avec moi, dit-il.

— Soleiman n'en veut pas, rétorque l'autre.

— Moi, je les veux.

Et, de son regard de charbon, il fait pâlir de peur l'homme qui recule et s'efface.

À l'intérieur, le gouverneur et les notables sont là. Tous les commerçants aussi. D'autres hommes également, en civil ou en uniforme, pour qui Soleiman a tous les égards et que les autres évitent avec prudence. Émissaires de l'Organisation spéciale, représentants du ministre de la Guerre, envoyés du comité Union et Progrès. Et ce militaire élégant et martial, blond, le front autoritaire, le regard gris et terriblement dépourvu d'émotion. Saad regarde Soleiman rire avec eux. Fort. Pour que tout le monde voie son intimité avec le pouvoir en place. Il se trouve même des chefs kurdes pour venir présenter une sorte d'allégeance au nom de leur tribu tout entière. Et quand leur regard concupiscent s'attarde sur Assina, Saad serre les dents pour ne pas hurler. Soudain, l'un des invités murmure à l'oreille des autres et tous les yeux se tournent vers Araxie et Haïganouch.

— Elles sont arméniennes, vraiment ? s'offusque un militaire.

— Elles l'étaient, répond fièrement Soleiman, elles ne le sont plus. Elles sont musulmanes à présent.

— Mais si elles sont musulmanes, comment peuvent-elles être esclaves ? s'indigne un autre.

— Parce qu'elles ne sont pas turques.

— Il n'empêche..., murmure un homme en civil, suspicieux.

— C'est Saad effendi, le père d'Assina, qui en a décidé ainsi, conclut Soleiman. Nous pouvons en parler sur le chemin de la mosquée, mais je préférerais que nous parlions du vin de France que je vais vous servir au retour.

— Du vin de France ? Comment avez-vous fait avec le blocus ?

— L'avantage des guerres, c'est qu'elles forcent les commerçants à l'ingéniosité.

Tous éclatent de rire en sortant de la maison pour se rendre à la mosquée, sauf le militaire au regard d'acier.

Assina reste seule avec ses parents et ses deux petites esclaves dans la grande maison presque vide, sous le contrôle de quelques vieilles femmes sans âge qui les dévisagent et de sa belle-sœur qui les surveille.

Un cœur sur un arbre perché
Voit se poser un oiseau bleu.
Dis-moi, petit cœur écorché
Que fais-tu sombre et malheureux ?

Un amour ici m'a laissé
S'en est allé prier les cieux
De veiller à sa destinée.
Est-ce cela qui te rend soucieux ?

Est-ce la peine d'en pleurer ?
Un jour tes ailes grandiront
Te pousseront à t'envoler
Pour là où toutes nous chanterons.

— C'est encore une poésie défendue ? demande Nazli.

— Oui, explique Assina, admirative. Haïganouch invente de nouveaux poèmes chaque jour.

— Appelle-la Helin, recommande Saad en vérifiant du regard que personne n'a entendu. Et toi, Alija, traduis-nous ce que ta sœur a récité.

Araxie s'exécute et les larmes montent aux yeux du médecin et de son épouse.

— Promettez-moi de toujours veiller sur Assina, supplie Nazli, et moi je prierai votre Dieu et le mien pour que toujours ils vous protègent à leur tour.

Pendant ce temps la belle-sœur organise le retour de Soleiman et des invités. D'autres tables sont dressées, des mets en abondance, des rafraîchissements, des fruits, des gâteaux. De l'*ayran* de yaourt frais légèrement salé, du *salgam* épicé, du thé noir, du *salhep* à la cannelle, du jus de grenade, du jus de cerise légèrement citronné, de la limonade à la menthe.

De ce château tu es la reine
Prends tout et ne cède rien
Quand pour t'épouser il revient
Qu'il te trouve souveraine.

La maison est bruyante à nouveau. Les invités ont précédé le promis et leur foule joyeuse se fend en haie d'honneur pour le mener jusqu'au pied de l'estrade où l'attend Assina.

Le vieux derviche réapparaît et fait signe à la promise de le rejoindre, face à Soleiman. Il dit quelques mots qui échappent à la jeune fille, soudain terrorisée devant tous ces inconnus et ce futur époux plus grand et plus fort que son père, et presque aussi vieux. L'homme de foi parle du sens du mariage, de la force de l'engagement, de droits et de devoirs. Puis il demande si tous deux sont d'accord sur le montant du *mehir* à verser par Soleiman à sa future épouse. Assina ne sachant quoi répondre, Saad le fait à sa place. Et le derviche propose aux promis de s'engager.

— Saad effendi, dit Soleiman, je demande la main de votre fille Assina pour la marier selon les lois de l'islam.

— J'accepte de vous donner ma fille Assina comme épouse selon les lois de l'islam et le mehir convenu, répond Saad.

— Alors j'accepte Assina comme épouse, conclut Soleiman.

Le silence qui suit trouble l'assistance. Assina reste silencieuse. Elle ne sait pas quoi faire. Elle meurt de honte. Elle va s'évanouir, quand le derviche la retient et murmure à son oreille.

— J'accepte Soleiman comme époux, répète-t-elle d'une petite voix brisée de gamine.

L'homme de foi récite alors les sept versets de la *fatiha*, la première sourate du Coran, et renonce aux invocations qu'il avait prévues pour abréger le désespoir d'Assina.

— Voilà, vous êtes mariés devant notre Dieu miséricordieux, béni soit son nom.

Les femmes pleurent, hurlent des youyous, et la salle explose de joie, sauf Saad et Nazli qui voient leur petite Assina leur échapper pour toujours. Aussitôt Soleiman est happé par les siens qui le chahutent et le poussent à danser. Puis, remarquant la présence d'Araxie et Haïganouch, il fend la foule pour rejoindre sa nouvelle épouse.

— Cette fête est pour mes invités et les esclaves n'y ont pas leur place. Renvoie-les !

Saad s'apprête à intervenir quand, à la surprise générale, Assina se campe face à Soleiman et lui répond :

— Cette fête est pour mon mariage et ces esclaves sont les miennes. Elles me suivent là où je suis. Elles restent avec moi.

L'effroi fige la salle, puis les musiciens attaquent un air férocement joyeux, et Assina retourne s'asseoir sur le sofa surélevé d'où elle va regarder les invités l'oublier pour s'amuser. Elle ne sourit qu'à ses parents, de temps en temps, et à Araxie quand elle lui apporte des gâteaux au miel et aux noix et du jus de grenade. À Haïganouch aussi, qui lui murmure en secret des poèmes qu'elle ne comprend pas mais qui l'amusent. De loin, elle observe Soleiman. Il parle à voix basse avec le vali, des hommes sinistres et des militaires en uniforme. Par moments ils glissent un regard mauvais vers son père qui, de loin, les regarde aussi, sans baisser les yeux. Et dans son coin, répondant distraitement aux rares femmes qui daignent lui adresser la parole, Nazli s'inquiète pour sa fille et son mari.

La soirée s'éternise. Les notables et les hommes importants se sont retirés dans le patio pour fumer des cigares malodorants et boire du vin dont Soleiman prétend qu'il a été réquisitionné en France par un officier allemand de sa connaissance, qui sert aujourd'hui dans l'état-major du cinquième corps expéditionnaire. Les hommes, tous plus ou moins ivres, dansent trop vite en agitant des mouchoirs blancs et trébuchent contre les meubles. Les femmes se sont regroupées par deux ou trois, au hasard des chaises et des coussins, et bavardent de choses et d'autres. Dans un coin, Nazli et Saad se tiennent par la main.

Soudain Soleiman réapparaît pour remercier ses invités et leur dire que la fête est finie. Il ne reste bientôt plus, dans la grande salle en désordre, que des servantes et des esclaves qui commencent à ranger, et la famille. Des femmes surtout. Épuisées, mais qui ne quittent pas Assina des yeux. Soleiman vient vers elle, la prend par la main, et l'emmène vers l'escalier qui monte à la chambre. Elle redoute tant ce moment qu'elle n'a pas un regard pour sa mère qui pleure, consolée par les bras d'une femme ivre de fatigue qu'elle ne connaît pas.

Dans la chambre, la belle-mère est là. Elle a tiré les rideaux et ouvert le lit, disposé une carafe de jus de cerise et une assiette de fruits secs sur un guéridon. Du côté réservé à son fils, qu'elle embrasse avec effusion et fierté. Avant de les laisser seuls, elle pose en évidence sur le lit un tissu de coton blanc. Quand elle sort, elle découvre Araxie et Haïganouch assises par terre, de chaque côté de la porte. Elle veut les chasser mais les deux petites ne bougent pas. Alors elle se fâche, hurle que les esclaves n'ont rien à faire dans la maison des maîtres et que toutes les femmes de la maisonnée habitent le *haremlik* de l'autre côté du patio. Attiré par les cris de sa mère, Soleiman sort de la chambre, furieux, la ceinture de soie rouge d'Assina à la main pour chasser les deux fillettes. Par la porte entrouverte, Araxie aperçoit Assina toute nue, debout devant le grand lit, qui pleure en silence. La belle-mère appelle une de ses servantes pour raccompagner sans ménagement les deux esclaves à leur chambre. Quand elles sont parties, elle regarde sans gêne la petite Assina, baise la main de son fils, referme la porte sur eux, et lève les yeux au ciel. Pour que son fils soit béni. Pour que la petite saigne vite et bien, et qu'elle et ses amies puissent toutes aller dormir.

Le lendemain est un jour de peine pour tout le monde. Dans la nuit, Soleiman a appelé pour que sa mère vienne chercher le tissu blanc taché de sang. Les femmes à moitié endormies parmi les coussins se sont réveillées. Elles ont chanté et dansé quelques instants en se passant le tissu de main en main. Puis elles ont félicité la mère du marié pour la virilité de son fils et la future fécondité du couple, avant de prendre congé pour colporter la nouvelle.

Quand Assina, honteuse et meurtrie, se réveille à son tour, elle est seule dans la chambre. Comme si elle l'épiait derrière la porte, sa belle-mère entre, accompagnée d'une de ses esclaves. D'un air distrait, elle félicite la petite fille d'être devenue une vraie femme et fait signe à son esclave de rassembler les affaires de la mariée. Ce qui s'est produit cette nuit ne se reproduira plus, sauf si Soleiman en émet le souhait. Assina n'est que la seconde femme. Il revient à la première de donner encore au moins deux enfants à son fils bien-aimé. Le tour d'Assina viendra dans deux ans au mieux. Entre-temps, qu'elle profite de la vie aisée que lui assure la générosité pieuse de Soleiman, et qu'elle vive dans cette maison comme une belle-fille obéissante et attentionnée envers son mari et sa belle-mère. C'est tout ce qu'on lui demande.

— Ah, Soleiman veut te présenter officiellement à toute la maisonnée dans le grand salon dans une heure. Fais-toi belle et sois à l'heure. Et que tes esclaves insolentes t'accompagnent.

Des servantes et des serviteurs s'affairent dans toute la maison et dans le patio pour effacer le désordre de la fête. À la porte du jardin, des mendiants et des chiens attendent les reliefs du festin. Assina traverse le patio en courant et entre dans la fraîcheur du haremlik avec un sentiment de délivrance. Araxie et Haïganouch sont là à l'attendre. Quelqu'un les a prévenues. La détresse de leur maîtresse ravage leur cœur et elles l'entraînent aussitôt dans sa chambre. C'est une vaste pièce qui se partage entre le lit et un salon, avec un cabinet de toilette à l'abri d'un précieux paravent. Les filles lui expliquent qu'il y a d'autres salles et d'autres commodités qu'elle partagera avec Leyla, la première femme de Soleiman. Le haremlik dispose même d'un hammam. Il paraît que Soleiman devient de plus en plus riche avec la guerre. Puis, comme Assina ne répond pas, un trouble silence s'installe, que la petite mariée rompt d'une voix résolue :

— Ne me parlez jamais de cette nuit.
— Jamais, jure Araxie.
— Jamais, promet Haïganouch.

Je demande à la lune
D'avaler cette triste nuit
Et au soleil lui aussi
De brûler cette infortune.

— Je demande à la lune ! jurent-elles ensemble.

Puis elles se préparent pour la présentation demandée par le marié.

Toute la maisonnée est là. Soleiman encadré par ses deux femmes. Les membres de la famille en face, assis sur des chaises, les servantes et les domestiques d'un côté et les quelques esclaves de l'autre, debout d'abord, puis à genoux sur le carrelage sur un signe de tête du maître des lieux.

— À dater de ce jour, Assina *hanim* est la maîtresse de cette maisonnée au même titre que moi-même et que Leyla hanim, ma première femme. Chaque membre de cette assistance et chaque personne qui entrera dans cette demeure lui devront respect et obéissance dans le cadre de ce qui dépend de la décision des femmes.

Assina, qui se force à ne pas baisser les yeux, croise le sourire de sa belle-mère, et comprend alors que le discours n'est pas terminé.

— Nous honorons dans notre famille les lois de Dieu, l'amour du pays et la déférence envers les anciens. Envers ma mère ici présente, Soraya hanim effendi particulièrement, qui vit et veille avec nous sur la bonne marche de cette maison.

Sans tourner la tête vers Assina, Soleiman poursuit en regardant sa mère qui lui sourit d'aise et d'admiration :

— Il est à ce titre venu à ma connaissance l'insolente désobéissance des esclaves personnelles d'Assina hanim à des ordres donnés par Soraya hanim effendi. J'ai donc décidé de retirer ces deux esclaves du service personnel d'Assina hanim et de les affecter aux services communs de la maisonnée.

La salle bruit d'un imperceptible murmure d'approbation et tous les yeux se braquent sur Araxie et Haïganouch quand, à la stupeur générale, Assina se redresse sur son siège pour prendre la parole :

— Avec tout le respect que je dois à mon mari Soleiman effendi et à sa mère Soraya hanim effendi, Alija et Helin, pas plus que moi-même, n'avons été informées du fonctionnement de cette maison, ce qui explique ce que vous considérez comme une désobéissance et qui n'était que le fruit d'une méconnaissance. Il n'y a donc aucune raison de punir Alija et Helin pour ce dont on ne les avait pas prévenues. De plus, elles sont mes esclaves personnelles. Personne d'autre que moi n'a le droit de les punir.

Cette fois, le salon tremble d'un grognement outré, que Soleiman interrompt d'un geste vif pour s'adresser directement à sa jeune épouse :

— Je suis le maître de cette maison et, de par notre mariage, je suis ton maître, comme le veulent notre Dieu miséricordieux, la loi et la tradition. Je possède tout ce qui est ici. Je te possède toi et, par conséquent, je possède ce que tu possèdes y compris tes esclaves. Je les punis si je veux.

— Soleiman, je suis désormais ta femme, et bien que rien de ce qui a été dit par l'officier d'état civil ou le derviche ne mentionne que désormais je t'appartiens, je veux bien reconnaître que par ce mariage je te dois obéissance. Mais rien, ni dans la tradition, ni dans les vœux, ni dans les documents, ne te transfère la propriété de ce qui m'appartient à titre personnel et qui reste mien, y compris mes esclaves. Nous pouvons en appeler au derviche qui a célébré notre union si tu en doutes.

Dans la salle, c'est la stupéfaction. Livide, la mère du marié s'étrangle devant tant d'insolence. Seul Soleiman semble y prendre le plaisir cruel d'un joueur qui trouve un adversaire à sa convenance.

— Très bien, Assina henim, puisqu'il en est ainsi il te reviendra de punir toi-même Alija et Helin pour l'offense qu'elles ont faite à Soraya hanim effendi, ma très chère mère bien-aimée.

Chacun croit la joute terminée, mais Assina n'a pas dit son dernier mot :

— Comme je l'ai déjà expliqué, il n'y a pas eu d'offense, mais si Soraya hanim effendi a pu se sentir offensée, Alija et Helin étant sous ma responsabilité, je propose à ta mère bien-aimée d'accepter les excuses que je lui présente en leur nom devant toute la maisonnée rassemblée.

Soleiman respire profondément, regarde longuement l'assemblée puis sa mère, sidérée, prise au piège du raisonnement de cette insupportable peste. Malgré tout, elle cède dans un imperceptible soupir et cligne des yeux pour accepter les excuses d'Assina.

— Alors qu'il en soit ainsi, déclare Soleiman, furieux, en congédiant tout le monde d'un geste impatient.

Il quitte le salon avec sa mère, leurs servantes et esclaves. Assina attend qu'ils aient disparu pour faire signe à Araxie et Haïganouch de la suivre dans le haremlik.

— Où as-tu trouvé la force de lui tenir tête devant sa mère ? s'étonne Araxie, admirative.

— Je n'en sais rien, avoue Assina qui tremble soudain à l'idée de ce qu'elle vient de faire. La haine, je suppose. De ce qu'il m'a fait et de ce que j'ai accepté de faire.

— Qu'as-tu accepté de faire qui justifie que tu te haïsses ainsi ?

— Je l'ai accepté lui, cet arrangement, ce mariage. Je ne suis pas différente de vous à ses yeux. Vous êtes mes esclaves, et je suis la sienne. Voilà ce que j'ai laissé faire.

— Et comment pouvais-tu t'y opposer ? Même chez nous les mariages sont arrangés.

— C'est à mes parents bien-aimés que j'aurais dû m'opposer quand ils m'ont annoncé qu'ils m'avaient promise, mais j'étais trop jeune.

— Trop jeune ? À quel âge t'ont-ils promise ?

— J'avais neuf ans quand les familles se sont mises d'accord. Aujourd'hui j'ai bientôt quinze ans, et j'aurais dû fuir la maison plutôt que d'accepter.

— Jamais je ne me marierai, déclare la petite Haïganouch.

— Il ne faut jamais dire jamais, la corrige Assina, c'est une offense à Dieu qui décide pour nous.

— Eh bien, si c'est Dieu qui a décidé de ce mariage, je ne veux plus jamais croire en lui.

— Ne dis plus jamais ça non plus, ordonne Assina. Si on t'entend, on peut te mettre à mort pour un tel blasphème.

— N'empêche, s'entête Haïganouch, c'est fini, je ne ferai plus jamais de prière.

— Même pour medz mama Chakée ? demande Araxie en souriant de la colère de sa sœur.

— Sauf pour medz mama Chakée, concède la petite fille.

Une servante frappe à la porte et annonce que Nazli et Saad viendront dans deux heures prendre congé de la famille et de leur fille. Assina donne aussitôt des ordres pour qu'ils soient reçus dans le salon avec les honneurs qui leur sont dus. Elle exige que le café leur soit servi dans des *zarf* en argent, elle commande des *baklava* et des rahat loukoum à la rose ; pour Nazli, un *güllâç* fait de noix, de noisettes, de pistaches et d'amandes grillées, parfumé à l'eau de rose mais sans noix de coco ni vanille. Pour son père, du *muhallebi* épais à la fleur d'oranger saupoudré de cannelle. Elle veut aussi de l'ayran de brebis pour lui, en précisant de mélanger un tiers de lait à deux tiers d'eau salée, soit un peu plus que de coutume. Elle demande également du jus de grenade et de cerise. Et exige qu'une part de chaque mets soit portée dans sa chambre à l'intention d'Araxie et Haïganouch.

14

1916 – D'Alep à Diarbekir

La gare d'Alep, aux portes de la ville, est un capharnaüm. Entre la ville et la voie ferrée, et de l'autre côté des rails jusque loin dans la plaine, c'est un chaos de misère humaine. Dès que les soldats font coulisser les portes, des déportés par milliers tombent des wagons dans la poussière que soulèvent leurs corps décharnés. Autour du camp, quelques groupes dispersés. Les malades du typhus et du choléra qu'on a sortis de la ville pour les laisser mourir à l'extérieur. En deux endroits, de l'autre côté du train, des hommes masqués d'un foulard jettent les cadavres dans de grands bûchers. D'autres guident des charrettes croulant de corps pestilentiels vers des charniers creusés dans la terre sèche. Et parmi toute cette misère, des marchandises se troquent et s'échangent, des portefaix cassés sous leur charge, la sangle sur le front, leur cou trapu gorgé de sang, vont et viennent du train à la ville.

Pour éviter aux passagers ces désagréments nauséabonds, une sorte de quai a été aménagé un peu à l'écart, devant lequel la calèche louée par Saad les dépose, Nazli, leurs deux serviteurs et lui. Ils ont presque une heure à attendre, et Saad n'y résiste pas. Il trouve un endroit ombragé pour abriter Nazli et interpelle un officier médecin qui passe.

— Quelle est la situation, officier ?

— Un désastre, monsieur. Les épidémies galopent loin devant nous et nous ne faisons que courir après. Notre armée est un chaos. Les médicaments sont là où devraient être les canons, les canons rouillent où devraient être les vivres, la solde des soldats a disparu dans le labyrinthe administratif. Le gouvernement est bien plus appliqué à exterminer les Arméniens qu'à soigner ses civils et ses soldats.

— Avez-vous besoin d'aide ? Je suis médecin à Diarbekir, je peux rester vous prêter main-forte ici si vous voulez.

— C'est généreux de votre part, monsieur, mais l'ironie de la situation est que nous sommes presque en surnombre de soignants. Le problème c'est que nous n'avons rien pour soigner. Vous serez peut-être plus utile à Diarbekir. L'épidémie est encore plus violente là-bas.

— Alors bon courage, mon brave, et prenez soin de vous.

L'officier le remercie, et salue de la tête la jolie femme du médecin qui lui sourit de loin.

Quand le train s'ébranle enfin, toussant sa suie au ciel, Saad ferme les yeux et Nazli tourne la tête pour ne pas voir l'insupportable horreur qu'ils traversent. Devinant que Saad pleure en silence, elle prend sa main dans les siennes et pose son front dessus. Pendant les six heures de voyage, une étrange solitude les gagne. Le sentiment désespérant d'avoir vécu, ces derniers jours, la fin de quelque chose. D'un monde pour lui, d'une humanité à laquelle il voulait croire encore. De sa vie de mère pour elle, avec ce terrible sentiment d'avoir abandonné Assina à un destin qui lui échappe. Et leur long désespoir, bercé par le rythme obsédant des boggies, les réunit dans l'idée que ce malheur les accuse. D'avoir cédé à la tradition pour Assina, mais aussi de n'avoir pas eu le courage de s'opposer à ces pogroms. Et le sentiment qui les envahit, qui les noie de l'intérieur, est celui de l'échec d'une vie qu'ils vont devoir assumer seuls à présent, tous les deux, au milieu de l'effrayant tumulte du destin.

Quand le train arrive à Mardin, dans l'après-midi, la désolation est à son comble. Pendant leurs quelques jours d'absence, l'épidémie s'est intensifiée et Saad reste debout au pied du wagon, effaré par l'ampleur du malheur. Il hèle un jeune médecin militaire, un capitaine au visage creusé de fatigue, et ce qu'il apprend l'horrifie. Si chacun reconnaît les effets du choléra qui vide de leurs fluides ses victimes et les dessèche sur place, personne n'identifie vraiment les ravages du typhus. Le capitaine parle d'une possible mutation du *Rickettsia prowazekii* à l'origine de la transmission. Ou alors de la vengeance du Dieu des chrétiens.

— Comment ça ? s'indigne aussitôt Saad, qui ne supporte pas cette hypothèse superstitieuse.

— La population commence à dire que le premier cas est apparu six mois jour pour jour après l'arrestation et le massacre des notables arméniens à

Istamboul. Qu'entre-temps dix mille de ces chrétiens ont été massacrés et que leur Dieu vient aujourd'hui réclamer dix mille âmes musulmanes en échange.

— Dix mille âmes ici, à Mardin ? Sornettes que tout ça !

— Monsieur, plus de dix mille bons croyants sont déjà morts ici, croyez-moi, car on nous envoie tous les malades des autres villes. Cinq mille sont arrivés à pied de Diarbekir. Quatre mille sont morts en chemin. Des mille qui restaient, six cents qui en avaient encore la force se sont perdus dans la nature, propageant encore l'épidémie. Les quatre cents qui ont échoué entre nos mains sont morts à raison de cinquante par jour. Et ce n'était qu'une colonne. Il en arrive une autre tous les deux ou trois jours.

— Pourquoi l'armée n'arrive-t-elle pas à contenir l'épidémie ? N'êtes-vous pas assez nombreux ?

— L'armée ? Mais c'est l'armée le principal vecteur de ce malheur, monsieur !

— Faites attention à ce que vous dites, lui murmure Saad, c'est une accusation qui pourrait vous coûter la vie.

— Je le sais, mais je sais aussi ce que j'ai vécu avec mon régiment et ce que je vois ici. Bien sûr, les milliers de cadavres de chrétiens qui se décomposent dans le pays sont autant de foyers pour le choléra, et la saleté des déportés favorise la propagation du typhus par les poux, mais ces pauvres gens sont déportés par des chemins détournés, isolés des populations, et depuis de nouveaux ordres enterrés dans des charniers ou abandonnés dans le désert. Mais nos soldats, eux, qui sont autant couverts de poux que ces Arméniens, se déplacent en nombre parmi la population, d'un bout à l'autre du pays. Ils sont dans les gares, dans les villes, dans les marchés. Ils courent les tavernes et les bordels. Voilà pourquoi je dis que c'est notre armée le principal responsable de cette épidémie. Personne n'osera vous confirmer ce chiffre, mais le typhus a déjà fait deux cent mille morts rien que dans l'armée d'Erzeroum. Rendez-vous compte que pour enrayer cette contagion fulgurante, le commandement est allé jusqu'à incendier des hôpitaux de fortune, quelquefois même avec les malades à l'intérieur.

— Mon Dieu…, gémit Nazli qui s'est approchée, laissant leurs deux serviteurs garder leurs bagages dans la poussière du quai en terre battue. Mais vous êtes l'armée de l'Empire…

— Madame, notre armée est en débandade. On voit des bataillons errer, sans officiers, à des centaines de kilomètres de leur régiment. D'autres arrivent, après des marches épuisantes, dans des garnisons qui ne disposent d'aucune intendance pour les prendre en charge. L'armée de Mossoul a retrouvé un de ses bataillons perdu à Diarbekir, obligé de survivre en pillant les villages alentour. Il se forme des colonnes fantômes composées de milliers de déserteurs qui, voyant la condition désespérée des civils, préfèrent réintégrer l'armée sans que rien soit prévu pour leur subsistance et leurs soins.

— Mais pourtant l'armée a toujours dit qu'elle avait les moyens, s'indigne Nazli, effarée par ces révélations.

— Elle les a, madame, en approvisionnements comme en médicaments, elle les a largement, mais il n'y a aucune compétence pour en organiser la bonne répartition. Nous pourrions contenir cette épidémie de Mardin avec deux fois moins de médecins. Il suffirait que nous ayons les bons médicaments qui existent, quelque part, ailleurs, dans le pays…

La rage gagne Saad petit à petit et lui fait moins surveiller son langage :

— Il semblerait donc que le massacre de ces pauvres chrétiens ait été prévu avec plus de moyens, plus de planification et plus de logistique que la survie de notre propre armée.

— Sans oublier, monsieur, murmure le jeune capitaine, que tous les officiers arméniens de l'armée ont été exécutés alors qu'une grande partie étaient d'excellents médecins militaires. Mais puis-je vous demander d'où vous venez et où vous allez ?

— Nous venons d'Alep, où l'épidémie se répand aussi avec une virulence terrifiante, et nous rentrons à Diarbekir. Je suis moi-même médecin, puis-je vous être d'une quelconque utilité ?

— Il est préférable que vous rentriez chez vous, monsieur. Les autorités vident la ville de ses malades pour nous les envoyer. Peut-être parviendront-elles ainsi à enrayer l'épidémie dans votre région. Rendez-vous plutôt utile là-bas où vous pouvez encore espérer sauver des vies. Mardin n'est plus qu'un mouroir. Bientôt nous serons en quarantaine, les malades arriveront par colonnes entières, et plus personne n'aura le droit de sortir, même mort.

Le jeune capitaine encourage Saad d'une tape sur l'épaule, salue Nazli d'un signe de la tête et regagne le chaos de ce qui ne parvient même pas à ressembler à un hôpital de campagne.

Saad émerge soudain de ce cauchemar éveillé pour s'inquiéter de Nazli, qui attend sous le soleil, et s'occuper du transport jusqu'à Diarbekir. Il demande à un des deux serviteurs de leur trouver une solide calèche à deux chevaux, et à l'autre d'aller chercher du jus de cerise ou de grenade pour madame.

Quand le premier serviteur revient avec la calèche, Saad s'alarme de le voir encadré par deux gendarmes à cheval.

— Vous êtes Saad pacha ? Le vali nous envoie. Il a été prévenu de votre arrivée par celui d'Alep. La route jusqu'à Diarbekir n'est pas sûre. Il nous a demandé de vous escorter jusque chez vous.

Saad s'étonne. Une attention de Soleiman, probablement. Il remercie les gendarmes et aide Nazli à monter dans la calèche. L'autre serviteur revient avec les rafraîchissements. Deux grands verres que son maître partage. Un pour Nazli et lui, et l'autre pour les deux domestiques. Il propose aux gendarmes de leur offrir à boire aussi, mais à sa grande surprise ils refusent. Les bagages chargés, le cocher pousse ses chevaux au pas. Quand ils traversent la désolation de l'hôpital en plein air, les gendarmes murmurent des incantations à Dieu pour la paix des âmes. Quand, un peu plus loin, ils longent un camp de concentration où survivent des silhouettes faméliques, ils crachent au passage leur haine dans la poussière. Et la détestation que Saad lit dans l'œil noir des soldats lui glace le sang.

Le reste de la journée s'alourdit de sombres pensées pour Saad. Contre ces temps obscurs. Contre ces soldats haineux. Contre ce pays qui sombre dans le déshonneur. Nazli, elle, a glissé dans une absence qui inquiète son mari. Elle n'a plus en tête que le sort d'Assina. Son esprit s'est égaré là-bas, dans cette demeure où sa petite fille les a reçus comme une maîtresse de maison pour leur dire adieu. Où Soleiman ne s'est pas montré pour prendre congé. Où sa mère, fière et victorieuse, est venue exhiber devant eux le linge taché du sang de leur enfant.

À la tombée du jour, la calèche atteint le village de Yesilköy où le cocher a prévu de faire halte. Une de ses cousines les hébergera. Il faut que Saad paye aussi pour la pitance des deux gendarmes. La cousine est une sorcière édentée et cupide à qui son mari veule obéit sans broncher. Il en coûte à Saad une pièce de plus pour chaque quignon de pain dans de la mauvaise soupe. Nazli n'y touche pas et se recroqueville sur la paillasse qui leur sert de lit. Lorsqu'il se blottit contre elle, Saad devine qu'elle pleure en silence. Les gendarmes, au mutisme mauvais depuis leur départ d'Alep, partagent à présent le repas avec le cocher et leurs hôtes. Bientôt ils ne parlent plus à voix haute que du sang des Arméniens qu'il faut verser pour irriguer à nouveau le désert qu'ils ont fait de ce pays.

Saad ne dort pas. Il garde Nazli dans ses bras toute la nuit. Il aurait dû organiser une caravane comme à l'aller pour préserver sa femme de toute cette misère. Au petit matin, il réveille le cocher et les gendarmes pour partir au plus vite. Il veut être à Diarbekir en milieu de journée. À nouveau la sorcière exige de son nabot d'époux qu'il leur fasse payer la moindre croûte pour la route.

Il leur faut cinq heures pour rejoindre Diarbekir dans la fournaise d'un jour sans vent et par une route sans ombre. Quand Saad cherche à acheter un fruit ou un gobelet de jus de grenade, les gendarmes protestent :

— Nous n'avons pas le temps pour ça !

— Pour qui te prends-tu ? C'est moi qui paye ce cocher. Je prends le temps que je veux.

— Le vali nous attend à Diarbekir, je ne veux pas qu'il s'impatiente.

— Il t'attend toi, peut-être, mais pas nous. Si tu es pressé, pars devant, je ne te retiens pas.

— Pauvre imbécile, pourquoi voudrais-tu que le vali m'attende moi, simple gendarme ? C'est toi qu'il attend, et je te conseille de ne pas abuser de sa patience.

— Le vali m'attend ? s'étonne Saad, soudain inquiet de ce que le gendarme ait osé le traiter d'imbécile.

Un silence sournois et méfiant s'installe jusqu'à ce qu'apparaissent à l'horizon les murailles de la citadelle. Ils traversent d'abord les faubourgs, encombrés comme à Mardin et à Alep d'un chaos où se mêlent malades et déportés.

— Arrête-nous là. Je suis médecin et je vais proposer mon aide à ces pauvres gens.

— Non, répond le gendarme, le vali t'attend, et c'est justement de ça qu'il veut t'entretenir.

— Tu en es sûr ? demande Saad, qui reprend confiance.

— Pourquoi crois-tu que nous sommes venus nous assurer que tu rejoindrais Diarbekir en toute sécurité, sinon ?

Saad acquiesce d'un hochement de tête et le cocher pousse la calèche à travers la foule miséreuse. Ils longent ensuite les eaux du Tigre, franchissent les murs épais de la citadelle par une porte étroite. Heureux de retrouver un chemin large et pavé, le cocher lance son attelage au trot, suivi des deux gendarmes. Les sabots sur les pavés résonnent contre les remparts et Saad se rassure de ce qu'ils se retrouvent enfin à l'abri dans leur ville. Ils remontent vers le quartier de la mosquée Ulu Camii entre les solides maisons construites de lourdes pierres sombres et blanches alternées. Au-delà des murs, souvent crénelés comme de petits remparts, ils reconnaissent les frondaisons qui rafraîchissent les cours pavées où ruissellent des fontaines. Ils savent les bancs en pierre sous les arbres. Les tables en bois dehors. Les puits aux margelles sculptées. Les kiosques à colonnades sous leurs toits gris pointus. Les rambardes en fer forgé. Les voilà de retour chez eux après ce terrible voyage.

Quand le cocher engage la calèche dans leur rue, Saad s'étonne du nombre de badauds qui l'encombrent et soudain s'écartent en silence à leur passage. Il devine alors la foule devant sa maison, et cinq ou six dignitaires à cheval, en redingote ou en grand uniforme. Il réveille doucement Nazli qui s'est endormie sur son épaule, sans quitter des yeux ceux qu'il reconnaît comme étant le gouverneur, des militaires de haut grade et des membres du comité Union et Progrès. Ils sont tous étrangement immobiles, à regarder la calèche approcher. À peine le cocher l'a-t-il arrêtée devant la porte en ogive creusée dans le mur qui isole le jardin de la rue, Saad aperçoit la corde de chanvre qui pend de la voûte et son cœur panique.

— Qu'est-ce que… ?

Un homme s'approche et tend le bras. Saad croit qu'il se propose de l'aider à descendre et tend sa main. L'autre la saisit avec violence et le tire hors de la calèche pour le jeter au pied des chevaux qui hennissent de surprise. Un instant hébétée, Nazli se dresse pour protester. Un des gendarmes qui les escortaient se penche aussitôt sur sa selle et l'assomme d'un coup de poing. Saad se relève pour aller à son secours, mais un coup de pied le plie en deux. Et tandis qu'il crache sa bile, des mains le saisissent et le tirent jusque sous le porche où un homme lui passe la corde autour du cou. Il se débat, hurle, veut savoir si Nazli est blessée. Il implore qu'on l'épargne, elle, même s'il ne sait pas pourquoi on le condamne, lui. Puis cherchant à rejoindre Nazli il se débat, assomme un homme d'un coup de tête, en casse un autre d'un coup de genou, en mord un troisième. Mais on le roule à terre. On lui brise les côtes et le nez à coups de pied. On l'empoigne par les cheveux pour le redresser, le visage en sang, puis un coup de bâton l'estourbit et, le temps qu'il reprenne ses esprits, deux hommes tirent sur la corde et en nouent l'extrémité à un anneau de fer scellé dans le mur. Et Saad est pendu. Sous le regard impassible des notables à cheval. Dans le silence de la foule. Quand Nazli revient à elle, qu'elle se redresse sur le siège de la calèche, un long cri lui écorche la gorge. Saad est là, le corps agité de convulsions, la bave à la bouche, les yeux prêts à jaillir de son visage congestionné. Puis soudain immobile après un dernier sursaut, son pantalon souillé d'urine.

Le gouverneur pousse alors son cheval de quelques pas pour s'adresser à la foule :

— Il est venu à notre connaissance que cet homme, Saad Aydin, avait tenté de porter secours et assistance à des personnes connues dont le gouvernement avait décidé l'éloignement. Conformément aux instructions du ministre de l'Intérieur Talaat pacha, tout citoyen turc qui apporte son aide, de quelque façon que ce soit, aux personnes connues au cours de leur déplacement sera pendu devant la porte de sa maison. Tous ses biens reviendront à l'État et sa maison sera incendiée.

Un cri sidère alors la foule. Nazli s'est ruée hors de la calèche et s'accroche au corps de Saad en hurlant. Le vali prend ombrage de cette hystérie féminine et signifie d'un geste de la main qu'il se retire. Les chevaux des notables claquent des fers sur le pavé pour faire demi-tour, les yeux fous et le cou tordu par le mors qui les blesse. Les deux gendarmes se mettent en faction devant le porche, de chaque côté du pendu, pour éviter le pillage avant que les hommes de l'Organisation spéciale viennent vider la maison. Quand la première pierre frappe le corps de Saad, ils s'écartent pour laisser la populace déverser sa haine. Mais quand un caillou blesse Nazli au front, ils brandissent leur sabre et menacent la foule : seul le docteur Saad Aydin a été condamné, aucune preuve n'a été avancée contre sa femme, dont la punition sera d'être chassée de sa maison.

— Et de la ville ! réclame la foule, furieuse.

— Et de la ville si vous voulez, concède le gendarme.

Alors des femmes se précipitent sur Nazli et la tirent dans la rue par les cheveux, déchirent ses vêtements puis la poussent loin de sa maison. Nazli trébuche, tombe, se blesse les coudes et les genoux sur les pavés. Des hommes se sont joints à la curée et lui assènent coups et insultes. Ils profitent de la confusion pour empoigner ses seins et ses fesses. Elle se relève pour fuir l'humiliation, trébuche encore, titube sous les gifles. Quand une main arrache ce qui lui reste de vêtement, libérant un de ses seins, la furie des femmes redouble contre cette traînée impudique, cette dévergondée éhontée, cette débauchée obscène qui excite la concupiscence des hommes.

Nazli ne se défend plus. Elle ne sent plus les coups. Elle ne fait que fuir vers là où la foule la chasse. Ils la jettent hors de la ville par une porte percée dans les remparts, à l'ouest de la citadelle. Et comme ils hésitent à la poursuivre au-delà de l'enceinte, elle se relève et court sous les insultes, blessant ses pieds nus sur les cailloux du chemin et les racines saillantes. Elle court, cachée par les arbres hauts des anciennes douves. Elle court vers le sud, vers le fleuve, vers les vergers. Elle entend quelques hommes qui la poursuivent encore, en silence. Elle entend leurs pas lourds sur la terre. Leur souffle rauque. Arrivée à la pointe des remparts où les murailles remontent vers le nord, elle se jette dans un sentier qui s'enfonce entre les bosquets. Sa poitrine la brûle, sa respiration s'emballe. Un violent point de côté la vrille de douleur. Elle trébuche, cassée en deux, se cogne aux troncs et s'arrache aux branchages. Sur la droite, un muret protège les premiers abricotiers. Elle bascule par-dessus en s'éraflant l'épaule et la hanche, et se terre aussitôt à plat ventre de l'autre côté. Terrorisée. Prostrée. C'est alors seulement que la pensée de Saad lui revient. Son corps pendu et le gouffre que sa mort laisse en elle. Cette si brutale absence. Définitive. Inexplicable. Et elle. Seule. Sans lui. Sans maison.

Soudain, deux hommes sont là, penchés par-dessus le muret, elle voit leur visage empourpré, elle sent sur elle la puanteur de leur haleine, et elle se résigne à mourir.

15

1916 – Rive orientale du Bosphore, Turquie

Christopher Patterson parcourt les mille deux cents kilomètres qui séparent Erzeroum du Bosphore en quatre jours d'une route épuisante. Il lui faut marchander à prix d'or l'essence et l'huile, et se soumettre à tous les bakchishs éhontés que justifient, aux yeux du moindre fonctionnaire, sa nationalité américaine et sa belle Peugeot Type 150. Mais il peut compter sur la complicité efficace du réseau des organisations caritatives américaines pour rallier enfin la rive orientale du Bosphore. À Kadiköy, un village sur la côte, un pasteur allemand dont la femme est partie recueillir deux petites orphelines à Mardin le confie aux bons soins d'un gamin courtaud et frisé comme un mouton noir, trop heureux de monter à bord de l'automobile.

— Comment t'appelles-tu ?

— Appelle-moi Selim pour ne pas me trahir. Sinon je suis Hovannes l'Arménien.

Le garçon le conduit cinq kilomètres plus au nord, jusqu'à une de ces grandes villas noyées dans la végétation et ouvertes sur la mer et les lumières d'Istamboul, sur l'autre rive du détroit. Christopher ne cherche pas à savoir à qui appartient ce luxueux *yali*. La parole du pasteur lui suffit. Depuis quatre nuits, il dort sur la banquette arrière de la Peugeot, de peur qu'on lui vole quelques pièces qui la rendraient inutilisable.

Au soir, Selim disparaît pour revenir bientôt avec deux beaux poissons frais et des provisions. Pendant qu'il prépare le dîner sur un feu en plein air, Christopher déambule à travers le jardin. C'est un précieux désordre d'arbres et de bosquets, embaumé du parfum des magnolias. À travers le dôme d'un chêne vert, des cyprès élancés dessinent des minarets effilés. Le sentier qui mène au ponton musarde entre des figuiers et des arbres de Judée. Christopher s'arrête au milieu du parc où le chemin contourne un kiosque étouffé sous une glycine. Un peu plus loin, penchés vers la mer, des pins s'alignent entre des acacias flamboyants. C'est, pense Christopher, l'image d'un havre de paix dans un monde en guerre.

Il allume une cigarette, la tend au garçon qui sert le poisson sur une table de jardin en pierre contre une haie de lauriers-roses, puis en allume une autre pour lui. Il pense à Hilde et à son âme qui la fuit, inexorablement.

— Mange, dit Selim, ils vont venir dans la nuit et il faut que tu sois prêt et plein de force.

Il lui sourit et dévore à belles dents la chair blanche et brûlante du poisson. Ensuite, ils cachent au mieux la voiture sous une bâche, derrière de hauts buissons de rosiers grimpants, et descendent jusqu'au ponton attendre la barque. Christopher sort de son bagage une flasque de bourbon et en propose au gamin qui refuse, offusqué, puis accepte vivement. Ils en rient et Christopher, qui parle turc, raconte New York au gamin qui l'écoute, les yeux écarquillés de stupeur.

Deux heures plus tard, un long caïque aux pointes effilées se glisse contre le ponton sur lequel ils se sont endormis, malgré la fraîcheur qui monte de la mer.

— Debout, bougonne une brute qui sent le sel et le tabac froid, on y va.

— Tu es seul ? s'étonne Christopher.

— Non, répond l'homme en jetant le sac de l'Américain dans le caïque, je suis venu avec la mer.

Christopher prend congé du gamin et lui donne un billet que le marin convoite aussitôt du regard.

— Il y en aura un pour toi aussi si nous arrivons à bon port.

— C'est dix pour le passage, n'oublie pas.

— Cinq, corrige Christopher, c'est ce qui était convenu avec le pasteur.

— Il aura mal compris, son Dieu devait lui parler à l'oreille en même temps que moi. Je lui ai dit cinq billets pour le trajet, mais le trajet, moi, je le fais deux fois. Donc c'est dix, et payable d'avance.

Christopher s'exécute.

— J'espère que tu es meilleur marin qu'homme d'honneur.

— Il n'y a pas d'honneur en temps de guerre, l'Américain, répond l'homme en souquant ferme sur ses avirons.

À mesure qu'il s'éloigne, les yali surgissent un à un des frondaisons sous la lune, Riviera fantôme d'autres temps heureux, paradis d'enfances abandonné. Puis ils gagnent le large où un vent sournois arrache des embruns à la mer. Ils naviguent en silence, raidis par le froid. Le marin connaît toutes les ruses des courants. Ses avirons plongent sans bruit dans l'eau noire. Pas la moindre écume. Maintenant ils sont comme en pleine mer. Quelques lumières au loin – « Pêcheurs », dit le marin – puis des ombres beaucoup plus près – « Contrebande », explique l'homme qui se tord le cou pour surveiller son cap. Christopher abuse de sa flasque de bourbon pour lutter contre le froid.

— Moi aussi, dit le marin.

— Ce n'est pas contraire à ce que commande ton Dieu ?

— Le Dieu des marins, c'est la mer, dit-il en buvant la moitié de ce qui reste de bourbon. Dans une demi-heure on arrive.

La lune, complice, se cache derrière des nuages quand ils abordent l'autre rive, à distance d'un haut phare blanc devant les remparts. Le clapot cogne le caïque contre les rochers et l'homme presse Christopher de descendre. Mais il retient le sac que l'Américain, en équilibre sur les rochers glissants, lui réclame d'un bras tendu.

— Et l'argent que tu m'as promis ?

Christopher lui tend le billet.

— Et la flasque de bourbon ?

— Ne pousse pas trop loin ta chance. Si on me prend, je pourrai très bien te dénoncer comme passeur à la police.

— Et qui te dit que la police ce n'est pas moi ?

— Donne-moi mon sac et va au diable, je garde le bourbon.

Le marin jette le sac dans les bras de Christopher.

— Devant le phare, dans cinq minutes, une calèche. Ne la manque pas, elle ne passera qu'une fois.

Quelques minutes plus tard, comme promis, le fiacre apparaît, longeant les remparts, et le cocher retient son cheval. Christopher monte dans l'habitacle qui tangue sur ses suspensions. Il s'affale sur la banquette de velours rouge et donne au cocher une adresse à Pera.

— Ne coupe pas par Stamboul, prends par le bord de mer.

Le cocher manœuvre, son cheval blanc renâcle puis se soumet, et ils contournent le quartier de Stamboul au rythme régulier des sabots ferrés sur le pavé. Au loin, de l'autre côté de la Corne d'Or, scintillent les lumières des bords de mer de Galata. Mais c'est quand le fiacre contourne la pointe de Topkapi, au-delà de la colonne des Goths, que Christopher sent, malgré l'inquiétude qui le ronge, son cœur s'enivrer de la douce folie de cette ville. Le cocher pousse son cheval qui allonge son allure en hochant la tête.

À moins d'un kilomètre, le jeune Américain aperçoit la masse du pont flottant de Galata, au-dessus des eaux noires de la Corne, piquetées du reflet des becs de gaz et des lanternes. Sur la gauche, le quartier sombre de Stamboul, hérissé de minarets, comme des bouquets de cyprès par-dessus l'entrelacs des ruelles et des venelles éteintes. Mais sur l'autre rive, c'est la rive populaire et commerçante de Galata, illuminée de guirlandes toutes la nuit, au pied de la colline vivante et joyeuse du quartier franc de Pera, dominée par son donjon médiéval coiffé d'un cône.

Stambouliotes d'un côté, Pérotes de l'autre. Deux mondes opposés mais indissociables de la même ville. Stamboul ne dort que d'un œil, toujours inquiète, au rythme du bâton ferré des veilleurs de nuit sur le pavé, dans la crainte des assassins et des terribles incendies qui peuvent ravager en une nuit des centaines de maisons. Et Pera qui ne dort jamais, du haut de sa colline insolente, dehors et dedans ses maisons et ses palais en pierre éclairés à l'électricité. Malgré la nuit, la Grand-Rue bruit encore d'une activité festive et affairée, entre les calèches et les automobiles. C'est le quartier des ambassades et des théâtres, des nids d'espions, des galas mondains, des cellules révolutionnaires et des lupanars. On dit même que certains immeubles sont tout ça à la fois.

Christopher se fait déposer devant la façade illuminée du Pera Palace. Il contourne aussitôt la belle bâtisse de pierre blanche pour s'assurer qu'il n'est pas suivi, puis il tourne le dos au grand hôtel et s'engage dans une ruelle étroite où l'attend la voiture de l'ambassadeur Henry Morgenthau.

— Bonjour, Henry, désolé de vous causer tout ce dérangement. Tout ça fait un peu romanesque, non ?

— Malheureusement, mon garçon, il n'y a rien de romanesque dans tous ces événements. Je veux que tu rencontres quelques personnes qui s'intéressent à ta connaissance de ce qui se passe en Anatolie.

Quand la voiture démarre et s'enfonce dans l'inextricable réseau de ruelles en pente, une autre voiture les suit, qui tombe judicieusement en panne pour leur éviter toute filature. Un quart d'heure plus tard, ils longent un long mur de pierre jusqu'à un porche gothique dont les hautes grilles en fer forgé s'ouvrent à leur arrivée. La voiture s'engage sous les épaisses ramures d'un jardin de chênes et de platanes embaumé de jasmins et de chèvrefeuilles. Une autre automobile s'y engouffre à leur suite, que Christopher n'avait pas remarquée.

— Un ami suédois met sa villa à notre disposition, explique Morgenthau. Nul doute que les Turcs le savent déjà, mais à part ma présence, nous préférons tenir officiellement l'ambassade à l'écart de cette rencontre.

À l'intérieur, l'ambassadeur guide Christopher jusqu'à un salon richement décoré d'un orientalisme occidental et exotique. Et là, le jeune homme ne peut cacher sa surprise.

— Papa ?

James Patterson ouvre les bras à son fils et l'embrasse chaleureusement.

— Comment vas-tu, Christopher ? Ils ne t'ont pas fait trop mal, j'espère.

— Ça remonte à un an déjà. Les Allemands m'ont un peu secoué, mais rien de grave. Ils savaient à qui ils s'en prenaient. Je pense qu'ils m'ont arrêté et gardé au secret davantage pour effrayer les autres organisations humanitaires que pour obtenir quelque chose de moi.

— Christopher, précise l'ambassadeur en prenant le jeune homme par le bras, par souci de confidentialité, je ne te donnerai pas le nom de ces trois personnes ici présentes. Sache que ces messieurs ont tous, d'une manière ou d'une autre, la confiance du président. Je voudrais que tu leur expliques ce que tu as vu et appris en Anatolie, et que tu répondes à leurs questions.

— Bien entendu, Henry, dit Christopher en prenant place dans un des fauteuils.

Pendant plus d'une heure, il raconte d'abord son arrestation par les militaires allemands de l'état-major de la troisième armée turque et, d'une façon générale, leur mainmise sur l'appareil militaire.

— Leur obsession est de savoir si les États-Unis entreront en guerre, ce dont ils sont à peu près persuadés, et surtout d'en prévoir la date.

Puis Christopher décrit le drame qu'il a vécu et qui a fait sombrer dans la folie Hilde, la fille du consul allemand d'Erzeroum. Sans omettre le moindre détail. Étonné qu'en entendant ce récit ses auditeurs gardent un visage impavide, comme si l'horreur ne les atteignait pas. Alors il leur montre les photos. Celle de la funeste cascade, mais aussi celles qu'il a récupérées auprès d'autres organisations humanitaires, y compris allemandes. Et des cartes. Le point de départ et la destination de convois identifiés, par numéros officiels. Le nombre initial de déportés et celui des survivants. Les noms et les coordonnées exactes des camps de concentration et de déportation. D'autres chiffres : un million quarante mille huit cent deux déportés, d'après les données mêmes de l'administration turque, et déjà au moins trois cent mille morts dans les camps de concentration de Mamura, Islahiye, Alep, Arabpunar, Tefrice, Meskene, Deir-ez-Zor.

— Cela veut-il dire que les autres ont survécu ? interroge un de ses auditeurs.

Christopher le regarde, surpris par ce que suppose de relative indulgence la question.

— Non, monsieur. Le nombre de morts correspond à ce que les autorités turques appellent les « morts naturelles » une fois les convois des déportés abandonnés à leur sort en plein désert dans des camps. Ces chiffres ne tiennent pas compte des déportés assassinés en cours de route, notamment dans ce que les Turcs eux-mêmes appellent les « zones d'abattage ».

Il rappelle alors à son auditoire l'organisation officielle et parallèle mise en place par le comité Union et Progrès pour orchestrer ces déportations et ces massacres, et plaide pour l'intervention des États-Unis au nom du respect des droits humains. Les trois hommes le félicitent, le remercient et l'encouragent à continuer son activité de renseignement autant que son action humanitaire. Puis ils s'isolent avec son père et l'ambassadeur avant de prendre congé. Un quart d'heure plus tard, Christopher entend les pneus d'une voiture crisser sur le gravier et quitter la villa. Henry Morgenthau et son père le rejoignent.

— Alors, s'inquiète-t-il, les ai-je convaincus ? Les États-Unis vont-ils entrer en guerre pour mettre fin à cette barbarie ?

L'ambassadeur prend le temps de proposer à ses hôtes un cigare que Christopher refuse, et de leur servir trois généreux cognacs avant de répondre.

— J'ai bien peur que non, Christopher.

— Quoi ? Après toutes les preuves que je leur ai apportées ?

— Le président maintient pour l'instant sa politique de neutralité dans ce qui n'est pour lui qu'un conflit européen. Sa ligne est simple : pour que les Européens ne se mêlent pas de nos affaires, nous ne nous mêlons pas des leurs.

— Mais c'est d'une hypocrisie sans nom ! s'emporte Christopher.

— Je suis bien d'accord avec toi, mon garçon, mais c'est encore pire que ce que tu crois. La politique de Wilson, qui prétend encore rechercher le compromis d'une paix sans victoire, n'est qu'un moyen de temporiser pour profiter de la guerre.

— Profiter de la guerre ! s'indigne le jeune homme.

— Oui, la guerre réussit à notre industrie. Nous devons fournir à nos alliés naturels ce qu'ils ne peuvent plus produire à l'heure actuelle. Sans compter que financièrement, de débiteurs de l'Europe, nous en devenons petit à petit créanciers, et que ce que perdent le franc et la livre sterling, c'est notre dollar qui le gagne.

— Ce sont des arguments abjects face au massacre de tout un peuple et de sa culture !

— Encore une fois, je suis d'accord avec toi, mon garçon, je ne fais que t'expliquer les arguments officieux de notre gouvernement. Mais il se pourrait bien que cette guerre fasse petit à petit des États-Unis la première puissance économique du monde. Et c'est un argument de poids.

— Mais que pouvons-nous faire pour infléchir cette politique inique ?

— Avoir plus de morts américains, répond James Patterson.

— Papa, comment peux-tu être aussi cynique ?

— Le torpillage du *Lusitania* et la mort de cent vingt-huit passagers américains pèsent déjà plus lourd dans l'opinion américaine que tes centaines de milliers de morts arméniens.

— Je croyais que le bilan du naufrage du *Lusitania* était de mille deux cents morts.

— C'est la tragique illustration de ce que je viens de te dire : seuls les morts américains comptent pour l'Amérique.

— Alors nous n'entrerons pas en guerre, se décourage Christopher.

— Non, mon garçon. Pas avant que les forces de l'Axe ne s'en prennent directement à nos intérêts économiques ou politiques. C'est-à-dire pas avant quelques années.

— Mais l'extermination des Arméniens a été programmée pour ne durer qu'un an, enrage Christopher. Il sera trop tard si nous n'intervenons pas tout de suite.

— Il existe une autre raison à la neutralité des États-Unis, précise Morgenthau. La Turquie se révèle un allié très encombrant pour l'Allemagne. Ses défaites consécutives fragilisent le front oriental du conflit en donnant de l'espace aux forces russes. De la même façon, ses défaites en Arabie et jusqu'en Égypte sont une épine dans le pied des Allemands. Le président Wilson pense qu'il est urgent d'attendre. Si le conflit s'enlise comme il semble devoir le faire, nous aurions peut-être encore plus à gagner d'une capitulation de l'Allemagne sans avoir à faire aucun effort de guerre.

Christopher est au bord de la nausée et son père le remarque.

— Je partage ton indignation, mon fils, et je n'approuve pas la décision de notre président. J'ai peur que nous ne puissions rien faire dans l'immédiat, sinon tenter d'alerter et de mobiliser l'opinion publique par la presse et la radio. Et si par malheur nous ne pouvions enrayer ces massacres, il faut nous préparer à demander des comptes à ceux qui les ont organisés pour les condamner comme ils le méritent quand ils auront été défaits.

— Et si l'Axe gagne la guerre ?

— Malheureusement, Christopher, intervient l'ambassadeur, seuls les vainqueurs écrivent l'Histoire, comme aime à me le répéter Enver pacha lui-même. Allons, je vous dépose au Pera Palace où ton père a retenu une suite. Profitez discrètement de cette ville envoûtante malgré la guerre, mais méfiez-vous, cette Orientale charmeuse peut être fatale à ses prétendants.

— Mais je n'ai aucune envie de profiter des charmes de cette ville ! C'est de la dynamiter dont j'ai envie !

— Garde-toi de toute colère, mon garçon, ou ce sont nos orphelins qui en paieront le prix, coupe sèchement son père.

Contenant sa rage, le jeune homme rétorque :

— Alors, puisque nous parlons d'orphelins, permettez-moi de vous demander une faveur.

— Pour nos orphelins, tout ce que tu veux.

— Il ne s'agit pas des nôtres, papa, nous ne sommes pas les seuls à essayer de sauver les enfants de la fureur suicidaire des adultes.

16

1916 – À bord du train pour Istamboul

— Tue-le, dit Agop.

— Tais-toi, murmure Haïgaz à son oreille. N'oublie pas que nous sommes turcs aujourd'hui, alors ne parle pas arménien !

Puis il se tourne à nouveau vers l'employé et plaide sa cause.

— Ne t'en fais pas, le père de mon ami a été massacré sous ses yeux par les fédaï infidèles au cri arménien de « Tue-le, tue-le ! ». Et maintenant il répète ces mots de giavour comme un perroquet malade.

— La peste sur ces infidèles ! jure l'employé. Il paraît qu'à Alep ils se sont laissés pourrir au soleil pour que jaillisse de leurs entrailles la maladie nauséabonde qui décime notre peuple.

— C'est pour cette raison que nous devons rallier Istamboul. Je dois mettre mon ami à l'abri de la maladie. Déjà qu'il a perdu la tête, que ces infidèles ne lui prennent pas aussi la vie !

Comprenant la ruse d'Haïgaz, Agop se compose aussitôt le visage tordu de tics d'un fou.

— Le problème, c'est qu'il n'y a plus de billets, répond l'employé, suspicieux. Les trains sont réquisitionnés dans un sens pour le transfert des personnes connues et dans l'autre pour les mouvements de l'armée.

— Même si je double le prix ?

— Même si tu avais cet argent, je ne prendrais pas ce risque.

— Même si je nous trouve des uniformes ?

— Vous êtes bien trop jeunes pour faire de bons soldats.

Si tu savais, pauvre imbécile, combien des tiens j'ai occis pour survivre ou venger les miens, pense Haïgaz.

— Tue-le ! grogne Agop en faisant mousser sa salive entre ses lèvres agitées de tremblements.

— Et dis à ton compagnon, en arménien, en grec ou en n'importe quelle langue chrétienne, qu'il arrête de me prendre pour un imbécile. Il n'est pas plus fou que moi. Vous n'êtes que des giavour fugitifs et c'est déjà bien que je ne vous dénonce pas, parce que vous pourriez le prendre, ce train, mais dans l'autre direction, vers Alep où il vous emmènerait mourir dans le désert de Deir-ez-Zor.

— Tue-le, répète Agop, ou donne-moi le sabre que je le fasse, et profitons-en pour rafler l'argent de sa caisse. Nous trouverons bien à monter dans un de ces trains.

Mais l'employé sort un pistolet de son guichet et le braque sur eux.

— Ne bougez plus ! Je vous ai donné votre chance de déguerpir, mais puisque vous me menacez, je n'ai pas d'autre choix. Officier ! appelle-t-il en faisant signe à un soldat.

— Qu'est-ce que ces deux vauriens ont encore fait ? demande une voix que les deux garçons identifient aussitôt.

— Tu les connais, officier ? s'étonne l'employé.

— Oui, ce sont mes deux drogmans.

— Ces gamins, tes interprètes ?

— Je n'y suis pour rien, crois-moi, c'est l'état-major qui me les a affectés. La plupart des bons drogmans étaient des giavour qui ont été déportés. Il ne reste plus aujourd'hui que ce genre de garnements insolents.

— Savent-ils seulement parler une langue étrangère ? se moque l'employé en rangeant son arme.

— *Ich kann sehr gut Deutsch sprechen*, répond Haïgaz, *and I can also speak English*, ou un français presque parfait, *e anche l'italiano*…

L'employé lance un regard stupéfait à l'officier qui semble tout aussi surpris.

— Et l'arménien aussi, apparemment, croit utile d'ajouter l'employé.

— L'arménien n'est pas une langue étrangère, répond Agop d'un œil noir. C'est la langue de cette terre où on la parle depuis des millénaires, et qu'on écrit depuis l'an 405. C'est le turc la langue étrangère ici.

L'officier préfère couper court à la querelle qui ne pourrait que mal finir pour les deux garçons.

— C'est bon, je m'occupe d'eux, voici mon bon de transport. Inscris-les dessus.

— Je ne peux pas modifier ton bon de transport, officier. Il va falloir que tu payes pour ces deux-là.

— Très bien.

Il sort une liasse de billets, puis entraîne Haïgaz et Agop s'asseoir un peu à l'écart, sur des caisses en attente de chargement d'où il surveille que l'employé ne les dénonce pas aux gendarmes.

— Je croyais que nous t'avions tout volé ! s'étonne Haïgaz.

— Il ne suffit pas de manier le sabre pour faire un bon détrousseur.

— Ah bon, le provoque Agop, et que faut-il donc, d'après toi ?

— Détrousser justement, sourit l'officier en sortant d'une sacoche trois pêches qu'il partage avec eux. La première chose à voler à un homme, ce sont ses bottes. Pour qu'il soit moins rapide à te poursuivre, mais surtout parce que c'est dedans qu'il cache ce qu'il a de plus précieux : une petite dague au cas où, son or, le courrier de sa femme, une photo de ses enfants, son tezkere.

— Je m'en souviendrai la prochaine fois, lâche Haïgaz, le menton coulant du jus sucré de sa pêche.

— Et jusqu'où allez-vous avec ce train ?

— Maintenant, là où tu vas.

— Je ne vous le souhaite pas. Ce que je m'apprête à faire va mettre en danger la vie de tous ceux qui me sont proches.

— Tu vas assassiner ce misérable d'Enver pacha ?

— Non.

— Ce boucher de Talaat ?

— Non plus.

— Alors que vas-tu faire de si dangereux ?

Hésitant à répondre, l'officier tend un mouchoir aux gamins pour qu'ils s'essuient le menton. Comment faire confiance à ces deux vauriens ? Mais à les voir si déterminés à affronter la vie, au milieu de tout ce monde en guerre, survivre à tout, soudés comme des frères, oser et entreprendre au péril de leur vie, surmonter tant d'horreurs, il se décide.

— Je vais déserter. Je ne rentre pas à Erzeroum. Je vais me cacher à Istamboul et prendre un bateau pour n'importe où, y refaire ma vie et y faire venir ma famille.

— Ça, estime Haïgaz en sortant à son tour d'un sac trois pêches plus mûres et plus juteuses, ça va faire monter très haut le prix de notre silence.

— Ah oui ? Et puis-je savoir à combien ?

— J'ai vu la liasse que tu as sortie pour payer nos billets. La moitié ce serait bien.

— Je te propose deux gobelets de jus de grenade du premier marchand ambulant qui passe, répond l'officier en souriant.

— Tope là ! répond Haïgaz en tendant la main.

Aussitôt dit, aussitôt fait. Puis le temps s'éternise. Le train ne bouge pas, et aucun horaire n'est fixé pour son départ. Quand il devient évident qu'ils ne partiront pas avant le lendemain, ils cherchent un endroit pour bivouaquer. Ils allument un feu de planches à l'écart et s'allongent autour, le dos saisi par la fraîcheur qui tombe et le visage rougi par la chaleur des braises. L'officier s'est déchaussé. Dans la nuit, il devine sans réagir qu'Agop fouille ses bottes et empoche le quart de liasse qu'il y a volontairement laissé. Puis il s'endort, sans voir les deux gamins se lever en silence et disparaître.

Au petit matin il est seul. Les environs de la gare évoquent le campement d'une armée défaite. Des corps gisent un peu partout, écrasés d'un sommeil venu bien trop tard. Puis soudain la locomotive aussi se réveille dans un soupir de vapeur et c'est le branle-bas de combat. L'officier rassemble ses affaires. C'est la foire d'empoigne pour grimper dans les wagons. Le premier est plein. Il bouscule ceux qui sont trop lents pour passer dans le suivant. Plein lui aussi. Quand il parvient au troisième, Agop le hèle par la fenêtre :

— Hé, officier, viens là, on t'a gardé une place.

Il les rejoint sous le regard mauvais des autres passagers.

— Que faites-vous là ?

— Dès que les gardes se sont endormis, nous nous sommes faufilés dans le wagon pour être sûrs d'avoir des places. Tu as mangé ? demande Agop.

L'officier regarde avec surprise les *lahmadjoun* qu'il sort de son sac. Il prend une des fines galettes à la viande et à la tomate, la roule comme un gros et long cigare, et la dévore avec plaisir en éclatant de rire.

— Et c'est pour ça que, cette nuit, tu as volé ce que j'avais bien voulu vous laisser dans mes bottes ?

— Non, murmure Agop en s'assurant que personne ne les regarde. C'est pour ça.

Il tend à l'officier un objet enveloppé dans un vieux chiffon.

— Qu'est-ce que c'est ?

— Ne l'ouvre pas. Tu parles autre chose que le turc ?

— J'ai fait des études à Paris.

— Alors parlons la langue des Parisiens, dit Agop dans un mauvais français.

L'officier sourit et prend le paquet que lui tend le garçon.

— À quoi avez-vous donc dépensé mon bel argent ?

— Hier, nous avons repéré un mouroir à l'écart de la gare. Ils trient les soldats condamnés par la maladie. La nuit, personne ne surveille les mourants. Nous t'avons trouvé ces papiers. L'homme avait à peu près ton âge et c'était un officier comme toi. De Diarbekir. Il y a dans ce paquet tout ce qu'il avait sur lui. Nous l'avons acheté à un infirmier.

Il baisse la tête, et l'officier devine qu'il n'a pas tout dit.

— Et quoi encore ?

— Eh bien… nous t'avons aussi dérobé tes papiers et nous les avons glissés dans la poche du mourant.

— Quoi ?

— Ne t'énerve pas, tu vas attirer l'attention sur nous. Tu t'apprêtais à déserter, et tu risquais la cour martiale s'ils t'arrêtaient. L'homme est mort sous nos yeux, avant l'aube. Tu es donc mort toi aussi maintenant. Ça va devenir officiel. Tu n'existes plus. Tu peux devenir quelqu'un d'autre. Celui-là, dit Agop en désignant les papiers d'un mouvement du menton.

L'officier est sonné par la nouvelle et tout ce qu'elle implique pour lui. Il imagine les prochains contrôles, les possibles rencontres avec des connaissances de cet officier de Diarbekir. Il pense à sa femme. À ses adorables petites filles. Elles vont peut-être apprendre sa « mort » avant qu'il puisse les prévenir. Et s'il est démasqué, quand il sera fusillé, comment survivront-elles à son exécution ?

Soudain le cœur lui tourne et un jet de bile monte à sa gorge. Il se précipite à la fenêtre et vomit dans le vent.

— Lahmadjoun arméniennes, lâche Agop en turc, prenant les autres passagers à témoin. Rien que du poison !

L'officier s'essuie la bouche avec un mouchoir. Son visage est livide.

— Quand il faut se décider, il faut se décider, explique Agop.

— Ce n'était pas à vous de décider ça pour moi, fulmine à voix basse l'officier.

— Eh bien, ne te sers pas de ces nouveaux documents, si tu n'en veux pas. Descends à la première gare et dis que tu t'es fait voler tes papiers dans le train. Tu as une bonne tête d'officier loyal. En deux télégrammes ils vérifieront ce que tu dis et te fourniront de nouveaux laissez-passer.

— À cinq cents kilomètres de mon régiment ?

— Tu as vu dans quel désordre est le pays ? Et puis ils ont besoin de chair à canon !

— Et toi, pourquoi ne dis-tu rien ? aboie le militaire à Haïgaz.

Le front contre la vitre sale, le regard perdu vers le paysage poussiéreux qui défile, Haïgaz ne répond pas. En revenant du mouroir, dans la nuit, il a vu passer le train qui descendait vers Alep. Un long et funeste convoi de wagons à bestiaux, les portes grandes ouvertes sur les silhouettes faméliques de déportés, qui défilait dans le bruit lourd des roues sur les rails. Mille peut-être. Cinquante par wagon au moins. Le train est passé lentement. Une lampe nue en haut d'un poteau éclairait ce macabre tableau. Un wagon. Deux. Dix. Vingt wagons. Comment Haïgaz pourrait-il expliquer à l'officier toute sa peine d'abord, puis toute sa rage et sa haine. Toute cette fureur qui s'est saisie de lui, et ces soldats, endormis, trop à l'écart de la gare, à qui il a tranché la gorge par vengeance.

— Tu as le choix, finit par répondre le garçon dans un mauvais français lui aussi. Tu peux rester qui tu es, ou devenir qui tu veux. C'est toi qui décides.

Le train traverse les monts Taurus et enjambe de profondes vallées sur des viaducs vertigineux. Quelques fois il se range sur une voie de dégagement et attend, au milieu de plaines arides, qu'un autre convoi passe dans l'autre sens. D'autres fois il traverse un village sans gare et s'y arrête quand même pour laisser des marchands ambulants, avides et crasseux, ravitailler les passagers. Quand l'officier descend négocier quelques keufté composés de boulghour rassis et de mauvaise viande cuite à l'eau, une femme l'aborde discrètement.

— Vous devriez être plus prudent, monsieur l'officier, même dans ces trains inconfortables et même en français, des espions pourraient surprendre votre conversation.

Elle ne le regarde pas en parlant. Son turc est parfait, mais l'officier devine qu'elle est étrangère.

— Allemande, explique-t-elle. Mon mari est pasteur dans la campagne de Kadiköy. Nous y gérons ensemble un orphelinat pour une association caritative allemande. Je travaille aussi comme infirmière à l'hôpital d'Atasehir. Soyez plus prudent, monsieur l'officier, vous n'êtes pas le seul, dans ce train, à craindre les contrôles et la foule suspicieuse. Ne nous mettez pas en danger, s'il vous plaît.

Et elle remonte dans son wagon. Quand il regagne sa place à son tour, il remarque qu'elle est accompagnée de deux petites filles. Des orphelines qu'elle sauve, peut-être ?

Le voyage est émaillé d'incidents techniques, de contrôles et de fouilles au cours desquelles les agents recherchent plus des bakchichs que des armes ou des espions. L'officier délaisse un peu Haïgaz et Agop pour faire connaissance avec Carlotta Schwabell, la femme du pasteur. Ils profitent de chaque arrêt pour s'isoler du reste des passagers. Depuis le train, Haïgaz devine ce qu'ils complotent. Au matin du quatrième et dernier jour, l'officier prévient les deux garçons qu'ils descendront avant le terminus avec Mme Schwabell.

— On ne va pas à Istamboul ? s'inquiète Agop.

— Si, mais il n'y a pas de pont sur le Bosphore. Il faut traverser en bateau pour rejoindre Istamboul. Mme Schwabell se propose de nous héberger dans l'orphelinat qu'elle dirige avec son mari, le temps de nous organiser.

— Nous ne sommes pas des orphelins, se braque Haïgaz.

— Mme Schwabell est au courant. Elle sait qui vous êtes.

— Comment as-tu osé lui dire !

— Comme tu as osé voler mes papiers.

— Mais tais-toi, malheureux, elle nous entend.

— Je vous écoute depuis quatre jours, intervient Carlotta. Votre français est un peu rugueux, mais étonnant pour de petits mercenaires !

Le pasteur Ernst Schwabell les attend à la gare. Par chance il a l'habitude de transporter des réfugiés dans son tombereau équipé de deux bancs face à face. À côté de M. Schwabell, qui conduit l'équipage, un jeune garçon au regard sombre, courtaud et frisé comme un mouton noir, fait semblant de ne pas avoir remarqué Agop et Haïgaz. Il ne fait pourtant aucun doute qu'il est aussi arménien qu'eux.

Il faut deux heures pour gagner l'orphelinat, dans la campagne autour de Kadiköy. Carlotta Schwabell redevient aussitôt la maîtresse des lieux. Elle s'occupe des deux petites filles, et apostrophe le garçon qui accompagne son mari :

— Selim, montre à tes camarades le dortoir des garçons et trouve-leur deux lits.

Quand tout le monde est installé, chacun a droit à une douche. Même s'ils rechignent pour le principe, Agop et Haïgaz prennent un grand plaisir à ces ablutions inattendues et au parfum fermenté du savon d'Alep.

Le soir, ils dînent dans le réfectoire avec leurs hôtes et les soixante-huit orphelins. Carlotta Schwabell préside la table des garçons d'un côté et son mari celle des filles. La cuisine et le service sont assurés par des pensionnaires, garçons et filles, à tour de rôle. Après le repas et la vaisselle, pour ne pas avoir à trancher entre les traditions chrétienne et musulmane, Ernst Schwabell raconte aux enfants la mythologie germanique.

— Vous ne leur parlez pas de Dieu ? s'étonne l'officier.

— Au milieu de toutes ces horreurs ? Comment voudriez-vous que je leur explique qu'il existe un Dieu sauveur qui n'a épargné personne de leurs familles, de leurs amis ou de leurs voisins ?

— Vous ne croyez plus vous-mêmes, votre femme et vous ?

— Si, comme des adultes qui doutent et qui se forcent à croire. Les religions reposent sur la crainte de la punition divine, mais regardez ces guerres autour de nous. Nous sommes désormais capables de nous détruire nous-mêmes. Que peut faire l'amour d'un Dieu contre un tel déversement de haine ? Pourquoi craindrions-nous sa colère, alors que nous déchaînons contre nous-mêmes une fureur bien pire encore ?

— Peut-être est-ce justement son dessein de nous faire prendre conscience de nos erreurs pour revenir vers son amour.

— Dans ce cas, pourquoi ne pas nous offrir directement son amour sans avoir à le mériter par la haine de nous-mêmes ? Je crois malheureusement que ceux qui restent ne feront qu'armer leur bras pour perpétrer leur vengeance, vous ne croyez pas ?

L'officier ne répond pas, et l'abattement de son courageux pasteur de mari fait venir des larmes silencieuses aux yeux de Carlotta.

— Mais son amour vous a fait construire cet orphelinat, n'est-ce pas ? insiste l'officier pour les réconforter.

— Soixante-huit enfants. Soixante-huit petites âmes innocentes, alors qu'il en meurt des dizaines de milliers chaque jour, monsieur l'officier. Soixante-huit petites âmes alors que l'orphelinat a déjà été razzié deux fois en un an. Vingt-sept filles ont été enlevées pour être violées puis servir d'esclaves, et dix-huit garçons ont été emmenés pour être égorgés quelque part. Ce n'est pas l'amour qui tient cet orphelinat, monsieur l'officier, c'est la peur.

— Vous semblez bien découragés.

— Nous le sommes, répond Carlotta. Le comité Union et Progrès réquisitionne un à un les orphelinats. Il veut s'approprier notre travail aux yeux du monde, et en profiter pour faire de nos établissements le moyen de turquiser tous ces enfants. Il nous accuse de ne chercher à sauver que les enfants chrétiens sans nous préoccuper des orphelins musulmans. Mais si nous nous occupons des enfants chrétiens, c'est que l'État turc les abandonne comme s'ils n'étaient pas les siens.

— Notre orphelinat est en sursis parce que nous sommes allemands, enchaîne Ernst. Notre pays est l'allié des Turcs dans ce gigantesque et cynique jeu de massacre. Notre ami le pasteur Johannes Lepsius, qui dirige la Deutsche Orient Mission, alerte l'opinion mondiale sur cette extermination programmée des chrétiens et cela commence à irriter le pouvoir turc. Nous n'allons pas pouvoir tenir longtemps face à la haine que les propagandistes de l'Organisation spéciale distillent dans la population envers nous. Et les revers militaires de l'Empire ne font qu'attiser cette hostilité. Nous allons essayer de mettre nos enfants à l'abri, à Beyrouth peut-être, et Carlotta va rentrer en Allemagne. Johannes lui a trouvé un travail d'infirmière à l'hôpital militaire de Beelitz-Heilstätten à Potsdam.

Un long silence s'installe, puis la fatigue les saisit. Tout l'orphelinat baigne bientôt dans un silence apaisé. Les enfants dorment dans leurs chambrées. L'officier prend congé de ses hôtes et regagne la pièce qu'ils lui ont allouée. Ces braves gens sont plus courageux que bien des militaires qu'il a côtoyés. Le lendemain il passera en fraude de l'autre côté du Bosphore pour ne plus jamais être un soldat.

17

1916 – Kadiköy, Anatolie turque

Ils fument sous les abricotiers, le dos à l'orphelinat pour que personne ne puisse apercevoir le bout incandescent de leurs cigarettes. L'air est frais et le ciel immense, piqueté d'étoiles. Haïgaz garde le nez tendu.

— Qu'est-ce qui sent comme ça ?

— Je n'en sais rien, répond Selim. Le crottin de cheval dans le pré, le jasmin ou la glycine dans le jardin.

— Non, ça sent le mouillé. Le sel. Un truc bizarre, par là.

— Ah ça ? C'est la mer.

Haïgaz reste silencieux, le nez dans le vent et les narines dilatées.

— C'est comment ?

— Quoi, la mer ? Tu n'as jamais vu la mer ? se moque Selim.

— Et alors, se vexe Agop à la place d'Haïgaz, t'as fait la guerre, toi ? T'as déjà tué des Turcs ?

— Peut-être pas, se pique Selim, mais j'ai fait passer des espions à Istamboul, moi. En secret, la nuit, sur des barques invisibles.

— Comme si on allait te croire !

— Parfaitement. Et j'ai même voyagé en voiture avec l'espion. Et même que je sais où elle est. Dans une planque au bord de la mer.

— On peut aller la voir ? s'intéresse soudain Haïgaz. C'est loin d'ici ?

— Voir quoi, la voiture ?

— Non, la mer.

— C'est à même pas une heure de marche, répond Selim. Si on part maintenant on sera revenus avant le petit déjeuner.

— Alors on y va, décide Haïgaz en se levant.

— Attends, dit Selim, j'ai un truc pour la route.

Il court vers un coin du verger, où il déterre une gourde militaire.

— De la liqueur d'abricot, pour réchauffer les boyaux ! C'est M. Schwabell qui la distille.

Ils marchent dans la nuit, suivis par des chiens faméliques en quête de pitance, qui se relaient, tête basse, avant d'abandonner piteusement. De temps en temps ils croisent des hommes solitaires sans chercher à savoir qui ils sont. Braconniers, déserteurs, contrebandiers, peu importe. Ils coupent à travers la campagne, évitent maisons et villages, les pieds mouillés de rosée. Plus ils approchent, plus les senteurs marines enivrent Haïgaz.

Quand à l'air iodé se mêle le parfum secret des fleurs encore fermées, Selim ralentit le pas et cherche un passage à travers une palissade. Ils entrent dans un parc et devinent l'imposant yali en bois. Les murs en bardage à clin, le toit et les vérandas frisés de lambrequins, les hautes persiennes ajourées, les balcons suspendus à leurs poutres. Agop n'a jamais rien vu d'aussi élégant. Mais ce qui fascine Haïgaz, à travers les arbres et les massifs sombres du jardin, c'est le miroitement de l'eau immense, au-delà du ponton. Il s'y dirige comme un funambule, prudent et pressé à la fois, le cœur enflé de tout ce qu'il pressent. Les flots lourds qui se terminent en clapot léger. La houle, animale et mouvante. Les lanternes, les feux, les fanaux sur l'eau de marbre noir. Tout ce que cela suppose d'hommes solitaires ou d'équipages solidaires, ludions téméraires. Et le monde en dessous, de monstres et de légendes, et de poissons savoureux peut-être. Haïgaz n'a mangé que des truites, une fois ou deux, fruits de pêches joyeuses et hasardeuses avant des nuits sanglantes. Mais des voyageurs lui ont vanté des chairs fumantes et délicates dans le brouhaha de restaurants de bord de mer. Des chairs de poissons inconnus, de coquillages étranges et même de petites bestioles aux tentacules ventousés. Là-bas, sûrement. Là où les lumières glissent de la colline pour s'accrocher en guirlandes sur le rivage. Après avoir vécu dans des villes que la nuit étouffe et éteint dès l'appel de la dernière prière des Turcs, Haïgaz découvre qu'une ville peut vivre, noctambule et joyeuse, dans les ténèbres, de l'autre côté de la mer.

C'est le sifflement d'Agop qui le ramène à la réalité. Dans le jardin, Selim a soulevé la bâche et découvert la Peugeot. Les garçons n'ont jamais rien vu de tel. Le bois, le laiton, l'acier. Cette coque de bateau. Ces banquettes en cuir. Ils grimpent à l'intérieur. Selim, au volant, fait le chauffeur et traverse tout un bazar imaginaire noir de monde, imitant les bruits du moteur et de l'avertisseur. Agop et Haïgaz sur la banquette arrière, comme des pachas capricieux, s'amusent à lui donner des ordres et à changer d'itinéraire sur des coups de tête. Ils rient beaucoup, boivent à la bouteille la liqueur d'abricot, puis se calment, fument en silence, et finissent par s'assoupir.

Ils dorment, le cœur si réchauffé de rêves épiques, de voitures fabuleuses et de navires conquérants qu'aucun d'eux n'entend le caïque apponter. Ni les voix sur le débarcadère. Ni les pas dans le jardin.

18

1917-1921 – Alep

Un hurlement dans la rue. Des cris dans le patio. Affolée, la maisonnée s'agite. Assina envoie Araxie s'informer. Un voleur peut-être, ou un attelage emballé qui aura renversé une femme ou un enfant. Araxie revient, le visage blême et défait.

— Assina, viens vite, ils vont la tuer !

— Ils vont tuer qui ?

Dehors la foule hurle et crache sur quelqu'un qu'Assina ne voit pas. Quand elles ne sont plus qu'à quelques mètres, Araxie lâche sa main et bouscule les femmes et les enfants hystériques. Un spasme écarte la foule surprise, le temps qu'arrive Assina.

— Maman ?

Les loques déchirées de Nazli découvrent ses jambes jusqu'aux cuisses et ne cachent presque plus rien de ses seins. C'est ce qui offense les femmes voilées en colère. Nazli s'est roulée en boule pour cacher son corps meurtri. Elle n'a plus de voix à force de hurler de douleur et de peur. Ni de force pour avoir marché dix jours depuis Diarbekir. Elle a été violée dix fois. Vingt fois. À Alep, en remontant son pantalon, un gendarme lui a dit de s'estimer heureuse : les *giavour*, eux, l'auraient égorgée, après.

La foule se déchaîne de plus belle. Assina, sidérée, tombe à genoux près de sa maman sans rien pouvoir faire. Araxie comprend qu'il faut agir vite. Il suffirait d'une pierre pour que d'autres tombent en pluie. Elle joue des coudes et des pieds, prend Nazli sous les bras, et la traîne de toutes ses petites forces jusque dans la cour, ordonnant à un des serviteurs de faire rentrer Assina et de fermer le portail. Dehors, la rage des croyants décuple et les premières pierres fusent par-dessus le mur quand un coup de feu claque dans le ciel bleu. Le silence saisit la foule. Soleiman est là, un fusil à la main. Il fait signe qu'on lui ouvre le portail et sort dans la rue. Les femmes et les enfants déguerpissent. Seule reste une dizaine d'hommes, immobiles, qui fixent le riche maître de maison. Il tire un deuxième coup au-dessus de leurs têtes. Aucun ne bouge. Mais tandis qu'il recharge son arme, le derviche sort du *selamlik* et s'avance vers celui qui semble le meneur de la meute. Il s'arrête face à lui, sans rien dire, les yeux rivés aux siens, et chacun devine que la force qui émane de lui effrite aussitôt celle de l'autre. L'homme hésite, détourne le regard, puis s'en va, abandonnant les autres indécis qui se dispersent à leur tour.

Entre-temps, Araxie a fait porter Nazli dans la maison. Les mains sur la bouche, les yeux écarquillés de terreur, Assina regarde sa servante prendre les choses en main. Elle demande de quoi faire boire et manger Nazli. Qu'on l'aide à la déshabiller doucement.

Qu'on aille brûler ses habits. De l'eau aussi. Tiède. Deux grandes bassines. Avec du savon et une éponge. Elle lave tout son corps, longtemps, avec tendresse. Petit à petit, la caresse de l'éponge, le glissant du savon, la tiédeur de l'eau ont raison de la terreur de Nazli. Un à un ses muscles se détendent, sa respiration se calme, puis ses paupières s'alourdissent et se ferment.

— Elle est morte ? gémit Assina d'une voix qui se brise sur un sanglot.

— Elle s'est endormie, la rassure Araxie.

— Je peux faire quelque chose ? demande Haïganouch.

— Plus tard, quand elle se réveillera, tu masseras longtemps son corps pendant qu'elle nous racontera ce qui s'est passé. Pour l'instant, couvrons-la d'un drap et d'une bonne couverture et laissons-la dormir. Deux jours s'il le faut.

Une servante se glisse alors jusqu'à Assina pour l'informer que Soleiman la demande dans ses appartements.

— Vas-y, dit Araxie, je veille sur ta mère.

Soleiman attend sa jeune épouse dans son salon. Elle le devine agité. Presque en colère. Le derviche est assis dans un fauteuil à la française dans un coin de la pièce.

— Que se passe-t-il, Assina, quel est ce scandale dans ma maison ? Que faisait Nazli comme une pouilleuse dans la rue ?

— Je n'en sais rien, Soleiman, j'ai cru comprendre qu'elle était venue de Diarbekir jusqu'ici à pied. Je me demande où est mon père et pourquoi il ne l'a pas accompagnée. Je m'inquiète beaucoup. J'ai peur qu'il soit arrivé un malheur.

— Il est arrivé un malheur, confirme brusquement Soleiman. Ton père est mort. Il a été pendu et sa maison brûlée pour avoir aidé des personnes connues à échapper à la déportation. Voilà le malheur qui nous frappe, et la honte qui tombe sur ma famille.

La voix est cassante, le ton méchant. Assina vacille, se retient à un guéridon sans que Soleiman bouge pour la retenir.

— Dès que Nazli sera en état, je veux qu'elle quitte ma maison.

— Jamais ! réagit Assina. Cette maison est aussi la mienne, et ma mère restera avec moi dans le haremlik tant qu'elle le voudra.

— Ne me provoque pas, Assina, je ne t'ai pas encore montré tout ce dont je suis capable.

— M'en aurais-tu déjà montré une partie ? Es-tu pour quelque chose dans la mort de mon père, Soleiman ?

— Hors de ma vue, répond-il sèchement, cet entretien est terminé. Et dis-toi bien qu'à la prochaine insolence je te punirai.

— Si tu me punis j'en appellerai à Dieu, réplique Assina en plantant son regard dans celui du derviche silencieux.

Elle se retient jusqu'au haremlik, mais quand elle arrive dans ses appartements, elle s'effondre en pleurs.

— Papa est mort, souffle-t-elle.

— Comment est-ce possible ? demande Araxie, bouleversée. Qui te l'a dit ?

— Soleiman. Il dit qu'il a été pendu et notre maison brûlée parce que papa aurait aidé des Arméniens à fuir la déportation.

— Est-ce que Saad a fait ça ? demande Araxie.

— Jamais tant que nous étions à Diarbekir, chuchote Assina, suffoquée de sanglots. Il s'inquiétait des épidémies et des conditions de tout le monde. Il a peut-être soigné des Arméniens, mais parce qu'il était médecin, c'est tout.

— Ce n'est pas un crime d'aider les gens, Assina.

— Si, c'est un crime d'aider les Arméniens, Araxie, c'est la loi maintenant.

— Pauvre Assina, murmure Araxie en la serrant dans ses bras. Attendons que ta mère reprenne des forces. Elle nous racontera. Essaye de dormir en attendant.

— Est-ce que je peux m'allonger à côté d'elle ? quémande Assina d'une voix éteinte.

— Bien sûr, sourit Araxie, c'est ta maman et c'est ta maison, tu fais ce que tu veux.

Dans la propriété, c'est l'effervescence. Soleiman a armé deux hommes pour garder le portail. Le patio et la cour bruissent de rumeurs. Nazli aurait été pourchassée depuis la gare où elle aurait mendié du pain à une vendeuse. La femme l'aurait chassée pour sa puanteur et sa tenue obscène. Des hommes s'en seraient mêlés, la faisant tomber à coups de pied. Quand elle a imploré leur pitié, les suppliant de prévenir la maisonnée de Soleiman pacha, ils l'ont traitée de menteuse. Seul un garçon l'a aidée et guidée en leur hurlant de la laisser tranquille. Puis un vieil homme a fait trébucher le gamin avec sa canne au moment où

Nazli reconnaissait la rue qui monte jusqu'à la maison de Soleiman. Rassemblant ses dernières forces, elle a couru pour y trouver refuge, mais les gens de la maison ont refusé de la laisser entrer.

— Est-il possible que vous ne l'ayez pas reconnue ? s'emporte Araxie. Il y a dix jours à peine elle était l'invitée d'honneur au mariage de sa fille avec votre maître. Priez Dieu qu'elle ne meure pas !

— Comment oses-tu prononcer le nom de Dieu, chienne d'infidèle ! réplique un serviteur aux yeux rouges de haine. Tu n'as aucun droit de juger ses desseins. Tout ce qui arrive est le fait de sa volonté. Si cette femme s'est retrouvée ainsi avilie, c'est qu'il en a décidé ainsi.

— Ce n'est ni ton Dieu ni le mien qui a lapidé cette femme, qui a déchiré ses vêtements, et qui a abusé d'elle. Ce sont des mains comme les tiennes.

— Elle n'avait pas à courir comme une chienne en chaleur, crasseuse et à moitié nue, sous les yeux des hommes de cette ville.

— Pauvre imbécile ! Il y a dix jours elle portait ici même, dans cette maison, des vêtements d'apparat, et tu ne te poses pas la question de savoir qui, aujourd'hui, l'a mise dans cet état ?

— Dieu l'a fait, assène l'homme. Dieu qui décide de toute chose sur cette terre. Ce qu'elle est devenue, Dieu, gloire lui soit rendue, l'a voulu, et il tranchera la langue à celle qui oserait douter du bien-fondé de sa décision.

— Dieu ne tranchera rien. Toi tu le feras. Aie le courage de le reconnaître, et ne cache pas ta haine derrière ton amour de Dieu.

— Suffit ! hurle Soleiman, attiré par la querelle. Qui es-tu pour blasphémer de la sorte sous mon toit ? Retourne auprès d'Assina et ne sors plus de ses appartements jusqu'à nouvel ordre.

Araxie soutient le regard de Soleiman qui explose de rage.

— Et baisse les yeux quand je te parle. Je ne veux plus jamais croiser ton regard. En dehors du haremlik, tu baisseras désormais les yeux devant tous ceux de cette maisonnée, maître, maîtresses, esclaves ou serviteurs. Et ta sœur aussi.

— Ma sœur est aveugle, ses yeux ne te voient pas.

— Silence ! crie-t-il. Aveugle ou pas, apprends-lui à baisser les yeux.

Il fait volte-face, furieux, laissant Araxie et Haïganouch au milieu des autres. À l'ombre du patio, la mère de Soleiman, qui a assisté à la scène, fixe Araxie jusqu'à ce qu'elle baisse les yeux.

— Comment on fait, Araxie ? murmure Haïganouch. Comment je peux savoir s'ils sont baissés, mes yeux ?

— Je t'apprendrai, Haïganouch. Tu n'as qu'à baisser un peu la tête, ça suffira.

Elle serre la petite main d'Haïganouch et rejoint le haremlik.

Le lendemain, Nazli est encore trop faible et trop choquée pour parler. Araxie et Haïganouch ont préparé de l'eau et du savon pour sa toilette. Personne d'autre ne s'inquiète de sa santé. La mère de Soleiman ne vient pas, et lui-même n'envoie personne. Le corps de Nazli est couvert d'hématomes et de blessures.

Assina demande des crèmes et des onguents à une vieille guérisseuse, qui hésite. Elle est au service de Soraya hanim effendi.

— Je t'en prie, plaide Assina, regarde son corps, cette femme souffre, et c'est la mère de la seconde épouse de ton maître.

La vieille revient un peu plus tard avec des mélanges pour cicatriser les plaies, dissoudre les hématomes, et détendre les muscles noués par la peur. Mais quand sa main remonte entre les jambes de Nazli, celle-ci l'arrête, de la terreur et de la honte dans les yeux. La vieille femme insiste du regard, et fait signe aux trois filles de tourner la tête. Nazli cède, les larmes aux yeux, le front contre le mur, et laisse la vieille femme écarter ses jambes. Tout l'intérieur de ses cuisses est marbré d'hématomes, de déchirures et d'ecchymoses. Les marques violacées sont de la veille au plus tard. Les bleuâtres de moins de quatre jours. Les vertes d'une semaine. Les jaunâtres sont les plus anciennes. La vieille secoue la tête de compassion pour la pauvre femme, et de colère contre les siens. Le sexe et l'anus de Nazli sont déchirés de plaies remontant à plus d'une semaine. Une vie ne suffira pas à cette pauvre femme pour s'en remettre. Comme elle passe un onguent frais pour apaiser l'inflammation, la servante sent sous ses doigts la chaîne de ganglions enflés dans le creux de l'aine. Des deux côtés.

Elle tire le drap sur le corps meurtri de Nazli, lave ses mains, caresse son visage pour lui faire comprendre qu'elle en a fini, et fait signe à Assina de la suivre en dehors de la chambre. Araxie demande à Haïganouch de rester près de Nazli et sort avec elles.

— Ses plaies s'infectent, dit la guérisseuse. Je vais te faire préparer un remède à base de thym, d'essence d'eucalyptus et de miel. Mais il serait plus prudent de compléter ce soin par un de ces médicaments qu'on donne aux soldats blessés. Peut-être qu'ils en ont à l'hôpital militaire de campagne, près de la gare.

Assina remercie la vieille femme en prenant sa main dans les siennes.

— Qu'Alija vienne me voir. Je lui expliquerai pour les remèdes.

La vieille s'en va d'un pas lourd, et Araxie se prend à espérer qu'elle emporte avec elle tous les malheurs de Nazli et Assina.

— Je vais aller à la gare pour trouver ce médicament.

— Je sais ce que c'est, dit Assina, mon père m'expliquait souvent les choses de la médecine. Il faut que tu demandes un antiseptique.

— Est-ce qu'il faudra l'acheter ? Est-ce que je vais avoir besoin d'argent ?

— Je suppose, oui. Prends ce bijou, dit-elle en retirant une bague de son doigt.

— Mais c'est une bague de ton mariage !

— C'est pour ma mère ! répond Assina.

Araxie prend la bague et disparaît.

Dans la cour, les deux gardes armés se raidissent dans un prétentieux garde-à-vous, le fusil pointé dans sa direction.

— Personne ne rentre, personne ne sort, ordre du maître. Et surtout pas toi.

Araxie les fixe et ne capte dans leurs yeux aucune parcelle d'humanité : inutile d'essayer de les convaincre.

— Si elle meurt, Dieu vous le fera payer, lâche-t-elle de dépit.

— Si elle meurt, c'est que Dieu l'aura voulu.

Elle retourne dans le patio, traverse le jardin, et se glisse entre les buissons de pistachiers et les arbousiers jusqu'au mur blanc qu'elle escalade à l'abri des regards. De l'autre côté, elle traverse des vergers et des oliveraies où s'affairent des paysans soupçonneux. Après un large détour parmi les ruelles et les jardins, elle rejoint la gare et sa misère à ciel ouvert. Elle aborde le premier infirmier rencontré et lui demande où trouver des médicaments.

— Il n'y en a pas, répond l'homme assis sur une caisse, au milieu de brancards à même le sol sur lesquels gémissent des soldats hébétés de douleur.

Un seul est assez conscient pour faire signe à Araxie d'approcher. Le pauvre homme sent déjà la mort.

— Ils ne nous soignent plus, murmure-t-il, ils ne peuvent plus rien pour nous, il faut que tu t'adresses à un officier, il y a un capitaine plus haut vers les grandes tentes…

Araxie le remercie et s'élance à travers l'immense mouroir. Quand elle reconnaît un officier à ses galons, elle se précipite vers lui.

— Monsieur le capitaine, il me faut des médicaments, s'il vous plaît !

— Nous ne donnons pas de médicaments aux civils qui ne sont pas malades.

— Mais c'est pour une malade, monsieur le capitaine, pour la belle-mère de Soleiman pacha.

— Je me moque des beys et des pachas, se fâche l'homme. S'ils veulent des médicaments pour eux, qu'ils s'assurent d'abord qu'il y en a pour leurs soldats blessés et les civils malades.

— S'il vous plaît, monsieur le capitaine, je peux payer. Il en va de sa vie.

— Regarde autour de toi, petite fille, tous ces gens vont mourir, et chacun d'eux aurait besoin d'un médicament ne serait-ce que pour partir sans trop souffrir !

Et il la laisse pour s'approcher d'un malade qui l'appelle d'un geste épuisé.

— Tu cherches quel médicament ? demande une voix.

Araxie se retourne. Un infirmier est là, bedonnant et dépenaillé, qui lance de tous côtés des regards prudents.

— On m'a dit de demander un antiseptique.

— Et tu peux payer ?

— Je peux en avoir combien avec ça ? dit-elle en montrant la bague dans le creux de sa main.

— D'où tiens-tu ça ? s'inquiète-t-il aussitôt en vérifiant à nouveau du regard que personne ne les observe.

— Ma maîtresse me l'a confiée pour que je trouve de quoi soigner sa mère.

— Donne-moi cette bague, je vais voir ce que je peux acheter à la pharmacie de l'hôpital.

— Pas question, réplique Araxie, montre-moi d'abord les médicaments et je te paye après.

Elle referme son poing sur la bague et soutient son regard. Elle n'y voit aucune compassion. Juste de l'intérêt. Il lui montre un bosquet d'arbousiers à l'écart du mouroir.

— Attends-moi là-bas, ordonne-t-il d'un ton qui se voudrait martial.

Araxie patiente un long moment, puis l'aperçoit qui revient d'un pas pressé. Il sort de sous son gilet une gourde en peau.

— C'est un médicament allemand. C'est rare et ça coûte très cher. Donne la bague.

— Fais-moi sentir d'abord.

L'homme débouche la gourde et la tend à Araxie sans la lâcher.

— Mais c'est du vinaigre ! s'exclame-t-elle en relevant son nez plissé par l'odeur âcre.

— Bien sûr que non ! C'est de l'eau de Labarraque. Tu diras à ta maîtresse que c'est de la liqueur de Dakin, de l'hypochlorite de sodium. Un tout nouveau désinfectant. Allez, prends cette gourde et donne-moi la bague, je ne veux pas qu'on nous voie ensemble plus longtemps.

Mais comme Araxie prend la gourde et s'apprête à courir vers la ville, deux soldats armés accompagnés d'un officier jaillissent des buissons. Araxie reconnaît le capitaine désabusé qui lui a dit que l'hôpital ne disposait plus d'aucun médicament.

— Qu'est-ce que tu as volé dans cette gourde ?

— Je n'ai rien volé, monsieur le capitaine, j'ai acheté le médicament à cet homme.

L'officier lui arrache la gourde des mains, la débouche, et porte son nez au goulot.

— Combien as-tu payé pour ça ?

— J'ai payé avec une bague de ma maîtresse.

— Une bague en or pour une gourde d'eau vinaigrée ! se moque l'officier.

— Alors si c'est du vinaigre, qu'il le reprenne et me rende ma bague.

L'officier exige de l'infirmier qu'il lui donne le bijou, mais ne le rend pas à Araxie qui reste la main tendue.

— Je garde la gourde et la bague.

— Mais pourquoi ? panique Araxie.

— La gourde pour qu'il la boive !

D'un signe, il ordonne aux deux soldats de maîtriser l'infirmier et de lui ouvrir la bouche pour le forcer à boire le vinaigre.

— Tu passeras en cour martiale pour avoir volé des médicaments dans un hôpital de campagne, annonce le capitaine à l'homme cassé en deux qui crache sa bile. Tu es aux arrêts. Que l'un de vous deux le mette en cellule.

— Merci, dit Araxie à l'officier. Est-ce que je peux récupérer ma bague, maintenant ?

— Dis-moi d'abord ce qu'une esclave fait avec un bijou de cette valeur.

— C'est ma maîtresse, Assina hanim effendi, qui me l'a confiée pour que je trouve un médicament pour sa mère.

— Alors qu'elle vienne la récupérer elle-même auprès de moi.

— C'est impossible, monsieur l'officier, son mari, Soleiman pacha, la tuerait si elle sortait.

— C'est pour ça que tu es venue, pour prendre le risque à sa place ? De quoi souffre sa mère ?

— On a tué son mari et brûlé sa maison à Diarbekir, puis on l'a chassée de la ville à coups de pierres. Je crois bien qu'elle a marché jusqu'à Alep pendant dix jours, sans rien manger et en ne buvant que de la mauvaise eau. Des hommes auraient abusé d'elle plusieurs fois pendant le voyage.

— Quel monde de misère ! soupire le capitaine. Qui la soigne ?

— Une vieille guérisseuse du haremlik. Avec des pommades à base d'eucalyptus, de miel et de thym, je crois.

— C'est bien, mais ça ne suffira pas. Il faudrait aussi vérifier si elle n'est pas en état de choc. Cette famille n'a donc pas de médecin ?

Les yeux d'Araxie se brouillent de larmes.

— Je n'en sais rien, monsieur le capitaine. Le père de ma maîtresse était médecin, lui, mais comme je vous l'ai dit, il a été tué à Diarbekir il y a dix jours en rentrant de Mardin, et je crois que le sort de ma maîtresse ne préoccupe pas vraiment Soleiman pacha.

— Tu dis que le père de ta maîtresse était médecin et qu'il était à Mardin il y a un peu moins de deux semaines ?

— Oui, monsieur le capitaine, lui et sa femme venaient à Alep pour le mariage de leur fille, ma maîtresse, et sont rentrés par le train jusqu'à Mardin.

Le capitaine se souvient alors de Saad, ce médecin ému par la misère des mourants abandonnés et le désarroi des soignants démunis. Il comprend maintenant que le médicament est pour cette femme au joli visage qu'il a aperçue quand le médecin est venu lui proposer son aide.

Il appelle un soldat et lui confie quelques consignes, le prévenant qu'il s'absente une heure pour une urgence en ville. Puis il réquisitionne le cheval d'un autre officier, monte en selle, et hisse Araxie sur la monture à son tour.

Quand ils arrivent devant la grille fermée de la maison, Soleiman est dans la cour. Dès qu'il aperçoit Araxie sur le cheval, sa colère décuple, mais le capitaine lui ordonne de lui ouvrir.

— C'est bon, officier, merci d'avoir ramené cette esclave fugitive, vous pouvez disposer maintenant.

— Je veux voir la femme du médecin de Diarbekir, réplique le militaire. Je veux la voir immédiatement !

— Tu n'as aucun droit d'exiger quoi que ce soit de moi ! aboie Soleiman en bombant le torse pour se grandir. Sais-tu au moins qui je suis ?

— Oui, répond le capitaine en soutenant son regard arrogant, tu es Soleiman pacha, l'ami du vali et de l'état-major, mais sache que j'ai le pouvoir de brûler ta maison si je pense qu'elle est infectée par la maladie. Je veux voir cette femme.

— Elle est dans le haremlik. Elle ne peut pas se déplacer et tu n'as pas le droit d'entrer dans la maison des femmes.

— Alors fais-la porter là où je peux l'ausculter. C'est un ordre.

De mauvaise grâce, Soleiman demande que des femmes couchent Nazli sur un matelas et la déposent au milieu de la cour. Le capitaine, la rage au cœur, dégaine son sabre et pousse son cheval sur Soleiman qui se cambre.

— Mais quel genre d'homme es-tu ? Qu'on installe cette femme dans un salon de tes appartements et qu'on m'apporte des linges propres, de l'eau tiède et du savon.

Le salon est richement décoré de tapis et de vases précieux, à l'abri du soleil et de la chaleur, donnant sur une galerie ensevelie sous un épais jasmin. Quand la porte s'ouvre dans son dos, le capitaine se retourne et comprend aussitôt. Nazli est recroquevillée sur elle-même, le regard bouillant de fièvre et la peau perlée de sueur. Un tremblement continu agite ses lèvres bleues. Son souffle est court. Ses yeux fixes. Il fait signe aux porteurs de sortir et de le laisser seul, puis se ravise en apercevant Assina et ses deux petites servantes dans l'embrasure de la porte.

— Viens, dit-il à Araxie, tu vas m'aider. Que les autres referment cette porte et attendent dehors.

Il cherche à détendre Nazli pour l'examiner, mais la pauvre femme reste tétanisée. Araxie trempe un tissu dans l'eau et lave le visage de la malade. Avec tendresse. Murmurant des mots de réconfort à son oreille. Peu à peu, la pauvre femme se détend, se tourne sur le dos, allonge les jambes et décroise les bras. Gardant la tête tournée vers la jeune fille, son front brûlant contre celui de la petite esclave qui lave son corps à présent. Le capitaine remercie Araxie d'un regard, puis soulève le drap et examine les blessures. Des yeux d'abord. Puis du bout des doigts. Comment cette femme a-t-elle pu survivre à tout ça ? Quand Araxie comprend qu'il va examiner son ventre, elle fait ruisseler de l'eau sur le visage et la poitrine de Nazli qui se laisse faire, et elle devine dans ses yeux une lucidité soudaine. Nazli va mourir et elle le sait. Elle n'a plus peur de rien. Elle lui parle en silence, du regard. Lui dit qu'elle n'aime plus ni les dieux ni les hommes. Je n'aime que ma petite Assina. Et toi, et Haïganouch. Mes trois petites filles qui allez devoir vivre dans ce monde d'hommes déchirés de haine et de hargne, dans la certitude de leur misérable puissance. Survivez-leur, ne vous soumettez pas comme je l'ai fait. J'aurais dû refuser ce mariage. Survis-leur, petite Araxie, et entraîne avec toi tes deux sœurs Assina et Haïganouch. Soyez heureuses autant que possible, et que vos larmes de bonheur lavent le sang de leur haine.

Le capitaine tire le drap sur le corps maintenant détendu de Nazli. Il attire l'attention d'Araxie d'une main sur la sienne, prend ses doigts dans les siens. D'un silence il le confirme. Il n'y a plus d'espoir.

Sous les caresses et les mots d'Araxie, épuisée, Nazli s'est endormie. Le capitaine en profite pour emmener la petite servante vers la terrasse.

— L'infection est trop profonde déjà et va se généraliser. Il n'y a plus rien à faire. Que la vieille guérisseuse continue avec ses pommades et ses onguents pour apaiser les inflammations. Va au bazar, trouve un herboriste et achète des écorces de saule blanc. Qu'elle en boive des décoctions pour contenir la fièvre. Si tu trouves de la reine-des-prés, ça peut l'aider aussi. Mais à la fin, le moment venu, donne-lui ça. C'est du sirop d'opium. Trois gouttes toutes les quatre heures. Jusqu'à la fin.

— Je croyais qu'il n'existait pas de médicament ! s'étonne Araxie.

— Ça ne soigne rien. Ça aide juste à supporter la douleur et l'angoisse. Je le gardais pour moi, pour le cas – très probable – où l'épidémie me rattraperait.

— Mais…

— Ne dis rien. Tout ce que tu peux faire maintenant, c'est accompagner cette pauvre femme. Apaiser ses angoisses. Être là jusqu'au dernier moment. Fais-la porter dans un bel endroit du haremlik, baigne son corps comme tu l'as fait. Parle-lui sans larmes, comme tu viens de le faire. En espérant que le Dieu qu'elle pense rejoindre là-haut ne soit pas celui qui permet toutes ces horreurs ici-bas.

— Merci, murmure Araxie en prenant la main du capitaine dans les siennes pour la porter à son front.

— Merci à toi, merci de ton amour pour elle dans toute cette fureur, petite esclave.

Il a dit ces derniers mots en souriant, presque en se moquant, mais Araxie comprend que c'est pour cacher les larmes qui lui montent aux yeux.

Quand il ouvre la porte, Assina est debout, anxieuse, serrant la main d'Haïganouch dont la tête est posée sur son avant-bras. Le capitaine demande à la jeune maîtresse de le suivre à l'écart. Dans le contre-jour du patio inondé de soleil, la lumière découpe les silhouettes de la petite femme et du médecin. Par de brefs hochements de tête, comme autant de promesses résignées, Assina accepte chaque mot du médecin militaire. Être forte. Accompagner sa maman jusqu'à son dernier souffle. L'entourer d'amour et la laver d'eau parfumée. Soulager son corps d'onguents. Lui parler. Toujours. Longtemps. Jusqu'à l'endormir. Et compter sur sa petite esclave pour lui montrer comment faire.

Le capitaine n'est pas encore parti que Soraya hanim effendi est là dans leur dos. Silencieuse. Hautaine. Sévère. Sa maigreur sèche étirée par une longue tunique de brocart verte. Elle ordonne à des servantes de porter Nazli jusqu'au haremlik dans les appartements d'Assina. Comme Araxie s'apprête à suivre sa maîtresse, Soraya hanim effendi l'arrête et lui commande de la suivre dans ses appartements. Araxie hésite, et demande à Haïganouch de l'attendre.

— Ce n'est pas la peine qu'elle t'attende. Qu'elle suive Assina, ordonne la vieille femme.

Quand elle ouvre la porte, son fils est là, le visage impassible, mais blanc de colère. Un des hommes qui gardaient la grille et avaient interdit à Araxie de sortir se tient derrière lui.

— Pour qui te prends-tu, sale petite chienne d'esclave, à faire venir un officier même pas combattant m'humilier chez moi ?

— Mais la mère de votre femme était mourante...

— Tais-toi, giavour arrogante ! hurle-t-il avec tant de violence qu'elle en cligne des yeux. Tu as désobéi à mes ordres. Tu es sortie malgré mon interdiction.

— On t'a vue en ville marchander je ne sais quoi en échange d'une bague, intervient Soraya. Comment une esclave peut-elle posséder une bague ?

— Assina me l'a confiée pour payer les médicaments.

— Ou tu la lui as volée.

— Jamais je n'aurais fait ça à ma maîtresse. Je lui suis fidèle, moi !

— Espèce de petite insolente ! vocifère Soleiman.

Il se précipite sur Araxie et la gifle avant que sa mère ne puisse retenir son bras.

— Tu ne me résisteras pas ! hurle-t-il en la menaçant encore. Je te briserai comme j'ai brisé ta maîtresse, tu m'entends ?

— Ça suffit, intervient sa mère. Nous allons prendre le temps, Soleiman pacha et moi, de décider ce que nous allons faire de toi.

— Ce n'est pas à vous de décider de mon sort. Je ne vous appartiens pas. Je suis l'esclave d'Assina.

— Nous verrons bien ce que l'imam et le vali en pensent d'un point de vue juridique. Mais en attendant, tu es allée courir au milieu de tous ces malades et tu pourrais en avoir rapporté la maladie. Alors il revient à Soleiman pacha, en tant que garant de la sécurité de cette maisonnée, de t'isoler en quarantaine pour mieux te soigner en cas d'infection et éviter la contagion.

Les mots mielleux de la belle-mère giflent Araxie avec plus de violence que la main de son fils. Dans les yeux de Soleiman, elle devine la surprise, puis l'admiration. Une quarantaine, quelle bonne idée !

— Si je suis contagieuse, laissez-moi m'occuper de Nazli, puisqu'elle va mourir.

— Non. À partir de cette minute, tu es à l'isolement complet, pendant quarante jours.

Soleiman fait un signe, et le garde qui n'attendait que ça empoigne le bras d'Araxie et l'entraîne jusqu'à une dépendance au fond du verger. Un appentis percé d'une meurtrière où on a jeté une paillasse. Une prison.

Araxie bout d'abord de colère. Des heures. Puis la chaleur du réduit confiné et sans air use sa détermination. Une profonde tristesse l'envahit et un brusque chagrin la submerge. Elle pleure. Longtemps. Elle décide ce jour-là, elle aussi, de ne plus croire en aucun Dieu. La seule aide qu'elle implore, c'est celle de medz mama Chakée. Si elle est morte et quelque part dans le ciel loin des dieux, alors qu'elle les appelle, elle et Haïganouch. Qu'elle envoie des anges les chercher dans la nuit. Qu'elles meurent elles aussi, avec Assina, et qu'elles accompagnent Nazli au ciel pour se réveiller blotties dans les maigres bras de medz mama, contre sa poitrine flétrie, dans l'odeur de crottin de son tablier.

La mort de sa mère dévaste Assina, et Soleiman profite de son désarroi pour la briser. Il obtient de son ami le vali que l'on fasse brûler le corps. Une charrette tirée par un cheval trop boiteux pour la guerre l'emporte jusqu'aux portes de la ville. Assina tient Haïganouch par la main. Elles sont seules derrière la carriole. Le cocher porte un mouchoir sur le visage et les badauds se bouchent le nez au passage pour ne pas respirer des miasmes mortels. Quand la charrette arrive hors les murs, dans le quartier de la gare, l'armée trie et recense chaque cadavre. Seuls sont brûlés les corps infectés par le typhus. Les morts du choléra sont ensevelis sous de la chaux vive dans des fosses communes. Ni le cocher ni Assina ne savent dire au soldat de quoi est morte Nazli, mais à ce moment Haïganouch reconnaît au loin la voix du capitaine.

— Là ! dit-elle. C'est le médecin militaire qui a soigné cette femme. Lui vous dira de quoi elle est morte.

Un soldat va, de mauvaise grâce, chercher l'officier. Les autres cochers qui attendent avec leur chargement protestent du retard et de leur manque à gagner. Qu'on brûle tout le monde pareil ! Le capitaine, agenouillé auprès d'un homme qui meurt, rabroue le soldat d'un geste impatient. Mais dès qu'il reconnaît Assina, il murmure quelques mots à l'oreille du mourant, lui promet de revenir, et suit le soldat.

— Cette femme n'est pas morte de l'épidémie, dit-il au cocher. Elle est morte d'épuisement et de septicémie et son corps n'a rien à faire ici. Elle peut être enterrée selon ses traditions et ses croyances.

— Mon maître, Soleiman pacha, a obtenu un ordre écrit du vali pour faire brûler le corps de cette femme.

— Obtenu ? Curieuse demande. Et depuis quand un vali s'y connaît mieux en médecine qu'un médecin ?

— Le vali est le représentant du gouvernement et il fait ce qu'il veut. J'obéis à ses ordres.

L'officier regarde Assina et Haïganouch et comprend la situation.

— Très bien. Dépose le corps là-bas, près de cette tente. Je m'en occuperai.

— Tu le brûleras ? insiste le cocher.

— J'ai dit que je m'en occuperais. Dégage ta charrette, tu bloques l'accès au camp.

L'homme grogne et frappe son cheval pour manœuvrer, puis fait signe à Assina et Haïganouch de le suivre.

— Elles restent ici, dit le capitaine, pour signer les documents.

— Elles viennent avec moi, Soleiman pacha ne m'a parlé d'aucun document.

— Si Soleiman pacha croit qu'avec cette épidémie on peut enterrer n'importe qui sans une identification officielle, qu'il retourne voir son vali.

— Il viendra lui-même alors.

— Il sera trop tard, le corps sera déjà brûlé. Laisse ton cheval et ta charrette ici et va-t'en. Je ferai raccompagner ces personnes chez Soleiman pacha avec ton attelage quand ce sera fini.

Puis il se retourne vers le soldat.

— Soldat, si cet homme revient, abattez-le.

Derrière, les autres cochers approuvent. Cet homme qui n'est même pas brancardier leur fait perdre du temps et de l'argent. Ils l'insultent au passage. Certains le cinglent de leur fouet ou lui crachent au visage.

— Ne vous inquiétez pas et attendez-moi ici, dit le capitaine aux deux filles.

Il se dirige vers deux soldats qui discutent devant une tente et se redressent en le voyant approcher. Il leur glisse un billet à chacun, et les soldats s'équipent d'une pelle avant de le suivre jusqu'à la charrette.

— On ne peut pas aller trop loin, s'excuse le médecin militaire auprès d'Assina, mais tu marqueras l'endroit et tu pourras trouver une meilleure sépulture à ta mère quand tout ça sera terminé.

Tandis qu'ils marchent, Haïganouch serre plus fort la main de sa jeune maîtresse. Dans l'air flotte l'imperceptible parfum d'une résine citronnée. Derrière une allée d'eucalyptus, Assina aperçoit un vieux cyprès.

— Là ? demande-t-elle.

— Si tu veux, répond le médecin militaire.

Les deux soldats creusent la terre sèche et pierreuse, puis déposent le corps de Nazli dans la tombe, aidés par le capitaine qui leur offre une cigarette pour qu'ils s'éloignent le temps qu'Assina se recueille.

Nazli, bel oiseau de couleur
Oublie la vie, ouvre tes ailes

Veille sur nous depuis le ciel
Jusqu'à ce que vienne notre heure.

Le sourire d'Haïganouch et celui qu'il fait naître sur le visage d'Assina malgré ses larmes essorent le cœur du médecin soldat. Les enfants sont l'avenir de ce monde et pourtant chaque bourreau qui les massacre a été un enfant lui aussi. Que reste-t-il des hommes ? soupire-t-il. Des tribus guerrières, devenues des empires assassins dont il enterre, jour après jour, les soldats hébétés de mourir à leur tour, après avoir tué tant et tant d'autres soldats morts dans le même étonnement de ne pas survivre.

La quarantaine d'Araxie est un enfer dont elle n'aurait peut-être pas souhaité sortir si elle avait su le pire qui l'attendait dehors. Pendant quarante jours, elle n'a de nouvelles ni d'Assina ni d'Haïganouch. Quand au quarantième jour la porte s'ouvre, elle titube, aveuglée par la radiance du soleil. La tête lui tourne de chaleur, ses vêtements sont aussi sales et puants que pendant sa déportation. Puis elle reprend un peu d'équilibre, et se dirige vers l'ombre du patio qui mène à la maison. Les servantes qu'elle croise évitent son regard. Elle rejoint le haremlik, et la fraîcheur du carrelage réveille son plaisir d'être libre. Elle court jusqu'aux appartements d'Assina et trouve sa maîtresse alitée, maigre, le visage défait.

— Assina, je suis là !

Sa maîtresse peine à lui répondre.

— Nazli ? demande Araxie.

Assina secoue la tête et une larme perle à son œil.

— Où est Haïganouch ?

— Va d'abord te laver, murmure Assina d'une faible voix en détournant la tête, change-toi et reviens après.

Elle appelle une servante et ordonne qu'on accompagne sa jeune esclave au hammam. Les soins la lavent autant de sa fatigue et de son ressentiment que de sa crasse et des parasites qui la rongeaient. De son épreuve ne subsiste bientôt plus que le doux souvenir de medz mama Chakée. Chaque jour de sa quarantaine, la grand-mère a parlé de sa voix tendre à son âme désespérée, et maintenant elle veut le raconter à Haïganouch.

Malgré les interdits, elle court jusqu'aux appartements d'Assina.

— Elles m'ont soignée comme une princesse. Regarde comme je suis belle ! Fais venir Haïganouch, je t'en prie.

Assina se redresse péniblement dans son lit.

— Haïganouch n'est pas là, dit-elle.

— Où est-elle ? Quand revient-elle ?

Assina prend sa main dans la sienne.

— Elle ne reviendra pas, Haïganouch n'est plus là.

— Plus là ?

Araxie sent son cœur se percer.

— Est-ce que l'épidémie... ?

— Non. Si Haïganouch était morte, Soleiman n'aurait pas manqué de t'en informer.

— Mais quoi alors ?

Assina hésite à répondre et serre la main de la jeune fille.

— J'étais malade, Araxie, je n'ai rien pu faire. La mort de maman m'a brisée. Soleiman a essayé de faire brûler son corps dans une fosse publique. Je suis restée deux semaines prostrée dans ma chambre. Je n'ai rien pu faire. Quand je l'ai su, il était trop tard.

— Mais quand tu as su quoi ? supplie Araxie.

Assina pleure maintenant, en silence. Des larmes lourdes de remords.

— Soleiman a donné Haïganouch au vieux derviche.

— Quoi !

Le cœur d'Araxie se fige. Ses poumons aussi. Elle suffoque. Cherche de l'air. Cherche à comprendre. Puis ne veut pas comprendre. Pas ça ! Elle arrache sa main de celle d'Assina et quitte le haremlik en courant, traverse les patios, bouscule les serviteurs terrorisés et hurle après Soleiman qui n'est pas là. Tout le monde le lui dit. Le maître est parti hier pour Istamboul. Elle ne les croit pas, l'appelle, l'insulte et au détour d'un corridor se cogne contre sa mère qui la gifle si fort qu'elle en tombe sur le carrelage

— Où est Helin ? hurle-t-elle en se relevant. Pourquoi l'avez-vous donnée ? Vous n'aviez pas le droit !

— Tais-toi. Veux-tu être encore punie d'une autre quarantaine ? Une esclave ne court pas, ne hurle pas et ne s'adresse pas sans autorisation à ses maîtres !

— Soleiman et vous n'êtes pas mes maîtres. Je n'appartiens qu'à Assina, et Helin aussi.

Soraya la toise, calme et hautaine.

— Soleiman effendi a pris conseil auprès de l'imam et du vali, réplique-t-elle. Quand une femme est déficiente dans sa capacité de jugement, son mari doit gérer ce qu'elle possède. À la mort de sa mère, Assina est restée longtemps sans jugement et Soleiman a fait ce qu'il fallait. Pendant que tu n'étais pas là, la petite aveugle s'est montrée incapable d'apporter la moindre aide à Assina quand elle en avait besoin et elle ne pouvait être d'aucune utilité à la maisonnée. C'est ta faute. Si tu n'avais pas mérité cette quarantaine, ta sœur serait encore avec toi. Le vieux derviche qui veille sur notre maison, ce saint homme, a accepté de la prendre à son service.

— Je vous en prie, madame, rendez-moi Helin ! Ou donnez-moi au derviche, moi aussi, je vous en supplie !

Araxie s'est jetée aux genoux de la femme qui la repousse du pied.

— Si tu veux rejoindre ta sœur, demande à Assina de te donner au derviche. Maintenant qu'elle a recouvré son jugement, c'est à elle de le faire, siffle-t-elle dans un sourire de vipère, avant de lui tourner le dos pour retrouver ses appartements.

Mais c'est encore une mauvaise ruse. Car le derviche est parti. Les voisins disent qu'ils l'ont vu charger quatre esclaves dans une carriole. Pour un long voyage, à en croire les provisions qu'il emportait. Et en l'absence de son mari, Assina ne peut quitter la maison pour retrouver la petite aveugle.

— Mon Dieu, gémit Araxie, que va-t-il faire de ma sœur ?

Soleiman a eu raison d'elle et s'en pavane quand il revient. Araxie, le cœur brisé, sans nouvelles d'Haïganouch, privée du souvenir vivant de son enfance, devient l'esclave silencieuse que toute la maisonnée voulait faire d'elle. Assina, de son côté, accepte de n'être plus que la seconde femme ignorée du maître.

Quand il lui enlève Araxie pour l'affecter aux cuisines, ni l'une ni l'autre ne protestent. Elles se soumettent, et, avec le temps, Soleiman et sa mère finissent par ne plus leur prêter attention. Parfois, Soleiman fait juste peser sur Assina la honte d'être la femme qu'il n'honore pas, et trois fois au cours des années qui suivent, il célèbre avec un faste hors de ses moyens les enfants que lui donne encore sa première épouse. Il ne répudie pas Assina, l'accord entre son grand-père et son propre père l'en empêche. Assina et Araxie ne survivent dès lors que dans l'ombre de la nuit, quand, ni maîtresse ni esclave, elles se retrouvent le soir pour s'imaginer d'autres vies loin des Yildiz. Le corps d'Araxie prend ses premières formes de femme, qu'elle cache et comprime pour ne pas attiser le désir violent des hommes. Celui d'Assina s'est épanoui et réveille soudain l'instinct de possession de Soleiman. Il la fait quérir un après-midi dans ses appartements et la prend avec violence, sans un mot. Assina se laisse faire, en silence, son regard noir planté dans le sien tout le temps que dure son supplice. Une fois qu'il s'est vidé en elle, il la congédie sans même lui laisser le temps de se rhabiller vraiment.

— N'en parlons pas, dit-elle quand elle revient dans ses appartements. Jamais.

Se doutant de son calvaire, Araxie lui a préparé un bain bouillant à l'huile de baies de laurier. Assina porte sur la peau blanche de ses cuisses la marque bleue des doigts de Soleiman.

— Demain, j'irai au bazar, je connais une vieille qui fait une tisane qui t'empêchera de porter un enfant de ce monstre.

Assina se laisse couler au fond de la baignoire avant de remonter à la surface, les cheveux lissés par l'eau savonneuse.

— Si je porte un enfant de lui, je le tuerai en me plantant un poignard dans le ventre, jure-t-elle doucement.

Très vite, Soleiman prend l'habitude de faire venir Assina dans ses appartements une fois par mois. À trente ans, après cinq grossesses, le corps de sa première femme s'est flétri, lui dit-il, et il tente de lui faire croire qu'il veut faire d'elle sa favorite. Mais Assina ne lui répond pas. Jamais. Même quand il la gifle pour son silence. Elle sait ce qui se dit dans les cuisines et que lui rapporte Araxie : la pauvre femme a fait plusieurs fausses couches qui ont fini par la rendre stérile. Soleiman ne cherche juste, avec Assina, qu'à assurer sa descendance. Il se dit, chez les commerçants d'Alep, qu'il faut au moins sept enfants pour assurer la vieillesse confortable d'un homme. Il en manque deux à son mari et Assina se réjouit, quand il se répand en elle en éructant, de savoir qu'elle ne les lui donnera jamais grâce aux tisanes d'Araxie autant qu'à sa haine envers lui. Quand il comprend qu'il n'obtiendra pas de ses deux femmes ce qu'il attend d'elles, Soleiman envisage de prendre une troisième épouse, mais les aléas de la guerre ont fait péricliter ses commerces et il n'en a plus les moyens. Alors il va expulser son foutre rageur dans le ventre lascif des prostituées des bordels d'Alep, en faisant savoir à tout le monde qu'il reste vigoureux et que le problème vient de ses épouses, pas de lui.

La première femme de Soleiman en veut d'abord à Assina de ne pas donner à leur maître les enfants qu'il est en droit d'exiger d'elle. Puis elle se réfugie dans l'éducation et l'amour des siens et abandonne elle aussi la jeune fille à sa vie de femme infertile et inutile.

Bientôt Araxie et Assina vivent dans la même demeure une vie parallèle à celle des autres qu'elles ne croisent plus. Et elles s'en contentent. Araxie enseigne à Assina l'arménien que la jeune femme maîtrise vite. De son côté, Araxie devient une cuisinière hors pair dont la réputation franchit les murs de pierre et de silence des Yildiz.

Dans les mois qui suivent, l'Histoire s'accélère soudain. Trébuchant de défaites en défaites, l'Empire perd la guerre. Soleiman pacha y laisse sa fortune, lui que son arrogance et son orgueil ont toujours poussé à croire en la glorieuse victoire d'un grand Empire. Un territoire allant de la Méditerranée aux frontières de la Chine, avec lui comme maître des nouvelles routes de la soie. Il n'est bientôt plus qu'un petit maître aigri, poussé par sa vieille mère revêche à donner l'illusion de leur rang, abandonné des imams et de fonctionnaires qui voulaient profiter de ses largesses et du destin politique qu'il se croyait réserver.

Dans l'ombre de cet homme mauvais qui s'empâte et se bedonne, Araxie reste l'esclave dévouée d'Assina, orphelines toutes les deux de la petite Haïganouch. Pendant ce temps, la guerre s'est disloquée en plusieurs conflits et elles n'y comprennent plus rien. On a parlé de révolutionnaires en Russie. Certains y ont vu de nouveaux sauvages, d'autres de nouveaux stratèges. Mais sauvages ou stratèges, ce sont de nouveaux guerriers qui ajoutent une autre guerre à la guerre. Quand ils s'emparent du Caucase, ce qui reste des rescapés arméniens s'y précipite pour croire encore en une Arménie libre. Prudente, Araxie reste à Alep auprès d'Assina. Entre-temps, l'Empire s'est défait. Le lendemain de la capitulation, les trois hommes responsables de tout ce chaos sanguinaire détruisent les archives et fuient la Turquie à bord d'un navire allemand. L'Allemagne, l'autre Empire vaincu. Et même quand, en 1918, les Français arment une légion de volontaires arméniens pour créer une République arménienne en Cilicie, Araxie reste auprès d'Assina. Autour d'elle, des esclaves disparaissent pour rejoindre ce pays neuf. Mais les Anglais interviennent, désarment les légionnaires, et les Français s'en vont en 1921. Pendant ce temps, les soviets ont reconquis les terres sacrées d'Arménie dans le Caucase et les ouvrent à tous les Arméniens. D'autres esclaves disparaissent pour s'y précipiter encore. Le monde est fou.

Puis l'improbable nouvelle court les rues d'Alep. Au ras des pavés de la citadelle. Ce jour-là, Araxie prend de l'eau au puits comme chaque matin. Elle entend qu'en dehors de la ville des soldats étrangers, des Anglais, regroupent orphelins chrétiens et esclaves pour les rapatrier dans des orphelinats arméniens à Beyrouth. Les autres filles lui conseillent de tout abandonner et de partir avec elles, là, tout de suite, sans retourner chez les Yildiz. Araxie dit qu'elle ne peut pas, qu'elle doit prévenir Assina. On lui répond de ne surtout pas le faire. Que Soleiman la tuerait plutôt que de la laisser partir. Comment cet homme aurait-il pitié d'elle, lui qui a donné l'ordre de tuer le père de sa propre femme ?

— Quoi, qu'est-ce que tu dis ? suffoque Araxie.

— Tu ne le savais pas ? Je l'ai entendu dire par mon maître. Il travaillait au secrétariat du vali. Soleiman pacha a affirmé que le père de ta maîtresse soignait des Arméniens victimes de l'épidémie. Il ne pouvait ignorer que ça le condamnait à mort.

— Quand ? Quand a-t-il fait ça ?

— Peu après le mariage, la veille du retour des parents de ta maîtresse à Mardin. Viens avec nous, sinon il te tuera. Nous partons maintenant chez les Anglais.

Araxie émerge de sa stupeur. Elle abandonne sa jarre sur la margelle, court jusqu'à la maison, et se précipite dans le haremlik.

— Araxie, j'avais peur de ne plus te revoir. Les serviteurs disent que toutes les esclaves s'enfuient pour se mettre sous la protection des Anglais.

— Je vais le faire, Assina. Mais avant, je dois te dire quelque chose que je viens d'apprendre d'une esclave.

Les larmes aux yeux, Araxie rapporte à sa maîtresse la vérité sur la mort de Saad. Assina reste figée longtemps, et Araxie s'étonne de ne percevoir sur son visage aucune douleur. Aucune peine. Juste une froide colère qui étrécit ses pupilles et crispe ses mâchoires.

— Je pars avec toi, Araxie.

— Comment ça, tu pars avec moi ?

— Tu es ma sœur de cœur, ma seule amie, ma seule alliée, et je ne peux pas te demander de rester. Alors je pars avec toi. Tu m'as appris l'arménien, je me ferai passer pour une esclave moi aussi.

— Mais tu ne peux pas ! Tu es turque. Tu es mariée à Soleiman. Il ne te laissera jamais…

— Soleiman ne pourra rien me faire.

— Bien sûr que si ! Quand il l'apprendra, il sera…

— Il sera mort, lâche Assina d'une voix glaçante.

— Quoi ? Tu vas tuer Soleiman ? tremble aussitôt Araxie.

— Oui. Maintenant que je sais qu'il a fait assassiner mon père et que ma mère en est morte par sa faute, il a signé son arrêt de mort.

— Assina, je t'en prie, ne fais pas ça, ils vont t'arrêter, ils vont te pendre ! T'abandonner à la foule pour qu'elle te lapide !

— Je vais le faire, et après je m'enfuirai avec toi.

— Laisse-moi le faire à ta place, Assina, je t'en supplie. Il a donné Haïganouch au vieux derviche. Je le hais autant que toi.

— Non, tranche Assina, c'est à moi de le tuer. Pour m'obliger à fuir. Pour rayer d'un coup de poignard cette période de ma vie. Et après, si tu le veux bien, je deviendrai ton autre sœur. Prépare-toi, nous partons dans une heure. Le temps que je m'occupe de ce monstre.

19

1917 – De Kadiköy à Smyrne, Anatolie turque

Les quarante pauvresses attendent sur le débarcadère. Leur silence étreint le cœur de Christopher. Il les a vues jouer et rire à l'orphelinat des Schwabell, mais comme des moineaux que l'ombre d'un nuage suffit à terrifier, elles se taisent et se blottissent les unes contre les autres maintenant. Elles savent ce que le moindre rassemblement peut annoncer de violences et d'horreurs.

Carlotta Schwabell observe le jeune Patterson et comprend ce qu'il ressent. Elle porte en elle les mêmes sentiments contradictoires : l'espoir et la force de Christopher, et la terreur résignée des petites. Alors elle ne dit rien et regarde venir à eux la chaloupe. À cent mètres du rivage mouille un vieux caboteur rouillé, rafistolé de bric et de broc. Même pas un navire. Juste un bateau. Trop petit pour une mer si grande.

Deux marins pestent en turc parce qu'il leur faudra ramer quatre allers-retours pour transborder tout le monde. Carlotta Schwabell embarque avec les dix premières filles pour pouvoir accueillir les autres à bord. Haïgaz est du deuxième voyage et Agop du suivant. Christopher embarque en dernier. Depuis qu'il les a surpris, avec Hovannes, endormis dans sa Peugeot dans les jardins du yali, ils ne se quittent plus.

Le rafiot n'est qu'un dépotoir flottant qui empeste la rouille, l'huile de moteur surchauffée et la pourriture de l'océan. C'est tout ce que Christopher a pu obtenir de l'ambassadeur et de la fondation. Deux jours et deux nuits pour rallier Beyrouth dans cette épave flottante qui tangue et qui grince. Carlotta Schwabell reste avec les filles dans la cale matelassée de paillasses. Christopher Patterson ne quitte pas la cabine de pilotage. Il surveille le cap et l'équipage. Il a glissé un revolver dans sa poche. Haïgaz et Agop attendent sur le pont. Le premier est accoudé au bastingage, fasciné par la mer. Terrifié aussi, chaque fois qu'il imagine à quel point elle est profonde et peuplée de créatures mystérieuses. Le second, silencieux lui aussi, est perché sur une passerelle, assis à même l'acier, les pieds ballants à travers les batayoles.

Ils traversent d'abord la mer de Marmara, et c'est un embarras de navires dans tous les sens. De commerce d'abord, la coque alourdie de leur fret. De guerre ensuite, maraudant, menaçant, hérissés de tourelles et de canons. Le *Siyah Lale* trace sa route à travers leur sillage, la proue dans la houle, comme un chien la truffe baissée au milieu des loups qui rôdent. Puis le capitaine s'engage dans le détroit des Dardanelles, semblable à un fleuve trop large et trop tranquille, et toutes les petites filles montent sur le pont dire adieu aux rives de ce pays qui les maudit et où tous ceux qu'elles ont chéris sont morts. Quelques heures plus tard, c'est la mer Égée, constellée d'îles et d'îlots, qu'ils traversent de nuit après que le capitaine a mis le cap au sud-est. Le lendemain, cap plein sud, ils passent au large de la Crète, et cette fois la mer est sans îles, d'un seul et même horizon. La mauvaise nuit, le froid et le roulis gardent tout le monde dans un silence engourdi et nauséeux. Au petit matin, le capitaine vire plein est et ils aperçoivent les montagnes de Chypre, leur pied baigné d'une brume bleutée que dissipe bientôt un soleil jaune. Tout le monde accourt au bastingage mais le capitaine ne barre pas au nord pour rejoindre un des ports chypriotes. Bientôt l'île est derrière eux et quatre heures plus tard apparaissent les collines qui enchâssent le port de Beyrouth.

Quand le *Siyah Lale* réduit sa vitesse, le moteur renâcle et lâche dans le ciel des panaches de fumée noire. Puis le caboteur contourne une jetée pour entrer dans le port abrité, à travers un capharnaüm de goélettes, de schooners et de cargos hérissés de mâts et tendus de câbles et de cordages. Le capitaine, la tête hors de la cabine pour surveiller la manœuvre, grogne que c'est un mauvais port. Si mauvais que par le passé un émir l'a fait combler. Mais les passagers n'ont d'yeux que pour cette ville qui semble douce et paisible. Des immeubles hauts de brique rose dont les toits de tuiles orangées émergent d'une canopée verdoyante. Les blanches bâtisses des entrepôts commerciaux alignés sur le front de mer. Et tout autour des collines mauves érodées, tapissées de garrigues sombres. Carlotta Schwabell regarde ses quarante protégées avec émotion. Bientôt, se force-t-elle à croire, elles sauront reconnaître le cèdre et le pin, le chêne et le genévrier. Elles joueront dessous, dans leur ombre fraîche, à des jeux de petites filles. À la marelle. À la corde à sauter. À taquiner des scarabées dorés, loin de la guerre des hommes.

Christopher Patterson saute dans un canot et rejoint le quai. Depuis le bastingage, Haïgaz le regarde s'entretenir avec un homme qui fait signe à quatre cochers d'approcher leurs charrettes. Puis, sur un geste de Christopher, Haïgaz et Agop aident les quarante petites filles à embarquer dans quatre grandes chaloupes. Un peu plus tard, ils les regardent débarquer, monter dans les charrettes, bien sages et sans chahut, et disparaître dans la foule sous les ombrages ronds et sombres des chênes.

— Elles sont sauvées, maintenant, se félicite Agop.

— Sauvées de la guerre oui, mais c'est tout, murmure Haïgaz, pensif.

— C'est déjà pas si mal.

Christopher prend congé de Mme Schwabell avant de rejoindre le *Siyah Lale*, poussant le marin à souquer ferme sur ses rames. Les deux garçons l'aident à monter l'échelle de coupée et, dès qu'il a enjambé le bastingage, l'Américain donne deux heures au capitaine pour appareiller et retourner là d'où ils viennent. Très bientôt, il le sait maintenant, les États-Unis entreront en guerre aux côtés de la Triple Entente, c'est-à-dire contre l'Empire turc. Et tous ceux qu'il protégeait jusqu'ici seront condamnés par les Turcs pour avoir été protégés par lui. Sur le quai, il a pris connaissance des opérations d'évacuation de la fondation. La plupart des enfants ont été regroupés dans des orphelinats de Beyrouth ou sont en voie de l'être.

Sur la route du retour, la mer se creuse. Une houle d'acier bouscule la coque rouillée du *Siyah Lale* et des écumes glacées jaillissent en gerbes de la proue. Tout le monde trouve refuge dans le carré où, de temps en temps, un marin hirsute et taciturne vient se réchauffer d'un mauvais café sans rien dire.

— Mon pays va officiellement entrer en guerre, explique Christopher aux deux garçons, mais le temps que l'armée s'organise et débarque ici, nous serons devenus des ennemis sans défense. À notre retour, je resterai à Beyrouth. Les Anglais ont déjà pris Bagdad et ils marchent sur Jérusalem. Les armées turques se regroupent à l'intérieur, nous serons plus en sécurité sur le littoral. Avec l'Amérique dans la balance, nous allons gagner cette guerre, et la libération commencera par des débarquements sur les côtes.

Quand les marins les surprennent à parler anglais ou arménien, leur regard se froisse d'une inquiétude étrange. Mais Christopher connaît la cupidité de ceux qui profitent de la guerre pour s'enrichir. Ses protégés et lui n'ont rien à craindre tant qu'il n'aura pas payé pour le dernier voyage. Le capitaine du *Siyah Lale* ne les dénoncera qu'après avoir empoché les derniers dollars. C'est pour ça qu'il reste armé.

Ils arrivent en vue de la côte au petit matin. Au large du ponton, un brouillard épais et froid tisse avec le ciel un lainage qui efface le reste du monde. De leur côté, un nuage gris s'est posé sur les flots, masquant la mer et la rive. Seule se devine, au-dessus de la masse cotonneuse, une canopée terne et sombre déchirée par la toiture tarabiscotée du yali sous la pluie fine. Le capitaine fait descendre à l'eau la chaloupe qui se pose dans un duvet de brume. C'est un jour sinistre. Un jour à croire aux mauvaises légendes et aux superstitions. Craignant que le marin ne profite de leur absence pour les abandonner, Christopher lui demande d'amarrer la chaloupe au ponton et de les suivre. Comme il refuse, prétextant les ordres de son capitaine, Christopher le menace de son arme et le force à les accompagner jusqu'au yali. Mais contrairement à ce qui était prévu, le pasteur et ses orphelins n'y sont pas.

— Ils ne pouvaient pas savoir quel jour exactement nous reviendrions, les rassure Christopher. Le mauvais temps les aura retardés. Allons rejoindre M. Schwabell à l'orphelinat, nous les croiserons peut-être même en route.

Dans la grisaille, le paysage devient lugubre. Les deux garçons redoutent de tomber sur des soldats ou des irréguliers et se croient perdus plusieurs fois. Seul l'Américain est sûr de son chemin. Puis ils reconnaissent un chêne solitaire, un muret qui court le long d'un chemin, et la margelle d'un puits. Mais dans la brume cotonneuse, l'orphelinat demeure invisible. C'est Agop qui les alerte, le nez au ciel.

— Quelque chose a brûlé ici…

Ils se précipitent en direction de la bâtisse quand soudain le soleil déchire le brouillard en lambeaux, et l'horreur leur casse les jambes. L'orphelinat, incendié, n'est plus qu'une ruine calcinée. Ne reste debout que le porche où pend le corps lapidé et mutilé de M. Schwabell. Haïgaz s'élance avec Christopher pour le décrocher quand Agop le rappelle :

— Haïgaz…

Il ne répond pas, affairé à trouver un endroit digne pour allonger le corps du pasteur Schwabell.

— Haïgaz…

C'est Christopher qui finit par lever les yeux vers Agop. Celui-ci leur tourne le dos, pétrifié. Ils s'approchent et, dans les dernières fumerolles de l'incendie, découvrent à leur tour le massacre : les vingt-huit gamins, à moitié calcinés, figés dans des postures de terreur, parmi les restes des cordes qui les entravaient. Quand le marin turc arrive à son tour, il vomit aussitôt sa bile.

— Là ! hurle Haïgaz.

L'Américain dégaine son arme.

— Ne tirez pas ! Ne tirez pas ! implore Hovannes en sortant de sa cachette.

Il est si choqué qu'il ne les reconnaît pas tout de suite. Il faut qu'Haïgaz et Agop le prennent dans leurs bras pour qu'il se souvienne et parvienne à raconter. Il les attendait sur le ponton du yali quand c'est arrivé. Les Turcs. Des gendarmes. Pas même des Kurdes ou des irréguliers. De vrais gendarmes. Ils étaient déjà repartis à son retour. Il n'a rien pu faire. Il a entendu les derniers gamins hurler dans le brasier. Il ne savait pas comment décrocher M. Schwabell. Quand le garçon s'effondre en pleurs contre son cœur, Agop désigne des yeux le marin turc.

— Tue-le, Haïgaz.

— Ce n'est pas lui, répond celui-ci.

— S'il avait été là, il l'aurait fait. Prends le revolver de Christopher et tue-le.

Le marin est tombé à genoux. Il se tord les mains en supplique silencieuse. Rien ne sort de sa bouche. Il fixe le charnier fumant, en état de sidération.

Christopher a les larmes aux yeux, incapable de réagir.

— Non, répond Haïgaz, je ne tue que ceux que j'ai vus tuer. Nous ne sommes pas comme eux.

— Nous sommes les mêmes, rétorque Agop. Ils ont fait de nous des loups. Ils sont tous nos ennemis. Il a bien fallu qu'un d'entre eux dénonce ce pauvre M. Schwabell pour que les gendarmes viennent jusqu'ici massacrer les enfants.

— Quelqu'un les a sûrement dénoncés, c'est vrai, mais ce n'est pas lui. Je ne le tuerai pas.

— Tu veux le faire, toi ? propose Agop à Hovannes.

— Ne lui impose pas ça, intervient sèchement Haïgaz. Pourquoi veux-tu que ce soit lui ou moi qui le fassions ? Si tu en as envie, fais-le, toi, et finissons-en, mais ne nous impose pas tes choix.

Agop prend l'arme des mains de l'Américain.

— Si tu tues son marin, le capitaine va nous faire des ennuis, le prévient Christopher. Il nous débarquera. Ou pire, il nous livrera aux gendarmes. Ceux-là mêmes qui ont pendu M. Schwabell.

Agop le regarde, mais ne lui rend pas son arme. Il semble hésiter, scrute chacun tour à tour, puis passe l'arme à sa ceinture et Christopher juge prudent de ne pas chercher à la récupérer pour l'instant. À l'aide de pieux à moitié calcinés, ils creusent une tombe à l'ombre d'un bouquet d'eucalyptus, puis enterrent aussi dignement que possible le pasteur, sans trop savoir comment prier. Le marin, figé d'horreur, reste en état de choc, à l'écart.

Ils n'ont plus qu'à revenir au bateau. Haïgaz glisse un bras sous celui d'Hovannes pour l'aider à avancer. Christopher regarde une dernière fois les ruines de l'orphelinat, regrettant de ne pas avoir pu enterrer les vingt-huit petits martyrs. Agop, lui, ne les quitte pas des yeux. Il s'est approché des ruines, dans la fumée qui sent la mort.

— Il ne faut pas rester là, Agop, il n'y a plus rien à faire pour eux.

À ces mots, le garçon se met en marche et, arrivé à hauteur du marin, sort son arme et lui tire une balle dans la nuque, sans s'arrêter. Au coup de feu, les trois autres sursautent et se retournent mais Agop les dépasse sans rien dire, les larmes aux yeux, et poursuit son chemin en silence jusqu'au ponton.

— Ton marin a déserté, annonce froidement Christopher au capitaine.

— Memeth n'aurait jamais fait ça. C'est un cousin. Il est comme mon fils et le *Siyah Lale* est sa maison. Où sont les vingt-huit garçons ?

— Tous morts. Il ne reste que celui-ci, dit Christopher en désignant Hovannes. Les Turcs ont tué et brûlé tous les autres.

— Pourquoi Memeth aurait-il rejoint les Turcs ?

— Je n'ai pas dit ça. J'ai dit qu'il s'était sauvé. Il a pris peur dans la fusillade et nous a faussé compagnie.

— Alors il va revenir.

— Je ne crois pas, capitaine effendi, ment Hovannes. Je m'appelle Selim, je suis turc moi aussi, et j'ai vu ton marin partir dans la mauvaise direction, droit vers les gendarmes. Ils tiraient sur tout ce qui bouge et ils ont dû l'abattre en croyant à un infidèle qui tentait de fuir. La fusillade a eu lieu en pleine brume, tu sais.

— Selim, tu dis ? Turc ? L'Américain vient de dire que tu étais le seul survivant des giavour.

— Je suis le seul survivant, grâce à Dieu, gloire lui soit rendue, mais je suis turc. J'étais employé à l'orphelinat. Je conduisais les charrettes.

— De toute façon, coupe Christopher, ton marin est turc en pays turc. S'il n'a pas été abattu par les gendarmes, il saura bien te retrouver quelque part.

— Je ne pars pas sans lui, tonne le capitaine, soudain furieux.

— Nous pouvons partir sans toi, dit Agop en dégainant son arme.

Christopher profite de la surprise du capitaine pour l'assommer d'un direct au menton. Haïgaz le bâillonne et l'entrave puis ils descendent dans la salle des machines surprendre l'autre marin qu'ils ligotent sur place, avant de le remonter lui aussi dans la cambuse. Les voilà pirates. Par chance, Christopher a déjà navigué et il répartit les rôles. Agop et Hovannes seront aux machines. Il leur explique les cadrans à surveiller, les pompes à actionner et les pièces à huiler. Le moteur est un monstre mécanique qui grince et gémit, suinte, gicle et gronde, mais il suffit de quelques manettes pour le maîtriser, les rassure Christopher. Il remonte dans la cabine de pilotage avec Haïgaz pour en faire son second. Lui s'occupera des cartes et de la navigation, et ils se relaieront à la barre.

— Nous ne retournons pas à Beyrouth, c'est trop loin. Nous nous arrêterons à Smyrne. De là, si vous voulez, je paierai pour votre retour au Liban.

Christopher connaît les fanions, les codes et les usages de la mer. Il sait comment négocier les phares et les balises. Il reste à la barre dix heures d'affilée, le temps de sortir du détroit des Dardanelles, puis deux heures encore pour pousser le *Siyah Lale* jusqu'au large de l'île de Limnos. Il préfère passer la nuit au mouillage, à l'abri d'une petite baie qu'il a repérée sur une carte. Il reste huit heures de mer pour rallier Smyrne et il choisit de se reposer pour éviter de naviguer de nuit.

Le lendemain, ils lèvent l'ancre tard dans la matinée et Christopher met le cap à l'est, à vitesse réduite. Il préfère arriver en fin d'après-midi, quand la journée aura émoussé la vigilance et la curiosité des hommes. Ils naviguent à bord d'un bateau volé, lui est américain, les trois autres arméniens. S'ils sont pris, ils seront lynchés.

Un soleil de feu s'est levé sur une mer de cobalt. Ils passent la journée à regarder les bateaux au large.

— Pourquoi tu l'as tué ? demande soudain Haïgaz sans reproche.

— Parce qu'il fallait une vengeance, répond Agop.

— Tu veux venger tous nos morts ? Tu veux en tuer autant ?

— Non. Quelques-uns seulement. Pour l'exemple.

— Mais lui était marin, Agop. Ce n'était pas un soldat.

— Et tu crois que ces vingt-huit garçons étaient des soldats ?

Haïgaz ne répond pas tout de suite, cherchant les mots justes.

— Je ne tuerai plus jamais que pour me défendre, finit-il par dire.

— Je continuerai à me venger, répond Agop.

Hovannes se tait. Ils restent longtemps, tous les trois, à observer les oiseaux blancs dans le ciel immense. À l'approche de la côte, ils s'accoudent au bastingage, émerveillés par la découverte du golfe de Smyrne qu'ils remontent pendant presque deux heures. Quand la ville apparaît au pied du mont Pagos, étageant en amphithéâtre ses maisons claires aux tuiles orangées, l'émotion les saisit face à tant de beauté harmonieuse. Entre les bâtiments se devinent des jardins ombragés aux rondes canopées épaisses et verdoyantes, que percent les minarets bleus des cyprès. C'est une ville grecque de cœur. Blanche et lumineuse comme n'en ont encore jamais vu les trois garçons.

— « Joie de l'Asie et joyau de l'Empire », disaient les Romains. Perle du Levant, œil de l'Asie, voici Izmir l'infidèle ou Smyrne la suave, murmure Christopher, rêveur.

Haïgaz est remonté sur la passerelle pour aider l'Américain à manœuvrer. Quand ce dernier lui laisse la barre, la fierté et le bonheur qu'il ressent sont comme du miel dans son sang.

Il réduit l'allure et, tout en admirant la ville, il demande :

— Que fait-on du capitaine ? Si on le laisse libre, il va nous dénoncer.

— J'ai pensé à essayer d'acheter son silence, répond Christopher.

— C'est un Turc, comment pourras-tu être sûr de sa parole ?

— Nous verrons bien. Allons lui parler avant d'entrer dans le port.

Christopher confie la barre à Agop en lui donnant un cap et donne des consignes à Hovannes pour réduire la vitesse au minimum. Puis il descend dans la cambuse avec Haïgaz. Le matelot s'est endormi la joue contre la table, les mains nouées dans le dos. Le capitaine est sur une chaise, le dos bien droit. Christopher s'installe face à lui.

— Nous arrivons à Smyrne, explique l'Américain.

— Tu crois que je ne l'ai pas compris ? réplique le capitaine.

— Si, sûrement, j'ai bien vu pendant le premier voyage que tu étais un bon marin.

— Je le suis. Et je sais que vous êtes coincés maintenant. Vous n'avez pas les papiers du navire et il va vous être difficile de débarquer sans vous faire remarquer, même si vous avez bien pris garde d'arriver en fin de journée, quand les contrôles sont plus relâchés.

— D'accord. Tu es un bon marin doublé d'un homme malin. Alors tu sais pour quoi je suis là.

— Pour me tuer ou pour m'acheter.

— Nous ne sommes pas des tueurs, rétorque Haïgaz.

— Et pourtant vous avez bien tué mon autre marin, n'est-ce pas ?

Un silence pesant s'installe, pendant lequel le capitaine garde son regard planté dans les yeux d'Haïgaz. Longtemps. Avant qu'il ne le poignarde en deux mots :

— *Haï es ?*

Haïgaz vacille de l'entendre lui demander, dans sa langue, s'il est arménien. Christopher comprend et répond à sa place :

— Tu parles arménien ?

— Je suis arménien, répond le capitaine sans quitter des yeux Haïgaz qui reçoit ces trois mots comme autant de coups de dague.

— Pourquoi nous l'as-tu caché ? Tu savais bien que nous évacuions des orphelins chrétiens jusqu'à Beyrouth.

— Quoi, vous ne vous êtes pas demandé pourquoi un équipage turc avait accepté d'évacuer des infidèles ?

— Par cupidité, pour pouvoir les trahir, pour les dénoncer, pour les vendre comme esclaves, les jeter à la mer, je te laisse choisir.

— Comment veux-tu que je choisisse, puisque je ne suis pas turc !

— Je ne te crois pas, coupe Haïgaz qui reprend ses esprits, tu peux très bien avoir appris quelques mots pour donner le change.

— Très bien, le provoque le capitaine, continuons cette conversation en arménien alors, si cela peut te convaincre.

— Dis-moi d'où tu viens, aboie Haïgaz.

— Je suis de Zeitoun. Je suis un rescapé du massacre de 1895, perpétré par Avni bey, ce fou sanguinaire natif d'ici même, Smyrne, où j'avais juré de ne jamais faire escale. J'ai échappé à la mort par miracle. J'avais dix ans. La famille d'un gendarme avait besoin de bras pour sa ferme. Je suis devenu turc. Une gifle à chaque mot d'arménien. Un coup de bâton si je pleurais. Je me suis enfui à seize ans. Jusqu'à Alexandrette, où j'ai embarqué comme mousse sur ce caboteur que j'ai racheté depuis.

L'homme serait bien arménien, se convainc Haïgaz, il a des mots et des expressions qui ne trompent pas.

— Pourquoi avoir donné ce nom turc à ton bateau, si tu es arménien ? *Siyah Lale*, « tulipe noire »... tu sais bien que cette maudite fleur est un des emblèmes de ce pays.

— Pour ne plus jamais être arménien, répond le capitaine sur un ton de défi. Pour me cacher. Ne plus être victime, jamais. Quitte à n'être plus qu'un déporté errant, j'ai décidé d'errer en mer, loin des hommes et de leurs guerres. Je vis de cabotage. La plupart du temps je jette l'ancre en rade, sans jamais accoster. Je fuis le commerce des hommes. Je me contente de celui de leurs marchandises.

— Ces orphelines du premier voyage n'étaient donc pour toi que des marchandises ? s'indigne Haïgaz.

— Oui. Du fret. Et c'est probablement ce qui leur a sauvé la vie et les a fait débarquer vivantes à Beyrouth.

Ils restent un instant à se mesurer du regard. Le capitaine, calme et résigné, Haïgaz, encore méfiant. Puis le matelot qui dort la tête sur la table de la cambuse est pris de ronflements, et l'horreur s'abat soudain sur Haïgaz.

— Mais tes matelots alors...

Le capitaine ne répond pas. Il laisse le jeune Arménien comprendre son malheur dans son regard mouillé de tristesse. Le marin qu'Agop a tué était arménien, lui aussi. Sa vengeance n'a frappé qu'un des leurs.

— Seigneur Dieu…, murmure Christopher. Mais pourquoi n'a-t-il rien dit ?

— Il a dû dire des choses que vous n'avez pas voulu entendre. Depuis dix ans nous jouons à être turcs. Même à bord, entre nous, nous ne parlons que turc pour ne pas risquer de nous trahir.

Christopher sort un canif de sa poche et tranche les liens qui retiennent le capitaine à sa chaise.

— Je t'en prie, ne dis pas à notre ami que vous êtes arméniens. Ne lui dis pas ce qu'il a fait.

— Je ne lui dirai rien, répond le capitaine en massant ses poignets endoloris. Mais il faudra bien que vous lui avouiez un jour que la vengeance est aveugle et assèche le cœur des hommes.

L'autre matelot émerge de son mauvais sommeil sans comprendre pourquoi Christopher le libère. Le capitaine s'adresse aussitôt à lui en turc :

— Descends aux machines. Ces idiots vont finir par nous échouer contre la digue. Fais machine arrière toute. C'est une baie en eau profonde, je vais chercher sur la carte où jeter l'ancre au large.

Le capitaine remonte vers la cabine de pilotage, suivi de Christopher. En les voyant tous les deux, Agop se raidit à la barre.

— Qu'est-ce qu'il fiche là, lui ?

— Dégage, dit le capitaine en turc.

— Obéis-lui, ordonne Christopher, nous avons un arrangement. Il nous débarque à Smyrne et il repart sans nous dénoncer.

Agop cède sa place à regret, étonné par la froideur de Christopher.

— Et pour combien de tes dollars ce tueur de chrétiens a-t-il encore choisi de trahir les siens ?

Le poing du capitaine cueille Agop au menton et le roulis précipite sa chute.

— Nous avons un accord, je t'ai dit, répète Christopher en lui tendant la main pour l'aider à se relever.

Agop, furieux, la refuse.

— Je prie pour ton prochain naufrage ! crache-t-il entre ses dents serrées de rage avant de quitter la cabine.

20

1918 – Smyrne

Hovannes est parti avec l'Américain. Le capitaine a accepté de les ramener à Beyrouth. Il a accepté la mort de son marin comme une autre imbécillité de la guerre. Haïgaz et Agop restent à Smyrne et en sont heureux. C'est une ville pour eux. Une ville franque où les étrangers ont pignon sur rue. Le commerce leur appartient depuis des siècles. Les rumeurs de la guerre s'y perdent dans la foule des étals et le brouhaha des échoppes. On y crie en turc pour offrir des limonades et des cafés, ou appeler aux séances des cabarets et des cinémas. On y marchande en grec ou en arménien, de tout, toujours et tout le temps. Et on y devise en français sur la nature du monde, l'issue des guerres et la beauté envoûtante des femmes d'Orient. Ces étrangers installés loin de chez eux et maîtres de la ville ont même un nom : les Levantins. Tout le monde les connaît et s'en accommode car ils sont d'un grand secours et d'une industrie précieuse pour le commerce. Insectes butés et ombrageux, bousiers obstinés, le cou tendu par l'effort, des portefaix embarquent et débarquent des marchandises de toutes provenances. Ils traversent le quai d'un pas rapide et fléchi, au nez des chevaux fatigués qui tirent les voitures du tramway. Du port animé aux entrepôts surchargés. Depuis les mahonnes, lourdes barques à voiles détournées de leur vocation militaire, et qui rallient au large les cargos indolents et les goélettes impatientes. Ou à bord de frêles caïques à la coque légère et étroite, leur grande voile à livarde et balestron appuyée avec élégance contre les vents doux.

Le soir, on danse et on chante le long du Cordon, sur le bord de mer. On y boit. On s'y saoule, à la santé de ce monde interlope. Seul le fond de la nuit rappelle chacun à sa réalité, quand Smyrne se referme sur ses quartiers. Quand disparaissent on ne sait où les Tsiganes et les Arabes noirs, qui n'en ont pas. Les Grecs, plus nombreux, dans la ville basse. Le quartier arménien, derrière la route du pont des Caravanes. Le quartier juif et ses ruelles sales et tortueuses sur les pentes du mont Pagos. Et le quartier des Turcs, minoritaires dans leur propre ville, qui ne reprennent leur autorité que la nuit, avec le *konak*, la prison, la caserne, et la monumentale horloge mauresque offerte par l'Empire allemand, dont tout le monde comprendra trop tard quel triste compte à rebours elle égrène. Il se dit aussi qu'il existe, en dehors de la ville, un nouveau quartier que construisent entre eux les Tatars de Bulgarie.

Haïgaz et Agop vivent à Smyrne de tous les métiers. Ils chapardent à l'occasion. Détroussent quelques fois. La journée, ils courent les quais et les entrepôts. Le soir, dans l'agitation festive du port, ils mangent des lahmadjoun épicées, croquent des keufté parfumés, ou se brûlent les lèvres au fromage filant des *beurek* en regardant le beau monde se pavaner et se courtiser, profitant de la guerre lointaine pour s'enrichir d'or et d'ambitions.

— Rien de tout cela ne durera longtemps, dit l'homme dans un mauvais anglais.

Petit et rondouillard, bien mis dans un costume marron à gilet, il a surpris leurs regards envieux. Montre à gousset. Col et poignets amidonnés. Chapeau à la française.

— Amédée Archambaud, se présente-t-il d'un air jovial en leur tendant la main. Je suis français.

Comme les deux garçons, sur la réserve, ne répondent pas à son geste, il les invite à le rejoindre à sa table.

— T'es un drôle, toi ! se moque Agop. Tu crois que tu vas nous saouler d'un verre de raki pour nous enfiler à la turque dans la première ruelle venue ?

— Je vous en prie, insiste l'homme, c'est juste que je n'aime pas dîner seul et je vois bien que vous avez faim. Vous êtes arméniens, n'est-ce pas ?

Malgré les guirlandes et les lampions, le ballet des serveurs en tablier blanc à la parisienne, les musiques et les chants, Haïgaz et Agop se raidissent à la question de l'inconnu.

— Ne craignez rien, j'ai simplement remarqué ce que vous avez choisi de grignoter et à qui vous l'avez acheté. Pizza fine à la viande et à l'ail, boulette de blé concassé farcie à la viande persillée, si ça ce n'est pas de la gourmandise arménienne !

— Tu veux quoi ?

— Je vous l'ai dit, juste partager mon dîner avec quelqu'un. J'ai commandé des *manti* et ce sera trop copieux pour moi.

Cette fois, Haïgaz et Agop ne peuvent résister. Ils se joignent au Français, soudain fiers et flattés d'être assis en terrasse d'un des restaurants les plus réputés de Smyrne, au pied du Kraemer Palace, un grand hôtel de quatre étages dont la façade jaune s'orne de balcons céladon.

L'homme les traite comme des amis de toujours. Quand les petits raviolis d'agneau aux épices douces leur sont servis, il exige du serveur turc du *madzoun* à l'ail bien froid et une petite saucière de beurre fondu bien chaud. Haïgaz et Agop nappent leurs manti brûlants de yaourt glacé et relevé, puis versent dessus un filet de beurre chaud. Et se régalent en écoutant, ébahis, Amédée Archambaud.

Il parle de la France, d'un pays au pied des montagnes, près d'une rivière vive. D'un M. de Beaumont qui y a créé une usine où l'on tréfile du métal.

— Tu veux nous faire croire que vous tressez du fer, peut-être ? s'étonne Agop, la bouche pleine.

— Non, nous forçons le métal à travers des trous pour en faire des fils métalliques.

— Mais pour quoi faire ?

— Des fils électriques, des baleines de parapluie, des armatures pour les corsets, des câbles pour les grues…

— Ah, tu vois bien que vous les tressez, s'exclame Agop de mauvaise foi.

— Nous les tressons aussi, mais après les avoir tréfilés.

— Ah, le drôle, il veut nous faire croire qu'il tresse des câbles de grue avec des baleines de corset !

— Et que fais-tu à Smyrne, tu vends des câbles ou tu achètes du métal ? demande Haïgaz.

Archambaud boit un long trait de raki qu'un glaçon a pailleté dans son verre. La nuit est chaude. Il soulève son chapeau et éponge son crâne presque chauve d'un large mouchoir blanc brodé de deux A entrelacés. Haïgaz et Agop échangent un regard amusé qu'Archambaud surprend.

— Un vrai mouchoir de Cholet. Un cadeau de M. de Beaumont. Mais pour répondre à ta question, non, je ne fais aucun commerce. Julien Maillard, mon collègue, est agent commercial. Moi je viens chercher de la main-d'œuvre.

— Tu viens chercher des ouvriers ici, en Turquie ?

— Oui. M. de Beaumont a des amis au Parlement et dans la presse. À son plus grand effarement, ils lui ont appris toutes les horreurs perpétrées par les Turcs contre les chrétiens d'Orient. Fervent catholique, pratiquant lui-même, il m'a demandé de venir sauver autant d'entre vous que possible.

— Nous sauver ? À toi tout seul ? s'amuse Haïgaz.

— Il est drôle, grogne Agop.

— Pour immigrer en France, il faut être muni d'un contrat de travail, et moi j'en ai des centaines à faire signer. Un contrat de la tréfilerie Beaumont, c'est le meilleur des visas pour la France.

Il sort une liasse de feuillets de sa poche intérieure.

— Si vous êtes courageux et travailleurs, je vous engage sur-le-champ. Vous êtes en France la semaine prochaine. Logés, nourris, blanchis, avec un travail bien payé. Tous les contrats sont déjà signés par M. de Beaumont.

Haïgaz regarde longtemps le contrat en français que lui tend Archambaud, dont le raki a perlé le front et marbré les joues.

— J'inscris votre nom là, dit-il en montrant un espace vide dans le texte, et je le garde sur moi. Vous me rejoignez sur le port le jeudi suivant, je vous donne votre contrat, et vous embarquez pour Marseille. C'est aussi simple que ça.

Haïgaz passe le contrat à Agop qui le fixe longtemps lui aussi puis le rend à Archambaud qui s'allume un cigare sans les quitter des yeux.

— C'est quoi, l'arnaque ? Il faut payer quelque chose d'avance et tu disparais avec ?

— Rien à payer, s'amuse Archambaud entre deux bouffées de fumée odorante. Et en plus je remets à chaque embauché une prime d'avance de la part de M. de Beaumont dès qu'on est en haute mer.

Agop regarde Haïgaz réfléchir un long moment pour pouvoir répondre comme lui.

— Non merci, finit par dire le jeune Arménien. Agop et moi nous irons en France en payant notre voyage avec l'argent que nous aurons gagné ici. Smyrne est une belle ville pour faire fortune. L'Empire s'écroule à ce qu'on dit, et bientôt le quartier arménien redeviendra une vraie mine d'or.

Le visage d'Archambaud se rembrunit d'un coup. Il retourne la braise de son cigare vers lui pour la regarder grésiller dans la brise marine.

— Détrompe-toi, gamin, le pays s'effondre, mais le pire reste à venir. Ce qui restera de la Turquie se cristallisera dans un nationalisme exacerbé. Les chrétiens seront tenus pour responsables de la défaite, et la haine contre eux sera le ciment de ce qui survivra de l'Empire. Et puis les belligérants vont se disputer ce qu'ils auront arraché à sa dépouille. La guerre est une histoire de défaites et de victoires, mais la paix n'est faite que de mensonges et de trahisons. On va vous mentir et vous trahir encore et encore, ceux qui vous ont massacrés et ceux qui les ont laissés faire, de nouveau copains comme cochons. Vrais ennemis et faux alliés.

— Répète ça et je te tue, menace Agop qui se lève en renversant sa chaise.

— Désolé, murmure Archambaud, je ne voulais pas t'offenser. Je voulais juste vous prévenir. La haine est un gaz lourd. Il traîne sur la plaine longtemps après la fin des combats.

Passe un long silence, puis Archambaud se secoue et accroche un nouveau sourire à son visage rougeaud.

— Mais vous avez raison, négligeons le futur et ne pensons qu'au présent. Et si nous allions faire un tour au lupanar ?

— Au lupanar ?

— Ben oui, s'exclame Archambaud, au lupanar, au bordel, à la maison close, au bastringue, au boxon, au clandé. Chez les filles, quoi !

Il surprend leurs yeux d'abord écarquillés, puis qui fuient les siens, gênés.

— Non, ne me dites pas que vous êtes puceaux !

— Tue-le ! grogne Agop, vexé.

— Mais tout le monde a été puceau dans sa vie, gamin, y a pas de honte à ça ! Allez, laissez-moi vous offrir ça. Je connais une maison dans le quartier juif où les filles seront gentilles avec vous.

Il aligne leurs trois verres et d'un jet continu y verse une longue rasade de raki.

— Sans eau sans glace, pour se donner du courage. Et comme on dit en France : cul sec !

— Tue-le, répète Agop, on n'est pas des culs secs !

— Mais non, s'amuse encore Archambaud, ça veut dire d'un seul coup, comme ça.

Et il avale d'un trait son alcool anisé. Haïgaz et Agop l'imitent, s'étranglent, toussent, et les trois éclatent de rire. Puis Archambaud paye le repas et ils partent vers les ruelles sombres et prometteuses du quartier juif, lui joyeux et connaisseur, eux excités mais pas très rassurés.

Le petit matin rose et frisquet les trouve assis sur la jetée, dans les premiers glissements silencieux des caïques inclinés. Des mouettes curieuses planent au-dessus de l'horizon où l'aube s'effiloche. Ils ont le corps apaisé et l'âme légère. Haïgaz et Agop gardent encore les yeux écarquillés d'une telle révélation. Ce nouveau matin est pour eux le premier d'une nouvelle vie. La vraie, leur semble-t-il enfin.

— Regardez cette ville, gamins. Cinq cents cafés, deux cents tavernes, une cinquantaine de brasseries, vingt-sept journaux, dont cinq en français. Des paquebots débarquent des élégantes venues écouter *La Traviata* dans un des quatre théâtres. Quinze cinémas, huit salles de bal, et des bordels, Seigneur Dieu, des bordels partout !

Archambaud s'est assis sur un cordage. Haïgaz et Agop, l'esprit encore embrumé des voluptés de la nuit, sont accroupis à ses côtés. Malgré l'heure matinale, le Français a fait venir des cuisines du Kraemer un plateau en argent porté par une arpette déguisée en mamelouk. Le gamin est planté à cinq mètres d'eux, frigorifié par la brise de mer, à surveiller des yeux son précieux plateau et à saliver devant leurs gâteaux mielleux et leurs croissants. Archambaud lui fait signe de les rejoindre. Le gamin hésite, regarde si aucun maître d'hôtel du Kraemer ne l'observe depuis l'autre côté du port, et court se réchauffer d'un bon café et d'un baklava luisant de sucre.

— Je suis là un jeudi sur deux, dit Archambaud, les autres jeudis je suis à Beyrouth. Si le cœur vous dit de venir en France…

Puis il se lève, plie sa veste sur son bras, un pan de chemise encore hors de son pantalon, et s'éloigne comme un homme heureux de l'instant présent en faisant signe à l'arpette qu'il le raccompagne jusqu'au Kraemer. Haïgaz et Agop ne trouvent pas les mots pour le remercier. Ni même ceux pour dire à quel point l'amour, plutôt que la guerre, devrait régir le monde. Mais quand ils retournent au palais des plaisirs, le soir venu, pour goûter à nouveau aux corps généreux et satinés des houris désirables, ils n'ont droit cette fois, pour les quelques pièces qu'ils apportent, qu'à un rapide et vulgaire coït qui les laisse débraguettés sur les pavés sales d'une ruelle sombre.

Ce n'est ni la guerre ni l'amour qui régit le monde. C'est l'argent.

21

1920 – Smyrne

Ils sont à Smyrne depuis deux ans déjà quand le garçon les aborde dans un bouge bruyant du quartier arménien, un vieux *kortejo* juif délabré du temps des Romaniotes. Haïgaz a dix-neuf ans et Agop dix-huit, mais ce sont des hommes déjà. La cour n'est plus un jardin parfumé de roses et d'agrumes, et la fontaine centrale ne chuinte plus qu'une grêle litanie. Le carré de terre battue est encombré de tables et de chaises éclairées par des chandelles et des lampes à huile. Des hommes y boivent et y fument le narguilé, jouant au *tavlou* ou au *naïbi*. Autour, la maison en bois abrite des cuisines enfumées de pâte à frire et de grillades aux poivrons, et des échoppes où tout se marchande jusqu'au bout de la nuit. À l'étage, derrière des balcons et des fenêtres grandes ouvertes aux étoiles, vit la nombreuse famille du patron qui loue au besoin quelques chambres aux voyageurs de passage.

Le garçon est un voyageur justement, même s'il reste discret sur son itinéraire.

— Vous parliez allemand avec cet homme ? s'enquiert-il.

— Arménien, turc, grec, allemand, anglais, français, russe, nous parlons la langue de celui avec qui nous marchandons, répond Agop d'un ton à la fois fier et soupçonneux.

— Vous êtes déjà allés en Allemagne ?

— Qu'est-ce que ça peut te faire ?

— Rien, je demandais ça comme ça. Et sinon, comment vous êtes-vous retrouvés à faire du commerce à Smyrne ?

Ils discutent plusieurs heures, et le voyageur paye généreusement les grillades et le vin. Il connaît Bakou, Tiflis, Erevan, Beyrouth, Le Caire. Il est allé à Paris, à Berlin, à Rome et même à Boston aux États-Unis. Il a combattu en Cilicie avec la Légion arménienne.

— Nous aussi, nous avons combattu. Nous sommes des fédaï depuis notre enfance. Nous avons tué beaucoup de Turcs, surtout des officiers, se vante Agop, vexé par la vie romanesque et aventureuse du voyageur.

— Et vous ne vous battez plus ?

— À quoi bon, grogne Agop, la guerre est finie, et bientôt nous aurons notre Arménie, les grandes puissances y veilleront.

— Je n'en suis pas aussi sûr que toi, compagnon, et la défaite de l'Empire ne nous rendra pas ce que nous avons perdu. Moi, je continue à me battre, et je continuerai tant que nos assassins seront libres. Talaat, Enver, Nazim et leurs sbires, je veux les voir morts, pas vous ?

— Bien sûr que si, nous aussi, qu'est-ce que tu crois ? s'insurge Agop. N'importe lequel de cette bande-là, je le retrouve, je le tue !

— Et toi ? demande le voyageur à Haïgaz qui n'a rien dit jusqu'ici.

Haïgaz le regarde droit dans les yeux, longtemps, avant de lui répondre.

— Si tu nous disais plutôt ce que tu nous veux, maintenant que tu t'es fait une idée de qui nous sommes. Tu n'es pas là par hasard, n'est-ce pas ?

L'autre prend lui aussi tout son temps pour répondre, satisfait de l'attitude du jeune homme.

— Vous êtes du Dachnak ?

— Bien entendu que nous sommes du Dachnak, aboie Agop, que pourrions-nous être d'autre ? Des communistes du Hentchak ? Doutes-en encore et je te tue !

— Calme-toi, Agop, cet homme-là sait déjà que nous sommes du Dachnak, sinon il ne serait pas là.

— Ton ami a raison, répond le voyageur en appuyant ses coudes sur ses cuisses, mains jointes comme des lames pour donner plus de force à ce qu'il va dire. Je suis un cadre du parti et je cherche des hommes pour organiser en secret une unité spéciale de notre branche armée. Nous sommes déjà nombreux, mais pas assez.

— Quoi, vous voulez reprendre la guerre ?

— Non, la guerre est perdue pour nous autant que pour les Turcs. Nous verrons bien lesquels de nos soi-disant alliés nous trahiront ou nous aideront à gagner la paix. Ce dernier combat n'a pour objectif que la justice. Nous allons retrouver tous les bourreaux de notre peuple et les exécuter.

— Tu veux dire Talaat et les autres ? s'intéresse soudain Haïgaz.

— La belle affaire, ils sont déjà loin ! se moque Agop. Ces lâches ont fui Istamboul à bord d'un navire allemand avant même la capitulation de l'Allemagne. Ils doivent se terrer au bout du monde comme des chiens battus !

— Détrompe-toi, compagnon. Ils sont encore autour de nous. Pas loin. Certains ne se cachent même pas. Ils paradent à l'étranger, protégés par la diplomatie turque et ses services secrets.

— Tu en es sûr ?

— Berlin, Rome, Tbilissi, Istamboul, nous les avons tous repérés un à un. Des volontaires sont déjà prêts à les exécuter. Nous en cherchons d'autres pour organiser la logistique des actions à venir.

— Qui voulez-vous frapper ? demande Haïgaz.

— Tous ceux condamnés à mort par contumace par la cour martiale turque en 1919. Plus deux Azerbaïdjanais responsables des trente mille morts des pogroms de Bakou, et deux traîtres arméniens.

— Vous allez abattre des Arméniens ? s'insurge Agop.

— Tu voudrais que nous laissions la vie sauve à ceux qui ont aidé les Turcs à établir la liste des intellectuels et des notables d'Istamboul arrêtés et exécutés le 24 avril 1915 pour donner le signal du grand massacre ? Le congrès du parti a voté cette liste à l'unanimité.

Haïgaz hésite et échange un regard avec Agop avant de répondre.

— Et que faudrait-il que nous fassions ?

— Être disponibles, obéir aux ordres, voyager là où ce sera nécessaire, et garder le secret absolu.

— Faudra-t-il que nous tuions ?

— Je te l'ai dit, nous avons déjà nos volontaires pour ça. Au pire, vous pourriez y être amenés en cas de complication.

— Comment fait-on alors ?

— Cet endroit est sûr, mais un peu trop public pour en parler. Venez, j'ai loué une chambre à l'étage.

Le voyageur va pour se lever quand Haïgaz le retient par le bras.

— Qui est saint Expedit ?

— Pardon ?

— Qui est saint Expedit ?

Le voyageur comprend et sourit.

— C'était un Arménien, né en Arménie, mais devenu centurion romain dans les légions de Dioclétien. Il s'est converti au christianisme et a convaincu les hommes de sa centurie d'en faire autant. L'empereur l'a fait décapiter pour ça ainsi que ses cent soldats. En l'an 303, si je me souviens bien. À Mélitène. Avec saint Jude, Barthélemy et Grégoire l'Illuminateur, il est considéré comme un des fondateurs de notre Église arménienne. T'ai-je convaincu que je suis bien arménien ?

— Un agent secret turc pourrait avoir appris ça par cœur.

— Pourquoi un agent secret turc perdrait-il son temps à t'informer de ce dont tu n'avais aucune idée avant qu'il ne t'en parle ?

— Pour me manipuler. M'introduire dans cette opération.

— Rassure-toi, les Turcs sont déjà sur notre piste et savent que quelque chose se trame. Et ils se doutent bien de quoi. Ils doivent sûrement chercher à infiltrer le Dachnak, mais ils ne trouveront rien. L'équipe que nous constituons est organisée depuis l'étranger et dans le plus grand secret.

Haïgaz se résout à le croire et se lève. Dans le même temps, à trois tables différentes, des hommes se lèvent aussi.

— Bienvenus dans l'opération Némésis de l'Armée spéciale, dit le voyageur.

— Némésis ?

— La déesse de la Vengeance.

22

1921 – Du camp anglais d'Alep à Beyrouth

Des soldats blonds aux yeux bleus, dans des uniformes kaki sanglés de cuir ciré, les rassemblent en longues lignes devant des tentes aux pans de toile relevés. Araxie et Assina sont fascinées par l'homme qui les interroge en mauvais turc. Il a les cheveux rouges comme du cuivre et les yeux verts.

— Araxie Azoian ? De quelle ville viens-tu ?

— D'à côté d'Erzeroum…

— À côté d'Erzeroum ou Erzeroum même ?

— À côté. Un hameau sans nom…

— Tes parents ?

— Je crois que mon père est mort à la guerre, et les Kurdes ont tué ma maman.

— Tu n'as plus personne alors ?

— Si, il me reste ma sœur Haïganouch.

— Je veux dire plus de parent qui puisse certifier qui tu es et d'où tu viens ?

— Non, mais j'ai été inscrite sur le dossier de déportation de la famille de mon oncle. Krikor Karakozian.

— Où est-il ?

— Mort, monsieur l'officier.

— Et sa famille ?

— Tous morts, monsieur l'officier. Sa femme Maridza, ses deux filles Mélinée et Siroune, et son fils Boghos. Son père Dikran est resté à Erzeroum, mais je pense qu'ils l'ont tué aussi.

— Seigneur Dieu ! soupire l'officier anglais.

Le soldat qui se tient derrière lui se penche et murmure quelque chose à son oreille.

— Vous êtes sûr, lieutenant ? Ce serait vraiment une bienheureuse coïncidence !

— Je crois vraiment que nous avons cette liste, major. Si mes souvenirs sont bons, elle a été fournie par un officier déserteur de la gendarmerie turque qui s'est rendu à une de nos patrouilles.

Il fouille les dossiers sur le bureau. Ceux d'un autre bureau derrière. Puis ceux contenus dans une malle de voyage.

— Voilà, dit-il fièrement en tendant quelques feuillets au major. Tous les départs de déportés de la ville d'Erzeroum. La date, le numéro du convoi, les noms du chef de famille et de tous ceux qui l'accompagnaient.

Araxie ne se souvient pas du numéro du convoi, mais elle peut donner la date du sinistre jour où leur malheur a commencé.

— Dikran Karakozian tu m'as dit, c'est bien ça ?

— Non, monsieur l'officier. Dikran était le père d'oncle Krikor, mais lui ils l'ont gardé là-bas en otage, il n'a pas été déporté avec nous.

— En otage pourquoi ? s'étonne l'Anglais.

— En garantie du bon déroulement de la déportation. Je crois que c'est oncle Krikor qui a signé la liste.

— Par le Christ ! s'indigne le major en secouant la tête. Ah oui, Krikor Karakozian, je le vois ici. Cinq membres de sa famille et deux cousines. Dont toi. L'autre, Haïganouch, c'est ta sœur ?

— Oui, monsieur l'officier, confirme Araxie d'un ton ferme en tirant à elle Assina qui tremble à ses côtés. C'est elle.

L'officier regarde Assina d'un air étonné. Puis il consulte à nouveau sa liste, et la glisse sur son bureau en la tournant vers Araxie.

— Il est dit ici qu'Haïganouch a six ans, elle devrait donc n'en avoir que douze aujourd'hui.

Le cœur d'Assina trébuche dans sa poitrine. Pas celui d'Araxie, qui réagit aussitôt.

— Mais elle n'avait pas six ans, elle avait seize ans, ça se voit, non ? *On altı*, pas *altı* ! Ces barbares ne savent même pas écrire. Ils manient mieux le sabre que le crayon. Haïganouch est ma grande sœur. Elle a vingt-deux ans, et c'est elle.

— Tu es Haïganouch, la sœur de cette jeune fille ? demande l'officier.

Assina hoche la tête, les yeux écarquillés de peur.

— Pourquoi ne dit-elle rien ? s'impatiente le major.

— Parce qu'elle a vu notre père, notre mère, notre oncle, notre tante, nos deux cousines, notre cousin et des milliers d'autres se faire égorger ou éventrer, s'emporte Araxie dans une fausse colère, et vous voulez que je vous raconte tout ce que ces sauvages puants lui ont fait subir ?

Ses cris outrés sidèrent tous les soldats et déclenchent des pleurs et des prières dans la colonne des réfugiés. Le major, surpris lui aussi par la hargne d'Araxie, se laisse impressionner.

— Non, ce n'est pas la peine, mademoiselle, je me doute de ce que vous avez vécu comme atrocités irréparables toutes les deux, et je vous prie d'accepter mes excuses pour avoir réveillé en vous de si funestes souvenirs.

Puis il se tourne vers son lieutenant et lui ordonne de délivrer à ces deux jeunes filles des sauf-conduits aux noms d'Araxie et Haïganouch Karakozian.

— C'est désormais votre nom de famille. Comme il figure sur cette liste officielle, quand ce massacre sera officiellement reconnu dans toute son horreur, il vous ouvrira peut-être droit à réparation. Un de mes soldats va vous accompagner jusqu'au train. Nous allons vous rapatrier à Beyrouth, au Liban. Un orphelinat vous prendra en charge. Celui d'Aïntoura a été abandonné par les Turcs, et je crois qu'il est géré aujourd'hui par une œuvre de bienfaisance arménienne. Bonne chance dans votre nouvelle vie, mesdemoiselles.

Et, par ces mots, Assina et Araxie deviennent sœurs.

Un camion les emmène jusqu'à la gare où Assina se cache pour ne pas être reconnue. Par chance les Anglais ont regroupé les réfugiés munis de documents en règle un peu à l'écart. Mais comme le soldat les aide à sauter de la benne du camion, un homme en guenilles, hirsute et sale, les interpelle en turc :

— Bonjour, Assina Yildiz hanim.

Assina et Araxie se figent en reconnaissant la voix. C'est l'officier médecin qui était venu soigner Nazli en bravant la colère de Soleiman. Le capitaine grâce à qui la pauvre maman d'Assina repose dans un semblant de sépulture.

— Heureux que vous ayez réussi à échapper à cette brute de Soleiman, ajoute l'homme dans un sourire sincère.

L'Anglais le regarde, puis fixe Assina avant de se tourner à nouveau vers l'homme.

— Que fais-tu là ? Cette zone est réservée aux déportés arméniens régularisés et interdite aux Turcs.

— Aux déportés arméniens ? Mais…

L'homme se rend compte alors de sa terrible maladresse. Désespéré de sa bourde, il fixe les deux jeunes filles terrorisées qui n'ont d'yeux que pour le soldat qui les observe. Un long silence les fige tous les quatre. Araxie supplie l'Anglais du regard. Le capitaine turc lève les yeux au ciel et se maudit en silence de tant de bêtise.

— Soldat, je…, commence-t-il.

— Je sais, coupe sèchement l'Anglais en plantant ses yeux dans les siens, je suppose que tu es ivre et que tu n'as plus toute ta tête. Mlles Araxie et Haïganouch Karakozian sont des Arméniennes chrétiennes et orphelines que leurs papiers en règle autorisent à rejoindre Beyrouth sous la protection de l'armée anglaise.

— Oui, bafouille le capitaine, trop heureux de la complicité inattendue de l'Anglais, bien sûr, excusez ma méprise, mesdemoiselles, je vous ai confondues avec… Il faut dire que la guerre m'a brisé, comme tant d'autres, et ma mémoire est défaillante. Désolé. Je vous souhaite une longue et heureuse vie, à Beyrouth ou ailleurs…

Ils échangent encore de longs regards, et chacun comprend et accepte l'indulgence des autres. Un peu plus tard, au moment d'embarquer, Araxie s'approche du soldat.

— Au plus pénible de notre déportation, nous avons connu un médecin militaire, un capitaine comme ce pauvre homme. Au milieu de toutes ces horreurs, de la guerre et des épidémies, il a su se montrer humain et compatissant envers nous. J'espère que la captivité de ce pauvre homme qui lui ressemble ne sera pas trop dure.

— Qui vous dit que ce prisonnier est un officier médecin ?

— Je ne sais pas, se trouble Araxie. Vous peut-être, non ? Ou plutôt son uniforme. Oui, c'est ça. Il porte l'uniforme des officiers médecins de l'armée turque.

— Oui. Peut-être bien. Je n'avais pas remarqué les galons sur ses guenilles, ment le soldat sans s'en cacher. Vous avez raison, ceux qui ont le courage de soigner en temps de guerre méritent notre respect. Je veillerai à ce que cet homme ne souffre pas trop de sa captivité. Peut-être même pourra-t-il intégrer une équipe d'un de nos hôpitaux de campagne.

— Merci, répond Assina dans un sourire soulagé.

— Cet homme est vraiment chanceux que deux jeunes filles qui ne le connaissent ni d'Ève ni d'Adam s'inquiètent autant pour lui.

Il les aide à monter dans le wagon et leur adresse un dernier au revoir.

— Et soyez prudentes pour le reste de votre vie, mesdemoiselles Karakozian. C'est un ordre.

Une fois le soldat parti, Araxie se tourne vers Assina.

— Écoute, à partir de maintenant, tu n'es plus qu'Haïganouch. Oublie Assina. Garde-le dans ton cœur pour te souvenir de tes parents, mais ne sois plus qu'Haïganouch l'Arménienne, ma sœur.

Quinze heures pour rallier Rayak, dans la plaine de la Bekaa, au pied des montagnes de l'Anti-Liban. Le voyage est interminable par la faute de la voie unique et des trains militaires prioritaires. Le convoi arrive à Rayak tard dans la nuit et il faut changer de train. Au-delà, l'écartement des rails est moins large, expliquent les soldats, et il faut que la locomotive soit équipée d'une crémaillère pour franchir la montagne qui les sépare du littoral. Mais le mécanicien refuse de repartir de nuit et les soldats doivent improviser un campement car la gare a été détruite par les bombardements anglais. Les orphelins sont formés en colonne pour rejoindre, à un kilomètre de là, un des hangars de l'aérodrome militaire construit par les Allemands. Ils s'y effondrent de sommeil.

Quand le froid réveille Assina, bien avant l'appel des soldats anglais, Araxie est assise, seule, face à la porte grande ouverte du hangar. Assina s'approche et s'inquiète de voir une larme perler à ses yeux.

— Tu pleures ?

— Non, dit Araxie en se détournant.

Assina s'agenouille pour la serrer contre elle. Araxie pose la tête sur son épaule et ne retient plus ses sanglots.

— Qu'est-ce que tu as fait à tes vêtements ? demande Assina qui remarque sa robe déchirée.

— Cette nuit, je me suis éloignée du hangar pour aller faire pipi. Il faisait noir, j'ai eu peur tout à coup. J'ai couru en panique pour revenir au hangar et je me suis prise dans un buisson de ronces.

— Et ce bleu sur ta joue ?

— Un truc en fer était caché dans les épines. Une vieille pièce d'avion, je crois, un bout de moteur ou quelque chose comme ça. Je me suis congné la tête dessus en tombant.

— Et tu pleures parce que tu as mal ?

— Non. Je pleure parce que j'en ai assez. Quand tout ça va-t-il s'arrêter, Assina, toutes ces horreurs, ces déplacements, cette fatigue ?

Assina la regarde. Ce petit bout de femme plus jeune qu'elle, son ancienne petite esclave, sa petite sœur aujourd'hui, qui s'est toujours montrée la plus forte, la plus résolue à se sortir de ce chaos meurtrier !

— Bientôt, Araxie, bientôt, quand nous serons arrivées à Beyrouth. Et même si c'est trop dur pour toi, il faut que tu m'appelles Haïganouch maintenant. Tu verras, tout ira bien. À Beyrouth, nous commencerons une nouvelle vie.

La colonne retourne à la gare en fin de matinée et Araxie reste maussade toute la journée. Absente avec Assina, et agressive avec les soldats. Assina la surprend même à cracher sur les bottes d'un Anglais qui la fusille du regard, avant de baisser les yeux et de tourner la tête quand il s'aperçoit qu'elle les observe. Puis le train s'attaque au mont Liban, s'accrochant à ses crémaillères quand la pente est trop raide. Les sommets à plus de trois mille mètres nappés de neiges éternelles distraient un peu les jeunes filles. Le train trouve son chemin à flanc de montagnes étagées en vergers. Y mûrissent l'olivier, le mûrier et le figuier, et jusqu'à d'improbables parcelles de blé. Il faut quatre heures pour rallier Beyrouth et le littoral où, enfin, le désir d'apercevoir la mer redonne un semblant de sourire à Araxie.

23

1921 – Berlin, Allemagne

C'est un joli matin de mars, blanc et frisquet, dans le quartier de Charlottenburg à Berlin. Le baron von Blitsch n'y vit pas, mais il y possède un bel appartement sur Hardenbergstrasse. Vestige du temps où de belles coquettes se laissaient volontiers prendre à ses titres. De banque plus que de noblesse. Il le dédie aujourd'hui au confort et au bien-être de sa fille Hilde, qu'il fait sortir de l'hôpital aussi souvent que le lui autorisent les autorités médicales compétentes. Six ans après l'horreur qui l'a murée dans une terreur muette, Hilde commence, depuis quelques semaines, à donner d'infimes signes d'émergence. Des esquisses d'émotion, des soupçons d'intérêt, qui vont aux girafes nonchalantes du Tiergarten. L'idée est venue à von Blitsch en souvenir de la passion de Hilde pour le zoo dans son enfance. Depuis, la jeune femme mange mieux, se couche quand on le lui demande, et von Blitsch est convaincu que c'est le début de sa renaissance. Chaque mardi, pour éviter la foule bruyante des fins de semaine, vers onze heures, une dame de compagnie habille Hilde d'une tenue élégante, et le baron sort sur Hardenbergstrasse au bras de sa fille.

Ce 15 mars, sous les bourgeons encore acidulés des tilleuls, quand ils prennent la direction du zoo, la rue est presque déserte. Devant eux, un homme sort d'un bel immeuble, emmitouflé dans un long et épais manteau de laine gris, le col d'astrakan relevé. Il ôte son chapeau melon pour humer l'air vivifiant qui givre encore les poumons, le visage face au soleil pâle. Puis il se recoiffe de son couvre-chef, enfonce une main dans la poche de son manteau et, prenant appui sur une fine et élégante canne à pommeau de l'autre, descend la rue vers le Tiergarten lui aussi. Von Blitsch est impressionné par sa carrure. C'est un homme imposant par sa taille comme, probablement, par son rang, et qui le fait savoir par sa démarche. Il les précède d'une vingtaine de pas. Même s'il ne le voit que de dos, von Blitsch décèle une certaine arrogance dans son port de tête. Sa nuque cassée en arrière laisse imaginer un menton fier et un front haut. Entre eux et cet homme au cou de taureau marche un passant plus ordinaire. Un démarcheur sans doute, ou un commerçant. Sur l'autre trottoir, un employé de maison que von Blitsch a déjà aperçu à l'occasion et dont il ne se souvient plus du nom. Pas un Allemand. Pas d'origine, du moins. Polonais, ou russe. Peut-être même bien juif. Ainsi qu'un autre jeune homme, étranger lui aussi, mais moins ordinaire. Presque élégant dans son manteau noir, un chapeau de feutre rabattu sur son visage. Il remonte Hardenbergstrasse dans l'autre sens, à hauteur de l'école de musique, d'un pas nonchalant, quand brusquement il traverse la rue, sort une arme de sa poche, et abat l'homme au manteau gris d'une balle dans la tête.

Von Blitsch ne comprend pas tout de suite, mais sent le corps maigre de Hilde se raidir contre le sien au bruit de la détonation. Plus que le colosse qui s'agenouille et tombe face contre le trottoir, c'est la réaction de sa pauvre fille qui le panique. Elle se tétanise, puis s'affaisse à son tour. La même stupeur fige tous les passants, puis le démarcheur se précipite vers Hilde qu'il croit touchée elle aussi. Von Blitsch lui hurle de ne pas l'approcher. Le jeune assassin, immobile, observe le sang de sa victime couler dans le caniveau et tacher le bout de sa chaussure. Il regarde autour de lui ceux qui n'osent pas intervenir, les menace un instant de son arme, puis la jette sur le corps à ses pieds et part en courant. Des hommes le poursuivent et un camion le bloque. Aussitôt ceinturé il est battu par les témoins qui accourent.

— Il a tué le général von Kappen, il a tué le général von Kappen !

— Non ! hurle le jeune assassin dans un mauvais allemand. Je suis arménien et il était turc, cela ne concerne pas l'Allemagne !

Aucun ne comprend que cet assassin-là ne cherche pas à fuir et se laisse rouer de coups. Que s'il s'est mis à courir, c'était pour se rendre au poste de police de la gare de Charlottenburg et s'y constituer prisonnier. Tels étaient les ordres.

— Je suis arménien et il était turc, ça ne concerne pas l'Allemagne !

Déchaîné par le courage que donne aux meutes le nombre, personne ne voit, au bout de la rue, accourir deux silhouettes parmi la petite foule attirée par le drame.

— Ils vont le tuer ! murmure Haïgaz. Il ne faut pas les laisser faire. Il faut un procès !

— Le premier qui le tue, je le tue ! promet Agop.

Une dizaine d'hommes se déchaînent maintenant sur le jeune assassin. Se glissant entre les femmes qui regardent le lynchage, Haïgaz hurle :

— Ce n'est pas von Kappen ! Ce n'est pas von Kappen ! C'est un diplomate turc, il faut prévenir la police !

— Ne le tuez pas, ajoute Agop, il a tué un diplomate et la police va vouloir l'interroger !

Sur le trottoir, la vision du crâne fracassé de l'homme au manteau gris attise la haine des témoins. Mais les cris répétés d'Haïgaz et d'Agop finissent par en ramener quelques-uns à la raison.

— Tu es sûr que ce n'est pas von Kappen ?

— Je vous jure que ce n'est pas lui, répond Haïgaz, je connais la victime, c'est un Turc, comme moi, je le connais, je vous jure. Écoutez ce que dit ce garçon !

— Je suis arménien et il était turc, ça ne concerne pas l'Allemagne ! Ça ne concerne pas l'Allemagne !

— Tu es turc, toi aussi ? interroge un homme d'un ton soudain soupçonneux.

Mais au même moment une femme de service dévale le perron de l'hôtel particulier d'où était sorti l'homme au manteau gris.

— Oh mon Dieu, M. Ali Salieh bey ! C'est M. Ali Salieh bey ! Mais que lui est-il arrivé ?

Des policiers arrivent. Deux courent empêcher la foule de lyncher l'assassin, et un troisième reste près du cadavre.

— Vous connaissez cet homme, madame ?

— Oui, c'est Ali Salieh bey, un monsieur turc très gentil. Son ambassade loue pour lui tout l'hôtel particulier au numéro 4 de cette rue.

— Merde alors, un diplomate ! maugrée le policier.

Il s'agenouille près du corps et le retourne pour vérifier si, par miracle, il vivrait encore. En découvrant son visage, le baron von Blitsch reçoit un coup en pleine poitrine. Cet homme au cou de taureau, aux oreilles bourrelées, aux cheveux coiffés à l'européenne, c'est Talaat pacha. L'ex-ministre de l'Intérieur du gouvernement Jeune-Turc. Celui qui a organisé le massacre des Arméniens et des autres chrétiens de l'Empire. Von Blitsch l'a quelquefois croisé quand il allait rendre compte de sa mission consulaire aux diplomates allemands d'Istamboul. Il a laissé pousser ses cheveux, rasé sa lourde et épaisse moustache, mais ce corps inerte aux yeux exorbités qui fixent maintenant von Blitsch et sa fille Hilde, ce cadavre au front explosé, c'est bien celui de Talaat pacha.

Soudain un cri strident fissure l'air sec et froid. Sortant de sa stupeur, Hilde hurle au ciel. Le premier son qu'elle émet depuis six ans, et c'est un hurlement de terreur. Une longue plainte désespérée que von Blitsch cherche à tout prix à étouffer au creux de son épaule. Puis soudain elle se tait et c'est pire encore. Ce qu'il découvre dans ses yeux, en relevant dans ses mains son visage blême, c'est la même absence qu'à l'époque. Le même vide. Et tout cela à cause de cet assassin, cet étranger sur le sol allemand, ce maudit Arménien sur qui il se jette, abandonnant Hilde aux mains de femmes accourues à son secours. Et il frappe des pieds et des poings ce garçon du même âge que Hilde et qui ne se défend pas.

— Je suis arménien et il était turc, cela ne concerne pas l'Allemagne !

Des mains retiennent le baron, de peur qu'il ne tue le jeune homme, mais plusieurs fois von Blitsch leur échappe et se rue à nouveau sur lui.

— Chien d'Arméniens, race d'assassins, tous ces malheurs sont de votre faute ! Que la vengeance de Dieu s'abatte sur vous ! Que notre Dieu termine ce que le Dieu des Turcs a commencé et vous anéantisse !

On peine à le maîtriser. Il faut que les femmes l'implorent de les aider à transporter Hilde dans ses appartements pour qu'il abandonne aux autres sa vengeance.

Profitant de ce désordre, Haïgaz et Agop s'esquivent vers l'hôtel Tiergarten d'où leur équipe se prépare à disparaître. En deux jours, ils seront de nouveau à Smyrne par le Bagdadbahn, le train qui relie Berlin à Bagdad. Un seul d'entre eux, qu'Haïgaz et Agop n'ont jamais vu, restera infiltré dans le milieu étudiant turc nationaliste sous le nom de Mehmed Ali en vue des prochaines actions. Un autre continuera à servir d'agent de liaison entre lui et le Dachnak. Pour éviter la remontée des services secrets turcs jusqu'aux prochaines cellules d'action, les cinq restants, dont Haïgaz et Agop, n'auront plus aucun contact avec l'opération Némésis.

Von Blitsch s'est réfugié dans son appartement, les larmes aux yeux. Il regarde sa fille, livide et sans force, allongée tout habillée sur son lit, comme une enfant morte qu'on veille. Ailleurs, loin de lui à nouveau.

Maudits soient ces guerres et leurs guerriers. Maudits soient ces étrangers qui s'entre-tuent pour des terres lointaines. Maudits soient ceux qui ont terrifié sa pauvre Hilde. Et maudits soient ceux qui viennent encore la terrifier jusque chez eux, en Allemagne. À Berlin. Dans leur propre rue.

Après plusieurs heures de silence à laisser son chagrin se cristalliser en colère, il prend sa décision et ordonne à ses gens de préparer ses bagages et ceux de Hilde. Puis il appelle une calèche, confie Hilde à sa dame de compagnie, et se fait conduire à la gare où il prend le train pour l'hôpital Beelitz-Heilstätten à Potsdam. Aux médecins atterrés par le drame, il demande une âme dévouée pour les accompagner, Hilde et lui, jusqu'en Bavière, car il veut fuir Berlin. Le directeur de l'hôpital fait chercher l'infirmière en chef qui s'occupe du pavillon où était hébergée Hilde. La femme connaît justement une infirmière recommandable. Une femme d'expérience qui a tragiquement perdu son mari dans un incendie et se retrouve seule et dépourvue. Selon elle, ce serait la personne idéale pour Hilde.

— Je vous fais confiance, tranche von Blitsch. Qu'elle vienne demain à mon adresse berlinoise et qu'elle se rende disponible pour la fin de la semaine. Je compte partir dimanche. Je vous laisse de quoi la défrayer de ses transports ainsi qu'une somme pour qu'elle s'achète ce qu'elle jugera nécessaire à son voyage.

— C'est généreux de votre part, le remercie le directeur. Je suis malheureusement attendu pour une conférence médicale. Puis-je me permettre de laisser Mme l'infirmière en chef vous reconduire ?

Ils se saluent avec déférence et von Blitsch suit l'infirmière jusqu'au fiacre qui l'attend pour le ramener à la gare.

— Quel malheur pour votre fille. J'avais entendu dire que ses visites au zoo semblaient la sortir de sa léthargie.

— Oui, c'est la première chose à laquelle elle semblait prendre goût. Et il a fallu que ce fichu sauvage…

— N'y pensez plus. Ne pensez plus qu'à elle et aux progrès qu'elle commençait à faire, et qu'elle va sans aucun doute reprendre.

Von Blitsch la remercie et la prie instamment de bien s'assurer que la femme qu'elle lui recommande vienne le voir à Berlin. Il monte dans le fiacre et alors que le cocher va lâcher ses chevaux impatients, le baron se retourne vers l'infirmière.

— Et ce petit caporal avec qui j'avais ces interminables discussions tous les dimanches, avez-vous eu de ses nouvelles ?

— M. Hitler ? Ce pauvre garçon aurait été gazé dans le nord de la France. Intoxication à l'ypérite, à ce qu'il paraît. Il aurait temporairement perdu la vue. Je le sais parce qu'on nous a réclamé son dossier médical. Mais il a été soigné à Pasewalk en Poméranie, où le docteur Forster soigne surtout les hystéries de guerre. Et hystérique et névrosé, votre petit caporal l'était déjà bien avant de retourner au front.

— Est-il toujours à Pasewalk ?

— Non. Après Pasewalk, nous avons dû envoyer des certificats à Munich où il a été muté comme gardien d'un camp de prisonniers de guerre.

— Il est donc à Munich ?

— Mais vous ne lisez pas les journaux ? Votre petit caporal y fait de la politique. On dit qu'il y a même fondé un parti. Le Parti national-socialiste des travailleurs allemands !

24

1922 – Smyrne

Archambaud avait raison. Si la guerre n'est que violence et cruauté, la paix n'est que mensonges et turpitudes. Bouffonnerie même, puisqu'un simple singe domestique va provoquer le tragique enchaînement qui aboutira à ces terribles jours de 1922 au cours desquels un quart de million d'autres chrétiens vont trouver une mort atroce.

De la victoire, aucun des Alliés n'attendait la paix. La Russie ne voulait que le contrôle d'Istamboul et des détroits pour ouvrir son commerce à la Méditerranée. L'Angleterre s'était réservé, dès le début du conflit, l'Arabie et les lieux saints musulmans pour assurer la sécurité de sa route des Indes. La France, elle, s'était par avance octroyé de grands territoires avec une façade sur la Méditerranée dans l'espoir de fructueuses concessions commerciales. Mais dans leur précipitation à se partager l'Empire turc, les Alliés avaient négligé deux choses : consulter leurs autres alliés méditerranéens, grecs et italiens, et surtout désarmer l'armée vaincue. Ce qui permit à un géant blond aux yeux clairs de reprendre le flambeau nationaliste. Oublié des Alliés, Mustafa Kemal repartit aussitôt au combat. Une fois massacrés les derniers Arméniens du Caucase sous les yeux des nouveaux Russes, puis ceux de Cilicie sous les yeux des Français hypocrites, il ne lui resta plus qu'à se débarrasser de ceux qui, à l'ouest, soutenaient l'invasion grecque. Ce à quoi un vulgaire macaque allait l'aider.

— Tout ça par la faute d'un singe roux ! peste Agop qui fume, assis sur une barricade.

— Tout ça par la faute d'un roi malgré lui ! corrige Haïgaz.

Dans la ménagerie du palais de Tatoï, près d'Athènes, se promenait un roi triste et solitaire. Alexandre Ier n'était roi que parce qu'il était le moins « allemand » des fils de Constantin Ier, son père. Ce beau-frère du Kaiser vaincu, qui se plaisait à parader en uniforme du Reich, avait payé de sa destitution la neutralité complaisante de la Grèce envers l'Allemagne durant la guerre. Toute la famille royale avait été forcée à un exil doré à Paris ou à Londres, abandonnant le nouveau roi dans un palais dont les portraits de tous ses ancêtres avaient été décrochés des cimaises. Il était, pour tous ceux qui murmuraient dans son dos, le « fils du traître ». Alors il errait dans les jardins de ce palais secondaire, en compagnie de son chien fidèle Fritz, un berger allemand offert au souverain par un officier anglais à l'humour relatif.

— Par la faute d'un chien idiot !
— Par amour du seul compagnon fidèle qui lui restait.

Ce jour-là, le roi solitaire lança un bâton à Fritz, trop heureux de courir après pour le lui rapporter. Mais des feuillages d'un chêne touffu dégringola un petit singe roux qui se jeta sur le chien en sifflant de rage. Comme le roi se précipitait pour défendre son compagnon, surgit alors d'un bouquet d'arbousiers, furieux, un primate plus grand et plus fort dont les crocs jaunes et puants déchirèrent la chair du monarque à travers ses vêtements. On soigna Sa Majesté, on l'opéra sept fois, on n'osa l'amputer, et elle mourut de septicémie. Dans tout le palais résonnèrent ses hurlements de douleur pendant les trois semaines que dura son agonie. Ceux du quart de million de personnes qui allaient mourir des conséquences de cette morsure de macaque se perdirent dans le fracas d'une nouvelle guerre.

— Par la faute des Grecs !
— Par la faute des Grecs et des Turcs !

Car Constantin « l'Allemand » remonta sur le trône et poussa de vieux états-majors à reprendre de vieilles stratégies belliqueuses. La Grèce, croyant la Turquie défaite, se lança à la conquête hasardeuse et brutale de l'Anatolie. Et ce fut la Grande Catastrophe. Mustafa Kemal, soutenu et armé par la France et les anciens ennemis de l'Empire turc, contre-attaqua et rejeta l'armée grecque à la mer. Ce fut la débandade. Et l'occasion pour Kemal d'exterminer les derniers chrétiens de l'ex-Empire et de réduire Smyrne, leur ville symbole, en cendres.

— Ils arrivent ! crient soudain des gamins courant à travers le quartier arménien, de vieilles pétoires à la main. Et Mustafa Kemal est à leur tête !

— Je le vois, je le tue ! souffle Agop qui rejoint Haïgaz à l'abri de la barricade.

Smyrne est en panique. On cadenasse les maisons et on ferme les échoppes. On condamne portes et fenêtres. Des hommes courent vers le front. D'autres guident femmes et enfants vers le port pour se mettre sous la protection des flottes alliées qui mouillent au large. Ils s'y entassent déjà par milliers. Des barricades se dressent en travers des ruelles.

— Grecs, où êtes-vous ? hurle Agop aux maisons aveugles et muettes.

— Garde ton souffle pour insulter les Turcs, lui recommande Haïgaz, les soldats grecs ont fui depuis longtemps. Ils ne défendront pas la ville.

L'air pique déjà de l'odeur âcre de la poudre et du parfum enivrant du salpêtre. La cavalerie turque se déploie dans les faubourgs. La veille, Mustafa Kemal a fait circuler une déclaration en grec qu'il aurait distribuée à ses propres soldats. Serait puni de mort tout homme qui molesterait des non-combattants smyrniotes.

— Alors pourquoi a-t-il placé Nourittin pacha à la tête de son armée ? siffle Agop. Ce fanatique a lâché trois mille irréguliers sur les Alévis de Koçkiri. Deux cents villages rasés pendant que ce fou récitait ses cinq prières par jour !

Haïgaz ne répond pas. Il examine les barricades. Elles transforment les ruelles en labyrinthe, mais elles ne sont qu'un système de défense et de repli. Face à elles, ce sera une armée nationaliste en reconquête après l'humiliation d'une grande guerre perdue et de l'arrogante invasion grecque. Haïgaz le sait. Agop aussi. Chacun se souvient du débarquement des Grecs à Smyrne en mai 1919. Ils ont massacré quatre cents Turcs ce jour-là. Et aujourd'hui ils ont déserté, laissant les autres chrétiens payer pour eux. Il n'y aura pas de quartier.

Les barricades empêchent la cavalerie de charger, mais comme à son habitude l'armée turque envoie en première ligne les irréguliers. Ils attaquent par le nord, par les quartiers chrétiens. Ils sont haineux mais désorganisés, et la mitraille les fauche en grand nombre. Mais peu à peu ils investissent les maisons et trouvent un meilleur angle de tir depuis les balcons. La première barricade tombe et les survivants se replient derrière la suivante. Aussitôt les irréguliers chargent au prix de lourdes pertes pour s'abriter derrière la barricade conquise.

— J'en ai eu six ! hurle Agop.

— Tais-toi et vise mieux ! répond Haïgaz, baissant la tête sous les balles qui criblent et creusent les murs.

Loin derrière la barricade prise par les Turcs apparaît alors une escouade de cavaliers. Ils se tiennent à distance, l'arme encore en bandoulière, certains de l'issue des combats. Des hommes détachent un chariot d'un attelage et le poussent vers la barricade.

— Mitrailleuse ! hurle quelqu'un.

Agop la repère, cale son fusil, et abat l'homme qui s'apprêtait à les mitrailler.

— Et de huit ! Celui-là compte double.

Mais la rafale qui suit le jette au sol. Les Turcs ont tous les hommes qu'ils veulent pour activer l'engin. Les balles sifflent et explosent la pierre des maisons. Ils ne peuvent même plus se relever pour riposter et attendent que les Turcs réapprovisionnent l'engin en munitions. Mais cette occasion ne se présente pas. L'homme qui a crié à la mitrailleuse, à plat ventre sur le pavé, explique en hurlant que c'est une Maschinengewehr allemande qui tire jusqu'à six cents coups par minute, alimentée en permanence par des rubans de munitions de deux cent cinquante cartouches.

— Avant, dit l'homme, les mains sur la tête pour se protéger du plâtre et de la poussière, on les repérait grâce à la vapeur que dégageait leur radiateur pour refroidir le canon, mais maintenant les boches ont installé un condensateur et récupèrent l'eau dans un bidon grâce à un tuyau. Tu te rends compte, gamin, y a des chleuhs qui auront passé leur guerre à aider des mitrailleuses à pisser en leur tenant la quéquette !

— Chleuhs ? s'étonne Haïgaz dans le vacarme de la mitraille.

— C'est comme ça qu'on appelle les teutons en français, gamin : les boches, les chleuhs, les fritz, les frisés, les teutons, les casques à pointe…

— Tu es français ?

— Ouais, mon pote. Parigot tête de veau. Ou tout comme : Issy-les-Moulineaux. Chaumard l'anar, pour te servir.

Au-dessus d'eux les balles sifflent, déchiquettent le bois des portes et des volets.

— Qu'est-ce que tu fais ici ?

— J'emmerde les doryphores, les empires et les dictatures de toute sorte. Je suis révolutionnaire, comme qui dirait, et je donnerais cher pour avoir une petite Mimi qui réponde à celle des casques à pointe.

Et il se met à chanter à tue-tête :

Je l'appelle ma Glorieuse
Ma p'tite Mimi, ma p'tite Mimi, ma mitrailleuse
Rosalie me fait les doux yeux
Mais c'est ma Mimi que j'aim' le mieux…

Malgré le chaos qui règne autour d'eux, Haïgaz, incrédule, regarde l'homme avec étonnement.

— Tu préférerais avoir une mitrailleuse que revoir ta femme ?

— Quelle femme ?

— La Rosalie de la chanson.

L'homme éclate d'un tel rire que même le mitrailleur, à l'autre bout de la rue, doit l'entendre.

— Rosalie, ma gonzesse ? Mais d'où tu sors, gamin, tu connais pas tes classiques ? Tiens, la voilà ma Rosalie, dit-il en décrochant la baïonnette de son fusil pour l'emboîter au bout du canon.

Comme des mouches
Je vous couche,
Tous les soldats du Kaiser
Le nez dans nos fils de fer…

Soudain la mitraille s'interrompt et l'homme se relève.

— Ils changent leur Mimi de position, dit-il, il faut en profiter.

Il ajuste plusieurs tirs dans une caisse de munitions qui explose au milieu des Turcs. Les chevaux se cabrent et retombent sur leurs cavaliers désarçonnés. Un macabre feu d'artifice fauche la moitié des hommes. Les officiers aussi. Même les tireurs embusqués aux balcons sont touchés.

— Allez, ma p'tite Rosalie, allons chercher la belle Mimi ! hurle l'homme qui se dresse, baïonnette au canon.

Et sans vraiment réfléchir, dans un réflexe guerrier, tous se lèvent et chargent derrière le Français qui braille à tue-tête :

Ô Rosalie, ma Rosalie
La polka dont tu te charges
S'exécute au pas de charge…

C'est la panique dans les rangs turcs. Les chevaux piétinent les blessés et trébuchent contre les morts. D'autres caisses de munitions en feu menacent d'exploser à leur tour. Le souffle a basculé la mitrailleuse sur le flanc, mais le métal chauffé à blanc empêche les soldats de la redresser. Quand ils relèvent la tête, leurs fusils à terre ou projetés loin d'eux, les fédaï sont déjà sur eux, derrière un guerrier fou qui bondit par-dessus la barricade en chantant :

Au mitan de la bataille
Elle perce, et pique, et taille
Pare en tête, et pointe à fond…

Ils s'emparent de la position, s'enroulent les mains dans leurs vêtements, passent la Mimi de l'autre côté de la barricade, et la pointent sur les Turcs qui fuient épouvantés. Enivré par leur audace et la prise de la Mimi, Haïgaz croit la victoire acquise.

— T'emballe pas, gamin, cette bataille, on va pas la gagner. Ils vont se regrouper et revenir à bonne distance pour installer une autre travailleuse. Ou même attendre que l'artillerie leur installe un canon léger pour faire voler en éclats notre position avant de sonner la charge.

— En prenant le risque de détruire leur mitrailleuse ?

— Les teutons leur en ont livré des centaines.

— Qu'est-ce qu'on fait, alors ?

— De la fumée. Avec tout ce qu'on peut, pour empêcher leurs officiers de nous voir.

Quand l'écran jaune et âcre nimbe la ruelle, l'homme enveloppe les vingt-deux kilos de la Mimi dans plusieurs couches de vêtements, la soulève dans ses bras, et court l'installer derrière une petite barricade dans une ruelle perpendiculaire. Haïgaz, Agop et quelques autres le suivent en portant des caisses de munitions.

Haïgaz et Agop ont quand même l'impression de gagner la guerre. Six fois ils déplacent la Mimi et surprennent les Turcs. Mais Chaumard leur rappelle que c'est à chaque fois en battant en retraite et il a raison. Des gamins qui jouent les estafettes rapportent de mauvaises nouvelles. Cet assaut frontal des Turcs par le nord n'est qu'une ruse pour fixer les résistants pendant que d'autres irréguliers les contournent. Aussitôt les chrétiens se séparent en trois groupes pour organiser leur défense. Mais l'ennemi est déjà trop nombreux et trop bien armé. Des quartiers sud remontent de sinistres rapports. Le quartier juif s'est déclaré neutre et ouvert mais il ne fait pas bon le traverser. Le quartier turc s'est armé, interdisant aux chrétiens tout repli vers le port. Les combats durent encore toute la nuit et, au petit matin, il n'est plus question que de survie. Plus question de défendre Smyrne maintenant. Juste de sauver sa vie.

— Je te l'avais dit, gamin ! rigole Chaumard, fataliste. Allez, chacun sa mère maintenant. Content de vous avoir connus, les gosses, et à la revoyure. Si vous passez par Issy, demandez Chaumard. Et si je suis mort, demandez Rosalie. J'vous jure que c'est quand même le vrai nom de ma régulière !

Et il disparaît dans une ruelle. Un bruit de mitraille suivi d'un long silence, de cavalcades, d'ordres en turc, d'autres fusillades et, bien plus tard, bien plus loin, au plus profond des ruelles, le rire du Français.

Au cul les Kurdes, chez Satan les Ottomans
Et par saint Georges, vive la cavalerie !

Haïgaz et Agop fuient au hasard de la ville. Plusieurs fois, ils tombent sur des patrouilles d'irréguliers qu'ils abattent par surprise avant de déguerpir. Ils sautent des murs, traversent des maisons, rampent sous des étals, grimpent sur des terrasses. Ils ont contourné le quartier turc pour revenir vers le quartier juif. Les irréguliers ont une idée très relative de la neutralité : le quartier juif est jonché de cadavres.

— Là, murmure Haïgaz, le lupanar ! Le bordel !

Mais comme ils vont s'y précipiter pour y trouver refuge, une demi-douzaine d'irréguliers en sortent, poussant devant eux les filles dont ils déchirent les vêtements pour voir leurs seins et leur sexe avant de les égorger une à une sur le trottoir. Puis, d'une fenêtre du deuxième étage, un corps ensanglanté bascule tête la première et s'écrase dans le sang des prostituées.

— Archambaud ! gémit Haïgaz.

Sur le balcon, un Kurde bardé de cartouchières se débraguette et pisse d'en haut sur le corps du Français qui agonise.

Dans la rue, les irréguliers rugissent et se déboutonnent à leur tour pour pisser en riant sur les corps des filles.

— Maintenant ! crie Haïgaz à Agop en jaillissant de leur cache.

Surprenant les irréguliers le sexe à l'air et l'arme en bandoulière, ils les abattent tous les six. Haïgaz monte aussitôt à l'étage où le Kurde a trébuché de peur dans son pantalon. Quelques minutes plus tard, il se fracasse le crâne sur les pavés où Agop le crible de balles.

Haïgaz redescend en courant et se précipite vers Archambaud.

— Ah c'est vous, gamins ! Foutez le camp, de toute façon je vais mourir. Mourir à Smyrne, merde alors ! Quand je pense que je vais mourir à Smyrne, merde alors…

Et il rend son dernier souffle. De tous côtés retentissent des explosions et des tirs. Des bruits de sabots dans les ruelles voisines. Des cris. Des appels. Des ordres en turc.

— Il ne faut pas rester là, dit Agop.

— On ne peut pas abandonner Archambaud comme ça !

— Il n'y a plus rien à faire pour lui, Haïgaz, il est mort, et on ne peut pas le transporter.

Haïgaz se souvient soudain des contrats. Tout en surveillant les ruelles et les fenêtres, il fouille les vêtements du Français, empoche les documents, trouve aussi un portefeuille et un passeport, et une montre à gousset qu'il tend à Agop. Et quand les fers des chevaux de guerre résonnent encore plus près sur les pavés, ils déguerpissent.

Plusieurs fois encore ils font le coup de feu. Des pères de famille enhardis par l'odeur de la poudre et du sang veulent leur petite part misérable de la victoire. Ils y laissent leur vie et leur famille à jamais détruite. Et la mort de chacun de ces pères imprudents va aigrir la vengeance d'autant de fils. La guerre est ainsi faite d'une multitude de petites guerres qui s'emboîtent les unes dans les autres, chaque victime de la précédente devenant le bourreau de la suivante, et ainsi de suite jusqu'à l'absurde.

Les deux garçons courent et tuent encore pendant plus d'une heure, prennent des vies pour sauver la leur, avant d'apercevoir enfin, au bout d'une ruelle sombre comme un couloir, un carré de mer turquoise. Ils dévalent vers la lumière et se retrouvent à quelques centaines de mètres à l'ouest du port. Haïgaz s'arrête de façon si soudaine qu'Agop se cogne à lui. Au loin, le quai de pierre a disparu sous une marée humaine. Tous les gens semblent s'y être réfugiés, dos à la mer où mouillent les navires de guerre étrangers, les yeux tournés vers leur ville où résonne la mitraille et tonnent les canons. Alors Haïgaz prend son fusil et le fracasse contre un rocher.

— Jette ton arme, dit-il à Agop, nous ne sommes plus des fédaï, nous sommes des réfugiés maintenant. Si tu gardes ton arme, n'importe qui te tuera, turc, fédaï ou irrégulier. Ils te tueront avant même de savoir qui tu es.

— Celui qui me tue, je veux pouvoir le tuer avant, s'entête Agop.

— C'est du suicide.

— Et rejoindre ces pauvres gens, tu ne crois pas que c'est du suicide aussi ? Quand les Turcs atteindront le port, ils jetteront à la mer tous ceux que les irréguliers n'auront pas égorgés.

— Ils n'oseront pas, les marines étrangères les en empêcheront et nous sauveront.

— Tu rêves, Haïgaz, quand as-tu vu les marines étrangères sauver des civils ? Ces gens-là ne savent que débarquer des soldats. Pourquoi n'ont-ils pas bombardé Kemal par-dessus la ville avant qu'il ne l'atteigne ? Pourquoi n'ont-ils mis aucune chaloupe à la mer pour commencer l'évacuation ? On dit qu'il est arrivé vingt mille réfugiés par jour depuis la semaine dernière. En quoi les marines étrangères les ont-elles aidés ?

— Je n'en sais rien, Agop, mais tout seuls sur ces rochers, nous faisons une bien meilleure cible qu'au milieu de ces milliers de gens. Moi, je vais les rejoindre.

Haïgaz s'éloigne, attentif au moindre bruit dans son dos. Quand il entend la crosse du fusil se briser contre un rocher, il se retient de sourire et ralentit son pas.

— Je viens, bougonne Agop, mais le premier qui me regarde de travers, je le tue. Devant Dieu je le jure, de mes mains je le tue.

— Ne jure pas comme un Turc, se moque Haïgaz, et laisse Dieu tranquille, tu ne vois pas qu'il est trop occupé à organiser le malheur du monde ?

— Un bon croyant ne blasphème pas, s'offusque Agop.

— Un bon croyant cesse de croire, se fâche Haïgaz en se retournant vers son compagnon. Donne-moi une seule bonne raison de croire en n'importe quel Dieu après ce que nous avons vécu depuis des années et devant ce massacre qui s'annonce. Vas-y, une seule !

— Le fait d'être toujours en vie, peut-être ? hasarde Agop.

— Mais pour rester en vie, combien de gens nous avons dû tuer, hein ?

Quelques heures plus tard, l'armée turque fait officiellement son entrée dans Smyrne en traversant le Cordon, droite et fière comme à la parade, d'un pas conquérant et cadencé qui n'augure rien de bon. De la ville montent encore les détonations de quelques exécutions, mais ce soir-là il ne se passe rien de plus. Des dizaines de milliers de familles s'endorment sur les pavés du port. Seuls les hommes restent debout, sentinelles tourmentées au-dessus de la masse innocente. Au petit matin, les soldats turcs ouvrent sans ménagement un chemin à travers la foule sur toute la longueur du port. De temps en temps ils s'acharnent sur des hommes qui veulent savoir ce qui se passe ou qui ne s'écartent pas assez vite.

— Mustafa Kemal va venir nous passer en revue comme un troupeau d'esclaves, grogne un homme, le visage blessé, et dont les enfants pleurent de le voir ainsi.

— Trouve-moi une arme, que je le tue ! vocifère Agop.

Un autre homme l'empoigne et le jette en arrière.

— Si tu tires sur Kemal, ses soldats massacreront une à une toutes ces pauvres âmes, dit-il en montrant d'un geste les dizaines de milliers de réfugiés sur le port. Et tu auras sur la conscience notre mort à tous.

— Et alors ? le provoque Agop. Combien de centaines de milliers des nôtres ont-ils tués, dis-moi ? Un million déjà, à ce qu'on dit. Si je tue le boucher au prix de nos vies, je sauverai peut-être des centaines de milliers d'autres vies chrétiennes.

L'homme hésite à répondre, mais Haïgaz ne se laisse pas convaincre.

— Agop, il reste peut-être moins de chrétiens à sauver des sabres turcs dans tout le pays que les centaines de milliers regroupés ici. Et puis nous sommes enfin sous la protection des étrangers. Regarde.

Autour d'eux, des patrouilles anglaises, américaines, italiennes et françaises ont enfin débarqué. Quelques hommes tenant nerveusement leur fusil en travers de la poitrine, précédés d'un officier le revolver au poing. Mais ils n'ont pour mission que de repérer leurs compatriotes pour les rapatrier sur leurs navires qui restent au large.

— Ils ne nous aideront pas, grogne Agop. Les autorités grecques ont déjà fui sur ce bateau, là-bas. Et regarde dans quel état ils laissent leur propre population.

— Les étrangers nous protégeront, eux. Les Français au moins ! dit Haïgaz.

Mais son assurance ne trompe personne. Un autre homme s'approche de lui et crache à ses pieds.

— Comme ils ont protégé le métropolite ?

— Quoi ? Qu'ont-ils fait au métropolite ?

— Ah tu ne sais pas ? Alors viens, que je te montre.

Il empoigne Haïgaz par la manche et le tire à travers la foule qu'un spasme de panique écarte. L'homme est fort et sa poigne solide. Agop les suit, près à défendre son ami. Ils sont au bord du chemin dégagé par les Turcs pour la parade de Kemal. Des fantassins hirsutes leur font face, la baïonnette au canon et l'œil assassin.

— Tu vois cette boutique, en face ?

— Je la connais, grogne Haïgaz en se dégageant sous le regard soudain suspicieux d'un des soldats. Je vis à Smyrne depuis plusieurs années. C'est l'échoppe de Giorgio Martano, le coiffeur italien.

— Exact, approuve l'homme. Nourittin pacha a fait venir manu militari Chrysostome, notre métropolite, pour le forcer à l'exil, mais le saint homme a refusé pour rester avec ses fidèles smyrniotes. Alors Nourittin l'a fait jeter à la populace qui s'est emparée de lui, l'a frappé, lapidé, jusqu'à le pousser dans cette échoppe.

— Chez le coiffeur ?

— Chez le coiffeur. Tu ne devines pas pourquoi ? Pour y trouver les armes qu'elle n'avait pas. Avec les rasoirs ils lui ont découpé le visage en rendant gloire à leur Dieu. La barbe d'abord, car seuls ceux qui vénèrent Allah ont le droit de la porter. Puis le nez et les oreilles. Et le menton. Même les joues. Et avec la pointe d'une paire de ciseaux ils ont fait sauter ses yeux de leurs orbites, en se battant entre eux comme des chiens pour les récupérer quand ils ont roulé à terre…

— Je sais les horreurs que commettent les Turcs, bougonne Haïgaz, vexé de ne pas être au courant du martyre du métropolite. Pourquoi me racontes-tu ces horreurs ?

— Parce qu'une patrouille française était présente, juste là, dehors, et voyait tout à travers la vitrine. Les soldats avaient les larmes aux yeux devant tant de cruauté et ils ont voulu intervenir, mais leur officier le leur a interdit. Ils se sont offusqués, ils ont protesté, la rage au cœur, suppliant leur capitaine. Et quand l'officier a enfin brandi son arme, c'était pour la braquer sur eux. Sur eux, tu m'entends ? Sur ses propres soldats pour les empêcher d'intervenir, au lieu de secourir notre pauvre métropolite à qui les Turcs n'ont même pas tranché la gorge, pour qu'il souffre plus longtemps. Et entre-temps les Français ont passé leur chemin sous les lazzis de la foule qui riait de leur impuissance. Alors, tu crois toujours que les Français vont venir te sauver ?

Le soldat qui leur fait face comprend le grec. Il sourit et pose la pointe de sa baïonnette sur le ventre de l'homme, tout en regardant Haïgaz droit dans les yeux.

— Cette pourriture d'infidèle a raison. Votre chien d'évêque est mort exactement comme ça. Et votre tour viendra. À tous. Vous entendez ?

Et presque sans bouger, d'un simple balancement des bras, sans quitter Haïgaz des yeux, il enfonce sa baïonnette dans le ventre de l'homme. La foule se distend aussitôt et le mouvement attire l'attention d'autres soldats. Ils forment un rang de cinq hommes, baïonnettes dardées sur la foule. Sur leurs fusils, leurs mains tremblent déjà de l'excitation de la mise à mort.

— S'ils nous embrochent, je les tue ! promet Agop.

Mais un ordre claque et les soldats se raidissent au garde-à-vous. Un officier les rejoint. Il observe l'homme à terre, son ventre saignant à travers ses mains de travailleur, puis regarde Haïgaz et Agop. Des secondes qui leur semblent une éternité. Alors il leur fait signe de dégager le blessé le plus loin possible et ordonne aux soldats de se retourner pour présenter les armes au commandant suprême dont le cortège va remonter le Cordon.

Passe d'abord un carré de cavaliers portant le drapeau et des fanions turcs. Puis un petit groupe de fantassins, suivi de la luxueuse voiture de Mustafa Kemal. Croisant son regard, Haïgaz a l'impression de recevoir un coup. L'homme est grand, élégant, coiffé d'un karakul sur ses cheveux blonds. Son corps tout entier impose son autorité sans la prétention martiale et moustachue des deux autres passagers. Son front sévère trahit une résolution farouche et ses yeux, sans couleur ni émotion, transpercent la foule. Haïgaz comprend que cet homme va tous les tuer, un par un, au nom de quelque chose qui les dépasse. Tous les sacrifier pour se transcender. Cet homme s'est résolu à un destin qui n'est plus de nature humaine. Smyrne doit disparaître pour faire table rase de l'Empire autant que des chrétiens. Pour une Turquie turque. Haïgaz se surprend à ressentir à la fois du dégoût pour l'entreprise et une certaine admiration pour l'homme. Après tout, n'est-ce pas ce après quoi ils courent, eux aussi : une Arménie pour les Arméniens ?

Le reste de la journée dure une autre pesante éternité. Le général va prendre un verre au Kraemer Palace avec Nourittin pacha, le boucher de Koçkiri. Des consuls obséquieux l'y attendent pour quémander son indulgence et qu'on laisse partir leurs ressortissants. Kemal y consent, à la condition que les patrouilles ne remettent plus pied à terre. Smyrne la cosmopolite n'est plus. Elle est Izmir dorénavant, ville turque et croyante. Puis le bruit court que Kemal est allé s'installer dans une villa à Karşiyaka.

— Tant mieux, qu'il disparaisse, siffle Agop entre ses dents.

Haïgaz, d'humeur sombre, fixe l'autre rive de la baie.

— Pourquoi diable est-il parti, alors qu'il vient de conquérir la plus belle ville du monde ?

— Pour des raisons de sécurité, je suppose, répond Agop en haussant les épaules.

— Pas lui. Ce type n'a pas peur, et je crois qu'il ne fait rien sans raison. Il faut quitter la ville, Agop.

— Et comment veux-tu faire ? Ils abattent tous ceux qui s'éloignent du quai.

Le rapatriement des étrangers à bord des bâtiments de leurs marines respectives donne à la journée un semblant d'organisation. Chaque nationalité s'octroie une portion du quai avec des chicanes et des barrières et trie ceux qui peuvent embarquer. Les resquilleurs sont repoussés par les soldats étrangers, et aussitôt exécutés par les Turcs. Ils ont choisi un bout de jetée d'où ils balancent aux vagues les corps décapités. Et par un effet morbide, le courant échoue les corps d'un côté de la jetée et les têtes de l'autre. La rumeur se répand que les Turcs s'en amusent et prennent des paris.

Plusieurs fois, réprimant un mouvement de foule, ils chargent au sabre ou à la baïonnette. Dans la cohue, des gens tombent à la mer et se noient. De loin, d'autres croient qu'ils ont plongé pour trouver refuge à bord d'une embarcation et se jettent à l'eau à leur tour. La moitié coulent aussitôt, saisis par le froid ou alourdis par leurs vêtements. D'autres n'ont que la force de plonger, pas celle de nager. Le pire attend ceux qui parviennent à rejoindre une barque anglaise ou un canot français. On les rejette à la mer en brisant à coups de crosse ou de rame leurs doigts désespérément agrippés aux plats-bords. Et une peur plus noire et plus sourde que la panique gagne la foule quand au soir, tous leurs nationaux à l'abri, les vingt et un navires de guerre ne sont plus que des ombres sur la mer sombre.

Cette nuit-là est entrecoupée de hurlements et de fusillades, au point qu'alerté par le bruit un croiseur américain braque ses projecteurs sur le port. Un calme tendu revient jusqu'au matin où la foule découvre dans l'hystérie une petite armada de chaloupes grecques venant enfin à la rescousse des leurs. Mais, soldats vaincus, haïs par les Turcs, ils ne sont pas autorisés à débarquer sur le sol redevenu turc pour organiser l'évacuation. Elle se fait dans le pire désordre, les pauvres gens se battant pour sauter dans les chaloupes ou y jeter leurs enfants. Ce matin-là encore, nombreux sont ceux qui se noient, tandis que de l'autre côté les soldats turcs commencent à séparer les hommes du reste de leur famille. Un convoi se forme pour déporter plusieurs milliers de femmes et d'enfants vers l'extérieur de la ville.

— Tu sais ce que ça signifie, murmure Agop, les étrangers sont sur leurs bateaux, les Juifs dans leur ghetto, les femmes et les enfants déportés, il ne va rester sur le quai que les hommes grecs et nous, les Arméniens. Et ils vont encore nous massacrer, Haïgaz.

Haïgaz ne répond pas. Depuis la veille, ses yeux sont fixés sur Karşiyaka, de l'autre côté de la baie.

— Que fait-il là-bas ? Pourquoi avoir choisi l'endroit d'où on voit le mieux Smyrne et son port ?

— Quoi, tu crois qu'il nous regarde ?

— Que pourrait-il faire d'autre ?

Agop se perd à son tour dans la contemplation des collines rondes et heureuses de Karşiyaka, à un kilomètre à peine du malheur qu'ils vivent. N'étaient la puanteur de la mort dans le port et l'odeur de la poudre sur le quai, ils pourraient presque sentir le parfum des oléandres et des jasmins porté par la brise. Mais c'est l'âcreté d'émanations piquant le nez et la gorge qui force Haïgaz à se retourner vers la ville. Loin derrière les façades du front de mer, depuis le cœur du quartier arménien, s'élève une colonne de fumée dense et noire qu'un vent du nord pousse vers le port.

La foule regarde ce mauvais génie jaillir du creux des ruelles et se dresser, maléfique, au-dessus d'elle.

— Là ! crie un homme près d'Haïgaz.

Une autre colonne. Un autre feu.

— Et là ! hurle un autre.

Encore un feu. Bientôt, ce sont dix-neuf colonnes sinistres qui se dressent et roulent leurs fumées lourdes au-dessus des quartiers grec et arménien, et rabattent sur le port des nuages poisseux de suie. Au-delà de la mort, au-delà de l'esclavage et de la déportation, voilà l'ultime humiliation des Turcs. L'incendie de Smyrne face aux vingt et un navires étrangers et à la flottille grecque. L'arrogance d'un peuple qui s'apprête à réécrire son histoire en effaçant celle des autres.

Alors que tout le monde regarde avec effroi les volutes hostiles comme des dragons haineux, Haïgaz se retourne encore une fois vers Karşiyaka, de l'autre côté de la baie.

— C'est donc ça que tu attendais. Que le vent tourne au nord pour mettre le feu aux quartiers chrétiens. Admirer le spectacle de cette foule condamnée à périr dans tes flammes ou à se noyer dans ta mer. Depuis ta villa, entouré d'officiers zélés, un verre de limonade à la main…

— Les Alliés ne peuvent quand même pas laisser faire ça, tente de se rassurer Agop.

Mais au fil des heures l'incendie se déchaîne jusqu'au port et les flottes étrangères ne bougent pas. Seuls les bateaux grecs tentent de s'approcher des quais, mais la mitraille turque les en empêche.

Bientôt le front de mer s'embrase à son tour. Des nuages de suie et de cendres ont amené l'obscurité avant la nuit, et la nuit qui suit reste éclairée par le rougeoiement des flammes. Les scènes de désespoir se multiplient. Haïgaz et Agop doivent se protéger autant des mouvements de foule que de l'incendie et des tirs des Turcs. Pendant plus de trois jours et trois nuits. Sans aucun secours. Quand soudain un hourra gronde plus fort que le vrombissement des flammes. Pour éviter des mutineries à bord, un navire de guerre japonais et un croiseur italien forcent le blocus qui n'existait pas vraiment et entrent dans le port pour mettre des chaloupes à la mer. C'est pire encore. Des milliers de désespérés se jettent à l'eau. Haïgaz retient Agop de le faire. Les chaloupes chavirent et coulent sous le nombre. D'un côté les flots noirs de corps, et de l'autre les ruines noires des pierres déjà calcinées, à travers lesquelles on voit brûler le ventre incandescent de la ville.

Les autres navires étrangers ne se porteront – lentement – au secours de ce qui reste des réfugiés que le lendemain. Quand Mustafa Kemal aura quitté la villa d'où il aura vu, de ses yeux cruels et sans couleur, Smyrne la tolérante disparaître de l'Histoire, se dit Haïgaz.

C'est la curée. Les Turcs, depuis une semaine, abattent sans sommation ceux qui cherchent à se sauver. Ils tirent maintenant dans les reins de ceux qui ne le font pas assez vite. Haïgaz et Agop survivent encore une autre nuit et, au matin suivant, la ville chrétienne n'est plus qu'un épais tapis de braises dans un champ de ruines. Les Turcs se désintéressent alors de ceux qui se noient ou tentent de nager jusqu'aux navires de guerre. C'est en regardant ces pauvres gens perdre leurs dernières forces bien avant les échelles de coupée qu'Agop le voit.

— Là, crie-t-il à Haïgaz, le *Siyah Lale* !

Haïgaz aperçoit à son tour le petit caboteur se forcer un passage entre les gros navires de guerre et toutes les barcasses qui cherchent à les rejoindre. À la proue il reconnaît les silhouettes de Christopher et de Hovannes, et devine la manœuvre du capitaine. Il prend Agop par la manche et l'entraîne à l'autre bout du port. Ils courent perpendiculairement à la foule qui se précipite vers la mer, bondissant par-dessus des corps piétinés, jusqu'au fond du bassin qu'ils contournent pour revenir de l'autre côté, sur l'étroite jetée où ils avaient pris ce premier petit déjeuner avec Archambaud. Smyrne est un port en eau profonde, et le vieux caboteur rouillé, qui navigue à vide, affiche un faible tirant d'eau. Haïgaz calcule qu'il va accoster à la jetée, dans le chenal, à l'intérieur du port. Il devine aussi que Christopher les a repérés dans ses jumelles et confirme la manœuvre par gestes. Bientôt la vieille carcasse écrase ses flotteurs et ses pneus contre la pierre et, dans un même élan, Haïgaz et Agop sautent et s'agrippent au bastingage pour grimper à bord. Mais déjà une foule arrive en courant pour profiter de ce secours inespéré.

— Combien peut-on en prendre ? demande Christopher au capitaine.

— Trois cents. Que les autres attendent, nous reviendrons.

L'Américain jette une passerelle de fortune et fait monter les réfugiés – trois cent quatre exactement, pour ne pas séparer une dernière famille.

— Nous reviendrons ! hurle Christopher. Attendez-nous ici.

Le capitaine manœuvre arrière toute et le *Siyah Lale* crache au ciel des quintes de fumée noire. Quand ils ont quitté le chenal, le caboteur creuse son sillon d'écume dans la faible houle jusqu'à un bateau grec contre lequel il aligne sa coque corrodée. Sur le pont, un officier en uniforme blanc impeccable, encadré par quatre soldats, se poste en haut de l'échelle de coupée.

— Ils sont trois cent quatre, dit Christopher en anglais, et nous allons en chercher d'autres.

L'officier sort son arme de son étui en cuir lustré et la pointe sur lui.

— Personne ne monte à bord. Nous ne sommes même pas certains qu'ils soient grecs.

Alors Christopher sort son arme à son tour et la braque sur l'officier surpris.

— Écoute-moi bien, espèce de cul blanc de mes deux, tout ce carnage, c'est votre faute. Vous avez déclenché cette foutue guerre de conquête malgré les traités, vous avez assassiné quatre cents civils turcs le jour de votre débarquement, et dans votre minable débandade vous n'avez rapatrié que vos soldats en abandonnant tous vos civils. Alors tu vas embarquer ces réfugiés et tous ceux que nous allons t'amener. Tu peux en prendre trois mille sur un navire comme le tien, nous ferons donc encore neuf rotations.

L'officier se raidit dans une ridicule et suicidaire obstination militaire.

— Soldats, abattez tous ceux qui poseront le pied sur ce navire.

Mais les soldats n'arment pas leurs fusils. Ils les déposent contre le bastingage et tendent la main aux pauvres gens entassés contre le garde-corps du *Siyah Lale*.

— Soldats ! braille l'officier en braquant son arme sur eux.

D'un haut-parleur retentit soudain :

— Lieutenant, laissez monter ces gens à bord.

— Bien, mon capitaine, hurle l'officier avant de se précipiter à l'aide des réfugiés.

— Regarde-le, ce beau militaire, dit Christopher à Haïgaz. La même imbécile obéissance à faire, sur ordre, le contraire de ce pour quoi il était prêt à tuer. On lui aurait donné l'ordre de tirer, ce salaud sans honneur nous aurait tous fusillés et jetés à la mer.

— Je vous entends, menace le lieutenant.

— J'espère bien, réplique Christopher, et j'espère que vos hommes m'entendent aussi, qui ont eu assez d'honneur, eux, pour vous désobéir. Ne voyez-vous pas que votre conception étriquée de l'honneur militaire est inaudible dans tout ce fracas de destinées humaines ?

Une fois les réfugiés à bord du navire grec, le *Siyah Lale* retourne à la jetée pour embarquer trois cents autres pauvres hères effarés. Mais quand il manœuvre pour sortir du port et regagner la baie, l'équipage, écœuré, s'aperçoit que le navire grec a levé l'ancre en catastrophe pour s'éloigner vers la sortie du golfe. Les commandements des autres navires ont dû suivre à la jumelle les démêlés du *Siyah Lale* avec le navire grec. Dès que le capitaine met le cap sur un croiseur américain, celui-ci tire au canon un coup de semonce sans équivoque. Le *Siyah Lale* se déroute aussitôt vers un croiseur français qu'il aborde avec prudence. Quand il est à dix mètres du mur d'acier de la coque, des fusiliers marins s'alignent du haut d'une coursive et mettent le caboteur en joue sur les ordres d'un officier.

— Première sommation. Cinq mètres à la mer devant la coque. Feu !

Les balles criblent l'eau d'un rideau de plomb. Le capitaine interroge des yeux Christopher, qui lui fait signe d'insister. Les réfugiés restés sur le pont ne cherchent même pas à se cacher de la mitraille à venir.

— Deuxième sommation. Un mètre sous le bastingage. Feu !

Les balles ricochent contre l'acier rouillé qui s'écaille. La cale résonne d'un chaos métallique qui panique ceux qui s'y croyaient en sécurité. Le capitaine interroge encore Christopher du regard, mais les fusiliers français ont fait feu sans états d'âme, et l'Américain fait signe au capitaine d'abandonner. Comme il pousse les moteurs en avant toute, Agop bondit sur la passerelle, grimpe sur la cabine de pilotage, et apostrophe les marins français :

— Vive la France !

Puis il se retourne, baisse son *chalvar*, et leur montre son cul.

25

1922 – Beyrouth

— Mais ce n'est même pas un *taraz* ! proteste Araxie.

— Les Arméniennes n'ont jamais été habillées comme ça, s'indigne Haïganouch.

Le photographe s'exaspère avec grandiloquence. Mais que connaissent ces jeunes filles à l'art photographique ! Lui, Hovsep Zarzavatdjan, a travaillé avec tout ce que l'Empire a compté de grands photographes. Que savent ces petites bécasses du collodion humide, du gélatino-bromure d'argent, du chlorure d'or ou du platine ? Lui, Hovsep Zarzavatdjan, ne prend pas des photos, il les crée, par l'œil et la chimie !

D'un regard inquiet, l'appariteur de l'orphelinat supplie Araxie et Haïganouch de céder aux caprices de l'artiste. Les deux jeunes filles passent leur costume à contrecœur. Une simple robe de tissu grège à manches courtes boutonnée jusqu'au cou, et un court boléro de couleur qui couvre leurs épaules. À leur cou, des chaînes, des médailles et des babioles en faux or. Leur tête est prise dans un voile léger, serré sur le front par un collier de piécettes qui leur fait une frange dorée. Le voile tombe dans leur dos, et l'artiste photographe insiste pour qu'elles rabattent leurs longs cheveux devant leurs épaules.

— Ça ne ressemble à rien, bougonne Haïganouch. J'ai presque vingt ans et Araxie va en avoir dix-sept, faites faire ça aux petites, pas à nous, c'est ridicule !

— C'est ce que je portais quand j'étais esclave ! s'indigne Araxie.

— Mais justement ! Justement ! s'emporte le photographe. Cette photo doit vous montrer belles et malheureuses à la fois. Elle va être imprimée sur des milliers de cartes postales au nom de l'orphelinat et être envoyée à tous les Arméniens du monde. Il faut qu'ils s'apitoient sur vous et tous les pauvres orphelins de cet établissement pour se convaincre de vous adopter. Voilà ce que je veux faire de cette photo !

— Nous avons déjà fait ce genre de photo trois fois depuis notre arrivée, et jamais personne n'est venu nous chercher.

— Araxie, je t'en prie, obéis à M. Zarzavatdjan, M. le directeur vous attend dans son bureau. Ne le mettez pas en colère en arrivant en retard. Ce serait dommage, il a une bonne nouvelle pour vous.

Elles prennent la pose en soupirant et laissent faire le photographe qui s'extasie tout fort de son talent :

— Parfait ! Magnifique ! Sublime !

Dès la prise de vue terminée, elles enlèvent le boléro et le voile, rendent les bijoux de pacotille au photographe qui les recompte deux fois, et suivent l'appariteur jusqu'au bureau du directeur.

— Ah, Haïganouch, Araxie, entrez, approchez, mes enfants.

L'orphelinat est un ancien couvent. Une grande cour bordée de bâtiments raides et austères. Un réfectoire vaste et bruyant. Des dortoirs tout le long de couloirs qui résonnent. Araxie et Haïganouch ne savent pas si elles y sont heureuses, mais elles y sont en paix. Le bureau du directeur est un antre accueillant, meublé de bois chaud. Une bibliothèque étagée de livres chemisés de cuir. Un tapis en arabesques moelleuses sous leurs pieds nus. Un parquet ciré qui craque sous leur maigre poids. Un lustre de verre éteint qui joue, en contre-jour, de la clarté d'une haute fenêtre. Araxie aime ce bureau. Et elle aime aussi cet homme à qui Haïganouch et elle doivent ces quelques années de calme. Un homme bon et dévoué à leur cause. Rond. Souriant. Chaleureux malgré le poids de la charge.

— Je vous ai trouvé un travail, annonce-t-il comme si c'était une grande nouvelle.

— Mais nous travaillons déjà beaucoup, monsieur le directeur, nous aidons au réfectoire, nous nous occupons des plus petits, nous…

— Je vous ai trouvé un vrai travail, mes filles, coupe-t-il. Un vrai travail à l'extérieur de l'orphelinat. Un travail payé. Vous êtes parmi les plus âgés maintenant, il faut penser à construire votre vie.

Araxie et Haïganouch se regardent, étonnées par cet avenir qui soudain s'impose à elles, hors de l'orphelinat. Une liberté espérée qui les effraie tout à coup.

— Pour nous deux ?

— Bien entendu, et ensemble, rassurez-vous. J'ai insisté pour que vous soyez employées toutes les deux au même endroit.

— Quel travail ? Que faudra-t-il faire ?

— Vous allez devenir femmes de chambre dans un grand hôtel luxueux. Faire les lits, débarrasser les petits déjeuners, préparer les salles de bains, faire le ménage…

— Est-ce que nous vivrons à l'hôtel, nous aussi ?

— Non, non, bien sûr que non, sourit le directeur qui s'amuse de la touchante naïveté d'Araxie.

— Alors nous rentrerons chaque soir à l'orphelinat, n'est-ce pas ?

— Non, pas vraiment, répond-il en contournant son bureau pour s'approcher d'elles. Parce qu'en fait, l'hôtel n'est pas à Beyrouth…

Il a prononcé ces mots comme on prépare une grande nouvelle, mais elles les reçoivent comme on devine un nouveau malheur.

— … il est à Alep, mes filles. Je vous ai trouvé un beau travail dans cette belle ville d'Alep !

Haïganouch croit défaillir. Alep, la ville de tous ses cauchemars. La ville de Soleiman, qui a fait assassiner son père. La ville où sa pauvre mère est morte de toutes ses meurtrissures sordides.

— Alep ? hurle Araxie. Jamais ! Jamais nous ne retournerons à Alep ! Vous entendez ? Jamais !

Le directeur est sidéré par la colère de la jeune fille et les larmes qui perlent dans les yeux effarés de sa sœur. Elles roulent sur ses joues soudain pâles, jusqu'aux commissures de ses lèvres bleues qui tremblent.

— Mais pourquoi ? s'étonne-t-il. C'en est fini de la déportation et des camps. Alep n'est plus dans la République turque maintenant. Il n'y a plus rien à craindre pour les Arméniens, ce sont les Français qui administrent la ville.

— Comme ils ont administré la Cilicie ? grogne Araxie dont la colère ne s'éteint pas.

Le directeur soupire et regarde les deux orphelines. Il ne sait pas à quoi elles ont survécu pour arriver jusqu'à lui. Il croyait en avoir une idée, mais sans doute est-il très loin du compte. Alors il se résigne.

— Bien, très bien, dit-il sans plus chercher à comprendre. Oublions ça. Mais nous devons trouver autre chose. Vous êtes des jeunes filles maintenant, il faut essayer de subvenir à vos besoins. Nous ne vous abandonnerons jamais, vous le savez bien, mais nous recevons chaque jour de nouveaux petits à qui nous devons aussi aide et protection.

Le cœur des deux jeunes filles se dégonfle de l'espoir d'une vie heureuse ici, à l'orphelinat, à Beyrouth. Araxie s'apprête à remercier le directeur de tout ce qu'il a fait pour elles quand on frappe à la porte qui s'ouvre aussitôt.

— Ah, Christopher. Alors, Smyrne, dites-moi vite…

— Un désastre. Des morts par dizaines de milliers, j'en ai peur. Les marines étrangères ont laissé faire pendant des jours et des nuits. Ces salauds de Français nous ont même tiré dessus !

— Christopher ! le rappelle à l'ordre le directeur en désignant des yeux les deux adolescentes.

— Elles comprennent l'anglais ? s'étonne l'Américain.

— Je ne sais plus ce que ces enfants comprennent ou pas, soupire le directeur. De quoi avez-vous besoin ?

— Nous avons ramené un peu plus de trois cents réfugiés parmi lesquels neuf gamins orphelins. Quelques-uns sont grecs, je pense. Puis-je vous les confier, même si tous ne sont pas arméniens ?

— Nous sommes financièrement aux abois, mais bien sûr que vous pouvez. Je contacterai les autorités grecques pour faire rapatrier ceux qui le pourront. Où sont-ils ?

— Dans la cour. J'ai pris la liberté de les amener avec moi.

Le directeur se tourne aussitôt vers Araxie et Haïganouch.

— Mes filles, puisque vous êtes là, allez récupérer ces pauvres petits que nous a amenés M. Patterson. Trouvez-leur de la place dans un dortoir et montrez-leur où sont les douches. Puis emmenez-les au réfectoire, et qu'ils mangent à leur faim, quelle que soit l'heure. Je vais donner des consignes.

— Merci, dit Christopher. Je vais télégraphier au siège de la fondation à New York pour essayer de vous trouver quelques crédits. Autre chose : qu'est devenue Mme Schwabell, la veuve du pasteur allemand que je vous avais envoyée ?

— Cette brave femme a travaillé quelques mois chez nous. Très compétente. Très efficace. Elle attendait une somme d'argent qui lui a été transférée par télégramme. Elle est partie pour Berlin par le Bagdadbahn dès qu'elle l'a reçue. Un long et difficile voyage par les temps qui courent.

— Que Dieu soit clément envers cette femme.

— La clémence de Dieu ? Êtes-vous sûr qu'il en soit encore capable ?

Christopher ne répond pas et le directeur fait signe à Araxie et à Haïganouch de le suivre.

Dans la cour, une centaine d'orphelins se sont regroupés en silence autour du camion. Dans la benne, debout, six petites filles et trois garçons, les vêtements brûlés, attendent, muets. Assis sur le capot du camion, pieds sur le pare-chocs, deux garçons fument une cigarette.

— Hé, vise un peu ces deux-là, murmure Agop à l'oreille d'Haïgaz.

Mais Haïgaz, l'air sombre et contrarié, saute du camion sans regarder les filles et se dirige vers la benne en leur tournant le dos. Agop le rejoint et, à bout de bras, ils descendent les neuf gamins tristes. Agop fait voler le plus petit trois fois haut dans les airs comme un avion puis grimace quelques mimiques qui font rire tout le monde. Sauf les neuf petits rescapés. Araxie et Haïganouch s'agenouillent devant eux et les embrassent à tour de rôle en leur murmurant des mots rassurants. Puis Araxie prend le plus petit par la main et entraîne tout le monde à sa suite vers les dortoirs.

— Pimbêche, bougonne Agop en remontant dans le camion.

Christopher s'installe au volant et démarre le moteur, mais quelque chose dans son attitude contrarie Haïgaz : c'est comme s'il se forçait à être joyeux.

— Alors, les garçons, quartier libre ce soir, vous l'avez bien mérité. Qu'est-ce que vous voulez faire ?

— On peut aller au bordel ? demande Agop.

— Quoi ? Sans moi ! répond Christopher.

— Allez, quoi, nous avons plus de vingt ans, Christopher, et Archambaud nous y emmenait toujours, lui !

— Moi je ne vous y emmènerai pas.

— Pourquoi, t'es marié ?

Le silence d'Haïgaz aurait dû alerter Agop. Au lieu de quoi le garçon insiste :

— Fiancé, alors ?

Le souvenir de Hilde est violent. Une eau soudaine, profonde et froide. Qui emplit Christopher tout entier. Le noie de l'intérieur. Le suffoque. Personne ne répond aux lettres qu'il adresse à Hilde au Beelitz-Heilstätten de Potsdam. Peut-être bien que von Blitsch les intercepte et les confisque. Christopher n'arrive pas à lui en vouloir. C'est par sa faute que la folie s'est emparée de l'âme libre et joyeuse de Hilde. « Me feriez-vous l'amour sur ces rochers chauffés par le soleil ? » La voix de la jeune femme résonne encore dans le souvenir lumineux de sa baignade. Juste avant l'horreur. Et il n'a soudain plus envie de rien. Un abandon sournois qui le ronge de l'intérieur depuis longtemps, en fait.

— Faites comme vous voulez, finit-il par murmurer d'un air lugubre. Moi je vais rentrer.

— Tu retournes à l'appartement ?

Avec Hovannes, ils logent tous les quatre dans un appartement où ils hébergent des orphelins de passage. C'est la fondation qui le loue et subvient à leurs besoins. Pour les trois garçons, Christopher joue un peu le rôle d'un grand frère.

— Non. Je vais rentrer à New York.

— Quoi ? s'étrangle Agop.

— Tu ne pouvais pas la fermer ! se fâche Haïgaz.

— Quoi, qu'est-ce que j'ai dit encore ?

— Ce n'est pas sa faute, coupe Christopher, c'est moi. Je suis juste fatigué de tout ça. La guerre est terminée cette fois. Le problème des réfugiés et des orphelins va se régler avec les grandes puissances.

— Comment peux-tu dire ça ? s'emporte Agop. Rien que la chute de Smyrne va entraîner l'expulsion vers la Grèce de plus d'un million de chrétiens, et le retour en Turquie d'un demi-million de musulmans. Tu crois vraiment que la région n'a plus besoin de toi ?

— Agop, je suis usé, tu peux comprendre ça ? Ça fait dix ans que je me bats d'une guerre à l'autre pour sauver de pauvres mômes que tout le monde s'évertue à jeter dans d'autres guerres. Je veux revoir ma famille, moi aussi.

— Je croyais que nous étions un peu devenus ta famille.

— Vous l'êtes bien sûr, mais vous n'êtes pas ma mère, ni mes oncles, ni mes grands-parents, ni mes cousins. Je veux partager à nouveau un peu de bon temps avec la famille de mon enfance, dans un pays en paix.

— Ce sera plus facile pour toi que pour nous, lâche Haïgaz, maussade. Tu pars dans combien de temps ?

— J'embarquerai dans quelques semaines pour Marseille à bord du *Siyah Lale*. De là je gagnerai Paris, puis Le Havre pour prendre une cabine à bord d'un transatlantique. Hovannes part avec moi. Nous en avons déjà parlé. Il va faire ses études aux États-Unis.

— Tu adoptes Hovannes ?

— Je l'emmène avec moi.

— Et nous ? s'inquiète Agop, la gorge serrée.

— Vous pouvez rester dans l'appartement. La fondation le loue à l'année. Je vais m'arranger pour vous trouver du travail avant mon départ.

— Pas la peine, réplique Haïgaz d'un ton bravache. Nous aussi nous embarquons pour la France.

— Ah bon ? s'étonne Agop.

— Oui.

— Haïgaz, je te préviens, si c'est une plaisanterie, je te tue !

— Nous avons les contrats de travail d'Archambaud, répond Haïgaz en sortant de sa poche la liasse de contrats dont il ne se sépare jamais. Nous allons en France. Ce n'est pas une plaisanterie.

— Mais quand ?

— Dans quelques semaines, avec le *Siyah Lale*, répond Haïgaz en fixant Christopher droit dans les yeux. La fondation paiera pour le voyage. Elle nous doit bien ça, non ?

Malgré l'hiver, un rai de lumière perce en oblique le bureau en contre-jour du directeur. Araxie et Haïganouch attendent. Elles retiennent un fou rire, puis soudain se redressent et cambrent le dos quand le directeur referme le dossier sur lequel il travaillait.

— Mes filles, ces guerres n'en finissent pas de laisser sur nos épaules le poids des réfugiés. Ce que je vais vous dire me tord le cœur et me froisse l'âme, mais nous le savions depuis le début, vous et moi…

— Vous ne voulez plus de nous, c'est ça ?

— Ne dis pas ça, Araxie, je voudrai toujours de vous, jusqu'à la fin de ma vie. De vous et de tous les autres. Mais chaque jour arrivent des petits que je dois sauver, eux aussi. Encore ces petits Smyrniotes aujourd'hui. Vous êtes grandes, maintenant. Il faut trouver une solution. Vous pourriez fonder chacune votre famille.

— Quoi ? Vous voulez nous marier ?

— Il y a plein de beaux Arméniens dans les orphelinats du Liban et d'ailleurs. Vous pourriez participer aux rencontres qu'organisent certaines associations.

— Des mariages entre orphelins ? Belles familles sans racines pour leurs enfants !

— Tes racines, tu les portes en toi, Araxie. Elles ne demandent qu'à redonner un bel arbre vigoureux.

— Et qu'est-ce que ça changerait d'être mariées ? Chrétiens ou pas, nos maris deviendraient nos maîtres. Nous avons suffisamment obéi et souffert pour ne pas nous soumettre à nouveau.

— Nous avons payé très cher notre liberté de choisir, renchérit Haïganouch. Nous ne voulons plus que quiconque choisisse pour nous.

— Mais si vous ne voulez pas épouser des orphelins, regardez alors toutes ces demandes, dit le directeur en ouvrant une boîte pleine de courriers et de photos. De jeunes Arméniens du monde entier qui cherchent femme.

— Les beaux partis ! Si leurs mères en sont à quémander des orphelines, c'est qu'ils n'ont su plaire à aucune autre fille.

Le directeur soupire et pose ses deux coudes sur le bureau, désemparé.

— Que voulez-vous faire, alors ?

— Trouver un travail, louer un appartement, et vivre toutes les deux sans rien devoir à personne.

— Bien. Très bien... Cet homme qui nous a amené les petits Smyrniotes, il dirige une fondation, ici, à Beyrouth. Je vais vous donner une lettre de recommandation pour lui.

Il tire à lui une feuille de papier, trempe une plume dans un encrier de verre, et écrit un court message à l'encre violette qu'il sèche d'un tampon buvard.

— Allez vous présenter aujourd'hui même. Christopher vous recevra et vous aidera à trouver un travail. Un cocher de l'orphelinat va vous accompagner et restera avec vous.

Puis, du pouce et de l'index, il sort quelques pièces de sa poche gousset qu'il tend à Araxie.

— Profitez de la ville. Achetez-vous une gourmandise et buvez une limonade.

L'orphelinat est en dehors de la ville. Elles traversent au trot des petits bouts de campagne pauvre et de maigres vergers, puis des palmiers et des cèdres bleus vont chercher le miel du soleil haut au-dessus des orangers et des jasmins. Des fontaines rafraîchissent l'ombre des jardins et des porches. Les immeubles s'étagent en terrasses, et ce n'est plus la même ville. Quand la calèche arrive sur le port, les deux jeunes filles découvrent les hautes maisons aux murs ocre ou roses, les entrepôts aux façades de palaces, la promenade bordée de palmiers. Les fins voiliers, tartanes ou felouques, le nez pointu contre l'appontement. Les autres, chébecs, bricks ou goélettes, afflanqués à la jetée. Et au loin, dans la rade, les lourds cargos d'acier à l'ancre. Les rues s'animent de portefaix et de marins affairés, de passagers heureux qui débarquent, de pêcheurs qui déchargent leurs prises odorantes, de camelots, de cireurs, de crieurs, de porteurs de café.

Araxie et Haïganouch sont émerveillées de tant de liberté. Certaines femmes élégantes qui partagent le bras d'un homme fier n'ont pas leur âge. Elles font arrêter la calèche et s'installent à une table en jouant les demoiselles, sous le regard envieux des hommes silencieux. Au garçon qui accourt et les accueille d'un compliment, elles commandent des *jellab*. Il demande si elles les désirent à la mélasse de datte ou de caroube, et elles rougissent en riant de ne pas savoir.

— Caroube, se décide Araxie.

— Datte, préfère Haïganouch.

— Eau, glace pilée, eau de rose, lait, raisins secs, pignons de pin ? propose le garçon qui sourit de leur timidité.

— Choisis pour nous, lance Araxie, les joues rouges de son audace.

Elle propose au cocher de s'asseoir avec elles mais il s'en offusque et reste debout derrière leur table, à surveiller ses chevaux d'un œil et de l'autre tous les hommes qui regardent les deux filles.

Quand le serveur revient avec leurs jellab, il pose aussi sur la table une petite assiette de pâtisseries tout ensuquées de miel.

— Cadeau de la maison, mesdemoiselles, dit-il en désignant de la main le propriétaire ventripotent qui, depuis la porte de son établissement, leur adresse un cérémonieux salut de la tête.

— Si cet Américain nous trouve un travail et un logement, je passerai ma vie à cette table, exulte Araxie.

— Oui, à nous faire courtiser par de riches commerçants et de beaux étrangers et à rendre toutes leurs femmes jalouses avant d'envoyer balader tout le monde pour rentrer chez nous toutes les deux !

— Et pourquoi pas trouver notre travail ici ? Serveuses ! Nous habiterions juste là, sur le front de mer, et nous travaillerions en bas de chez nous. Les pêcheurs et les marins seraient nos amis, les étrangers nous parleraient de leur pays, et nous serions si serviables et souriantes dans notre travail que nous serions vite assez riches pour acheter notre propre affaire. Et pourquoi pas racheter celle-ci, d'ailleurs ?

— Parfait, se moque Haïganouch, et nous finirions par nous marier, moi avec ce jeune serveur et toi avec le vieux patron !

Leurs éclats de rire font se retourner tout le monde, mais un cri retentit qui rabat tous les regards vers un fiacre qui passe :

— Assina !

Cette voix est un coup de fourche en plein cœur. Araxie ne comprend pas tout de suite, puis panique devant le visage livide d'Haïganouch qui se décompose.

— Mais c'est…

Un coup de feu claque. Derrière elles, le garçon trébuche et tombe, la joue déchirée par une balle. Aussitôt les gens crient et se dispersent, bouleversant les tables et renversant les chaises. Verres et carafes se brisent. Les hommes s'empêtrent dans leur narguilé.

Sur le quai, le cheval d'une calèche prend peur et s'emballe. Son cocher hurle pour le retenir, mais un homme accroché d'une main à la capote vocifère plus fort encore en brandissant son pistolet.

— Soleiman ! murmure Araxie, désemparée.

Au deuxième coup de feu elle se reprend, attrape Haïganouch par la manche, et l'entraîne à travers la cohue. Plusieurs fois elles trébuchent contre le corps de femmes tombées sur le pavé, empêtrées dans leur robe.

— Assina !

Par-dessus son épaule, Araxie voit Soleiman sauter de la calèche. Le deuxième coup de feu a affolé d'autres chevaux. Des roues s'entrechoquent et des essieux se rompent. Un fiacre se renverse. Soleiman, ivre de rage, ne perd pas les filles de vue. Il menace la foule de son arme pour qu'on le laisse passer. Que fait cette brute ici ? Pourquoi n'est-il pas mort ? Puis il suffit qu'un homme, au passage, le bouscule et le jette à terre pour que le mouvement s'inverse. Soleiman tombe et se blesse le visage contre la pierre. Son arme lui échappe. Alors chacun retrouve son courage et se rue sur lui. C'est la vengeance de la foule. Ceux qui fuyaient reviennent le frapper, lui écraser la tête de leurs souliers, lui faire sauter les dents de leurs poings. Un gamin se glisse entre leurs jambes, récupère l'arme, et se redresse soudain, brandissant le pistolet à deux mains. Tout le monde s'écarte à nouveau et lui reste là, les bras tendus, à viser le dos de l'homme au sol, ensanglanté. Puis il tourne la tête de côté, les yeux fermés par-dessus son épaule, et appuie sur la détente.

Une balle lui perce le cœur au même instant, au beau milieu de la foule sidérée qui se tourne vers les Français. La patrouille s'est déployée, fusils braqués en arc de cercle. Le jeune officier garde son pistolet fumant à bout de bras, défiant la foule qui s'écarte en silence. Alors une femme se faufile entre les hommes immobiles, curieuse et inquiète à la fois, et s'effondre soudain en reconnaissant le corps de son petit garçon. Mort.

L'officier réquisitionne aussitôt une calèche, y fait porter le corps de Soleiman et celui du gamin que sa mère ne veut pas lâcher, et donne l'ordre à un de ses soldats de les conduire à l'hôpital. Lui fait redresser une table et une chaise, sort un carnet de sa veste, et demande que les témoins s'alignent pour déposer.

— Et l'autre blessé, le garçon de café, là-bas, demande le premier témoin avec arrogance, vous le laissez pourrir sur place ?

— Comment pouvais-je savoir qu'il y en avait un autre !

L'officier envoie deux hommes réquisitionner une autre calèche et faire le nécessaire, puis se tourne à nouveau vers le témoin.

— Qu'avez-vous vu ?

— Un soldat de l'armée française d'occupation abattre un gamin.

— Cet enfant armé allait tuer un homme à terre d'une balle dans le dos, sans que personne cherche à le désarmer.

— Il allait tuer l'homme qui venait de tirer deux fois dans la foule.

— La vengeance est le contraire du droit. On n'assassine pas les assassins, on les arrête et on les juge. C'est comme ça que ça se passe.

— Chez vous peut-être, rétorque l'homme. Pas chez nous.

— Ce territoire est désormais administré par la France et c'est le droit français qui s'y applique. Il faudra vous y faire. Ceux qui tuent sont arrêtés et jugés.

— Et vous, serez-vous arrêté et jugé pour avoir tué cet enfant ?

— J'ai agi en fonction des pouvoirs de police que je tiens du mandat français sur cette région. Je rendrai compte de ce que j'ai fait à mes supérieurs.

— Jugé par vos pairs, la belle affaire ! C'est à nous qu'il va falloir rendre des comptes.

— Dites-moi plutôt comment tout a commencé, coupe court l'officier qui n'affiche aucune peur face à la foule hostile.

— Un homme a crié : « Assina. »

— Assina ? N'était-ce pas plutôt : « Assassinat » ou : « À l'assassin » ?

— Assina est un prénom, monsieur l'officier des forces d'occupation. Le prénom d'une femme. Musulmane, probablement.

— Et le tireur, vous le connaissez ?

— Non, je ne vous connais pas.

— Je parlais de…

— Je sais de qui vous parliez, et, non, je ne le connais pas non plus.

— C'est Soleiman pacha, intervient un homme dans la foule. Un homme d'affaires d'Angora. Un proche de Mustafa Kemal. Il est ici depuis une semaine pour négocier des contrats de chemin de fer et d'aménagements portuaires avec l'occupant français.

— Avec les autorités françaises, vous voulez dire.

— Oui, c'est ça, avec l'occupant français.

— Et comment avez-vous connaissance de toutes ces informations ?

— Je suis son cocher pour un mois. Il m'a payé rubis sur l'ongle. Je l'emmenais à la résidence du haut-commissaire où il avait rendez-vous.

— Ce M. Soleiman avait rendez-vous avec le général Gouraud ?

La nouvelle n'est pas sans conséquence pour l'officier : en abattant un assaillant qui en voulait à la vie d'un envoyé de Mustafa Kemal auprès du général Gouraud, il n'est plus un assassin, il pourrait même devenir un héros. Il décide de clore l'enquête et d'aller aussitôt en rendre compte au haut-commissaire.

Le cocher rattrape Araxie et Haïganouch dans la foule en panique. Il leur explique où se cacher pour l'attendre et retourne récupérer la calèche. Il les aide à grimper dedans au plus vite et claque son fouet aux oreilles du cheval.

— C'était bien Soleiman ? s'exclame Araxie. Mais pourquoi est-il vivant ? Comment a-t-il survécu ?

Haïganouch ne répond pas et enfouit son visage dans ses mains.

— Je n'ai pas pu…, finit-elle par murmurer. Araxie, je n'ai pas pu le tuer, ce jour-là, je n'ai pas pu…

— Mais tu m'as dit que…

— Je t'ai menti, je ne voulais pas que tu partes sans moi. Soleiman mort, tu ne pouvais pas m'abandonner dans sa maison avec les siens.

— Mais je ne t'aurais jamais abandonnée ! Ça n'avait rien à voir avec notre fuite. Je croyais vraiment que tu voulais te venger avant de partir, c'est tout.

— Bien sûr que je le voulais, mais je n'ai pas pu. Je l'ai suivi dans ses appartements, un poignard à la main, mais je n'en ai pas eu le courage.

Haïganouch plonge à nouveau son visage dans ses mains pour masquer sa honte, mais Araxie les prend dans les siennes et la force à la regarder.

— Il fallait me le dire, petite sœur, et je l'aurais fait pour toi. Devant Dieu, je l'aurais tué. Devant n'importe quel Dieu !

Puis elles ne disent plus rien, blotties dans les bras l'une de l'autre, sur la banquette de velours rouge de la calèche qui traverse les faubourgs au trot.

Dès qu'elles entrent dans la cour de l'orphelinat, le directeur les apostrophe depuis sa fenêtre :

— Araxie ! Haïganouch ! Dans mon bureau. Tout de suite !

Elles montent les escaliers en se tenant par la main pour se donner du courage. Il leur a fallu presque une heure pour revenir de Beyrouth. Quelqu'un aura eu le temps de prévenir le directeur.

— Laissez-moi vous expliquer, supplie Araxie en poussant la porte.

— Non, c'est moi qui dois tout vous avouer, implore Haïganouch.

— M'avouer quoi ? s'étonne-t-il. Qu'avez-vous à m'expliquer ?

— Pour l'homme, dit Araxie, le tireur…

— Le tireur ?

— Soleiman pacha, mon mari, précise Haïganouch.

— Ton mari ? Mais qu'est-ce que c'est que cette histoire ? Tu es mariée, Haïganouch ?

— Je ne m'appelle pas Haïganouch, monsieur, je m'appelle Assina.

— Mais…

— Monsieur, intervient Araxie, je vous en prie, laissez-moi vous expliquer. Haïganouch n'est pour rien dans cette fusillade.

— Une fusillade ? Mais Seigneur Dieu, de quoi parlez-vous donc ? s'étrangle le directeur qui leur fait signe de s'asseoir.

Et Araxie de tout lui raconter : qu'Assina était sa maîtresse quand elle-même était son esclave sous le nom d'Alija. Que le mari d'Assina, Soleiman pacha, était un être cruel, qu'il a causé la mort des parents d'Assina et donné Haïganouch à un derviche pendant qu'elle-même, Araxie, était punie de quarante jours d'enfermement.

— Il a donné Haïganouch ? répète le directeur, sidéré, en montrant la jeune fille. Mais Haïganouch est là !

— Non, la vraie Haïganouch, la petite sœur d'Araxie. Elle avait six ans et elle était aveugle. Soleiman l'a donnée. Quand les Anglais sont arrivés pour évacuer les Arméniens, j'ai décidé de suivre Araxie en prenant la place d'Haïganouch après avoir tué mon mari.

— Quoi ! Tu as tué ton mari ? s'étrangle le directeur qui retourne à son bureau et se laisse choir dans son fauteuil.

— Non, corrige Araxie, elle m'a laissée croire qu'elle l'avait fait, mais elle n'en a pas eu le courage.

— Béni soit le Seigneur, soupire le directeur en levant les yeux au ciel. Mais cette fusillade alors ?

— Sur le port, tout à l'heure, alors que nous étions assises pour boire un jellab, Soleiman est passé en fiacre. Il a reconnu Assina et a sorti une arme pour la tuer. Il a tiré à travers la foule.

— Mon Dieu ! Mais ces papiers d'identité que vous m'avez fournis, alors ?

— Un officier anglais nous a crues sur parole et il a fait de nous des sœurs.

— Tu as donc donné ton nom arménien à ta maîtresse musulmane, croit pouvoir résumer le directeur.

— Non, nous portons le nom de mon oncle. C'est sous son nom qu'Haïganouch et moi avons été déportées d'Erzeroum.

— Haïganouch ? Mais je pensais que…

— Non, la vraie Haïganouch, ma petite sœur, pas Assina, s'emporte Araxie face à l'incompréhension du directeur. Que savent-ils ? s'inquiète-t-elle. Qui vous a prévenu ?

— Qui ? Prévenu de quoi ? s'étonne le directeur, de plus en plus perdu.

— De la fusillade bien sûr !

— Mais je ne savais fichtre rien de cette affaire abracadabrante avant que vous me la racontiez, mes pauvres filles !

— Mais alors pourquoi nous avez-vous convoquées en hurlant par la fenêtre ?

Le directeur bondit de son fauteuil.

— La fenêtre, ah oui, bien sûr, la fenêtre… Où ai-je donc mis ce fichu courrier ? Je vous ai convoquées parce que je viens de recevoir… Mais où est-elle donc, cette fichue lettre ?

Il retourne tout sur son bureau, cherche parmi les dossiers sur la cheminée, vérifie dans la corbeille à papier, puis fouille toutes ses poches.

— Ah, la voilà ! s'exclame-t-il, triomphant. Elle nous vient d'une certaine Mme Der Gazarian, qui vit en France. Elle a payé ce qu'il faut auprès des autorités françaises pour obtenir deux passeports d'orphelines.

— C'est quoi ? s'étonne Araxie.

— Ce sont des passeports collectifs. Chacun est au nom d'une accompagnatrice, mais on peut ajouter dessus le nom des six orphelins qui voyagent avec elle.

— Quelqu'un va nous accompagner en France ?

— Non, non, non, sourit le directeur, tu n'y es pas du tout, ma fille. Mme Der Gazarian demande, dans ce courrier, que ce soit vous qui accompagniez des orphelines.

— Nous ? Mais d'où nous connaît-elle ?

— Par ces cartes postales pour lesquelles vous refusiez encore de poser ce matin. Mme Der Gazarian a beaucoup aimé celle de l'an dernier et c'est vous qu'elle a choisies !

Araxie et Haïganouch se regardent, incrédules, puis laissent éclater leur joie.

— Et quand partons-nous, monsieur le directeur ?

— Étant donné les événements d'aujourd'hui, le plus tôt possible sera le mieux, mais il reste quelques problèmes à régler. Il va falloir refaire vos papiers, parce que Mme Der Gazarian a déjà rédigé des attestations en faisant de vous ses filles. Voyez-vous un inconvénient à vous appeler Der Gazarian ?

— Du moment que je ne m'appelle plus Yildiz ! siffle Haïganouch.

— Moi je me suis déjà appelée Azoian et Karakozian, s'amuse Araxie, alors pourquoi pas Der Gazarian ?

— Très bien, résume le directeur en s'asseyant à son bureau, alors à partir d'aujourd'hui, vous êtes Araxie et Haïganouch Der Gazarian et vous ne sortez plus d'ici jusqu'au jour de votre départ. Si ce Soleiman a alerté les Français et s'il peut prouver qu'Haïganouch est sa femme Assina, les autorités peuvent lui donner raison et l'aider à vous retrouver. C'est bien compris ?

— Oui, monsieur le directeur. Et pour la France, nous partons quand ?

— Je vais voir avec les Messageries maritimes s'ils ont un passage sur cargo mixte. Ce sera plus discret qu'une traversée en paquebot, même en troisième classe. Bon, retournez dans votre chambrée et ne parlez à personne de votre départ. Je dois préparer la liste des douze enfants que vous accompagnerez.

— Oh, est-ce que nous pouvons vous aider, monsieur, s'il vous plaît ?

— Non, tranche-t-il, soudain sévère, ce n'est pas un jeu, Araxie. De mon choix va dépendre la vie de celles qui partiront, mais aussi de celles qui resteront. Je ne veux pas que cette décision vous revienne. Allez, maintenant, laissez-moi être la main tremblante de Dieu !

Plus tard, dans le silence de leur dortoir, alors que les autres enfants s'amusent et chantent dans la cour, Araxie et Haïganouch pensent aux mots du directeur, « la main tremblante de Dieu ». Jusqu'à leur rencontre avec Soleiman, ce matin, elles avaient fini par retrouver une sorte de bonheur au soleil de Beyrouth. Mais comment être certaines que c'est un nouveau bonheur qui les attend là-bas, au pays de ces soldats qu'on regarde déjà ici avec haine et mépris ?

Après le repas du soir, elles s'isolent dans la bibliothèque pour parler toute la nuit de cette France dont elles ne savent rien. Au petit matin, la bibliothécaire, attendrie, les découvre lovées l'une contre l'autre à même le parquet, au milieu de livres éparpillés. Les châteaux de la Loire, la construction de la tour Eiffel, le Mont-Saint-Michel, les grands travaux du baron Haussmann… Il faudra en réalité plusieurs mois pour organiser leur voyage en France et, le jour de leur départ, elles connaîtront ces livres par cœur.

26

1923 – Marseille, France

Ces trois jours de mer, à prendre soin des petites, ont déjà changé leur vie. Quelques-unes des orphelines ont été malades. Araxie et Haïganouch s'en sont occupées. Comme des grandes sœurs. Des petites mamans. À les rassurer. Les soigner. Les câliner. Elles ont inventé pour elles des jeux contre leur tristesse et des contes de fées pour nourrir leurs rêves. Elles ont surveillé les repas et la toilette. Elles les ont veillées la nuit, à tour de rôle, pour déjouer les dragons qui ronflaient dans la salle des machines et les monstres qui cognaient contre la coque pour faire couler le navire. Quand le bateau arrive en vue de Marseille, elles sont deux petites bonnes femmes avec leur marmaille silencieuse qui s'accroche à elles en toute confiance.

La ville est blanche, lumineuse dans un ciel d'azur. Une église chrétienne veille sur elle du haut d'une colline habitée. Les orphelines s'émerveillent pour la première fois du voyage. Un paquebot se repose en rade. Des barques aux voiles en triangle s'appuient contre le vent pour prendre de la vitesse. Des goélettes aux gréements retroussés attendent derrière la jetée. Au loin, la nacelle d'un étrange pont transbordeur glisse au-dessus de l'eau. Puis c'est la manœuvre et tout le monde se penche au bastingage pour admirer les remous blancs contre le quai qui se rapproche.

Les enfants ne connaissent rien à la guerre, Araxie s'en souvient, mais que savent-ils du bonheur ? Elle regarde les petites dévorer des yeux ce nouveau monde qui les attend. Devant, un grand paquebot est amarré lui aussi. Il a jeté sa passerelle et ses passagers débarquent. Sur le quai, des policiers en uniforme vérifient leurs papiers et les dirigent vers différents bureaux. Certains, heureux, rejoignent des parents émus. On s'étreint et on s'embrasse. On pleure de joie. Araxie reconnaît sans mal les Arméniens parmi les autres passagers. Eux descendent d'un pas inquiet et hésitant. En bas, sans relever la tête, ils montrent des papiers compliqués que les policiers compulsent longuement sans trop comprendre. Puis ils les dirigent vers un bâtiment réservé où les attendent d'autres policiers. Pour d'autres vérifications.

Quand leur cargo déplie sa passerelle à son tour, quatre policiers en uniforme se postent à son pied, et deux religieuses montent à bord, coiffées de cornettes qui font sourire les enfants. Les petites vont être accueillies par l'orphelinat du Saint-Cœur-de-Marie à Bagnols-sur-Cèze et une autorité religieuse, aidée par l'Union générale arménienne de bienfaisance, a facilité les formalités. Elles ne passent qu'une heure dans les bureaux de l'immigration, attendues par des volontaires de l'Office des réfugiés arméniens de Marseille. Puis on leur donne un goûter et elles embarquent dans un autocar, laissant Araxie et Haïganouch seules, perdues, et soudain si tristes qu'elles en pleurent en silence. Quand un policier les dirige vers un bureau, elles sont déjà résignées à d'autres déchirements. Ainsi vont les exodes, elles ont payé pour le savoir. Un homme en civil leur redemande leurs papiers. Elles tendent tout ce que le directeur leur a donné à Beyrouth. L'homme étudie les passeports des orphelines, comme s'il n'avait jamais vu de tels documents. Puis les certificats d'identité et de voyage, et d'autres papiers encore, auxquels il ajoute des tampons et des annotations. Puis il cherche leurs dossiers dans une pile, et en tire une attestation de filiation leur permettant de rejoindre leur famille à Paris. De nouveau il tamponne et paraphe, range certains documents dans des dossiers marqués « Office central des réfugiés arméniens – C/O M. Tekeian – 6 rue d'Arcole, Marseille ».

— C'est bon, dit-il enfin en leur rendant leurs certificats d'identité et de voyage sans les regarder.

Araxie et Haïganouch récupèrent leurs documents et attendent, interdites.

— Quoi ? s'impatiente-t-il.

— Que doit-on faire maintenant ? Où devons-nous aller ? demandent-elles en arménien.

L'homme réclame un interprète d'un claquement de doigts et un gamin accourt.

— Vous êtes attendues ? traduit-il.

— Nous ne savons pas. Nous pensions que quelqu'un serait là à notre arrivée. Sinon, nous avons une adresse à côté de Paris.

— Et vous avez de quoi payer votre voyage pour y aller ?

— Non.

— Alors direction le camp de regroupement. Mirabeau est plein à craquer. On va sûrement vous loger à Oddo, dans les quartiers nord.

Le cœur d'Araxie se perce dans sa poitrine. Encore des camps. Des transferts. Elles sont là, perdues, seules. Au milieu de gens qui embarquent et débarquent. De policiers qui ne sourient pas et que leur misère impatiente. Le découragement leur fauche les jambes. Elles cherchent à s'asseoir, mais c'est un bureau de transit sans chaises. Araxie pleure contre l'épaule d'Haïganouch qui retient elle-même ses larmes. Elles n'ont jamais été aussi étrangères au monde entier. Et là, juste là, dans cette seconde, elles sont prêtes à tout abandonner.

— Faut pas rester là, grogne un policier. Sortez du bureau, à gauche, jusqu'à l'autre bâtiment. Rejoignez les réfugiés en transit. Des volontaires de chez vous vont vous accompagner jusqu'au camp.

Un gamin les guide et elles se joignent à une foule qui les rassure. Ces centaines d'hommes en mauvais costume et de femmes mal fagotées, ces hommes à la trogne hirsute, ces femmes coiffées de fichu, ces enfants aux grands yeux noirs, ce sont des gens de chez elles. Des gens d'Arménie, comme l'est Araxie et comme l'est devenue Haïganouch. Des survivants de ces grands malheurs qui ont déchiré l'Orient. Apeurés, mais heureux d'être arrivés jusqu'ici.

Ils marchent deux heures, en colonne serrée, vers le nord de la ville. Les habitants s'arrêtent ou se penchent à la fenêtre pour les observer passer en silence, sans réelle compassion. Mais après les déportations et les abattoirs, qu'importent ces sombres silhouettes. C'est un pays qui finira par les haïr aussi, peut-être, mais qui ne les massacrera pas. Alors ils commencent à parler entre eux, puis quelqu'un lance un refrain et ils chantent, avec les enfants qui dansent et gambadent parmi eux.

Le camp Oddo est un ancien camp militaire. Une succession de hangars rafistolés de briques et de tôles, de chaque côté d'un vaste terrain de terre. Araxie redoutait d'avoir à y survivre, comme dans les camps de concentration d'Alep, mais c'est un petit bout de pays qu'elle découvre. On les accueille avec des sourires, des embrassades, des questions, des photos de disparus. Les volontaires, arméniens et français, ont créé une administration mixte, bilingue, avec des registres d'entrées et de sorties. Le directeur, Takvor Hatchikian, les reçoit en personne. Un homme grand et fort, malgré la blessure qui l'oblige à s'appuyer sur une canne. Souvenir de ses combats dans les rangs de la Légion arménienne contre l'armée de Mustafa Kemal en Cilicie. Son prestige est immense. Sa force de caractère et sa bonté aussi.

Le cas des réfugiés est vérifié famille par famille pour s'assurer qu'ils peuvent rester et voyager en France. Ils ont ensuite droit à trois repas par jour, avec un goûter en plus pour les enfants, et à quelques mètres carrés, isolés par un rideau, dans des hangars aménagés en dortoirs. Aussitôt installé leur maigre bagage, Araxie et Haïganouch partent à la découverte de ce village de survivants. Un groupe de volontaires assure la police et la sécurité, un autre l'entretien et le nettoyage. Des médecins français reçoivent les malades dans un dispensaire. Certains réfugiés ont ouvert des boutiques et se sont regroupés en coopérative. Il existe même une école, bilingue et obligatoire pour tous les enfants. Ceux qui le peuvent payent une redevance, mais l'essentiel vient des Arméniens de la diaspora qui approvisionnent un fonds d'aide aux réfugiés.

Comme les deux filles s'en émerveillent, un vieil homme douche leur enthousiasme :

— Ce n'est encore et toujours qu'un autre ghetto. Cette ville et ce pays ne pourront pas longtemps supporter ce village qui s'installe en dehors de leur autorité. Bientôt, grâce à notre entraide et l'argent de la diaspora, nous vivrons mieux que ceux des quartiers pauvres qui nous entourent, et la même colère que là-bas nous tombera dessus. Il ne faut pas rester ici, mes filles. Il faut partir. Aller vivre en ville ou aller vivre ailleurs, mais partir. Les liens de la diaspora nous garderont unis, mais il faut nous disperser. Vous êtes jeunes, ne vous laissez pas prendre à ce piège. Trouvez un travail et partez.

— Pour quoi faire, si nous sommes loin des nôtres ? répond sèchement Araxie.

— Pour devenir françaises, mes filles. Citoyennes françaises de culture arménienne. Parlez à Takvor Hatchikian, il vous trouvera un travail.

Mais ce jour-là, Araxie et Haïganouch préfèrent continuer d'explorer le camp Oddo, fières soudain d'avoir retrouvé une communauté organisée. Après le repas du soir, fatiguées mais enthousiastes, elles s'imaginent institutrices à l'école du camp, ou infirmières au dispensaire. Volontaires et membres à part entière de la communauté arménienne.

— Ce vieillard a raison, leur explique Takvor Hatchikian quand elles l'abordent le lendemain matin. Les autorités ont déjà demandé le démantèlement de ce camp. C'est une question de mois. Un an tout au plus. Comme pour le camp Mirabeau et les autres.

L'accablement retombe aussitôt sur les épaules des jeunes filles. Faudra-t-il encore partir ?

— Non, répond doucement le bon et brave directeur. Rassurez-vous, vous avez trouvé une terre d'accueil chrétienne et généreuse. Il faut maintenant appartenir à ce pays. Lui rendre par votre courage et votre labeur ce qu'il vous offre par son hospitalité. Quinze mille des nôtres ont déjà quitté le camp pour vivre de leur travail en ville. Je peux vous trouver un emploi si vous voulez. Un industriel m'a confié des contrats. Il cherche des travailleuses pour une tréfilerie.

— Mais nous ne connaissons rien à ce métier.

— Ils vous apprendront. Et vous bénéficierez d'un vrai logement et de tous les services sociaux. Le propriétaire de cette usine est un homme généreux avec ses employés. Un chrétien progressiste. Un démocrate social.

Araxie et Haïganouch ne comprennent pas la moitié de ces propos, mais l'espoir renaît d'une autre vie possible. Ailleurs, ensemble toujours. Un travail, une paye, un toit. Bien sûr qu'elles sont d'accord. L'usine est à Pont-de-Chéruy, à quatre heures de train de Marseille. Le directeur va entamer les démarches nécessaires auprès de l'Office des réfugiés arméniens.

— Et pour Mme Der Gazarian ? s'inquiète soudain Araxie.

— Quelle Mme Der Gazarian ?

— La personne qui nous a choisies parmi les pensionnaires de l'orphelinat de Beyrouth pour accompagner les petites orphelines.

— Vous connaissez cette femme ?

— Non. Tout s'est fait par courrier, je crois, mais le directeur de l'orphelinat nous a procuré des papiers au nom de cette dame.

— Ah ! réfléchit Hatchikian. Je vais vérifier tout ça, mais n'en parlez à personne. Pour tout le monde, même pour les Arméniens du camp ou ceux de l'Office, vous êtes les filles Der Gazarian. Je vais établir les contrats de travail pour la tréfilerie à ce nom. Dans quelques semaines, vous commencerez une autre vie. En attendant, portez-vous volontaires au service de santé. Je crois bien qu'ils sont débordés.

Plus tard dans la journée, après avoir inspecté les différents services et rassuré les nouveaux immigrés, Takvor Hatchikian retourne à son petit bureau et interpelle une jeune volontaire du service administratif :

— Anaïde, ma fille, que savons-nous d'une certaine Mme Der Gazarian ? Elle aurait fourni un certificat de filiation pour deux jeunes réfugiées prénommées Araxie et Haïganouch. Elles sont arrivées hier sous le nom de cette dame.

Anaïde ouvre le registre des entrées et repère les deux lignes mentionnant Araxie et Haïganouch Der

Gazarian. Leur dossier se trouve dans une armoire pleine à craquer.

— Voilà, monsieur le directeur : Der Gazarian – 29 rue du Pourtour à Meudon, en Seine-et-Oise.

— Envoyez-lui un courrier. Dites-lui que ses filles sont arrivées à Marseille.

Le *Siyah Lale* aussi est à quai à Marseille depuis vingt-quatre heures, mais ses passagers et son équipage ont interdiction de débarquer. Quelque chose à voir avec les papiers du bateau, toujours immatriculé en Turquie. Déjà que le départ de Beyrouth a été retardé de plusieurs mois, Haïgaz et Agop espèrent ne pas rester bloqués à quai à Marseille aussi longtemps. Des gendarmes sont montés à bord pour tout inspecter. Seul Christopher Patterson, parce qu'il est citoyen américain, a été autorisé à rejoindre son consulat.

Penchés par-dessus le bastingage, Haïgaz, Agop et Hovannes ont assisté au débarquement de réfugiés d'un paquebot amarré devant eux. De pauvres gens ballottés entre le soulagement et la méfiance. Des femmes surtout, vêtues de noir, des grappes d'enfants apeurés accrochés à leurs jupes. D'autres plus grands, seuls et inquiets. Quelques hommes trop vieux, rescapés honteux du massacre de leur famille. Et plus loin, sortant d'un cargo mixte, une douzaine de gamines sages et silencieuses, accompagnées par deux jeunes filles qui faisaient semblant d'être sûres d'elles.

Le lendemain, ils sont de nouveau sur le pont, désœuvrés, lorsque quelqu'un les appelle :

— Hé gamin, mais qu'est-ce que tu viens traîner tes guêtres chez mézigue ?

Haïgaz reconnaît la voix de Chaumard l'anar et le cherche des yeux.

— Chaumard ! hurle-t-il en l'apercevant. Mais qu'est-ce que tu fais là, les mustafas ne t'ont pas découpé en rondelles à Smyrne ?

Il est sur le quai, le visage fendu d'un large sourire, accompagné par un quarteron d'hommes aux visages patibulaires.

— Tu parles ! Ces sauvages ont voulu me circoncire pour me convertir, mais ils ont pris mon bras pour ma bite et m'ont coupé la main. Flatteur, non ?

Et il brandit au ciel un moignon qui fait rire ses compagnons.

— Alors quoi, le rastaquouère, on descend pas serrer la main du manchot ?

— Consignés à bord, répond Agop. Interdiction de mettre pied à terre.

— Quoi ? De quoi elle s'mêle la maison poulaga ? Tu veux que je leur montre de quelle poudre on se chauffait chez les salamalecs ?

— Une simple histoire de papiers parce que le bateau est encore immatriculé à Istamboul. C'est en train de s'arranger. On se voit plus tard quelque part ?

— Ça va pas être possible, mon p'tit gavroche des sofas, j'embarque avec mes aminches dans une heure. On se fait la belle au djebel. Ça se castagne chez les Druzes et les angliches poussent leurs pouliches à nous faire des embrouilles. J'vais donner un coup de la main qui me reste au père Gamelin. Alors à la revoyure, camarades, content de vous savoir en vie !

Il salue Haïgaz et Agop de sa main amputée et s'en va.

Au cul les Kurdes, chez Satan les Ottomans
Et par saint Georges, vive la cavalerie !

Depuis le bastingage du *Siyah Lale*, Haïgaz et ses compagnons regardent la petite troupe s'éloigner quand Chaumard s'arrête soudain et revient vers le caboteur. D'une poche de sa veste il sort un papier, l'attache autour d'une gourde qu'il a décrochée de son barda, et lance le paquet à Haïgaz qui le rattrape de justesse.

— Un petit quelque chose sur les bords de Seine, aux portes de Paris. J'en ai plus besoin, j'veux plus être sédentaire. Sur le papier, t'as le nom du notaire. Je lui écrirai pour lui dire quoi faire. C'est pour toi, gamin, en souvenir de Smyrne ! Trouve-toi une mousmé et fonde un foyer si tu ne veux pas finir en morceaux façon puzzle comme tonton Chaumard. Et à la revoyure, ici ou ailleurs, ou bien chez le bon Dieu, s'il nous mérite.

Il retourne vers ses compagnons de fortune qui s'impatientent et ils s'éloignent en chantant :

Tiens, voilà du boudin, voilà du boudin, voilà du boudin
Pour les Alsaciens, les Suisses et les Lorrains…

Intrigué, Haïgaz déplie le papier. Agop, lui, saisit la gourde, la débouche, la renifle, et avale une longue gorgée de rhum qui lui brûle la gorge, avant de la tendre à Hovannes qui s'étrangle et s'étouffe à son tour. Haïgaz lit et relit le document. Ça parle de quatre cents mètres carrés d'un terrain sis 16 allée des

Ponts, sur l'île Saint-Germain, à Issy-les-Moulineaux en Seine-et-Oise. Il y a même un plan.

— Est-ce que ça veut dire ce que je crois que ça veut dire ? s'étonne Haïgaz.

— Je crois bien que oui. Te voilà propriétaire, commente Agop.

Ils ont à peine le temps de revenir de leur surprise qu'une automobile se force un passage sur le quai. Une Studebaker rutilante arborant un fanion américain. Elle freine au dernier moment, sa calandre chromée à un centimètre des tibias des policiers de faction. Christopher en descend et leur montre des ordres écrits auxquels les hommes en uniforme se soumettent de mauvaise grâce. Une heure plus tard, ils remontent la nationale 7 à travers les premiers paysages de France que Christopher fait découvrir aux trois garçons émerveillés. Hovannes est assis à l'avant et s'applique à suivre leur itinéraire sur une carte. À l'arrière, raides comme des princes consorts, Haïgaz et Agop s'enivrent des paysages, le nez à la vitre ouverte. Puis s'endorment l'un contre l'autre.

Christopher les réveille à mi-chemin pour déjeuner en terrasse d'un restaurant en bord de route. Fougasse et anchoïade, ravioles au fromage persillé, biscuit sablé à l'écorce d'orange, et un sachet de nougat pour la route. Trois heures plus tard, ils arrivent à Pont-de-Chéruy, fatigués par les trépidations du moteur et le cœur trop sucré au bord des lèvres. Ils se font leurs adieux devant l'entrée de la tréfilerie, se jurent de se revoir, puis Christopher et Hovannes repartent pour Paris.

27

1923 – Pont-de-Chéruy, France

Il discute avec un contremaître au milieu de l'immense atelier, dans le vacarme des tréfileuses. Jaillissant du plafond, des courroies entraînent de lourds volants de fonte ou d'acier qui forcent le métal à travers des trous de différents diamètres. Au-dessus, cachés dans les solives, vrombissent les vilebrequins, les engrenages et les poulies qui donnent la puissance aux machines, activées par les roues des moulins. Derrière les murs, elles prennent la force de la rivière. Araxie observe le jeune homme à travers l'enchevêtrement des sangles qui vibrent et tremblent sous l'effort. Pour mieux le voir, elle penche un peu sa tête coiffée d'une charlotte afin d'éviter que ses cheveux se prennent dans les lanières et les rouages. Elle trouve qu'il porte beau. Pantalon large et chemise blanche. Elle aime la façon dont il garde sa veste jetée sur ses épaules. Ses cheveux sont noirs et brillants comme des ailes de corbeau. Bien plaqués sur les côtés. Il doit être important, pour discuter ainsi avec le contremaître. Il parle la tête haute et le regard droit, même si le chef d'atelier semble s'énerver un peu. Un autre homme suit la conversation en marquant son impatience. Dans le vacarme, Araxie n'entend rien de ce qu'ils se disent. N'entend même pas Haïganouch, sur la machine d'à côté, lui hurler qu'elle est amoureuse. Quand elle comprend enfin, elle hausse les épaules en souriant, sans quitter le bel homme des yeux. Elle aperçoit alors son compagnon qui se penche vers lui.

— Tue-le, crie Agop à l'oreille d'Haïgaz.

— Qu'est-ce qu'il dit ? hurle l'autre.

— Il dit qu'on n'a pas fait cinq mille kilomètres pour s'entendre refuser du travail.

— Mais bon sang de bonsoir, explose le contremaître, regardez autour de vous, vous voyez des hommes, vous ? On n'emploie que des femmes ici !

Il fait un large geste pour désigner tout l'atelier. Et c'est en suivant sa main des yeux qu'Haïgaz croise le regard d'Araxie. Elle se cache aussitôt derrière une courroie maîtresse, mais elle a eu le temps d'apercevoir son sourire. Un sourire à mourir d'amour. Quand elle glisse un œil au-delà de la courroie, il est toujours là, qui la guette et lui adresse un clin d'œil insolent.

— Tue-le s'il ne veut pas nous donner ce travail ! crie Agop.

— Ils n'embauchent que des femmes dans cet atelier. C'est à cause de nos contrats, hurle Haïgaz, ils sont pour un travail de femme.

— Tue-le ! répète Agop.

Mais Haïgaz, qui garde désormais un œil sur la jeune femme à travers l'affolement des courroies et des machines, préfère s'expliquer posément :

— Écoutez, nos contrats ont été signés par M. Archambaud lui-même, n'est-ce pas ? Et M. Archambaud était bien le représentant légal de votre entreprise, n'est-ce pas ?

À chaque question, le contremaître répond d'un oui résigné.

— Donc c'est votre entreprise qui nous a fait venir jusqu'ici avec ces contrats, n'est-ce pas ? Et donc, s'il y a une erreur, c'est à votre entreprise d'en assumer les conséquences, n'est-ce pas ?

— Oui, oui, oui et oui ! hurle le contremaître.

— Alors trouvez-nous un travail !

Le contremaître ne sait que faire.

— Mais comment Archambaud a-t-il pu faire une telle erreur ? Quand vous a-t-il signé ces contrats ?

— À Smyrne, pendant l'incendie, le jour de sa mort, répond Haïgaz en reprenant espoir.

— Le jour de sa mort ! Vous étiez avec Archambaud le jour de sa mort ?

— Il est mort dans nos bras, hurle Agop, défenestré par les Turcs depuis la fenêtre d'un bordel.

— D'un quoi ? s'égosille le contremaître.

— D'un hôtel ! crie Haïgaz en écrasant le pied d'Agop.

— Seigneur Dieu ! Bon, venez avec moi ! se résigne le contremaître.

Ils se dirigent vers la porte et, au moment de sortir, Haïgaz jette un dernier coup d'œil vers la machine d'Araxie. La jeune fille n'est plus là et c'est une autre qui le regarde en souriant, droit dans les yeux, puis se penche sur le côté, tire devant elle Araxie et la maintient bien droite par les épaules face au jeune

Arménien. Lequel explose d'un rire si fort qu'elles l'entendent de l'autre bout de l'atelier, malgré le déchaînement des mécaniques.

Sortir de la tréfilerie, c'est s'assommer contre le silence. Il faut quelques instants aux trois hommes pour retrouver le juste équilibre des mots dans leur voix.

— Vous avez vraiment connu Amédée Archambaud ?

— Bien sûr, répond Haïgaz, nous avons même souvent dîné avec lui.

— Même que nous prenions le petit déjeuner ensemble après les…

Haïgaz écrase à nouveau le pied d'Agop.

— Ça alors ! Et vous étiez avec lui le jour de sa mort ?

— Son dernier souffle la tête contre mon cœur, exagère Agop.

— Seigneur Dieu ! soupire le contremaître. Venez.

Quand ils comprennent que l'homme les emmène vers le château, ils se redressent et rectifient leur tenue. Haïgaz enfile sa veste et lisse ses cheveux.

M. de Beaumont les reçoit dans son bureau à l'étage. C'est un homme dans la force de l'âge, grand, au regard décidé. Un cadre montre une photo de lui en officier décoré.

— Bonjour, messieurs, dit-il en tendant une main vigoureuse aux deux garçons.

Puis il se tourne vers le contremaître.

— Alors, Tournebize, de quoi s'agit-il ?

L'homme chiffonne sa casquette dans ses poings.

— Voilà, monsieur de Beaumont, ces deux messieurs sont arméniens et sont arrivés à l'atelier où nous n'employons que des femmes.

— Et alors ? s'amuse M. de Beaumont.

— Alors, leurs contrats sont bien au nom de femmes, monsieur de Beaumont.

— Vous voulez dire que ces messieurs vous auraient présenté de faux contrats ?

— Non, les contrats sont authentiques et portent bien la signature de M. Archambaud.

— Archambaud..., murmure de Beaumont. Mon Dieu, Amédée, paix à son âme... Mais en quoi ce problème me concerne-t-il, Tournebize ? Si ces messieurs sont de bons ouvriers, refaites-leur un contrat en bonne et due forme et qu'ils travaillent dans un autre atelier.

— En fait, je vous ai amené ces messieurs parce qu'il semblerait qu'ils ont bien connu M. Archambaud et qu'ils étaient avec lui quand il est mort, monsieur.

De Beaumont se fige et, les yeux rivés sur Haïgaz et Agop, demande :

— Parlent-ils français, Tournebize ? Me comprennent-ils ?

— Nous vous comprenons, monsieur, répond Haïgaz.

— Seigneur Dieu, jure de Beaumont en les invitant à s'asseoir d'un geste de la main.

Ils prennent place dans des fauteuils autour d'une table basse en marqueterie. Agop, surpris, s'enfonce dans le cuir. Haïgaz, prudent, reste assis sur le bord.

— Tournebize, faites apporter des boissons et quelques biscuits, je vous prie.

Puis de Beaumont se tourne vers Haïgaz. Son visage est tendu par l'émotion.

— Je vous en prie, racontez-moi ce que vous savez de la mort de ce cher Amédée. Monsieur… ?

— Manoukian. Je m'appelle Haïgaz Manoukian, et mon ami Agop Tarpinian.

— Alors dites-moi ce que vous savez, Haïgaz.

Le jeune homme hésite un peu, puis raconte à de Beaumont leur rencontre avec Amédée Archambaud à Smyrne. Comment Archambaud les avait en quelque sorte pris sous son aile, Agop et lui. Comment il leur avait ouvert les portes de la ville – sans parler des nuits dans le bordel du quartier juif, bien entendu. Comment ils se retrouvaient à chaque retour d'Amédée à Smyrne. Puis l'aventureuse offensive grecque et la sauvage contre-attaque turque. Jusqu'à la guérilla dans les rues de Smyrne, au corps à corps, et ce jour funeste où ils ont vu un irrégulier turc et ses sbires défenestrer le pauvre Archambaud.

— De quel hôtel l'ont-ils défenestré ? demande de Beaumont. Je connais un peu Smyrne. J'y ai accompagné Amédée par deux fois. Le Kraemer ? Le Sporting ? Les Deux Augustes ?

— Non, monsieur. Les combats faisaient rage dans les ruelles. Tout le monde fuyait les quartiers chrétiens ou s'y battait. M. Archambaud s'était perdu et avait cru bon de se réfugier dans un hôtel de rue.

— Un hôtel de rue ?

— Oui, monsieur, un hôtel de passe. Un lupanar. Un bordel, excusez-moi du terme. Sans doute s'était-il dit en passant devant qu'il y serait à l'abri puisque ces établissements étaient souvent, à Smyrne, tenus par des Juifs.

— Seigneur Dieu, Archambaud, défenestré de l'étage d'un bordel juif…

— Qu'il ne fréquentait pas, monsieur, qu'il ne fréquentait pas. C'est juste qu'il avait pensé que…

— Je sais, je sais, j'ai compris. Mais de grâce, ne le répétez à personne. Pour l'honneur de son épouse et le sien, dites qu'il a été jeté des fenêtres du Kraemer.

— Bien entendu, monsieur de Beaumont, de toute façon il n'était pas dans notre intention de raconter cette histoire à qui que ce soit.

— Merci, c'est très civil de votre part, Haïgaz. Et savez-vous ce qu'il est advenu de son corps ?

— Malheureusement nous avons dû l'abandonner pour fuir l'arrivée des lanciers turcs.

— Mais nous avons tué celui qui avait jeté Amédée par la fenêtre, coupe Agop. Lui et les irréguliers qui égorgeaient toutes ces filles du… enfin de… de l'hôtel, quoi.

— Amédée a-t-il eu le temps de dire quelque chose avant de mourir ?

— Non, monsieur. Il avait le crâne fracassé. Il est mort sur le coup, ment Agop.

De Beaumont perd son regard au-delà de la baie vitrée.

— Nous avions fait la guerre ensemble, le saviez-vous ? Non, bien sûr, vous ne pouviez pas le savoir. Il a toujours été un compagnon brave et courageux, mais surtout joyeux et de bonne humeur. Toujours à plaisanter, même dans les tranchées, même à la charge. J'étais persuadé que sa joie de vivre lui ferait traverser la vie sans dommage. Et voilà qu'il n'est plus. Qu'il ne reste plus rien de lui…

— Si je peux me permettre, monsieur de Beaumont, il reste quelques petites choses de M. Archambaud.

— Comment ça ?

— Si nous avons dû abandonner son corps, nous n'avons pas voulu qu'il se fasse dépouiller par les Turcs ou leurs irréguliers. Alors nous avons pris ce qu'il avait dans ses poches. Son portefeuille et ses papiers, une montre et un mouchoir. Je les garde dans ma valise. Ils sont à vous si vous le désirez.

— Mon Dieu, comment pourrais-je jamais vous remercier, Haïgaz ! Bien sûr que je les veux, ne serait-ce que pour les remettre à sa pauvre femme. Merci. Merci pour elle.

Il se lève, prend tour à tour les mains d'Haïgaz et Agop dans les siennes, et les serre chaleureusement, longtemps. Personne n'a touché aux boissons ni aux biscuits à part Agop. Les deux garçons promettent de revenir le lendemain à seize heures apporter les affaires d'Archambaud, puis de Beaumont les raccompagne personnellement jusque sur le perron du château.

— Je vous suis redevable d'une dette immense, messieurs. Tournebize va vous trouver un bon travail, et si vous avez besoin de quoi que ce soit, n'hésitez pas à me le faire savoir.

Il les regarde descendre les marches, ému, quand Haïgaz s'arrête brusquement et se retourne.

— Justement, monsieur, il y aurait bien quelque chose… Serait-il possible que M. le contremaître m'accorde une avance sur mon salaire ? J'en aurais besoin pour organiser une fête avec mes compatriotes.

— Une fête ? s'étonne de Beaumont en souriant. Et en quel honneur ?

— Je vais me marier, répond Haïgaz.

Agop s'étrangle et recrache son biscuit.

Tandis qu'ils marchent vers l'atelier de tréfilerie, Tournebize félicite Haïgaz, Agop les suit, furieux.

— Vous devriez être heureux pour votre ami, non ?

— S'il se marie, je le tue ! grogne Agop.

— Et vous savez qui est l'heureuse élue ?

— Non, bien sûr que non, s'énerve Agop, puisque lui-même ne le sait pas.

— Comment ça ? Vous voulez dire que c'est un mariage arrangé selon vos coutumes ? Archambaud m'en avait parlé mais…

— Ce n'est même pas un mariage arrangé, aboie Agop. Pour arranger un mariage, il faut des parents. Vous ne voyez donc pas qu'il n'y a ici que des orphelins ?

— Mais alors… ?

— Alors je vais le tuer ! jure Agop.

Mais Haïgaz marche sans peur à travers les pelouses et les jardins de la cité ouvrière, le sourire aux lèvres. Le temps est clément. Le vent qui descend des montagnes adoucit les ardeurs du soleil. Le ciel d'un bleu pâle est couru de petits nuages. Moutons dispersés. Égarés. Haïgaz, lui, sait où il va et les deux autres peinent à le suivre. Quand ils entrent dans l'atelier, une fois passé le sas, le vacarme des machines leur fracasse les tympans et ils marquent un arrêt le temps de s'habituer.

Araxie l'aperçoit et se cache aussitôt derrière sa tréfileuse. Elle devine qu'il la cherche du regard et elle s'accroupit, les joues en feu. Quand Haïganouch lui murmure qu'il vient vers elles, son cœur trébuche et elle baisse les yeux. Puis il est là. D'abord ses chaussures en cuir qui brillent malgré la poussière que saupoudre le frottement infernal des courroies. Puis son large pantalon pincé à la taille et tenu par une fine ceinture. En cuir. De la même couleur que ses chaussures. Et lui enfin, grand, beau, jeune. Élégant avec sa veste.

— Je m'appelle Haïgaz Manoukian, dit-il en arménien en tendant sa main pour l'aider à se relever.

Araxie se redresse sans son aide et lisse son tablier de travail de ses mains. Puis elle le regarde fièrement.

— Et pourquoi me dis-tu ça ?

Son ton est plus provocant qu'elle n'aurait voulu et elle le regrette aussitôt. Lui ne s'en offusque pas. Il lui sourit. Un franc et large sourire heureux. Il est tellement beau. Le visage fin. Le nez busqué d'un aigle. Les cheveux si noirs et lustrés qu'ils semblent cirés.

— Parce que je voudrais t'épouser, répond Haïgaz en plongeant son regard d'ébonite dans ses yeux noisette.

Elle se sent défaillir, mais se reprend et fait mine de s'affairer à sa machine.

— La belle affaire ! Et tu crois qu'il suffit de demander ? Nous ne nous connaissons même pas.

— Nous nous sommes vus tout à l'heure, à travers les courroies de l'atelier. Ne dis pas que tu ne me regardais pas. J'ai croisé ton regard. Je sais que je te plais. Et toi tu me plais beaucoup aussi.

— Tu ne connais rien de moi.

— J'ai vu tes yeux.

— Tu crois que c'est suffisant pour connaître quelqu'un ?

— Non, mais ça l'est pour avoir envie de te connaître.

— Alors demande à me connaître, avant de demander à m'épouser.

Haïganouch bat des mains en sautillant sur place. De la part d'Araxie, ce n'est pas un non. Ils vont se revoir. Araxie va être courtisée par un bel homme. Peut-être même en tombera-t-elle amoureuse !

— C'est ton ami ? demande Haïganouch à Agop.

— Ça l'était, mais maintenant je veux le tuer !

Haïgaz se tourne vers elle.

— Comment s'appelle ton amie ?

— Araxie. Ma sœur s'appelle Araxie. Araxie Der Gazarian.

— Eh bien, Araxie, est-ce que nous pourrions apprendre à nous connaître pendant les quinze jours qui viennent ?

Faussement occupée à régler sa machine, Araxie se retourne, le cœur chamboulé et les yeux écarquillés.

— Quinze jours ? Et pourquoi quinze jours ?

— Parce que dans quinze jours je donne une grande fête pour notre mariage.

Haïganouch bondit de joie tandis qu'Agop se renfrogne.

— Araxie, est-ce que je peux t'attendre, après tes heures, à la porte de l'atelier ?

Araxie bout intérieurement de lui dire plusieurs fois oui, mais elle se contente d'accepter du bout des lèvres :

— Tu peux attendre si tu veux, tu verras bien si je viens, mais de toute façon Haïganouch nous accompagnera.

— Elle sera la bienvenue, répond Haïgaz dans un sourire qui fait irradier Araxie de bonheur derrière son masque boudeur.

— Alors dans ce cas, moi j'accompagne Haïgaz, décide Agop d'un ton qui ne tolère aucune contradiction.

Malgré le vacarme et les trépidations des machines, toutes les femmes de l'atelier ont deviné ce qui se passe. À travers la frénésie des courroies, elles regardent Araxie, faussement timide, qui rougit. Tournebize tape alors dans ses mains.

— Bon, allez, tout le monde se remet au travail !

Puis d'un geste amical il invite Haïgaz et Agop à quitter l'atelier pour laisser les filles travailler et leur donne rendez-vous le lendemain.

Une fois seuls, les deux garçons marchent jusqu'à la rivière.

— Où va-t-on ? grogne Agop.

— Chercher un bel endroit pour la fête.

Agop empoigne sa tête de ses deux mains et les glisse jusque derrière sa nuque, comme s'il se lissait les cheveux.

— Tu veux donc vraiment marier cette fille ?

— Oui. Je crois bien. Je suis sûr que oui ! Oui, oui, absolument !

— Alors pourquoi as-tu attendu tout ce temps ?

— Comment ça, j'ai attendu ? s'étonne Haïgaz en se retournant.

— Quoi, tu ne te souviens pas d'elle ? Nous l'avons déjà croisée à l'orphelinat de Beyrouth, le jour où nous y avons déposé les orphelins de Smyrne. Avec Christopher.

— Tu en es sûr ?

— J'y crois pas ! Tu ne l'avais pas reconnue ? Alors tu l'as vraiment demandée en mariage en croyant la voir pour la première fois ?

— Bien sûr que oui, sourit Haïgaz, le « coup de tonnerre », comme disent les Français.

— De foudre, corrige Agop. Ils disent le « coup de foudre » !

— Foudre, tonnerre, ouragan, cyclone, appelle ça comme tu veux, mais je vais épouser cette fille. Alors aide-moi à trouver le meilleur endroit pour la fête.

— Et on peut savoir ce que tu cherches ?

— Un pré à l'herbe rase mais dense. En bordure de la rivière, mais en amont pour qu'elle soit encore sauvage. Une rive accessible pour y rafraîchir le vin et les pastèques, en plein soleil mais dans l'eau fraîche. Des haies pour nous isoler un peu. Quelques arbres pour l'ombre. Un bel endroit à l'écart pour y creuser un four à braises et y cuire un agneau…

— Il faudrait aussi un arbre à l'ombre plus généreuse pour les musiciens. Il y aura des musiciens, n'est-ce pas ?

— Bien sûr. *Duduk*, *chevi*, *zourna*, *parkapezouk*, mais aussi *tar*, *santour*, *kemantcha*, *déhol*. Je veux de la musique pour trois jours !

— Haïgaz, les ouvriers n'ont qu'un jour de congé par semaine. Même si de Beaumont paye cette fête, il n'accordera jamais deux jours de congé supplémentaires à tous ses ouvriers arméniens.

— Et pourquoi je n'inviterais que les Arméniens ? Cette fête sera ouverte à tous les chrétiens de l'entreprise. De mémoire de De Beaumont, il n'y en aura jamais eu d'aussi belle dans toutes ses usines.

— Les chrétiens, d'accord, mais pas un seul musulman. J'en vois un, je le tue.

— Agop, si par hasard un musulman travaillait ici, cela voudrait dire qu'il est réfugié comme nous, après avoir tout perdu.

— Je m'en moque. J'en vois un, je le tue !

Ils débouchent alors dans un grand bocage. Un vaste pré le long de la Bourbre, dont la rive est plantée d'aulnes et de peupliers. Une haie piquetée de mûres tout autour. Quelques pommiers dispersés, et un grand saule pleureur dont un troupeau a opportunément brouté les branches tombantes à bonne hauteur, ménageant ainsi une sorte de kiosque. Les yeux d'Haïgaz pétillent de joie. Aucun doute, ce sera là.

Tandis qu'ils reviennent sur leurs pas, comme deux amis heureux, Haïgaz sa veste sur les épaules, Agop la sienne sur le bras, ils se demandent ce que sont devenus ceux qu'ils ont croisés dans leur courte vie et qu'Haïgaz aurait voulu pouvoir inviter à son mariage. L'officier au mati, Mme Schwabell, Christopher, Hovannes… Il se demande aussi avec qui Araxie aurait voulu partager ce jour-là. Il le lui demandera en fin de journée, en l'emmenant voir le pré qu'il a choisi pour la fête.

Mais quand les ouvrières débauchent à la sirène, ni Araxie ni Haïganouch ne sont parmi elles. Une des tréfileuses leur apprend qu'elles ont été convoquées au château.

— Cette fête n'est pas mon idée, monsieur, je ne connais même pas ce garçon, et je n'ai même pas encore dit oui ! Ne me renvoyez pas, s'il vous plaît, je vous en prie…

Devançant toute question, Araxie a débité ces mots d'un trait. Une ouvrière traduit sa supplique en grec que M. de Beaumont comprend.

— C'est donc vous la promise d'Haïgaz Manoukian ? s'étonne-t-il.

— Je ne suis pas sa promise, monsieur, c'est juste lui qui…

— Ce sera un mariage magnifique, vous verrez, une fête inoubliable. Et beaucoup plus que vous ne pouvez l'imaginer, se réjouit de Beaumont.

D'abord Araxie et Haïganouch s'étonnent de sa joie, puis de ses paroles quand elles leur sont traduites.

— Qu'est-ce que nous ne pouvons imaginer, monsieur ? s'inquiète Araxie.

— Le bonheur de célébrer votre mariage en famille, par exemple, confie-t-il en se penchant vers elles.

— En famille ?

— Araxie et Haïganouch, votre maman sera de la fête.

— Notre maman ?

— Oui, Mme Der Gazarian a remué ciel et terre pour vous retrouver. Elle devait être à l'arrivée du bateau, mais des circonstances imprévues l'en ont empêchée. Elle vous suit à la trace depuis le camp Oddo à Marseille et nous avons reçu un télégramme de sa part. Elle arrive ce soir à Lyon par le train. Et puisque vous êtes la promise de ce brave Haïgaz, je vous accorde cette journée, à vous et votre sœur, et je mets une voiture à votre disposition pour que vous lui fassiez la surprise de l'attendre à la gare.

La stupeur d'Araxie et Haïganouch surprend d'abord M. de Beaumont, qui la met sur le compte de l'émotion. Le reste va très vite. Le chauffeur est là et elles partent comme elles sont, avec leur tablier de travail qu'elles déferont en chemin. Une heure de route dont elles ne voient presque rien, absorbées par leurs pensées. Une inconnue les a choisies sur carte postale et les voilà devenues filles de cette mystérieuse dame dont elles s'apprêtent à faire la connaissance.

La voiture arrive une heure avant le train. Le chauffeur leur ouvre la portière avec déférence et les aide à descendre. Araxie est anxieuse. Cette Mme Der Gazarian est de toute évidence une femme généreuse, puisqu'elle a permis à douze autres enfants, grâce aux passeports d'orphelines, de fuir les guerres pour trouver la paix ici. Et sa fausse attestation de parenté leur a permis, à Haïganouch et elle, de se réfugier en France aussi. Mais comment devient-on la fille de quelqu'un qu'on ne connaît pas le même jour où un homme vous propose de vous épouser ?

Le chauffeur les accompagne à travers une foule pressée. On devine qu'il a l'habitude. Il ne consulte même pas les horaires, comme les autres voyageurs qui se massent devant les affiches. Elles se perdent dans la contemplation des locomotives qui soufflent et soupirent, et soudain exhalent des jets de vapeur, dragons sans ailes noirs et puissants. Quand un homme en uniforme siffle et agite son drapeau pour annoncer l'arrivée du train, l'angoisse raidit le dos d'Araxie.

Elles ne savent même pas comment identifier Mme Der Gazarian. Mais M. de Beaumont a tout prévu : le chauffeur déploie un petit calicot portant le nom de la dame. Face à elles la foule avance, et à voir ces gens agglutinés, chargés de bagages, fatigués par le voyage, marcher ensemble dans le même sens, l'image fugace des déportations se rappelle à Araxie. Comme au temps des malheurs, au temps des convois, des soldats, des crottins et de...

— Medz mama ! hurle Araxie avant de s'évanouir.

Au buffet de la gare, les voyageurs en attente regardent la scène d'un œil ému ou amusé. Sur la banquette en bois, Araxie s'est accrochée au cou de Chakée et l'embrasse partout sur le visage.

— Medz mama ! Medz mama ! Medz mama !

Elle ne dit rien d'autre et ne veut rien savoir. Elle veut rester dans l'instant béni de ces retrouvailles inespérées. Elle récite sa litanie, des sanglots de bonheur dans la voix, ses yeux mouillés de joie dans le cou de la vieille dame.

Haïganouch retient ses larmes. Assis à côté d'elle, le petit homme pas vraiment vieux, pas vraiment laid qui accompagnait Chakée et portait ses bagages prend une de ses mains dans les siennes et la garde sur son genou. Une profonde chaleur remonte aussitôt le bras d'Haïganouch et se diffuse dans son corps tout entier. Elle regarde l'homme qui, les yeux fixés sur Chakée et Araxie, rayonne d'un bonheur apaisé. Chakée tourne la tête vers Haïganouch, tend sa main ridée par-dessus la table, et lui caresse la joue.

— Ma petite Haïganouch, murmure-t-elle.

Les larmes aux yeux, la jeune femme lui avoue qu'elle n'est pas Haïganouch.

— Je le sais bien, répond Chakée d'une voix douce.

— Je suis…

— Je sais aussi qui tu es. Tu es Assina, la belle enfant à qui j'avais confié mes petites. Je t'ai reconnue sur la photo de l'orphelinat toi aussi, et j'ai bien compris qu'il était arrivé quelque chose à ma petite Haïganouch. Mais j'ai compris aussi que tu étais devenue la sœur d'Araxie. Ce qui fait de toi un ange, comme elles.

Sur ordre de M. de Beaumont, le chauffeur a offert des chocolats chauds. Les femmes y ont peu goûté, submergées par l'émotion. Le vieil homme le chouroupe bruyamment comme le font les Arméniens d'un café bouillant.

— Je suis Levon Der Gazarian, dit-il alors, d'une voix douce et grave. J'ai épousé votre mère à Alexandrie. Je suis tailleur à Meudon, près de Clamart, à côté de Paris.

— Levon est surtout guérisseur, précise Chakée avec tout l'amour et la confiance du monde dans le regard. Il m'a délivrée un à un de tous mes cauchemars. Et aussi de tous ces fichus maux qui me tordaient et me pinçaient à chaque mouvement.

— Je crois que nous devrions y aller, l'interrompt le chauffeur. M. de Beaumont nous attend.

Ils regroupent les bagages que le chauffeur insiste pour porter, et traversent la gare pour rejoindre la voiture. Chakée et ses filles montent à l'arrière, Levon devant. Mais le moteur tousse et cale, impossible de démarrer. Le chauffeur ouvre le capot, regarde les entrailles compliquées de l'engin, touche deux ou trois pièces, et remonte faire plusieurs tentatives. Sans résultat. Levon, d'un signe de la main, lui demande alors de le laisser faire. Il reste un long moment immobile, à concentrer son regard sur le moteur, sans rien toucher. Quand il fait signe au chauffeur d'actionner le démarreur, le moteur s'ébroue et ronronne.

Levon remonte en voiture, sous le regard suspicieux du chauffeur, et Chakée lui glisse d'un ton amusé :

— Il est guérisseur, je vous l'ai dit !

Ils sont à peine partis que les trois femmes commencent à se raconter leur vie en désordre pendant que Levon, heureux, contemple l'agitation du monde sous le regard en coin du chauffeur.

Après les derniers faubourgs de Lyon, et avant les premières usines de Pont-de-Chéruy, Chakée aperçoit un pont de planches sur une rivière étroite qui caracole à travers un pré fleuri.

— Là peut-être ? demande-t-elle à Levon, qui approuve d'un large sourire.

Elle demande au chauffeur de se ranger quelques minutes sur le bas-côté. Puis elle invite Araxie à suivre son mari qui descend de la voiture. Tous deux marchent vers le petit pont, elle derrière, l'air inquiet, et lui devant, souriant. Au beau milieu du pont, Levon fait signe à Araxie de s'arrêter et pose une main sur son front. Aussitôt une onde chaleureuse enveloppe le crâne et les épaules de la jeune fille. Elle en ferme les yeux de bien-être. Elle n'entend plus que la rivière. Elle est ailleurs. Partout et nulle part à la fois. Elle ne sent plus ni son corps ni le pont sous ses pieds. Elle se fond et se disperse dans quelque chose d'immense, d'infini. Puis peu à peu toutes ces sensations disparaissent et elle comprend que Levon a retiré sa main. Quand elle ouvre les yeux, le sourire du vieil homme est comme un matin nouveau. Un soleil d'été un jour de repos.

— Elle va bien, dit-il.

— Qui ça ? Qui va bien ?

— Haïganouch, ta petite sœur, je ne sais pas où elle est, mais je sais qu'elle va bien.

Et il retourne à la voiture en laissant Araxie, déconcertée, le rattraper en courant.

— Vous êtes sorcier ? s'inquiète le chauffeur.

— Guérisseur ! précise Chakée.

Quand ils arrivent à la tréfilerie, M. de Beaumont n'est pas là. L'axe d'un moulin s'est déboîté de ses engrenages et a détruit le mécanisme de tout un atelier. Mais il a laissé des consignes à Tournebize qui les conduit jusqu'à la villa réservée aux clients importants et aux visiteurs de marque. Araxie et Haïganouch ont la permission d'y passer la nuit dans la seconde chambre.

Personne, bien entendu, ne dort cette nuit-là. Chakée raconte comment l'officier lui a laissé la vie sauve et l'argent payé par le père d'Assina. Comment elle a voyagé, déguisée en vieille femme turque, jusqu'à Beyrouth. Puis de Jérusalem jusqu'à Alexandrie. Comment son inquiétude pour Araxie et Haïganouch minait sa santé, la tordait de douleurs. Comment son cœur s'affolait soudain. Comment son estomac suintait d'acide et la bile brûlait sa gorge. Ses migraines, ses rhumatismes, ses courbatures. Et sa syncope. En pleine rue. Parmi la piétaille d'Alexandrie qui ne s'arrêtait même pas pour elle et enjambait son corps presque sans vie. Jusqu'à cette femme, déguisée en musulmane elle aussi, qui a reconnu à la supplique qu'elle psalmodiait la vieille Arménienne fourbue qu'elle était. Cette femme qui l'a relevée, lui a glissé quelques mots arméniens à l'oreille pour la rassurer, et l'a aidée à marcher vers une ruelle, au cœur d'un quartier à l'écart, jusqu'à la boutique d'un tailleur.

— Et c'est comme ça que j'ai rencontré mon Levon.

Qui l'a guérie et, après avoir donné son magasin à son apprenti, est parti pour Paris avec elle.

— Les gens que Levon soigne lui sont reconnaissants et souvent généreux. Depuis l'Égypte sa réputation l'avait précédé chez les Arméniens de France. Avec l'argent nous avons acheté un bout de terrain et construit un petit immeuble de trois étages, avec un appartement par niveau. Nous avons gardé le dernier pour nous. Il y a deux chambres, si vous voulez, l'une est pour vous.

— C'est très généreux, medz mama, mais je crois que je vais rester travailler ici.

— Tu es ma fille aussi, Assina. Vous m'avez raconté ce qui est arrivé à Haïganouch, mais Levon sait qu'elle n'est pas morte. Peut-être est-elle même heureuse dans sa nouvelle vie. Ne te reproche rien.

— Ce n'est pas pour ça, medz mama, c'est juste que désormais Araxie aura sa propre vie. Enfin je veux dire, elle va se marier bientôt, medz mama !

— Tu vas te marier, tsakeuss ?

Agop se penche à l'oreille d'Haïgaz sans quitter Chakée des yeux.

— Si elle te refuse la main de sa fille, je la tue.

Ils sont dans le pré qu'a choisi Haïgaz pour la fête du mariage. Chakée est assise à l'ombre du saule, entre Araxie et Haïganouch redevenues ses petites filles. Haïgaz est assis dans l'herbe face à elles, un brin de folle-avoine entre les dents, et Agop, agenouillé derrière lui, lui murmure à l'oreille conseils et menaces. Un peu plus loin, Levon le bienheureux a posé ses chaussures sur la berge et retroussé le bas de son large pantalon. Debout dans l'eau fraîche, il regarde la rivière et le ciel en souriant, offrant son visage au soleil.

— Et le petit bouddha maigrichon aussi, je le tue, s'il n'est pas d'accord.

— Haïgaz, tu sais à quel point elle a été malheureuse, j'espère, l'avertit Chakée.

— Nous l'avons tous été, répond-il.

— Toi tu l'étais une arme à la main. Nous, nous l'étions un couteau sur la gorge.

— De ceux qui tenaient les couteaux, mon sabre en a tué autant que possible.

— N'oublie pas qu'elle l'a vendue à un Turc, marmonne Agop sans bouger les lèvres.

— Tais-toi, grogne Haïgaz, c'est ce qui l'a sauvée.

Agop se renfrogne et se tasse derrière lui.

— Bien, approuve Chakée. Ce n'est pas parce que vous avez déjà eu la vision l'un de l'autre et qu'il est trop tard pour *aghtchik déss* et *pessa déss,* les cérémonies de présentation officielles, qu'il faut oublier la tradition. Qui seront tes parrains qui viendront chercher la mariée ?

— Agop sera le parrain. J'ai pensé qu'Haïganouch pourrait être la marraine.

— Jamais de la vie, siffle Agop. C'est une Turque !

— Tu sais ce qu'ils devront apporter, j'espère.

— Oui, les trois paniers, répond Haïgaz qui s'allonge avec nonchalance sur un coude, la tête dans la paume de sa main.

— Dis-moi ? commande Chakée en essayant de se donner l'air sévère.

Une mèche brune retombe sur le front du garçon et le cœur d'Araxie fond. Et puis cette douce insolence, face à Chakée qui en sourit secrètement. Cet homme décidément lui plaît.

— Un panier avec des friandises pour la famille, un panier avec du vin, des bougies et des dragées pour l'église, et un panier pour la mariée avec son voile, sa robe, ses chaussures, ses gants et un parfum à la fleur d'oranger.

— Très bien. Puisque Haïganouch sera la marraine, je serai la seule famille d'Araxie pour accueillir les paniers et vous offrir le gâteau des rois en échange. Et après, toi et ton tueur de compagnon vous disparaîtrez le temps qu'on habille la mariée. Tu as un costume, au moins ?

— J'en aurai un, sourit Haïgaz. Je serai bien habillé et respectueux de la famille de ma promise, mais il y a une chose que je n'accepterai pas.

Tout le monde se raidit et les regards se fixent sur lui. Agop, qui s'est allongé lui aussi, les yeux au ciel, absent et vexé, se relève, soudain attentif.

— Je ne veux pas que le prêtre prononce les mots de la tradition. Qu'il en trouve d'autres. Je ne veux pas qu'il me demande si je suis prêt à être son « maître par l'ordre de Dieu jusqu'à la mort », ni si Araxie accepte de m'être «soumise par l'ordre de Dieu jusqu'à la mort». Si nous nous marions, aucun de nous ne jurera servitude à l'autre. Si le patriarche n'est pas d'accord, nous nous marierons selon le culte français.

Chakée prend son temps avant de répondre, comme un juge qui mesure la portée de sa décision. Bien entendu, elle fait durer le silence plus que nécessaire, pour faire connaître à ce jeune homme insolent et décidé à la fois qu'elle aime ce qu'il semble être.

— Levon et moi, dit-elle d'un ton sentencieux, nous offrirons au patriarche ce qu'il faut pour qu'il oublie le texte de la tradition.

Les regards se tournent alors vers Levon, que tout le monde a oublié. Il est toujours immobile dans la rivière argentée, sous les frondaisons acidulées par le soleil clair. Il a relevé les manches de sa veste de costume jusqu'aux coudes. On croirait un héron planté dans l'eau. Puis sa main plonge et ressort de l'eau si vivement qu'elle éclabousse des étincelles argentées.

— J'en ai une, dit-il calmement en leur montrant la truite arc-en-ciel, avant de la relâcher.

Dans l'après-midi, Tournebize vient chercher Haïgaz et Agop. De Beaumont les reçoit cette fois dans un salon cossu. Mme de Beaumont est là elle aussi, jeune et élégante. Elle soutient du regard et d'un sourire attristé une femme un peu ronde aux yeux rougis, qui se lève en froissant un mouchoir de dentelle sur sa poitrine.

— Deux A entrelacés pour toujours, gémit-elle en dépliant le mouchoir qu'elle tire de la boîte à chaussures que tient Agop. Apolline et Amédée.

Mme de Beaumont passe un bras sur ses épaules qui tressautent de chagrin. Haïgaz et Agop, mal à l'aise, se dandinent sur leurs pieds. Ils ne peuvent dissocier l'image d'Archambaud de celle des lupanars de Smyrne, allongé nu et bedonnant contre les corps alanguis des catins et des ménesses turques. Haïgaz baisse les yeux sur ses chaussures. Agop garde les siens rivés sur la poitrine généreuse d'Apolline Archambaud et imagine la veuve nue, en travers de coussins colorés, sous des baldaquins damassés…

— Monsieur Tarpinian ?

… le corps offert, capiteux et rond à la fois, lactescent, abandonné aux assauts rigolards d'Amédée dans les jeux de lumière du soleil de Smyrne à travers les moucharabiehs.

— Monsieur Tarpinian ?

Agop sort de sa rêverie, honteux que son sexe s'en soit raidi et affolé que ses hôtes puissent s'en apercevoir.

— Pardon ?

— Mme Archambaud vous remercie d'avoir pensé à ne pas laisser les effets personnels de son époux à ces sauvages Ottomans, répète de Beaumont. Elle tient trop à ce mouchoir et à cette montre gousset qu'elle avait offerte à feu son mari. Mais elle vous propose, si vous le souhaitez, de garder quelque chose de son portefeuille.

Apolline Archambaud a le bras tendu, le portefeuille à la main, le regard humide et étonné du silence d'Agop. Haïgaz réagit à la place de son compagnon. Il se rend compte qu'ils n'ont jamais ouvert le portefeuille. Qui sait ce qu'il peut bien cacher.

— Merci beaucoup, madame, c'est un honneur. Si vous permettez…

Il prend le portefeuille et l'ouvre discrètement tandis qu'Agop se colle derrière son épaule. Des papiers d'identité. Quelques cartes de visite. Dans un soufflet, des billets. Francs français, livres turques, dollars américains, drachmes grecques. Puis dans un autre soufflet quelques photos. Agop s'étrangle et demande un verre d'eau pour faire diversion pendant qu'Haïgaz retire les clichés un par un. Amédée tétant une gourgandine aux seins gargantuesques. Amédée portant un toast au photographe, nu sur un sofa, trois moukères lascives caressant son corps. Amédée lippant du madzoun sur la croupe callipyge d'une mère maquerelle hors d'âge.

— Je garderai ces photos, si vous le voulez bien, dit Haïgaz.

Il rend le portefeuille à la veuve Archambaud après avoir vérifié qu'il ne contenait plus rien de compromettant.

— Ce sont des photos d'Amédée ? Puis-je les voir avant que vous ne les emportiez ?

— Non, madame, il ne vaut mieux pas, répond Haïgaz en les glissant dans la poche intérieure de sa veste. Ce sont des photos des charniers de Smyrne après le massacre et le grand incendie. On n'y voit que des chairs exposées qui sont une injure à la décence et à la charité chrétienne. Amédée voulait en porter témoignage. Nous le ferons pour lui.

Comme il sent qu'un trouble s'installe, de Beaumont fait servir des rafraîchissements. Agop s'assied près de la plantureuse veuve et lui invente mille histoires flatteuses au sujet d'Amédée. Haïgaz en profite pour s'isoler avec M. de Beaumont.

— Je voudrais vous demander un conseil, monsieur.

— Si c'est pour savoir si vous devez épouser cette belle Arménienne, c'est mille fois oui, plaisante de Beaumont.

— Non, monsieur, c'est plus du domaine des affaires.

— Des affaires ? Mon Dieu, Haïgaz, vous m'intriguez !

Le jeune homme sort de sa veste un document qu'il déplie et présente à de Beaumont.

— Un ami de rencontre m'a donné ça en cadeau. J'ai cru comprendre que c'est un titre de propriété, mais qu'il faudrait que je passe devant un notaire pour le régulariser. Et je n'ai pas la moindre idée de la manière de m'y prendre.

De Beaumont examine le papier avec sérieux.

— Oui, en effet, ce document fait de son porteur le propriétaire d'un terrain, sous réserve de le régulariser devant le notaire mentionné sur l'acte. Vous savez où se trouve Issy-les-Moulineaux ?

— Dans la région parisienne, à ce que m'a dit mon ami.

— Attendez…

De Beaumont quitte le salon quelques instants puis revient avec une carte.

— Là, Issy-les-Moulineaux, c'est dans l'Ouest parisien. C'est une très bonne chose. Ça donne de la valeur à votre terrain.

— Le simple fait d'être à l'ouest ? s'étonne Haïgaz.

— Oui. Les vents dominants viennent de l'Atlantique, par l'ouest. Les beaux quartiers se construisent donc toujours à l'ouest et les usines à l'est, pour que le vent ne rabatte pas les fumées sur le quartier bourgeois. Qu'allez-vous faire de ce terrain ?

— Je n'en sais rien, monsieur. « On ne mange pas la terre », comme on dit chez nous.

— Non, mais vous pouvez la travailler ou la louer pour qu'elle vous nourrisse.

— Je suis apatride, monsieur de Beaumont, je ne suis même pas encore français. Toutes ces paperasses me semblent bien trop compliquées à gérer.

De Beaumont réfléchit, les yeux rivés sur la carte.

— Si une somme d'argent vous rassure, je peux vous racheter ce terrain. Mon notaire réglera tout ça. Je vais charger une de mes sociétés immobilières d'évaluer votre bien et je vous en proposerai le meilleur prix en remerciement de ce que vous venez de faire.

— Qu'ai-je fait qui mérite votre générosité, monsieur ? s'étonne Haïgaz.

— Ces photos que vous avez soustraites à la curiosité de Mme Archambaud, je sais ce qu'elles représentent. Comme je vous l'ai dit, Amédée a été mon guide au cours de mes deux visites à Smyrne...

Haïgaz sourit, tire de sa veste les clichés, et les rend à de Beaumont. Puis ils retournent au salon où Agop, déchaîné, a réussi à faire rire la veuve aux éclats pour le plaisir de deviner la houle de sa lourde poitrine sous l'écume légère de son chemisier de dentelle noire.

Avant qu'ils prennent congé, de Beaumont promet des nouvelles rapides à Haïgaz, et Agop baise la main d'Apolline Archambaud d'un mouvement si maladroit qu'il plonge presque la tête entre les seins de la veuve, qui en rougit en riant.

— Depuis combien de temps Archambaud est-il mort exactement ? demande-t-il à l'oreille d'Haïgaz quand ils sont sortis.

— Pourquoi ? s'amuse ce dernier. Tu la crois en quarantaine ? Si elle est contagieuse, alors tu es contaminé, mon pauvre Agop. Tu l'as tellement caressée des yeux qu'elle doit en avoir la poitrine froissée.

— Tu répètes ça à quiconque, et je te tue.

— Agop, tu m'as déjà tué cent fois !

— Oui, mais cette fois je te tue jusqu'à ce que tu sois mort !

L'heure est venue pour Chakée et Levon de retourner à Lyon prendre le train pour Paris. Ils reviendront pour le mariage. Avant de monter dans la voiture, Levon s'approche en souriant d'Haïgaz et Agop, mains tendues paumes vers le ciel, et dans un réflexe qui les étonne eux-mêmes, ils posent dessus une main chacun. Le petit vieux malingre ferme les yeux sans cesser de sourire, une longue minute, puis il enlève ses mains, leur tapote l'épaule à tous les deux et monte dans la voiture sans un mot. C'est à Chakée qu'il se confie :

— Un vaurien au grand cœur et un grand cœur aventurier.

La voiture démarre et Agop se penche vers Haïgaz.

— Si c'est moi le vaurien, je le tue !

Mais Chakée et Levon ne l'entendent pas. Déjà la voiture les emmène, elle, le cœur riche de souvenirs inattendus et de promesses inespérées, lui rêvant du même bonheur éternel.

28

1923 – New York, États-Unis

— Je ne peux pas devenir américain alors ?

— Non, Hovannes. La Cour suprême a jugé conforme à la Constitution le refus par le gouvernement de naturaliser les immigrants. Sauf les Russes blancs. Ce maudit républicain de Harding considère le monde entier comme un repaire de communistes.

Christopher s'agite puis se laisse tomber dans un profond fauteuil club en cuir brun. Hovannes, lui, reste le nez collé à la baie vitrée du vaste bureau, au cinquante-septième et avant-dernier étage de la Patterson Tower. Depuis son arrivée à New York, il ne se lasse pas de la vue sur Manhattan.

— Bon, ne t'en fais pas, les gouvernements et les lois changent. Tu seras américain, je te le promets. En attendant, j'ai une bonne et une mauvaise nouvelle. La bonne, c'est que dans un an tu intègres l'université de Columbia pour faire ton droit. La mauvaise, c'est que tu as un an pour te mettre à niveau.

— Ça, dit le jeune Arménien, ce n'est pas une mauvaise nouvelle, Christopher. C'est même la meilleure des deux. Merci. Merci de tout mon cœur.

Christopher le prend dans ses bras et le serre contre lui.

— Tu as raison, petit frère, ce ne sont que des bonnes nouvelles. Et la meilleure, c'est que tu vas tous les écraser et devenir un grand avocat pour rejoindre la fondation et batailler pour plus de justice dans ce foutu monde.

Puis il le regarde avec fierté.

— Allez, rentre à l'appartement. Demain commence ta nouvelle vie : six heures de cours par jour six jours par semaine. Je t'ai retenu les meilleurs précepteurs dans chaque discipline.

Il raccompagne Hovannes jusqu'à la porte, un bras sur son épaule, protecteur comme un grand frère, puis, une fois seul, revient à son bureau et relit la lettre pour la troisième fois.

Cher Monsieur Patterson,

Lors d'une réunion des membres du Parti national-socialiste des travailleurs allemands, qui s'est tenue dans la brasserie Hofbräuhaus am Platzl, à Munich, M. le baron von Blitsch a personnellement rencontré M. Hitler. Ce M. Hitler n'a pas vraiment de programme, ni même de parti pour l'instant, mais il gagne des sympathisants à chaque discours. Ses arguments sont simplistes et son vocabulaire primaire, mais le message est extrêmement violent et porte auprès du peuple. Il veut un pays ethniquement purifié, il glorifie une race aryenne, et il accuse les Juifs d'être responsables de la mise en pièces de l'Allemagne à Versailles après la guerre et de s'être approprié par le commerce les richesses créées par le labeur des travailleurs allemands spoliés. Il n'a aucune honte à exiger leur élimination totale comme préalable à tout redressement de l'Allemagne, pays pour lequel il a pour ambition un seul peuple, un seul empire, un seul chef. Nous savons bien, vous et moi qui avons vécu dans notre chair la violence de l'extermination des Arméniens, ce que de tels appels peuvent déclencher de fureur barbare chez un peuple revanchard. M. le baron von Blitsch semble avoir connu et fréquenté M. Hitler à l'hôpital de Beelitz-Heilstätten à Potsdam où ce dernier était en soins pour une blessure de guerre. J'y ai trouvé moi-même un emploi d'infirmière à mon retour en Allemagne après la mort de mon cher Ernst. J'ai appris plus tard que votre amie Hilde von Blitsch y était aussi soignée après le terrible traumatisme dont vous nous aviez parlé, à Ernst et à moi-même, au soir de notre rencontre dans notre orphelinat de Kadiköy. Il se trouve que M. le baron a décidé de déménager à Munich après que lui et sa fille ont été témoins de l'assassinat d'un ancien dignitaire turc par un terroriste arménien devant leur domicile berlinois. Et par le plus grand des hasards, M. le directeur du Beelitz-Heilstätten m'a recommandée auprès du baron pour que je devienne l'infirmière et la dame de compagnie de Mlle Hilde.

Je n'ai jamais vraiment bien cerné votre rôle dans les événements de Turquie, en dehors bien entendu de votre dévouement à la cause des orphelins chrétiens, mais j'ai déduit de votre implication et de vos activités qu'une information sur le devenir politique de M. Hitler pourrait vous intéresser, maintenant que j'y ai un accès privilégié grâce à la proximité du baron von Blitsch.

Ce qui se prépare ici se nourrit des turpitudes d'hier. Selon le baron von Blitsch, on retrouve déjà autour de ce M. Hitler de nombreux militaires allemands dont la participation directe ou indirecte au massacre des Arméniens par l'État turc n'est plus à démontrer. Le baron a même reconnu dans le premier cercle des « nazis », comme on les appelle désormais ici, son vice-consul à Erzeroum, von Scheubner-Richter, adepte de l'ordre de Thulé de bien triste réputation, mais aussi von der Schulenburg qui fut son successeur et qui servait comme officier de liaison avec l'armée ottomane, ainsi que von Neurath, détaché auprès de la quatrième armée turque pour suivre l'« opération arménienne », et un certain Rudolf Hess, également capitaine de l'armée allemande en Turquie. Et bien entendu, je suis à votre entière disposition pour tout ce qui concerne le bien-être de Mlle Hilde…

Christopher n'en revient pas d'avoir à la fois des nouvelles de Hilde et de ce M. Hitler que la radio et les journaux raillent aux États-Unis. Il sait les ravages que peuvent provoquer de tels hommes chez des populations désemparées. Ici même aux États-Unis, pourquoi pas ? Le Ku Klux Klan qui se réorganise depuis 1915. L'American Legion qui se mobilise contre les militants communistes et socialistes. Les élus socialistes empêchés de siéger au Capitole. Obnubilé par la terreur rouge, le pays pourrait bien céder aux sirènes d'une autre terreur.

Il décide d'en référer à son père, sans aborder le sujet de Hilde. Même si la fondation a moins de leviers maintenant que le pouvoir est aux mains des républicains, elle peut encore intervenir sur des rouages politiques importants.

Il range la lettre dans la poche intérieure de sa veste, se lève, et va perdre son regard au-dessus de Manhattan. Il pense à l'avenir de ce pays qu'il aime. Puis à Hovannes qui, peut-être, prendra le relais de son action. Et par association d'idées il repense en souriant à Haïgaz et Agop. Front contre la vitre, le cœur en mélancolie, il se demande ce qu'ils sont devenus.

Quand le président Harding meurt quelques mois plus tard, Christopher étouffe les espoirs d'Hovannes de devenir américain, et les siens de voir les États-Unis voler au secours du vieux monde.

— Coolidge est un puritain pur jus, regrette Christopher. Il ne bougera pas. De plus il n'est pour l'instant qu'un président de substitution. Il ne changera pas la ligne du défunt Harding et des républicains : les États-Unis n'interviennent pas dans les affaires du monde.

— Ah oui ? rétorque Hovannes. Est-ce que nous ne sommes pas entrés en guerre en Europe ? Est-ce que nos troupes n'occupent pas toujours Haïti, le Nicaragua et la République dominicaine ?

— Christopher, sourit James Patterson, tu éduques ce garçon trop vite et trop bien.

Ce jour-là ils sont dans le bureau du fondateur de la James Patterson Foundation, juste au-dessus de celui de Christopher.

— Tu as raison, Hovannes. Les États-Unis ne veulent plus intervenir dans les affaires du *vieux* monde mais, c'est vrai, le nouveau monde reste à nous. C'est la doctrine aujourd'hui, et ce M. Hitler n'intéresse pas plus Coolidge que les pauvres Arméniens n'intéressaient Wilson. Mais la fondation Patterson n'est pas le gouvernement des États-Unis, mon garçon.

Hovannes s'étonne de cette dernière remarque quand Christopher lui fait signe de se lever et de le suivre.

— Je vous laisse rencontrer ces gens, dit James Patterson, pour ma part, je ne les ai jamais rencontrés et cette entrevue n'aura jamais eu lieu.

Hovannes se laisse guider jusqu'à la bibliothèque attenante au bureau, une pièce réservée aux entretiens discrets. Un homme les y attend. Massif, élégant dans un costume de bonne coupe, la mâchoire carnassière et les cheveux gominés. Il marque un léger signe d'impatience et d'étonnement quand il voit le fils du président entrer accompagné.

— Hovannes, mon bras droit, explique Christopher. Hovannes, je te présente Arnold Rothstein.

Hovannes salue ce Rothstein dont la poignée de main est étonnamment moins ferme que le laisse penser son allure.

— Où est votre ami ? s'inquiète Rothstein.

— Il est arrivé ce matin de Boston et nous attend dans le salon d'à côté.

Christopher ouvre une porte camouflée dans la boiserie de la bibliothèque, et invite Rothstein et Hovannes à le précéder dans ce qui ressemble à un boudoir secret. Celui qui les attend à l'intérieur est courtaud et athlétique, dans un costume bon marché. Sans cravate, la chemise boutonnée jusqu'au cou. Hovannes n'a aucun doute : le nez proéminent, les oreilles au lobe bien marqué, les sourcils broussailleux… Mais c'est l'homme qui demande le premier :

— *Haï es ?*

— *Ayo*, oui, je suis arménien, confirme Hovannes, frappé par la détermination et la sévérité de son regard.

À l'invitation de Christopher les quatre hommes prennent place dans de profonds fauteuils autour d'une table basse.

— Vous êtes monsieur… ? demande Rothstein à l'Arménien.

— Ararat devrait vous suffire comme surnom.

— J'aurais préféré Némésis, réplique Rothstein.

— Eh bien au moins, nous voilà d'emblée dans le vif du sujet, plaisante Christopher. M. Rothstein est…

— Je sais qui est M. Rothstein, coupe l'Arménien. Il est le parrain de la Yiddish Connection, la pègre juive. Surnommé Monsieur Grosses Liasses pour ses opérations de financement, notamment dans tout ce qui concerne le commerce illicite de l'alcool clandestin depuis la loi de prohibition de 1919. Il truque tous les paris de n'importe quel sport et pratique le courtage illégal pour des avocats véreux et des politiciens corrompus.

Rothstein attrape un cigare dans l'humidificateur posé sur la table basse, le froisse à son oreille, en coupe le bout et le mouille entre ses lèvres. Puis il prend le temps de l'allumer en tirant longuement dessus, ce qui creuse ses joues graveleuses.

— C'est un portrait à peu près complet, reconnaît-il avec une certaine fierté. Et vous-même, dans quelle branche êtes-vous ?

— Je suis arménien, monsieur Rothstein, et cela devrait vous suffire.

— Allons, ne soyez pas modeste. Vous êtes arménien, c'est vrai, mais pas n'importe lequel. Vous êtes un membre important du parti Dachnak, et vous êtes, depuis Boston, à l'origine de la cellule qui a piloté l'opération Némésis. C'est d'ailleurs ce qui m'amène dans ce bureau.

— Je ne vois pas en quoi un représentant de la pègre juive new-yorkaise qui finance les bolcheviks par l'intermédiaire du trafiquant d'armes Basil Zaharoff pourrait avoir quoi que ce soit à faire avec notre communauté arménienne.

— Je vois que vous êtes bien informé. Ce que vous dites est vrai, mais le problème n'est pas là. Le problème est que je suis surtout originaire d'une famille juive ashkénaze, c'est-à-dire d'Europe centrale, et qu'il se passe sur le vieux continent des événements qui chagrinent et inquiètent notre communauté.

— Encore une fois, en quoi cela nous concerne-t-il ? s'impatiente l'Arménien.

— Eh bien il se trouve qu'un certain M. Hitler tient des propos haineux et menaçants envers nous, comme l'ont fait à l'époque les Turcs envers vous.

Aussi certains membres de notre communauté nous ont-ils contactés pour mettre fin à ces menaces.

— Cessez de tourner autour du pot et dites ce que vous avez à dire.

— On nous a proposé une grosse somme d'argent pour tuer M. Hitler.

Un long silence fige aussitôt la pièce et une tension nouvelle s'électrise entre le mafieux et l'Arménien.

— Et ?

— Et nous avons les moyens, les compétences et la logistique pour un certain nombre d'actions armées, mais pas dans le domaine de l'assassinat politique. Or vous, vous avez réussi, entre 1920 et 1922, à éliminer neuf responsables du massacre de votre communauté dans quatre pays différents. C'est ce savoir-faire qui nous intéresse.

C'est une pièce aveugle, sans aucune fenêtre. Pendant un long moment on n'entend que le ronronnement feutré de l'aération qui aspire vers le plafond la fumée du cigare de Rothstein. C'est Christopher qui rompt le silence :

— Vous voulez dire, monsieur Rothstein, que la communauté juive de New York s'est cotisée pour financer l'assassinat de M. Hitler, et que vous proposez ce contrat aux militants arméniens de l'opération Némésis ?

— C'est très exactement cela.

— Alors laissez-moi vous expliquer très clairement pourquoi nous allons refuser, monsieur Rothstein, répond l'Arménien en se penchant vers lui, les coudes sur les genoux, les mains jointes comme une lame. Tout d'abord nous n'avons assassiné personne, nous avons procédé à des exécutions. Pour ce qui concerne les Turcs, nous n'avons fait qu'exécuter les peines de mort par contumace prononcées par une cour martiale turque de l'époque. Pour les autres personnes, les deux traîtres arméniens et les deux bourreaux azéris, nous avons procédé à leur jugement et à leur condamnation avant de les exécuter. Ensuite, nous avons mené cette action dans le cadre de notre communauté et de notre parti politique, le Dachnak, et toutes ces exécutions ont été décidées et votées lors de notre congrès d'Erevan en 1919. Ce qui explique que nos hommes se sont tous laissé arrêter, parce que le but de cette opération était plus d'obtenir une tribune internationale pendant leurs procès que de simplement éliminer des criminels de guerre. Jamais nous n'avons eu le moindre comportement mafieux, monsieur Rothstein.

— Je suppose que vous pensez sincèrement que cela vous honore, mais il n'en reste pas moins qu'un homme attise la même haine que celle que l'Empire ottoman a abattue sur les vôtres, et que cet homme s'entoure de militaires allemands qui ont participé à ces massacres aux côtés des Turcs, et à des niveaux de commandement qui en font plus que des complices.

— Vous vous doutez bien que nous en sommes informés, monsieur Rothstein, mais il ne vous aura pas échappé non plus que nous avons arrêté toute opération depuis 1922.

— Donc c'est non ?

— Je vous en avais averti dès le début de mon propos.

— C'est dommage, lâche Rothstein en homme peu habitué à se voir refuser quelque chose, vos hommes nous auraient été d'un grand secours.

— Nos hommes sont des combattants, monsieur Rothstein, pas des exécuteurs de basses œuvres. Dans ce genre d'action, ce sont les seuls capables de réussir. Si vous voulez l'unique conseil qui puisse vous être utile en la matière, trouvez donc dans vos propres organisations politiques des militants prêts à mener ce combat si vous le jugez indispensable. Mais même au niveau des peuples et des communautés, on ne sous-traite pas sa dignité.

— Très bien, admet Rothstein, plus vexé qu'il ne le laisse paraître, j'aurai essayé. Bien entendu, cette rencontre n'a jamais eu lieu.

— Quelle rencontre ? répond l'Arménien sans sourire.

Christopher fait signe à Hovannes de raccompagner Rothstein et reste dans le fumoir avec l'Arménien qui se rassoit.

— Drôle d'idée de m'avoir présenté ce gangster, grogne celui-ci en sortant un paquet de Chesterfield.

— C'est que je reçois d'Allemagne des nouvelles alarmantes et qui concernent d'une certaine façon votre communauté. Hitler s'entoure bien d'officiers ou de diplomates allemands qui se sont illustrés de façon sinistre dans le massacre de vos compatriotes aux côtés des Turcs.

— Je sais tout cela, Christopher, mais M. Rothstein n'était pas là pour ça. Ce qu'il voulait trouver pour tuer Hitler, c'était surtout un assassin qui ne soit pas juif. Avec plusieurs dizaines de milliers d'hommes armés de fusils et de haine des Juifs dans ses milices, Hitler mort, blessé, ou miraculeusement survivant, provoquerait un terrible et incontrôlable pogrom. Rothstein n'a pas seulement besoin d'un bras armé, il a besoin d'un bras armé goï. Et d'ailleurs je vous conseille vivement de le décourager d'agir pour ne pas mettre en danger les millions de Juifs d'Europe.

— Croyez-vous qu'ils ne le seront pas si ce Hitler arrive au pouvoir ?

— Ils le seront peut-être demain s'il arrive au pouvoir. Ils le seront certainement dès aujourd'hui si quelqu'un tente de l'abattre. Et Hitler n'est pas encore au pouvoir. Rien ne dit qu'il y sera un jour. Il n'a encore aucun député au Reichstag.

— Vous avez peut-être raison, tente de se convaincre Christopher, désolé de vous avoir imposé cette entrevue.

— Christopher, notre communauté et notre parti savent ce qu'ils doivent à votre fondation pour son engagement logistique et financier dans Némésis, et nous répondrons toujours à vos appels. Mais notre engagement armé a pris fin l'été dernier, et nous en resterons là.

L'homme s'éclipse discrètement et Hovannes revient dans le fumoir.

— Tu sais qui c'est, je suppose ? lui demande Christopher.

— Oui. Il a été député d'Erzeroum et ensuite le héros de Tiflis en défendant les quartiers arméniens contre les attaques des Tatars.

— C'est bien ça. C'est un homme qui s'est dévoué à son peuple et au châtiment de ses assassins. Si par malheur de tels massacres se renouvellent, je pense que son opération Némésis servira d'exemple à bien des résistants.

— Tu penses vraiment que de telles horreurs peuvent se reproduire ? Le malheur des Arméniens n'est-il pas le dernier sursaut d'un siècle à l'agonie ?

— Hovannes, le XXe siècle n'est pas parti pour être plus civilisé et plus tolérant que le précédent. Je redoute même que les progrès mécaniques et scientifiques qui s'annoncent ne permettent à l'homme des massacres plus terribles encore.

Ils retournent dans la bibliothèque en silence, l'humeur sombre.

— C'est un homme courageux et lucide, mais il a tort sur un point, reconnaît Christopher. Il faudrait bien tuer ce M. Hitler dès à présent. La menace qu'il représente pour les Juifs allemands est terrible, mais la menace pour l'Europe est pire encore.

— Alors faisons-le, Christopher.

— Non seulement nous ne le ferons pas, mais nous allons faire en sorte qu'aucun Juif ni aucun Américain ne le fasse. Ce serait la pire des choses pour tout le monde.

— Et comment penses-tu empêcher que des hommes courageux entreprennent ce que toi-même tu considères comme justifié ?

— Tu oublies qui nous sommes, Hovannes : la fondation Patterson. Comme Charles Joseph Bonaparte-Patterson, petit-neveu de Napoléon Ier, mais surtout procureur général des États-Unis sous Roosevelt, et à ce titre créateur du Bureau of Investigation. Une force de cinq cents agents secrets.

— La fondation est une couverture pour agents secrets ?

— Non, le Bonaparte à l'origine de tout ça s'est débiné en France pour obéir à son empereur de frère en abandonnant sa femme, Elizabeth Patterson. Nous sommes issus de cette branche-là, mais cela crée bien entendu des liens privilégiés avec le BOI.

— Est-ce que le BOI va arrêter Rothstein et son commanditaire ?

— Non, les agents vont simplement faire savoir à qui de droit que le gouvernement n'est pas d'accord et qu'un conflit à ce sujet serait très mauvais pour les affaires de tous.

— Personne ne peut donc rien faire contre ce Hitler, pas même la mafia ?

— Si, il reste à souhaiter qu'un activiste solitaire, qui ne soit ni juif, ni américain, ni communiste, s'en charge. Quelqu'un au profil le plus neutre possible.

— À propos d'Hitler, dit Hovannes, l'huissier m'a donné un courrier pour toi. Il vient d'Allemagne.

Christopher prend le pli, déchire l'enveloppe et lit la lettre.

Cher Monsieur Patterson,

Il s'est passé ici des choses épouvantables dont vous avez dû avoir connaissance. Le coup de force de M. Hitler a coûté la vie à seize de ses hommes et à quatre policiers. On dit que M. Goering a été gravement blessé au ventre. Il se dit que M. Hitler, qui marchait avec ses hommes en se tenant par les bras, a eu l'épaule démise quand son plus proche conseiller, von Scheubner-Richter, que M. le baron von Blitsch connaît très bien puisqu'il était son vice-consul à Erzeroum, l'a entraîné dans sa chute, mort lui, fauché par la mitraille. J'ai personnellement vu M. Hitler s'enfuir sans grand courage ni compassion pour ses compagnons qu'il avait entraînés dans une si mauvaise aventure. M. Hitler a été arrêté hier, alors qu'il s'était caché dans le grenier de la maison d'un de ses amis, Putzi Hanfstaengl, à Uffing am Staffelsee, à soixante-dix kilomètres au sud de Munich. Beaucoup se moquent du manque de courage de M. Hitler et du fait qu'il se soit peureusement réfugié dans un grenier avant de se laisser arrêter sans résistance. Cependant des bruits plus alarmistes donnent à cet épisode rocambolesque une bien plus sinistre explication. Il aurait servi à obtenir un accord quant au procès à venir. On dit M. Hitler passible de la peine capitale pour haute trahison ainsi que pour la mort de quatre policiers. Mais on dit aussi qu'il a été négocié qu'il serait jugé par le tribunal populaire de Munich et non par la Cour d'État du Reich. Or le tribunal est présidé par un juge qui s'est déjà rallié aux idées de M. Hitler, ce qui ne laisse pas augurer d'une grande sévérité. Il se dit aussi que si M. Hitler est emprisonné, un certain M. Rosenberg prendrait la tête du parti à sa place, mais qu'il ne serait que le pantin de celui qu'ils appellent le Führer.

Imaginez-vous, mon cher Christopher, que le baron von Blitsch avait été personnellement invité ce 8 novembre à la réunion à la Bürgerbräukeller au cours de laquelle M. Hitler a tenté de prendre de force le pouvoir et de marcher sur Berlin.

Si M. Hitler se sort de ce procès avec une peine minimale, comme c'est malheureusement à craindre, je redoute que sa notoriété en soit grandie et que son avidité d'un pouvoir absolu plonge ce pays dans le chaos. Je pense d'ailleurs qu'il faudrait que nous trouvions un moyen plus sûr et plus discret que le courrier ordinaire si vous voulez que je continue de vous tenir au courant de la situation.
Mlle Hilde se porte aussi bien que possible. Au moins a-t-elle la chance de vivre dans un monde où toutes ces horreurs lui sont inaccessibles. Même si ce sont de semblables horreurs qui l'y ont plongée. Je lui parle de vous aussi souvent que je peux quand M. le baron ne peut pas m'entendre. Mais je suis désolée d'avoir à reconnaître qu'elle ne réagit pas plus à votre nom qu'à ceux des autres personnes qu'elle a pu connaître.
Prenez bien soin de vous, et priez Dieu qu'il prenne soin de l'Allemagne.

— Tiens, dit-il en tendant le courrier à Hovannes. Je ne te l'avais pas encore dit, mais je reçois des nouvelles d'Allemagne grâce à Mme Schwabell.

29

1924 – Sur la route de Pont-de-Chéruy

Encore maintenant ce mauvais mariage le hante, et la honte qu'a jetée sur sa famille la fuite de sa seconde femme pèse de tout son poids. Un caillou dans son cœur de craie. Un éclat de silex qui le ronge de l'intérieur à chaque mouvement, jour après jour. Mais au moins cette funeste alliance lui aura-t-elle permis de retrouver la fortune. Dans l'habitacle confortable et luxueux de la Renault Type JV-1 Phaéton qu'il vient d'acheter, il pense aux turpitudes du destin et à son intelligence qui a su en tirer parti. Il est redevenu ce qu'il était appelé à être. Un homme riche qu'on envie. Et les miséreux de ce pays arrogant se retournent sur son magnifique bolide rouge et noir, carrossé par les frères Kellner et propulsé à cent trente kilomètres-heure par un moteur de six cylindres en ligne d'une puissance de quarante chevaux-vapeur. Il n'a pas choisi cette automobile parce qu'elle est équipée de freins hydrauliques révolutionnaires. Il l'a choisie pour la seule longueur de son châssis. Plus de quatre mètres avec la malle arrière. Et pour son habitacle aménagé comme un salon, tapissé de tapis et de cuir mauves, avec un sofa pour banquette sous sa haute capote noire. « À toute chose malheur est bon », dit le proverbe. Il a fallu que son malheur soit bien grand pour que le bonheur qui en a résulté l'ait rendu si riche.

Il revoit la cérémonie du mariage avec cette petite fille maigrichonne accompagnée de ses inséparables giavour d'esclaves encore plus jeunes qu'elle. Leur arrogance. Les affronts à sa mère. Sa colère à lui, qui l'avait fait sortir dans le jardin pour se calmer d'un énorme cigare. Et cet homme un peu perdu, un peu hautain, ce haut militaire de passage à Alep qui s'ennuyait dans les appartements du vali, et qu'il avait convié pour son uniforme. Cet homme blond et froid, aux yeux trop clairs, qui semblait plaire aux femmes dont il savait attiser, d'un regard, les désirs impossibles, n'avait pas dit grand-chose. Un taiseux. Sauf quand les autres invités avaient évoqué la guerre et les risques d'une défaite. L'homme était alors redevenu militaire, autoritaire et catégorique. Le gouvernement avait engagé l'Empire dans une mauvaise guerre, avait-il déclaré, mais le chaos qui en résulterait permettrait de reconstruire une nation puissante et homogène. Soleiman se demande combien de ses invités, déjà grisés par l'alcool et le tabac fort, auront retenu la petite phrase du colonel Kemal : « Istamboul a été la capitale de trop d'empires, Angora en serait une bien meilleure, au cœur de notre Anatolie, loin des conspirations affairistes de tous ces Levantins ! » Soleiman, lui, a su s'en souvenir le moment venu.

Sur la route bordée de platanes, les arbres semblent égrener ses malheurs, dans sa famille comme dans son pays. Tout ce qui a conduit à l'effondrement de l'Empire, à l'humiliation de la paix, au démembrement de la Turquie, et en même temps au déchirement de sa famille et à sa faillite personnelle. Le grand-père de cette funeste gamine lui a fait payer cher la mort de son fils. Même si personne n'avait jamais voulu en réunir les preuves, la rumeur de sa dénonciation courait les rues et les souks d'Alep à Mardin et jusqu'à Istamboul. Et son propre père, qui avait pourtant arrangé ce mariage maudit, s'est retourné contre lui quand son associé a rompu tous les accords que ce mariage avait tissés.

Seulement voilà : ne tenant compte ni des ordres d'Istamboul ni des traités de paix, le colonel taiseux a repris les armes contre tout le monde, et tandis qu'il devenait le libérateur de la nouvelle Turquie, lui, Soleiman, s'était souvenu qu'il voulait faire d'Angora sa nouvelle capitale. Alors il a vendu tout ce qu'il pouvait, amassé autant d'argent et de crédits que possible, et a acheté, dans cette bourgade de vingt mille habitants à peine, connue du reste du monde uniquement pour le poil long de ses chèvres, ses lapins et ses chats, tous les terrains disponibles. C'est que les habitants, qui croyaient la ville sur le point de tomber entre les mains vengeresses des Grecs sanguinaires, cédaient leurs biens à tout-va. Et quand Mustafa Kemal, devenu le père des Turcs, a fait de l'ancienne Angora sa nouvelle capitale, Soleiman était déjà un homme riche d'une ville à bâtir. En un an sa fortune a dépassé celle de son père, si imbu de ses rafiots à camelote. Sa précipitation a même contribué à accroître son enrichissement. Ayant acheté tout et n'importe quoi n'importe où, Soleiman possède aujourd'hui des parcelles dispersées dans tous les grands projets d'urbanisation de la nouvelle capitale.

Maintenant il traverse le sud de la France dans sa voiture de luxe pour acheter de quoi étendre l'électrification d'Angora. Fils et câbles. Et même un câble sous-marin pour relier la nouvelle capitale à l'ancienne. On dit que les Français sont parmi les meilleurs dans le domaine de la tréfilerie, même s'il se raconte qu'un grognard de l'armée de Napoléon en a tout simplement volé le procédé technique à un industriel allemand de Nuremberg. Soleiman n'est pas peu fier d'aller négocier avec ces Français arrogants qui étaient prêts à dépecer son pays et qui à présent doivent l'accueillir avec tous les égards dus à sa fortune.

— Quand nous serons à dix kilomètres de cette usine, ordonne-t-il à son chauffeur, arrête-toi une bonne heure dans un coin d'herbe sur le bord de la route. Ces maudits Français peuvent m'attendre le temps d'une sieste.

30

1924 – Pont-de-Chéruy

C'est une belle fête champêtre, même s'ils ne se sont pas mariés aussi vite que prévu. Ils se sont d'abord fiancés, le temps d'organiser les choses. Ce jour-là le temps est clément, les invités nombreux, et M. de Beaumont s'est montré généreux. Le pré, décoré de guirlandes, est une kermesse joyeuse à laquelle il ne manque que des enfants.

Chakée a tout de suite bien aimé Haïgaz, et Levon lui a vite confirmé que c'était un homme bon. Maintenant elle doit admettre qu'en plus il est bel homme dans sa redingote noire à queue-de-pie aux revers lustrés, sur un gilet de même tissu. Agop se moque en disant qu'il ressemble à un diplomate turc. Haïgaz proteste en montrant le mouchoir de soie blanche à sa pochette et une grappe de muguet à son revers. Au col cassé de sa chemise blanche est noué un nœud papillon, blanc lui aussi. Et maintenant il est là, allongé de côté sur un large plaid réservé aux mariés. Il a défait son nœud papillon et dégrafé son col empesé. Il a tombé la veste. Et quand il rit, ses longs cheveux de jais tombent en mèches brillantes sur ses yeux noirs. Le mouvement qu'il a de les peigner entre ses doigts pour les rejeter en arrière fait chavirer le cœur d'Araxie que Chakée couve d'un œil attendri.

Comme Haïgaz, elle a gardé ses vêtements de cérémonie. Une robe blanche, joliment plissée, juste fermée de deux petits boutons de nacre pour laisser imaginer qu'on puisse un peu plus en échancrer le col carré. Sur le côté gauche, à hauteur de la cuisse, le même nœud papillon blanc que celui du col amidonné d'Haïgaz. Une idée de Levon.

— Pour faire un peu charleston, a-t-il dit en offrant la robe.

Dans son atelier de Meudon, il a dessiné et cousu leurs deux tenues. Il a aussi raccourci la robe d'un ourlet large comme la main pour la ramener juste au-dessous du genou. Une audace qui a fait rosir les joues d'Araxie et briller d'envie les yeux des invitées. Araxie a enlevé son voile et sa coiffe, et de petite poupée à marier, elle est devenue une jeune femme habillée à la dernière mode. Le pope grec s'est un peu fait tirer l'oreille pour prêter son église, mais les amies grecques de l'atelier d'Araxie et Haïganouch ont eu raison de ses réticences. L'enveloppe que M. de Beaumont a proposée pour la location de l'édifice aussi. Un prêtre arménien est venu de Marseille. Un homme fort et grand comme une montagne dans son ample tenue noire, barbu comme une forêt sous sa capuche. Dès leur première rencontre, Haïgaz lui a expliqué en aparté ce dont il ne voulait pas.

— Tu connais le préalable à notre ordonnancement dans le rite arménien ? a demandé l'homme d'Église en passant un bras d'ogre sur son épaule. Nous devons être mariés et avoir des enfants avant de prétendre servir Dieu. Alors je te comprends et je ne dirai pas les mots qui t'offensent. Je ne dirai pas que tu dois être le maître auquel elle devrait soumission.

Maintenant les deux prêtres pique-niquent avec leur famille en parlant de Dieu, du beau temps et du bon vin. Leurs enfants s'ennuient un peu, parce qu'il n'y a pas d'autres enfants avec qui jouer, mais Levon, de temps en temps, leur fait des grimaces pour les amuser. C'est un dimanche, un bonheur férié dans un pré où s'aiment et s'amusent des gens qui oublient qu'ils ont échappé au pire. Le temps des fruits à pleines dents, des viandes brûlantes, des glaçons qui tintinnabulent dans le raki, des pastèques dont le jus sucré coule sur les mentons. Celui des fruits secs, des gâteaux mielleux, du café fort au marc divinatoire. Des danses aux mouchoirs blancs qu'on agite. Des pièces qu'on jette par poignées sur les mariés qui dansent et qui soudain rappellent d'autres temps où des dizaines d'enfants joyeux couraient pour les ramasser. Mais plus maintenant. Il en viendra d'autres, sûrement, mais il manquera toujours ces enfants-là.

— Qu'est-ce que c'est ? demande l'homme en regardant au loin, par le bow-window du bureau, la petite foule dans le pré illuminé.

— Une ouvrière qui se marie, explique de Beaumont en tendant un verre d'armagnac à son invité. Tenez, trinquons à nos contrats, c'est un armagnac trente ans d'âge, la plus ancienne eau-de-vie de France.

— Je sais ce qu'est un armagnac. J'ai dans ma cave des Ferté de Partenay millésime 1888, répond sèchement l'homme d'affaires. Vos usines ne tournent donc pas le dimanche ?

— Est-ce que les vôtres tournent le vendredi ? réplique de Beaumont que l'arrogance de son client irrite.

— Mais bien sûr. Notre pays doit se reconstruire des dégâts de la guerre.

— Eh bien, sachez que ces gens qui dansent, là-bas, se reconstruisent eux aussi des dégâts de la même guerre. L'homme et la femme qui s'épousent aujourd'hui sont arméniens, et leurs invités sont tous des chrétiens d'Orient qui ont échappé aux massacres. À part moi-même et ma famille, qui allons cependant les rejoindre bientôt. Joignez-vous à nous, vous seriez étonné d'entendre ce dont ils témoignent.

— Je connais leurs mensonges, s'emporte l'homme, et aucun des crimes dont ils nous accablent n'est vrai. Ces chrétiens étaient des ennemis de l'intérieur au service de la Russie, monsieur, et si des excès ont été commis au cours des vicissitudes de la guerre, nous en avons nous-mêmes condamné les coupables à la peine de mort. Le débat sur les Arméniens est clos, d'ailleurs il n'y a jamais eu d'affaire arménienne. Et évitez à l'avenir d'évoquer ces mensonges devant moi.

— Sinon, monsieur Yildiz ?

— Sinon, j'irai acheter mes câbles ailleurs.

— Vous vous souvenez, j'espère, que nous sommes les seuls en Europe à les fabriquer.

— Peu m'importe, je trouverai une solution. De toute façon je redoute que si vos protégés de giavour apprennent la destination de ces câbles, ils n'en sabotent la production d'une façon ou d'une autre.

De Beaumont garde le silence et regarde cet individu grossier que la réussite et la richesse ont rendu suffisant. Il devine dans ses yeux que l'homme prend son silence pour une faiblesse. Qu'il le pense tétanisé par la crainte de perdre ses contrats. Alors de Beaumont profite encore un peu de l'instant, puis il s'approche de lui et lui réclame son verre d'un geste de la main. L'autre, décontenancé, le lui donne par réflexe et de Beaumont le pose, avec le sien, sur le rebord de la cheminée. Puis il se dirige vers son bureau, prend les contrats qu'ils viennent de signer pour une somme importante, et les déchire sous les yeux stupéfaits de Soleiman Yildiz.

Puis de Beaumont, d'un signe, l'invite à rejoindre la porte.

— Mon majordome va vous raccompagner, monsieur Yildiz. Je suis désolé que nous n'ayons pu faire affaire ensemble. Rentrez bien.

Un peu plus tard, il rejoint la fête, accompagné de sa femme et d'Apolline Archambaud qui protège sous une ombrelle la peau translucide de son décolleté pigeonnant, tamisé d'une fine dentelle. Araxie et Haïgaz se lèvent et les accueillent sur leur couverture. Mme de Beaumont rit d'un si bucolique pique-nique qui lui rappelle ceux de son enfance, dans le parc de ses parents. M. de Beaumont félicite les mariés pour leur beauté et leur bonheur, et devise avec eux sur ce que l'avenir réserve toujours d'inattendu. Apolline Archambaud pose à Agop toutes sortes de questions sur la nourriture, les danses et les instruments de musique jusqu'à ce qu'il lui propose d'aller y voir de plus près. Chakée est assise à même l'herbe du pré, adossée au tronc d'un saule. Sa main caresse les cheveux d'Haïganouch qui a posé la tête sur ses genoux. Elles sont heureuses du bonheur des autres. Chacune à sa façon pense à d'autres bonheurs disparus, abandonnés et desséchés dans la poussière des routes de l'Empire. Siroune, Mélinée, Nazli, Saad. Et Haïganouch. La petite Haïganouch. La vraie.

— Ne dis pas ça, murmure Chakée.

— Je n'ai rien dit, proteste Haïganouch.

— Je sais à quoi tu penses, et c'est faux. Il n'y a qu'une seule Haïganouch, et c'est elle et toi en même temps. Dans nos cœurs à tous.

Quand le soir tombe, on allume les lampions. Le vin fait rire les femmes et chanter les hommes. Haïgaz rythme la fête avec un tambourin qu'il ne quitte pas. Ses mains volent sur l'instrument comme les ailes d'un oiseau qui s'ébroue. Les hommes, élégants, dansent en camarades, bras dessus, bras dessous. Les femmes, elles, dansent d'abord de leur côté, lointaines, le regard ailleurs, jusqu'à ce que leurs pas gracieux les enroulent en spirales au cœur du mouvement rond des hommes. Mme de Beaumont s'y essaye, timide et émue d'abord, puis ravie. De Beaumont se dit que le bonheur est là, à produire la même richesse, à partager le même vin. Que c'est ainsi qu'il veut être patron. Et pas comme ce rustre de Soleiman Yildiz avec toutes ses haines confites d'un autre siècle. On lui tend un autre raki et il répond au énième toast :

— *Guenatz !*

Apolline Archambaud a laissé Agop prendre sa main pour l'entraîner au-delà de plusieurs haies, jusqu'à un bosquet touffu d'aulnes et de noisetiers. Elle sait ce qu'ils vont faire et elle le veut. Elle en rit. Bientôt ce fougueux Arménien la couche sur la mousse et fouille ses jupons. Ses cuisses sont fraîches et blanches. Il décroche ses jarretelles et défait ses bas pendant qu'elle dégrafe son bustier. Ses seins sont magnifiques, lisses comme du marbre, mais doux et souples comme des coussins de soie. Il y perd son visage tandis qu'elle le déboutonne. Elle n'a aucune gêne et aucune honte à prendre son sexe dans ses mains. Apolline Archambaud a l'amour et le plaisir joyeux et naturels. Agop se rend compte, entre ses cuisses et ses seins, à quel point l'amour des filles des bordels de Smyrne était factice et appliqué. Sans ces caresses et ces baisers, partout, après, en remerciement du plaisir donné et reçu.

Apolline s'adosse à un tronc et le tient assis, le dos entre ses jambes écartées encore mouillées de lui, et d'une main garde sa tête contre ses seins gorgés d'autres désirs.

— Je sais d'où Amédée rapportait toutes ces extravagances de stupre et de luxure, tu sais. Nous étions de bons amants et il ne me cachait rien. Je connais le nom de tous les lupanars et bordels d'Orient. Il me racontait tout. Et s'il les fréquentait, c'était pour m'en rapporter des plaisirs et des jouissances nouveaux. D'autres femmes attendent des voyages d'affaires de leurs époux des souvenirs. Des bijoux ou des tapis. Des peintures, des soieries, des babioles et des parfums. Amédée, lui, me rapportait des orgasmes inconnus à nul autre pareil. C'étaient ses cadeaux, pour me dire à quel point, malgré toutes ses « dames » comme il disait, c'est de moi qu'il jouissait en elles…

Agop ne sait pas quoi dire. Il essaye de comprendre.

— Je te tue si tu me dis que c'est en pensant à lui que tu viens de jouir…

— Alors tue-moi, parce que je ne t'ai voulu que parce que tu l'as connu.

Agop soupire, mais reconnaît qu'il n'a jamais atteint une telle extase.

— Je suis prêt à recommencer chaque fois que tu auras besoin de penser à lui, avoue-t-il.

— C'est gentil, tu es un bon garçon et un bel amant, mais j'ai trouvé mieux.

— Mieux que moi ? se vexe Agop.

— Non, mieux que ça. Mieux que cette vie à penser à lui.

— Tu veux l'oublier ?

— Bien au contraire. Je vais partir sur ses traces. Abandonner la France et partir vivre en Orient.

— En Orient ? Mais pour y faire quoi ?

— Pour m'y prostituer. Devenir une de ces putains qu'il aimait fréquenter pour moi. Vivre de bordel en lupanar. M'offrir aux voyageurs de passage comme l'était Amédée. Deviner son parfum dans les bars louches, retrouver sa sueur dans les draps froissés des autres, le goût de son tabac sur leur langue.

— J'y crois pas ! s'indigne Agop.

— Pourquoi pas ? J'en serais capable, tu sais. Avec tout ce qu'il m'a appris d'elles, je pourrais devenir la meilleure des catins du Levant.

Puis brusquement elle le bouscule, le couche sur le dos en riant, et s'assied sur son sexe. Au-dessus de ses seins lourds qui s'agitent, la pleine lune auréole sa chevelure défaite d'un halo mystérieux. Elle hurle au ciel un nouveau plaisir pendant qu'au lointain, en écho, on chante et on danse.

Bien plus tard dans la nuit, quand ils reviennent dans le pré, personne ne leur prête attention. Tous suivent Araxie et Haïgaz qui prennent congé. Quand les mariés passent la haie, les invités s'arrêtent. Seules medz mama Chakée et Haïganouch les suivent quelques pas dans la nuit, à l'écart des lampions.

— Profite de ce bonheur, mon ange, dit Chakée en prenant le doux visage d'Araxie entre ses mains, tu as souffert de tant de malheurs que Dieu te le doit. Sois heureuse pour tous ceux des nôtres qui n'auront pas pu l'être. Laisse cet homme t'aimer, et aime-le.

— Je ne sais pas, medz mama, murmure Araxie à son oreille. Je veux dire… je ne sais pas aimer. Tout ce que j'ai vu, c'est ce que les Turcs et les Kurdes faisaient aux femmes, et ce que Soleiman a fait à Haïganouch…

— Ne t'inquiète pas, mon ange, faites-le comme ça vous viendra. Tendrement. Parle-lui, faites-le ensemble. Levon l'a vu, cet homme te rendra heureuse. Demande-lui qu'il t'apprenne.

Elle caresse ses cheveux, baise son front, et la laisse aller. Haïgaz attend à quelques mètres, en chemise blanche dans l'ombre de la nuit, sa veste sur les épaules. Haïganouch en profite pour se glisser entre Araxie et lui. Elle serre la jeune femme très fort contre son cœur. Puis murmure à son oreille :

— N'aie ni crainte ni honte. Medz mama a interdit qu'on vous embête au petit matin avec cette histoire de sang sur un linge.

— Ne t'en fais pas, Haïganouch, répond Araxie. Je ne saignerai pas.

Haïganouch s'étonne de son sourire un peu triste. Un voile d'inquiétude ternit une seconde le regard d'Araxie, qui s'éclaire aussitôt d'un brusque enthousiasme. Elle a gardé son bouquet à la main depuis l'église, et le donne à Haïganouch.

— C'est ce qu'ils font ici, paraît-il, celle qui rattrape le bouquet est la prochaine à se marier. Je ne voulais pas prendre le risque qu'il t'échappe.

Puis Haïgaz tend la main à son épouse et ils partent dans la nuit jusqu'à la voiture qui les attend. Quand il l'aperçoit, Haïgaz se demande comment Agop a fait pour rester absent si longtemps avec Apolline Archambaud et être quand même au volant quand il le fallait.

C'est l'hôtel du Commerce, sur une place, face à une église qui sonne les heures. La chambre est cossue. Elle sent l'encaustique et les draps propres. Le lit est haut, couvert d'une courtepointe matelassée mauve. Aux murs, des scènes de chasse avec de pauvres biches aux abois. Quelqu'un a pensé à fleurir de roses le vase sur le tablier en marbre noir de la cheminée. Un feu ronfle. Araxie reste debout au milieu de la chambre, s'extasiant de la salle de bains avec baignoire. Haïgaz éteint la lumière. L'ombre de toute chose danse aussitôt autour d'eux dans la clarté du feu. Araxie se tourne vers son mari.

Les flammes sculptent d'ombres et de lumières son visage d'aigle. Elle s'approche et pose le front contre sa poitrine. Sur le papier peint, des couples d'un autre temps, bergères et galants, badinent sur des sanguines.

— Haïgaz, je suis désolée, mais je ne sais pas comment on fait.

— Il n'y a rien à savoir, Araxie, il y a juste à nous abandonner à nos désirs. Je vais te faire couler un bain chaud. Prends le temps qu'il te faudra. Quand tu sortiras, je serai dans le lit. Tu n'auras qu'à te glisser dans les draps.

— Est-ce que je dois garder quelque chose sur moi ?

— C'est toi qui choisis. Moi je serai nu. J'ai oublié d'acheter un pyjama, s'excuse-t-il en haussant les sourcils.

Il fait couler le bain dans lequel il jette une poignée de sels de lavande et une huile qui mousse et fait gronder l'eau comme celle d'un torrent de montagne.

— Tu vas réveiller tout le monde ! chuchote Araxie.

— Et alors ? Chacun sait que c'est la chambre des jeunes mariés. Ils doivent tous être de l'autre côté, l'oreille collée à la cloison !

— Ne dis pas ça, rougit Araxie qui court s'enfermer dans la salle de bains.

Quand elle s'est glissée dans l'eau parfumée, il attend quelques instants puis frappe à la porte.

— Non, pas encore ! s'affole Araxie.

Haïgaz entrouvre quand même la porte, passe un bras pour éteindre la lumière, puis pousse le battant grand ouvert.

— C'est mieux à la clarté des flammes, non ?

— Oui, murmure Araxie qui se coule sous la mousse pour cacher ses seins pointus qu'elle trouve trop petits.

Alors il va jusqu'à la baignoire, s'agenouille, l'embrasse, et elle s'abandonne à ses lèvres. Puis il plonge sa main dans l'eau brûlante, malgré sa chemise, et caresse son corps. Et comme sa main effleure ses seins et qu'un gémissement lui échappe, il pose un baiser sur son front.

— Prends ton temps, je t'attends.

Il entend l'eau ruisseler quand elle sort du bain. Devine qu'elle s'essuie, puis que la baignoire se vide. Qu'elle attend. Qu'elle hésite. Il tourne le dos pour ne pas la gêner. Jusqu'à ce qu'il la sente se glisser entre les draps. Tout au bout du lit d'abord. Puis un peu plus près. Quand son corps nu se colle contre le sien, il se retourne et l'enlace. Son souffle panique un peu et il la rassure d'un baiser dans les cheveux.

— Je dois t'avouer quelque chose, Haïgaz : je ne saignerai pas…

Il préfère ne rien demander. Attendre qu'elle continue.

— C'était quand les Anglais nous ont conduits d'Alep à Beyrouth, en 1921. On a dû faire une halte dans un camp. La nuit j'ai eu envie de faire pipi et je suis sortie du hangar où on dormait. J'ai demandé à un soldat où c'était et il m'a dit que je n'avais pas le droit de circuler toute seule. Que c'était une base militaire. Qu'il fallait qu'il m'accompagne. On a contourné d'autres hangars abandonnés et soudain il s'est jeté sur moi. Il m'a dit qu'il pouvait me tuer parce que j'étais loin du dortoir, que nous étions dans une zone interdite aux civils, qu'il dirait que j'avais voulu m'enfuir…

— Cet Anglais t'a violée ?

— Oui. Je ne suis plus vierge, et je ne saignerai pas, Haïgaz. Je ne veux pas que tu aies honte de moi.

— C'est de ce salaud d'Anglais que j'ai honte. C'est l'uniforme qui rend les hommes comme ça, sûrs de leur force et de leur impunité. Je hais les militaires.

— Tu es en colère ?

— Contre lui, Araxie, pas contre toi. Je comprends ce que tu dois ressentir. Nous ne sommes pas obligés de le faire si le cœur ne t'en dit pas.

Araxie reste silencieuse un long moment, puis elle se tourne vers lui. Il sent sous les draps ses seins contre sa poitrine, ses cuisses contre les siennes. Leurs yeux s'habituent à la clarté ambrée des flammes. Il voit son visage, ses jolis yeux qu'elle ferme. Sa petite bouche qu'elle glisse vers la sienne quand elle dit enfin les mots :

— Si. Je le veux.

Au château, dans leur chambre bourgeoise qu'éclaire la pleine lune avant qu'ils ne tirent les rideaux, Mme de Beaumont, dans un élan inattendu, s'abandonne dans les bras de son mari.

— Nous devrions nous inviter à des mariages ouvriers plus souvent, murmure un peu plus tard de Beaumont, essoufflé contre sa femme dépoitraillée.

— Nous devrions juste baiser plus souvent comme le fait Apolline, dit-elle en réajustant sa robe.

Dans le pré on a plié les plaids, soufflé les lampions, et rangé les reliefs de la fête dans des malles en osier.

Les derniers musiciens s'en vont en ordre dispersé, fredonnant à la lune. Apolline Archambaud est restée pour aider. Tout le monde la trouve joyeuse pour une veuve. Elle regarde le pré une dernière fois, pour être sûre qu'ils n'ont rien oublié, et aperçoit Levon, au beau milieu de l'herbe, les bras écartés paumes au ciel, le visage réjoui tourné vers la lune.

— Il ne vient pas ? s'inquiète-t-elle en voyant les autres s'en aller.

Chakée se retourne et sourit autant à Apolline qu'à Levon.

— Je crois qu'il va profiter encore un peu de la lune.

À deux cents mètres de là, sur le bord de la route, depuis sa voiture luxueuse, Soleiman Yildiz pacha regarde, loin de l'autre côté de la rivière, les derniers invités quitter la fête. Il a ordonné au chauffeur de s'arrêter quand il a aperçu les lampions. Puis il a entendu des musiques semblables à celles de son pays, et un vent taquin a rabattu vers ses narines dilatées le fumet gourmand des kebabs et des beurek. Il aurait volontiers traversé les prés et la rivière pour s'inviter à ce mariage oriental. Il aurait pu s'y pavaner, chanter fort et boire beaucoup, et culbuter derrière une haie n'importe quelle femme, jeune ou vieille, pour fourailler entre ses cuisses à la lune. De ces femmes trop libres qui fabriquent ces câbles que ce bourgeois prétentieux de De Beaumont vient de lui refuser. Engrosser une de ses ouvrières infidèles aurait été un joli pied de nez, se plaît-il à penser. Mais une plainte l'en empêche. Un long son, rauque et velouté à la fois, lancinant, un timbre profond et voilé, presque une voix humaine, une note continue, en bourdon, sur laquelle se love une mélodie nostalgique. Ces Arméniens et leur foutu duduk aux mélopées tristes à fendre les pierres. Et soudain la colère le prend de les voir là, en France, à l'abri, presque heureux entre eux malgré leur condition de prolétaires, à chanter, à boire et à danser, et lui, riche, si riche, plus riche peut-être que leur patron, mais tout seul face à ce bonheur simple des survivants. Mais pourquoi s'entêtent-ils donc à survivre ? Pourquoi ne les a-t-on pas tous exterminés ? Vont-ils jusqu'à la fin des temps narguer le peuple turc ?

De rage, il remonte dans sa luxueuse Renault et aboie à son chauffeur de démarrer. Il saura faire payer à ce peuple son arrogance à survivre. Et à de Beaumont de leur en donner les moyens.

31

1927-1929 – De Pont-de Chéruy à Meudon, France

Gaïzag naît en octobre 1927, trois ans après le mariage. La sage-femme vient le mettre au monde dans le petit appartement qu'habitent Haïgaz et Araxie. Elle lui donne son premier bain dans la bassine à vaisselle, « pour qu'il garde la mesure de toute chose et qu'il ait de bonnes raisons de vouloir progresser dans la vie », dit-elle.

Araxie ne voulait pas d'enfant avant d'avoir les moyens de bien l'accueillir. Elle voulait aussi profiter de cette vie de femme qu'elle découvrait dans les bras d'Haïgaz. Il est tendre et attentionné. Elle rougit en avouant à Haïganouch le bonheur fou d'être nue dans ses bras.

De son côté, malgré les hommes qui se moquaient de lui, et Agop qui le taquinait sur sa virilité, Haïgaz a accepté cette idée d'attendre. M. de Beaumont a demandé au contremaître de trouver à Araxie un poste mieux payé et moins contraignant. Haïgaz a été promu à l'approvisionnement de la coopérative ouvrière. Deux fois déjà ils ont pris le train pour aller rendre visite à Chakée et Levon à Meudon. Face à un hôpital militaire aussi triste qu'une caserne, le guérisseur a fait construire selon ses propres plans, par des bricoleurs arméniens bénévoles, un improbable et méchant petit immeuble en ciment dont Chakée et lui occupent le dernier des trois étages. Le ciment est brut et les escaliers rudes, mais l'appartement est un cocon chaleureux qui sent bon l'Arménie. L'odeur de la table de coupe en bois, des rouleaux de tissu empilés, de la craie de tailleur, du café dans un *djezvé*, des baklava au miel et aux amandes. Et l'odeur de ces gens aimés, de leurs vêtements, de leur peau, de leurs cheveux. Le parfum d'un bonheur sans prétention, tranquille, à l'abri de ce que le monde a été et de ce qu'il pourrait être à nouveau.

Un après-midi, ils ont marché jusqu'à la Seine pour voir le terrain vendu par Haïgaz à M. de Beaumont à Issy-les-Moulineaux, et sont remontés à pied en longeant la voie de chemin de fer qui relie Paris à Versailles. Ils se sont émerveillés qu'elle passe sous les arches d'un viaduc plus haut encore, sur lequel circulaient d'autres trains, vers d'autres gares. Puis ils sont passés à leur tour sous un petit pont de fer pour découvrir le terrain offert par Levon et Chakée en cadeau de mariage. Rue du Hêtre-Pourpre. Au numéro 7. Un trou parmi les pavillons à la française. Un carré d'herbe à l'abandon, face au talus d'orties de la voie ferrée. Ils ont attendu jusqu'à ce que passe un train et hurlé de joie en saluant les voyageurs. La deuxième fois, Haïgaz y est allé avec Agop et les plans de la maison. Deux petites caves à demi enterrées de chaque côté d'un perron de quelques marches. Une pour faire un atelier, l'autre pour le charbon. Au rez-de-chaussée, une petite cuisine au-dessus de l'atelier, et de l'autre côté du couloir, un minuscule salon au-dessus de la cave. Au fond, dans l'axe de la porte, les toilettes. Et à l'étage, qu'on rejoint par un escalier raide, deux autres pièces. La chambre des parents et celle des enfants, plus une petite salle de bains.

— Mais c'est tout petit, s'est offusqué Agop, que fais-tu du reste du terrain ?

— Devant la maison, une terrasse au-dessus de deux garages.

— Deux garages ? Tu veux deux voitures ?

— Non, un garage pour ma voiture, si j'en ai une, et un pour la tienne.

— Qu'est-ce que tu racontes ! À quoi me servirait un garage quand je ne sais même pas où je vais habiter !

— Là, a dit Haïgaz.

— Là quoi ?

— Là, tu vas habiter là, de ce côté. L'autre moitié de ce terrain est pour toi. Tu y construiras ce que tu veux.

Agop l'a regardé d'un œil noir.

— Haïgaz, si tu te moques de moi…

— Je sais, a répondu Haïgaz en riant, tu me tues !

Il a sorti un document de sa poche et l'a tendu à Agop.

— M. de Beaumont a arrangé tout ça avec son notaire, tu es propriétaire de la moitié droite de ce terrain.

Agop a longtemps contemplé le bout de terrain avant de réagir.

— En tout cas, ne compte pas sur moi pour construire un petit pavillon prétentieux à la française, a-t-il bougonné pour masquer son émotion. Moi je vais construire une petite maison basse de plain-pied avec un grand jardin potager. Devant, pas derrière la maison comme tous ces Français ! Et planter un abricotier et une vigne.

— Tant mieux, a plaisanté Haïgaz, je viendrai me fournir en fruits et légumes chez toi.

— Je te les vendrai, s'est révolté Agop sans pouvoir retenir des larmes d'émotion, et si tu m'en voles un seul, je te tue !

Haïgaz a éclaté de rire et béni cette vie de malheurs et de rencontres qui avait mis sur son chemin des gens comme Chaumard, Archambaud, de Beaumont et Agop. Et Chakée et Levon. Il allait construire ici, rue du Hêtre-Pourpre à Meudon, pour Araxie, lui et l'enfant à venir, un bonheur bien à eux, à côté de son ami Agop. Un bonheur apaisé et qu'ils devraient aussi, d'une certaine façon, à Haïganouch, à Christopher, à Hovannes, à l'équipage du *Siyah Lale*…

— Mais qu'est-ce que tu fais là ? s'étonne Haïgaz en découvrant ce jour de 1929 Hovannes, habillé comme un prince, rue du Hêtre-Pourpre.

— Je vais en Suisse et je me suis arrêté en chemin pour voir comment vous vous débrouillez sans moi.

— Tu vois, répond fièrement Haïgaz en montrant d'un large geste le chantier de sa petite maison.

Hovannes a surpris son ami au beau milieu de la rue, la veste sur ses épaules, à surveiller les travaux. Un homme qui ne sait rien faire, mais qui sait ce qu'il veut que les autres fassent au mieux. Les ouvriers s'interpellent, chantent, critiquent les plans à haute voix, et se moquent des talents de chacun. Derrière les rideaux au crochet, les voisins surveillent d'un œil sombre cette bande de rastaquouères. Hovannes sort de sa poche un paquet de Chesterfield qu'il tend à Haïgaz.

— J'ai peu de temps. Je dois retourner à la gare de l'Est pour reprendre mon train. On peut se parler tranquille quelque part ? dit-il en prenant Haïgaz par le bras.

Ils remontent la rue du Hêtre-Pourpre en longeant le talus de la voie ferrée.

— Tu as entendu parler d'Hitler ?

— Bien sûr, répond Haïgaz, le regard perdu dans les torsades qu'enroule le soleil dans la fumée de sa Gitane qu'il a préférée à la blonde américaine.

— Je vais en Suisse organiser un attentat contre lui.

Haïgaz s'arrête et regarde Hovannes.

— Qu'est-ce que c'est que cette histoire ? C'est ça que tu es devenu en Amérique, un tueur ?

— Non, je vais à l'université. J'étudie le droit pour devenir avocat. Tu te souviens de Christopher Patterson ? Il m'a adopté et s'occupe de moi comme si j'étais son petit frère.

— Et c'est lui qui t'envoie en Suisse pour faire de toi un assassin ?

— Non. J'agis de moi-même. Je sais qu'il s'en doute, mais il n'est pas impliqué dans ce projet.

— Et tu comptes faire ça tout seul ?

— J'ai rencontré deux hommes prêts à agir dans les milieux antifascistes. Ce projet me hante, Haïgaz…

Hovannes raconte à son ami le rendez-vous à New York avec Rothstein, le mafieux juif, et tout ce qu'il sait de la situation en Allemagne grâce aux lettres de Mme Schwabell.

— Mme Schwabell est vivante ? Dieu soit loué ! se félicite Haïgaz. Mais pour ce qui est de ce Hitler, Christopher a raison.

— Vraiment ? s'emporte Hovannes. Ne crois-tu pas que les Arméniens se seraient évité bien des malheurs si quelqu'un avait eu la bonne idée d'assassiner Talaat pacha avant qu'il ne sévisse ?

— Si quelqu'un avait tué Talaat pacha, répond Haïgaz avec calme, il aurait fallu qu'il tue aussi Enver pacha, Djemal pacha, Aziz bey, le docteur Nazim et des dizaines, voire des centaines d'autres pour enrayer cette machine de haine contre nous. Parce que c'était tout un système qui était contre nous, Hovannes. Pas seulement un homme, mais un système d'État. Et n'oublie pas que chaque massacre contre nous, à Van, à Erzeroum, à Trébizonde, à Mouch, à Sivas, à Diarbekir, à Mardin, a toujours eu pour prétexte la rumeur de l'assassinat d'un Turc.

— Tu ne viendras pas alors ?

— Venir où ? En Suisse avec toi ? Comment as-tu pu penser une seconde que je le ferais !

— Parce que je sais ce qu'Agop et toi avez fait à Berlin…

Haïgaz plante ses yeux dans ceux d'Hovannes, qui soutient son regard.

— La fondation Patterson a fourni une aide financière et logistique à l'opération Némésis, explique Hovannes. J'ai suivi vos exploits partout en Europe.

— Agop et moi n'avons agi qu'à Berlin, et nous n'étions chargés que du repérage, des filatures, et du support en cas d'échec le jour de l'action.

— Il n'empêche que vous y avez participé.

— Il n'y a pas de gloire à ça, Hovannes, vraiment. Ça devait être fait et nous l'avons fait, une fois, une seule fois, c'est tout, et maintenant c'est terminé.

— Haïgaz, mon frère, ce qui se prépare en Europe est peut-être pire que ce que nous avons vécu là-bas.

— Je sais, Hovannes, c'est pour ça que je construis cette maison, pour m'y terrer avec ma famille si tout ça recommence.

— Ce n'est pas très glorieux pour un héros de Némésis, murmure Hovannes.

— La mort n'est glorieuse que dans la bouche de ceux qui y survivent, répond Haïgaz. Héros, je le serai si dans ce monde je parviens à mourir de vieillesse après avoir vécu le plus longtemps possible heureux parmi les miens. Voilà pourquoi je n'irai pas en Suisse, Hovannes, même si je comprends pourquoi tu y vas.

— Et Agop ?

— Alors là, je te le demande comme une prière, au nom de notre amitié, n'entraîne pas Agop dans cette aventure. Ne lui en parle même pas, je t'en supplie. Il te suivrait, pour votre perte à tous les deux.

Ils sont accoudés à la balustrade blanche en ciment qui interdit l'accès au talus. La rue du Hêtre-Pourpre fait un coude serré dans le creux duquel se dresse une belle maison en pierre meulière. Ils la regardent à travers la fumée de leur cigarette.

— Les Français de la rue l'appellent la « maison des amerloques », explique Haïgaz, lui est un commercial dans le tabac, originaire de Baltimore, je crois. Si Hitler ne te tue pas et que tu deviens riche en Amérique, rachète-là et viens vivre près de nous.

Haïgaz revient donner des ordres à ses ouvriers qui les contestent et rouspètent, puis entraîne Hovannes dans une longue marche d'une heure jusqu'à la rue de la Défense à Issy-les-Moulineaux où se reconstruit une petite Arménie. Quand ils ressortent du restaurant, ivres et rassasiés de dolma, de *soudjouk* et de *bahmia* ponctués de « *Guenatz !* », Haïgaz saisit Hovannes par le bras et ils remontent s'abriter du soleil sous les grands arbres d'un parc. Ils se laissent tomber sur le dos, dans l'herbe épaisse, et allument chacun une cigarette. Alors Haïgaz sort de son portefeuille une photo qu'il tend à bout de bras contre le ciel et les feuillages au-dessus de leurs têtes.

— Ta femme et ton fils ?

— Araxie et Gaïzag, répond-il avec fierté.

— Où sont-ils ?

— Encore à Pont-de-Chéruy. Ils viendront dès que la maison sera prête. Tu comprends maintenant pourquoi je n'irai pas en Suisse ?

— Je comprends, répond Hovannes, la bouche pâteuse. Je comprends qu'on laisse les grands destins révolutionnaires aux pauvres célibataires frustrés comme moi. Tant pis, j'assume. J'irai tuer Hitler tout seul. *Guenatz !*

— *Guenatz !*

32

1929-1932 – Meudon

Les années qui suivent donneront raison à Haïgaz autant qu'à Hovannes.

La maison terminée, Haïgaz et Agop vont chercher Araxie et Gaïzag en Isère. M. de Beaumont les gratifie d'une prime supplémentaire et met à leur disposition un camion de ses usines pour le déménagement. Il leur donne aussi une lettre de recommandation pour des amis industriels, trois frères qu'il connaît bien et qui fabriquent des automobiles sur l'île Seguin, à Boulogne-Billancourt, au pied des collines de Meudon. Haïganouch est du voyage. Chakée et Levon ont aménagé une chambre pour elle dans l'immeuble de la rue du Pourtour. Les adieux sont sans tristesse, marqués par l'excitation d'une vie nouvelle. Agop en profite pour culbuter joyeusement Apolline Archambaud une dernière fois dans la paille d'une petite ferme qu'elle tenait à lui faire visiter. Bien sûr qu'elle n'est jamais partie pour les bordels levantins. Qu'aurait-elle eu à y trouver, sinon le vulgaire fantôme d'Archambaud, elle qui jouit ici de son inaltérable souvenir. Il rejoint les autres un peu en retard, juste avant le départ, quelques brins de paille dans sa chemise et un mouchoir brodé dans sa poche.

— Deux A entrelacés, a susurré à son oreille une Apolline encore toute gourmande de son sexe, en rangeant ses seins dans son corsage.

Et ce sont des années de bonheur qui commencent pour Araxie et Haïgaz, dans un pays de rêve comme la France. Avec de vraies rues et des trottoirs, un train joyeux et régulier qui passe devant leurs fenêtres. À cent mètres, sur une petite place, Araxie va faire ses courses en tenant Gaïzag par la main. Chez le boucher, un géant roux, dans son échoppe qui sent la viande et le sang, chez le marchand de couleurs rabougri en blouse grise qui vend de tout dans sa quincaillerie en désordre, chez le marchand de fruits et légumes maniaque qui refuse qu'elle se serve elle-même. Il y a aussi deux cafés enfumés et un petit lavoir propret, en contrebas de la rue, où elle se rend deux fois par semaine en silence, son panier d'osier sous le bras, sans oser parler aux Françaises qui louchent sur son savon d'Alep.

Haïgaz, lui, explore le quartier et fait la connaissance de Gueule cassée. Une grande bringue d'homme vieilli et déglingué par la guerre. Le visage fracassé par un obus. Haïgaz n'ose même pas imaginer l'impact. Une bouche sans lèvres toute de travers à la place d'une pommette. Un nez tranché avec deux trous pour narines, en plein milieu, comme une prise électrique. Un œil mort et vitreux mais toujours là, et l'autre comme enfoncé à coups de marteau au fond du crâne. Une oreille en moins et l'autre boursouflée d'avoir été brûlée. Le monstre, maigre et décharné, boite sur une fausse jambe de pirate, appuyé sur une béquille du même bois.

Un café minuscule, sans enseigne, un trou dans le mur. Une première double marche en granit, trop haute, comme pour empêcher les femmes et les enfants de venir, et deux autres pour s'enfoncer par la porte étroite. Une clochette à ressort quand elle s'ouvre, et soudain cette horreur qui surgit de l'ombre et fait tressaillir le cœur. L'homme s'est presque habitué à la terreur que sa gueule cassée allume dans le regard des autres. Haïgaz avait remarqué depuis la rue les billets de tombola qui tapissent l'étroite vitrine et c'est pour en choisir un qu'il est entré. Dans cette tanière sans lumière. Soit dans l'ombre, soit dans le contre-jour de la vitrine tamisée d'un voile gris.

— Le 7 octobre dans la Somme, dit l'homme d'une voix de ferraille. Un obus. Ça tombait dru. Je m'appelle Séraphin Robillard, et c'était pour moi ce jour-là. La faute à pas de chance. D'un autre côté, je suis pas mort comme tous les autres, alors…

Haïgaz regarde le visage concassé du pauvre homme. Il aurait pu lui aussi, à Smyrne ou ailleurs, être mutilé de la sorte.

— C'est resté comme ça, ou ils ont essayé de te réparer un peu ?

Robillard le regarde en biais, de son seul œil valide, et Haïgaz croit bien qu'il sourit. À sa façon.

— Ça te dégoûte pas ?

— Si, un peu, mais ça me fait surtout mal pour toi. Ils ne peuvent pas faire mieux ?

— Il y a cette Américaine, là, de Boston, Anna Coleman Ladd qu'elle s'appelle. Elle m'a reçu dans son atelier à Paris. Très gentille. Elle m'a mis à l'aise, m'a montré des trucs, puis elle a moulé mon visage dans du plâtre pour faire un masque. Ça reprenait une de mes expressions d'avant, repiquée sur une photo. Du beau travail, mais je n'en ai pas voulu.

— Pourquoi ?

— Un masque, ça ne change quelque chose que pour les autres, pas pour moi. Et puis mon visage, c'est celui de la guerre, camarade. Je sais pas comment c'était chez toi en 1914, mais ici, tout le monde voulait t'y envoyer, au casse-boche. Pour sûr que c'est pas grand-chose, la guerre, vue de l'arrière. Un peu de pain en moins, quelques heures d'usine en plus. Mais au front, la guerre, c'est ça ! dit-il en collant son visage à quelques centimètres de celui d'Haïgaz. Alors y a pas de raison que je la cache, ma sale gueule de guerre, qu'ils voient ce qu'ils ont fait de moi. Et si ça les emmerde, eh bien je les emmerde à leur tour. J'emmerde la guerre, j'emmerde ma gueule, et j'emmerde ceux qui n'avaient pas peur de m'envoyer à la guerre et qui aujourd'hui ont peur de ma gueule !

Haïgaz ne répond pas tout de suite. Il observe le misérable café dans lequel Robillard se terre jour et nuit. Une table et deux chaises. Un bar pour trois clients tout au plus. Derrière un rideau de perles, un placard qui sert de cuisine. Des bouteilles d'apéritifs et de vins doux sur une étagère. Deux réclames émaillées pour du Byrrh et du Dubonnet. Une troisième pour la liqueur Montbartine. Un vieux percolateur à une tasse. Un tourniquet pour les journaux. Haïgaz passe sa veste sur le dossier d'une chaise et s'assied à la table la plus proche.

— Tu as une pension, pour ça, au moins ?

— Ils me donnent un petit quelque chose. Plus le droit de vendre les billets de loterie nationale des gueules cassées et les journaux. Le tabac aussi. Avant la guerre, j'étais garçon boucher, tu te rends compte ? La boucherie d'en face, juste de l'autre côté de la place. Mais qui voudrait acheter de la barbaque à une gueule passée au hachoir ? J'ai juste gardé mes couteaux. Et toi ?

— Je suis arménien.

— Algérien ?

— Non, arménien.

— Connais pas !

Alors Haïgaz choisit cet endroit comme repaire et devient le premier vrai client de Séraphin Robillard. Pas un furtif. Pas un tête baissée. Pas un qu'ose pas trop. Un vrai client, qui parle au patron et qui reste longtemps.

Agop aussi a construit sa maison sur le bout de terrain que lui a donné son ami. Avec un petit mur entre les deux pour ne pas déranger. Et pour qu'Haïgaz ne vienne pas lui chaparder des légumes ou manger des fruits sur ses arbres. Mais ils vivent surtout dehors, comme en Orient. Au moindre soleil, ils tirent des chaises sur le trottoir. Araxie épluche les légumes pour le repas ou plume un poulet, Agop et Haïgaz tapent le carton ou se disputent au tavlou, et Gaïzag joue avec les épluchures ou les plumes, sur un couvre-lit étendu à même le sol. Quand le soleil donne, on le pose tout nu dans un grand baquet d'eau tiède et il joue des reflets de l'eau qu'il éclabousse. Chakée, Levon et Haïganouch descendent chaque jour les rejoindre. Et le dimanche, ils vont dans les bois de Meudon, au Tapis vert ou à la fontaine Sainte-Marie, pour des pique-niques en famille les bras chargés de tout ce qu'Araxie a cuisiné.

C'est la face heureuse de ces années-là, même si Hovannes n'a pas réussi à assassiner Hitler et qu'en Amérique les choses vont mal. L'économie s'effondre. Mais lui est resté en Suisse où la fondation Patterson a transféré la plus grande partie de ses avoirs. Quand il passe par Paris pour des visites-surprises, il conseille à Agop et Haïgaz de protéger leurs économies.

— Le système est au bout du rouleau, explique-t-il, la croissance s'est emballée sur une illusion financière et quand elle trébuchera, tout s'écroulera avec elle. L'Amérique est devenue la première puissance industrielle grâce à la guerre, et elle a cru que la paix lui apporterait la même croissance. Le réveil va être cruel et brutal.

Mais Haïgaz et Agop s'en moquent.

— Parce que tu crois que nous avons des économies, peut-être? Nous avons un toit et une famille, et un jardin pour planter nos légumes. Nous sommes solidement attachés à nos vies, Hovannes, et tes spéculateurs ne sont pas près de nous déraciner pour nous entraîner dans leur chute. *Guenatz* !

— *Guenatz*, compagnons, mais restez vigilants. La misère entraîne la colère, et c'est sur la colère des peuples que se nourrissent et grandissent les dictatures. Regardez ce qu'il se passe en Allemagne : plus leur économie s'écroule, plus ce Hitler monte en puissance. Quand ta monnaie passe en un an de dix-huit mille marks pour un dollar à quatre mille milliards pour le même bout de papier vert, tu te raccroches à n'importe quel bonimenteur, et ce Hitler…

— Quatre mille milliards ! s'esclaffe Agop. Mais je ne saurais même pas comment l'écrire.

— Sûrement avec plus de zéros que de francs dans ta poche, s'amuse Haïgaz.

— Ne plaisantez pas ! se fâche Hovannes. Si l'économie américaine se casse la figure, la même crise frappera l'Europe deux ou trois ans après et portera ce fou furieux au pouvoir !

— Alors tue-le et qu'on en finisse ! rigole Agop. Tu ne t'es pas installé en Suisse pour ça ?

— J'y travaille comme je peux, se vexe Hovannes, mais la fondation m'a donné une autre mission. Je pars en Arménie.

— Pour tuer Staline ? se moque gentiment Haïgaz.

— Ce n'est pas possible, tonne Agop.

— Quoi, de tuer Staline ?

— Non, d'aller en Arménie.

— Et pourquoi ça ?

— Parce que l'Arménie n'existe plus !

— La guerre est finie, Agop, et quelque part il existe des Arméniens qui vivent dans une République à eux !

— Et communiste !

— Oui, communiste, et alors quoi ? s'emporte Hovannes. Il y aurait désormais les héros dispersés de la diaspora révolutionnaire d'un côté et les traîtres d'Arméniens soviétiques isolés dans leur petite

République de l'autre, c'est ça ? N'oublie pas que le Dachnak soutient le gouvernement de cette République !

— Les traîtres du Dachnak, tu veux dire, les dissidents, ceux qui ont voté une résolution pour interdire aux autres Arméniens de parler de l'Arménie à leur place ! Des vendus aux communistes !

— Les Arméniens de là-bas ne sont pas communistes, Agop. Ce sont des Arméniens comme toi et moi, mais sous régime communiste, c'est tout. Réfléchis à la différence.

Chacun reste pensif un long moment, avant qu'Haïgaz se lève pour aller chercher une bouteille de raki et trois petits verres.

— Hovannes a raison, Agop, il ne faut pas abandonner les Arméniens d'Arménie. Nous sommes un même peuple. *Guenatz !*

— *Guenatz ! Guenatz !*

— Alors, reprend Haïgaz, que vas-tu faire en Arménie ?

— Officiellement, je représente la fondation qui voudrait y financer la construction et la gestion d'un orphelinat. Officieusement, je vais prendre la température sociale et politique du pays. Le Dachnak m'a organisé quelques rencontres. L'idée est d'établir des liens pour que l'Arménie ne soit pas isolée du reste du monde. Faire en sorte que cette République soit le poumon de notre communauté, mais que l'oxygène lui soit apporté par la diaspora.

— Je bois à ça, approuve Haïgaz, *guenatz* !

— *Guenatz ! Guenatz !*

33

1932 – Munich, Allemagne

— Madame Schwabell ?

La fille du baron von Blitsch s'est figée devant l'enclos aux girafes, comme à chaque visite. Quand elle les observe, les mains posées sur le grillage, sa tête se redresse et se penche sur la gauche en signe d'attention. La preuve ténue que quelque chose, quelque part, continue de vivre en Hilde von Blitsch.

— Bonjour, madame Schwabell.

Carlotta se retourne, et son cœur défaille.

— Selim ? Oh mon Dieu, Selim !

Elle se précipite sur Hovannes et l'étouffe dans ses bras. Elle ne sait que répéter : « Selim ! Selim ! Selim ! », l'embrasse sur les joues, sur le front, sur les cheveux. Elle s'écarte pour mieux y croire, puis se jette à nouveau contre lui.

— Mais que fais-tu là ? D'où viens-tu ? Oh mon Dieu, je t'ai cru mort ! Je t'ai si souvent cru mort !

— Madame Schwabell, sourit-il avec tendresse, je m'appelle Hovannes, souvenez-vous…

Et elle en pleure aussitôt et le serre à nouveau contre sa poitrine, son menton mouillé de larmes sur son épaule.

— Mais bien sûr, mon cher petit Hovannes, nous ne sommes plus chez ces sauvages, et tu n'as plus besoin de te cacher. Hovannes, quel bonheur !

Elle se reprend enfin, s'essuie les yeux et le regarde. C'est un beau et fort jeune homme, bien habillé, avec toujours ce regard ténébreux dans lequel brille maintenant une belle assurance.

— Mais que fais-tu ici ? Comment m'as-tu trouvée ? Comment as-tu survécu ? Attends, je suis idiote, je te pose trop de questions à la fois. Raconte-moi, toi, comme tu veux. Raconte-moi tout.

Hovannes s'étonne :

— M. Patterson ne vous a rien dit ?

— M. Patterson ? Non, pourquoi, qu'a-t-il à voir avec toi ?

Alors Hovannes raconte comment Christopher l'a pris sous son aile et emmené en Amérique où il a financé ses études de droit, et qu'il travaille désormais pour la fondation.

— Oh, mon Hovannes, comme je suis heureuse pour toi ! Comme Ernst aurait été fier de ce que tu es devenu ! Alors tu es un avocat américain, maintenant ? Mais pourquoi es-tu à Munich ?

— Je suis en route pour l'Arménie. Je voyage à bord de l'Orient-Express jusqu'à Istamboul et j'ai profité qu'il s'arrête à Munich pour vous rendre visite.

— Mais comment as-tu fait pour me retrouver dans ce zoo ?

— Christopher me parle souvent de Hilde et de ce que vous faites pour elle. Il me lit quelquefois vos courriers. Je connais vos habitudes. Je vous ai attendues ici, près de l'enclos aux girafes qui semblent tant plaire à Hilde.

Ils regardent la diaphane jeune femme dans sa robe blanche, accrochée au grillage.

— Nous sommes tous si tristes pour elle, murmure Hovannes. Christopher est désespéré. Il ne s'est jamais fiancé depuis ce terrible jour.

— Elle allait un tout petit peu mieux, quand nous étions à Berlin.

— L'exécution de Talaat pacha, oui, je sais...

— La seule chose qui semble encore la retenir dans notre monde, ce sont ces girafes qu'elle observe en silence des heures durant.

— Madame Schwabell, vous permettez un instant ?

Il enlève sa veste et la confie à Carlotta qui le regarde courir vers un arbre au milieu d'une pelouse. Il y grimpe avec agilité et disparaît dans les feuillages. De l'arbre tombent bientôt des ramilles qui s'éparpillent au pied du tronc rugueux. Puis Hovannes saute de l'arbre, roule dans l'herbe, et ramasse à pleine brassée les rameaux tombés. Ensuite il rejoint Carlotta en souriant.

— Les feuilles les plus tendres de l'acacia poussent à six mètres au moins. Ce sont celles dont les girafes raffolent.

Il va jusqu'à l'enclos, à côté de Hilde qui ne le regarde pas, presque à la frôler de son épaule, et glisse quelques branches d'acacia à travers le grillage. Au loin, une girafe dresse le cou et les regarde. Un girafon, derrière, l'imite. Hovannes reste immobile. La girafe aussi. Puis elle se dirige vers eux, l'amble donnant à sa démarche une nonchalante élégance. Quand l'animal est tout près d'eux, Hovannes devine qu'un frisson parcourt l'épaule de Hilde contre la sienne. Il a tout appris de l'animal dans l'espoir de cette rencontre qu'il a voulue avec Hilde von Blitsch plus qu'avec Carlotta Schwabell. Une fulgurance. Une intuition. Un pari un peu fou pour approcher le baron de la meilleure façon.

Au moment où l'animal tend la tête vers le grillage, un imperceptible rire nerveux électrise Hilde. La girafe hume les rameaux d'acacia, les inspecte du bout des lèvres, puis sort sa très longue langue pointue, rugueuse et bleue, qu'elle enroule autour des branches sans les manger. Elle avance ses dents jusqu'au grillage, les referme sur les rameaux et se recule, les effeuillant en ne gardant dans sa bouche que les feuilles qu'elle mâchouille de travers d'un mouvement circulaire.

— *Blau*…, murmure Hilde von Blitsch en souriant.

Carlotta Schwabell croit s'évanouir. La première parole de cette pauvre Hilde, en dix-sept ans d'emmurement intérieur. Elle veut serrer la jeune femme contre son cœur, mais Hovannes l'arrête d'un geste. Il donne une branche d'acacia à Hilde qui la regarde, étonnée, et la prend. Il garde sa main sur la sienne pour lui faire comprendre de serrer bien fort, et l'aide à glisser les feuilles à travers le grillage. La girafe se recule et laisse la place à son girafon. Un bonheur inédit irradie le visage de Hilde quand il s'approche et imite sa mère. Plus impatient, il se précipite sur la branche gourmande et recule la tête plus vivement pour l'effeuiller dans sa bouche. Pour l'aider à résister à la force de l'animal, Hovannes retient Hilde d'une main sur sa taille, et elle éclate d'un rire étrange mais heureux…

— Je ne sais plus quoi penser, avoue von Blitsch, Hilde a vraiment parlé ?

Ils sont dans son bureau, pour ne pas risquer qu'une parole imprudente réduise à néant l'espoir de cette journée lumineuse.

— Elle a dit *blau*, monsieur le baron, en voyant la langue bleue de la girafe. C'était un propos articulé et conscient. L'expression d'une surprise. Peut-être même d'une émotion.

Von Blitsch a sorti d'un meuble bar en merisier deux mignonnettes d'Underberg, une liqueur, enveloppées dans du papier.

— Mon Dieu ! Le malheur des Arméniens en Turquie plonge ma pauvre fille dans cette absence funeste, la violence d'autres Arméniens à Berlin anéantit l'espoir de ses tout premiers progrès, et voilà qu'un Arménien de passage lui redonne le même jour à la fois la parole et le sourire.

Bien entendu, le baron insiste pour que le jeune homme reste dîner et Hovannes accepte. Il n'y met qu'une condition, qu'il formule avec politesse : étant donné tout ce qu'il doit à Mme Schwabell et à son défunt mari, et par conséquent tout ce qu'ils ont à se raconter, il aimerait qu'elle puisse dîner avec eux.

— C'est que Mme Schwabell doit s'occuper de Hilde, s'excuse von Blitsch.

— Alors pourquoi Mlle Hilde ne dînerait-elle pas en notre compagnie ?

Von Blitsch, d'abord surpris, consent et le fait savoir à Mme Schwabell pour qu'elle prenne les dispositions nécessaires.

Le repas terminé, le baron est si heureux qu'il fait ouvrir une bouteille d'Eierlikör. Hovannes, qui en a déjà bu chez de riches Hollandais de New York, fait mine de la découvrir.

— Trinquons, propose-t-il, et je suggère que Mme Schwabell et Mlle Hilde se joignent à nous.

— Mais ne sera-ce pas trop fort pour Hilde ? s'inquiète von Blitsch.

— Ce dont votre fille a besoin, monsieur le baron, c'est de revenir dans le même monde que nous, celui où on mange en famille et où on trinque entre amis.

Von Blitsch hésite, sourit, et fait signe à Mme Schwabell de sortir un verre pour sa fille. Mais c'est lui qui sert.

— D'accord, mais *ein Schlükchen* alors, rit-il de bon cœur en versant une larmichette de liqueur dans le verre que lui tend la dame de compagnie.

Hilde n'a rien dit de tout le repas, mais quelque chose a changé dans l'intérêt qu'elle porte à ceux qui l'entourent et von Blitsch le sent. Ses yeux pétillent d'un bonheur évident quand ils regardent Hovannes.

— Trinquons à ce jour alors, comme vous l'avez si justement proposé.

Hovannes lève son verre et les regarde tous un par un, même Hilde qui garde son verre posé sur la table entre ses doigts fragiles, les yeux baissés sur la nappe blanche.

— *Guenatz !* comme on dit chez moi, lance Hovannes.

— *Guenatz !* répondent en souriant von Blitsch et Carlotta Schwabell.

À ce moment, dans un geste comme ralenti par une eau lourde, ou par l'étouffante chaleur d'une fournaise, avec une extrême précaution qui fait trembler sa main fine et blanche, Hilde lève son verre et son regard vers eux. Elle le porte à hauteur de sa bouche, entrouvre ses lèvres bleues à l'épaisse liqueur jaune et plisse ses yeux de surprise quand l'alcool glisse dans sa gorge. Puis elle repose le verre avec la même langueur, gardant les lèvres entrouvertes, et dans une émotion qui fait bouillonner le cœur du baron et celui de Carlotta Schwabell, suspendus à cette bouche qui hésite, elle murmure un faible « *Guenatz* » dans un imperceptible sourire.

Plus tard dans la soirée, pendant que Mme Schwabell s'occupe de la toilette et du coucher de Mlle Hilde, le baron insiste pour qu'Hovannes soit son hôte pour la nuit. Le jeune homme accepte, et ils passent dans le fumoir où von Blitsch lui propose un cigare de Cuba. Hovannes, bien qu'il ne fume pas, en prend un, l'allume, attend que le baron ait allumé le sien, et se décide à aborder l'objet de sa présence à Munich.

— On m'a dit que vous connaissiez personnellement ce M. Hitler dont on parle beaucoup ? lance-t-il sur le ton détaché d'une conversation anodine entre amis.

34

1927 – Erevan, Arménie soviétique

La jeune fille sourit et son regard étrangement attentif plane au-dessus des convives. L'homme passe derrière elle et d'un vif mouvement de ses bras vigoureux la saisit par la taille pour la poser debout sur la table. Hovannes, malgré la vodka qui bat à ses tempes, remarque que le geste n'est pas innocent. Dans la salle bondée, quelques hommes d'allure bohème et inspirée et des femmes aux yeux rebelles réclament le silence pour la jeune prodige. Puis la jeune fille perd son regard au plafond et son sourire s'éteint.

Ô pays que j'aime et quitte à la fois
Dans ma tête un sabre éteint le soleil
L'exil est une mort à nulle autre pareille
Je t'aime dans le noir, et te quitte malgré moi

Des scarabées dorés sous les eucalyptus
Ne reste qu'un bâton tombé dans la poussière
Maman est morte, dans la cour, sans prière
À leur rage qu'aurions-nous pu donner de plus ?

De viols en abattoirs, à manger l'immonde
De haines en offenses, sans pitié ni remords
On nous a chassés loin, on nous a voulus morts
Sous le même ciel que le reste du monde.

Le silence qui suit est violent. Les convives ne cachent pas leurs larmes. Seul, derrière la jeune fille, le commissaire politique retient les siennes. Lui est russe, et même si l'émotion le gagne, de ce poignant témoignage et de sa jolie récitante, il n'est pas dans sa fonction de s'émouvoir. Un des amis poètes de la jeune femme hurle alors le bravo qui déchaîne les vivats et la fierté de l'assistance. L'homme du Dachnak qui a invité Hovannes à cette soirée porte un toast :

— À la poésie, qui dit ce que les discours n'osent pas. *Guenatz !*

Tous se lèvent, le verre à la main, et hurlent un vibrant « *Guenatz !* » à leur tour. Deux autres poètes s'approchent de la table pour aider la jeune femme à descendre, mais le commissaire politique s'interpose et les écarte. Sur la table, la fille a retrouvé le sourire mais hésite, soudain désemparée. Hovannes comprend alors qu'elle est aveugle. Le commissaire politique guide ses mains sur ses épaules, la prend par la taille, et la dépose au sol. Dans le mouvement qu'il a pour la retenir de tomber, ses mains affermissent leur prise et leurs corps se frôlent. Elle n'y perçoit rien de mal et remercie le commissaire. Hovannes n'est pas dupe et le fait savoir à l'homme d'un regard. Mais au même moment des amis de la jeune femme la prennent par le bras en riant et l'entraînent à la table de « l'Américain ». Josig Garabedian, son hôte, dresse son corps de géant avec tant de joie qu'il en bouscule la table. Il étreint la jeune fille entre ses bras puissants et la serre fort contre sa chemise blanche. Puis il saisit Hovannes par le bras et le force à se mettre debout lui aussi.

— Tu vois, camarade, parce qu'on doit s'appeler « camarade » ici, dit-il en se tournant vers le commissaire pour un « *Guenatz !* » moqueur auquel répondent tous les autres, tu vois, cette jolie jeune fille est notre fierté. Elle est à elle seule l'âme et la voix de l'Arménie. Orpheline et aveugle, rescapée du pire, et pourtant si juste. Oui, nous avons subi l'hécatombe, mais comme elle le dit, « sous le même ciel que le reste du monde ». N'oublie pas ça, camarade américain, n'oublie pas que le reste du monde a été le complice silencieux de notre martyre, c'est ce que dit ce poème.

— Je ne suis pas américain, réplique Hovannes, vexé, je vis en Amérique, mais je suis né à Marach. Je suis arménien. Je me suis occupé d'un orphelinat chrétien à Kadiköy pendant toute la guerre.

— Eh bien vois-tu, cette Arménienne-là s'est sauvée toute seule, plaisante Garabedian, et maintenant elle va parler au monde entier. Elle étudie à Moscou grâce à une bourse de l'Union des écrivains. Retiens son nom, l'Américain, retiens son nom et tout le reste du monde avec toi : c'est Haïganouch Tertchounian, la plus belle et la plus prometteuse voix d'Arménie.

— À Haïganouch, *guenatz* ! crie un homme du fond de la salle, forçant les convives à reboire une énième vodka.

Jusqu'à ce qu'un autre poète monte sur la table. La jeune femme se défait alors des bras de Garabedian, entraînée par ses amis dans un joyeux tumulte et, quand elle s'est éloignée, le géant se penche vers Hovannes.

— Est-ce qu'en Amérique les poètes gagnent de l'argent ?

Hovannes avoue qu'il n'en sait rien et l'Arménien éclate d'un rire de troll. Ils boivent et mangent encore tandis que les poètes, hommes et femmes, se succèdent sur la table.

— Et est-ce qu'en Amérique les poétesses aiment la graine autant que la tige ?

— Pardon ?

— Est-ce qu'elles aiment les filles autant que les garçons ? Parce qu'ici…

Mais Hovannes est sauvé de cette discussion de fin de banquet par le commissaire politique qui lui fait signe de le rejoindre. Le jeune homme s'excuse, et une ombre d'inquiétude voile le regard de ses hôtes.

— À l'Américain ! propose le géant comme une épitaphe. *Guenatz !*

— *Guenatz !* hurle toute la salle comme s'il fallait soutenir Hovannes dans une épreuve.

— Le premier secrétaire veut vous parler, lâche le commissaire en le prenant par le bras pour quitter la salle.

La fraîcheur nocturne qui descend des montagnes les saisit. Par chance une voiture les attend. Deux hommes en descendent quand ils approchent.

— Ces messieurs vont vous conduire.

— Vous ne venez pas ?

— Non.

Les deux hommes, la mine patibulaire, engoncés dans un épais manteau, font monter Hovannes à l'arrière de la voiture.

— Ford A, se force-t-il à plaisanter, alors comme ça les soviets roulent en américaine ?

Aucune réponse.

De jour, Erevan est une bourgade de province alanguie sur les ruines d'Erebouni, dont on cherche à faire au plus vite la capitale qu'elle n'a jamais été vraiment. Une ville distendue qu'on a confiée aux soins d'un architecte arménien soviétique, vice-président de l'Académie des arts. Il y redessine une ville convenue, académique, avec un tram. Mais la nuit, Erevan est une béance. On ne remarque plus les immeubles, seulement le vide noir qui les sépare. Des abîmes.

Depuis l'habitacle éteint de la voiture, Hovannes observe ce néant menaçant de la ville qu'ils traversent. Il ne sait pas où les deux hommes l'emmènent. Depuis qu'il est arrivé, il a rencontré beaucoup de premiers secrétaires : de quartiers, d'usines, de groupements, d'associations, de clubs sportifs. Ce pays ne semble fonctionner que sous la férule de secrétaires et de commissaires. Il s'en est accommodé sans problème et il se sait suivi et surveillé par des ombres, mais cette fois, dans une voiture roulant tous feux éteints à travers une ville noyée d'ombre, il roule vers ce qui est le vrai pouvoir. Le Parti. L'appareil. Le premier secrétaire.

Un immeuble anonyme, gris dans la nuit. Aucune plaque. Aucune lumière. Les deux hommes le font descendre d'un geste. Un troisième, surgi d'un porche obscur, leur ouvre la lourde porte derrière laquelle ils l'engouffrent dans le noir.

— Je peux savoir où nous allons ?

Aucun des hommes ne lui répond et personne n'allume la lampe nue au plafond.

— Je suis citoyen américain, je veux savoir où vous m'emmenez.

Il est conduit vers un escalier qu'on le force à grimper jusqu'à l'étage, dans l'obscurité. Sur le palier, une porte s'ouvre dès qu'ils s'en approchent. Les hommes l'encadrent et le poussent à entrer.

— Je veux qu'on prévienne mon consulat.

Au bout d'un couloir, une porte donne sur une petite pièce. La seule éclairée. Une table et une chaise. Un homme en civil est assis sur la chaise, emmitouflé dans un lourd manteau. Il chasse les autres hommes d'un geste suffisant, puis reste silencieux un long moment, se contentant de regarder Hovannes avec mépris.

— Ton nom ? finit-il par demander.

— Qui êtes-vous ?

— Je pose les questions, tu réponds, précise l'homme.

— Je ne répondrai à aucune question sans la présence d'un représentant de mon consulat.

— Tu es sûr de vouloir entraîner un pauvre consul dans cette affaire ?

— Quelle affaire ?

— Que viens-tu faire en Arménie ?

— Je vous ai dit que je ne répondrais pas.

L'homme est grossier, de visage comme de tenue, son embonpoint sanglé dans un mauvais costume, mais son regard vicieux est intelligent. Hovannes se demande s'il devine la peur qui le gagne.

— Je suis Sergueï Anikine. Je dirige la police. Je veux dire la police d'État, la vraie, celle qui a tous les pouvoirs, camarade Sarkissian. Hovannes Sarkissian, c'est bien ça ?

— C'est ce qui est écrit sur mon passeport américain.

— Et qu'est-ce que l'homme au passeport américain vient faire en République socialiste soviétique d'Arménie après être passé par Paris, Lausanne, Berlin et Munich ?

— Demandez à mon consul.

— Décidément, tu lui veux bien du mal à ce pauvre consul.

Il hurle un nom et Hovannes sursaute quand la porte s'ouvre à la volée. Anikine demande qu'on lui ramène le consul des États-Unis séance tenante. Puis il reprend son calme.

— Cet homme va te haïr, camarade Sarkissian.

Il se lève, sort, et ordonne à deux hommes de tirer la table et la chaise hors du bureau avant d'éteindre la lumière. Resté seul, Hovannes s'assied à même le carrelage et se rend compte alors que la pièce n'est pas chauffée. Il attend plus d'une heure, prostré dans le froid, déterminé à ne pas se plaindre. Intérieurement pourtant, il prend la mesure de son inconscience de s'être ainsi jeté dans la gueule du loup sans aucune garantie. Il ne doute pas que Garabedian et ses contacts chez les dissidents du Dachnak doivent s'inquiéter de lui, mais il n'a aucune idée de leur capacité à intervenir. Puis soudain, à l'autre bout du couloir, il entend la porte d'entrée s'ouvrir avec fracas et des pas décidés se diriger vers lui. Quelqu'un hurle le nom d'Anikine. Hovannes devine un affolement de chaises et pense qu'on bouscule vers lui le pauvre consul. Mais quand la porte s'ouvre et qu'on allume la lumière, Hovannes découvre devant lui un homme en colère. Jeune, le regard droit, le front dégagé, il est suivi de deux membres du Parti arborant leurs insignes à la boutonnière et du commissaire politique qu'Hovannes a rencontré au banquet des poètes.

— Tu répondras de ça, Anikine, on n'arrête pas un étranger sur notre territoire sans l'autorisation du premier secrétaire.

— Tu oublies que je suis le chef du GPU d'Arménie, camarade premier secrétaire Kostanian. Je n'ai d'ordre à recevoir que du camarade Beria, chef du GPU de Transcaucasie, qui lui-même reçoit les siens directement du camarade Menjinski, réplique Anikine sans peur.

— Très bien, camarade Anikine, je ferai remonter à Moscou cette information intéressante selon laquelle tu prétends que la police d'État est au-dessus du Parti. Nous verrons bien ce que le camarade Menjinski et le camarade Staline en pensent.

Hovannes assiste sans broncher à ce combat bien plus mortel que les mots le laissent supposer. Il sait que Beria et sa mafia géorgienne, au service de Menjinski, construisent en silence la plus terrible et la plus cruelle police d'État qu'on puisse imaginer. Mais il sait aussi que de l'autre côté Staline et le Parti ont repris d'une main de fer la révolution et préparent eux aussi la plus sévère et la plus intransigeante collectivisation du pays. Dans ce bras de fer, ces deux hommes subalternes sont appelés à tomber. Au mieux en disgrâce pour négligence dans l'application des directives du Parti, au pire sous les balles d'un peloton d'exécution sommaire pour n'importe quelle fausse accusation.

Pendant que les deux chefs s'affrontent, le commissaire politique s'approche d'Hovannes et ôte sa veste pour la lui passer sur les épaules avant de l'attirer vers le couloir.

— J'attends ton rapport sur les raisons de cette arrestation dans deux heures sur mon bureau, camarade Anikine, dit le premier secrétaire. Et circonstancié, que je puisse le transmettre à Moscou.

Il fait demi-tour et rejoint Hovannes et le commissaire politique pour sortir de ce qui est le quartier général du GPU à Erevan.

— Vous comprenez le russe ? demande le premier secrétaire dans les escaliers.

— Assez pour comprendre que vous venez de me sortir d'un mauvais pas, répond Hovannes dans un russe hésitant.

— Vous n'en êtes pas encore sorti, camarade Sarkissian, ne vous réjouissez pas trop vite. Anikine doit déjà téléphoner à cette brute fourbe de Beria pour faire remonter l'affaire jusqu'au camarade Menjinski afin de convaincre le camarade Koba qu'il avait raison à votre sujet et moi tort.

— Koba ?

— C'est en utilisant le surnom que le camarade Staline s'est choisi dans sa jeunesse que ses courtisans affichent leur soi-disant proximité avec notre chef suprême.

— Quoi qu'il en soit, je vous remercie de votre intervention, monsieur le premier secrétaire.

— Hélas, elle me coûtera un de ces jours la mort ou la disgrâce, répond-il avec calme. Bientôt je ne serai plus rien, et Beria sera premier secrétaire quelque part, peut-être même bien de l'Union tout entière. Il est assez manipulateur pour ça. Je suis désolé de vous le dire aussi directement, mais vous venez de vous en faire un ennemi. Mortel et pour la vie.

Une voiture les attend. Le commissaire prend le volant, et le premier secrétaire monte à l'arrière avec Hovannes. Les deux gardes du corps disparaissent dans la nuit. Hovannes lève les yeux vers l'immeuble. Une des fenêtres est éclairée, derrière laquelle il devine la silhouette d'Anikine.

— Où allons-nous ? demande-t-il par réflexe.

— Le camarade Pliouchkine va vous reconduire à votre hôtel et restera dans le coin pour veiller à ce que rien d'ennuyeux ne vous arrive à nouveau. Demain matin, il vous emmènera au siège du Parti et nous parlerons de la raison de votre séjour en Arménie.

Depuis la fenêtre de son bureau, Sergueï Anikine regarde la voiture se fondre dans la nuit, phares éteints.

— C'est ce Pliouchkine qui les a prévenus, dit-il comme s'il voulait s'en convaincre.

— Tu en es sûr, camarade ? demande un policier en civil à ses côtés.

— Ma main au feu. Laissons Beria s'occuper du premier secrétaire et occupons-nous de ce Pliouchkine. Études, vices, vie sexuelle, voisinage, je veux tout connaître de lui. Nous trouverons toujours un moyen de monter un dossier. Que sait-on déjà ?

— Rigoureux, respectueux de la ligne officielle, mais poète.

— Poète ?

— Oui. Il se pique d'écrire et fréquente ce milieu de lesbiennes et de dégénérés. Officiellement pour le surveiller. D'ailleurs c'est parce qu'il assistait à la petite fête donnée en l'honneur d'une poétesse moscovite, à laquelle l'Américain était aussi invité, qu'il a su que nous l'embarquions.

— Il s'y est opposé ?

— Non, au contraire, il nous l'a amené. Mais il a aussitôt prévenu le premier secrétaire, tu as raison là-dessus, camarade.

— Et cette poétesse ?

— Une petite délurée dont s'est entiché un cercle de poètes plus ou moins officiels. Une Arménienne. Aveugle.

— Aveugle ?

— Oui. Plutôt mignonne aussi. D'ailleurs, Pliouchkine ne semblerait pas insensible à son charme, à ce qui se dit.

Anikine se retourne vers l'homme, soudain intéressé.

— Comment sais-tu ça ?

— Par Ovsep, un informateur à nous parmi les poètes. Il nous rapporte tout ce qui s'y dit. Depuis que l'aveugle est à Erevan, Pliouchkine ne l'a pas quittée d'une semelle et n'a d'yeux que pour elle.

— Cet informateur est fiable ?

— Héroïnomane. C'est nous qui le fournissons. Nous payons aussi son loyer et c'est chez lui que les poètes se réunissent pour déclamer leurs conneries.

— Il est poète lui-même ? s'étonne Anikine.
— Non.
— Alors comment donne-t-il le change ?
— Nous avons un vrai poète qui croupit en prison. Il écrit des poèmes que nous remettons à Ovsep qui les apprend par cœur et va les déclamer d'un air inspiré comme si c'étaient les siens. Ses voisins sont des nôtres aussi, d'une façon ou d'une autre.

— Tu étais merveilleuse, dit un jeune homme décoiffé à la cravate nouée en lavallière, ton poème était bouleversant.
— Tu es trop gentil, Igor, je dois encore le travailler, répond Haïganouch en riant du compliment, son regard aveugle dansant autour du visage du garçon. Anna dit qu'il y manque une certaine fluidité qui m'échappe encore.
— Fariboles ! N'y change rien. Cette langue simple et sans artifice, cette dimension poétique et tragique à la fois du quotidien… pas étonnant que les acméistes de Moscou soient fous de toi !
— Dis-moi, intervient un autre en la forçant à se retourner vers lui, tu travailles vraiment avec Anna Akhmatova ?
— Nous nous connaissons, s'amuse Haïganouch, elle me conseille.
— La grande Akhmatova, la femme de Goumilev, l'inspirateur du mouvement acméiste, la conseille et notre petite Haïganouch nous dit ça comme si c'était la chose la plus naturelle du monde ! Donnez-moi vite un couteau, que je me crève les yeux moi aussi !

— Igor, c'est de très mauvais goût, dit une femme un peu éméchée en le giflant pour rire.

Ils sont une dizaine, dans un tout petit appartement, et boivent un peu de tout. De la vodka russe, du champagne et du cognac arméniens. Beaucoup d'entre eux écrivent de la poésie la nuit et négocient de quoi survivre le jour. On dit que parmi les poétesses, une ou deux ont des amants parmi les cadres du Parti. Mais leurs vraies amours, celles des belles lettres et des esprits désirables, ils les vivent chaque soir ensemble, comme une fratrie incestueuse et suicidaire.

— Et Goumilev, qu'en dit Akhmatova ? Était-il vraiment coupable ?

La jeune femme gifle Igor à nouveau, plus fort cette fois, sous les rires de l'assemblée qui redoublent.

— Comment peux-tu être mufle à ce point ? Pas étonnant que tes poèmes ne soient appréciés que des cadres du Parti !

— Comment ont-ils pu exécuter ce poète enchanteur pour un complot monarchiste ? Peut-être qu'il l'était en fait, non ? Dis-nous, Haïganouch.

— Igor, tout le monde sait que c'était un complot imaginaire. Ils ont tellement torturé ce pauvre géographe de Tagantsev qu'il a donné le nom de tous ceux qu'il connaissait de près ou de loin. Huit cents personnes en tout, tu imagines ! Et il se trouve que Tagantsev et Goumilev s'étaient déjà rencontrés. Le GPU a sauté sur l'occasion pour se débarasser de Nikolaï !

— Ah ! se pâme Igor. Elle appelle Goumilev, le père fondateur de l'acméisme, par son petit nom ! Retenez-moi, je meurs !

Tout le monde éclate de nouveau de rire et chacun se ressert un verre. La pièce est enfumée de tabac fort malgré la fenêtre grande ouverte sur une rue sans lumière.

— À la poésie comme arme sociale, *guenatz !* lance un garçon.

— *Guenatz !* hurlent les autres.

— Hé, êtes-vous fous ? proteste le poète locataire de la chambre en se précipitant pour fermer la fenêtre. On pourrait nous entendre et nous dénoncer !

— À la révolution poétique ! hurle Igor, déclenchant un fou rire général. Et toi, Ovsep, si peu disert, si peu conteur, notre bon hébergeur, notre hôte généreux, déclame-nous donc quelque chose de ton cru.

Ovsep se fait prier, refuse, puis cède aux encouragements des autres. Il se dresse, fiévreux et chancelant, l'œil rouge à la pupille dilatée. Une caricature du poète maudit par excellence.

Le ciel est blanc d'une blancheur terrible,
Et au granit, au charbon la terre est livrée.
Sous cette lune exsangue et invisible
Plus rien jamais ne pourra scintiller.

Fallait-il que passionnée je t'embrasse,
Fallait-il que t'aimant je souffre tant de fois
Pour devoir aujourd'hui, calme et si lasse,
Avec dégoût me souvenir de toi ?

Silence. Chacun le regarde, le verre suspendu, la bouche interdite.

— Quoi, c'est si mauvais que ça ?

— Mais c'est…, hésite Haïganouch.

— C'est n'importe quoi ! coupe Igor. C'est mauvais, c'est égocentré, c'est du néoclassique rural ! Oublions ça, que plus personne n'en parle. Je l'interdis ! À retravailler, mon pauvre Ovsep, tu peux t'asseoir et ne te lève plus jamais. Mais toi, ma belle Haïganouch, dis-nous plutôt quels autres poètes de génie tu croises à Moscou.

— Le beau Sergueï, minaude Haïganouch.

— Quoi ? Sergueï Gorodetski, ce vieux symboliste du folklore slave, ce « nouveau poète des campagnes » ? Et d'abord comment sais-tu qu'il est beau, toi qui ne vois pas ?

— Parce que ses mots sont beaux, que sa voix est belle, que ses vêtements sont doux, que ses cheveux sentent la camomille, et que sa peau est douce, dit Haïganouch en ponctuant chaque petit bout de phrase d'une caresse sur le visage d'Igor. Et d'ailleurs il va bientôt venir en Arménie !

— On se fout de Gorodetski ! Qui d'autre, qui d'autre ?

— Gorodetski a fondé le mouvement acméiste ! s'insurge Haïganouch.

— On se fout de l'acméisme ! Qui d'autre, qui d'autre ?

— Ossip Mandelstam, Maria Petrovikh, Gueorgui Tchoulkov, énumère Haïganouch en faisant patienter, entre chaque nom, son auditoire ébahi. Tarkovski aussi.

Quand elle parle, les yeux d'Haïganouch fouillent le plafond de la pièce. Ses yeux rieurs se sont éteints à l'intérieur, pas à l'extérieur. C'est une aveugle à la tête haute et que son infirmité rend sublime.

— Et ton préféré, parmi tous ces grands poètes éclairés ? demande une jeune femme émue.

— Mon préféré c'est une préférée : Marina Tsvetaïeva.

— Tsvetaïeva ? Mais elle ne vit plus en Russie depuis cinq ou six ans déjà.

Maintenant le visage d'Haïganouch reste immobile. Le plafond a disparu et elle fixe une étoile.

— Vous vous rendez compte qu'à dix-sept ans elle étudiait toute seule à la Sorbonne, à Paris. J'aime tout de cette femme. Sa vision du monde, son écriture, son inspiration, sa façon de vivre, sa vie de femme…

— Tu veux dire sa vie à femmes.

— Comment ça ?

— Eh bien tu sais ce qu'on dit, qu'elle met autant de femmes que d'hommes dans son lit : Sophia Parnok, Sonia Holliday…

— Et alors ? C'est sa liberté, non ? Est-ce que tu conçois des limites à ta liberté, toi ?

Igor, surpris par la réaction d'Haïganouch, ne répond pas. Un autre jeune homme prend alors la parole, la voix grave et les yeux rougis par le tabac, l'alcool et l'heure avancée de la nuit :

— Quoi qu'il en soit, et qui que tu aimes, Haïganouch, quand tu seras là-bas à Moscou dans les salons de tous ces poètes éclairés, n'oublie pas tes poètes arméniens. Les Issahakian, les Toumanian, les Térian.

— Sylva Gaboudikian, dit un autre.

— Daniel Varoujan, ajoute une jeune poétesse.

— Roupen Sevag…

Une à une ils énumèrent les grandes figures de la littérature arménienne, litanie soudain lourde d'émotion et de nostalgie quand viennent et reviennent les noms de ceux qui ont été assassinés pendant le grand malheur. Puis Igor prend les mains d'Haïganouch dans les siennes et fixe les yeux de la jeune femme qui ne le voit pas.

— Et nous, Haïganouch, nous leurs enfants, les nouveaux poètes arméniens dont le talent fragile naît dans cette République d'acier et de charbon, nous, ne nous oublie pas non plus.

Haïganouch cherche son visage de ses mains, le caresse, puis le tire à elle pour poser un baiser léger sur ses lèvres.

— Comment le pourrais-je, Igor ? Vous êtes mon cœur. Est-il possible d'oublier son cœur ? Sans votre amitié et votre poésie qui m'illuminent de l'intérieur, je ne serais qu'un abîme dans la nuit.

— Aux abîmes éclairés par la poésie, alors, *guenatz* !

— *Guenatz !*

— Allez, récite-nous encore un petit quelque chose, et portons le dernier toast de cette nuit qui a dû t'épuiser.

Haïganouch se lève et se recoiffe d'un geste rapide et coquet.

Tu cours dans les blés qui brûlent,
Un homme meurt sous son cheval
Quand on l'achève il hurle.
Et tu regardes l'animal.

Les chevaux frappent la terre,
Le sol résonne et tremble,

Nous étions si heureux hier
Et nous mourons tous ensemble.

Ils nous ont tués, ils sont morts,
Il ne reste plus que nous deux
Qu'avions-nous donc comme trésor,
Sinon ce pays avec eux ?

On t'a vendue, on m'a donnée,
Je t'ai quittée, tu m'as perdue,
J'aurais longtemps voulu t'aimer.
Pourvu qu'ils ne t'aient pas pendue.

Haïganouch reste immobile. Ces mots demeurent en elle et la torturent aussitôt. Ceux qui voient peuvent ensevelir les temps malheureux sous d'autres images plus heureuses. Elle, elle n'a plus d'images de ses premiers bonheurs. Presque plus. À peine quelques-unes, lointaines. Un scarabée mordoré. Des eucalyptus. Une des poétesses devine qu'Haïganouch pleure. Elle se lève, prend son visage dans ses mains, et de ses deux pouces efface gentiment ses larmes. Puis elle pose un doux baiser sur ses yeux noirs.

— À celle qui voit tout de l'intérieur, *guenatz* !

— *Guenatz !*

— Allons, raccompagnons notre petite sœur jusqu'à son hôtel des beaux quartiers, pour lui éviter une mauvaise rencontre avec les milices du nouvel ordre moral.

Igor fourre une bouteille de vodka dans chacune des poches de son manteau, et ils sortent tous ensemble dans la rue sombre.

— Parasites dégénérés ! hurle un voisin que leurs rires irritent.

Dans la rue, ils saluent tous bruyamment Ovsep penché à sa fenêtre. Puis ils partent bras dessus, bras dessous, vers le grand chantier de l'immense place Lénine, déserte et lugubre à cette heure de la nuit. Mais au milieu de cet espace monumental et sans vie, loin des gardes des bâtiments nouveaux en tuf rose et blanc appelés à devenir le commissariat du peuple d'Arménie, Igor les arrête et leur dit à voix basse d'un air grave :

— Il faut que nous parlions d'Ovsep.

— C'était quoi ce poème ? C'était bien « Nuit blanche », d'Anna Akhmatova, n'est-ce pas ? s'inquiète Haïganouch.

— Oui, mais incomplet. Il manquait la deuxième strophe, répond une fille avant de la chuchoter :

Fougueusement rauque, une voix de femme
Ne chante pas mais ne fait que crier.
Au-dessus de moi un peuplier noir
Par aucune feuille ne peut me murmurer.

— Qu'est-ce que ça veut dire ? S'approprier un poème aussi connu et penser que nous ne nous apercevrions pas de la supercherie, ça n'a pas de sens.

— Je peux dire quelque chose, sans accabler ce pauvre Ovsep ? intervient Haïganouch. Le ton de sa voix n'était pas celui de quelqu'un qui lit une œuvre qu'il aurait lui-même écrite.

— Comment peux-tu en être certaine ?

— Je sens ce genre de chose. J'entends dans vos voix plus d'émotions que vous-mêmes pensez y mettre.

— Donc il savait qu'il récitait du Anna Akhmatova ?

— Peut-être, répond Haïganouch, ses yeux toujours perdus au ciel, mais j'ai aussi deviné un éraillement de peur dans sa voix. Comme s'il craignait d'être démasqué.

— Pourtant, en disant ce poème devant nous qui en admirons tant l'auteur, il était certain de l'être, non ?

Tous gardent le silence dans la nuit froide qui glisse des montagnes jusqu'au plateau d'Erevan. Igor sort une bouteille de vodka et la fait circuler pour les réchauffer.

— Sauf si Ovsep ne sait pas qui est Anna Akhmatova, lâche-t-il après une longue rasade.

— Comment ça, il ne connaîtrait pas Akhmatova ?

— Ni elle ni ses poèmes.

— Mais qu'est-ce que ça voudrait dire ?

Igor les regarde un par un avant de répondre :

— Qu'il n'est pas poète et que nous sommes tombés dans un piège à nous réunir chez lui.

— Mais ce qu'il déclame alors ?

— Des poèmes écrits pour lui et qu'il apprend par cœur pour conforter le rôle qu'il joue.

— Quoi ! Il y aurait au GPU des miliciens assez poètes pour lui écrire des vers ? Ça ne tient pas debout. Sans être exceptionnel, ce qu'il déclame est souvent de belle facture.

La bouteille circule à nouveau et l'alcool réchauffe Igor qui comprend le premier.

— Il n'y a pas de milicien poète au GPU, dit-il d'une voix lugubre, mais il y a plusieurs poètes qui croupissent dans ses geôles.

Chacun réfléchit en silence à l'implication tragique de ces mots.

— Tu veux dire…

— Je veux dire qu'Ovsep récite les poèmes d'un poète que le GPU force à écrire dans un cul-de-basse-fosse. Probablement en échange de meilleures conditions de détention, voire de sa survie.

— Mais pourquoi ce poème d'Anna Akhmatova alors ?

— C'est facile à comprendre maintenant, murmure Haïganouch, épouvantée. Le poète, du fond de sa prison, a compris que ce qu'on le force à écrire est un moyen pour Ovsep de nous infiltrer pour nous espionner. Alors il a glissé dans ses créations ce poème célèbre que nous ne pouvions pas ne pas reconnaître. Pour nous prévenir.

— C'est pour cette raison que je vous ai empêchés de réagir, explique Igor. Sans tout comprendre, d'instinct, j'ai su qu'il ne fallait rien laisser paraître de nos doutes. Parce que si nous dévoilons la fourberie d'Ovsep, le GPU le tuera, et le poète inconnu dans sa prison aussi. Et nous, ils nous arrêteront.

Le froid de la nuit et celui de la peur les saisissent soudain.

— Qu'allons-nous devenir ? s'inquiète Haïganouch.

— Toi, tu rentres à Moscou demain et c'est tant mieux. Ne nous écris plus. Nous trouverons un moyen de te donner de nos nouvelles. Quant à nous, depuis le temps qu'Ovsep leur rapporte nos poèmes et nos opinions, ils ont de quoi nous arrêter quand ils le veulent. Mais il ne faut pas brusquer les choses. Continuons d'aller chez lui mais avec des poèmes de plus en plus académiques selon les critères du Parti. Et préparons-nous en secret, chacun de notre côté, à un départ vers des villes éloignées où nous essayerons de nous faire oublier.

— Non, jamais je ne quitterai l'Arménie, dit Yéghiché Soghomonian, un jeune poète militant.

— Moi non plus ! renchérit un autre, son ami Aksel Bakounts.

— Quoi, vous pensiez donc que moi je le ferais ? s'indigne Igor. Je reste, mais chacun doit avoir le choix. Se mettre à l'abri, soi-même et les siens, ne sera jamais une trahison pour nous.

— Ils nous tueront, murmure une jeune femme. Ce rationalisme productiviste ne peut se permettre de laisser survivre ce qu'il ne comprend pas. Ils se serviront de nous, puis ils nous tueront.

— Alors continuons d'écrire ce qui leur survivra un jour, dit Igor en sortant l'autre bouteille de vodka. À la mort glorieuse de la poésie éternelle, *guenatz* !

— *Guenatz !*

Soudain, Igor se fige.

— Attention, chuchote-t-il en cachant les bouteilles.

Depuis le chantier du palais du gouvernement, deux gardes armés s'avancent, intrigués par ce groupe d'individus suspects au beau milieu de la place Lénine, en pleine nuit.

— Qui êtes-vous ? crie de loin le premier qui arme son fusil. Que faites-vous ici ?

— Quoi, répond Igor dans un éclat de rire un peu forcé, il n'y a pas de couvre-feu, que je sache ! Baisse ton arme, camarade, nous fêtons juste l'anniversaire d'un ami. Il reste de la vodka, si tu en veux.

— Sortez vos papiers, ordonne le militaire, nous verrons bien si l'un d'entre vous est né ce jour.

Igor est pris de court.

— Laisse, camarade, je m'en occupe, dit alors un homme en sortant de l'ombre d'un bâtiment.

Le militaire braque aussitôt son arme sur lui.

— Ne fais plus un pas ! Qui es-tu ?

— Je suis le camarade Pliouchkine, commissaire politique, et je reviens de la même fête que mes amis.

— Tu n'es pas en uniforme.

— Je ne suis pas en service.

— Les officiers de l'Armée rouge sont toujours en service.

— Tes propos deviennent insultants, camarade. Sous-entends-tu que je manquerais à mes devoirs envers le Parti ? Je n'ai pas besoin d'un uniforme pour me sentir investi de la tâche dont j'ai eu l'honneur d'être chargé par le Conseil des commissaires du peuple.

— Je ne saurai qui tu es que quand tu m'auras présenté tes papiers.

À sa voix légèrement tremblante, on sent que le soldat perd de son arrogance. Le canon de son arme se baisse de quelques centimètres. Si cet homme est bien ce qu'il dit, il vient peut-être de signer sa déportation vers le premier bataillon disciplinaire à n'importe quel bout du pays. Mais il s'est trop engagé et ne peut plus reculer. L'homme s'avance et lui tend ses papiers. Un frisson raidit la nuque du soldat. Il s'agit bien du camarade commissaire politique Pliouchkine.

— Excuse-moi, camarade, je…

— Ne t'excuse pas, il était normal que tu t'inquiètes de ce groupe à proximité du futur palais du gouvernement à cette heure de la nuit, tout comme il était juste que tu t'assures de mon identité. Retourne à ta faction, je m'occupe de ces jeunes inconscients.

Le soldat le salue et retourne à son poste. Le commissaire politique se dirige alors vers les poètes, restés de marbre.

— C'est imprudent, par les temps qui courent, de dire ce que vous dites et de faire ce que vous faites. Ces temps ne sont plus ceux d'hier. Surtout pour les poètes. C'est un des vôtres, je crois, qui a dit : « Hier n'est pas encore venu, il n'a pas réellement existé ». Rentrez chez vous. La jeune aveugle reste avec moi. Je la raccompagne à son hôtel.

— Mais..., commence Igor.

— Obéis-moi, camarade. À la façon dont vous vous comportez, cette jeune femme est plus en sécurité avec moi qu'avec vous. Si je lui voulais du mal, j'aurais laissé ce soldat l'arrêter.

— Mais...

— C'est bon, Igor, intervient Haïganouch, le camarade commissaire politique va me raccompagner. Je le crois sincère. Rentrez chez vous et soyez prudents. Nous nous verrons demain avant mon départ.

Ils s'embrassent puis, tandis que les autres s'éloignent en se retournant de temps en temps, Haïganouch attend, le nez dans les étoiles.

— Pouvons-nous y aller ? demande-t-elle. La nuit devient très froide.

— Oui, pardon, s'excuse Pliouchkine en ôtant sa veste pour en couvrir les épaules de la jeune fille.

— Je suis descendue à l'hôtel…

— Je sais où tu es descendue. À l'hôtel du Caucase. Je suis commissaire politique, ne l'oublie pas.

— Un commissaire politique qui sait même citer Mandelstam de mémoire ?

Pliouchkine sourit de la vivacité de la jeune fille, autant que du plaisir d'être à ses côtés. Ils quittent la place par la rue Amiryan qu'ils remontent d'un pas tranquille jusqu'au grand cinéma Naïri dont l'entrée est marquée par deux imposants globes de verre sablé, éteints à cette heure de la nuit. En chemin ils passent sous d'admirables balcons fermés à l'arménienne, kiosques en bois suspendus aux façades de tuf coloré. Passer sous ces alcôves en saillie les plonge, par intermittence, dans l'ombre de la lune qui s'est levée. À sa grande surprise, Haïganouch découvre en Pliouchkine un homme cultivé et tourmenté par la violence de son époque, malgré son poste officiel. Il se justifie : le socialisme n'apportera le bonheur au peuple que si nul ne le dénature.

— Faut-il tuer les poètes pour ça ?

— Qui te dit que nous le faisons ?

— Allons, camarade commissaire, toi et moi le savons bien, et la nouvelle direction du Parti n'augure rien de bon.

— Le camarade Staline…

— Je me moque du camarade Staline. Parle-moi plutôt de toi.

— C'est plutôt dangereux.

— Quoi, d'en savoir plus sur toi ?

— Non, de se moquer du camarade Staline. Et toi, d'où viens-tu ? Tu es d'Erevan ?

— Non, répond Haïganouch d'une voix douce et soudain pensive, je suis née à Erzeroum. Ma famille a été massacrée. Ma sœur et moi avons été déportées et un homme nous a achetées à Diarbekir pour nous mettre au service de sa fille. Puis nous sommes parties à Alep, où le mari de notre maîtresse m'a donnée à un vieux derviche.

— Désolé de t'avoir posé cette question idiote. Ça doit être douloureux pour toi de raviver ces souvenirs.

— Non, non, dit-elle en trouvant sa main pour y poser la sienne, ça me fait du bien d'en parler de temps en temps. J'avais peur du derviche. Je l'appelais l'étoile noire tellement je sentais sa force froide. Mais il était bon. Il nous a recueillies, quelques autres filles et moi, et un jour il nous a emmenées dans sa carriole jusqu'ici. Nous avons traversé tout le pays sous sa protection. Il nous a nourries, vêtues, logées, et il nous a confiées à un homme à la frontière, qui nous a conduites jusqu'à un orphelinat de la ville.

— Oui, les derviches sont la seule communauté musulmane à s'être organisée pour porter secours aux Arméniens. J'ai lu ça dans un rapport quelque part. Tu sais ce qu'est devenu cet homme ?

— Non. Il nous a dit qu'après nous il allait en sauver d'autres.

— Mais pourquoi ne vous a-t-il pas sauvées toutes les deux, ta sœur et toi ?

— Moi je n'étais qu'une petite aveugle. Il savait que le maître allait se débarrasser de moi. Qu'il était même capable de m'abandonner dans le désert.

— Et tu sais ce qu'est devenue ta sœur ?

— Non. J'espère qu'elle a survécu. Je récite des poèmes au ciel de temps en temps. Elle m'avait promis que, où qu'elle soit, elle les entendrait.

— Quel est ton nom ?

— Aujourd'hui, c'est Tertchounian, celui sous lequel l'homme de l'orphelinat m'a inscrite. Mes parents s'appelaient Azoian. C'était mon vrai nom. Mais quand nous avons été déportées, pour les Turcs, je faisais partie de la famille de mon oncle, les Karakozian…

— Mon Dieu, comment as-tu pu survivre à tous ces dangers… Dans le noir jour et nuit, en plus.

— C'était toujours moins dangereux que ce que tu viens de faire.

— Quoi, qu'ai-je fait de dangereux ?

— Invoquer Dieu au pays des soviets, c'est presque pire que de se moquer du camarade Staline ! répond-elle.

Et elle éclate d'un rire cristallin qui tintinnabule dans la nuit glacée.

35

1927 – D'Erevan à Piatigorsk et Moscou, URSS

— Ils ont parlé, tu dis ?

— Oui, camarade Anikine.

— Longtemps ?

— Plus d'une heure, devant l'hôtel, dans la nuit.

— Parfait, ça sent la danse de séduction, ça. Tu as un témoin ?

— Le veilleur de l'hôtel témoignera de ce que nous voudrons qu'il dise.

— Il est monté avec elle ?

— Non, camarade, il est reparti tout seul.

— L'imbécile ! soupire Anikine.

Ils sont dans son bureau. Sombre. Que seul transperce le cône jaune d'une lampe de table. L'autre ne voit de lui que ses lourdes mains autour desquelles s'enroule la fumée épaisse des *papiross*. Il les enchaîne en pinçant le carton entre le bout jauni de ses doigts. Quand il en allume une autre, la flamme de l'allumette fait jaillir de la nuit le masque cruel de son visage.

— Vois s'il doit aller à Moscou prochainement. Sinon, arrange-toi pour l'y envoyer au plus vite. Et trouve un homme à nous là-bas. Dis-lui de suivre l'aveugle et de se tenir prêt. Et qu'il soit discret. Elle est sûrement déjà sous surveillance par d'autres que nous.

— Bien, camarade.

— Attends. Demain matin, arrêtons-la quand même. Juste le temps de lui faire manquer son autocar. Trouve un prétexte mais ne la bouscule pas. Fais durer la vérification de son passeport intérieur. Ça nous fera gagner un peu de temps. Et nous verrons bien s'il vole à son secours.

— Bien, camarade.

Le lendemain matin, après l'entrevue avec le premier secrétaire, le commissaire politique Pliouchkine, en uniforme, vient prendre Hovannes à son hôtel et l'aide à charger son bagage dans la voiture.

— Cela vous dérange-t-il si je passe prendre une personne qui voyage par le même autocar que vous ?

— N'importe quelle personne prête à affronter les quinze heures de route jusqu'à Piatigorsk mérite ma compassion, plaisante Hovannes.

— Elle le mérite d'autant plus qu'elle devra aussi supporter, comme vous, les trente-cinq heures de train jusqu'à Moscou. À propos, comment s'est passé l'entretien avec le premier secrétaire ?

— Le fait que nous financions des orphelinats en Arménie le séduit, parce qu'il a bien conscience de l'effroyable précarité des enfants seuls ici, mais confier ce financement à une fondation américaine le terrifie. Alors il m'envoie présenter le projet à Molotov, à Moscou.

— Mauvaise idée : le camarade Molotov n'est pas vraiment un humaniste. On le dit à l'origine des plus terribles décrets du camarade Staline. Prenez garde à vous.

— Je serai assisté de nos représentants diplomatiques. Et puis j'ai déjà affronté bien des esprits fourbes dans ma courte carrière.

— Le problème, voyez-vous, c'est que le camarade Molotov n'est pas seulement fourbe. Il est brutal. D'une brutalité de bouledogue.

Ils roulent quelques instants par les grandes avenues encore désertes et les petites rues déjà encombrées jusqu'à l'hôtel du Caucase. Hovannes aperçoit la jeune femme qui attend devant le lourd portail, et la reconnaît.

— Oui, dit Pliouchkine, c'est la jeune poétesse aveugle d'hier soir. Elle rentre à Moscou et c'est tant mieux. Prenez bien soin d'elle pendant ce long voyage.

— Pourquoi me dites-vous ça ? s'inquiète Hovannes.

— Parce que ces jeunes poètes sont dans la ligne de mire du GPU. Ils sont inconscients de la violence qu'Anikine peut déclencher contre eux. S'il se décide, il brisera leur vie pour toujours, après en avoir exécuté quelques-uns pour l'exemple. Faites-le comprendre à cette jeune femme pleine de grâce et de talent. Pour l'instant, le socialisme productiviste n'aime ni l'une ni l'autre de ces qualités.

L'horreur que masquent à peine les propos de Pliouchkine contraste tant avec l'innocence du visage d'Haïganouch qu'une angoisse soudaine étrangle Hovannes. Il crispe les yeux pour chasser les images de ce corps gracile torturé jusqu'à la folie dans une geôle nauséabonde.

— Bonjour, monsieur l'Américain, dit Haïganouch d'un air joyeux, son nez pointé vers le ciel et ses yeux noirs écarquillés.

— Comment savez-vous ?

— Le parfum de votre savon. Cette lotion sur votre visage. La laine de votre veste. Le cirage de vos chaussures…

— Eh bien, soupire Pliouchkine, au moins cette jeune femme vous reconnaît, vous !

— Toi, ce n'est pas pareil, camarade Pliouchkine. Toi, je t'attendais avec impatience. J'ai pensé à toi cette nuit, imagine-toi. Sais-tu que tu portes le nom d'un célèbre personnage de Gogol, dans *Les Âmes mortes* ?

— Quoi, ce triste héros noir et avare ? Dois-je vraiment prendre ça comme un compliment ? se moque le commissaire.

Il va ajouter quelque chose, mais se ravise. Un homme les observe, depuis l'ombre d'un porche de l'autre côté de la rue. Il se dirige alors vers lui.

— Qu'est-ce que tu fais là, camarade ?

L'homme reste impassible, un soupçon d'insolence dans le regard, sans même rectifier sa posture.

— Je fais mon travail, lâche-t-il en allumant une cigarette.

— Est-ce que ton travail consiste à espionner un commissaire politique ?

— Les commissaires politiques sont des citoyens qui doivent obéissance au Parti comme tous les autres, camarade Pliouchkine.

— Les hommes de main d'Anikine aussi, camarade, surtout ceux qui pensent devoir prendre leurs ordres de lui plutôt que du premier secrétaire. Je vais t'apprendre quelque chose que tu ferais bien de ne pas oublier avant qu'il soit trop tard pour toi : le pouvoir n'est jamais acquis définitivement, il peut à tout moment changer de camp.

— Est-ce une menace envers un membre du GPU, camarade ?

— Bien sûr que non. Juste une mise en garde amicale envers un jeune idiot qui pense qu'Anikine sera toujours là pour le protéger. Anikine veut ma peau et il l'aura, probablement, puis quelqu'un d'autre voudra la sienne et il l'aura aussi. Et ceux qui travaillent pour lui plutôt que pour le Parti n'auront que deux destins possibles : tomber à sa place ou tomber avec lui. Réfléchis à ça, camarade, et passe une bonne journée.

Pliouchkine abandonne l'homme dont le visage s'est fermé, et rejoint Hovannes et Haïganouch.

— Allons-y, dit-il en aidant la jeune femme à monter dans la voiture.

L'autocar n'est rien de plus qu'une cabine de tram posée sur le châssis d'un camion. Le pare-brise droit et plat s'ouvre par le bas comme un vasistas à l'envers. Devant, le capot ressemble à un long museau de chien.

Pliouchkine hisse les bagages d'Haïganouch quand la bande des poètes la rejoint pour les au revoir. Elle les salue tous de caresses du bout tendre de ses doigts. Pliouchkine prend Hovannes à part.

— Pourriez-vous prendre soin d'elle même au-delà de Moscou ? lui demande-t-il.

— Comment ça, au-delà ? s'étonne l'Américain.

— Des temps terribles s'annoncent ici, et pour ces âmes fragiles et insouciantes, dit-il en désignant les poètes d'un discret mouvement de tête, ils seront plus durs et plus impitoyables encore.

— Mais elle vit à Moscou, et elle semble y avoir de nombreux appuis.

— Les appuis ne valent que le temps que les poètes amusent. Ils ne durent jamais. Un soir une rime déplaît et les poètes tombent dans la nuit. Au petit matin, personne n'ose demander où ils sont passés. Si vous en avez le pouvoir, proposez à cette jeune femme aveugle de quitter ce pays. Sauvez-la.

— C'est à ce point ?

— C'est même pire.

Hovannes regarde Haïganouch qui rit aux éclats dans les bras d'Igor.

— Très bien. Je ne peux rien promettre et ça dépend d'elle, mais je verrai ce que je peux faire.

Pliouchkine aperçoit alors Anikine qui s'approche, les mains dans le dos, accompagné de l'homme qui les espionnait.

— Bonjour, camarade Pliouchkine, mon homme me dit que tu as eu des mots très durs avec lui ce matin, alors qu'il était en mission pour moi.

— Je l'ai juste mis en garde contre la tentation de mauvais choix politiques. Et je lui ai aussi rappelé que rien ni personne n'est supérieur au Parti et au camarade Staline. Et toi, camarade Anikine, que fais-tu ici ?

— Mon métier, camarade commissaire, mon métier. Je surveille qui part, qui revient, et ce que font les étrangers chez nous. C'est pourquoi je vais demander à monsieur ses laissez-passer, dit le chef du GPU en tendant la main vers Hovannes.

Mais c'est Pliouchkine qui sort un document de sa veste et le lui tend.

— Cela devrait te suffire. C'est un laissez-passer et une lettre de recommandation du premier secrétaire du Parti communiste d'Arménie, assortis d'un rendez-vous convenu avec le camarade Molotov. Je suppose que tu n'as pas l'intention de faire obstacle à ce rendez-vous, camarade Anikine ?

Celui-ci encaisse sans rien laisser paraître. Personne ne prend le risque de provoquer la colère du camarade Molotov. Il rend la lettre à Pliouchkine en regardant Haïganouch. Autour d'elle, les poètes se sont figés.

— Tu voyages aussi, camarade ? demande-t-il avec la douceur d'une vipère qui se cabre.

Hovannes intervient avant qu'Haïganouch ne réponde :

— Elle voyage avec moi.

— C'est moi qui décide si elle voyage et avec qui elle peut le faire, réplique Anikine sans même le regarder, les mains toujours dans le dos, et je ne pense pas que ce sera ni aujourd'hui ni avec toi.

— Dans ce cas, j'espère que ta liaison téléphonique avec Moscou fonctionne bien, répond Hovannes avec une calme insolence qui terrifie aussitôt Pliouchkine.

Anikine marque un temps pendant lequel il ne quitte pas Haïganouch des yeux, puis se retourne lentement vers le jeune homme.

— Et pourquoi en aurais-je besoin, camarade américain ?

— Parce qu'il est convenu que Mlle Tertchounian m'accompagne chez M. Molotov pour lui remettre, de la part des poètes arméniens, un poème en hommage à M. Staline.

Anikine ne peut retenir un plissement des yeux mi-surpris, mi-suspicieux.

— Je peux voir ce poème ? murmure-t-il en tendant la main.

Devinant le coup de bluff d'Hovannes, Pliouchkine réagit avant lui.

— Mais pour qui te prends-tu, Anikine ? Tu oserais ouvrir et lire un courrier personnel adressé au camarade Molotov en hommage au camarade Staline ?

L'autre reste un moment la main tendue, puis sans rien dire fait demi-tour et s'éloigne à pas mesurés.

Le chauffeur donne le signal du départ. Tandis qu'Igor accompagne Haïganouch jusqu'à la porte, Hovannes aide une femme encombrée de bagages à monter dans l'autocar, puis lui propose de hisser son sac de victuailles dans le filet au-dessus des sièges.

— Désolée, je ne parle pas l'arménien, répond-elle en russe, et elle prend place sur la banquette devant les deux jeunes gens.

D'abord Haïganouch reste silencieuse et Hovannes se demande quel genre de supplice peut représenter un tel voyage pour quelqu'un qui n'a même pas la distraction du paysage. Puis elle s'endort contre la vitre, avant de glisser contre son épaule, et il ne bouge plus. Le chauffeur s'arrête toutes les quatre heures, le plus souvent dans des gargotes qui empestent l'urine, le thé noir et la friture. La femme se propose d'accompagner Haïganouch aux toilettes. Hovannes la remercie en lui offrant un thé fort qu'elle emporte dans l'autocar. Entre les sièges, il la voit sortir de son sac une flasque de vodka dont elle agrémente son thé.

Plus tard dans la nuit, alors que les autres passagers dorment, assommés de fatigue et de vodka comme la femme devant eux, Hovannes se penche à l'oreille d'Haïganouch.

— Pliouchkine m'a demandé si je pouvais vous aider à sortir du pays.

— Que dites-vous ?

— Je peux essayer de vous obtenir un passeport américain et de vous aider à vous enfuir.

— Mais pourquoi m'enfuirais-je ? s'étonne Haïganouch.

— Pliouchkine affirme que vos amis poètes et vous n'êtes plus en sécurité, et que des temps difficiles s'annoncent.

Haïganouch ne répond pas tout de suite. Ils traversent des gouffres de paysages éteints sous une nuit sans lune. Il se dit que ce doit être le même abîme obscur à l'intérieur de la jeune fille.

— Et que ferais-je en dehors de ce pays ?

— Il y a des pays où la poésie n'est pas un crime.

— Elle n'est pas un crime en Union soviétique non plus, se rebelle-t-elle. Il existe même des poètes officiels.

— Je vous en prie, ne vous mentez pas. Dites-moi ce que deviennent ceux qui ne sont pas reconnus ou ceux qui sont tombés en disgrâce ?

À nouveau la jeune femme reste longtemps silencieuse. Mais quelque chose prend forme en elle. Une folie.

— Et où irais-je, une fois sortie ?

— Les communautés arméniennes sont nombreuses. En France, aux États-Unis, en Argentine. Je connais des gens bien du Dachnak dans tous ces pays. Des amis pourraient vous accueillir. En France ou aux États-Unis par exemple, et même à Buenos Aires. Vous pourriez commencer une nouvelle vie. Vous n'avez pas de famille dans la diaspora ?

— Mes parents ont été massacrés pendant la grande horreur. Il ne me restait plus qu'une sœur, mais nous avons été séparées et je ne l'ai plus jamais revue. Souvent je rêve qu'elle vient me chercher et, quand elle me prend la main, le monde reprend sa lumière et ses couleurs autour de moi…

— Je peux vous aider, sachez-le. Donnez-moi votre réponse quand nous serons arrivés à Moscou.

— Merci, répond Haïganouch en cherchant sa main, je vous promets d'y réfléchir.

Quand elle s'endort, elle rêve qu'elle court dans les rues d'une ville qu'elle imagine être Paris, New York ou Londres en tenant la main d'Araxie. Sous un ciel de printemps bleu et frais. Tandis que Chakée les regarde, assise sur un banc, à croquer des graines de courge séchées.

Ils atteignent Piatigorsk épuisés par le long et cahoteux voyage. Lui s'y attendait et a prévu une nuit de repos avant de prendre le train pour Moscou. Haïganouch, elle, a un billet pour le jour même, dans quelques heures.

— J'aurais tant aimé voir la maison de Lermontov, soupire-t-elle de regret.

— Voir ? s'étonne Hovannes.

— Oui, voir à ma manière. Sentir, toucher, écouter. C'était un grand poète, vous savez, inspiré par Victor Hugo et Lord Byron.

— Il vivait à Piatigorsk ?

— Non, il y est mort. Un duel contre un autre officier poète bouffi de vanité. Il faut dire que Lermontov avait le mot cruel quand il s'agissait de moquer les arrogants. Il était d'ailleurs à Piatigorsk en exil pour avoir envoyé au tsar un poème dans lequel il accusait la bonne société d'être responsable de la mort de Pouchkine.

Hovannes regarde ce petit bout de femme dont la conception du monde le déroute mais le charme.

— Est-ce que quelque chose d'urgent vous attend à Moscou ?

— Non, des amis seulement, poètes de surcroît. C'est dire s'ils ne connaissent pas grand-chose à l'urgence.

— Alors allons échanger votre billet pour demain, et laissez-moi retenir pour vous, à mes frais, une chambre d'hôtel. Vous pourrez ainsi prendre le temps de m'en dire plus sur ce Lermontov.

À sa grande surprise, Haïganouch n'hésite pas une seconde. Et comme elle avoue même avoir grand faim, ils se mettent en quête d'un restaurant.

Malgré les fresques du réalisme social et les slogans productivistes qui la défigurent, Piatigorsk reste la petite ville thermale qu'elle était avant la Révolution. Au pied de ses cinq montagnes dispersées, comme échappées du lourd troupeau de la chaîne du Caucase, c'est une bourgade désuète, mouchetée de parcs et de jardins.

Au hasard d'une ruelle, ils repèrent une gargote tenue par une Arménienne sans âge, où ils se délectent d'un maigre bahmia à l'agneau arrosé d'un raki de contrebande. Hovannes s'étonne qu'Haïganouch le boive sans eau et sans glace.

— *Guenatz !*

— *Guenatz !*

Ils arrivent enfin à la pension où Hovannes prend une chambre pour Haïganouch et, moyennant un généreux supplément, demande à la tenancière de porter assez d'eau chaude pour que la jeune fille puisse prendre un bain. Le baquet qui sert de baignoire se trouve dans une pièce à part, au bout d'un couloir tapissé d'un papier fleuri. Il propose à Haïganouch de la guider jusque-là, mais elle refuse en riant et il la regarde repérer les lieux à tâtons. Lui se lave dans sa chambre d'un gant rêche et d'une eau si froide que le mauvais savon peine à mousser. Puis il se rase, s'allonge et s'endort, soudain étourdi par la chaleur du poêle qui ronfle ses flammes dans la fonte. Et bientôt il rêve du ronronnement obsédant du *Siyah Lale* en mer Égée, de la houle qui roulait sous la coque et les bringuebalait contre l'acier riveté de la cambuse, des cigarettes au vent sur le pont. Ces jours qui l'avaient gardé suspendu et heureux, loin de tout le chaos macabre du monde qui les entourait. Du temps où il se faisait appeler Selim. Pour survivre.

C'est Haïganouch qui le tire de ses souvenirs assoupis en frappant à sa porte. Il bondit pour lui ouvrir.

— Vous devriez vous couvrir, dit-elle d'un air mutin, cette tenue n'est pas convenable devant une dame.

— Mais comment savez-vous que… ? bredouille Hovannes, torse nu et en caleçon.

— Tout se sent pour un aveugle, vous savez, même la nudité.

Il referme aussitôt et court s'habiller, sous le rire moqueur de la jeune femme derrière la porte. Quand il rouvre, elle le devine propre et élégant mais ne dit rien pour ne pas le gêner.

— La tenancière m'a expliqué où se trouve la maison de Lermontov. Pourriez-vous m'y emmener ?

Hovannes loue un fiacre pour le reste de la journée. Haïganouch se hisse sur la pointe des pieds pour chercher des mains sa joue et y dépose un baiser rieur pour le remercier. Tandis qu'ils traversent la ville jusqu'au musée, le cocher revêche peste contre les poètes :

— N'importe quel prolétaire est plus utile au pays que ces parasites fainéants et crasseux.

Quand ils arrivent à destination, Hovannes ne le paye que de la moitié de ce dont ils étaient convenus et le congédie.

— Je préfère rentrer à pied que d'écouter tes éructations d'ivrogne, explique-t-il à l'homme qui l'insulte en fouettant sa vieille carne. Et ne te venge pas sur ton cheval ou je te coupe les oreilles !

Haïganouch rit de sa colère et cherche son bras auquel elle s'accroche. La maison du poète n'est qu'une masure au toit de chaume. Trois fenêtres de guingois qu'il lui décrit, aucune de la même taille, et une porte si basse qu'il faudrait se baisser pour passer. Sauf qu'on n'y entre pas. Cette maison n'est plus un musée. Elle est habitée. Le gardien en a fait sa demeure. Sans rien demander à personne, de toute évidence. Qui viendrait visiter la maison d'un poète en ces temps de réalisme productiviste ? Haïganouch reste devant, émue, épiée par une vieille femme suspicieuse derrière des rideaux jaunis de nicotine.

Dans son étreinte il portait une âme jeune
Au monde de tristesse et de pleurs,
Et l'empreinte de son chant est restée sans paroles
Dans l'âme jeune ! Mais vivante.

— C'était un bel officier, hussard de la Garde impériale, et pourtant un esprit libre et éduqué. Un romantique pictural. Le poète du Caucase dont les écrits se sont nourris de batailles sanglantes autant que de mondanités qu'il avait, toutes les deux, en horreur.

Haïganouch en frémit d'émotion et Hovannes, croyant qu'elle tremble de froid, ôte sa veste pour la poser sur ses épaules. Dans le mouvement qu'elle fait pour la retenir, leurs mains se frôlent et Hovannes aperçoit, entre le pouce et l'index de la jeune femme, un petit tatouage bleu. Comme un oiseau. Comment fait-elle pour deviner son regard ?

— Il date du temps où ma sœur et moi étions esclaves. C'était la marque de notre maître. Je ne l'ai jamais vu. Ma sœur disait que c'est l'oiseau bleu d'Erzeroum. Est-ce vrai que ça ressemble à un oiseau ?

— Oui, répond Hovannes, bouleversé, on peut le voir comme un oiseau bleu. Ou comme une tulipe aussi, dans l'autre sens…

Puis elle lui raconte comment Lermontov avait organisé le duel qui lui a coûté la vie : au bord d'un précipice, pour qu'à la moindre blessure l'un des deux y bascule et s'y fracasse. Un duel dont la rumeur prétend que le poète n'y est pas tombé sous la balle de son adversaire, mais sous celle d'un tireur complice, embusqué derrière un buisson.

— À la mort de Pouchkine, Lermontov avait prévenu le tsar que si la Russie ne punissait pas les coupables, aucun autre poète ne serait donné au pays. Et voilà que lui aussi, à son tour, privait la Russie de sa voix si inspirée.

Elle en pleure presque et Hovannes se surprend à guetter ses larmes. Est-ce que les aveugles peuvent pleurer ?

— Oui, répond Haïganouch sans qu'il ose poser la question, mais pas pour une poussière ou une escarbille. Nous ne pleurons que d'émotion.

Le soir venu, ils retournent à la gargote se brûler les lèvres à des beurek au fromage, trop gras d'une friture trop vieille. Après le repas ils trouvent un square près de l'hôtel et s'assoient sur un banc, à regarder – elle tient à ce qu'il les lui décrive – les neiges de l'Elbrouz virer du rose au parme dans le crépuscule, et s'éteindre de bleu en bleu, plus sombre à chaque fois, jusqu'à disparaître dans la nuit mauve. Noire enfin. Avant qu'un vent frisquet les pousse à rentrer.

Le lendemain, sur le quai, ils retrouvent la femme de l'autocar.

— Faites attention à votre bagage, dit-elle, hier ils avaient perdu le mien et j'ai dû attendre qu'ils le retrouvent pour prendre un autre train.

Ils compatissent, promettent de faire attention et l'invitent à partager leur compartiment. Elle est veuve, leur confie-t-elle, d'un soldat russe qui a combattu en Arménie. Hovannes préfère ne pas lui demander à quelle période et contre qui. Dans le balancement monotone du train, ils finissent par s'endormir, en se relayant toutefois pour veiller qu'on ne les dépouille pas, même Haïganouch. En fin de journée, le lendemain, ils arrivent à Moscou, fourbus, et Hovannes donne à la jeune fille le nom de son hôtel.

— Passez me voir dans trois jours à midi, pour ce dont nous avons parlé. Nous déjeunerons ensemble.

Il va lui proposer de la raccompagner quand deux jeunes garçons et une belle grande femme se précipitent sur elle et la couvrent de baisers.

— Nous avons eu si peur, Hanouchka, en ne te voyant pas dans le train d'hier.

— Je ne pouvais pas passer à Piatigorsk sans m'arrêter pour honorer Lermontov ! s'excuse-t-elle, les yeux perdus au ciel pour capter tous ces parfums familiers et ces voix amicales.

— Tu es allée chez Lermontov ! Oh, raconte-nous, Hanouchka, raconte-nous !

Et ils l'enveloppent d'un tourbillon de mots qui l'éloignent de lui jusqu'à la perdre dans la foule qui débarque.

Quand Hovannes remonte le quai à son tour, la Russe le dépasse et lui adresse un au revoir amical. C'est en lui rendant son salut, dans le brouhaha des voyageurs et les soupirs des locomotives, qu'il aperçoit l'homme. Il attend sur le quai en lisant les *Izvestia* du jour. Comme Hovannes arrive à sa hauteur, il plie son journal, le range dans sa poche, regarde l'heure à sa montre et se hisse sur la pointe des pieds pour chercher un visage dans la foule. Puis il semble renoncer, regarde sa montre à nouveau, et se glisse dans le flot des voyageurs qui quittent la gare. Juste devant Hovannes.

C'est une technique dont on a averti l'Américain. L'homme le signale ainsi à quelqu'un qui doit déjà le suivre. Celui qui le précède, et dont il a pu apercevoir le visage, va bientôt disparaître pour tromper sa méfiance, alors que d'autres, qu'il n'a pas repérés, ont organisé sa filature. Vingt mètres plus loin, l'homme devant lui tombe dans les bras d'une jolie jeune femme avec qui il s'évanouit dans la foule, la tenant par la taille et l'embrassant dans le cou. Et aussitôt ce hall de gare joyeux de retrouvailles devient pour Hovannes un lieu hostile.

Sois prudent, se dit-il à lui-même, prends garde à toi, camarade !

36

1927 – Moscou

— Tu as de la famille à Moscou ?

— Je ne répondrai qu'en présence d'un membre de mon ambassade.

La gifle le renverse presque de sa chaise.

— Oublie ton ambassade et réponds. Que viens-tu faire en URSS ?

— Je ne répondrai qu'en présence d'un membre de mon ambassade.

— Tu n'as pas d'ambassade. Tu n'es qu'un bouseux d'Arménien qui a vendu sa nationalité aux Américains. Ton passeport signe ta trahison, et tu vas regretter de n'être pas mort dépiauté au sabre par les Turcs.

— Je ne répondrai…

Une autre gifle l'étourdit quelques instants.

— C'est un comportement d'agent secret, ça, de rabâcher la même réponse à chaque question, tu le sais ? Donc tu es un agent américain, c'est ça ? Tu es du Bureau of Investigation, n'est-ce pas ?

— Je ne répondrai qu'en présence d'un membre de mon ambassade.

Il se prépare à une autre gifle, mais l'homme allume une cigarette et laisse la fumée âcre rouler dans sa gorge. Longtemps. Les deux autres, du fond de la pièce, assistent à l'interrogatoire sans dire un mot.

— De toute façon, nous savons déjà qui tu es. Tu travailles pour le petit-fils de Charles Joseph Bonaparte-Patterson, le fondateur de votre Bureau of Investigation. Voilà qui tu es !

— Parce que tu penses que nous devenons forcément ce qu'étaient nos grands-parents ?

Hovannes s'en veut aussitôt d'avoir cédé au piège de son interrogateur. La fausse pause, la cigarette, le changement de ton, l'hameçon d'une nouvelle information. Il aurait dû s'en tenir à la même réponse. Maintenant il va s'enfoncer dans des réactions émotionnelles à chacune de leurs provocations.

— Parfaitement, tu es un espion parce que tu viens du nid d'espions que ton grand-père a créé, c'est aussi simple que ça, camarade, répond l'homme en retournant la cigarette entre ses doigts pour lui en proposer une bouffée.

— Alors quoi, sous prétexte que Staline est le petit-fils d'un paysan ossète inculte et brutal, lui aussi serait un homme inculte et brutal ?

Cette fois, c'est un coup de poing qui l'assomme. Des mains fortes comme des pelles mécaniques le relèvent et le redressent sur sa chaise. Le temps que sa vue s'éclaircisse, il comprend que ce n'est plus le même homme qui l'interroge. L'alternance de la brute et du gentil, Hovannes en sourit presque. C'est peu flatteur pour lui, après deux gifles à peine. Il s'attendait à tomber entre de telles mains, comme la dernière fois à Erevan, et il croyait s'y être mieux préparé.

— Où est le passeport ? demande l'autre homme comme s'il y pensait soudain.

— Vous me l'avez confisqué.

— Pas le tien, celui que tu as promis à la fille du train, martèle-t-il en se penchant vers Hovannes jusqu'à frôler son visage.

Une haleine de curé malade, pense le jeune homme, et de mauvais tabac russe froid. Colgate et Chesterfield ont encore de vastes marchés à conquérir, se force-t-il à plaisanter dans sa tête.

— Comment pourrais-je promettre un passeport à qui que ce soit ? Je ne travaille ni au consulat ni à l'ambassade. Je travaille à la fondation Patterson.

— Oui, tout ça nous le savons, mais tu as promis un passeport à cette fille dans le train.

— Je ne vois ni de qui ni de quoi vous voulez parler.

L'homme grimace, comme si Hovannes le forçait à faire ce qu'il s'apprête à faire. Il se redresse et d'un signe de la main demande à la brute d'ouvrir la porte. Une femme entre, qu'Hovannes reconnaît aussitôt. Il en profite pour essayer de reprendre la main.

— Ah, vous avez retrouvé ma voleuse ! s'exclame-t-il.

La femme perd son air martial et se fige, les yeux écarquillés. Les trois hommes regardent Hovannes, puis se tournent vers elle.

— Qu'est-ce que c'est que cette histoire ? se moque-t-elle.

— Dans le train, tu as voulu m'acheter des dollars et j'ai refusé, alors tu me les as volés dans la nuit, pendant que je dormais. Nous n'étions que trois dans le compartiment et je ne les avais plus au petit matin.

— N'importe quoi ! s'offusque la femme. Demande plutôt à la fille qui t'accompagnait !

— Camarade, intervient l'interrogateur d'Hovannes, la femme qui accompagnait cet homme dans le train est aveugle.

— Qu'est-ce que tu insinues ? Tu oses m'accuser de vol sur les mensonges d'un espion américain ?

— Je ne t'accuse pas, camarade, je veux comprendre.

— Je n'ai jamais vu ni touché, ni volé le moindre dollar, camarade, cet homme ment, c'est tout !

Hovannes a remarqué son sac. Celui qu'elle portait dans le car et dans le train. Il tente un autre coup de poker :

— D'un autre côté, peut-être bien que ce n'est pas elle. Nous étions convenus de surveiller le compartiment à tour de rôle pendant que les autres dormaient, mais cette femme était ivre morte dès le début du voyage. Peut-être n'a-t-elle juste pas vu mon voleur, après tout.

— Serpent d'Américain, menteur ! Cet homme affabule et vous fait perdre votre temps, camarades !

Mais sa voix s'est éraillée d'un soupçon de peur qui n'a pas échappé à Hovannes. Il en profite pour pousser son avantage :

— Je ne mens pas, tu n'as pas arrêté de biberonner la flasque de vodka que tu trimballes partout dans ton sac.

La femme se pétrifie, muette.

— Ouvre ton sac, camarade, ordonne d'une voix glaçante celui qui interrogeait Hovannes.

— Mais…

— Ouvre ton sac ! hurle-t-il.

Sans lui laisser le temps de réagir, le boxeur l'arrache des mains tremblantes de la femme, l'ouvre, et en verse le contenu sur la table. Au beau milieu d'un bric-à-brac, une flasque de vodka.

Alors Hovannes enfonce le clou en lui adressant une longue phrase en arménien. Elle écarquille les yeux et le regarde sans répondre.

— Qu'a-t-il dit ? s'impatiente l'homme.

— Je… je ne sais pas, camarade, avoue-t-elle, il a prononcé des mots incompréhensibles.

— Comment ça, incompréhensibles, il a bien parlé arménien, non ?

— Je parle les deux arméniens, lâche Hovannes.

— Qu'est-ce que ça veut dire, les deux arméniens ? s'énerve l'homme.

La femme blanchit de terreur quand elle comprend le plan de l'Américain.

— Camarade…

— L'Arménie a été conquise par les Empires russe et ottoman qui se la sont partagée au fil du temps, explique Hovannes. Sous les lois et les coutumes de chaque Empire, la langue a évolué de façon différente. L'arménien occidental d'Istamboul, façonné et transformé par l'Empire ottoman, et l'arménien oriental, qui se parle aujourd'hui en République socialiste soviétique d'Arménie et jusqu'à Tiflis par la Russie. La jeune fille qui m'accompagnait et moi-même parlions ensemble l'arménien occidental. Votre espionne n'est pas arménienne. Elle a appris ma langue dans une de vos universités je suppose, et elle parle un arménien oriental et très académique. De toute évidence, elle aura mal compris ce qu'elle vous a rapporté. Ou l'a inventé.

— Putain de pouffiasse alcoolique et incapable ! hurle l'interrogateur en fracassant la flasque contre le mur.

La femme sursaute et cherche à se justifier.

— Mais, camarade…

— Ferme-la ! Ferme-la, ou je te la fais fermer pour toujours !

Il fait signe au boxeur de sortir avec elle, et un long silence s'abat sur la salle d'interrogatoire. Le troisième homme allume alors une *papiross*. Il porte un gilet de velours jaune, à l'ancienne, sous sa vareuse ouverte. Il s'approche de l'interrogateur et lui offre une cigarette que l'autre accepte.

— Camarade, lui dit-il, laisse-moi quelques minutes avec notre Américain. Commence à éclaircir la situation de cette camarade dont nous reparlerons plus tard, tu veux ?

Son collègue sorti, l'homme au gilet s'approche alors d'Hovannes qui se raidit, passe dans son dos, et le détache. Puis il revient face à lui et lui tend un mouchoir pour qu'il essuie le sang sur sa lèvre.

— C'était remarquable, reconnaît-il dans un arménien occidental parfait. Le coup des deux langues arméniennes, c'était remarquable ! « Et de la flamme s'élançait un ardent jeune homme y bondissant. Il avait les cheveux enflammés, il avait la barbe en feu, et ses yeux étaient ensoleillés. » Comment cette simple camarade en charge des filatures et de la surveillance aurait-elle pu reconnaître et comprendre les derniers vers du plus ancien poème arménien ? Parce que c'est bien de ça qu'il s'agit, n'est-ce pas, de la naissance de Vahagn ?

— Oui, reconnaît Hovannes, mais ça ne change rien au fait qu'elle se soit trompée sur cette histoire de passeport.

— Je t'en prie, soupire l'homme en lui tendant le paquet de cigarettes, nous n'en sommes plus là. Tu as bien promis un passeport à cette jeune femme aveugle et tu l'as obtenu. Je peux même t'en donner le numéro. Je ne sais pas par quel mystère nous ne l'avons trouvé ni sur toi, ni dans ta chambre d'hôtel, ni dans tes bagages, mais comme je te l'ai dit, nous n'en sommes plus là.

— Où en sommes-nous alors ? demande Hovannes en réclamant du feu d'un mouvement de la tête.

— Deux choses jouent en ta faveur, monsieur Sarkissian. La première, c'est que cette surveillance et cette filature ont été montées sans notre aval par Anikine, du GPU d'Erevan. Et cet empiétement sur notre juridiction nous chagrine beaucoup.

— Ce sont vos affaires de police politique, pas les miennes. Comme je vous l'ai dit, je ne suis pas un agent américain.

— C'est vrai, monsieur Sarkissian, mais reconnais que tu es une sorte d'honorable correspondant quand même, avec un accès direct au monde politique américain.

— Quoi ! se moque Hovannes, tout en s'étonnant que la papiross contienne si peu de tabac pour un si long tube en carton. Vous ne cherchez quand même pas à me recruter comme agent double !

— Monsieur Sarkissian, pour être agent double, il faudrait d'abord être agent simple, ce que tu viens de nier, n'est-ce pas ?

Hovannes se maudit encore une fois de se laisser emporter par ses émotions. Il comprend qu'il n'est pas de taille face à cet homme. Il faut jouer son jeu. Lui laisser filer sa ligne, et prendre garde au moment où il voudra ferrer.

— Que cherchez-vous, alors ?

— Il semblerait que tu aies, à Munich, des contacts dans l'environnement immédiat d'Hitler.

Hovannes ne répond pas et fait comprendre à l'homme qu'il attend.

— Ce qui concerne les intentions de cet homme par rapport à l'Union des Républiques socialistes soviétiques nous intéresse.

— Quoi, vous me proposez vraiment de devenir un espion à votre service ?

— Bien sûr que non, tu ne serais un espion à notre service que si tu donnais des informations sur ton propre pays, ce que je ne te demande pas. Nous voulons juste partager les informations que tu pourrais avoir sur cet homme qui nous inquiète. Juste un échange d'opinions, comme tu le fais, je suppose, avec les autorités américaines quand tu rentres dans ce qui est maintenant ton chez-toi, aux États-Unis.

— Sauf votre respect, je ne vois aucune raison valable d'accepter de jouer ce rôle.

L'homme lève les sourcils et hoche la tête en pinçant les lèvres, comme s'il comprenait très bien, mais à regret, la situation.

— Pour la jeune fille, peut-être ?

— Quelle jeune fille ?

— La jeune aveugle, la poétesse, celle à qui tu voulais fournir un faux passeport.

— Je n'ai jamais reconnu avoir cherché à fournir un passeport à quiconque, et cette jeune infirme n'a jamais cherché à en obtenir un.

— Monsieur Sarkissian, si ce passeport nous intéressait vraiment, nous aurions déjà mis tout le pays à sac, de Moscou à Erevan, pour le retrouver. La jeune fille et toi seriez au secret dans un cul-de-basse-fosse au dixième sous-sol de cet immeuble, et vous auriez déjà donné tous les deux toutes les réponses conformes à nos attentes. Avant qu'on laisse vos corps pourrir quelque part.

— Vous sous-estimez ce que cette jeune femme a déjà enduré dans son enfance.

— Quoi, les massacres, les déportations, les abattoirs, l'esclavage ? Crois-moi, monsieur l'Américain, nous en sommes capables autant que les Turcs. Et de bien pire encore. Quand l'horreur est d'État, il n'y a pas de limite au pire.

— Vous ne croyez pas qu'elle a déjà assez souffert dans sa courte vie comme ça ?

— Oui, je le crois, et qui sait, peut-être la mort serait-elle pour elle une sorte de délivrance ?

— Comment osez-vous la menacer de mort ?

— Comment oses-tu la condamner à ça ?

— N'inversez pas les rôles, c'est vous le bourreau dans cette salle.

— Tu m'insultes, monsieur Sarkissian, le bourreau, c'est celui qui t'a frappé et qui s'occupe maintenant de la femme que tu as dénoncée. Moi, je ne suis que celui qui peut donner à cet homme l'ordre d'interroger la petite aveugle.

Hovannes ne trouve rien à répondre et s'en veut de se retrouver acculé.

— Une fois par trimestre. Tu choisis la ville en Europe et je choisis le jour. Nous te dédommagerons de ton voyage en monnaie du pays.

— Je ne veux pas d'argent. Je fais mon affaire de mes voyages, réplique Hovannes avec la rage de céder. Et rien par écrit.

— Très bien, cela économisera l'argent du peuple. Quelle ville ?

— Lausanne, en Suisse, dans les jardins du château d'Ouchy. Quel jour ?

— Le dernier jeudi du trimestre.

— Curieux choix.

— D'après le passeport américain que tu lui as obtenu, c'est le jour de la naissance de cette jeune fille, à Boston : le dernier jeudi du premier trimestre 1910. Bon, c'est bien. Très bien. Alors tu es libre, monsieur Sarkissian.

— Et la jeune femme ?

— Elle reste à Moscou et continuera à percevoir sa bourse de l'Union des écrivains tant que tu respecteras notre accord. Si tu n'es pas dans ce jardin à Lausanne le jour dit, elle sera déportée le soir même, sans salaire et sans moyen d'en trouver un, dans un coin de Sibérie si perdu qu'elle-même ne saura plus qu'elle existe.

— Salaud ! murmure Hovannes.

— N'oublie pas où tu es, prévient l'homme au gilet avec calme, ni tout ce que nous pouvons te faire. Et à propos, ton rendez-vous avec le camarade Molotov est annulé.

Puis il regarde sa montre.

— Il est dix-sept heures. Tu as vingt-quatre heures à partir de maintenant pour quitter le pays. Je te recommande le train de nuit de ce soir. Mes hommes ont déjà fait tes bagages et vont te conduire à la gare.

Il ouvre la porte, l'air prévenant et courtois, et d'un geste de la main fait signe à Hovannes qu'il peut sortir. Dans le couloir, la femme russe et le boxeur fument et devisent, complices et rigolards, adossés au mur, un gobelet de vodka à la main.

— Eh oui, monsieur Sarkissian, la vie n'est souvent qu'une mauvaise pièce de théâtre, dit l'homme au gilet jaune en constatant sa surprise.

Quand il passe devant elle, la femme lève son gobelet.

— Belle improvisation, se moque-t-elle dans un arménien occidental impeccable, mais un peu trop amateur pour nous quand même. *Guenatz !*

37

1927 – Moscou

Haïganouch devine la crainte et la stupeur du jeune poète qui l'accompagne devant l'imposante façade du Metropol.

— Tu veux vraiment entrer là-dedans et te jeter dans la gueule du loup ?

Elle ne répond pas. Le nez pointé en l'air, elle hume la puissance de l'immeuble. Elle respire son élégance. Les monuments ont une vie inconnue des voyants qui ne font que les contempler. Toute construction rayonne de la chaleur de ses pierres. Renvoie une imperceptible brise qui dessine son contour. Étouffe les bruits ordinaires pour y glisser son rythme, son tempo, ses vibrations.

— C'est redevenu un hôtel pour les étrangers, dit Haïganouch. Quelqu'un m'y attend.

Le pauvre garçon tremble à chaque contrôle, mais le nom d'Haïganouch Tertchounian se révèle un étonnant sésame qui leur ouvre le palace de style Art déco, porte après porte. Le jeune homme est saisi par le luxe monumental des lieux. La structure massive à l'extérieur a permis des volumes étourdissants à l'intérieur. Même Haïganouch, le nez au plafond et les paupières fermées, respire la beauté et la grandeur des volumes. Les couleurs vibrent en elle.

— Dimitri, emmène-moi sous la verrière, s'il te plaît.

Il la guide, et soudain elle reçoit la chaleur du soleil à travers les vitraux. Elle ressent l'or et le rouge à vingt mètres au-dessus d'elle. Chaque couleur a une chaleur. Les dorures. Les balcons qui courent en coursives. Le frisson velouté d'une fontaine intérieure aux eaux lisses et silencieuses. Au bord du vertige, elle demande à Dimitri de la ramener jusqu'à un des fauteuils du premier hall, et de faire prévenir M. Hovannes Sarkissian.

— Tu peux y aller ensuite, Dimitri, Hovannes me raccompagnera ou bien je me débrouillerai. Tu es si mal à l'aise ici, se moque-t-elle, que je ne voudrais pas t'en infliger davantage.

Il hésite, puis lui obéit, et Haïganouch attend. Longtemps. Bien entendu, elle ne voit pas Hovannes, sa valise à la main, escorté jusqu'à l'extérieur par deux policiers en civil. Quand lui l'aperçoit, il veut s'arrêter et se dégager, mais les deux cerbères resserrent leurs poignes d'acier sur ses bras.

— Un seul mot et elle va pourrir en Sibérie, siffle un des hommes à son oreille.

Mais Haïganouch a perçu le mouvement et senti sa présence. Une certaine peur qui électrise soudain le hall. Elle entend les pas. Devine qu'ils se dirigent vers la porte d'où vient le bruit de la rue chaque fois qu'elle s'ouvre.

— Hovannes ? C'est toi, Hovannes ? Je suis ici !

— Elle meurt si tu réponds, murmure le même homme qui le pousse à sortir plus vite.

Il pleure. Brisé. Honteux de ce qu'il fait, se rassurant de ce qu'ils ne feront peut-être pas à Haïganouch.

— Hovannes ?

Un infime courant d'air frôle le visage de la jeune femme quand la porte s'ouvre et se referme.

— Hovannes !

Elle sent sur elle des regards inquiets. Des pas qui se détournent. Elle devine l'homme qui s'approche. Une certaine rudesse dans ses déplacements. Une politesse mal assumée dans sa façon de parler. Et l'odeur d'un être fruste et ordinaire qui n'a sa place au Metropol ni comme client ni comme employé.

— M. Sarkissian t'attend, camarade, je vais te conduire.

— Mais il vient de sortir.

— T'as dû mal voir, ricane-t-il.

Il lui prend le bras, plus pour l'emmener que pour la guider, et elle perçoit ses doigts forts et grossiers à travers le tissu de sa robe.

Ils montent des étages en ascenseur sans se parler. Très haut. Ils parcourent des couloirs feutrés et déserts. Longtemps. Puis ils entrent dans une pièce qu'Haïganouch devine aussitôt aveugle et petite. Sans ménagement, l'homme la pousse sur une chaise et elle comprend qu'elle vient d'être arrêtée.

— Qu'est-ce que… ?

La gifle lui brûle la joue et l'homme sort. La clé tourne dans la serrure, puis plus rien. Elle pleure d'abord, en silence, avant de se reprendre.

Dehors elle entend des pas. Pas ceux élégants et désabusés des riches et puissants clients d'un hôtel de luxe. Ni ceux furtifs d'un personnel d'étage discret et craintif. De toute façon ils sont montés trop haut. Elle ne peut être que dans les combles de l'hôtel. Le Metropol était encore, il y a peu, la seconde maison des soviets. Une administration centrale vautrée dans le luxe capitaliste. Probable qu'ils aient gardé quelques bureaux discrets, pour espionner les étrangers et surveiller le personnel. C'est ça, elle est dans un bureau de la police. Elle ne verra pas Hovannes. C'est lui qu'ils emmenaient hors de l'hôtel. Et si elle est là, c'est qu'ils savent pour le passeport.

— Nous savons pour le passeport, confirme une voix d'homme.

Avant même qu'il ait parlé, elle a su que ce n'était pas celui qui l'avait giflée. Pas la même façon d'ouvrir la porte. Pas le même pas. Pas la même odeur. Du velours citronné. Elle ne répond pas.

— De toute façon, je n'ai pas de questions à te poser. J'ai déjà toutes les réponses. Ton ami s'est expliqué.

Elle comprend d'instinct qu'il ne faut pas rentrer dans son jeu. Ne pas s'inquiéter de ce qu'il est advenu d'Hovannes. S'il lui était arrivé malheur, l'homme se serait fait un plaisir de le lui dire.

— Tu es poétesse, à ce qu'il paraît ?

Pas de réponse.

— Moi, j'aime bien Essénine. Enfin, j'aimais bien Essénine, avant qu'il ne meure. « Au revoir, mon ami, sans geste, sans mot, ne sois ni triste ni chagrin. Mourir en cette vie n'est pas nouveau, mais vivre, assurément, n'est pas plus neuf. » Il aurait écrit ces vers avec son propre sang le jour de sa mort, le savais-tu ? Lui aussi avait rêvé d'Amérique. Après avoir épousé la secrétaire de *La Cause du peuple*, il a épousé cette danseuse américaine, Isadora Duncan. Pauvre Essénine ! Beau gosse et drôle de mort. Curieux suicide, non ? Étrange que l'on puisse saigner autant en se pendant à un tuyau de chauffage. Dire qu'il avait écrit qu'un poète ne devrait pas vivre longtemps, qu'en penses-tu, camarade ?

— Je suis morte depuis bien longtemps déjà, camarade. Je suis morte à l'intérieur d'avoir survécu à des horreurs dont tu ne peux même pas imaginer l'épouvante. Alors dis-moi ce que tu veux et finissons-en.

— Je veux tout savoir de tes amis poètes, qui ils voient, avec qui ils couchent, qui les entretient, ce qu'ils mangent, ce qu'ils écrivent. Tout.

— Je ne trahirai jamais mes amis. C'est à eux que je dois de voir de l'intérieur.

— Même s'ils sont contre-révolutionnaires ?

— Camarade, au train où vont les choses, tout le monde finira par être jugé contre-révolutionnaire un jour ou l'autre. Toi et moi y compris.

Cette fois, c'est l'homme qui ne répond pas. Il se penche vers elle, les mains sur ses genoux fléchis, et observe son visage avec attention.

— Pourquoi, alors, prendre le risque de mourir pour des rimes sur des bouts de papier ?

— Parce que la poésie, comme tout art, nous survivra, camarade.

— Très bien. Alors écoute, le dernier jeudi de chaque trimestre, j'enverrai quelqu'un te chercher pour que tu me parles de tes amis.

— Je viendrai, camarade, mais je ne te dirai rien. Je t'écrirai un poème, c'est tout. Chaque trimestre.

— Nous verrons bien, sourit l'homme au gilet jaune, impressionné par le calme et l'audace de la jeune femme. Je vais te faire raccompagner.

Il lui tend une main qu'elle prend à tâtons et la guide hors de la pièce. Elle reconnaît aussitôt l'odeur de l'homme qui l'a frappée.

— C'est toi qui l'as giflée ? demande l'homme aux manières de velours.

— Oui, camarade.

— Elle se débattait ?

— Non, pourquoi, camarade ?

— Alors rentre chez toi et préviens ta famille. Tu es muté à Norilsk.

— Mais…

— Encore un mot, camarade, et j'y envoie aussi ta famille.

Ils redescendent dans le hall, et l'homme velours prévient la réception qu'un de ses adjoints va assurer le transfert de la jeune fille en voiture jusque chez elle. Puis il revient vers Haïganouch.

— Je dois t'avouer que je t'ai menti, camarade, je n'aime pas du tout la poésie d'Essénine.

— Je l'ai tout de suite su, à la façon dont tu as si mal récité ses vers, réplique-t-elle.

— J'étais précepteur de littérature avant la Révolution, mais construire un nouveau pays et une nouvelle culture est bien plus enivrant que de faire rimer des phrases.

— Malheureusement ce fond de nostalgie dans ta voix, que tu te forces à maîtriser, prouve que tu mens encore. Pas sur ton ancien métier. Mais sur ton fol espoir d'un ordre nouveau.

Il sourit, s'étonne encore d'un mouvement de tête de l'audace d'une aussi jeune femme, puis guide Haïganouch jusqu'à un fauteuil et s'en va après un dernier conseil :

— Prends garde à toi, camarade, le ciel se couvre.

Peu après, dans le souffle léger de la porte qui s'ouvre loin derrière elle, elle devine un pas décidé. Un homme. Grand sans doute, et fort. Un peu brute. Aucune élégance. Odeur de vieille laine. Les pas se dirigent vers la réception. Elle sent qu'on la regarde. Puis la vieille laine vient vers elle.

— Je te raccompagne chez toi, camarade.

La façon dont il la prend par le bras le trahit, lui aussi. Il ne l'aide pas, il la soulève presque.

— Tu sais où j'habite, au moins ?

— Je le sais, répond-il. Nous savons tout de tout le monde.

Haïganouch ne sait pas se reconnaître dans la circulation, mais elle reconnaît les quartiers. Certains carrefours à leur rythme particulier, la rumeur de certaines rues. Et toutes les odeurs aussi. Elle essaye de se repérer, n'y parvient pas.

— Tu es sûr de ton chemin ?

— Les komsomols préparent une grande parade en hommage au camarade Staline, il y a des déviations un peu partout.

Ils roulent encore. Les quartiers deviennent moins bruyants. Plus froids. Elle devine qu'ils sont plus gris. Pauvres. Quand la voiture se gare, elle a la sensation qu'ils sont entrés dans une cour.

— Nous sommes arrivés ? s'inquiète-t-elle.

— Oui.

— Je ne sens pas les platanes. Ce n'est pas l'odeur de ma rue. C'est sale ici. Ce n'est pas chez moi !

— Ce n'est pas chez toi, mais c'est là que tu es attendue, se moque l'homme.

— Qu'est-ce que… ?

Il l'assomme à moitié d'une gifle lourde comme une enclume et descend pour la tirer hors de la voiture par les cheveux. Elle entend du gravier crisser sous leurs pieds. Un train sur un pont de fer. Derrière. Pas très loin. Du côté du soleil. Deux chiens de l'autre côté d'un mur et un homme qui leur hurle après. Du métal qu'on martèle dans son dos. Elle sent une odeur de cambouis. Et quelque part dans l'air, à travers l'odeur de trembles et de bouleaux malades, les parfums épicés d'un restaurant caucasien. Ou d'une épicerie. Ou d'un étal ambulant.

Puis elle trébuche contre les marches d'un perron en pierre. Elle en compte trois. L'homme la tire jusqu'en haut d'un escalier. Du bois. Il craque. Douze marches. Elle se cogne à une rampe en fer et se retient au mur. Peinture écaillée. Odeur de salpêtre froid et humide. Sonnette électrique au timbre aigu. Une porte s'ouvre. La chaleur d'un poêle à bois, quand il la pousse à l'intérieur. La porte claque aussitôt.

— Dans la chambre, ordonne un autre homme.

On la pousse et elle se cogne à lui. Pas très grand. Cruel d'après sa voix. Odeur de cuir. Pourtant quand il la repousse, elle devine plutôt le tissu d'une veste de qualité. Puis on la bouscule contre le mur et elle roule contre quelque chose de frais et de lisse. Du cuir justement. Un manteau. À une patère. Elle reprend peu à peu ses esprits et s'apprête à hurler quand l'homme à la veste glisse le canon d'une arme dans sa bouche.

— Crie et tu es morte !

Il retire l'arme et elle devine qu'il passe derrière elle pour l'appuyer contre sa nuque. Sait-il seulement à quel point elle s'en moque ? Elle a survécu aux Turcs et aux Kurdes, elle ne veut plus céder devant aucune brute. Plutôt mourir. Qu'ils la tuent. Alors elle hurle malgré l'avertissement.

Une gifle étouffe son cri.

— Vas-y, s'impatiente l'homme à la veste.

— Tu veux pas, toi ?

— Non, toi. Je regarde.

Deux mains saisissent alors le col de sa robe et en déchirent tout le haut pour la dépoitrailler. Le bruit du tissu est un cri. On lacère son corsage et sa combinaison. On lui arrache son soutien-gorge, la jette sur un lit en fer qui grince, trousse le reste de sa robe et fouraille sous ses jupons pour arracher sa culotte.

La terreur de toutes ces pauvres femmes qu'elle a entendues, enfant, se faire violer. Des sons se télescopent dans sa tête. Les sanglots, les éructations, les appels à la pitié, les rires glaireux, l'odeur du sang et de leurs sexes puants. Elle pense à tout ça et se redresse d'un vif mouvement, le front contre le nez et les dents de la brute. Plutôt mourir ! Mais le coup de poing ne fait que l'assommer.

On la retrouve beaucoup plus tard dans l'ombre d'une porte cochère. Le concierge croit d'abord à une de ces paysannes qui envahissent la capitale pour mendier et quémander leur pain quotidien, au lieu de rester à travailler pour le peuple dans leurs kolkhozes de bouseux. Il tente de la réveiller à coups de pied, mais quand il gratte une allumette et découvre ses vêtements à moitié défaits, il pense plutôt à une catin ivre morte de vodka et jure contre ces maudites femelles qui boivent l'alcool des hommes et ne savent pas se tenir. Puis il aperçoit ses cuisses découvertes, il hésite, soulève ses jupons déchirés pour mieux voir son sexe, résiste à l'envie d'y glisser ses doigts, et soudain rentre vite dans sa loge pour éviter les ennuis. C'est sa femme qui sort en courant aider Haïganouch, maudissant tous les hommes de la terre, à commencer par son fichu trouillard de vieille loque de mari. Quand les secours arrivent, une fenêtre s'allume au troisième étage et un homme se penche pour voir ce qu'il se passe.

— Rentre chez toi, camarade, nous allons passer voir tout le monde dès que la victime sera partie pour l'hôpital.

— La victime ?

— Quoi ? Une femme a été violée sous ton porche et tu n'as rien entendu ?

— Ce n'est pas mon porche, camarade, je ne suis ici que de passage et…

— Tu nous serviras ton alibi quand nous t'interrogerons, camarade. Ferme ta fenêtre et ne bouge pas d'où tu es, on va venir.

Le policier attend que l'homme referme sa fenêtre et reprend son inspection des lieux. Dans un recoin, sous l'escalier, quelques bouts de papier. Il les ramasse et les examine. Un morceau de billet de train où il lit : « … tigorsk-Mosc… ». Piatigorsk-Moscou, devine-t-il, long voyage. Puis la moitié d'un billet d'autocar au départ d'Erevan, en Arménie. Le policier compare les dates. Le train est parti de Piatigorsk deux jours plus tôt et le car deux jours encore avant le train. Donc un voyageur arrivé à Moscou dans la journée. Il appelle le camarade concierge qui se rend plus vieux et plus fragile qu'il n'est pour s'attirer la clémence de la police, et lui pose deux questions : une sur le porche et l'autre sur un voyageur.

— Ce porche était propre et balayé comme chaque soir, je te le jure, camarade police, je sais que la salubrité et la propreté de cette ville sont des devoirs majeurs qui incombent aux…

— C'est bon, et pour le voyageur ?

— Un seul voyageur de passage, camarade police, celui qui s'est penché à sa fenêtre tout à l'heure. Un ami l'héberge. Militaires tous les deux, je crois.

— Tu sais d'où il vient ?

— C'est pas que j'écoute aux portes, hein, camarade police, mais j'ai cru comprendre que ce voyageur venait tout juste d'arriver d'Arménie.

— Rentre chez toi et n'en sors pas.

Le concierge disparaît comme une couleuvre dans son trou, et le policier fait signe à deux de ses hommes de le suivre. Ils montent les escaliers quatre à quatre, et défoncent la porte du troisième à coups de bottes.

L'infirmière regarde d'un mauvais œil ses amis poètes à ses côtés.

— Mais que s'est-il passé ? demande l'un d'eux.

— Elle ne peut pas répondre, grogne l'infirmière à la tête de dogue, elle ne doit parler qu'à la police.

— Tu es de la police, toi ? aboie un autre poète.

— Non.

— Alors ferme-la !

— Tu vas t'attirer des ennuis, Sasha, sourit Haïganouch, toute pâle dans ses gros draps de coton rêche.

— Regardez-moi ce petit oiseau qui s'en fait pour moi, avec son joli sourire à faire rougir le soleil. Que s'est-il passé ? Raconte-nous.

Haïganouch cherche à se saisir d'une main. Une femme tend la sienne.

— Je sortais du Metropol…

— Du Metropol ? Aurais-tu obtenu un poste de poète officiel auprès du camarade suprême ?

— J'avais rendez-vous avec un ami américain, murmure Haïganouch d'une voix encore faible.

— Un *ami* américain ? Au Metropol ? Mon Dieu, ils ont fait de toi un agent du GPU pour séduire les espions capitalistes !

— Oui, sûrement, et je viens de débusquer un poète asocial et contre-révolutionnaire qui prononce dans la même phrase les mots « Dieu », « capitalistes » et « américain » !

— Sérieusement, explique-nous, dit la femme en serrant plus fort sa main marquée d'un petit tatouage bleu.

— Je crois que l'Américain a été arrêté. Je l'ai été, moi aussi, peu de temps, dans des bureaux de la police sous les combles. Puis on m'a libérée et l'hôtel devait prévenir quelqu'un pour me raccompagner.

— Ce n'est pas la police qui s'en est occupée ?

— Non, mais celui qui s'est présenté avait bien la voix et les manières d'un policier.

Elle leur raconte son enlèvement et son agression, et le petit groupe de poètes se contracte autour d'elle comme une méduse qu'on touche d'un bout de bois.

— Et comment t'es-tu échappée ?

— Je n'en sais rien. On m'a retrouvée sous un porche dans un autre quartier.

Un autre poète arrive en courant dans la chambre. Il a entendu des policiers parler, en bas, avec ceux qui surveillent les entrées de l'hôpital.

— Ils disent qu'ils ont arrêté le coupable. Un certain Pliouchkine, qui t'aurait suivie depuis l'Arménie.

— Pliouchkine ?

Haïganouch tente de se relever mais la douleur la casse en deux.

— Pliouchkine, mais c'est impossible !

— Ce n'est pas à toi d'en décider, aboie un policier qui entre dans le dortoir, suivi par l'infirmière à la tête de dogue dont les yeux fusillent tout le groupe.

— Sortez-moi tous ces parasites d'ici, ordonne-t-il à deux hommes en uniforme qui l'accompagnent. C'est un hôpital ici, pas un boudoir à dégénérés. Emmenez-les au poste pour vérifier leur identité.

Quand tout le monde est sorti, le policier s'avance jusqu'au lit d'Haïganouch, sous le regard satisfait de l'infirmière. Haïganouch devine la présence de la femme, le policier s'en aperçoit et se retourne.

— Tu es de la police, toi ?

— Non, bredouille l'infirmière.

— Alors dégage !

La peur la décompose et elle se glisse en courant d'air dans l'entrebâillement de la porte qu'elle referme.

— On dit que vous avez arrêté le camarade Pliouchkine, mais ce n'est pas lui mon agresseur ! commence Haïganouch.

— Il habite trois étages au-dessus du porche où on t'a retrouvée. Et des indices concordants l'accusent.

— Je reconnais les voix, les odeurs, les parfums, les textures. Ce n'était pas Pliouchkine.

— Donc tu le connais.

— Bien sûr, nous nous sommes rencontrés la semaine dernière à Erevan, en Arménie.

— Tu veux dire en République socialiste soviétique d'Arménie.

— Et puis il y a autre chose, enchaîne Haïganouch sans relever. Je n'ai pas été violée là où on m'a retrouvée. J'ai été violée dans un autre quartier. Dans un vieil immeuble chauffé au bois, au fond d'une cour. Avec un perron en pierre de trois marches et un escalier en bois de douze marches et une rampe en fer. Et un mur rongé de salpêtre.

Le policier la scrute et passe une main devant ses yeux.

— Oui, je suis bien aveugle, camarade.

— Tu as vu ma main ?

— Non, j'ai senti son mouvement devant mes yeux et l'odeur de ton savon. Et d'un citron aussi. Dans ton haleine. Tu as croqué un citron, non ? Pour les vitamines, n'est-ce pas, pour ne pas tomber malade ?

— Qu'est-ce que tu es, une sorte de sorcière ?

— Ceux qui sont privés de leurs yeux développent leurs autres sens, camarade. Crois-moi, le camarade Pliouchkine n'est pas mon violeur.

— Pour moi, il l'est, alors ne complique pas les choses et ne parle de cette affaire à personne d'autre que moi. Sinon il ne serait pas impossible, au final, que la crève-la-faim de poétesse que tu prétends être ne soit qu'une petite salope de putain tombée sur un client violent, tout commissaire politique qu'il est.

Les yeux noirs d'Haïganouch s'engorgent de larmes et se lèvent au plafond.

— Dis-lui, toi, camarade, supplie-t-elle, dis-lui !

— Mais à qui crois-tu parler, espèce de cinglée d'aveugle ? se moque le policier.

— À moi, peut-être, fait une voix dans son dos.

Le policier se retourne et vacille de peur autant que de surprise. L'homme au gilet jaune est là, les mains derrière le dos.

— Explique-moi pourquoi elle ne devrait parler qu'à toi, camarade.

— Non, non, ne te méprends pas, camarade, je parlais de moi en tant que représentant de la police. Je voulais lui recommander de ne parler qu'à la police.

— Et depuis quand un crime impliquant un commissaire politique est du ressort de la police ordinaire ? Ne sont-ils pas nommés directement par le Conseil des commissaires du peuple ?

— Si, bien sûr, camarade.

— Et est-il de la compétence de la police d'enquêter sur des camarades nommés par ce Conseil ?

— Non, bien sûr que non, camarade.

— Et la ligne hiérarchique des commissaires politiques ne remonte-t-elle pas directement au GPU ?

— Si, bien sûr, camarade.

— Et toi, tu es du GPU ?

— Non, camarade.

— Et moi ?

— Oui, camarade.

— Et alors ?

— Écoute, camarade, je ne faisais qu'obéir aux ordres. On m'a demandé de régler cette affaire au plus vite et en toute discrétion. Eu égard au commissaire politique impliqué, je suppose.

— En le chargeant ? Sans enquêter ? Et en menaçant la victime de l'impliquer ? En insultant cette jeune femme ? En la menaçant de la faire passer pour une prostituée ?

— J'ai juste obéi, camarade, bredouille le policier, la tête baissée, les yeux sur ses chaussures.

— Tu sors de cette pièce et tu notes sur un papier le nom de celui qui t'a donné ces ordres, et en dessous le nom de tous ceux qui ont participé à cette mascarade.

— Bien, camarade, bredouille le policier, liquéfié.

Il va sortir quand l'homme au gilet jaune le rappelle :

— Attends. Choisis entre T et K.

— Oh non, je t'en prie, camarade…

— Choisis ! hurle l'homme au gilet jaune.

— K…

— Bon choix, tu évites Tiksi, dans le désert arctique de l'*oulous* Boulounski. Tu n'es muté qu'à Krasnokamensk, à la frontière mongole. Si tu ne t'y présentes pas avec ta famille dans huit jours, eux resteront là-bas et toi tu seras déporté à Tiksi. Pour de bon, cette fois.

Haïganouch devine le désespoir du policier et l'entend sortir dans un silence de mort. Puis elle sent que l'homme velours s'approche d'elle.

— Bon, à nous maintenant, dit-il d'une voix redevenue calme. Raconte-moi.

Haïganouch obéit et devine qu'il prend note de son récit.

Puis il sonne l'infirmière pour se faire confirmer que la jeune femme peut sortir.

— C'est toi qui décides, camarade, s'empresse de répondre le dogue devenu caniche.

— Je ne suis pas médecin, se fâche l'homme velours.

— Le médecin ne s'opposera pas à ce qu'elle sorte si c'est ce que tu veux, camarade.

— Très bien. Elle sort, mais si elle en meurt, je vous fais exécuter toi et ton médecin. Habille-la, et s'il ne lui manque ne serait-ce qu'un mouchoir, c'est ta famille entière que j'exile dans le trou du cul de la Sibérie orientale.

L'infirmière obéit, le dos courbé tout le temps qu'elle s'affaire, et l'homme velours prend Haïganouch par le bras pour la guider. Quand ils sortent, la femme se plaque contre le mur et, dans le couloir, le policier, en pleurs, adossé au mur défraîchi, tend la liste de noms sans même avoir le courage de se redresser. L'homme au gilet jaune la prend, la glisse dans sa poche sans la regarder, et conduit Haïganouch jusqu'à sa voiture.

— Et mes amis ? Ce policier les a fait arrêter aussi.

— Ils sont déjà libres.

— Comment avez-vous su ?

— Nous sommes l'OGPU, camarade. Nous savons tout. Toujours. À un moment ou à un autre.

— Pliouchkine va bien ? s'inquiète Haïganouch.

— Ils ont défoncé sa porte et ils l'ont passé à tabac avant même de lui expliquer ce dont ils l'accusaient. Mais il va bien, même si son ami et lui sont un peu amochés.

Quand ils arrivent devant son immeuble, ses amis poètes sont assis sur les marches du perron, anxieux. En la voyant dans cette voiture du GPU, ils se lèvent, sans oser s'avancer. L'homme au gilet jaune dit à Haïganouch qu'elle peut y aller, et dans ses rétroviseurs il regarde ses amis se précipiter vers elle.

Selon ses ordres, Pliouchkine a été amené dans ses bureaux de l'OGPU.

— Qu'est-ce que tu fais à Moscou, camarade ?

— Je croyais avoir été convoqué par le camarade Molotov. Apparemment c'était un malentendu.

— Tu baises cette gamine aveugle, camarade Pliouchkine ?

— Bien sûr que non.

— Un rapport te décrit, à Erevan, la raccompagnant à son hôtel en pleine nuit.

— Un rapport du camarade Anikine je suppose. Est-ce qu'il précise que cette jeune fille aveugle était seule, de nuit, dans une ville que le camarade Anikine n'est jamais parvenu à sécuriser ?

— Pourquoi voudrait-il te nuire ? se moque l'homme au gilet jaune.

— Parce qu'il joue aux dominos. Me faire tomber pour faire tomber le premier secrétaire, dont j'ai la confiance.

— C'est une accusation plutôt grave, camarade Pliouchkine, tu risques ta tête là-dessus, tu le sais ?

— Si je suis dans ton bureau, camarade, c'est que mon sort est déjà décidé. Mais pour répondre à ta question, l'idée d'Anikine est de faire de la fédération des Républiques de Transcaucasie un bastion des Géorgiens autour du camarade Beria.

L'homme au gilet jaune cherche une bouteille de vodka dans un tiroir de son bureau et en sert un verre au commissaire politique.

— Pourquoi n'es-tu pas descendu au Lux, comme tout le monde ? Tu sais très bien que c'est l'hôtel du Parti pour tous ses représentants en visite à Moscou.

— Je descends toujours chez le même camarade quand je viens à Moscou. Nous nous connaissons depuis l'enfance.

— Ce n'est pas à toi de décider où tu loges. Tous les camarades de passage à Moscou logent au Lux. Un point c'est tout. J'espère que tu comprends à quel point tu te serais évité des ennuis si tu avais obéi au règlement. Regarde dans quel état ils t'ont mis pour avoir violé cette femme.

— Je n'ai pas violé cette femme, camarade.

— Bien sûr que tu ne l'as pas violée. Ces espèces de bras cassés ont oublié de te voler tes billets de train et de car pour les laisser traîner comme indices. Ils ont cru plus malin de découper les leurs à la place !

— Ils me suivaient depuis Erevan ?

— Il faut croire.

— Comment les avez-vous retrouvés ?

— La jeune aveugle nous a fourni des renseignements si précis sur l'itinéraire et son lieu de détention que nous n'avons eu qu'à les cueillir.

— Et Anikine ?

— Aux arrêts. Il est en route. Sa carrière est morte, et lui-même n'y survivra probablement pas.

— Et moi ?

— Tu es libre, mais tu es rétrogradé. Tu n'es plus commissaire politique. On va te trouver un poste administratif ici, à Moscou.

— Pour me punir de quoi ? s'offusque Pliouchkine.

— Pauvre idiot, qui parle de te punir ? Si j'avais voulu te punir je t'aurais déjà fait fusiller dans une cour de ce bâtiment. Non, tu restes à Moscou pour fréquenter la jeune fille.

— Quoi ? Mais…

— Ferme-la, camarade. Tu la fréquentes et tu la baises si ça t'amuse. Tu l'épouses même, si tu veux, il sera noté dans ton dossier que c'est sur ordre. Et grâce à elle, tu montes un dossier sur chacun de ces parasites d'intellectuels qui nous pourrissent la vie.

— Mais…

— C'est ça ou l'exécution dans la cour, camarade, alors décide-toi, mais vite.

Pliouchkine soupire, à la fois soulagé de sauver sa tête et mortifié de le faire en condamnant Haïganouch.

— Très bien, camarade, mets cet accord par écrit et je le signe.

— Ce n'est pas un accord, c'est un ordre de mission, camarade.

38

1934 – De Boulogne-Billancourt à Meudon, France

— Camarades, si vous venez pour l'embauche, faut passer nous voir.

Haïgaz regarde le grand chaudronnier dans son tablier de cuir, ses lunettes de soudeur sur sa casquette à l'envers. Tout autour, les ateliers ne sont qu'un fracas de métal qu'on tord et façonne. Depuis qu'il est sur l'île Seguin, Haïgaz se rend compte de la violence de la condition ouvrière. Mais il se dit qu'il sera capable d'endurer ça.

— C'est déjà fait, répond-il à l'homme, qui s'en offusque aussitôt.

— Quoi, sans passer par le syndicat ?

— Mon ancien patron est un ami de ton patron. Il m'a donné une lettre.

— Quel ancien patron ?

— M. de Beaumont, de la tréfilerie de Pont-de-Chéruy.

— Et tu n'avais pas de recommandation du syndicat ?

— Je ne sais même pas s'il y avait un syndicat là-bas.

— Quoi ? Mais de quelle planète tu viens, toi ? Tu sors d'où ?

— Je suis arménien, répond Haïgaz avec calme.

— S'il continue, je le tue, souffle Agop à son oreille.

Tout ce qu'Agop vient de voir de misère humaine, d'aliénation physique, d'asservissement, il le rejette en bloc. Le chaos terrifiant dans les hauts hangars, le vacarme étourdissant dans les ateliers, le ronflement des forges incandescentes, le tomber fracassant des presses, les soupirs furieux des vérins hydrauliques, toute cette hargne obstinée et épuisante à tordre et déformer l'acier, tout ce qu'Haïgaz observe et décide qu'il peut supporter, Agop n'en veut pas. Jamais d'usine ! Jamais de patron, de chef, ni de syndicat ou de contremaître. Jamais de rage sociale, de prolétariat, de lutte des classes ! Lui restera un homme libre dans ce monde asservi. À Meudon, dans le quartier du Val Fleury, près de la gare, il a repéré un recoin à l'abandon entre deux immeubles mal assemblés. Quatre mètres carrés de guingois, pas plus, mais les gens qui vont et viennent sont des centaines. Des employés et des ouvriers qui s'engouffrent dans des trains le matin et en débarquent le soir. De pauvres gens qui marchent. Qui marchent beaucoup. Qui usent leurs semelles et leurs talons. Alors Agop s'est dit que c'était un bon emplacement pour ouvrir une cordonnerie. C'est un bon métier cordonnier. Plus les gens travaillent, plus ils fatiguent leurs souliers. Dimanche prochain, Haïgaz lui a promis de l'aider à construire sa boutique en bois. Deux murs en planches adossés au mur des deux immeubles et un toit de tôle. Une porte et une vitrine côté place de la gare. Une ampoule au plafond, un établi derrière un comptoir, un tabouret, une enclume et ses outils suspendus à des clous au mur. Crampillons, bisaiguë, marteau galochier, pince à œillets, emporte-pièce et embauchoir. Voilà la vie qu'il va se construire. Avec la promesse d'Haïgaz de passer tous les soirs le voir en descendant du train qui le ramènera de l'usine.

— Arménien, c'est quoi ça ? interroge le chaudronnier.

— Ça veut dire que je viens d'Arménie, répond Haïgaz comme une évidence.

— Et pourquoi tu viens travailler chez nous, si t'as un pays ?

Agop soupire : cet imbécile va l'obliger à le tuer et réduire à néant ses rêves de cordonnier pour finir sur l'échafaud.

— Que se passe-t-il ? demande un homme en tenue d'ouvrier lui aussi, qui surveillait de loin leur conversation.

— Ce type débarque d'un pays que je connais même pas et se fait embaucher par la maîtrise sans même passer par le syndicat !

L'autre, plus petit que la brute et le sourire franc, s'approche en retirant ses gants d'amiante.

— Guillommart, se présente-t-il, secrétaire de la section des chaudronniers. J'ai entendu que tu es arménien, c'est ça ? Tu n'es pas à la CGTU, j'espère.

— Je suis arménien, confirme Haïgaz en lui serrant la main, et je ne sais pas ce que c'est que la CGTU.

— La CGTU, c'est les autres. Nous, on est la vraie CGT. On n'a pas encore d'Arméniens chez nous, ça me ferait bien plaisir que tu sois le premier.

— Vous avez des Turcs ? aboie Agop.

— Oui, quelques-uns. Ce sont de bons travailleurs.

— Alors sans moi, grogne Agop en crachant par terre.

Les autres le regardent s'éloigner, surpris, et Haïgaz sourit.

— De toute façon, il n'en était pas. Il n'y a que moi qui embauche.

— Alors sois le bienvenu, conclut Guillommart, et j'espère que tu nous rejoindras. À la CGT, hein, pas à la CGTU, ne te trompe pas. De grandes luttes s'annoncent. Tu habites où ?

— Meudon, rue du Hêtre-Pourpre.

— Je me disais bien aussi ! Je t'ai déjà vu, devant chez Gueule cassée, au Val. Moi aussi j'habite rue du Hêtre-Pourpre, mais dans la partie haute, deux cents mètres après qu'elle tourne derrière la maison des amerloques, presque au croisement avec la rue des Vignes.

— Eh bien arrête-toi chez Robillard la prochaine fois, et prenons un café.

— Chez Gueule cassée ? C'est au-dessus de mes forces. Et puis ça pue la tanière chez lui !

— Ça pue le trou dans lequel ceux qui l'ont envoyé faire la guerre le laissent croupir. C'est pas une tanière, c'est une tombe. Et tous ceux qui ne poussent pas sa porte sont ses fossoyeurs.

Guillommart est gêné. Il sait qu'Haïgaz a raison. Comme il ne sait pas quoi répondre, il change de sujet :

— C'est marrant qu'on se rencontre aujourd'hui, parce que ce matin ma femme a accompagné une Arménienne du quartier pour une embauche à la blanchisserie de Grenelle où elle travaille. Vous êtes nombreux, rue du Hêtre-Pourpre ?

Haïgaz le regarde, cherche des yeux Agop qui l'attend à la porte de l'atelier, et se lève d'un mouvement brusque.

— Il faut que j'y aille. J'embauche lundi prochain. Passe chez nous dimanche, au numéro 7, pour m'expliquer un peu comment ça se passe. Viens déjeuner avec ta femme, la mienne est cuisinière.

— C'est son métier ?

— Non, elle a appris dans une riche famille turque où elle était esclave.

— Esclave ? siffle Guillommart. Ben merde alors !

— Tu es sûre ? s'inquiète Jeanine.

— Oui, répond Araxie d'un ton déterminé.

Jeanine est blonde et bien charpentée, solide. Une femme à glaner des pommes de terre pendant des heures. À suivre un cheval de labour en bottes dans la terre lourde. À porter des sacs de semences dans un bras, pour les jeter à la volée de l'autre. Ses cheveux tirés en queue-de-cheval et tenus par un ruban bleu dégagent son visage rond et lumineux. Elle est « parisienne tête de chienne », rigole-t-elle avec gouaille. Un peu inquiète, elle regarde la frêle Araxie, son visage basané, ses cheveux courts et bouclés. Elle admire le courage de ce petit bout de femme décidée. Elles se sont connues au lavoir du Val, à genoux sur la pierre, à taper au battoir sur des draps lourds d'eau et de savon. Belle ironie pour une blanchisseuse que ce soit le savon qui les ait réunies. Araxie en manquait, et Jeanine en avait beaucoup trop.

— Je le choure à la blanchisserie, ils le fabriquent par tonnes, c'est pas ce que je leur cravate qui va leur manquer.

Araxie l'a remerciée et Jeanine s'est étonnée de son accent. À chaque lessive, elles parlaient de leurs maris, de leurs enfants, des rumeurs de crise et des relents de guerre. Du prix de tout qui augmente. Et un jour, Araxie a demandé à Jeanine si elle pourrait travailler à la blanchisserie, elle aussi.

L'usine est immense. Derrière des grilles, deux grandes maisons bourgeoises de trois étages sur la droite.

— Les bureaux des patrons, explique Jeanine.

Sur la gauche, trois immenses halles vitrées à structure d'acier, côte à côte, hautes et vastes comme des halls de gare et coiffées de gigantesques verrières. De la cheminée en brique qui les transperce, le ciel aspire en permanence un lourd panache de fumée blanche.

— Les ateliers, dit Jeanine.

Une marquise de verre et d'acier court tout autour. Entre les bureaux et les ateliers, derrière un haut portail en fer forgé, une large allée encombrée de roulottes marquées au nom de la blanchisserie. Attelés deux par deux, des chevaux de trait résignés les tirent et les manœuvrent. Un sanglot étrangle soudain Araxie. Jeanine s'en aperçoit et pose ses mains sur ses épaules.

— Écoute, ma belle, t'es pas obligée, tu sais. Blanchisseuse, c'est un métier de forçat. Si tu t'en sens pas la force, pas la peine d'avoir honte, on te trouvera autre chose.

Araxie renifle et se mouche à sa manche.

— C'est pas ça. C'est le crottin de cheval…

— Le crottin ? s'amuse Jeanine. Qu'est-ce qu'il a le crottin ? Il pue, et alors ? C'est ce qui nous donne du travail, toutes ces carrioles de livraison. Elles vont chercher le linge des hôpitaux, des casernes, des hospices, des restaurants, des pensions, des hôtels. C'est une chance pour nous si nos chevaux laissent leur merde partout. Qu'est-ce que tu as contre le crottin ?

— Rien, murmure Araxie qui se reprend au souvenir des jours où sa sœur et elle le dépiautaient pour survivre sur les conseils de Chakée. Rien, je te raconterai un jour.

— D'accord, tu me raconteras tes histoires de crottin si tu veux. En attendant, viens, le beau Roger ne m'a laissé qu'un quart d'heure pour te faire visiter.

C'est comme à Pont-de-Chéruy, en dix fois plus grand, mais le vacarme n'est pas le même. Ici il est mat. Lourd. Mouillé. Des centaines de machines et des femmes debout à chaque poste. Et ça ne sent pas le métal. Ça sent le sale et le propre à la fois. Le détergent. Jeanine énumère des noms barbares de liquides dont Araxie devra se méfier : hypochlorite de soude, peroxyde d'hydrogène, acide acétique, bisulfite de sodium. Ça sent le sel aussi. Ça bout et ça fume de partout.

— Tu commenceras là, crie Jeanine dans le fracas ambiant, au tri de ce qui arrive : le grand plat comme les draps, le petit plat pour les torchons, les serviettes ou les taies d'oreillers, le linge malade des hôpitaux, le linge en forme des militaires, le linge de sang des chirurgiens, le linge de merde des hospices…

Araxie enregistre tout et se dit qu'elle en est capable. Malgré la vapeur qu'on respire, malgré la chaleur qui oppresse. Malgré le vacarme, les ordres hurlés, les contremaîtres en blouse blanche qui chronomètrent, et toute cette agitation dans laquelle les femmes se croisent sans se parler. Elle peut faire ça. Travailler en usine. Devenir une bonne ouvrière. Devenir française et rapporter une paye à la maison. Comme Haïgaz qui va embaucher chez Renault. Deux salaires, une maison, Chakée et Haïganouch pas trop loin, et les trains qui passent toute la journée devant chez elle. Araxie adresse toujours aux passagers un petit salut de la main, fière de leur dire que cette jolie maison bien tenue au milieu des pavillons français appartient à une famille heureuse dont l'enfant chéri vient d'entrer à l'école primaire française, rue de Paris, de l'autre côté de la voie ferrée.

Jeanine lui propose de casser la croûte ensemble à la pause déjeuner.

— Tu vas faire quoi en attendant ?

— Je vais retourner à la maison.

— À Meudon ? Mais ça fait une heure de marche, deux heures aller-retour !

— Et alors ? sourit Araxie. J'ai beaucoup marché dans ma jeunesse, tu sais, je te raconterai.

Jeanine la regarde et éclate de rire.

— Décidément, t'es pas banale, toi, je crois qu'on va bien s'entendre, avec tout ce que t'as à me raconter !

En rentrant, Araxie longe la Seine, puis remonte la colline de Meudon par la rue de Paris. Une heure plus tard, elle passe sous le pont de fer et rejoint la rue du Hêtre-Pourpre. Haïgaz et Agop sont assis dehors, au soleil, sur des chaises contre la balustrade du talus, face à la maison. Gaïzag lit un nouvel illustré sur les genoux d'Agop.

— Qu'est-ce que tu lui as encore acheté ? Tu ne crois pas qu'il en a déjà assez avec tes *Pieds Nickelés* et tes *Bibi Fricotin* ?

— Il vient d'entrer au primaire, Araxie, il faut qu'il lise, cet enfant. C'est un illustré américain qui vient de sortir.

— C'est super chouette ! confirme Gaïzag. Regarde, c'est *Le Journal de Mickey* ! Avec deux bandes dessinées même !

— Et ça empêche les enfants sages de faire un bisou à leur maman chérie ?

Gaïzag saute des genoux d'Agop et se jette au cou d'Araxie. Puis il retourne se percher sur Agop pour reprendre sa lecture.

— Alors, tu veux vraiment embaucher dans cette blanchisserie ? demande Haïgaz à brûle-pourpoint.

— Comment le sais-tu ? s'étonne Araxie qui voulait lui faire la surprise.

Il lui explique comment il s'en est douté après la confidence de Guillommart.

— Il n'y a que toi comme femme arménienne dans notre rue.

— Ça aurait pu être moi, dit Haïganouch en sortant de la maison avec des dolma et du *pasterma* pour les hommes, et un grand verre de lait à la menthe pour Gaïzag.

— Toi, tu es couturière chez Levon, non ? intervient Agop qui s'amuse à empêcher le gamin de lire en remuant ses genoux comme un cheval au galop.

Araxie pose un baiser sur les lèvres d'Haïgaz. Il la prend par les hanches et l'assoit sur ses genoux.

— C'est un métier dur, tu sais.

— Oui, j'ai vu, mais c'est un métier. Je veux travailler, comme toi, pour rapporter de l'argent à la maison. Et comme je n'ai pas fait d'études, je vais devenir une bonne ouvrière. Aussi bonne que les Françaises. Aussi bonne que Jeanine.

— Le rôle d'une femme qui a un enfant, c'est de s'occuper de son enfant à la maison, énonce Agop en écartant brusquement ses genoux entre lesquels Gaïzag tombe en riant aux éclats. Si ma femme travaille au lieu de s'occuper de nos enfants, je la tue.

Araxie bondit sur ses pieds et pointe vers lui un doigt furieux.

— Ne dis plus jamais ça ! Ne menace plus jamais une femme devant moi ! Plus jamais, tu m'entends ? Tu es pire qu'un Turc ! hurle-t-elle en crachant à ses pieds. Kurde !

Et elle rentre dans la maison, suivie d'Haïganouch qui sourit de la situation. Agop reste sidéré par sa colère.

— Mais qu'est-ce que j'ai dit ? Bien sûr que je ne tuerai jamais ma femme pour ça, fait-il en écartant les mains, paumes vers le ciel.

— Tu lui dis ça, Agop, et c'est elle qui te tue.

— Mais pourquoi, Haïgaz ?

— Parce qu'on ne tue pas sa femme, un point c'est tout. Ni pour ça ni pour autre chose.

— Mais bien sûr, évidemment, tu me connais, Haïgaz, je ne ferais jamais ça. Même pas à une Turque. Même pas à une Kurde.

— Alors ne le dis pas, sombre imbécile !

Agop ne répond pas et Haïgaz sourit de sa honte. Un train passe dans leur dos mais cette fois personne ne salue les passagers. Haïgaz allume une Gitane et perd son regard dans la danse sinueuse de la fumée.

— Si Araxie travaille et que nous avons deux salaires, dit-il soudain, j'aimerais bien avoir une fille la prochaine fois.

Agop le regarde, inquiet de savoir quel rapport cela peut avoir avec la colère d'Araxie.

— J'ai entendu ! grogne celle-ci en ressortant de la maison.

Dans un filet à provisions, elle a glissé un bocal de dolma, quelques rondelles de soudjouk, et deux parts de baklava. Elle embrasse Gaïzag qu'Agop arrête prudemment de chatouiller, et pose un baiser léger sur les lèvres de son mari.

— Je vais déjeuner à la blanchisserie avec Jeanine, dit-elle en ignorant Agop d'un œil noir.

Ils la regardent disparaître sous le pont d'un pas rageur.

— Si elle y va comme ça, s'amuse Haïgaz, elle y sera bien avant la pause du déjeuner !

— Elle aime le bahmia ? s'enquiert soudain Agop, penaud. Je vous cuisinerais bien un bon bahmia pour ce soir, qu'en penses-tu ?

C'est Haïganouch qui lui répond en leur apportant d'autres dolma à la feuille de chou :

— Il en pense qu'il faut que tu arrêtes de dire des bêtises !

Agop fait signe à Gaïzag de s'approcher.

— Je crois bien que ta maman était en colère graaaaand comme ça, fait-il en écartant les bras jusqu'à bousculer de la main le gamin qui n'attendait que ça. Alors tu sais quelle surprise nous allons lui faire, toi et moi, pour me faire pardonner ?

Gaïzag en rigole déjà.

— Un bahmia graaaaaand comme ça, dit Agop en le bousculant à nouveau.

— C'est délicieux, se pâme Jeanine, la bouche pleine, je n'arrive pas à croire que je mange des feuilles.

Araxie est fière que ses dolma plaisent à la belle et blonde Française qui parle et porte beau.

— Le secret, c'est de ne cueillir que la troisième et la quatrième feuille à partir du bout du rameau. Après, c'est facile, tu en fais une pile que tu tasses dans un bocal en verre que tu remplis d'eau salée.

— Moi, je t'apprendrai à faire un jambon-beurre, dit Jeanine en mordant dans son sandwich, c'est tout ce que je sais cuisiner.

La plupart des ouvrières déjeunent de leur gamelle, assises le dos contre le mur des ateliers, sous la grande marquise, mais Jeanine a insisté pour aller s'installer sur un muret face au bar-hôtel meublé de l'Aviation. Au milieu du marigot des terrains vagues et des chantiers, c'est comme un chalutier échoué dans un bourbier. Beaucoup de mécanos de l'aérodrome voisin viennent y boire, qui parlent de vol en circuit fermé, de course Paris-Madrid, et des hélicoptères de l'Argentin Castelluccio.

— Ceux-là, c'est des vrais mecs, dit Jeanine, des vrais, des durs à cuire. Pas des blanchisseurs !

Elle sursaute quand Araxie plante son maigre coude pointu dans ses côtes. Venant de la blanchisserie, sur le trottoir d'en face, Roger le contremaître remonte la rue vers l'Aviation, les mains dans les poches de sa veste en cuir.

— Lui, c'est pas pareil, frémit Jeanine, avant il était légionnaire !

Elle se lève, défroisse sa robe du plat de ses mains et ajuste ses cheveux.

— Allez, à la revoyure, ma belle, à lundi pour l'embauche.

Araxie la regarde partir à l'opposé de la blanchisserie et tourner derrière l'Aviation. Peut-être existe-t-il un autre accès à l'usine de ce côté-là. Comme la rue où Jeanine vient de disparaître est parallèle à la Seine, Araxie décide de la remonter elle aussi pour rentrer à Meudon. Mais quand elle tourne au coin de l'hôtel, sur le trottoir d'en face pour ne pas avoir à passer au milieu des hommes qui discutent devant la porte du café, elle s'étonne de ne pas apercevoir son amie. Elle cherche dans les palissades une entrée dissimulée pour accéder à la blanchisserie quand un miroitement attire son attention. Au troisième et dernier étage de l'hôtel, accoudé au garde-fou de la fenêtre qu'il vient d'ouvrir, M. Roger la regarde, une cigarette au coin de la bouche, en maillot de corps. Puis il se redresse, se retourne, et une Jeanine déjà à moitié dépoitraillée se jette dans ses bras et l'embrasse goulûment. Araxie baisse aussitôt les yeux, courbe la tête, et s'enfuit rouge de honte d'abord, puis en pouffant de rire.

Dans la chambre meublée où il vit, Roger Pourchalsky s'est allongé sur son lit métallique et regarde

Jeanine se déshabiller. Elle sait qu'il aime ça. Zyeuter, avant de le caramboler, son corps blanc comme du lait, ses seins lourds aux larges aréoles mauves, et son sexe touffu comme un buisson, à peine voilé par sa courte combinaison transparente.

Tandis qu'elle le débraguette et le chevauche, il lui avoue avoir aperçu la petite rastaquouère par la fenêtre. Alors elle se laisse retomber sur son ventre de tout le poids de son joli cul généreux.

— Celle-là, tu n'y touches pas, mon salaud. Tu poses une main sur elle et on retrouve tes petites couilles de polack laminées dans une des essoreuses, tu m'as bien comprise ?

— De quoi tu te mêles ? se fâche Pourchalsky en se dégageant d'un coup de reins. Et dépêche-toi, tu embauches dans vingt minutes.

— Bon sang mais c'est bien sûr, se moque Jeanine, j'oublie toujours que je baise mon pointeur !

Le soir, rue du Hêtre-Pourpre, Agop a préparé un bahmia d'agneau et de gombos au boulghour pour un régiment. Haïganouch est restée dîner. Ils mangent tous les quatre dans la cuisine qui sent les épices, ouverte sur la nuit d'été. Araxie ne dit rien de ce qu'elle a vu de Jeanine, même si Haïganouch sent qu'elle meurt d'envie de lui raconter quelque chose. Elles sont secouées de fou rire toute la soirée.

— Nous serons bientôt français, dit soudain Haïgaz, il paraît que la loi a changé depuis longtemps déjà. Contrairement à ce qu'ils nous ont dit à Marseille, il suffit de trois ans de résidence au lieu de dix pour demander la nationalité.

— *Guenatz !* se réjouit Agop, trop content de constater qu'Araxie est rentrée d'humeur joyeuse de la blanchisserie.

— *Guenatz !* répliquent les autres, si fort qu'ils réveillent Gaïzag.

Il s'est endormi dans le fauteuil de la pièce d'à côté, son *Journal de Mickey* dans les bras. Araxie va le picorer de mille baisers et décroche un manteau d'Haïgaz de la patère pour le couvrir. Quand elle revient dans la cuisine, Haïganouch fredonne « Ramona » en esquissant un pas de danse.

Ramona, j'ai fait un rêve merveilleux
Ramona, nous étions partis tous les deux…

Puis ils chantent en riant d'autres succès des années passées.

Elle a perdu son pantalon
Tout en dansant le charleston…

Ils se lèvent et dansent dans la lumière jaune de la cuisine minuscule, fiers de leur bonheur. Ils sont une famille à leur façon. Ils ont survécu au pire. Et ils vivent en France, presque à Paris.

Paris, reine du monde
Paris, c'est une blonde…

— C'est pas bientôt fini tout ce tintamarre, oui ? Vous n'êtes plus chez les ratagnes, bande de bougnoules ! C'est la France ici !

Ils se taisent, surpris d'abord, puis éclatent de rire.

— Et si ça vous fait rire, j'appelle la police !

M. Dolley, un de leurs voisins, ose dire tout haut ce que beaucoup d'autres pensent tout bas. Mais la police ne vient pas et ils terminent la soirée, heureux d'être ensemble. Plus tard, ils raccompagnent Haïganouch rue du Pourtour. Ils marchent dans la nuit. Araxie et son amie devant, Haïgaz et Agop les suivant à distance, le petit Gaïzag entre eux deux.

Araxie raconte sa journée avec Jeanine et ce qu'elle a vu à la fenêtre de l'Aviation, et Haïganouch, qui s'accroche à son bras, pouffe en silence.

— Tu sais ce que disent les Français quand ils font l'amour ? murmure-t-elle en riant d'avance. Ils disent qu'ils « s'envoient en l'air » !

— Et alors ?

— S'envoyer en l'air, Araxie, à l'hôtel de l'Aviation, voyons !

Elles éclatent d'un rire qui résonne dans la nuit.

— Qui t'apprend des choses comme ça ?

Haïganouch se retourne vivement pour jeter un coup d'œil aux hommes, à dix bons mètres derrière elles.

— C'est Agop, avoue-t-elle.

— Eh bien, vous en avez de belles conversations !

Et elles rient à nouveau.

— Je suis content de les voir heureuses, dit Agop en regardant les deux jeunes femmes devant eux. Je ne voudrais pas me fâcher avec vous. Jamais.

— Alors arrête de faire l'idiot, et de vouloir tuer tout le monde.

Ils passent devant un grand parc noyé dans l'obscurité et Agop apprend à Haïgaz qu'il abrite un musée, installé dans l'ancienne demeure de Rodin, un grand sculpteur qui vient de mourir. Un après-midi, alors qu'il raccompagnait Haïganouch, ils l'ont visité.

— J'avais un peu honte, avoue-t-il, Haïganouch admirait ces œuvres magnifiques en marbre où des couples s'embrassaient et où tous les hommes avaient des corps de rêve.

— Et alors ?

Agop s'arrête et se tourne vers Haïgaz.

— Alors…, soupire-t-il en écartant les bras pour le laisser juge de sa silhouette.

— Agop, répond Haïgaz en soufflant sa Gitane à la lune, l'important, c'est le baiser, pas le marbre.

Les deux jeunes femmes sont arrivées face au mur sinistre de l'hôpital militaire. Araxie se retourne pour voir où sont les deux hommes et son fils.

— Allez, dépêchez-vous, qu'est-ce que vous faites encore à bavarder comme deux vieilles pies ?

— J'apprends à Agop à embrasser comme du marbre, crie Haïgaz dans la nuit.

— Tu répètes ça et je te tue ! promet Agop en baissant la tête alors qu'Haïganouch étouffe un fou rire contre l'épaule d'Araxie.

Puis ils prennent à droite dans la rue du Pourtour et l'immeuble étroit se dresse comme un phare de travers, dernier étage allumé, dans tout ce quartier naufragé par la nuit. À travers le noir, ils n'aperçoivent d'abord que les braises incandescentes des cigarettes qui dessinent des étoiles et des spirales. Puis ils devinent les silhouettes de Chakée et Levon. Celles des autres Arméniens du coin aussi, venus avec leur chaise discuter à la fraîche. De la France et de l'Arménie, de fiançailles et de mariages arrangés, de mode et de tissus, de souliers, de tricots, de vie après la survie. Et quand ils les rejoignent, les nouveaux venus se disent, comme eux, qu'ils frôlent enfin du doigt une sorte de bonheur.

39

1928-1936 – Moscou

Pliouchkine et Haïganouch deviennent amants le plus naturellement du monde, avec le temps. Grâce à Assadour, l'enfant né du viol. Dans les premiers mois, tourmenté par cette mission qui lui fait espionner la jeune femme qu'il désire en secret, Pliouchkine se montre présent mais distant. Jusqu'au jour où Haïganouch tombe malade. Pas grand-chose. Un vertige. Un haut-le-cœur au cours d'une promenade nostalgique dans le vieux quartier historique de Zariadié qu'on se prépare à détruire. La rumeur court que le camarade Staline veut prendre de vitesse les capitalistes et ériger un building de deux cent soixante-quinze mètres de haut pour montrer au monde entier la puissance et l'audace des bolcheviks.

Ils marchent vers la place Rouge. Il lui décrit les dômes bariolés de Saint-Basile qu'on aperçoit par-dessus les toits de tuiles condamnés. Les cygnes, le long des berges de la Moskva, qui s'approchent pour mendier du cou le pain que les gens n'ont pas. Et soudain Haïganouch vacille. Il croit qu'elle trébuche et cherche à la retenir, mais elle refuse son aide, l'éloigne de la main, trouve à tâtons le tronc d'un chêne et s'y appuie pour vomir. Alors ils rentrent, lui inquiet pour elle, et elle gênée pour lui.

Dès qu'ils rejoignent l'appartement d'Haïganouch, il fait appeler Anna Akhmatova – ses autres amis, n'ayant jamais voulu voir en lui qu'un ancien commissaire politique, se sont éloignés d'elle. La poétesse lui recommande un médecin de sa connaissance, qui se méprend sur leur relation et se montre sévère envers Pliouchkine : un camarade de son âge et de son rang n'engrosse pas une aussi jeune fille sans prendre ses responsabilités. Cette fois, c'est Pliouchkine qui vacille. Haïganouch, elle, lève les yeux au ciel. Elle va enfanter ! Cette pensée, qui ne lui a jamais traversé l'esprit, l'inonde d'un bonheur incommensurable. Elle, la petite Arménienne cent fois destinée à mourir, va donner la vie. Le petit oiseau bleu d'Erzeroum va couver un petit œuf chéri dans le cocon ouaté de sa nuit éternelle. Elle en pleure doucement et Pliouchkine, la croyant désespérée, la prend dans ses bras, sous le regard offusqué du médecin qui sort.

— Je t'aiderai, tu ne seras pas seule.

— Mais je ne serai plus jamais seule, répond-elle dans un sourire mouillé de larmes, cherchant de ses mains le regard de Pliouchkine. Je vais avoir un enfant !

Il hésite à comprendre qu'elle en est vraiment heureuse.

— Mais tu ne sais même pas de qui il est !

— Bien sûr que si, Pliouchkine, il sera de moi, répond-elle avec évidence, ce sera mon enfant.

— Et tu n'as pas peur de l'hérédité du…

— Pliouchkine, cet enfant sera fait de l'amour que je lui porterai, ce n'est pas plus compliqué que ça.

Ses amis accueillent la nouvelle avec l'exubérance des poètes pour la plupart, et avec le dégoût des choses de la maternité et de l'enfantement pour quelques-uns. Sans que le bonheur d'Haïganouch les rapproche vraiment de Pliouchkine. Puis ils se font à nouveau plus rares. Oublient de venir. Ne prennent plus de ses nouvelles. L'appartement de Pliouchkine a deux chambres. Quand il propose à Haïganouch de devenir sa colocataire, elle accepte. Le jour où elle emménage, parmi les meubles et les baluchons en désordre, elle trébuche dans un tapis mal roulé et tombe dans ses bras. Il la rattrape. La retient. Et elle devine au tremblement de ses mains qu'il aimerait l'embrasser. Qu'il le désire depuis longtemps. Qu'il en souffre. Alors elle offre ses lèvres entrouvertes à son baiser.

Un peu plus tard, nue dans le lit de Pliouchkine, Haïganouch s'inquiète de savoir si on peut faire l'amour quand on est enceinte.

— Bien sûr, répond-il en la couvrant de baisers qui lui chatouillent le cou.

— Comment le sais-tu ?

Il hésite et relève la tête pour la regarder.

— Je suis marié. À Erevan. J'ai des enfants.

Haïganouch ne dit d'abord rien, puis laisse résonner son joli rire cristallin.

— J'imagine ta tête ! se moque-t-elle. J'imagine la tête de tout le monde. D'Araxie, de Chakée, d'Assina, de tous ceux que j'ai aimés et perdus. La petite

Haïganouch attend un enfant et elle devient la maîtresse d'un homme marié et déjà papa avec qui elle veut être heureuse !

Assadour naît en février 1928, par un hiver de glace à moins trente degrés. Un des pires hivers qu'on ait jamais connus de mémoire de Moscovite. Les arbres cassent comme du verre, et on peut traverser la Moskva en camion. On dit même que des oiseaux gelés tombent du ciel comme des pierres. Le Parti interdit de recenser ceux qui meurent de froid, mais tout le monde les voit, car le sol est trop dur à creuser pour les cacher dans des tombes. La ville se fige sous une croûte de gel. En une nuit tout est vitrifié.

Dès les premiers froids Pliouchkine a récupéré tous les vieux journaux qu'il a pu et matelassé les murs de la chambre de plusieurs épaisseurs de *Pravda*, d'*Izvestia* et de *Komsomolskaïa Pravda*. Puis il a fixé dessus des couvertures molletonnées négociées à prix d'or au marché noir. Et, comme Haïganouch ne voit pas et le bébé pas encore vraiment, il a condamné et calfeutré la seule fenêtre de la pièce.

Dehors, un vent de haine glacée souffle sur ceux que Staline considère comme des opposants. Moscou bruit de faux procès, d'assassinats, et de déportations. La terreur et la suspicion pétrifient le pays plus encore que le froid polaire. Mais Haïganouch et Pliouchkine n'y prêtent aucune attention et couvrent Assadour de baisers chaleureux. Elle n'en revient toujours pas d'avoir donné la vie, et lui s'extasie du bonheur insoupçonné que cela lui apporte. Il a oublié depuis longtemps la mission qui lui a été confiée. Ou du moins fait-il semblant d'y croire, jusqu'au jour où, ne pouvant plus supporter sa traîtrise, il l'avoue à Haïganouch. Assadour est sur une couverture, à s'extasier du monde et de n'importe quoi. Pliouchkine est allongé près de lui, à le regarder faire, et Haïganouch s'émeut de les savoir heureux sans les voir. Un peu plus tard, nus l'un contre l'autre à écouter l'enfant dormir, Pliouchkine murmure en confidence à Haïganouch quel contrat honteux le lie à l'homme au gilet jaune de l'OGPU. Mais elle répond avec une douceur qui le confond :

— Comment aurait-il pu en être autrement, Pliouchkine ? Pourquoi t'auraient-ils relâché alors que six cents prisonniers politiques croupissent dans les sous-sols de la Loubianka ? Bien sûr qu'ils t'ont proposé de nous espionner, mes amis et moi, je l'ai compris à la première seconde.

— Mais pourquoi as-tu ouvert les lèvres à mon baiser, alors ?

— Parce que depuis que tu m'as prise par les hanches pour me hisser sur la table de ce banquet, à Erevan, j'en avais envie sans oser l'espérer. Et quand, par ton baiser, ton amour s'est glissé en moi, je n'y ai pas décelé la moindre trace de calcul ou de traîtrise.

Puis elle attend que Pliouchkine lui pose la question qui le tracasse, lui aussi :

— Et toi, ont-ils exigé quelque chose de toi ?

— La même chose, répond-elle dans un sourire. Tout leur dire de mes amis. Je vois l'homme de l'OGPU le dernier jeudi de chaque trimestre, mais au lieu d'une liste, je ne lui apporte qu'un poème, comme je le lui ai promis. Tous les experts du chiffre de la

Loubianka doivent s'acharner jour et nuit à essayer de décrypter les messages que je n'y ai pas cachés.

Ce soir-là ils s'abandonnent l'un à l'autre avec plus de passion encore.

La vie est ensuite une longue litanie de petits bonheurs ensoleillés et de longs hivers politiques. Staline liquide les koulaks, Kirov sera assassiné en 1934, la vieille garde de Kamenev et Zinoviev condamnée à mort deux ans plus tard. Suivront les procès de Moscou, puis les disparitions de Boukharine, Piatakov, Radek, Rykov et Iagoda. Haïganouch s'en moque. Assadour grandit, il devient un beau et fort petit garçon. Intelligent et sensible. Il commence à dire des mots qui les émerveillent. Pliouchkine s'extasie devant la capacité d'Haïganouch à s'occuper de son fils malgré son handicap. Elle le garde, le couve et le protège, et redoute l'âge qui vient où il sera obligé d'aller à l'école de cette idéologie forcenée.

Pliouchkine, lui, surveille les noms de ceux qui tombent et que la presse officielle se charge d'exécuter une seconde fois. Il a déjà vu avec inquiétude Beria devenir premier secrétaire du Parti en Géorgie. Puis celui du Parti de Transcaucasie. Puis entrer au Comité central. La presse rappelle qu'en 1924 sa « bravoure bolchevique » a conduit à l'exécution de dix mille nationalistes géorgiens. Tout le monde sait qu'il organise les grandes purges en Transcaucasie pour lesquelles personne n'ose donner de bilan tant il semble monstrueux. Cet homme est allé jusqu'à faire assassiner celui qui avait aidé sa pauvre mère à financer ses propres études, histoire de se réinventer un passé plus glorieux et sans témoin.

C'est l'homme au gilet jaune qui précipite tout. Il aborde Pliouchkine et Haïganouch un jour de 1936, alors qu'ils promènent Assadour dans les allées bordées de tilleuls du parc Kouzminki.

— Que fais-tu là ? s'inquiète aussitôt Pliouchkine.

— Tais-toi et marchons comme une bonne famille bolchevique fière de vivre au pays des soviets.

Le ton moqueur n'échappe pas à Haïganouch qui s'inquiète aussitôt :

— Que se passe-t-il ?

— Il se passe ce que tu avais prédit, camarade poète, qu'un jour nous deviendrions tous le contre-révolutionnaire de quelqu'un d'autre. Je n'échapperai pas aux prochaines purges. L'ordre de Staline est d'éliminer un tiers de tous les corps d'État. Au hasard si nécessaire. Même plus besoin de faux procès. On ne retrouvera jamais mon corps. Je vais pourrir quelque part et ma famille avec, puisque désormais une loi engage la culpabilité de la famille quand un de ses membres trahit le Parti.

— Pourquoi viens-tu nous raconter ça ? proteste Pliouchkine. Laisse-nous en dehors de tout ça.

— Pauvre imbécile, c'est ce que j'ai fait pendant toutes ces années, vous préserver. Comment crois-tu que vous avez survécu, hein, dis-moi ? Par chance ? Vous avez survécu parce que je vous ai protégés, et ne me demande pas pourquoi, je suis incapable de me l'expliquer moi-même.

— Quoi, tu essayes de te racheter une conscience au moment de payer pour tes crimes ?

— Pense ça si ça t'arrange, Pliouchkine.

— Que veux-tu alors, une récompense ? Notre aide ? Que nous te cachions ?

— Personne ne se cache dans ce pays. Je suis venu vous dire de le quitter.

— Quitter le pays ? Tu sais très bien que c'est impossible.

— Il y a une solution, pour elle et le petit, dit l'homme.

— Et pour Pliouchkine ? s'inquiète aussitôt Haïganouch.

— Lui, je peux encore l'envoyer dans la moins pire des villes le plus loin possible de Moscou. Un exil avec un emploi et un salaire, une sorte de mutation qui n'attirera les soupçons de personne.

— Et pour eux ? demande Pliouchkine, grave, en montrant Haïganouch et Assadour d'un mouvement de tête.

— Cet Américain, Hovannes Sarkissian, je peux lui demander de vous aider. Le gouvernement a discrètement rétabli des relations diplomatiques avec les États-Unis depuis quelques années. Les Américains savent très bien ce qui se passe ici et ce qui se prépare…

— Attends, le coupe Haïganouch, tu veux dire qu'Hovannes t'a contacté ?

— Nous sommes toujours restés en contact.

L'homme leur raconte son accord avec lui et leurs rencontres trimestrielles à Lausanne à propos d'Hitler. C'est grâce à cela qu'Haïganouch n'a pas été inquiétée, explique-t-il, et qu'elle a pu se faire oublier de l'OGPU. Parce qu'Hovannes a tenu parole et fourni beaucoup d'informations sur Hitler.

— Je l'ai averti depuis plusieurs mois déjà que la situation allait empirer ici et que je n'y survivrais pas.

Je l'ai tenu au courant de votre situation. Il peut vous procurer un passeport américain pour toi et l'enfant. À son nom. Officiellement vous seriez sa famille. C'est risqué, mais il compte sur le fait qu'ils seront plusieurs diplomates à faire le voyage dans le même avion, avec leur famille, eux aussi.

— L'avion ? s'étonne Pliouchkine.

— Oui, le train laisserait trop de temps à la police pour réagir avant que vous n'atteigniez la frontière. Voilà, c'est à vous de décider.

— Quoi, tout de suite ?

— Dans quelques heures, je serai mort.

— Mais pourquoi répètes-tu ça sans cesse ! s'énerve Pliouchkine.

— Parce que la guerre se dessine, parce que les purges ont vidé notre armée de ses officiers supérieurs, parce qu'elles vont bientôt s'arrêter et qu'il faudra libérer un grand nombre de ceux que nous avons envoyés en prison ou en exil pour reconstituer nos forces. Beria, l'âme damnée de Staline, est déjà en charge de cette volte-face et il fera libérer en premier lieu ses complices géorgiens. Tu vois de qui je veux parler ?

— Anikine ?

— Anikine, oui, parfaitement. Anikine que j'ai fait déporter pour le viol d'Haïganouch. Il sera le premier libéré et sa première vengeance sera contre vous. Alors, que décidez-vous ?

— Prends Assadour et vas-y, Haïganouch, dit Pliouchkine. C'est l'unique chance que vous ayez. Offre un avenir à notre fils loin d'ici.

— Jamais de la vie ! réplique-t-elle. Nous le défendrons ensemble. Je ne te quitte pas.

— Haïganouch, ne perds pas de temps à tergiverser, je t'en prie, tu as entendu le camarade, c'est une question d'heures !

— Ce n'est ni une question d'heures ni une question de Parti, d'OGPU, de vengeance, d'Anikine ou de quoi que ce soit. C'est une question d'amour, Pliouchkine. Nous nous aimons, alors je reste.

L'homme de l'OGPU soupire en secouant la tête.

— Pourquoi en étais-je si sûr ! Je voudrais vous dire à quel point j'admire votre amour suicidaire, mais c'est une erreur. Je vous aurai prévenus.

Autour d'eux le parc est calme et paisible. Haïganouch, qui tient la main d'Assadour, devine qu'il jette des pierres dans l'eau et que les cygnes idiots croient à du pain.

— Je le savais ! soupire l'homme une dernière fois. Voici ta mutation, pour toi et ta famille. À Irkoutsk. Après tout, ne surnomme-t-on pas cette ville le « petit Paris » ? C'est une belle petite ville, avec de bonnes écoles. Tu y as un poste de contrôleur des méthodes dans une aciérie. Tâche d'apprendre vite. Il n'y a aucune copie ni aucune trace de ta mutation à Moscou, pas même dans les archives de l'OGPU. Ne vous faites pas remarquer, gardez profil bas, et vivez heureux. Tiens !

Il tend une liasse de papiers à Pliouchkine.

— Et ça, qu'est-ce que c'est ?

— Vos billets de train pour ce soir. Rentrez chez vous faire vos bagages. Quelqu'un de l'aciérie vous attendra à la gare d'Irkoutsk pour vous aider à emménager dans votre appartement de fonction. Après, à vous de reconstruire votre vie.

Pliouchkine garde les papiers à la main, les yeux brillants de larmes, puis les empoche pour serrer l'homme dans ses bras. À son tour, Haïganouch le cherche du bout des doigts, remonte jusqu'à son visage qu'elle prend d'une main et pose un baiser sur ses lèvres. Elle y sent le sel d'une larme.

— Merci. Merci pour tout. Nous ne connaissons même pas ton nom.

— C'est mieux ainsi. Je ne dois pas exister dans votre nouvelle vie.

Haïganouch l'entend qui s'éloigne. Elle se rapproche de Pliouchkine et se serre contre lui, longtemps, quand l'homme, de loin, l'appelle :

— Quelques derniers détails, camarade…

Haïganouch attend, les yeux vers un ciel qu'elle imagine vif et sec comme un bloc de glace. Quand Pliouchkine revient, il la serre contre lui, l'embrasse sur le front et, tenant chacun une main d'Assadour, ils rentrent chez eux faire leurs bagages.

40

1934 – Meudon

Hovannes regarde Araxie préparer les beurek. Dans un saladier, la farce est prête. Feta grecque et saint-marcellin sec écrasés, beaucoup de persil plat ciselé, poivre, noix de muscade. Un peu de gruyère. Dans un autre récipient, près de la cuisinière à charbon, repose la pâte. Un kilo de farine, trois œufs, cent grammes de beurre fondu, un peu de levure de boulanger, un gros quart de litre de lait tiède et un peu d'huile d'olive. Araxie a pétri la pâte de ses mains, puis de ses poings, et maintenant elle a doublé de volume contre la chaleur de la cuisinière. Araxie ne dit rien, mais sourit, fière d'être admirée par Hovannes. C'est ainsi que les cultures survivent. Par les gestes quotidiens. Par le partage des saveurs et des savoir-faire. Hovannes en a presque les larmes aux yeux. La force indestructible de la diaspora qui se construit, il la voit à travers cette survivante, heureuse dans un autre pays que le sien et qui répète les gestes ancestraux de ses traditions.

— Pourquoi tu n'es pas encore marié, Hovannes ? Il n'y a pas de jolies filles en Amérique ?

— Je dois être trop bien pour ces centaines d'Américaines qui ont voulu de moi, plaisante-t-il pour ne pas avoir à répondre.

— Tu es avocat maintenant, Hovannes, tu dois avoir une femme. Et assez jeune pour te donner des enfants. Tu veux qu'Haïganouch et moi t'aidions à en trouver une ?

— Non, Araxie, merci, je vais bien finir par y arriver tout seul, ne vous en faites pas.

Elle saupoudre la toile cirée d'une généreuse volée de farine et y dépose la pâte tiède et gonflée. Hovannes attend le geste, comme quand il était gamin, et l'émotion l'étrangle quand Araxie dégonfle la pâte d'un coup de poing. Enfant, la maman d'Hovannes le laissait faire ça et il en était tellement fier ! Puis Araxie pétrit la pâte, boule après boule, longtemps. Elle l'écrase au rouleau en bois, l'aplatit, l'étale, la lamine. La pâte est déjà bien assez fine pour faire un délicieux beurek, mais à la grande surprise d'Hovannes, Araxie continue. Elle saupoudre la fine pâte d'un nuage de farine, prend un long bâton droit comme un manche, pas plus épais qu'un pouce, et d'un geste qu'il n'a pas le temps de comprendre glisse la pâte à cheval dessus et le tourne dans l'air. On dirait le numéro de ces artistes chinois qui font tournoyer des assiettes sur des bouts de bois. D'un rapide mouvement du poignet, le bâton à la verticale, elle distend la pâte à chaque tour. Et quand d'un geste tout aussi mystérieux elle la repose sur la table et l'étend d'un retourné de la main, la pâte est si fine qu'on devine à travers les dessins de la toile cirée.

— Je n'ai jamais vu faire ça ! s'étonne Hovannes.

— Je l'ai appris à Alep, dans les cuisines de la famille où j'étais. Les maîtres étaient des chiens, et la cuisine était devenue mon refuge.

Il la regarde encore mesurer et tailler de longs rubans larges de trois doigts dans la pâte, puis elle lui tend le saladier de farce.

— Tu sais faire, j'espère, dit-elle en riant. Une pincée généreuse de farce dans le coin en bas, et tu plies et tu replies en triangle en remontant. Huit fois, pas plus, précise-t-elle en vérifiant la finesse de sa pâte.

Hovannes s'assied pour confectionner les beurek, et Araxie se moque de la paresse des hommes. Il se tourne vers elle, prend ses mains enfarinées dans les siennes. Il veut, à travers elle, remercier les femmes d'Arménie qui enfantent de nouveaux Arméniens pour les nourrir de leurs traditions. C'est en époussetant la farine des mains d'Araxie pour les embrasser qu'il aperçoit un petit tatouage bleu entre son pouce et son index. Son cœur se trouble au souvenir d'Haïganouch, en Union soviétique.

— Qu'est-ce que c'est ?

— Ça ? C'est la marque de la maison à laquelle nous appartenions à Diarbekir.

— À laquelle vous apparteniez ?

— Oui. Le maître nous avait achetées pour être les esclaves de sa fille qu'il allait marier à Alep.

— Mais qui ça, « nous » ?

— Ma petite sœur et moi.

— Je croyais que tu n'avais qu'une grande sœur : Haïganouch !

— J'avais une petite sœur aussi.

— Qu'est-elle devenue ? Pourquoi n'est-elle pas avec vous ?

— Le mari de ma maîtresse l'a donnée à quelqu'un.

— Et tous ses esclaves portaient le même tatouage ?

— Non. C'était la marque de la famille de ma maîtresse, pas celle de son mari. Je suppose que ça l'est encore.

— Mais je ne l'ai jamais remarqué sur Haïganouch.

— Bon, qu'est-ce que tu fais ? se fâche soudain Araxie. Tu m'aides ou tu bavardes ? Tu crois que les beurek vont se plier tout seuls ? Allez, va-t'en puisque c'est comme ça, ouste, laisse-moi faire, sors de ma cuisine !

Elle chasse Hovannes jusque sur le perron, et l'empêche de se retourner pour qu'il ne devine pas ses larmes.

Hovannes longe le garage et sort dans la rue. C'est dimanche. Jeanine et Richard Guillommart ne seront là que dans deux heures. Haïgaz a sorti une chaise sur le trottoir, de l'autre côté de la rue, il lit au soleil *Haratch*, le quotidien arménien qui fait la fierté de la communauté. L'organe officiel du Dachnak-Fédération révolutionnaire arménienne. Pour rien au monde Haïgaz ne manquerait l'éditorial de Chavarche Missakian, son fondateur : « Mèr Koshke » (Notre parole).

— Que dit Missakian ? demande Hovannes, le visage fermé.

Haïgaz le regarde et baisse son journal.

— Quelque chose ne va pas ?

Hovannes hésite, se retourne vers la maison, et attend qu'un train finisse de passer pour demander à son ami de faire quelques pas avec lui. Haïgaz plie son journal et le glisse dans la poche de sa veste qu'il pose sur ses épaules d'un geste aérien.

— Allons boire quelque chose chez Robillard.

Tandis qu'ils remontent la rue du Val, Haïgaz reste silencieux pour laisser à Hovannes le temps de trouver ses mots.

— C'est quoi, l'histoire de la sœur d'Araxie ?

— En quoi ça te tracasse ? s'étonne Haïgaz.

— Réponds-moi d'abord, je te dis ensuite.

— Araxie avait une petite sœur. Elles ont été séparées et elles ne se sont jamais revues.

— Et Haïganouch ?

— Haïganouch est la sœur de cœur d'Araxie, confesse Haïgaz. Elles étaient ensemble à l'orphelinat à Beyrouth. Chakée leur a donné son nom à toutes les deux en les déclarant comme ses filles. C'est pour ça qu'elles sont sœurs sur leurs papiers.

— Est-ce qu'Haïganouch a pris le prénom de la petite sœur d'Araxie ?

— Oui, s'étonne Haïgaz, comment as-tu deviné ça ?

— Et est-ce que la petite sœur d'Araxie était aveugle ?

Cette fois Haïgaz s'arrête et le retient par le bras.

— Qu'est-ce que c'est que cette histoire, Hovannes, que cherches-tu à me dire ?

— Je crois que nous allons avoir besoin de plus d'un verre.

Robillard est occupé à effacer des graffitis sur le mur de son café. « Gueule de cul » et « Bite en bois ».

— Des mômes, dit-il en haussant les épaules, qui répètent ce que disent leurs parents dans mon dos. J'ai l'habitude.

— Sur mon garage, explique Haïgaz, une fois par mois au moins, c'est « Dehors les rastaquouères » et « Arméniens têtes de chien ».

— Entrez, et faites comme chez vous. Tu sais où est le raki, Haïgaz !

Ils se fondent dans l'ombre de sa tanière. Le temps que leurs yeux s'habituent à la pénombre, Haïgaz saisit la bouteille de raki sur une étagère et deux verres dans le bac à vaisselle. Il les dépose sur la table, va dans la cuisine tirer une carafe d'eau et sert les deux anisés.

— Dis-moi maintenant.

Hovannes le regarde droit dans les yeux, comme pour le prévenir de la force de ce qu'il va lui révéler.

— Je crois que j'ai retrouvé la petite sœur d'Araxie.

Ces quelques mots ébranlent Haïgaz. Puis Hovannes raconte ses différentes rencontres avec Haïganouch Tertchounian à Erevan et à Moscou, explique que la jeune poétesse aveugle est en danger parce qu'elle fréquente un milieu d'artistes insouciants.

— Araxie m'a raconté un soir que Chakée avait appris à la petite Haïganouch à composer des poésies pour la détourner des horreurs de la déportation, murmure Haïgaz, incrédule.

— Et puis il y a ce tatouage entre le pouce et l'index, Haïgaz. Bleu. Comme un petit oiseau. Le même que j'ai vu tout à l'heure sur la main d'Araxie.

— Seigneur Dieu, souffle Haïgaz, le regard perdu.

Dans son crâne, une tempête s'est levée, confrontation houleuse de vagues d'espoirs et de lames de peurs. Il ne pense qu'à Araxie. Qu'à elle seule. Et devient soudain dur :

— Tu ne dis rien à personne. Et surtout pas à Araxie. Elle ne doit rien savoir. Rien espérer qui ne soit certain, tu m'entends ?

— Je peux partager votre carafe ? demande Robillard en s'approchant de leur table, un verre et une bouteille d'absinthe à la main, une poignée de morceaux de sucre dans l'autre.

— Il paraît que ça rend fou et que ce n'est pas bon pour la santé !

— Tu crois vraiment que j'ai une gueule à m'en faire pour ma santé, camarade ? Et tu crois vraiment que c'est la fée verte qui nous rendait dingues dans les tranchées ?

Ni Haïgaz ni Hovannes ne savent que répondre, alors Robillard s'assied à leur table et prépare son absinthe.

— Allez-y, ne vous occupez pas de moi. Désolé de vous avoir interrompus.

Il écoute Hovannes raconter en détail ce qu'il sait de la vie d'Haïganouch et comment, sans savoir qui elle était, il a failli la faire sortir d'URSS.

— Je tc le répète, Hovannes, je ne veux pas qu'Araxie le sache tant que nous n'aurons pas réussi à ramener Haïganouch à Paris. Parce que si cela nous était impossible, je ne veux pas qu'elle vive dans le malheur de savoir sa petite sœur prisonnière et malheureuse en Union soviétique. Soit nous lui faisons la plus belle surprise de sa vie, soit elle n'en saura jamais rien. Je ne veux aucune autre hypothèse.

Hovannes se tait longtemps, puis lève son verre.

— *Guenatz !* dit-il en forme de serment.

— *Guenatz !* conclut Haïgaz.

— À la vôtre ! trinque Robillard. Merde à la guerre qui revient !

Alors ils parlent de la situation en URSS, de la police politique toute-puissante et omniprésente, des purges décidées par Staline, des assassinats, des suicides, vrais ou forcés, et des moyens qu'il y aurait pour soustraire Haïganouch à tout ça.

— Et avec son enfant, pour compliquer les choses, précise Hovannes.

— Parce qu'elle a un enfant ? Elle est mariée ?

— Non, répond Hovannes en baissant la tête. Elle n'est pas mariée. L'enfant est le fruit d'un viol.

— Seigneur Dieu ! siffle Haïgaz en colère. Ça n'en finira donc jamais !

— Nous ne sommes que des fétus de paille pour ceux qui s'amusent à agiter les courants, murmure Robillard de sa voix concassée, en regardant le sucre fondre dans sa fée verte à travers sa cuillère à absinthe.

Il fait bientôt si sombre dans le trou de Gueule cassée qu'ils comprennent que c'est l'heure de rentrer. Ils insistent pour payer leur verre, même si c'est Haïgaz qui a laissé la bouteille de raki en dépôt. Il sait que les voisins n'ont aucun courage et que Robillard ne peut compter que sur quelques clients par jour pour avoir de quoi survivre d'une soupe le soir. Des légumes que l'épicier dépose dans un cageot sur ses marches, tôt le matin, pour qu'il ne vienne surtout pas les chercher dans son magasin et faire fuir la clientèle. Un cageot dans lequel les mômes pissent parfois. Pour rire. S'ils savaient ce qu'on l'a obligé à manger dans les tranchées, ces abrutis de mômes !

41

1936 – Meudon

Araxie est fière de sa fatigue, de ses mains flétries par la chimie, de sa tête qui tourne dans l'air saturé de vapeurs. Elle est fière d'être ouvrière, de gagner un salaire, de parler de lingerie avec des Françaises coquettes sous leurs blouses. De parler des hommes, de la vie, des enfants. Araxie est fière et heureuse. Elle vit en France. Elle aime Haïgaz. Elle adore Gaïzag, son garçon. Et elle attend son deuxième enfant. Une petite Angèle, espère-t-elle. Personne n'en sait encore rien, pas même Haïgaz. Sauf Jeanine, bien sûr, qui garde un œil sur elle quand les cadences s'accélèrent. Lorsque Araxie titube et se retient au panier d'arrivage, Jeanine se précipite aussitôt. Comme un contremaître arrive pour lui hurler de reprendre sa place, elle a le temps de voir Araxie glisser un mouchoir sous sa blouse. Jeanine houspille aussitôt le contremaître pour détourner son attention et lui dit d'aller plutôt prévenir M. Roger que sa collègue fait un malaise, et qu'elle prend sur son temps pour l'aider à prendre l'air.

— Ça va mieux ? C'est le bébé ?

— Non, bredouille Araxie, c'est rien, oublie. Retournons travailler.

— Tu me prends pour une idiote ou quoi ? Et le mouchoir, c'est pour quoi ?

Araxie se trouble, se relève, lisse sa blouse et remet ses cheveux en place.

— Oublie, Jeanine, tu ne peux pas comprendre.

— Qu'est-ce qu'elle ne peut pas comprendre, que tu tires au flanc ?

Roger est là, raide comme un colonel, flanqué de son sergent-chef de contremaître.

— Laisse courir, Roger, elle attend un môme et elle a fait un malaise.

— Encore un ? Mais elles pondent comme des lapines ces mousmés, c'est pas possible !

— Roger, c'est son deuxième. T'en as combien toi, cinq déjà, non ? Plus tous ceux que tu veux pas connaître.

— Moi, c'est moi, et les ouvrières, c'est les ouvrières. Elle retourne au boulot vite fait ou je la vire.

Mais Jeanine ne l'entend pas de cette oreille et se lève pour faire face au matamore.

— Dis-moi, Roger, tu le sens ce petit air de révolte dans les usines ? T'es au courant que Renault a débrayé ? Citroën et Farman, Nieuport, Lavalette aussi ? Tu la veux ta grève chez Grenelle, hein, tu la veux ? Parce que tu sais que je suis assez grande gueule pour la déclencher, moi, ta belle grève ! Et il n'y a rien de mieux pour faire débrayer toute une armée d'ouvrières qu'un bon vieux facho de légionnaire qui vire une femme parce qu'elle est enceinte.

Mais Pourchalsky ne se laisse pas impressionner. D'autres ouvrières sont passées dans le lit de son meublé depuis Jeanine. Elle reste sa préférée, mais elle n'est plus la seule.

— Si tu veux jouer les cocos, ma belle, tu peux chercher du boulot ailleurs toi aussi.

Jeanine va lui voler dans les plumes quand le contremaître se penche à l'oreille de Pourchalsky. Le faux légionnaire écarquille les yeux, attrape Araxie, fouille les poches de sa blouse, et brandit le mouchoir comme un trophée.

— Et ça, qu'est-ce que c'est ? Elle prépare la layette pour son mouflet avec le linge des clients, ta rastaquouère ?

— C'est un mouchoir que j'ai saisi au vol pour lui nettoyer le visage, pauvre imbécile ! Bien sûr qu'on allait le remettre dans le panier du sale.

— Rien à faire. Elle termine sa semaine et elle dégage ! Je ne veux pas la voir ici lundi.

— Si elle n'est pas à son poste lundi, tu l'auras, ta grève.

— Essaye donc, ma belle, je te préviens que j'ai assez d'anciens potes de la Légion pour venir te la casser à coups de bâton, ta grève. Retournez à votre poste. Vous aurez une demi-journée de retenue sur votre salaire pour ce micmac.

— Alors écoute-moi bien, si tu veux la jouer comme ça. D'une, à partir d'aujourd'hui, je ne suis plus ta belle. Et de deux, tu l'auras finalement, ta grève, quoi qu'il arrive.

Elle arrache le mouchoir des mains de Pourchalsky, prend Araxie par le bras, et elles rentrent dans l'atelier.

— Pleure pas, va ! Ne lui donne pas ce plaisir. Tiens, mouche-toi et garde le mouchoir en souvenir.

Cet après-midi-là, à la débauche, Jeanine raccompagne Araxie jusque chez elle. Haïganouch étend du linge dans le jardin. Gaïzag, Agop et Haïgaz jouent au tavlou au soleil, sur le trottoir.

— Tout va bien ? s'inquiète Haïgaz.

— Oui. Juste fatiguée, répond Araxie.

Jeanine lui fait la bise, salue les hommes, et fait un signe discret à Haïganouch de les rejoindre dans la cuisine.

— Que se passe-t-il ? s'alarme Haïganouch en voyant Araxie si pâle.

Celle-ci lui fait signe de s'asseoir à côté d'elle, tire le mouchoir de sa blouse et le pose sur la toile cirée.

— Eh bien quoi ? s'étonne Haïganouch en regardant le mouchoir.

Puis les mots se coincent dans sa gorge et la suffoquent, tandis que son cœur essore son souffle dans sa poitrine.

— Mon Dieu, Araxie, mais où as-tu trouvé ça ?

— À la blanchisserie. Dans l'arrivage du sale. C'est bien ce que je pense, Haïganouch ?

— C'est bien quoi ? s'impatiente Jeanine.

— Cette broderie, explique Araxie en montrant un coin du mouchoir, c'est la signature de la famille chez qui nous étions esclaves à Alep. Les Yildiz. Un Y dans un soleil.

Jeanine tire un tabouret pour s'asseoir avec elles.

— Ben merde alors, mais qu'est-ce que ça fait là ?

— Ça veut dire que Yildiz est à Paris, et qu'il est client de la blanchisserie.

— Et alors, l'esclavage a été aboli en France depuis belle lurette, les filles, vous n'avez plus rien à craindre !

— Jeanine, c'est un peu plus compliqué que ça. Haïganouch n'était pas l'esclave de cet homme.

— Ben de quoi elle a peur alors ?

— C'était sa femme, Jeanine, et elle s'est sauvée de chez lui. Moi, j'étais l'esclave d'Haïganouch et je me suis enfuie avec elle…

Jeanine reste sans rien dire, sidérée, puis cherche des yeux n'importe quel alcool à boire et se saisit d'une bouteille de raki sur un coin d'étagère. La cuisine est si petite qu'Haïganouch attrape trois verres sur la paillasse sans se lever. Jeanine se verse un fond de verre et le boit cul sec avant de servir tout le monde. Quand l'anis à quarante-cinq degrés les a bien secouées, Araxie raconte son histoire et celle d'Haïganouch. La vraie. Complète. Jeanine n'en revient pas. Elle se sert un autre verre qui lui brûle l'arrière des yeux, puis elle les regarde en s'esclaffant.

— Ben merde alors, les filles, mais c'est complètement dingue votre histoire !

Et elles explosent de rire toutes les trois.

Plus tard, Jeanine les quitte pour rentrer chez elle, la tête embrumée d'alcool.

Quand ils la voient sortir toute guillerette, Haïgaz et Agop récupèrent Gaïzag et rentrent rejoindre Araxie et Haïganouch. Ils passent l'enfant par la fenêtre de la cuisine mais restent dehors, accoudés au rebord comme à un bar trop haut.

— Vous avez bu ?

Araxie, soudain sérieuse, ne répond pas. Elle prend le mouchoir sur la table et le tend à Haïgaz.

— Qu'est-ce que c'est ? demande-t-il en l'examinant.

— La broderie, au coin, c'est la marque de Soleiman Yildiz, d'Alep, dit Haïganouch d'un ton dur.

— Quoi ? s'emporte aussitôt Agop. Le type qui a fait tuer ton père et qui a donné la petite sœur d'Araxie au premier derviche venu ? Mais qu'est-ce que son mouchoir fait ici ?

— Il est arrivé dans le petit linge plat d'aujourd'hui. J'ai cru m'évanouir en le découvrant, dit Araxie.

— Cet homme est fou, reprend Haïganouch. À Beyrouth, il passait en calèche quand il nous a reconnues et il n'a pas hésité à tirer à travers la foule pour essayer de nous abattre.

— Il faut découvrir d'où vient ce mouchoir.

— C'est difficile, Haïgaz. C'est une blanchisserie industrielle. Ça peut venir d'un hôtel, d'un hôpital, d'une salle de réception. Je n'aurai jamais le temps de savoir d'où ça vient.

— Prends le temps qu'il te faut, Araxie, mais nous devons savoir d'où vient ce mouchoir.

— Haïgaz chéri, je n'aurai pas ce temps. Ils m'ont renvoyée aujourd'hui. Samedi sera mon dernier jour.

Elle explique aux deux hommes l'incident avec Pourchalsky, mais Haïgaz se moque complètement des menaces du légionnaire.

— Tu es enceinte !

Il enjambe la fenêtre et serre Araxie dans ses bras. Agop le suit avec Gaïzag et fait rire l'enfant. Ils embrassent Araxie à tour de rôle, puis Haïgaz regarde le ciel par la fenêtre.

— J'ai encore le temps d'aller chercher quelque chose à boire, dit-il en ressortant. Préparez les coupes.

Il marche jusqu'au repaire de Robillard, chez qui rien n'est allumé malgré le crépuscule. En apprenant la nouvelle, Gueule cassée insiste pour offrir la seule bouteille de mousseux qui lui reste en réserve. Haïgaz lui murmure quelque chose, à quoi Robillard répond en opinant, puis ils se donnent l'accolade et l'homme sans figure lui souhaite bonne chance de son sourire mutilé.

Rue du Hêtre-Pourpre, Agop aligne les coupes sur le rebord de la fenêtre, Haïgaz fait sauter le bouchon par-dessus le garage jusque dans le talus de la voie ferrée, et il sert les quatre verres d'un seul jet. Gaïzag rit devant la mousse qui jaillit. « Pour le bonheur », il insiste pour qu'on lui passe un doigt trempé dans le champagne derrière l'oreille et exagère le froid en frétillant sur place. Araxie trouve des biscuits roses de Reims dans une boîte en fer et c'est la fête.

— *Guenatz ! Guenatz !*

Puis Haïgaz prend Agop à part.

— Hé, qu'est-ce que vous conspirez tous les deux ? se moque Haïganouch.

— Je voudrais qu'Agop m'accompagne à l'usine demain matin.

— Je croyais que tu étais de l'équipe du soir.

— Les gars préparent la grève et je voudrais qu'Agop voie ça. On va y aller pendant deux ou trois jours, pour aider à faire les banderoles.

— Ne va pas faire ton révolutionnaire, le sermonne Araxie, tu vas avoir un deuxième enfant et je viens de perdre mon emploi.

— Je veillerai sur lui, promet Agop. Le premier qui lui cherche des poux, je le tue !

C'est un tout petit matin noir et ça les arrange. Une pluie invisible tisse un voile froid sur l'aube incertaine. La rue Rouget-de-Lisle luit du reflet mouillé des réverbères épars. L'air est frisquet. Du côté de la Seine se dessine à gauche la silhouette cossue des bureaux. En face, des panaches de vapeur pareils aux nuages du ciel enveloppent d'un manteau blafard les halles métalliques de la blanchisserie. À l'autre bout de la rue, l'Aviation dresse ses trois étages éclairés dans le ressac de la nuit qui laisse dans le ciel une aurore de marée basse.

Pourchalsky en sort, col relevé et Gitane maïs aux lèvres. Humeur noire des matins froids, tête dans les épaules. Sa dispute avec Jeanine le turlupine encore. Tout ça pour une rastaquouère en cloque. Et voleuse avec ça. Putain de vie !

— T'as du feu, camarade ?

Pourchalsky lève la tête. L'homme est là, la cigarette déjà à la bouche et les mains prêtes à abriter la flamme. Un dérangé du ciboulot. Un pas fini. En bras de chemise malgré la bruine et le froid, sa veste accrochée à la palissade qui interdit l'accès à un terrain vague.

— Où t'as vu jouer qu'on était camarades ? bougonne Pourchalsky. Dégage, j'suis pas ton camarade.

— Ça tombe bien, moi non plus ! rétorque Haïgaz, un mauvais sourire aux lèvres.

La main d'Agop jaillit par une ouverture dans la palissade, saisit Pourchalsky par le col, et le tire dans le terrain vague. Haïgaz récupère sa veste, la passe sur ses épaules, s'assure que personne ne les a vus, et passe à son tour de l'autre côté des planches. Pourchalsky est sur le dos, dans l'herbe mouillée, muet et blanc de peur. Il louche sur la lame du tranchoir qu'Agop, un pied boueux sur sa poitrine, pointe sur sa gorge.

— Il paraît que t'étais légionnaire ? demande Haïgaz debout au-dessus de lui.

L'homme est sans voix, tétanisé. Il secoue la tête.

— Non, pas vraiment, j'ai été soldat, à côté de la Légion. J'étais pas vraiment légionnaire. Y a confusion, j'vous jure, les gars, c'est pas moi.

— Eh bien nous, tu vois, on a été de vrais fédaï. On n'avait même pas quinze ans qu'on résistait à l'armée turque. Tu veux savoir combien on en a égorgé, des soldats comme toi ?

— Arrête de discuter, grogne Agop, tue-le !

— Pourquoi ! pleure Pourchalsky. J'vous connais pas, j'vous ai rien fait !

— Que tu crois. Alors écoute-moi bien : moi, c'est Haïgaz, le mari d'Araxie, l'ouvrière que tu veux renvoyer, la « rastaquouère », comme tu dis. Et lui, c'est mon ami Agop. Alors la petite rastaquouère, tu vas la réembaucher vite fait, compris ?

Pourchalsky fait signe qu'il accepte d'un geste prudent de la tête, les yeux toujours rivés sur le tranchant de la lame.

— Et tu vas la garder aussi longtemps que tu tiens à ta vie, d'accord ?

— Pas de problème ! Pas de problème ! C'est même pas la peine de la réembaucher, c'est comme si elle avait jamais été renvoyée.

— Et en plus, ajoute Haïgaz, et tu vas lui trouver un poste assis, qu'il n'y ait pas de problème avec sa grossesse. Ça me mettrait vraiment en colère si elle perdait notre enfant à cause de toi.

— Si elle le perd, je te tue, prévient Agop.

— Elle ne le perdra pas, elle ne le perdra pas, je vous jure ! pleurniche l'autre.

Quand il voit Haïgaz sortir de sa veste un long couteau de boucher, la voix de Pourchalsky s'éraille en une longue supplique et son pantalon s'auréole de pisse. Haïgaz se penche sur lui, la pointe de son couteau sur son cœur.

— Là-bas, les Turcs tranchaient les tétons de nos femmes pour les laisser sécher et s'en faire des colliers…

Tout en parlant, il tranche un à un les fils des boutons de la veste, de la chemise et de la braguette du faux légionnaire qui geint lamentablement. Puis il tranche sa ceinture et ses lacets.

— Ça, c'était pour elle, dit Haïgaz en rangeant son couteau. Ce que tu vas faire pour nous, c'est autre chose…

Agop explique à Pourchalsky ce qu'ils attendent de lui. En sueur malgré le froid de l'herbe mouillée, il accepte tout d'une voix abrasée par la peur. Il confirme plusieurs fois avoir bien compris, et Haïgaz lui tend la main. L'autre croit à une ruse et refuse. Agop brandit son tranchoir.

— Tu te relèves ou je te tue !

Pourchalsky agrippe la main d'Haïgaz et se relève en tremblant, retenant de l'autre son pantalon souillé. Puis ils le poussent à travers la palissade jusque sur le trottoir et sortent à leur tour pour le regarder retourner vers son meublé de l'Aviation, empêtré dans son pantalon sans ceinture, et traînant ses chaussures sans lacets.

Quand il redescend, une demi-heure plus tard, propre et rhabillé, Haïgaz et Agop sont encore là, attablés dans le bar, devant un café. Pourchalsky traverse la salle au plus loin d'eux, sans oser les regarder, et disparaît dans le matin qui rosit.

— Par saint Georges…, hurle le patron.

Mais Pourchalsky ne hurle pas « Vive la cavalerie ! » en retour, comme le font les légionnaires. Le patron fixe la porte et hausse les épaules.

— Comprends pas, dit-il, d'habitude c'est son cri de ralliement du matin. Faut dire que le Pourchalsky, c'est un ancien de la Légion qui…

— On s'en fout, lâche Agop.

Et le patron se tait. Une heure plus tard, il profite de la présence de quelques ouvriers et aviateurs au comptoir pour oser les relancer :

— Je vous ressers quelque chose ?

— Non merci. On attend juste un coup de téléphone.

Un quart d'heure plus tard, le téléphone mural sonne et le patron répond. Puis il décoche un regard suspicieux aux deux radins de ratagnes qui n'ont consommé qu'un café en plus d'une heure et leur tend le combiné.

Haïgaz écoute son interlocuteur sans rien dire, raccroche et fait signe à Agop qu'ils y vont.

— Et les cafés ? s'insurge le patron.

— Les cafés, c'est pour la Légion !

42

1936-1937 – De Paris à Meudon

— *Kim o ?*

L'homme, agacé de ne pas recevoir de réponse, ouvre la porte de son bel appartement de l'avenue Victor-Hugo, dans le chic quartier du seizième arrondissement. Second étage d'un hôtel particulier au coin de la villa d'Eylau. Haussmannien, large escalier en marbre, tapis rouge épais, rampe de fer forgé rehaussée de laiton, hublots en vitraux aux couleurs chaleureuses et palier en bois ciré.

— *Kim o ?* répète l'homme. Qui êtes-vous ?

Corpulent, mais élégant. Costume à gilet de belle coupe à l'anglaise. Sur mesure, de toute évidence. Flanelle de luxe bleu marine à larges rayures grises. Pochette et cravate en soie rouge. Chemise de coton blanc. Poignets amidonnés fermés par de lourds boutons de manchettes en or massif. Comme les chevalières à ses doigts et la chaîne de sa montre à gousset. Ongles manucurés et épaisse moustache taillée comme il se doit.

— *Peki siz Türkçe misiniz ?*

— Oui je suis turc, qu'est-ce que ça peut vous faire ? s'énerve l'homme. Et c'est quoi, ça ?

Il pointe du doigt le grand panier de linge posé sur le parquet du palier.

— Moi aussi, je suis turc ! s'exclame joyeusement Haïgaz. Je me disais bien aussi, Yildiz, ça ne pouvait être que turc ! J'ai même connu une famille Yildiz à Alep pendant la guerre.

— Ma famille est d'Alep, mais ça ne me dit pas ce que vous faites avec ce linge sur mon palier, s'impatiente l'homme.

— Ça alors ! fait Agop. Mais ma femme aussi est d'Alep, peut-être que vous la connaissez ?

— Écoutez, je suis conseiller commercial à l'ambassade de Turquie, rue de Villejust, à côté, et on m'attend pour signer d'importants contrats, alors débarrassez-moi ce linge.

— Mais c'est votre linge de la blanchisserie de Grenelle, monsieur Yildiz. Regardez, c'est bien à vous ça, dit Haïgaz en tendant le mouchoir brodé.

— Oui, ce mouchoir est à moi, et quelques draps et un peu de linge de maison probablement, mais jamais de la vie tout ce…

Agop perd patience. Il a reconnu le Y dans un soleil brodé sur la chemise de l'homme et gravé dans l'or de ses boutons de manchettes. Quand Yildiz se penche pour leur montrer que tout ce panier de linge n'est pas à lui, il sort son couteau de boucher et l'assomme d'un violent coup de manche sur la nuque. L'homme est robuste et ne perd pas connaissance. Il se redresse et titube en arrière. Haïgaz et Agop en profitent pour le pousser à l'intérieur, tirer à eux le panier de linge, et refermer la porte. Quand l'homme se relève, Haïgaz sort son tranchoir à son tour.

— Quoi ? Qu'est-ce que vous voulez ? demande Yildiz qui retrouve ses esprits. Je n'ai pas d'argent ici. Et je vous préviens, je sais me battre.

— Oui, surtout contre des femmes, à ce qu'on nous a dit. En envoyant des hommes de main et en tirant dans la foule.

— C'est quoi ces histoires ? Vous n'êtes pas des voleurs, c'est ça ? Vous n'êtes même pas turcs. Je comprends maintenant, vous êtes des Arméniens, c'est ça ? De la racaille d'assassins ! C'est quoi, un commando de vengeance ? Renseignez-vous, pauvres imbéciles, je n'ai participé à aucune exécution de personnes connues. Aucune !

Il leur parle tout en reculant vers une table de travail. Haïgaz brandit son tranchoir.

— Si tu crois avoir le temps de prendre une arme dans un tiroir, je t'aurai tranché le bras avant.

— Assina, lâche Agop.

— Quoi, Assina ? fait Yildiz, dont le visage se ferme aussitôt.

— Assina Aydin, c'est bien toi qui as fait tuer ses parents, n'est-ce pas ? Tu n'as peut-être pas tué d'Arméniens, mais Nazli et Saad Aydin, c'est bien toi qui es responsable de leur mort, non ?

Alors toute peur quitte le visage de Yildiz qui se creuse et s'engorge d'une colère haineuse.

— Que savez-vous d'Assina, cette femme infidèle qui a fui le foyer ? Qu'est devenue cette catin, cette prostituée, cette chienne stérile... ?

— Elle va devenir ma femme bien-aimée et la mère de nos enfants.

— Ta femme ! s'esclaffe Yildiz. Cette fillette impubère ! J'espère au moins que tu profiteras de ce que je l'ai dépucelée et que tu la feras hurler de plaisir autant que je l'ai fait !

— Toi, du plaisir ? Elle m'a raconté tes pitoyables prouesses, et la promesse qu'elle s'était faite de ne pas gémir une seule fois sous toi. Malgré tes gifles et tes insultes.

— Et toi ? lance Yildiz, bravache, en apostrophant Haïgaz. Tu es quoi, l'amant de la putain de ton ami, peut-être ?

— Non, répond Haïgaz avec calme, moi j'ai épousé celle que tu appelais Alija et qui s'appelait Araxie. La petite esclave dont tu as donné la petite sœur à un derviche pendant qu'elle était prisonnière dans un gourbi de ton jardin.

— Alija et Assina, la belle affaire, des femelles dont je ne voudrais même pas pour mes ânes, les provoque Yildiz. Elles sont donc vivantes et ici, à Paris. Bonne nouvelle ! J'ai toujours voulu les retrouver. Merci de l'avoir fait pour moi. Je garde précieusement, depuis Beyrouth, un petit cadeau pour elles.

Il sort de sa poche un flacon qu'il débouche et brandit devant lui, projetant quelques gouttes. L'odeur du liquide jaune-brun pique aussitôt le nez d'Haïgaz et Agop, qui reculent.

— Oui, ricane Yildiz, l'acide dont on punit les fausses vierges, les femmes adultères et les esclaves désobéissantes chez nous, dans mon pays où les hommes ont encore de l'honneur. Je le garde toujours sur moi au cas où, comme à Beyrouth, je croiserais à nouveau leur chemin. Mais puisque vous venez me menacer jusque chez moi, ce sont vos yeux que je vais brûler. Et quand la police vous aura arrêtés, quand vous serez en prison et que l'enquête me donnera l'adresse de ces chiennes et des bâtards dont vous les avez engrossées, j'irai chez vous laisser l'acide ronger leurs visages et ceux de vos enfants jusqu'à l'os. Allez, approchez maintenant, avec vos lames ridicules, venez, dit-il, un sourire de diable aux lèvres, venez !

Haïgaz s'avance, le tranchoir au-dessus de sa tête, mais Agop le retient d'une main.

— Celui-là, c'est moi qui le tue.

Et d'un geste vif, il sort de sa main libre un pistolet de sous sa veste et abat le Turc, stupéfait, d'une balle en plein front.

Le corps n'est pas encore tombé qu'Agop pousse vers lui le panier de linge. Il serre une serviette autour du front percé pour absorber au maximum le sang, puis ils tassent le corps dans le panier et le recouvrent de linge.

Vite, sortir de l'appartement. L'odeur de l'acide qui brûle les tapis et le bois du parquet va finir par alerter quelqu'un. Par chance, ils ne croisent personne en descendant les escaliers. Ils chargent la panière dans la roulotte de livraison de la blanchisserie de Grenelle. Un court instant le livreur, bâillonné et ligoté à l'intérieur, croit à sa délivrance, mais la porte se referme et la carriole l'emporte. Haïgaz tient les rênes et guide les chevaux pour redescendre vers la Seine. Agop, à ses côtés sur le banc du coche, ne dit rien.

— D'où sors-tu cette arme ?

— Je suis passé chez Robillard après toi. Quand j'ai su que tu ne lui avais emprunté qu'un tranchoir et un couteau, je lui ai demandé s'il n'avait pas quelque chose de plus radical à nous prêter. Au cas où.

— Il faut jeter cette arme à la Seine. Ce n'est pas la peine de prendre le risque d'impliquer ce brave type.

— Il m'a juste fait jurer le contraire. Il en a besoin.

— Quoi, il a besoin de se venger, lui aussi ?

— Oui. Contre la vie. Il veut cette arme à portée de main pour le jour où il se fera « sauter le caisson », qu'il a dit. Quand il ne pourra plus supporter sa gueule cassée.

Ils continuent en silence jusqu'à passer sur la rive gauche.

— Et c'est quoi cette histoire d'épouser Haïganouch ?

— C'est n'importe quoi, j'ai inventé ce qui me passait par la tête !

Ils rejoignent le chemin de halage, en contrebas des usines Citroën, et arrêtent la carriole sous un bouquet d'arbres à proximité d'un vieux hangar. Un pêcheur solitaire, loin en aval sur la berge, pique du nez sur son bouchon immobile.

— Là, décide Haïgaz.

Ils descendent, dételLent les chevaux, et libèrent le cocher en lui ordonnant de fuir sans se retourner.

— On sait où tu habites, camarade, ne nous force pas à te retrouver.

Le pauvre homme part en courant. Quand il est assez loin pour oser se retourner, un feu violent roule déjà de lourdes flammes noires de pétrole à l'intérieur de la carriole.

Depuis la rue où ils sont remontés en enjambant le parapet, Haïgaz et Agop alertent des ouvriers de chez Citroën qui accourent aussitôt.

— Il faut balancer cette carriole à l'eau ! hurle Haïgaz. Si elle met le feu au hangar, ça pourrait s'étendre au quartier et même aux usines !

Un type crie qu'il a raison et bondit par-dessus le parapet pour descendre en glissade jusque sur la berge. Tous les autres dégringolent à leur tour le talus et s'agrippent aux brancards de la carriole pour la pousser en arrière dans la Seine. Depuis le parapet, Haïgaz et Agop regardent la roulotte en feu s'enfoncer dans les eaux grises, disparaître, puis remonter à la surface au milieu de petites ondulations de pétrole en flammes. Après quoi le courant entraîne la roulotte avant de l'engloutir à nouveau. Restés sur la berge, les ouvriers s'amusent de voir du linge flotter çà et là.

— Et les canassons ?

Quelqu'un vient de remarquer les deux chevaux qui broutent l'herbe haute, un peu plus loin, sous un marronnier, et se demande ce qu'il faut en faire. Un autre, qui parle fort, dit que c'est pas leurs oignons. Il remonte le talus, et tous finissent par le suivre. Quand ils repassent de l'autre côté du muret, Haïgaz et Agop sont déjà loin.

De retour à Meudon, ils passent par chez Robillard pour lui rendre le couteau et le tranchoir.

— Tiens, ça aussi, dit Agop en posant le pistolet sur la table. Fais attention, il a servi.

— Je veux rien savoir, répond Gueule cassée, mais cette tournée-là est pour moi.

Quand Haïgaz tend son verre, Robillard attrape son poignet.

— C'est quoi, ça ?

— J'ai reçu de l'acide. Je ne peux pas tout t'expliquer.

— Ne m'explique rien, mais sache que l'acide, ça continue à ronger longtemps. Lave ça avec un bon savon, et ne laisse pas cicatriser avant que ce soit bien propre à l'intérieur. Rentrez chez vous maintenant, vous avez assez fait de conneries comme ça pour aujourd'hui.

Il leur donne une accolade chaleureuse qu'ils acceptent malgré son visage qui pue la mort. Cinq minutes plus tard ils sont rue du Hêtre-Pourpre. Araxie et Haïganouch sont dans la cuisine.

— Il y a encore du champagne d'hier ? demande Haïgaz.

Araxie sort la bouteille de la glacière, Haïganouch récupère les coupes sur la paillasse, et Agop partage ce qui reste avec équité. Haïgaz lève alors son verre, réfléchit à ce qu'il va dire, hésite, puis ferme les yeux. Les deux femmes devinent qu'il s'est passé quelque chose et s'inquiètent en silence.

— À l'âme maudite de Yildiz, qui brûle en enfer pour toujours.

Stupéfaites, Araxie et Haïganouch comprennent aussitôt. Alors, les larmes aux yeux, elles lèvent leur verre en regardant les deux hommes avec fierté.

— *Guenatz !*

— *Guenatz !*

En 1937 naît Angèle. Même s'il n'a pas de voiture, Haïgaz a fait construire les deux garages dont le toit forme maintenant une belle terrasse. Le long du passage cimenté qui les contourne pour accéder à la maison, ils ont planté une vigne qui donne des feuilles tendres. Et un abricotier dans le jardin d'Agop. Un *Prunus armeniaca*, annonce-t-il fièrement à chaque visiteur, même aux Arméniens qui le savent très bien. Alors, pour avoir le dernier mot, il dit que c'est pour y tailler un duduk quand le bois sera mûr et dur.

C'est un beau baptême. Ils sont descendus en train, en bus et en métro jusqu'à la cathédrale arménienne Saint-Jean-Baptiste de Paris, rue Jean-Goujon. D'autres sont même venus à pied. Haïgaz et Araxie ne sont plus très croyants, mais ils sont fiers de leur Église. Autant pour la liturgie que pour la culture qu'elle représente. La force de leurs prêtres encapuchonnés à la voix de stentor. La richesse de leurs habits, la puissance de leurs chants. Ce prêtre-là est un géant de Dieu. Il brandit la petite âme nue et étonnée d'Angèle à bout de bras, au plus près de Dieu, puis la plonge tout entière dans le baptistère. Trois fois. Elle suffoque, hésite entre rire et pleurer, mais le prêtre l'a déjà remise dans les bras d'Araxie qui va la sécher et l'habiller de blanc pour la suite de la cérémonie. Même s'il n'y croit plus, Haïgaz veut y croire encore. À cette bénédiction de Dieu pour entrer dans un monde de paix. À ce possible espoir. Puis l'idée fracassante lui vient que chacun de leurs bourreaux a été, un jour, cet enfant innocent promis à l'amour et à la paix. Et il sait que ce qui fait de ces enfants des tueurs, c'est encore et toujours la religion.

Le prêtre arménien et sa famille assistent à la fête qui suit la cérémonie, sur la terrasse. Tout ce qui pouvait être décoré de fleurs blanches l'a été, et la maison comme les garages sont ouverts à tous, même si peu de voisins viennent se joindre aux réjouissances. Jeanine et Richard Guillommart sont là, eux, bien entendu. Une famille arménienne originaire de Trébizonde aussi, qui s'est installée rue du Val. Tous ceux de la rue du Pourtour. M. Sarafian, originaire de Marach, qui a ouvert une épicerie orientale près du musée Rodin, a offert les victuailles. Une famille de Juifs polonais, qui vit au rez-de-chaussée d'un petit immeuble de brique rouge, a sorti ses violons. Et les Américains de la grande villa du virage ont offert du beurre de cacahuètes. Agop et Haïganouch ont décoré les deux maisons avec des lampions et Araxie a confectionné des montagnes de délices. Depuis deux ans déjà, quand le parti Dachnak organise son grand pique-nique annuel dans les bois de Chaville, c'est elle qui cuisine pour tous les Arméniens de la région parisienne qui s'y retrouvent. Désormais, on y vient autant pour la finesse de sa cuisine que pour les discours révolutionnaires enflammés contre la Turquie et les communistes réunis.

Ils chantent et ils mangent sur la terrasse, ils portent des toasts à chaque train qui passe. Haïgaz a acheté un gramophone et ils dansent dans les garages et dans la rue. « J'ai deux amours », « Le chaland qui passe », « La fille du bédouin », « La plus bath des javas »… Quand une voiture s'engage dans la rue, on offre à boire au chauffeur. Quelques-uns s'arrêtent le temps d'écouter les disques des Américains : « Morning has broken », « Dream a little dream of me », « Rolling and tumbling», «Singing in the rain», «Summertime». Et tout le monde s'amuse à reprendre en chœur le refrain de «Je n'suis pas bien portant». Jusqu'au soir. Jusqu'au triste violon yiddish et au nostalgique duduk arménien, quand la joie s'apaise et que le cœur se gonfle du bonheur vécu. Chakée n'en revient pas d'être encore là, à voir le bonheur d'Araxie et cette vie têtue qu'elle construit avec Haïgaz et ses enfants. Mais si elle aime son autre Haïganouch comme une fille, elle pleure en secret la petite aveugle qui n'est pas là. La petite fille qui lui promettait de la défendre si les soldats voulaient la tuer. Celle qu'elle a vendue pour la sauver et qu'on n'a jamais revue... Elle s'affaire en cuisine pour ne pas montrer sa peine, et les invités qu'elle croise pensent à des larmes de joie. Sauf Levon, son Levon, son petit mari, qui de loin, d'un silence, d'un sourire, d'un regard, lui donne la force d'être heureuse.

Les femmes disparaissent autour d'Araxie qu'elles entourent en riant. Elles savent l'inclination des hommes à toujours vouloir refaire ce monde qu'elles enfantent.

— Et leurs soviets qui descendent la peine de mort à douze ans ! Tu sais qu'il leur faut un passeport, maintenant, aux ruskoffs, pour voyager à l'intérieur de leur propre pays ? s'énerve Agop dès qu'on parle des communistes. C'est la famine là-bas, et les gens en crèvent par millions !

— Quoi ? s'insurge Guillommart. Tu préfères l'Allemagne avec ces fumiers de capitalistes qui portent Hitler au pouvoir ? Tu sais ce qu'il leur fait, ton Hitler, à nos camarades allemands ?

— Ce n'est pas *mon* Hitler, je ne suis pas comme toi avec *ton* Staline !

— Et qu'est-ce qu'il prépare, *ton* Hitler, avec ses deux mille cinq cents avions de guerre et son armée de six cent mille hommes ? Parce que tu sais que malgré les traités, *ton* Hitler, il vient de rétablir la conscription obligatoire pour son armée fasciste !

— Et *tes* ruskoffs, on en parle des purges et des sept mille exécutions rien qu'en septembre dernier ? Des exclus du Parti par centaines de milliers dont on n'a plus de nouvelles ?

— Et nos quinze mille camarades exécutés ou déportés par la Gestapo de *ton* Hitler ?

— Ce n'est pas *mon* Hitler ! hurle Agop.

Haïgaz les écoute en souriant, sa veste sur les épaules. Lui ne veut plus parler de politique. À quoi ça sert ? La guerre se profile et ils n'y peuvent rien. Des gens cossus, dans des bureaux dorés, en discutent et la préparent. Comme Talaat et Enver, avec le docteur Nazim, préparaient dans leurs bureaux l'extermination des Arméniens. Peut-être bien qu'aujourd'hui, quelque part, des esprits aussi brutaux compilent des recensements, établissent des listes de critères, étudient des solutions techniques et dressent des cartes pour une nouvelle épuration. À en croire Guillommart, c'est bien le projet de l'Allemagne, Hitler le crie haut et fort. Mais ce qu'Haïgaz a retenu de l'extermination des Arméniens, c'est qu'il faut à leurs bourreaux une guerre pour déclencher leur haine. Il leur faut cette belle toile de fond de malheurs pour y broder leurs horreurs. Avec la fureur tout autour, la haine peut se nourrir de tout. Alors guerre il y aura, mais lui n'en sera pas. Il n'a pas réussi à survivre à toutes ces abominations, à se reconstruire un bonheur qui fait battre son cœur, à commencer à croire à une vie nouvelle, à fonder une famille, pour repartir tuer des hommes. Il l'a assez fait. Il ne veut plus. La guerre, pour ceux qui y survivent, c'est la gueule cassée de Robillard. Au-dehors ou au-dedans, même malheur. Alors il ne tuera plus personne. Ou seulement ceux qui s'en prendront à sa famille.

Tard le soir, quand les invités sont partis, qu'Araxie, Haïgaz et les enfants sont couchés, que le dernier train est passé, Agop et Haïganouch restent seuls dans la rue, accoudés à la balustrade en béton du talus, dans la nuit sombre.

— Je suis un imbécile, n'est-ce pas ?

— Pourquoi dis-tu ça ?

— Je ne peux pas discuter de politique sans me mettre en pétard, je ne sais pas parler aux femmes, je dis que tu es turque…

Haïganouch ne répond pas, alors ils gardent le silence, longtemps.

— Tu ne peux pas savoir à quel point je suis un imbécile, Haïganouch, à toujours vouloir jouer le matamore. Un jour, du côté de Kadiköy, j'ai tué un Arménien par colère en le prenant pour un marin turc. Je sais qu'Haïgaz le sait, même s'il ne m'en a jamais rien dit. C'est le capitaine qui me l'a avoué, un soir où nous nous battions, ivres, pendant qu'Haïgaz était à terre avec Christopher.

— C'est la guerre, Agop, elle pousse les hommes à devenir ce qu'ils ne sont pas. Il est temps que tu poses ton sabre et redeviennes celui que tu étais avant toutes ces horreurs.

— Que sais-tu de l'imbécile que j'étais avant ? s'amuse-t-il d'un sourire.

— Un homme fidèle à ses amis, dévoué à sa cause, bon vivant, attentionné, gourmand, intelligent, amusant, heureux avec les enfants.

— C'est tout ? se moque-t-il.

— Non, un fieffé timide aussi, un amoureux timoré, un prétendant hésitant, un beau garçon pudique…

— Tu me vois vraiment comme ça ?

— Avec les autres, je ne sais pas. Avec Apolline Archambaud, sûrement pas. Avec les prostituées de Smyrne non plus, je suppose. Mais avec moi, alors là, oui, Agop, tu es vraiment cet imbécile-là !

— Avec toi ?

— Agop, pourquoi crois-tu que je t'ai emmené au musée Rodin voir des couples en marbre magnifiques, nus et enlacés ?

— C'était pour… ?

— Évidemment que c'était pour ça, Agop ! Ça fait des années que j'attends tes baisers, pauvre idiot ! Tu ne ressens donc rien pour moi ? Tu ne m'aimes pas ?

— Si, bien sûr que si, je t'aime, murmure Agop, sidéré par cet aveu, et depuis longtemps déjà.

— Eh bien alors, s'exaspère Haïganouch, quand vas-tu enfin te décider à me dire combien tu m'aimes ! Hein, combien ?

— Je t'aime… graaaannnd comme ça, répond-il, écartant les bras jusqu'à frôler son visage.

— Arrête de faire l'imbécile, Agop, dit-elle en prenant sa main dans les siennes. Embrasse-moi, emmène-moi chez toi, et aimons-nous une bonne fois pour toutes !

C'est elle qui l'embrasse et qui l'entraîne à travers le jardin obscur jusqu'à sa maison. À la fenêtre éteinte des Manoukian, Haïgaz serre contre lui Araxie qui donne le sein à Angèle. Haïganouch leur adresse un petit signe de bonheur de la main.

— S'ils se moquent de nous, bredouille Agop, je les tue !

43

1938 – Berlin

Le baron von Blitsch est debout au milieu de l'immense bureau décoré d'aigles et de drapeaux nazis, pétrifié de peur. Deux officiers SS sont venus le chercher à Munich pour le ramener à Berlin dans le Junkers personnel du chancelier. Il n'a eu que le temps de confier Hilde aux bons soins de Mme Schwabell, et maintenant il est là, face au tout nouveau ministre des Affaires étrangères.

— Von der Schulenburg, notre ambassadeur du Reich à Moscou, vous le connaissez, il me semble ?

— Oui, murmure von Blitsch qui comprend de moins en moins ce qu'il fait là. Il était en poste en Turquie et il a participé à la création de la Légion géorgienne contre les Russes et les Arméniens.

— Tous ces diplomates commencent à exaspérer notre Führer, à force de vouloir lui dicter sa politique envers les Russes. Voilà que von der Schulenburg s'y met à son tour !

Une seconde, von Blitsch a le vertige en s'imaginant ambassadeur du Reich à Moscou.

— Von der Schulenburg était tout indiqué pour ce poste car il parle russe et qu'il a vécu en Géorgie, d'où vient Staline. On dit que le clan des Géorgiens s'apprête à faire main basse sur l'Union soviétique, alors il pourrait nous être très utile. Mais nous devons le garder sous étroite surveillance, donc vous allez le rejoindre.

— Pardon ?

— Taisez-vous, von Blitsch, et écoutez, ce sont les ordres du Führer. Ses ordres directs. À dater de ce jour, vous êtes le représentant du Parti dans notre ambassade de Moscou. Le représentant personnel du Führer. Von der Schulenburg est un grand ami de la Russie et ça nous arrange pour l'instant, car il n'est pas dit que ça le reste longtemps. Voilà pourquoi le Führer veut que vous gardiez un œil sur lui.

— Mais je ne suis pas membre du Parti…

— Vous l'êtes à présent.

— Écoutez, monsieur le ministre des Affaires étrangères, c'est un très grand honneur, mais le Führer connaît la situation et l'état de santé de ma fille Hilde…

— Von Blitsch, je vous parle de l'état de santé d'un Reich que nous construisons pour mille ans. Prenez vos dispositions. Je vais donner des ordres pour que vous obteniez tout ce que vous désirez pour votre fille pendant votre séjour en Russie.

Le baron est acculé. Il devine qu'il ne peut refuser cette affectation sans mettre sa vie et celle de Hilde en danger. Mais il ose poser une condition :

— Monsieur, le zoo de Moscou héberge-t-il des girafes ?

— Quoi ? Qu'est-ce que c'est que cette question stupide, von Blitsch ?

En deux mots tremblants, le baron explique au ministre les incroyables progrès de Hilde grâce aux girafes.

— Eh bien, s'il n'y a pas de girafes à Moscou, nous leur en offrirons deux du Tierpark de Munich si votre fille y est tant attachée !

— Et si je peux me permettre, aussi…

— Quoi encore, von Blitsch ? N'abusez ni de mon temps ni de la confiance du Führer, je vous préviens.

— L'homme qui a permis ces progrès spectaculaires, monsieur le ministre, pourrait-on lui faciliter son séjour à Moscou, s'il accepte de continuer à s'occuper de ma fille ?

— Vous parlez de ce réfugié arménien avec un passeport américain, si mes informations sont bonnes. Pourquoi ne demande-t-il pas aux autorités de son pays ?

— Notre tradition diplomatique avec la Russie est plus solidement ancrée que celle des États-Unis…

Le ministre réfléchit quelques instants. Introduire un citoyen américain dans l'ambassade du Reich à Moscou n'est pas un acte anodin. Mais le Führer a été catégorique : il veut le baron.

— Très bien, von Blitsch, je vais donner des ordres pour qu'il obtienne un passeport diplomatique allemand et soit placé, s'il l'accepte, sous notre protection consulaire. Mais vous répondrez de lui. Sur votre vie et celle de votre fille. Maintenant laissez-moi et allez préparer votre départ, vous devez être à Moscou dès la fin du mois.

44

1938 – Du lac Léman à Lausanne, Suisse

Ce n'est pas le vent frisquet, qui glisse des Alpes enneigées jusqu'aux eaux lustrées du lac Léman, qui leur pique les yeux. C'est la détresse. Autour d'eux les touristes admirent les demeures et les châteaux de la rive depuis le bastingage du vapeur à aubes. Les noms français les ravissent. Montreux, Yvoire, Vevey, Évian. Et, au-delà, la dent d'Oche, le Fort l'Écluse, le château de Ripaille.

— Pourquoi ? demande le jeune homme blond au regard bleu, sa longue mèche romantique chahutée par le vent du lac.

— Je te l'ai expliqué, Maurice. Ce n'est pas le moment, dit Hovannes.

— Quoi, faut-il attendre qu'il mette l'Europe à feu et à sang ? demande l'autre jeune homme.

— Je vous ai promis que nous le ferions, et nous le ferons, mais pas maintenant.

— Tu mens, dit Johann, tu as renoncé à le faire, ça s'entend dans ta voix.

Hovannes se tourne vers l'homme aux cheveux noirs bouclés. Il est plus âgé que Maurice d'au moins dix ans. Ses mains d'ébéniste sont puissantes et blessées.

— Je ne mens pas, Johann, et je n'ai pas renoncé, mais nous ne sommes pas prêts et nous n'aurons aucun soutien si nous le faisons maintenant.

— Alors nous le ferons sans le soutien de quiconque.

— Johann a raison, dit Maurice, nous le ferons tout seuls s'il le faut.

— C'est du suicide, mes amis.

— Je suis prêt à mourir pour éliminer ce diable.

— Et mon sang en épargnera bien d'autre.

Hovannes les regarde tour à tour. Maurice et sa gueule d'ange, Johann et sa trogne d'artisan solitaire et têtu.

— J'ai déjà mon arme, dit Maurice comme si cela réglait le problème.

Il entrouvre sa veste pour qu'Hovannes voie la crosse. Un Schmeisser 6,35.

— Seigneur Dieu, Maurice, mais c'est une arme de poche, tu n'auras aucune précision à plus de dix mètres, et encore ! Et on ne se promène jamais avec l'arme dont on va se servir. Quelqu'un te la dépose quelque part et une autre personne la récupère dès l'action terminée pour ne pas laisser de preuves et ne pas impliquer ceux qui te l'ont fournie. C'est pour ça que vous avez besoin d'une équipe ! Tu n'es pas armé toi, au moins, Johann ?

— Non, mais j'ai commencé à fabriquer le mécanisme de ma bombe et nous savons où et comment agir.

Cette fois Hovannes panique :

— Comment ça, « nous » ? Il n'a jamais été convenu que vous agiriez ensemble !

— Ce n'est pas ce que j'ai dit. Nous agirons séparément, mais au même endroit. À Munich.

— Seigneur Dieu, les amis, ne faites pas ça. Si vous agissez sans leur feu vert, les services américains ne vous apporteront aucune aide. Aucune logistique pour fuir. Il ne suffit pas de courage et de conviction pour abattre un homme comme Hitler. Il faut une équipe de reconnaissance, une logistique de repli, des planques, de l'argent, des passeurs…

— Nous n'avons pas besoin de tout ça. Nous sommes suisses. Nous tuons ce dictateur et nous rentrons chez nous, en pays neutre, le plus simplement du monde, par le train.

— Réveillez-vous, mes amis, votre pays ne sera en aucun cas une option de repli. Hans Frölicher, votre nouvel ambassadeur à Berlin, est un nazi convaincu, et aucun politique de chez vous ne mettra en péril la neutralité de la Suisse pour vous sauver. Ils vous livreront s'il le faut, pour sauver leurs banques.

Le bateau est élégant. Sa proue effilée fend l'eau calme. Ils devinent à peine le battement des aubes. Ils restent un long moment silencieux, sans rien voir de ce qu'ils font semblant d'admirer.

— Tu nous avais promis, pleure le jeune Maurice.

— Je sais, reconnaît Hovannes. Moi aussi je pensais que les services américains nous apporteraient leur support, mais ils attendent de voir comment Hitler se comporte avec Staline. Pour eux le danger communiste est plus grand que le danger allemand.

— Dis-leur qu'ils ont tort. Ils auront à affronter les deux, réplique sèchement Johann.

— Ils ont leurs raisons, mes amis, et ils ne reviendront pas sur leur décision, alors je vous en supplie, n'entreprenez rien qui vous mette en danger, et qui mette le feu à cette poudrière qu'est devenue l'Europe.

— J'ai encore besoin d'un peu de temps pour terminer ma bombe, et encore un peu plus pour la placer là où j'ai prévu de la faire exploser. Je ne t'en accorderai pas davantage, dit Johann, son regard noir sur les cimes enneigées des Alpes.

— Moi je suis prêt et je le ferai à la première opportunité, renchérit Maurice.

— Je suis désolé, mes amis, mais à partir de maintenant, vous êtes seuls. Je ne reprendrai pas contact avec vous sans le feu vert des services américains.

— C'est ton choix, rétorque Johann.

Le bateau arrive devant le château d'Yvoire, poste de garde trapu et fortifié entre le petit lac et le grand lac. Les touristes se pressent pour débarquer. D'autres attendent pour prendre d'assaut le bateau. Johann rejoint la passerelle. Il bouscule Hovannes de l'épaule, buté. Maurice le suit, ange blond désemparé, puis revient vers Hovannes pour le serrer longuement dans ses bras, avant de rejoindre son compagnon sans plus se retourner.

Hovannes reste à bord, honteux, sans oser se pencher au bastingage pour les regarder disparaître sous les arbres, au coin des remparts du château. Ces deux-là vont à la mort pour un rêve qu'il leur a mis dans la tête. Bien sûr ils voulaient déjà débarrasser l'humanité de la bête immonde qu'est Hitler quand il les a approchés, mais c'est lui qui leur a donné l'espoir d'avoir les moyens de le faire. Et aujourd'hui il fait machine arrière et les abandonne à un destin qui ne peut être que tragique. Les services américains n'ont jamais eu l'intention d'appuyer ce projet, pour la bonne raison qu'Hovannes ne leur en a jamais parlé, croyant sincèrement pouvoir l'organiser simplement avec Maurice et Johann. Mais toutes ses priorités ont basculé après la découverte du tatouage de l'oiseau bleu d'Erzeroum sur la main d'Araxie. Et ce télégramme de von Blitsch :

Nommé à l'ambassade du Reich à Moscou. Départ dans cinq jours avec Hilde et Mme Schwabell. Vous aussi. Passeport allemand à votre disposition. Venez.

La chance était inespérée. Retourner à Moscou lui permettrait de négocier le départ d'Haïganouch et de son enfant. Son contact lui a fait demander deux passeports à son nom pour elle et Assadour. Il semble d'accord sur le principe, même si l'intermédiaire qu'Hovannes rencontre chaque trimestre à Lausanne n'a pas su lui en dire plus. Peut-être voudra-t-il une dernière information sur Hitler ? Peut-être sera-t-il intéressé par la préparation des attentats ? Il se méprise de seulement penser à cette possibilité. Deviendrait-il à ce point lâche et sans scrupule pour envisager de sacrifier deux vies afin d'en sauver deux autres ? S'il ne répond pas à cette question, il sent avec terreur s'insinuer dans son esprit l'idée que Maurice et Johann sont déjà condamnés.

Depuis la balustrade d'une passerelle, une femme encore jolie lui sourit derrière de larges lunettes de soleil. Mais il n'a pas l'âme galante et l'ignore. La seule femme qui l'intéresse à présent, c'est une douce et souriante petite poétesse aveugle qu'il veut tirer des griffes de l'ours soviétique pour la ramener chez sa grande sœur, rue du Hêtre-Pourpre à Meudon. Même au prix de l'abandon de ses promesses. Même au prix de la survie d'Hitler.

Il descend à Lausanne, et regagne les jardins du château d'Ouchy pour retrouver son contact russe. Qui se fait attendre, contrairement à son habitude.

— Il ne viendra pas.

Hovannes lève les yeux, la femme du bateau se tient devant lui, dans le contre-jour d'un soleil pâle. Elle porte un long manteau ouvert sur un tailleur pantalon fluide, un bibi plat de côté sur ses cheveux bouclés teints en noir, et des gants qu'elle ôte d'un geste élégant. Elle est plus âgée qu'il ne l'avait cru sur le bateau.

— Je suis désolé, je ne vois pas de qui vous parlez.

— L'homme de Boris Babkine.

— Je ne connais pas de Boris Babkine, répond Hovannes, soudain sur la défensive.

— Bien sûr, dit la femme, j'oubliais qu'il ne vous a jamais donné son nom. Alors disons l'homme au gilet jaune. Ça vous dit quelque chose ?

— Qui êtes-vous ? demande Hovannes en se levant.

— Sans mémoire et sans galanterie, vous n'êtes vraiment pas flatteur, répond la femme en ôtant ses lunettes de soleil.

— Vous !

C'est la femme du train. Celle qui les a dénoncés, Haïganouch et lui, pour l'histoire du passeport.

La femme qui s'est jouée de lui quand l'homme au gilet jaune l'a interrogé à Moscou. Il regarde aussitôt autour de lui, inquiet.

— Je suis seule, rassurez-vous. Je suis venue à la place de l'homme de Boris.

— Pourquoi n'est-il pas là ?

— C'est une affaire entre Boris et lui.

— Dites-moi ce qu'il se passe.

— Les choses changent très vite à Moscou. Nos jours, à Boris comme à moi, sont comptés. Enfin surtout les siens, car il ne sait pas encore que je ne rentrerai pas à Moscou. D'ailleurs, si vos services américains cherchent un bon agent, je suis disponible.

— Je doute qu'ils vous fassent confiance, répond Hovannes, toujours inquiet.

— Oui, c'est vrai, admet la femme, pensive, enfin, nous verrons bien. Puis-je prendre votre bras pour que nous marchions un peu ?

— Cachez-vous une arme dans votre manche ?

— Ah ! se moque-t-elle. Ça, c'est dans vos satanés films hollywoodiens !

Il accepte d'un geste et ils regagnent le vieux port et ses quais en pierre.

— J'ai souvent repensé à cette histoire de train et de passeport. Boris a dit pendant mon interrogatoire que ma filature avait été organisée par le GPU d'Erevan. Dans ce cas, que faisiez-vous dans ce train si vous appartenez à l'OGPU de Moscou ?

— Eh bien, il vous en aura fallu du temps pour vous poser la bonne question. Je vous suivais depuis bien avant votre arrivée en URSS. J'étais déjà dans l'Orient-Express avec vous quand vous avez fait étape à Munich. L'homme qui vous suivait depuis Erevan était un homme d'Anikine. J'ai veillé à ce qu'il ne vous arrive rien en chemin, même si nous étions convaincus que vous n'étiez pas la cible d'Anikine. Dès que nous avons appris la fausse convocation de Pliouchkine à Moscou, nous avons compris que c'était à lui qu'il en voulait.

— Il voulait s'en prendre à la jeune aveugle pour atteindre Pliouchkine, c'est ça ?

— Oui, répond la femme en regardant vers la rive opposée du Léman.

— Donc vous avez laissé faire ce violeur pour piéger Anikine ?

Elle se tourne vers lui.

— Non. Nous en aurions été capables, mais nous n'avons pas eu le temps d'envisager cette possibilité. Anikine a été plus malin que nous sur ce coup-là. Il avait une taupe dans nos propres services : l'homme qui a fait croire à votre amie qu'il la raccompagnait chez elle.

— Seigneur Dieu ! s'indigne Hovannes.

— Il est mort aujourd'hui, dit la femme en sortant une longue et fine cigarette suisse d'un étui en cuir, attendant qu'Hovannes la lui allume.

Elle inspire une profonde bouffée, souffle la fumée vers le ciel, puis reprend sa marche au bras d'Hovannes.

— Pour ce qui est de notre affaire, l'Union soviétique se moque désormais du camarade Hitler, reprend-elle comme si elle parlait de la dernière mode ou d'un film nouveau. Je pense que l'Allemagne et l'URSS ne vont pas entrer en guerre. Du moins pas tout de suite.

Ils descendent la promenade le long de la berge. Au-delà des cèdres, des platanes et des érables, ils devinent les toits du palace Beau-Rivage. Des voiliers, virgules blanches accrochées aux reflets du ciel, glissent sur le lac.

— Que va-t-il arriver à Boris ?

— Beria est en odeur de sainteté, si je puis dire, auprès de Staline. Il organise et exécute les purges. Les Géorgiens ont pris le pouvoir, et ils se vengent…

Hovannes n'arrive pas à savoir si cette femme est sincère. Quel besoin a-t-elle de lui raconter tout ça ? Il a vu à quel point elle savait jouer la comédie.

— Pourquoi être venue me voir ?

— Pour vous prévenir que plus aucun accord ne tient. Ceux que vous protégiez vont se retrouver en danger, du simple fait que Boris et vous les protégiez, justement. Qu'allez-vous faire ?

— Je pars pour Moscou dans trois jours, dit-il.

Elle s'arrête et le retient par le bras.

— C'est du suicide, vous le savez ?

— J'y vais dans les bagages du représentant personnel d'Hitler à l'ambassade d'Allemagne.

Elle le regarde, étonnée. Presque admirative.

— Je ne comprenais pas pourquoi Boris vous faisait confiance, ni pourquoi il s'était engagé à protéger cette petite aveugle, mais j'aurais dû m'en douter. Il a toujours su choisir ses hommes. Si vous le voyez à Moscou, s'il est encore en vie, transmettez-lui mon bonjour.

Comme elle s'éloigne déjà, refermant sur elle son manteau contre le vent qui la chahute, il la rappelle :

— Et de la part de qui devrai-je le saluer ?

— De la part de la camarade Babkine. Svetlana Babkine. Sa tendre et chère épouse.

45

1938 – Moscou

Il choisit de se pendre à un chêne centenaire, dans le parc Kouzminki. Il traverse la pelouse, une caisse et une corde sous le bras. Les promeneurs, inquiets, le regardent se préparer, de loin, sans oser intervenir. Face à la belle église blanche et ronde de Blachernitissa, il cale la caisse, monte dessus, noue la corde à une branche robuste, passe le nœud autour de son cou et, sans hésiter une seconde, fait basculer du pied la caisse dans l'herbe. Son corps se balance un peu, secoué de convulsions, avant de s'immobiliser. Les cygnes, curieux, se dandinent jusqu'à déployer leur long cou pour pincer ses pieds inertes de leur bec plat. Un corbeau maigre et lustré se pose sur son épaule, convoitant ses yeux exorbités. Un promeneur furtif vole la caisse et disparaît en se forçant à ne pas courir. Puis une *babouchka* se précipite et se jette à genoux sous le pendu, priant en vitesse pour le salut de cette âme inconnue avant que la police n'arrive. Quand la vieille femme se relève avec peine, elle aperçoit le mot épinglé au gilet jaune du mort et se hisse sur la pointe de ses bottes pour le décrocher. C'est un poème en forme d'épitaphe signé Maïakovski. Écrit avant son propre suicide.

Le canot de l'amour s'est fracassé
contre la vie courante.
Comme on dit, l'incident est clos.
Avec vous, nous sommes quittes.
N'accusez personne de ma mort.
Le défunt a horreur des cancans.
Au diable les douleurs, les angoisses
et les torts réciproques !
Soyez Heureux !

Hovannes se retrouve ainsi à Moscou avec trois passeports américains et un passeport diplomatique allemand, mais plus aucun contact pour retrouver Haïganouch. Aucune adresse, aucun numéro de téléphone. Il cherche à renouer avec les amis poètes de la jeune femme. On le lui déconseille. La grande Anna Akhmatova est en disgrâce. Pounine, son second mari, a été déporté. Son fils Lev vient de l'être aussi. Mandelstam vit ses derniers jours en déportation. Tcharents et Bakounts ont été torturés à mort dans les culs-de-basse-fosse de la police politique à Erevan. Les autres se terrent pour échapper à la haine. Il est désespéré. Il ne sait même pas si Haïganouch aussi a été emportée par la démence criminelle de Staline. Et de Pliouchkine, aucune trace non plus.

Quand la ZIS L1 s'arrête à sa hauteur et que deux hommes en descendent pour l'embarquer de force, il ne résiste pas. Les rares témoins de la scène détournent le regard et la voiture repart comme elle était venue. Hovannes ne s'inquiète même pas de savoir où on l'emmène. Il le sait déjà.

— Tu étais américain, avant, du temps du camarade Babkine.

— Je le suis toujours.

— Et ce passeport allemand ?

— C'est un passeport diplomatique. J'appartiens au personnel de l'ambassade.

— Je serais bien curieux de savoir à quel titre.

— Je suis au service particulier du baron Heinrich von Blitsch.

— Il me semble que l'ambassadeur allemand s'appelle von der Schulenburg, non ?

— Von der Schulenburg est l'ambassadeur officiel. Von Blitsch est le représentant du parti nazi, nommé directement par Hitler. Je tiens aussi ce passeport directement d'Hitler.

L'homme se lève et laisse Hovannes sous la surveillance des deux brutes qui l'ont embarqué. Hovannes l'entend passer plusieurs coups de fil de la pièce voisine et attendre qu'on le rappelle en retour.

Quand il revient dans le bureau, le visage contrarié, il jette le passeport sur la table.

— Raccompagnez-le à l'ambassade d'Allemagne, aboie-t-il sans un regard pour Hovannes qui profite de la situation pour lui demander où sont Tertchounian et Pliouchkine.

— Imbécile, tu n'as donc pas compris que j'allais te torturer pour le savoir !

— Ça veut dire que vous n'en savez rien ?

— Tu comprends vite, se moque l'homme. Des types de Babkine ont avoué qu'il les avait fait déporter. Peut-être qu'il les a fait exécuter, et que leurs corps pourris ont servi de pitance à des chiens errants.

— Les chiens ne sont pas dans les campagnes. Il semblerait qu'ils soient revenus en ville depuis peu, lance Hovannes en rangeant son passeport.

— Ne pousse pas ta chance trop loin, camarade. Même un diplomate peut finir par faire une belle charogne.

Hovannes quitte le bureau, et les hommes le déposent devant l'ambassade au fronton frappé des aigles et du drapeau nazis. Il est aussitôt convoqué dans le bureau de l'ambassadeur. Von der Schulenburg est élégant, d'une belle prestance, grand, chauve, le regard sévère et les tempes marquées de veines. Von Blitsch, à ses côtés, fait l'effet d'un petit-bourgeois.

— Monsieur Sarkissian, j'aurais préféré me passer d'un tel incident dès le jour de votre arrivée.

— J'en suis désolé, monsieur l'ambassadeur. J'ai juste cherché à retrouver des personnes de ma connaissance. Je n'avais pas idée qu'elles avaient été déportées.

— Je vous prierai désormais de rester dans le strict cadre des activités de l'ambassade et de votre service auprès de Mlle Hilde.

— Vous en avez mon assurance, monsieur l'ambassadeur.

— Très bien. Je profite d'ailleurs de ce que nous sommes tous les trois réunis pour mettre les choses au point. Je ne suis pas membre du parti nazi. Je n'ai accepté ce poste que parce que je crois à l'entente germano-russe et que j'ai les compétences pour défendre les intérêts de la paix entre nos deux peuples. Que le chancelier me fasse chaperonner par une sorte de directeur politique, j'arrive à le concevoir. Mais que vous ayez hérité de ce rôle, von Blitsch, ne manque pas de m'étonner.

— Pas autant que moi, Excellence, croyez-moi. Je n'ai rien demandé. J'ai été réquisitionné en quelque sorte. Et si cela peut vous rassurer, je suis moi-même loin de partager l'idéologie du parti.

— Très bien, approuve l'ambassadeur, au moins ces choses-là sont dites. Quant à vous, monsieur Sarkissian, je n'apprécie pas les rapports qui me parviennent et qui font état de vos liens avec les milieux contestataires russes tout comme de vos ennuis avec la police politique.

— Il vient de s'en expliquer, Excellence, intervient von Blitsch.

— Les relations entre l'Allemagne et l'Union soviétique vont devenir très compliquées, que la guerre éclate ou non. Je ne veux pas les compromettre de la moindre façon par la présence parmi notre personnel d'une personne au profil ambigu et à la double nationalité. Je viens donc de demander à Berlin votre départ, monsieur Sarkissian.

— Impossible ! hurle von Blitsch en bondissant sur ses pieds.

— Je l'ai fait sous la forme d'une exigence des plus hautes autorités du Kremlin, baron, et personne à Berlin ne reviendra dessus, pas même M. le chancelier.

— Dans ce cas, je rentre à Berlin moi aussi, réplique von Blitsch.

— C'est à vous de voir comment vous expliquerez votre décision à M. Hitler.

— Von Blitsch, M. l'ambassadeur a raison, coupe Hovannes. Je n'ai accepté de vous suivre à Moscou que dans l'espoir de retrouver une amie et son enfant pour les faire sortir du pays. Il semble qu'ils aient été déportés et que je n'aie aucune chance de savoir ce qu'ils sont devenus. Dans ces conditions, je n'ai plus rien à faire ici et je ne veux pas compromettre la mission de cette ambassade.

— Mais Hilde, pensez-vous une seule seconde à Hilde ?

— Votre fille est sur le chemin d'une lente mais probable guérison, monsieur le baron, et Mme Schwabell sait désormais comment s'y prendre. J'ai des amis en France dont il faut que je prenne soin à présent. Je quitterai le pays dès demain pour les rejoindre.

Tandis que von Blitsch, d'abord effondré, proteste, l'ambassadeur, au contraire, remercie Hovannes de sa décision.

— Ah, tenez, quelqu'un de l'ambassade des États-Unis a fait suivre cette enveloppe pour vous. J'ai peur qu'elle n'ait été ouverte par tous les services, autant soviétiques qu'américains. Et par les nôtres aussi, bien évidemment.

Hovannes prend le courrier et le glisse dans sa poche avant de prendre congé des deux hommes. Une fois chez lui, dans l'appartement voisin de celui des von Blitsch, il tire de l'enveloppe une douzaine de feuillets. Des poèmes. Signés H. T. Il comprend tout de suite : ils sont d'Haïganouch Tertchounian. Tous datés. Il se précipite sur un calendrier et se laisse tomber dans un fauteuil quand il réalise que chaque poème est signé du dernier jeudi de chaque trimestre.

46

1939 – Meudon

Rue du Hêtre-Pourpre, Araxie pense à la vie qui s'est écoulée depuis son arrivé en France. Heureuse et inespérée. Inattendue aussi, quelquefois, comme peut l'être la vie. Les premières grèves. M. Blum rossé par des Camelots du roi. Le mariage d'Agop et Haïganouch et la naissance de leur premier enfant. Une belle varicelle pour tous les petits Manoukian et Tarpinian réunis. La CGT et la CGTU qui se sont réunies et le camarade Guillommart qui a levé le poing contre les deux cents familles à l'appel du camarade Thorez. Puis il y a eu les grandes grèves. Araxie a cuisiné des gamelles de dolma et de beurek pour les ouvriers qui occupaient les usines de Billancourt et la blanchisserie de Grenelle. Ses délices en ont fait une héroïne. On les applaudissait, Haïganouch, Jeanine et elle, dès qu'on les apercevait, comme des cantinières de la révolution. Doriot, ex-communiste, « un salopard de putain de traître », comme dit Guillommart devant Gaïzag qui s'amuse à le répéter en ritournelle, a créé un parti fasciste. Le jour où Guillommart a déclaré que « ceux qui n'aiment pas les cocos sont des fachos», Agop s'est vexé et ne lui a plus parlé pendant sept mois. Depuis 1936, on ne travaille plus que quarante heures par semaine. Rue du Hêtre-Pourpre, tout le monde en profite pour passer une heure de plus dans la rue, à lire, boire, chanter et manger. À jouer à la balle au prisonnier jusqu'à la nuit. Ou à «Où sont les cerfs ?» et à la délivrance. On parle de congés et les ouvriers sont payés même quand ils partent en vacances ! Les deux familles vont camper à Pont-de-Chéruy, avec des billets Léo-Lagrange, dans un long train plein de jeunes femmes en short et chemise à carreaux nouée sur leur ventre nu. Araxie et Haïganouch en pouffent, puis essayent en rougissant, et ça plaît à Haïgaz et Agop. Mais à cause de «ces fumiers de salopards de putains d'enfoirés de capitalistes de merde qui retirent leur argent», dit Guillommart, le franc vaut moins. Puis encore moins le mois d'après, ce qui n'empêche pas Haïgaz d'acheter le premier Frigidaire de la rue du Hêtre-Pourpre. Personne ne cherche à savoir comment. Dernier modèle américain. Deux compartiments. Dont un spécial qui peut garder des esquimaux Gervais glacés toute la vie et fabrique des glaçons pour le raki. Depuis le Front populaire, on parle aussi d'un accord pour l'indépendance de la Syrie. Un jour, Araxie et Haïganouch pleurent en silence en écoutant la radio au souvenir de leurs malheurs à Alep. Quand la guerre a éclaté en Espagne, Gaïzag a dit qu'il savait où se trouvait ce pays et que la capitale, c'était Madrid. Et que «Franco est un facho», a ajouté Guillommart. Le ministre de l'Intérieur, Salengro, s'est suicidé à cause des journaux qui disaient trop de mal de lui. On a appris que la *Croix-du-Sud* avait disparu en mer, et Gaïzag a émerveillé tout le monde en précisant que l'aviateur s'appelait Mermoz et que l'avion était un Latécoère 300 de l'Aérospatiale. En mai 1937, une espionne a été retrouvée morte, poignardée dans la voiture de première classe de la ligne 8 du métro, à Porte-Dorée. Gaïzag a insisté pour prendre le métro et aller enquêter. Haïgaz a cédé, et Gaïzag a passé tout le voyage le nez contre la vitre de la voiture verte des deuxièmes classes à surveiller ceux qui entraient et sortaient de la voiture rouge des premières. Haïgaz s'en est amusé, avec une certaine fierté pour ce gamin éveillé, et entre Invalides et Concorde, il a été encore plus fier quand son fils lui a appris qu'ils passaient sous la Seine. Ils ont repris le métro, en famille cette fois et avec les Tarpinian, pour aller visiter l'Exposition universelle. Le long de la Seine, face à la tour Eiffel, ils ont traîné dans le grand pavillon soviétique pour avoir des nouvelles de la République d'Arménie dont personne n'a voulu leur parler. Comme s'il n'y avait plus d'Arméniens. Que des Soviétiques. Des camarades. Quand ils sont passés entre le pavillon de l'Allemagne et celui de l'Union soviétique, qui se dressaient face à face, Haïgaz a frémi de leur architecture belliqueuse. La statue monumentale d'un ouvrier et d'une kolkhozienne brandissant leurs outils comme des armes côté communiste, et de l'autre côté un aigle puissant et arrogant protégeant de ses serres la croix gammée des nazis. En 1938, la police a arrêté plusieurs responsables de l'organisation terroriste la Cagoule, et Gaïzag s'est fait gronder par Haïgaz qui l'avait surpris à jouer au cagoulard, sur le talus du chemin de fer. Son passe-montagne en laine sur le visage en plein été, il lançait des boîtes de conserve remplies de gravier en guise de bombes. Il a été puni de cinéma, mais Agop l'a emmené quand même en cachette au chapiteau ambulant qui plante sa tente une fois par mois sous une des arches du viaduc. À chaque train qui passait, le film tremblait, ce qui amusait les gamins plus que les mimiques et les malheurs de Fernandel sur l'écran rayé.

Et voilà qu'aujourd'hui Gaïzag est un petit homme de douze ans qui obtient haut la main son certificat d'études. Levon lui confectionne un costume à sa taille pour la remise des prix, et Gaïzag est fier d'être le seul garçon à ne pas aller chercher son diplôme en culottes courtes. On se bat en Tunisie, et Haïgaz raconte à tout le monde que son fils sait que ce pays se trouve entre l'Algérie et la Libye. Mais il le gronde quand Gaïzag rapporte de l'école que ce sont les Arabes les bougnoules, et pas eux, les Arméniens. Quand Marcel Cerdan devient champion d'Europe de boxe, Gaïzag rentre avec un œil au beurre noir après avoir voulu rejouer le combat contre un de ses camarades. Le pacte germano-soviétique divise Guillommart, qui le défend, et Agop, qui le considère comme une trahison. Au retour des vacances à Pont-de-Chéruy, le 1er septembre 1939, c'est la guerre.

Cette nuit-là, les enfants sont déjà couchés. Le lendemain Gaïzag entre en apprentissage chez un bijoutier à Paris. Sur un petit bout de papier Angèle a dessiné les bagues, les colliers et les boucles d'oreilles qu'il devra fabriquer pour elle, pour maman Araxie, pour tante Haïganouch, pour medz mama Chakée, et pour Jeanine Guillommart aussi. Dehors, Agop et Haïgaz profitent du calme de la nuit dans le vacarme guerrier du monde qui s'annonce. Araxie monte sur la terrasse et lève les yeux vers le ciel étouffé de nuages trop lourds pour une nuit de paix. Un dernier train passe. La tête contre les vitres éclairées, les derniers ouvriers fatigués traversent la nuit pour rentrer chez eux. Araxie leur sourit. Ils ne doivent pas la voir dans le noir. Elle pense à Haïganouch.

— Une autre guerre, ma sœur. Une autre guerre. Où que tu sois, prends soin de toi.

Je demande à la lune…

47

1939 – Berges du lac Baïkal, Sibérie

Par la fenêtre ouverte sur le lac Baïkal, dans le froissement léger des bouleaux et des mélèzes, au-dessus du clapot régulier des eaux poussées par une invisible brise, à travers le joyeux babil d'un ruisseau qui dévale la pente jusqu'au lac, attentive, elle le devine toujours bien avant tout le monde. Ce double souffle court. Pesant et têtu. Qui s'obstine à flanc de colline. Qui perce la roche. Qui enjambe les rivières et les échancrures des berges, les criques et les ravines. Qui se cache derrière des bosquets d'aulnes et de trembles, et traverse des clairières bordées de peupliers. Qui fige les zibelines, les lynx et les chevreuils dans un arrêt inquiet. Bien avant que les autres ne le perçoivent, le roulement du train résonne déjà en elle. Dans ces rails plus lourds posés sur des traverses elles aussi plus pesantes que pour aucune autre voie ferrée au monde. Le quinze heures vingt-quatre. Convoi 82-034. Port Baïkal-Koultouk. Duo de locomotives accouplées en tête. « Cul à cul », comme dit Volochine, wagonnet à charbon contre wagonnet à charbon. Alors elle cherche de la main la chaînette qui actionne la cloche d'airain et sonne trois fois pour prévenir l'enfant. Il lui répond en soufflant dans sa corne et s'éloigne des rails, attendant que le train arrive et siffle pour les saluer. Les camarades conducteurs et mécanos aiment bien cette femme et le garçon, ceux du camarade contrôleur le plus rigoureux mais aussi le plus humain de Koultouk. Ils font siffler la vapeur, souvent, comme des messages en morse, avant et après l'isba de bois sombre dans la clairière qui surplombe le lac argenté. Histoire d'éloigner les loups l'hiver et les ours l'été. Ils sont courageux de vivre là, le petit Azad et sa maman. Aussi loin de tout.

À Koultouk, dans les bureaux en bois qui dominent l'entrelacs des aiguillages du terminus et les hangars de la gare de triage, le camarade Volochine range ses documents dans sa sacoche en cuir. Il est responsable de l'entretien des quatre-vingt-quatre kilomètres de cette voie ferrée du Circumbaïkal. Dans un gros cahier relié de toile noire, il garde toutes ses observations sur les trente-neuf tunnels, les quatorze kilomètres de contreforts cimentés, les quarante-sept galeries en pierre dont trois renforcées d'acier, et les deux cent quarante-huit ponts et viaducs. En tout, cinq cent quatre-vingt-deux ouvrages d'art sous sa responsabilité.

— Dimitri, demain matin je prendrai le 37-056 vers Port Baïkal depuis chez moi. Je voudrais jeter un nouveau coup d'œil sur cette fissure dans le soutènement du pont 23, histoire de décider s'il faut faire appel aux ingénieurs ou pas. Je reviendrai avec le 48-617.

— Bien, camarade Volochine, mais dépêche-toi si tu veux rentrer chez toi ce soir, le 83-812 est déjà en mouvement.

Il attrape sa veste, dévale les escaliers en bois et court, par-dessus les rails et les ballasts, jusqu'au train qui dodeline et joue des épaules en se cognant aux murs invisibles des aiguillages. Il est trop tard pour la locomotive. Il repère un wagon plat chargé de caisses bâchées, le longe en petites foulées, s'accroche au wagon, puis se hisse dessus. Le mécano actionne son sifflet pour signaler qu'il l'a vu, et prend aussitôt de la vitesse. Vingt minutes plus tard, le train ralentit devant la maison dans la clairière, et le mécano s'assure que le camarade Volochine a bien sauté en marche pour retrouver sa femme et son gosse. Volochine sait qu'ils l'attendent. Il a entendu la cloche et la corne, malgré le roulement continu du train et l'essoufflement saccadé de la locomotive. Quand il arrive à la porte de son isba, l'enfant court vers lui en faisant tinter le grelot à sa chaussure et se jette contre lui. Sa femme les rejoint, cherche le visage de son mari de ses mains tendues, et pose un long baiser sur sa bouche. Alors il la prend par la taille et ils rentrent tous les trois dans leur maison en bois pour redevenir Haïganouch, Assadour et Pliouchkine.

La ruse de l'homme au gilet jaune a trompé tout le monde. Même s'il avait éliminé toute archive de leur déportation à Irkoutsk, il les a fait descendre en secret trente kilomètres avant, à Angarsk, pour rejoindre Koultouk par la route, où il a muté Pliouchkine comme contrôleur du Circumbaïkal sous le nom de Plioutch Volochine. Haïganouch a pleuré des larmes de reconnaissance pour ce clin d'œil de l'homme velours à Marina Tsvetaïeva, sa poétesse préférée, dont Volochine fut toute sa vie le fidèle protecteur. Depuis, ils vivent à l'écart, et Haïganouch garde Assadour près d'elle. Elle lui fait l'école, et lui veille sur elle.

— Demain, dit Pliouchkine à l'enfant, si tu te lèves tôt, j'aurai le temps d'aller pêcher le *golomianka* avec toi.

— Le poisson de verre ? Vrai ?

— Vrai !

Mais son enthousiasme est forcé, Haïganouch le devine au son de sa voix. Alors il sort un exemplaire de la *Pravda* qu'il pose sur la table et en lit les titres à voix haute. La guerre est déclarée en Europe.

Plus tard, après le dîner, quand Assadour dort dans sa chambre et que Pliouchkine relit les articles sur la guerre, Haïganouch se sert un thé noir, ouvre la porte, et s'appuie au chambranle. Elle reste longtemps silencieuse, dans la fraîcheur d'une nuit qu'elle devine immense et étoilée au-dessus du Baïkal.

— Une autre guerre, ma sœur. Une autre guerre. Où que tu sois, prends soin de toi.

Je demande à la lune…

Du même auteur :

Aux Éditions Albin Michel

YERULDELGGER, 2013, Grand Prix des lectrices de *Elle*, prix Quais du Polar/*20 Minutes*, prix SNCF du polar
LES TEMPS SAUVAGES, 2015
LA MORT NOMADE, 2016
MATO GROSSO, 2017
HEIMAEY, 2018
ASKJA, 2019

Chez d'autres éditeurs

LE TEMPS DU VOYAGE. PETITE CAUSERIE SUR LA NONCHALANCE ET LES VERTUS DE L'ÉTAPE (publié sous le nom de Patrick Manoukian), Éditions Transboréal, 2011
LES BERTIGNAC (publié sous le pseudo de Paul Eyghar), Hugo Jeunesse, 2011
TARKO. L'HOMME À L'ŒIL DE DIAMANT, Éditions Atacas, 2016
TARKO. LE SECRET DE PACHAMAMA, Éditions Atacas, 2016

Sous le pseudo de Roy Braverman, chez Hugo Thriller

HUNTER, 2018
CROW, 2019
FREEMAN, 2020
MANHATTAN SUNSET, 2021
L'INCONNUE DE CHAKKAMUK LAKE, 2022

PAPIER À BASE DE
FIBRES CERTIFIÉES

Le Livre de Poche s'engage pour
l'environnement en réduisant
l'empreinte carbone de ses livres.
Celle de cet exemplaire est de :
450 g éq. CO_2
Rendez-vous sur
www.livredepoche-durable.fr

Composition réalisée par Lumina Datamatics, Inc.

Achevé d'imprimer en août 2022 en Espagne par
CPI Black Print
Dépôt légal 1re publication : août 2022
LIBRAIRIE GÉNÉRALE FRANÇAISE
21, rue du Montparnasse – 75298 Paris Cedex 06

70/3956/1